Sünden der Nacht

Tami Hoag

Sünden der Nacht

Aus dem Amerikanischen
von Dinka Mrkowatschki

Weltbild

Die Originalausgabe erschien unter dem Titel
Night Sins bei Bantam Books,
Bantam Doubleday Dell Publishing Group, New York.

Genehmigte Lizenzausgabe
für Verlagsgruppe Weltbild, Augsburg

Übersetzung: Dinka Mrkowatschki
Umschlaggestaltung: DYADEsign, Düsseldorf
Umschlagmotiv: ZEFA, Düsseldorf
Gesamtherstellung: Clausen & Bosse, Leck
Printed in Germany
ISBN 3-8289-0426-2

2004 2003 2002 2001
Die letzte Jahreszahl gibt die aktuelle Lizenzausgabe an.

Für Andrea, die mir Türen öffnete.
Für Nina, die mich anspornte, hindurchzugehen.
Ich verdanke euch beiden so viel.

Für Irwyn, für deine Unterstützung und dein Genie.

Für Beth, die wieder einmal glänzende Arbeit geleistet hat,
und für Kate Miciak, die weit mehr getan hat,
als nur ihre Pflicht zu erfüllen.

Und für Dan, der die Geduld und das Verständnis hat,
all meine Mitspieler – die realen und die fiktiven –
zu erdulden und meine künstlerischen Launen,
die bis in den Alltag hineinreichen, zu ertragen.
Du bist mein Anker, mein Rückhalt und derjenige,
der mich begleitet bei meinen stürmischen Werken. Ich liebe dich.

Und viel Irrsinn, und noch mehr Sünde.
Und Grauen ist die Seele der Verschwörung.

EDGAR ALLAN POE,
The Conqueror Worm

Prolog

TAGEBUCHEINTRAG
27. August 1968

Heute haben sie die Leiche gefunden. Wesentlich später, als wir erwarteten. Man überschätzt sie immer, die Polizei ist nicht so klug wie wir. Keiner ist das.
Wir standen auf dem Gehweg und haben alles beobachtet. Eine armselige Szene. Erwachsene Männer, die sich in den Büschen übergaben. Sie irrten in diesem Teil des Parks umher, zertrampelten das Gras und brachen Äste ab. Sie riefen nach Gott, aber Gott gab keine Antwort. Nichts änderte sich. Kein Blitzstrahl vom Himmel. Keiner hatte die Erleuchtung, wer oder warum. Ricky Meyer blieb tot, mit ausgestreckten Armen und Turnschuhspitzen gen Himmel.
Wir standen auf dem Gehsteig, als der Krankenwagen mit blitzenden Lichtern kam, und noch mehr Polizeiautos und die Autos der Menschen aus der ganzen Stadt. Wir standen in der Menge, aber keiner sah uns. Keiner sah uns an. Sie dachten, wir wären ihre Aufmerksamkeit nicht wert, unwichtig. Aber in Wirklichkeit stehen wir über ihnen, weit über ihnen, für sie unsichtbar. Sie sind blind und vertrauensselig und dumm. Sie kämen nie auf die Idee uns anzusehen.
Wir sind zwölf Jahre alt.

Kapitel 1

TAG 1, 12. JANUAR 1994
17 Uhr 26, –5,5 Grad

Josh Kirkwood und seine beiden besten Kumpel stürmten aus dem Umkleideraum, segelten hinaus in den kalten dunklen Spätnachmittag, brüllten so laut sie konnten. Ihr Atem bauschte sich in rollenden Dampfwolken aus ihren Mündern. Sie stürzten die Treppen hinunter wie Bergziegen, die von Felsvorsprung zu Felsvorsprung springen, und landeten bis zu den Hüften im Schnee des Abhangs. Hockeyschläger schlitterten hinunter, gefolgt von den Taschen mit der Ausrüstung. Dann kamen die Drei Amigos, quietschend und kichernd, kugelten wie Bälle in ihren grellbunten Skijacken und Pudelmützen nach unten.

Die Drei Amigos. So nannte sie Brians Dad. Brians Familie war von Denver, Colorado nach Deer Lake, Minnesota gezogen, und sein Dad war immer noch ein großer Anhänger der Broncos. Er sagte, die Broncos hätten mal ein paar Fänger gehabt, die die Drei Amigos hießen, und die wären wirklich gut gewesen. Josh war Vikings Fan. Wenn es nach ihm ging, waren alle anderen Teams nur Versager, außer vielleicht den Raiders, die hatten nämlich coole Uniformen. Die Broncos mochte er nicht, aber der Spitzname gefiel ihm – die Drei Amigos.

»Wir sind die Drei Amigos!« schrie Matt, als sie unten am Fuß des Hügels zusammenprallten. Er warf den Kopf zurück und heulte wie ein Wolf. Brian und Josh stimmten ein, und der Lärm war so durchdringend, daß ihnen die Ohren klingelten.

Brian bekam einen Kicheranfall. Matt warf sich auf den Rücken und machte Adlerflügel in den Schnee, wedelte so heftig mit den Armen, daß es aussah, als wolle er den Hügel hinunterschwimmen. Josh richtete sich auf und schüttelte sich wie ein Hund, als Coach Olsen aus der Eishalle trat.

Olsen war alt – mindestens fünfundvierzig –, ein bißchen fett und fast glatzköpfig, aber er war ein guter Coach. Er brüllte viel, aber lachte auch oft. Am Anfang der Hockeysaison sagte er ihnen, für den Fall, daß er zu sauer würde, sollten sie ihn dran erinnern, daß sie erst acht Jahre alt wären. Das Team hatte Josh für diese Aufgabe ausgewählt. Er war einer der Co-Captains, eine Verantwortung, die ihn sehr stolz machte, auch wenn er das nie zugeben wollte. Angeber mag keiner, sagte Mom immer. Wenn du deine Arbeit gut machst, gibt's keinen Grund anzugeben. Gute Arbeit spricht für sich.

Coach Olsen machte sich auf den Weg die Treppe runter und zog sich die Klappen seiner Jägermütze über die Ohren. Seine Nasenspitze war rot vor Kälte. Sein Atem stieg wie Rauch um seinen Kopf auf und hüllte ihn ein. »Werdet ihr heute abend abgeholt, Jungs?«

Alle antworteten gleichzeitig, alle sehr laut und sehr albern, weil sie die Aufmerksamkeit des Coach für sich haben wollten. Er lachte und ergab sich mit erhobenen Händen. »Schon gut, schon gut! Die Halle ist offen, wenn es euch beim Warten zu kalt wird. Olie hilft euch beim Telefonieren, falls nötig.«

Dann sprang der Coach in das Auto seiner Freundin, wie jeden Mittwoch, und sie fuhren zum Abendessen in Grandma's Attic in der Stadt. Mittwochs gab es dort im Grandma's berühmten Hackbraten. Soviel-du-essen-kannst stand auf der Speisekarte. Coach Olsen konnte sicher viel essen, stellte Josh sich vor.

Autos rumpelten die kreisförmige Auffahrt der Gordie Knutson Memorial Arena hoch, eine Parade von Minivans und Kombis, mit knallenden Türen und hustenden Auspuffen. Die Jungs der verschiedenen Zwergen-Liga-Teams schleuderten ihre Stöcke und Ausrüstung in Kofferräume und Heckklappen, kletterten zu ihren Moms oder Dads in die Autos und plapperten wie die Wasserfälle über Spiele und Spielzüge, die sie im Training geübt hatten.

Matts Mom fuhr in ihrem neuen Transport vor, ein keilförmiges Ding, von dem Josh fand, daß es aussah wie etwas aus *Raumschiff Enterprise.* Matt raffte seine Ausrüstung zusammen, rannte quer über den Gehsteig und rief ihm Tschüs zu. Seine Mutter, die eine grellrote Pudelmütze trug, ließ das Beifahrerfenster runter.

»Josh, Brian – werdet ihr abgeholt?«

»Meine Mom kommt«, erwiderte Josh, und mit einem Mal konnte er es gar nicht erwarten, sie zu sehen. Sie würde ihn auf dem Heimweg vom Krankenhaus abholen, und sie würden am *Schiefen Turm von*

Pizza halten, um Abendessen zu holen, und sie war ganz wild darauf, alles über sein Training zu hören. *Wirklich* ganz wild darauf. Nicht so wie Dad. In letzter Zeit tat Dad immer nur so, als würde er zuhören. Manchmal herrschte er Josh sogar an, den Mund zu halten. Später entschuldigte er sich immer, aber Josh fühlte sich trotzdem mies deswegen.

»Meine Schwester kommt«, rief Brian. »Meine Schwester, Beth Blödkopf«, murmelte er leise, als Mrs. Connor losfuhr.

»Der Blödkopf bist du«, neckte ihn Josh und gab ihm einen Schubs.

Brian schubste ihn wieder, lachend, so daß seine drei Zahnlücken sichtbar wurden. »Blödkopf!«

»Arschloch!«

»Arschbacke!«

Brian nahm eine Faust voll Schnee und warf sie Josh ins Gesicht, dann drehte er sich rasch um und rannte den schneebedeckten Gehweg entlang, sprang die Treppe hoch und zischte um die Ecke des Backsteingebäudes. Josh stürzte mit Indianergeheul hinterher. Die beiden waren sofort so in ihr Angriffsspiel vertieft, daß die übrige Welt aufhörte zu existieren. Ein Junge jagte den anderen, um ihm einen Schneeball in den Mund zu stopfen, in den Rücken, in den Kragen der Jacke. Nach einem erfolgreichen Angriff wurden die Rollen getauscht und der Jäger wurde zum Gejagten. Wenn der Jäger den Gejagten nicht finden konnte, während er bis hundert zählte, bekam der Gejagte einen Punkt.

Josh konnte sich gut verstecken. Er war klein für sein Alter und sehr raffiniert, eine Kombination, die ihm bei solchen Spielen gute Dienste leistete. Er traf Brian mit einem Schneeball am Hinterkopf, und noch bevor Brian ihn sich abgeklopft hatte, war Josh sicher hinter den Klimaanlagen neben dem Gebäude verschanzt. Die Zylinder würden während der Wintermonate mit Segeltuch bedeckt und hielten den Wind ab. Sie waren seitlich am Gebäude angebracht, ziemlich weit hinten, wo der Schein der Straßenlaternen nicht hinreichte. Josh beobachtete, wie Brian vorsichtig mit dem Schneeball in der Hand um einen Mülleimer herumschlich, auf einen Schatten lossprang, sich dann wieder zurückzog. Josh grinste. Er hatte das absolut beste Versteck gefunden. Er leckte sich die Spitzen seines Handschuhs und zeichnete sich selbst einen Punkt in die Luft.

Brian arbeitete sich zu einem der verwilderten Büsche am Rand des Parkplatzes vor, die das Gelände der Eisbahn vom Festplatz trennten.

Die Zunge zwischen den Zähnen, tastete er sich darauf zu. Er hoffte, daß Josh nicht weiter als bis zur Hecke geschlichen war. Um diese Jahreszeit bildete der Festplatz den unheimlichsten Ort der Welt, lauter alte Gebäude, dunkel und leer, um die der Wind heulte.
Eine Hupe ertönte, und Brian wirbelte mit hämmerndem Herzen herum. Er stöhnte vor Enttäuschung, als der Volkswagen seiner Schwester um die Kurve bog.
»Los beeil dich, Brian, ich hab heute abend Spielprobe!«
»Aber ...«
»Nichts aber, du Ratte!« keifte Beth Hiatt. Der Wind peitschte ihr eine lange blonde Strähne ins Gesicht, und sie steckte sie mit einer nackten, vor Kälte bläulichen Hand hinters Ohr. »Schwing deinen kleinen Hintern ins Auto!«
Brian ließ seufzend den Schneeball fallen und trabte zu seiner Sporttasche und dem Hockeyschläger. Beth Blödkopf ließ den Motor heulen, legte den Gang ein, und der Wagen quälte sich die Auffahrt hoch, als würde er am liebsten hier stehenbleiben. Sie hatte das Theater schon einmal gehabt, und auf beide prasselte dann eine gehörige Standpauke herab; aber Brian hatte es viel schlimmer getroffen, weil Beth ihm ihren Ärger in die Schuhe schob. Vier Tage lang hatte sie ihn schikaniert. Das Spiel war sofort vergessen und der letzte Amigo auch, er packte sein Zeug und rannte zum Auto. Unterwegs überlegte er bereits fieberhaft, wie er sich an seiner Schwester rächen könnte.
Hinter der Klimaanlage hörte Josh Beth Hiatts Stimme. Er hörte, wie die Autotür zuschlug und wie der VW davonröhrte. Das war's dann mit dem Spiel.
Er kroch aus seinem Versteck und ging nach vorn zum Gebäudeeingang. Der Parkplatz war leer, bis auf Olies alten verrosteten Chevy Van. Das nächste Training fing erst in einer Stunde an. Die kreisförmige Auffahrt war leer. Der Schnee, von zahllosen Reifen auf dem Asphalt plattgewalzt, schimmerte im Schein der Straßenlaternen so hart und glänzend wie Marmor. Josh zog seinen linken Handschuh aus und schob ihn in den Ärmel seiner Skijacke, um einen Blick auf die Uhr zu werfen, die ihm Onkel Tim zu Weihnachten geschickt hatte. Groß und schwarz, mit vielen Zeigern und Knöpfen, wie die Dinger, die die Taucher trugen oder die Dschungelkämpfer. Manchmal bildete sich Josh ein, er wäre ein Dschungelkämpfer, ein Mann mit einer Mission, der unterwegs war, um den gefährlichsten Spion der Welt zu treffen. Die Ziffern der Uhr glühten grün im Dunkeln: 17 Uhr 45.

Josh sah die Straße hinunter, in Erwartung Scheinwerfer des Minivan zu sehen, mit seiner Mom am Steuer. Aber die Straße blieb dunkel. Die einzigen Lichter, die zu sehen waren, schimmerten schwach aus den Fenstern der Häuser am Ende der Straße. In diesen Häusern aßen die Leute zu Abend, schauten die Nachrichten an und erzählten von ihrem Tag. Draußen erklang als einziges Geräusch das Summen der Straßenlaternen und Pfeifen des Winds, der die trockenen, kahlen Äste der wintertoten Bäume rüttelte. Der Himmel war schwarz.
Er war allein.

17 Uhr, –5,5 Grad

Fast wäre es ihr gelungen zu entkommen. Sie hatte den Mantel schon halb übergestreift, die Handtasche über der Schulter und hielt den Autoschlüssel in der Hand. Sie eilte den Gang zur westlichen Tür des Krankenhauses entlang, den Blick starr nach vorne gerichtet. Sie redete sich ein, wenn sie keinen Augenkontakt hätte, würde man sie nicht erwischen, sie wäre unsichtbar, sie würde entkommen.
Ich hör mich schon an wie Josh. Solche Spiele mag er – was, wenn wir uns unsichtbar machen könnten?
Hannah schmunzelte. Josh und seine Fantasie. Gestern abend hatte sie ihn in Lilys Zimmer gefunden, wo er seiner Schwester gerade eine Abenteuergeschichte von Zeek the Meek und Super Duper erzählte, Figuren, die Hannah für Josh erfunden hatte, als er noch kaum laufen konnte. Er setzte die Tradition fort, erzählte Geschichten mit großer Begeisterung, während Lily daumenlutschend in ihren Gitterbett saß, und mit erstaunten blauen Augen an den Lippen ihres Bruders hing.
Ich hab zwei tolle Kinder. Zwei auf der Plusseite. Momentan bin ich für alles dankbar.
Das Glück verblaßte, und Hannahs Magen krampfte sich zusammen vor Nervosität. Sie blinzelte und merkte, daß sie einfach dastand, am Ende des Ganges, den Mantel halb angezogen. Rand Bekker, Leiter der Wartungsabteilung, kam durch die Tür und ließ einen Schwall kalter, klarer Luft herein. Der stämmige, rotbärtige Mann zog sich seine flammendrote Jagdmütze vom Kopf und schüttelte sich wie ein großer nasser Ochse, als könnte er so die Kälte loswerden.
»Tag, Dr. Garrison. Feine Nacht da draußen.«
»Wirklich?« Ihr Lächeln erfolgte mechanisch, leer, als würde sie mit

einem Fremden reden. Aber es gab keine Fremden im Deer Lake Gemeinde-Krankenhaus. Jeder kannte jeden.

»Da können Sie drauf wetten. Sieht gut aus für den Snowdaze.«

Rand grinste, unzweifelhaft freute er sich auf das Festival wie ein Kind auf Weihnachten. Snowdaze war ein großes Ereignis für eine kleine Stadt wie Deer Lake, eine willkommene Abwechslung für die fünfzehntausend Einwohner in der Monotonie von Minnesotas langem Winter. Hannah versuchte, sich auch ein bißchen dafür zu begeistern. Sie wußte, daß Josh sich auf das Snowdaze freute, ganz besonders auf den Fackelzug. Aber momentan hatte sie Schwierigkeiten mit der Fröhlichkeit.

Die meiste Zeit fühlte sie sich mude, ausgelaugt, entmutigt. Und über allem lag ein Film von Angestrengtheit wie Klarsichtfolie, weil sie keines dieser Gefühle zeigen durfte. Menschen waren von ihr abhängig, schauten auf zu ihr, sahen sie als Vorbild für arbeitende Frauen. Hannah Garrison: Ärztin, Mutter, Frau des Jahres, die all diese anspruchsvollen Rollen mit Geschick und Leichtigkeit und dem Lächeln einer Schönheitskönigin jonglierte. In letzter Zeit waren die Titel eine schwere Bürde geworden, schwer wie Bowlingkugeln, und ihre Arme wurden zusehends matter.

»Harter Tag?«

»Wie bitte?« Sie gab sich einen Ruck und versuchte, sich wieder auf Rand zu konzentrieren. »Tut mir leid, Rand. Es war einer von diesen Tagen.«

»Dann lass ich Sie besser gehen, ich hab ein heißes Date mit einem Wasserboiler.«

Hannah murmelte auf Wiedersehen, als Bekker durch die Tür mit der Aufschrift ›Nur für Bedienungspersonal‹ verschwand und sie alleine im Gang zurückließ. Ihre innere Stimme, die Stimme des kleinen Trolls, der die Klarsichtfolie über ihren Emotionen festzurrte, stieß einen Schrei aus.

Hau ab! Hau sofort ab! Flieh solang du kannst! Hau ab!

Sie mußte zu Josh, unterwegs würden sie anhalten und Pizza besorgen, dann zum Babysitter: Lily abholen. Nach dem Abendessen war Josh zum Religionsunterricht zu chauffieren ... Aber ihr Körper weigerte sich, dem Fluchtbefehl Folge zu leisten. Und dann war es zu spät.

»Dr. Garrison in die Notaufnahme! Dr. Garrison in die Notaufnahme!«

Der egoistische Teil von ihr muckte noch einmal auf, sagte ihr, sie könnte immer noch entkommen. Heute abend hatte sie keinen Dienst, hatte keinen Patienten in diesem Hundert-Betten-Etablissement, um den sie sich dringend persönlich kümmern müßte. Sie könnte die Arbeit dem diensthabenden Arzt, Craig Lomax, überlassen. Der glaubte ohnehin, er hätte das Licht dieser Welt erblickt, um bloßen Sterblichen zu Hilfe zu eilen und sie mit seinem Staraussehen zu trösten. Hannah war heute abend nicht mal für Notfälle zuständig. Aber direkt diesen Gedanken auf den Fersen folgten die Schuldgefühle, sie hatte einen Diensteid geleistet. Es spielte keine Rolle, daß sie heute schon mehr als genug entzündete Hälse und zerschundene Körper gesehen hatte. Sie hatte die Pflicht – jetzt eine noch größere, seit die Krankenhausverwaltung sie zur Chefin der Notaufnahme ernannt hatte. Die Menschen von Deer Lake verließen sich auf sie.

Wieder ertönte der Ruf nach ihr. Hannah seufzte und spürte, wie sich Tränen hinter ihren Lidern sammelten. Sie war erschöpft – körperlich und geistig. Sie brauchte diesen freien Abend, einen Abend für sich alleine mit den Kindern, ohne Paul, der Überstunden machte und dabei seine Launen und seinen Sarkasmus im Büro ablud und nicht bei seiner Familie.

Eine honigblonde Strähne löste sich aus ihrem lockeren Pferdeschwanz und fiel schlaff über ihre Wange. Sie steckte sie seufzend hinters Ohr und sah hinaus auf den Parkplatz, der im Schein der Halogenlampen bräunlich aussah.

»Dr. Garrison in die Notaufnahme! Dr. Garrison in die Notaufnahme!«

Sie streifte ihren Mantel ab und faltete ihn über dem Arm.

»O mein Gott, da sind Sie ja!« rief Kathleen Casey, als sie um die Ecke geschlittert kam und mit wehendem weißem Kittel den Gang hinunterrannte. Die dicken gepolsterten Sohlen ihrer Turnschuhe machten fast kein Geräusch auf dem polierten Boden. Die Schwester, knapp 150 groß, hatte das Gesicht eines Trolls, einen Mop dicker roter Haare und die Zähigkeit eines Pitbull-Terriers. Ihre Uniform bestand aus einem grünen Operationsanzug und einem Hier-wird-nicht-gejammert-Button. Sie lächelte mit der Kraft eines Traktorstrahls.

Hannah zwang sich, den Mund zu verziehen. »Tut mir leid. Gott mag ja vielleicht eine Frau sein, aber *diese* Frau ist er auf jeden Fall nicht.«

Kathleen schnaubte verächtlich und packte Hannahs Oberarm. »Sie schaffen es schon.«

»Wird Craig nicht damit fertig?«
»Vielleicht. Aber wir hätten lieber eine höhere Lebensform mit mehreren Daumen.«
»Heute abend bin ich aber nicht auf der Telefonliste. Ich muß Josh vom Eishockey abholen. Rufen Sie Dr. Baskir ...«
»Hab ich schon. Er ist mit unserem gemeinsamen Freund im Bett: Jurrasic-Park-Grippe, auch bekannt unter dem Namen Tracheasaurus Phlegmus. Ein Monstervirus. Das halbe Personal liegt damit auf der Nase, was heißt, ich, Kathleen Casey, Königin der Notaufnahme, darf Sie gegen Ihren Willen zum Dienst schanghaien. Es wird nicht lange dauern, versprochen.«
»O ja, das kenn ich«, murmelte Hannah.
Kathleen ignorierte das und wandte sich zum Gehen, anscheinend war sie fest entschlossen, falls nötig Hannah an den Haaren zur Notaufnahme zu schleifen. Hannah begann zu laufen, als in der Ferne die Sirene eines Krankenwagens ertönte.
»Was kriegen wir denn da?«
»Autounfall. Ein junger Mann ist auf der Old Cedar Road auf eine Eisplatte geraten und gegen ein Auto voller Omas geknallt.«
Die beiden wurden mit jedem Schritt schneller, Hannahs Lederstiefel hämmerten einen schnellen Stakkato-Rhythmus. Ihre Müdigkeit und die dazugehörigen Gefühle verschwanden hinter ihrem Berufsethos und ›Doktormodus‹, wie Paul das nannte. Energieschalter sprangen in ihrem Inneren an, erfüllten ihren Kopf mit Licht, und Adrenalin schoß durch ihre Adern.
»Wie ist der Zustand?« fragte Hannah, ihre Stimme war jetzt härter, schärfer.
»Zwei Kritische haben sie ins Hennepin County Medical Center geflogen. Wir kriegen die Überbleibsel. Zwei Omas mit Beulen und Blutergüssen und den Studenten. Klingt, als wär er ziemlich zugerichtet.«
»Kein Sicherheitsgurt?«
»Warum sich die Mühe machen, wenn man noch nicht lange genug am Leben ist, um den Begriff Sterblichkeit zu kapieren?« blaffte Kathleen, als sie in dem Bereich angekommen waren, der als Schwesternstation und Aufnahme diente.
Hannah beugte sich über die Theke: »Carol? Könnten Sie bitte in der Eishalle anrufen und eine Nachricht für Josh hinterlassen, daß ich mich ein bißchen verspäten werde? Vielleicht kann er Schlittschuhfahren üben.«

»Klar, Dr. Garrison.«
Dr. Craig Lomax erschien in makellosem chirurgischem Grünzeug auf der Szene, wie ein Arzt aus einer Seifenoper.
»Heiliger Strohsack«, murmelte Kathleen, »er hat wieder heimlich alle Folgen von *Medical Center* gesehen. Schau'n Sie sich die Chad-Everett-Mähne an.«
Ein lässiger Wasserfall schwarzer Strähnen ergoß sich über seine Stirn, der ihn mindestens fünfzehn anstrengende Minuten vor dem Spiegel gekostet hatte. Lomax war zweiunddreißig, unsterblich in sich selbst verliebt und von einem Übermaß an Vertrauen in seine Talente erfüllt. Er war im April in den Ort Deer Lake gekommen, Ausschuß aus den besseren Kliniken der Twin Cities – eine harte Tatsache, die sein Ego nicht einmal angekratzt hatte. Deer Lake war gerade so weit weg vom Schuß, daß sie sich nicht erlauben konnten, wählerisch zu sein. Die meisten Ärzte zogen die Gehälter in den großen Städten der Chance vor, den Bedürfnissen einer kleinen ländlichen Universitätsstadt nachzukommen.
Lomax hatte sich eine entsprechend ernste Miene zurechtgelegt, die etwas aus den Fugen geriet, als er Hannah sah. »Ich dachte, Sie wären nach Hause gegangen«, platzte es aus ihm heraus.
»Kathleen hat mich gerade noch erwischt.«
»In letzter Sekunde«, fügte die Schwester hinzu.
Lomax rümpfte tadelnd die Nase.
»Sparen Sie sich das auf, Craig«, sagte Hannah knapp, warf ihre Sachen auf eine Couch im Wartebereich und ging auf die Türen der Notaufnahme zu, die sich gerade öffneten.
Eine Bahre wurde hereingerollt. Ein Sanitäter schob sie, ein zweiter beugte sich über den Patienten und redete beruhigend auf ihn ein. »Halt durch, Mike. Die Docs flicken dich in null Komma nix wieder zusammen.«
Der junge Mann auf der Bahre stöhnte und versuchte sich aufzusetzen, aber er war mit Brust- und Kopfgurten auf seiner Unterlage festgeschnallt. Sein Gesicht ragte aschgrau aus der Halskrause heraus, die seinen Hals arretierte. Blut rann aus einer Platzwunde auf der Stirn.
»Was haben wir da, Arlis?« fragte Hannah und schob sich die Ärmel ihres Pullovers hoch.
»Mike Chamberlain. Neunzehn. Kleiner Schock«, sagte der Sanitäter. »Puls eins zwanzig, Blutdruck neunzig zu sechzig. Hat eine Beule auf der Birne und ein paar gebrochene Knochen.«

»Ist er ansprechbar?«
Lomax schlängelte sich zwischen sie und die Bahre. »Das übernehme ich, Dr. Garrison. Sie haben dienstfrei, Mavis.« Er nickte Mavis Sandstrom zu. Die Schwester tauschte einen Blick mit Kathleen, um den sie jede Pokerrunde beneidet hätte.
Hannah biß sich auf die Zunge und trat zurück. Es hatte keinen Sinn, vor dem Personal und dem Patienten mit Lomax zu streiten. Die Verwaltung sah so etwas gar nicht gerne. Lomax sollte ruhig den Patienten übernehmen, der die meiste Zeit kosten würde.
»Behandlungsraum Drei, Jungs«, befahl Lomax und drängte sie den Gang hinunter, während soeben der zweite Krankenwagen vorfuhr. »Zuerst legen wir eine Infusion mit Ringer-Laktaten.«
»Dr. Craigs Ego schlägt wieder zu«, schimpfte Kathleen. »Er muß erst noch begreifen, daß Sie jetzt sein Boß sind.«
»Halb so schlimm«, entgegnete Hannah. »Wenn wir ihn lange genug ignorieren, wird er vielleicht aufhören, sein Territorium zu markieren, und dann können wir bis ans Ende unserer Tage glücklich weiterleben.«
»Oder vielleicht flippt er aus, und wir erwischen ihn auf dem Parkplatz beim Autoreifenanpinkeln.«
Es blieb keine Zeit zu lachen. Ein massiger Rettungssanitäter aus dem zweiten Krankenwagen stürmte zur Tür herein.
»Wir haben einen Herzstillstand! Ida Bergen. Neunundsechzig. Wir haben sie mit Schnitten und Blutergüssen hergebracht, und gerade als wir vorfahren, greift sie sich an die Brust ...«
Den Rest hörten Hannah, Kathleen und eine weitere Schwester nicht mehr, als sie durchstarteten und einen Wirbelwind von Lärm und Aktivität auslösten. Anweisungen wurden gebrüllt und weitergegeben, zusätzliches Personal über Lautsprecher angefordert. Die Bahre wurde im Laufschritt durch den Empfangsbereich und dann den Gang hinunter gefahren. Die fahrbare Notfallausrüstung donnerte in den Behandlungsraum.
»Standard-Reanimationsmaßnahmen, Leute«, rief Hannah. »Holt mir einen 6.5 endotrachealen Tubus. Hängt sie an das Atemgerät und schaut, daß ihr Luft in ihre Lungen kriegt. Haben wir einen Puls ohne Herzmassage?«
»Nein?«
»Mit?«
»Ja.«

»Blutdruck vierzig zu zwanzig, wird schneller schwächer.«
»Eine Infusion legen, hängt Bretylium und Dopamine dran, und gebt ihr eine Spritze mit Epinephrine.«
»Verflucht, ich finde keine Vene! Komm schon, Baby, komm, komm zu Mama Kathleen.«
»Allen, Lungengeräusche überprüfen. Künstliche Beatmung stoppen, Angie ... Kommt das Beatmungsteam?«
»Wayne ist auf dem Weg ...«
»Erwischt!« Kathleen drückte den Schlauch in die Kanüle und sicherte sie mit Pflaster, ihre kleinen Hände arbeiteten geschickt und erfahren. Ein Pfleger reichte ihr das Epinephrin, und sie injizierte es in den Schlauch.
»Fine v-fib, Dr. Garrison.«
»Wir müssen defibrillieren. Chris, künstliche Beatmung weiter, bis ich Bescheid sage. Allen, lade auf 320.« Hannah packte die Elektroden und rieb sie aneinander, um das Gel zu verteilen.
»Beiseite treten!« *Elektroden in Position auf die nackte Brust der Frau.* »Alles bereit!« *Einschalten.* Der Körper der alten Frau bäumte sich auf der Bahre auf.
»Nichts! Kein Puls!«
»Los!« Sie schlug wieder auf die Schalter. Ihr Blick flog zum Monitor, eine gerade grüne Linie teilte den Monitor. »Noch einmal! Los!«
Der Körper der Frau fuhr nochmals hoch. Die gerade Linie schlug aus wie eine Peitsche, und der Monitor begann zu piepsen. Ein kurzes Hurra erfüllte den Raum.

Sie arbeiteten vierzig Minuten, um Ida Bergen den Klauen des Todes zu entreißen, und verloren sie zehn Minuten später wieder. Das Wunder gelang ihnen ein zweites Mal, aber beim dritten Mal nicht mehr.
Hannah teilte es Idas Mann mit. An Ed Bergens Kleidung haftete der warme, süße Duft von Kühen und frischer Milch mit einem beißenden Unterton von Mist. Er hatte dasselbe stoische Gesicht, das sie von vielen Farmern nordischer Abstammung kannte, aber seine Augen glänzten und waren feucht vor Sorge – und flossen vor Tränen über, als sie ihm sagte, sie hätten ihr Bestes getan, aber seine Frau nicht retten können.
Sie setzte sich zu ihm und half ihm durch einige der grausamen Todesformalitäten. Selbst in dieser Zeit des Kummers mußten Entscheidungen getroffen werden, und so weiter und so fort. Sie absolvierte

diese Routine mit leiser, monotoner Stimme, kam sich vor wie ferngesteuert, gefühllos vor Erschöpfung, vor Niedergeschlagenheit. Als Ärztin hatte sie dem Tod wieder und wieder ein Schnippchen geschlagen, aber der Sensenmann ließ sie nicht jedesmal gewinnen, und sie hatte niemals gelernt, eine gute Verliererin zu sein. Das Adrenalin, das ihr während der Krise Treibstoff geliefert hatte, hatte sich verflüchtigt. Ein Zusammenbruch stand unmittelbar bevor. Wieder ein vertrauter Teil der Routine, den sie haßte.

Nachdem Mr. Bergen gegangen war, schleppte sich Hannah in ihr Büro, setzte sich im Dunkeln an ihren Schreibtisch und stützte den Kopf in die Hände. Diesmal tat es schlimmer weh. Vielleicht weil sie das erste Mal in ihrem Leben das Gefühl hatte, einem Verlust gefährlich nahe zu sein. Sie hatte Probleme mit ihrer Ehe. Ed Bergens Ehe war vorbei. Achtundvierzig Jahre Partnerschaft ausgelöscht, in den wenigen Sekunden, die ein Wagen brauchte, um auf einer vereisten Straße ins Schleudern zu kommen. Waren es gute Jahre gewesen? Liebevolle Jahre? Würde er seine Frau betrauern oder einfach weitermachen?

Sie dachte an Paul, seine Unzufriedenheit, seine stille Feindseligkeit. Zehn Jahre Ehe drifteten auseinander wie mürbe Seide, und sie fühlte sich nicht imstande, die Entfremdung zu stoppen. Nie hatte sie etwas verloren, nie die Fähigkeit entwickelt, gegen Verlust anzukämpfen. Sie fühlte, wie die Tränen aufstiegen – Tränen um Ida und Ed Bergen und um sich selbst. Tränen des Kummers, der Verwirrung und Erschöpfung, die eigentlich nicht heruntertropfen dürften. Sie mußte stark sein, mußte eine Lösung finden, alle Unebenheiten glätten, alle glücklich machen. Aber heute abend drückte die Last zu schwer auf ihre schmalen Schultern. Und immer wieder kam ihr der Gedanke, daß das Licht am Ende des Tunnels doch nur der Scheinwerfer eines nahenden Zuges war.

Es klopfte an der Tür, und Kathleen steckte den Kopf herein. »Sie wissen, daß sie seit Jahren bei einem Herzspezialisten im Abbott-Northwestern in Behandlung war?« sagte sie leise.

Hannah schniefte und knipste ihre Schreibtischlampe an. »Wie geht's Craigs Patienten?«

Kathleen setzte sich in den Besucherstuhl, legte einen Turnschuh übers Knie und rieb gedankenverloren an einem Tintenfleck auf ihrer Chirurgenhose. »Wird wieder gesund. Ein paar Brüche, eine leichte Gehirnerschütterung, Schleudertrauma. Er hatte Glück, sein Wagen

hat sich im Moment des Aufpralls seitwärts gedreht. Der andere Wagen ist auf der Beifahrerseite gegen ihn geprallt.
Armer Junge. Der Unfall macht ihm schwer zu schaffen. Er sagt immer wieder, die Straße wäre trocken gewesen und plötzlich war da diese Eisplatte, und der Wagen geriet völlig außer Kontrolle.«
»So ist das Leben wohl manchmal«, murmelte Hannah und spielte mit der kleinen würfelförmigen Uhr in einem glatten, seidigen Ahorngehäuse auf ihrem Schreibtisch. Ein Geschenk zum Hochzeitstag von Paul vor einigen Jahren. Eine Uhr, damit sie immer wüßte, wie lange es noch dauern würde, bis sie wieder zusammenwären.
»Ja, so wie's aussieht, haben für heute auch Sie Ihre Eisplatte gefunden«, sagte Kathleen. »Zeit sich zusammenzureißen, kurz zu schütteln und zu den kleinen Monstern nach Hause zu fahren.«
Ein kalter Pfeil bohrte sich in Hannahs Herz. Ihre Finger krallten sich in die Uhr, und sie drehte das Zifferblatt zu sich. Zehn vor sieben.
»O mein Gott, Josh. Ich habe Josh vergessen!«

TAGEBUCHEINTRAG
1. Tag

Der Plan ist vervollkommnet worden.
Die Spieler sind ausgewählt.
Die Partie beginnt heute.

Kapitel 2

TAG 1
18 Uhr 42, –5,5 Grad

Megan O'Malley hatte nie damit gerechnet, einem Polizeichef in Unterhosen zu begegnen, aber na ja, der ganze Tag war schon daneben gewesen. Die Zeit, die sie für den Umzug in ihre neue Wohnung vorgesehen hatte, konnte gar nicht reichen. Oder, vielmehr hatte sie die Zeit für all die Pannen, die sie vor, während und nach dem Umzug haben würde, einfach nicht einkalkuliert. Am liebsten hätte sie sich dafür einen Tritt in den eigenen Hintern verpaßt.
Natürlich gab es Dinge, die man nicht hatte voraussehen können. Keiner hätte zum Beispiel ahnen können, daß gestern abend der Schlüssel ihres Umzuglasters in der Zündung abbrechen würde. Sie hatte nicht ahnen können, daß ihr neuer Vermieter im Lotto gewinnen und per Charterflug nach Las Vegas abhauen würde. Sie hatte auch nicht ahnen können, daß sie die Suche nach den Schlüsseln zu ihrer neuen Wohnung bis in die tiefsten Tiefen der Buckland-Käsefabrik führen würde. Und auch nicht, daß sie, nachdem sie endlich Einzug gehalten hatte, feststellen mußte, daß erst in zwei Tagen Telefon, Strom und Gas angeschlossen würden.
Die Katastrophen und Verzögerungen klumpten sich an einer Stelle über ihrem rechten Auge zusammen. Schmerz nagte an den Rändern ihres Gehirns, drohte mit einer ausgewachsenen Migräne. Das brauchte sie jetzt wie ein Loch im Kopf. Damit würde sie sich gleich wieder richtig einführen – als schwach. Klein und schwach – ein Image, gegen das sie selbst dann ankämpfen mußte, wenn sie bei bester Gesundheit war.
Mit dem heutigen Tag war sie Field Agent für das Minnesota Bureau of Criminal Apprehension (Fahndungszentrum), eine der obersten

Polizeibehörden im Mittelwesten. Mit dem heutigen Tag war sie eine von elf Field Agents im Staat. Die einzige Frau jedenfalls, die erste, die die Testosteron-Schranken der BCA Ränge im Außendienst durchbrochen hatte. Irgendwer war irgendwo wahrscheinlich deswegen stolz auf sie, aber Megan bezweifelte, daß dieses Gefühl sich auf die männlichen Bastionen der Kriminalpolizei ausbreitete. Feministinnen würden sie als Pionier bezeichnen. Andere würden Worte benützen, die aus Anstandsgründen in keinem gängigen Wörterbuch stünden.

Megan bezeichnete sich selbst als Cop. Es hing ihr zum Hals heraus, daß ständig die Frage der geschlechtlichen Bezeichnungen bei Diskussionen auftauchte. Sie hatte alle erforderlichen Kurse absolviert, alle Tests bestanden – im Klassenzimmer und auf den Straßen. Sie hatte sich im Griff, konnte mit allem umgehen, was schoß. Ihre Zeit auf Streife hatte sie absolviert, ihren Rang als Detective verdient. Sie hatte die Stunden im Hauptquartier hinter sich gebracht und war zweimal bei Außeneinsätzen übergangen worden. Und dann endlich war ihre Zeit gekommen.

Leo Kozlowski, der Agent für den Bezirk Deer Lake, war mit dreiundfünfzig tot umgefallen – Herzanfall. Dreißig Jahre Doughnuts und billige Zigarren hatten ihn schließlich eingeholt und den armen Leo, mit dem Gesicht voraus, in einem Teller schwedischer Fleischklopse im Scandia Coffee House enden lassen.

Als sich die Nachricht von seinem Ableben wie ein Lauffeuer durch den Irrgarten von Büros im Hauptquartier ausbreitete, legte Megan Leo zu Ehren eine Schweigeminute ein, dann tippte sie weiter einmal eine Aktennotiz an den Assistant Superintendent und unterbreitete ihm ihren Namen zur näheren Auswahl für diesen Posten. Als der Tag der Entscheidung immer näher rückte und sie überhaupt nichts Ermutigendes gehört hatte, raffte sie all ihren Mut sowie ihre Personalakte zusammen, und marschierte in das Büro des Special Agent, der das Regionalbüro von St. Paul leitete.

Bruce DePalma ritt wieder auf derselben alten Leier herum, mit der sie schon öfter abgespeist hatte. Es gab gute Gründe, daß nur Männer Field Agents waren. Die Polizeichefs und die Sheriffs, mit denen sie zusammenarbeiten mußte, waren alle Männer. Die Detectives und Polizisten setzten sich zu einem männlichen Netzwerk zusammen. Nein, das war keine Diskriminierung, jedoch eine Tatsache.

»Na gut, dann hab ich hier noch eine Dosis Tatsache für Sie, Bruce«, sagte Megan und knallte ihm ihre Akte genau in die Mitte seiner makellosen Schreibunterlage. »Ich habe mehr Ermittlungserfahrung, mehr Schulungszeit und eine bessere Verhaftungsquote als jeder andere, der für diesen Posten in Frage kommt. Ich habe den Lehrgang für Agenten auf der FBI-Akademie absolviert und kann einer Ratte auf zweihundert Meter den Schwanz abschießen. Wenn ich wieder übergangen werde, nur auf Grund der Tatsache, daß ich einen Busen habe, wird man mein Geheule bis zur Lokalredaktion der *Pioneer Press* hören.«

DePalma fixierte sie mit grimmiger Miene. Er hatte etwas von Nixon, was ihn bei der Presse nicht gerade beliebt machte. Megan sah, daß er im Geiste das Szenario an sich vorüberziehen ließ – Reporter, die ihn unkooperativ und opportunistisch nannten, während sich die Kameras auf seine tiefliegenden, unsteten Augen konzentrierten.

»Das ist Erpressung«, sagte er schließlich.

»Und Sie betreiben sexuelle Diskriminierung. Ich möchte diesen Posten, weil ich ein verdammt guter Cop bin und weil ich ihn verdiene. Wenn ich da draußen Scheiße baue, dann zerren Sie mich an den Haaren zurück, aber geben Sie mir wenigstens einmal die Chance!«

DePalma sackte in seinem Stuhl zusammen, legte die Fingerspitzen aneinander und zog die Schultern bis zu den Ohren hoch, eine Pose, die an einen Geier auf der Lauer erinnerte. Das Schweigen dehnte sich wie eine Bungee-Schnur. Megan hielt ihre Stellung und auch seinem Blick stand. Es war ihr zutiefst zuwider, mit Drohungen zu arbeiten; sie wollte diesen Job, weil sie ihn verdient hatte. Aber sie wußte, daß die Bosse besonders nervös wurden, wenn sie die Worte wie *Schikane* und *geschlechtliche Benachteiligung* hörten. Sie hatten immer noch blaue Flecken von den Anzeigen wegen sexueller Belästigung, die mehrere weibliche Angestellte vor einigen Monaten gegen den damaligen Superintendenten eingereicht hatten. Es konnte riskant sein, aber ein kleiner Denkanstoß würde vielleicht reichen, um DePalmas Aufmerksamkeit zu sichern.

Er fixierte sie mit grimmigem Blick und knirschenden Zähnen. »Da draußen gibt es ein Netzwerk von alten Kumpeln. Dieses Netzwerk ist für effektive Polizeiarbeit absolut notwendig. Wie wollen Sie da reinkommen, wenn alle anderen denken, Sie gehören nicht dazu?«

»Ich werde ihnen beweisen, daß ich dazugehöre.«

»Sie werden jedesmal, wenn Sie sich umdrehen, gegen eine Wand anrennen.«

»Dafür gibt's Preßlufthämmer.«

DePalma schüttelte den Kopf. »Dieser Job erfordert Finesse, keine Preßlufthämmer.«
»Ich werde Glacéehandschuhe tragen.«
Oder Fäustlinge, dachte sie, während sie an dem Heizungsknopf ihres Wagens fummelte.
Frustriert und durchgefroren bis auf die Knochen, schlug sie kräftig auf das Armaturenbrett und wurde mit einer Staubwolke aus den Lüftungsschlitzen belohnt. Der Chevy Lumina war eine Schindmähre aus dem Stall des Bureaus. Der Motor lief, er hatte vier gute Reifen und die erforderliche Funkausrüstung. Mehr aber auch nicht. Keinen Firlefanz. Aber es war ein Auto und sie eine Agentin im Außendienst. Sie würde eher tot umfallen, als sich zu beschweren.
Field Agent des Bureau of Criminal Apprehension. Das BCA wurde 1927 durch ein staatliches Gesetz gegründet, um allgemein den Polizeibehörden im Staat multijudikative Ermittlungsmöglichkeiten, Labor- und Datenbankeinrichtungen zuzuteilen, ein FBI in Miniaturausgabe. Megan war jetzt die Repräsentantin des Büros für einen Einzugsbereich von zehn Bezirken, sozusagen der Vermittler zwischen den lokalen Behörden und dem Hauptquartier. Beraterin, Detective, Drogenbaron – viele Rollen bekleidete sie jetzt, und als erste Frau in dieser Position mußte sie in jeder verdammt gut aussehen.
Zur Vorstellung bei dem Polizeichef der Stadt, die ihre Operationsbasis werden sollte, zu spät zu kommen war kein guter Anfang.
»Du hättest dich für morgen mit ihm verabreden sollen, O'Malley«, schimpfte sie sich, als sie aus dem Auto stieg und mit ihrem grauen Wollschal kämpfte, der plötzlich zwanzig Meter lang schien.
Der Schal hatte sich wie eine Python um ihren Hals, Arm und Aktentasche geschlungen. Sie zerrte und zupfte fluchend daran, während sie über die Rutschbahn trippelte, die als Parkplatz diente hinter dem Rathaus von Deer Lake und der örtlichen Polizeibehörde. Sie packte das eine Ende des Schals, warf es über die Schulter – und geriet trotz heftigen Ruderns aus dem Gleichgewicht. Die Absätze der Stiefel, die sie aus Vergrößerungsgründen angezogen hatte, wurden zu Schlittschuhen, sie tanzte und strampelte zwei Meter weiter, dann knallte sie wie ein Mehlsack direkt auf ihren Hintern. Schmerz schoß von ihrem Po bis in ihr Gehirn und dröhnte wie eine Glocke.
Einen Moment lang blieb Megan einfach mit zugekniffenen Augen sitzen, doch drang langsam die Kälte durch ihre schwarze Wollhose.

Sie sah sich auf dem Parkplatz nach Zeugen um. Es gab keine. Den Nachmittag hatte die Last der Dunkelheit zermalmt. Fünf Uhr war lange vorbei und der Großteil des Büropersonals bereits nach Hause gegangen. Chief Holt machte wahrscheinlich auch schon Feierabend, aber sie wollte es zumindest im Logbuch haben, daß sie diesen Termin eingehalten hatte. Mit drei Stunden Verspätung, aber immerhin!

»Ich hasse Winter«, fauchte sie und versuchte sich wenig elegant hochzurappeln, was ihr nach einiger Mühe mit Hilfe einer Autotür gelang. »Ich *hasse* Winter.«

Sie würde viel lieber irgendwo südlich des Schneegürtels leben. Es spielte keine Rolle, daß sie in St. Paul geboren und aufgewachsen war. Liebe zu arktischen Temperaturen gab es in ihren Genen einfach nicht. Sie mochte keine Daunenjacken, und von Wollpullovern bekam sie Ausschlag.

Wenn da nicht ihr Vater gewesen wäre, wäre sie längst in die Subtropen abgeschwirrt. Sie hätte den FBI-Posten angenommen, den man ihr während ihres Aufenthalts in der Akademie in Quantico, Memphis angeboten hatte. Die Menschen in Memphis wußten nicht einmal, was Winter war. Ihre Thermometer hatten wahrscheinlich keine Anzeigen unter Null. Wenn sie je die Worte *Alberta Clipper* hörten, dachten sie wahrscheinlich, das wäre der Name eines Bootes und nicht eine Wetterfront, die sogar den Polarbären das Mark in den Knochen gefrieren ließ.

Ich bleib wegen dir hier, Paps.

Als ob ihn das auch nur die Bohne interessierte.

Die Zähne der Kopfschmerzen nagten nun heftiger.

Das attraktive, V-förmig angelegte einstöckige Backsteingebäude des neuen Deer Lake City Center war ein Beweis für die wachsenden Steuereinkünfte von den Leuten, die aus den Städten hierherzogen. Die Stadt lag gerade noch im Pendlerbereich für den Süden der Hauptstadt. Nachdem in Minneapolis und St. Paul Überbevölkerung und Verbrechen voranmarschierten, suchten diejenigen, die es sich leisten konnten und nichts gegen die lange Anfahrt hatten, die schrulligen Reize von Orten wie Deer Lake, Elk River, Northfield, Lakefield. Die Stadtverwaltung war im südlichen Flügel des City Centers untergebracht, das Polizeirevier und das Büro des verstorbenen Leo Kozlowski im nördlichen, mit dem städtischen Gefängnis im ersten Stock. Weitere Möglichkeiten zur Inhaftierung gab es auf der anderen Seite des Stadtplatzes im alten Park County Gerichtsgebäude mit Polizei-

revier, wo sich das Revier des County Sheriff und das Bezirksgefängnis befanden.
Gleich nach ihrem Eintritt in das Gebäude wandte sich Megan nach links und hastete den geräumigen Korridor entlang, ohne das hübsche Atrium mit seinen Oberlichtern und Töpfen voller Palmen und Fresken über die Geschichte von Deer Lake eines Blickes zu würdigen. Aus dem Augenwinkel sah sie sich im Glas einer Vitrine und zuckte heftig zusammen. Sie sah aus, als hätte sie sich gerade einen Rupfensack vom Kopf gezogen. Heute morgen – es kam ihr vor, als wäre das schon einen Monat her – hatte sie ihre dunkle Mähne mit einer schwarz-gelb karierten Schleife zu einem Pferdeschwanz gebändigt. Ordentlich. Ganz die tüchtige Geschäftsfrau. Jetzt hingen ihr etliche Strähnen ins Gesicht und über Wangen und Kinn. Sie versuchte, die Ausreißer mit einer ungeduldigen Bewegung zurückzustreichen.
Der Empfangstresen am Eingang zum Polizeiflügel lag bereits verlassen da. Sie marschierte vorwärts zu den Sicherheitstüren, die den Stadtrat vor Kriminellen und Cops schützte, und umgekehrt. Hier drückte sie auf den Summer, wartete und sah sich durch die kugelsichere Scheibe den Einsatzraum an. Das Zimmer war hell und sauber – weiße Wände, schiefergrauer Industrieteppich, der noch keinerlei Abnutzungsspuren aufwies. Eine kleine Kompanie von schwarzen Metallschreibtischen standen in zwei Reihen stramm. Die Schreibtische sahen zum Großteil nicht gerade aufgeräumt aus. Auf den meisten türmten sich Akten und Papiere zusammen mit Kaffeetassen und gerahmten Fotos. Lediglich drei von ihnen waren besetzt. An einem saß ein großer, uniformierter Cop, der gerade telefonierte, an den anderen zwei Männer in Zivil, die an ihren Sandwiches kauten, während sie Papierkram erledigten.
Die Uniform legte den Hörer auf und erhob sich zu seiner vollen imposanten Größe, richtete seine schläfrigen Augen auf Megan und schlenderte zur Tür, unterwegs packte er sich einen Kaugummi aus. Er sah aus wie dreißig und wie ein Samoaner. Seine Haare waren dunkel und zerzaust, sein Körper massiv wie der Stamm einer Eiche und wahrscheinlich genauso stark. Auf seinem Namensschild stand NOGA. Er steckte den Kaugummi in den Mund und drückte den Knopf der Gegensprechanlage.
»Womit kann ich dienen?«
»Agent O'Malley, BCA.« Megan holte ihren Ausweis heraus und hielt ihn an die Scheibe. »Ich hatte einen Termin mit Chief Holt.«

Der Cop studierte das Foto nur flüchtig, er sah aus als würde er jeden Moment einschlafen. »Kommen Sie rein«, bedeutete er ihr mit einer lässigen Handbewegung, »die Tür ist offen.«
Megan biß die Zähne zusammen und zwang sich, nicht zu erröten. Sie mochte es nicht, wenn man sie zum Narren hielt und schon gar nicht am Ende eines Tages wie dem heutigen. Noga öffnete eine der Türen, sie marschierte hinein und fixierte ihn mit eisigem Blick.
»Sollte dieser Bereich nicht gesichert sein?« fragte sie barsch.
Noga schien nicht sonderlich beeindruckt von ihrem Auftreten. Er hob die Schultern, was einem Erdbeben glich, das eine Gebirgskette in die Höhe hievt. »Gegen was?« Ihre Antwort war nur ein wütender Blick, was er mit einem schiefen Lächeln quittierte. »Sie sind nicht von hier, oder?«
Megan hatte schon Genickstarre, weil sie ständig nach oben schauen mußte. Gar nicht so leicht, herrisch zu wirken, wenn jemand volle dreißig Zentimeter größer ist als man selbst. »Sie denn?«
»Schon lange genug. Kommen Sie nach hinten.« Er führte sie an den Reihen von Schreibtischen vorbei zu einem Korridor mit Privatbüros. »Natalie ist noch hier. Keiner dringt zum Chief vor, ohne daß Natalie ihn zuerst kontrolliert. Sie hat hier alles im Griff. Wir nennen sie den Kommandanten.« Er beäugte sie mit vagem Interesse. »Und warum sind Sie hier? Damit Sie die Stellung halten, bis die einen Ersatz für Leo gefunden haben?«
»Ich *bin* der Ersatz für Leo.«
Noga zog eine dicke Augenbraue hoch und gab sich Mühe, sein Entsetzen zu verhehlen. Mit wenig Erfolg, er machte ein Gesicht, als hätte er gerade einen akuten Gastritisanfall. »Ohne Scheiß?«
»Ohne Scheiß!«
»Hmm.«
»Ist es für Sie ein Problem, mit einer Frau zu arbeiten?« Megan gab sich größte Mühe, nicht allzu spitz zu klingen. Aber sie war müde, und ihre Laune stand auf Sparflamme. Sie spürte, wie Wut sich in ihr zusammenbraute.
Noga spielte den Unschuldigen, mit großen erstaunten Augen. »Für mich nicht.«
»Gut.«
Er duckte sich durch die Tür des Büros und trommelte dabei kurz mit den Knöcheln an die nächste Tür. »He, Natalie. Der Typ vom BCA – das Mädel ...«, Noga warf Megan einen betretenen Blick zu.

»Agent O'Malley«, sagte sie steif.
»Wird, verflucht noch mal, auch Zeit.«
Der giftige Satz kam aus einem Büro hinter dem, in dem sie gerade standen. Auf der Milchglasscheibe stand MICHAEL HOLT, CHIEF OF POLICE, aber es war nicht Michael Holt, der mit funkelnden schwarzen Augen erschien.
Die berüchtigte Natalie war auch nicht größer als Megan, aber wesentlich voluminöser. Sie wirkte irgendwie recht füllig aber ihr rostrot-violettes Kleid zeugte von ausgezeichnetem Geschmack. Ihre Haut hatte die Farbe von poliertem Mahagoni, und ihr Haar war kurz und kraus wie eine Kappe aus frischgeschorenem Schafpelz. Eine Hand hatte sie in die Hüfte gestemmt, die andere lehnte am Türrahmen, und Megan wurde von Kopf bis Fuß durch eine riesige rote Brille gemustert.
»Mädchen, Sie sind *spät* dran.«
»Dessen bin ich mir wohl bewußt«, erwiderte Megan kühl. »Ist Chief Holt noch im Dienst?«
Natalie verzog das Gesicht. »Nein, er ist nicht mehr *im Dienst.* Sie glauben doch nicht etwa, daß er hier rumhockt und auf Sie wartet?«
»Ich habe aber angerufen und gesagt, daß es später wird.«
»Sie haben nicht mit mir geredet.«
»Ich hab nicht gewußt, daß das nötig ist.«
Natalie schnaubte verächtlich. Sie schob sich von der Tür weg und machte sich an ihrem Schreibtisch zu schaffen, legte Blätter in Akten und diese Akten in einen der sechs Aktenschränke hinter sich. Jede Bewegung war effizient und schnell. »Sie sind wirklich neu hier. Mit wem haben Sie geredet? Mit Melody? Das Mädchen würde ihren eigenen Hintern vergessen, wenn nicht immer ein Mann die Hand drauf hätte, um sie dran zu erinnern.«
Noga versuchte, sich unauffällig zur Tür zurückzuziehen. »Noogie, schleich dich ja nicht davon«, warnte Natalie, ohne den Kopf zu heben. »Hast du den Bericht fertig, den Mitch haben wollte?«
Er schnitt eine Grimasse. »Ich mach ihn morgen früh fertig. Jetzt hab ich Streifendienst.«
»Du hast Ärger, das hast du«, schimpfte Natalie. »Entweder dieser Bericht liegt morgen mittag auf meinem Tisch, oder ich tätowiere deinen Hintern mit dem elektrischen Hefter, hast du gehört?«
»Laut und deutlich.«
»Und vergiß ja nicht, bei Dick Reid zweimal vorbeizufahren. Die sind nach Mexiko geflogen.«

Megan seufzte und wünschte, sie wäre auch in Mexiko. Ihr rechtes Lid zuckte seit einiger Zeit. Sie rieb sich das Auge und dachte zum ersten Mal seit dem Frühstück an Essen. Irgend etwas mußte sie essen, sonst würde sich das Kopfweh festsetzen, und sie würde nicht mal die Pillen bei sich behalten können.

»Wenn Chief Holt schon nach Hause gegangen ist, dann würde ich gerne einen neuen Termin ausmachen.«

Natalie schürzte ihre vollen Lippen und fixierte Megan mit einem langen, abschätzenden Blick. »Ich hab nicht gesagt, daß er weg ist, ich hab nur gesagt, daß er nicht mehr im Dienst ist«, sagte sie streng. »Was sind Sie bloß für ein Cop, der nicht auf solche Feinheiten achtet?« Sie schnalzte angewidert und ging voran. »Kommen Sie, *Agent O'Malley.* Wenn Sie schon mal hier sind, sollten Sie ihn auch kennenlernen.«

Megan marschierte neben der Sekretärin des Chiefs, sehr darauf bedacht, sie nicht zu überholen. Zweifellos befand sie sich auf dem Prüfstand.

»Sie sind also hier, um Leos Lücke zu füllen.«

»Ich könnte sie niemals füllen«, sagte Megan mit reglosem Gesicht. »Ich esse nicht genug Frittiertes.«

Ein Muskel zuckte in Natalies Mundwinkel. Nicht ganz ein Lächeln. »Leo konnte fressen, das walte Hugo. Jetzt haben sie ihn eingesargt. Ich hab ihm gesagt, er soll auf seinen Cholesterinspiegel aufpassen und aufhören, diese verdammten Zigarren zu rauchen. Er wollte nicht auf mich hören, aber typisch Mann. Im Wörterbuch sollten sie unter *fettleibig* das Bild von einem Mann haben.«

»Aber alle mochten ihn«, fügte sie hinzu und richtete ihren strengen Blick wieder auf Megan. »Er war ein Mordstyp. Was sind Sie?«

»Ein Mordscop.«

Natalie schnaubte verächtlich. »Das werden wir sehen.«

Als Megan plötzlich die Musik hörte, dachte sie, es wäre Einbildung. Die Musik war sehr leise, irgendein Weihnachtslied. Niemand spielte im Januar noch diese Melodien. Jeder hatte bereits Mitte Dezember eine Überdosis davon intus. Aber es wurde lauter, je weiter sie den Gang hinunterschritten. »Winter Wonderland.«

»Die Cops und die freiwillige Feuerwehr üben eine Show fürs Snowdaze ein. Die Einnahmen gehen an die Wohlfahrt«, erklärte ihr Natalie. »Geprobt wird bis sieben.«

Schallendes Männergelächter übertönte die Musik. Natalie öffnete

eine Tür, auf der Konferenz 3 stand, und bedeutete Megan einzutreten. Etwa ein halbes Dutzend Leute lümmelte in Chrom-Plastikstühlen, die in zwei chaotischen Reihen aufgestellt waren. Weitere sechs standen entlang der getäfelten Wände. Alle waren total aus dem Häuschen, schlugen sich auf die Schenkel, krümmten sich vor Lachen, tränenüberströmt. Im vorderen Teil des Raums tanzten zwei Typen in langen roten Unterhosen. Begleitet wurden sie von einem Ghettoblaster, jemand sang mit falschem norwegischem Akzent: »Itch a little hier, scratch a little da. Walking in my Winterunderwear ...«
Megan stand mit offenem Mund vor diesem Spektakel. Der Mann zur Rechten hatte eine Figur wie das Teigmännchen von Pillsbury und trug eine rotkarierte Mütze. Der Mann zur Linken war ein ganz anderes Kaliber, groß und schlank, sah aus wie Harrison Ford und hatte den Körper eines Athleten. Die Unterwäsche schmiegte sich wie eine zweite Haut an seinen Körper, dessen Geschlecht unübersehbar war. Megan mußte sich zwingen, ihren Blick auf weniger provokante Details seiner Anatomie zu richten – der wohlgeformte Brustkasten, die schmalen Hüften, Beine so lang und muskulös wie die eines Reiters. Wer immer gemeint hatte, er würde in diesem Aufzug lächerlich aussehen, besaß offensichtlich keine Hormone.
Die Kopfbedeckung stellte ein anderes Kapitel dar. Aus der Pudelmütze der Minnesota Vikings sprossen gelbe Filzhörner und lange Zöpfe aus gelbem Garn. Die Zöpfe hüpften im Takt zum Tanz. Er bemühte sich um eine beleidigt würdevolle Miene, aber hatte seine liebe Not damit.
Als die Nummer zu Ende war, verbeugten sich die Tänzer theatralisch, mußten aber so lachen, daß sie sich nicht mehr aufrichten konnten. Harrison Ford hatte ein wundervolles Lachen. Warm, rauh, maskulin. Es macht mich natürlich nicht an, dachte Megan, ihr war sicher nur so heiß geworden, weil sie zuviel anhatte. Willkürliche Körperreaktionen auf Männer – so etwas gab es bei ihr nicht. Es wäre töricht gewesen, vor allem wenn der Mann ein Cop war.
Harrison Ford richtete sich auf. Er grinste übers ganze Gesicht. Es war ein interessantes Gesicht, voller Leben, ein bißchen rauh, ein bißchen faltig, nicht direkt gutaussehend, aber ungeheuer anziehend. Eine drei Zentimeter lange Narbe lief diagonal über sein Kinn. Die Nase war beachtlich, eine solide maskuline Nase, die wohl schon ein oder zwei Brüche hinter sich hatte. Seine Augen wirkten dunkel, tiefliegend, blitzten zwar vor Humor, sahen indessen uralt aus.

Megan zögerte, doch Natalie schubste sie vorwärts und übernahm selbst das Ruder.
»Hast du denn gar keinen Stolz?« fragte sie ihren Boss und zerrte an einem der langen gelben Zöpfe. Sie schüttelte den Kopf, hatte aber Mühe, sich das Lachen zu verkneifen.
Mitch Holt holte tief Luft. »Du bist doch bloß eifersüchtig, weil sie mich als Unterwäschemodell für *Victoria's Secret* haben wollen.« Er grinste die Frau an, die sein Berufsleben regierte. *Sekretärin* war ein viel zu armseliger Titel für Natalie Bryant. Er betrachtete sie als seine Verwaltungsassistentin und hatte den Stadtrat so lange schikaniert, bis sie ihr das entsprechende Gehalt zahlten; aber die beste Bezeichnung für sie war doch ihr Spitzname: der Kommandant in Pumps.
Natalie schnaubte wie ein Pferd. »Der Bauernkalender wäre wohl passender. Du siehst aus wie Ausschußware aus einem Versandkatalog.«
»Schon bloß mein Ego nicht«, sagte er zwinkernd.
»Das mach ich nie. Du hast Besuch. *Agent* O'Malley vom BCA.« Sie zeigte auf die Frau, die mit ihr hereingekommen war. »*Agent* O'Malley, darf ich vorstellen, Chief Holt.«
Mitch beugte sich vor, um ihre Hand zu schütteln, wobei ihm ein gelber Zopf ins Gesicht baumelte. Er riß sich die Mütze vom Kopf und warf sie seinem Tanzpartner ohne hinzusehen zu. »Mitch Holt. Tut mir leid, daß Sie mich ohne Uniform erwischt haben.«
»Tut mir leid, daß ich zu spät komme«, Megan trat ein Stück vor, um ihn zu begrüßen.
Seine Hand umschloß die ihre, breit und stark und warm, und etwas durchfuhr sie, das sie weder benennen noch wahrhaben wollte. Sie sah hinauf zu Mitch Holt in der Erwartung, Selbstzufriedenheit zu sehen, statt dessen fand sie Selbstsicherheit und das scharfe Blitzen eines wachen Verstandes. Das Wort *gefährlich* kam ihr in den Sinn, aber sie verdrängte es. Sie wollte ihm ihre Hand entziehen, den Kontakt lösen. Er hielt sie noch eine Sekunde länger, nur um ihr zu zeigen, daß hier alles nach seiner Pfeife tanzte. Oder das dachte er zumindest. Die übliche Routine …
»Ich bin beim Umzug auf ein paar unvorhergesehene Komplikationen gestoßen«, erwiderte sie. »Normalerweise halte ich mich an Pünktlichkeit.«
Mitch nickte. *Das wette ich, Agent O'Malley.* Er sah ihr ruhig in die Augen, suchte nach einer Reaktion auf den körperlichen Kontakt. Ihr

Blick war wie grünes Eis. Fast konnte er spüren, wie sie Schutzschilde um sich aufbaute.
»Nicht so tragisch«, sagte er und strich sich gedankenverloren über sein dichtes, dunkelblondes Haar, ein Versuch, den Schaden wiedergutzumachen, den die Pudelmütze angerichtet hatte.
»Sie sind also Leos Nachfolger.« Er zog eine Augenbraue hoch und versuchte sich vorzustellen, wie sie ohne ihren Mega-Parka aussehen würde. »Sie sind, weiß Gott, ein angenehmer Anblick.«
Die Bemerkung schlug wie Feuerstein auf Stahl, Megans angekratzte Nerven explodierten. »Ich hab den Job nicht gekriegt, weil ich in Strumpfhosen gut aussehe, Chief.«
»Leo auch nicht, das schwöre ich. Es gibt einige Dinge, ohne die ich ganz gut leben kann. Leo Kozlowski in Reizwäsche steht ganz oben auf dieser Liste. Aber er war ein Mordstyp. Kannte jedes gute Fischwasser im Umkreis von hundert Meilen.«
Megan hatte das noch nie für eines der lebensnotwendigen Talente eines Kriminalers gehalten, aber sie behielt ihre Meinung für sich.
Die Probe wurde offiziell für beendet erklärt. Die Teilnehmer verließen nach und nach den Raum. Natalie trieb sie wie ein Hirtenhund vor sich her. Ein paar Männer riefen Mitch noch einen Gruß zu. Er hob die Hand, ließ aber Agent O'Malley nicht aus den Augen.
Er fragte sich, ob sie wußte, daß die Nummer ›Harter Brocken‹ wesentlich mehr prickelte, wenn sie nervös gewesen wäre. Es machte ihn neugierig, was sich wohl hinter diesem Panzer verbarg. Einen Faden, mit dem man spielen konnte, um zu sehen, wie er sich entrollte. Es lag in seiner Natur, an Rätseln zu arbeiten, ein Zwang, der in seinen Beruf paßte. Er ließ es zu, daß das Schweigen sich ausbreitete, um zu sehen, wie sie reagierte.
Sie ertrug seinen Blick und wartete ab, den Kopf leicht zur Seite geneigt, strich sich lässig ein paar freiheitsdurstige, dunkle Strähnen aus der Stirn. Die Farbe erinnerte ihn an Cherry Coke – fast Schwarz mit einem Hauch Rot. Sehr exotisch in diesem Landstrich voller Schweden und Norweger. Abgesehen von ihrem etwas energischen Kinn sah sie fast aus wie ein entflohener Klosterzögling. Ihr Gesicht hatte diese Ernsthaftigkeit, die man sonst nur bei Novizinnen findet. Ein blasses Oval mit Haut wie frische Sahne und Augen so grün wie die Rennbahn in Killarney. Hübsch. Jung. Mitch fühlte sich mit einem Mal wie hundert.
»Also«, begann Megan. Was sie jetzt brauchte, war ein Ende dieses

Gesprächs, Rückzug, neu sammeln, morgen wieder zurückkommen, wenn sie sich stärker fühlte und er ein bißchen mehr anhatte als lange Unterhosen. »Es ist schon spät. Ich kann morgen wieder vorsprechen. Da haben wir mehr Zeit. Sie werden Ihre Uniform tragen ...«

Da war wieder dieses schiefe Grinsen. »Ist Ihnen das peinlich, Agent O'Malley?«

Megan fixierte ihn mit grimmiger Miene. Ihr Augenlid zuckte, was den Effekt ruinierte. »Es gehört nicht zu meinen Gewohnheiten, Geschäftliches mit Männern in Unterhosen zu regeln, Chief Holt.«

»Ich tu Ihnen gern den Gefallen und zieh sie aus«, sagte er und kratzte sich am Arm. »Kommen Sie mit in mein Büro, dann schaffen wir die Wursthaut beiseite.«

Er machte sich auf den Weg und streckte eine Hand aus, als hätte er vor, sie ihr auf die Schulter zu legen. Megan machte einen Satz zur Seite. Das brachte das Faß zum Überlaufen. Sie war müde, streitsüchtig, auf keinen Fall in der Stimmung für irgendeine Anmache.

»Ich bin Agent des Bureau of Criminal Apprehension, Chief«, sagte sie und hielt mit aller Gewalt ihr letztes Quentchen Humor aufrecht. »Ich habe zwei Jahre bei der Polizei von St. Paul gedient, sieben Jahre bei der Polizei von Minneapolis – fünf davon als Detective, u. a. im Rauschgiftdezernat und bei der Sitte. Meinen Universitätsabschluß habe ich in Polizeiarbeit gemacht und den Agentenkurs in Quantico absolviert. Ich glaube, die Steuerzahler würden es mir nicht danken, wenn ich hier als Animierdame auftreten würde.«

»Animierdame?« Mitch lehnte sich zurück, die Augenbrauen hochgezogen, halb amüsiert, halb beleidigt. »Vielleicht sollte ich meinen Vorschlag neu formulieren«, lenkte er ein. »Sie können in Natalies Büro warten, während ich mich umziehe. Dann würde ich mich glücklich schätzen, wenn Sie mir Gesellschaft leisteten – auf rein geschäftlicher Basis versteht sich – und mich in eines der feinsten Speiseetablissements unserer Stadt begleiten, wo wir eine Mahlzeit zu uns nehmen könnten.« Er hob die Hände, um eventuelle Proteste abzuwehren. »Jeder auf eigene Rechnung, Agent O'Malley. Nichts steht mir ferner, als Ihre feministischen Gefühle zu verletzen. Sie können dieses Angebot annehmen oder ablehnen. Ich will Sie keinesfalls zwingen, aber wenn Sie meine Offenheit verzeihen, Sie sehen aus, als könnten Sie ein bißchen Hackbraten gebrauchen.

Fürs Protokoll: Ich habe keine Probleme mit Agenten, die zufällig Frauen sind, bin ein einigermaßen aufgeklärter Typ der Neunziger.

Also stecken Sie Ihren Harnisch in die Aktentasche, Agent O'Malley. Glauben Sie mir, es werden genug Typen Schlange stehen, für die Sie ihn wieder rausholen können, aber ich gehöre nicht dazu.«

Megan spürte, wie sie mit jedem Satz kleiner wurde. Am liebsten wäre sie einfach im Teppich versunken.

»Du mußt noch viel lernen, O'Malley«, murmelte sie. Ihr Augenlid zuckte wie verrückt. Sie rieb es, holte tief Luft und schluckte das bißchen Stolz, das ihr noch geblieben war, runter. »Es tut mir leid. Normalerweise ist es nicht meine Art, beleidigende Schlüsse zu ziehen. Ich weiß nicht, was ich zu meiner Entschuldigung sagen kann, außer daß heute nicht unbedingt mein Glückstag war.«

Zwei Jahre in St. Paul, sieben in Minneapolis, Detective, Rauschgiftfahnder. Eine beachtliche Laufbahn, vor allem für eine Frau. Mitch wußte, wie schwer es für eine Frau war, sich in diesem Beruf zu behaupten. Alles war gegen sie – Schulter an kräftiger Schulter, eine Form der Bruderschaft so alt wie die Menschheit. Ohne jede Rücksicht auf qualifizierte Gleichberechtigung. Miss O'Malley mußte hart und gut sein. So wie's aussah, zeigte sie heute gewisse Verschleißerscheinungen.

Und bei ihm würde sie sicher auch einige hinterlassen, dachte er irritiert. Er führte ein ruhiges, geordnetes Polizeirevier und ein ebensolches Leben. Auf keinen Fall brauchte er irgendeine Frau, die angestürmt kam, ihren BH wie ein Banner schwenkte, auf der Suche nach Ärger, der gar nicht existierte.

»Wenn ich eine Animierdame benötige, suche ich mir ein Etablissement mit solchen Angeboten«, sagte er düster. »Bringen Sie mein Boot nicht ins Schwanken, Agent O'Malley. Störenfriede sind hier fehl am Platze, ob sie nun gut aussehen in einer Strumpfhose oder nicht.«

Er holte tief Luft, wich einen Schritt zurück, ein unerwarteter Geruch ließ ihn die Nase rümpfen. »Interessantes Parfum. Cheddar?«

Blutübergossen stand sie da. »Ich bin den halben Nachmittag in einer Käsefabrik hinter meinem Wohnungsschlüssel hergejagt.«

»Sie hatten tatsächlich einen schweren Tag. Ich verordne Hackbraten«, verkündete er. »Vielleicht ein Glas Wein. Definitiv ein Stück Karottenkuchen ... Mein Gott, ich bin am Verhungern«, ächzte er und rieb sich seinen flachen Bauch auf dem Weg zur Tür.

Megan folgte ihm zögernd und versuchte zu entscheiden, ob ein Abendessen mit ihm eine Möglichkeit wäre, noch einmal von vorne anzufangen, oder nur eine weitere Trainingstunde in verbalen Kampftechniken. Sie war sich nicht sicher, ob sie noch genug Kraft für eine der beiden Lösungen hatte, aber das würde sie Mitch Holt bestimmt nicht zeigen. Trotz seiner angeblichen Aufgeklärtheit wußte sie, daß er sowohl Gegner als auch Kollege sein würde. Sie hatte vor langer Zeit gelernt, bei keinem von beiden Schwäche zu zeigen.

Kapitel 3

Tag 1
19 Uhr 33, –6 Grad

Angezogen sah er auch nicht schlecht aus. Nur eine beiläufige Beobachtung, sagte sich Megan, als Mitch ihre Mäntel in der Garderobe von Grandma's Attic aufhing. Er hatte sich eine dunkle Bundfaltenhose angezogen, ein elfenbeinfarbenes Hemd und eine dunkle Krawatte mit winzigen Emblemen, die sie nicht genau erkennen konnte. Die Haare hatte er sich gekämmt, oder es zumindest versucht. Dunkelblond und dicht wehrte es sich hartnäckig gegen den modischen Schnitt, seitlich kürzer, Deckhaar länger. Er trug es links gescheitelt und hatte die Angewohnheit, es mit den Fingern zurückzustreichen. Keine eitle Geste, mehr eine automatische, als wäre er darauf gefaßt, daß sie ihm in die Augen fielen.
Megan hatte auch versucht zu retten, was zu retten war und sich in der Damentoilette des Reviers etwas aufgemöbelt. Kurz die Haare wieder zu einem ordentlichen Pferdeschwanz gebürstet, dann etwas Gloss auf die Lippen. Sie versuchte die Wimpertuscheflecken unter ihren Augen wegzureiben und mußte zu ihrem Leidwesen feststellen, daß es Augenringe waren, die verräterischen Anzeichen von Müdigkeit. Ihr Gesicht war kalkweiß, aber dagegen gab es kein Zaubermittel. Sie trug normalerweise kaum Make-up und hatte nichts bei sich.
Egal, sagte sie sich, während sie sich im Restaurant umsah. Das war kein Rendezvous, sondern ein Geschäftsessen. Sie wollte Mitch Holt nicht als Frau beeindrucken, sondern als Cop.
Im Restaurant drängte sich das Publikum, die Luft war zum Schneiden voll von Stimmen und dem würzigen Geruch der Hausmannskost. Kellnerinnen in gerüschten Musselinschürzen und hochgeschlossenen Blusen mit Puffärmeln schlängelten sich durch eine

Ansammlung lauter verschiedenartiger Holztische, mit schweren irdenen Tellern, auf denen sie die Spezialität des Tages servierten. Grandma's Attic war in einem Teil einer renovierten Wollweberei untergebracht, mit Ziegelwänden, an denen der Zahn der Zeit genagt hatte, Böden aus zerkratztem Holz, und hohen Balkendecken. Auf der Straßenseite des Hauptspeiseraums schaute man durch eine Reihe geschwungener Bogenfenster. Entlang einer Stange, die von einer Wand zur anderen parallel zur Fensterfront verlief, hingen üppige Farne in Messingtöpfen.

Auf jedem verfügbaren Fleckchen standen oder prangten Haushaltsantiquitäten – Kupferkessel, irdene Kaffeekannen, Porzellanteekannen, Küchengeräte, Butterfässer und hölzerne Buttermodeln, Salzkästchen und blaue Steingutkrüge. Strategisch verteilt standen alte Schiffskoffer, die die Kellnerinnen als Serviertische benutzten, im Raum. Abgesehen von den mehr alltäglichen Dingen gab es auch eine wunderbare Sammlung von Damenhüten, die über hundert Jahre alt war: breitkrempige Räder, drapiert mit zahllosen Metern durchsichtiger Schleier. Pillboxes und Hüte mit Straußenfedern, welche zum Reiten und Autofahren sowie mit schwarzen Spitzenschleiern dekoriert.

Megan war hingerissen. Sie liebte Dinge aus Großmutters Zeiten und genoß es, auf Flohmärkten Jagd nach ihnen zu machen, sie von einer Generation Frauen zur nächsten weitergegeben worden waren. In ihrer Familie fehlte so etwas, sie hatte nichts von ihrer Mutter. Ihr Vater hatte sämtliche Habseligkeiten Maureen O'Malleys verbrannt, einen Monat, nachdem sie ihre Familie im Stich gelassen hatte. Megan war gerade sechs Jahre alt gewesen.

Die Empfangsdame begrüßte Mitch mit Namen, musterte Megan interessiert und führte sie zu einer Nische im erhöhten Teil des Lokals, wo alles etwas weniger hektisch schien und der Lärmpegel durch die hohen Zwischenwände der Nischen gedämpft wurde.

»Der übliche Wahnsinn«, sagte sie mit einem herzlichen Lächeln für Mitch. Sie sah aus wie Mitte vierzig, sehr attraktiv, mit blaßblondem Pagenschnitt. »Und obendrein pumpen sich alle schon für den Snowdaze auf. Denise hat gesagt, sie kommt vielleicht am Wochenende.«

Mitch ließ sich sie Speisekarte geben. »Wie gefällt's ihr denn auf der Designerschule?«

»Sie findet es wunderbar und hat mich beauftragt, dir zu danken, weil du sie ermutigt hast zurückzugehen – und du sollst sie besuchen, wenn du mal in die Stadt kommst. Sie geht ab und zu mit einem Ar-

chitekten aus, aber es ist nichts Ernstes«, fügte sie hastig hinzu mit einem scheelen Seitenblick auf Megan.
»Mmhm«, murmelte Mitch. »Darlene, das ist Megan O'Malley, unser neuer Agent vom BCA. Sie ist die Nachfolgerin von Leo Kozlowski und heute zum ersten Mal in der Stadt; ich dachte, ich stelle ihr Grandma's vor. Megan, Darlene Hallstrom.«
»Uuuh!« trällerte Darlene und strahlte gekünstelt, aus dem Augenwinkel versuchte sie zu erkennen, ob Megan einen Ehering trug. »Wie schön, ein neues Gesicht in der Stadt zu haben. Arbeitet Ihr Mann auch in Deer Lake?«
»Ich bin nicht verheiratet.«
»Sehr interessant«, knirschte sie, immer noch lächelnd und reichte ihr die Speisekarte. »Wir hatten Leo alle gerne. Guten Appetit!«
Mitch seufzte, als Darlene mit wackelnden Hüften abrauschte.
»Wer ist Denise?« fragte Megan.
»Darlenes Schwester. Ihre *geschiedene* Schwester. Darlene hatte da Pläne.«
»Wirklich? Was hat denn Ihre Frau dazu gesagt?«
»Meine ...«
Er folgte ihrem Blick, der auf die Hand mit der Speisekarte gerichtet war. Der Goldring an seinem linken Ringfinger glänzte im sanften Licht. Er trug ihn aus einer Reihe von Gründen – weil er mannstolle Weiber abschreckte; weil es Gewohnheit war; weil er jedesmal, wenn er ihn ansah, den stechenden Schmerz von Kummer und Schuldgefühlen verspürte. Er entschuldigte das damit, daß er ein Cop war und Cops von Natur aus pervers sind und katholisch in Gewissensfragen, wenn auch sonst nicht.
»Meine Frau ist tot«, sagte er, und seine Stimme war nur ein hartes, kaltes Flüstern, seine emotionellen Schilde schnellten wie Eisenwände um ihn hoch. Fast zwei Jahre waren vergangen, und die Worte schmeckten immer noch wie der Kleber von Briefmarken, bitter und beißend. Sie auszusprechen hatte ihm nicht geholfen. Und Mitgefühl wehrte er so unbeholfen ab, wie ein Stürmer den Ball mit einem Fängerhandschuh.
»Ich spreche nicht darüber«, sagte er ohne Umschweife, zog damit eine geistige Linie in den Sand und jagte sie auf ihre Seite zurück.
Sein Stolz und seine Vorstellung von Privatsphäre scheuten das Mitgefühl von praktisch Fremden. Und unter dieser Verschanzung brodelte die Wut, ernährte sich selbst, sein ständiger Begleiter. Er hielt sie

im Zaum, hatte sie unter lückenloser Kontrolle. Kontrolle war der Schlüssel. Kontrolle war seine Stärke, seine Rettung.

»O Gott, das tut mir leid«, murmelte Megan. Sie konnte seine Spannung spüren. Seine Schultern waren starr davon, das Kinn so aggressiv vorgeschoben, daß kein Mensch bei Verstand wagen würde, ihn herauszufordern. Sie kam sich vor wie ein unbefugter Eindringling auf geweihtem Boden.

Mit auf den Tisch gestützten Ellbogen vergrub sie das Gesicht in ihren Händen. »Tausend Punkte O'Malley. Wenn da draußen irgendwo ein Scheißhaufen ist, trittst du mit beiden Füßen hinein.«

»Ich hoffe, Sie meinen damit nicht die Käsefabrik«, sagte Mitch spöttisch und rang sich ein Lächeln ab. »Ich würde ungern den Gesundheitsinspektor noch mal dahinschicken.«

Megan lugte zwischen ihren Fingern hervor. »Noch mal?«

»Ja, also letztes Jahr gabe es da einen unbedeutenden Vorfall, in den der Schwanz einer Maus und ein Stück Monterey-Jack-Käse verwickelt waren ...«

»Ekelhaft!«

»Les Metzler hat mir versichert, daß es ein einmaliger Vorfall war, aber ich weiß nicht. Ich persönlich kaufe keinen Käse von einer Firma, in dessen Souvenirladen es auch Tierpräparate gibt.«

»Das ist nicht wahr!«

»O doch. Ich kann nicht glauben, daß Sie das Schild nicht gesehen haben, als Sie draußen in der Fabrik waren. *Metzler's BuckLand Feine Käse und Tierpräparate.* Sein Bruder Rollie macht die Ausstopfungen. Er hat als Kind ein Nudelholz über den Kopf gekriegt, und seitdem ist er von überfahrenen Tieren besessen, nicht ganz richtig da oben«, flüsterte er und tippte sich an die Schläfe. Dann beugte er sich über den Tisch, sah sich kurz nach ungewollten Lauschern um und fuhr fort: »Ich kaufe meinen Käse in Minneapolis.«

Ihre Blicke begegneten sich, und Megan spürte etwas, das sie weder fühlen wollte noch zu fühlen brauchte. Sie senkte rasch den Blick und studierte das Muster auf seiner Krawatte – Hunderte von winzigen Mickeymäusen.

»Tolle Krawatte.«

Er sah an sich hinunter, als hätte er vergessen, was er anhatte. Sein Lächeln war mit einem Mal gar nicht mehr zynisch. Die rauhen Kanten seines Gesichts wurden weich, als seine Hand über den Streifen burgunderroter Seide strich. »Meine Tochter hat sie ausgesucht. Ihr

Geschmack ist nicht direkt reif für die Männer-Vogue, aber sie ist ja auch erst fünf.«

Megan mußte sich auf die Zunge beißen, um nicht zu seufzen. Hier saß der Polizeichef, ein großer eisenharter Macho, dessen einziges modisches Accessoire wahrscheinlich eine Neun-Millimeter Smith & Wesson war, und er ließ seine kleine Tochter die Krawatten aussuchen. Süß.

»Ich kenne einen Haufen Cops, die sich modisch auf dem Stand von Fünfjährigen befinden«, sagte sie. »Mein letzter Partner war immer angezogen wie die Karikatur eines Gebrauchtwagenhändlers. Er besaß mehr karierte Polyesterhosen als Arnold Palmer.«

Mitch mußte lachen. »Modepolizei haben Sie bei Ihrem mündlichen Lebenslauf gar nicht aufgeführt.«

»Ich wollte Sie ja nicht völlig fertigmachen.«

Sie bestellten beide Hackbraten. Megan lehnte den Vorschlag ein Glas Wein zu trinken ab, weil sie wußte, daß es ihre Kopfschmerzen noch verschlimmern würde. Mitch bestellte eine Flasche Moosehead Bier und sagte der Kellnerin – ein blondes Mädchen, etwa achtzehn oder neunzehn –, wie hübsch sie ohne die Zahnspange aussähe. Das Mädchen lächelte ihn schüchtern an und ging mit hochrotem Kopf davon.

»Sie scheinen hier jeden zu kennen«, bemerkte Megan. »Ist das eine von diesen Der-Junge-von-nebenan-macht-Karriere-Geschichten?«

Mitch zupfte sein Brötchen auseinander, das innen noch dampfend heiß war. »Ich? Nein. Ich bin verpflanzt worden, hab fünfzehn Jahre bei der Polizei von Miami Dienst geschoben.«

»Das gibt's ja nicht!« Sie hielt sich entsetzt an der Tischkante fest, als hätte der Schock sie aus dem Gleichgewicht gebracht.

»Sie sind von *Miami hierher*gezogen? Sie haben *Florida* aufgegeben, um in dieser gottverlassenen Tundra zu leben?«

Mitch zog eine Braue hoch. »Muß ich annehmen, daß Ihnen unser schöner Staat nicht gefällt?«

»Ich mag den Sommer – der hier ganze drei Wochen dauert«, sagte sie trocken. »Der Herbst ist hübsch, vorausgesetzt, er wird nicht unter verfrühten drei Metern Schnee begraben. Und das war's dann auch schon mit meiner Liebe, abgesehen von der Tatsache, daß ich eine Eingeborene bin. Meiner Meinung nach ist das Leben viel zu kurz, um die Hälfte davon im Winter zu verbringen.«

»Warum bleiben Sie dann hier? Mit Ihren Qualifikationen könnten Sie sich wahrscheinlich einen Job in wärmeren Gefilden aussuchen.«
Er merkte es sofort, als sie ihre Verteidigungsbatterien einschaltete. Sie waren ein Spiegelbild seiner eigenen – gebaut, um zu schützen, abzuwehren, Außenseiter am Eindringen zu hindern.
»Familiäre Komplikationen«, lautete ihrer Erwiderung, dann konzentrierte sie sich auf ihr Brötchen. Sie zupfte ein Stück davon ab und spielte damit. Mitch bedrängte sie nicht weiter, aber es gab ihm zu denken. Welche Familie? Was waren das für Komplikationen, daß sie seinem Blick auswich? Ein weiterer loser Faden, an dem er zerren mußte. Ein weiteres Puzzlestück, das identifiziert und eingepaßt gehörte.
Sie warf den Konversationsball in sein Spielfeld zurück. »Und, was haben Sie in Miami gemacht?«
»Morddezernat. Ein Gastspiel bei der Sonderabteilung für Bandenkriminalität. Touristenmorde, Drogenrazzias in der feinen Gesellschaft – lauter große Geschichten.«
»Ist das Leben hier nicht ein bißchen zu ruhig für Sie?«
Eine weitere Antwort mit Vergangenheit, dachte Megan und beobachtete ihn durch ihre Wimpern, während er einen tiefen Zug aus seiner Bierflasche tat. Ein weiterer Grund, den Kontakt mit ihm auf rein geschäftlicher Ebene zu halten. Sie brauchte die emotionellen Lasten eines anderen nicht, hatte selbst genug davon, um ein Samsonite-Kofferset zu füllen. Trotzdem ließ ihr die Neugier keine Ruhe, dieses Bedürfnis, Rätsel zu lösen und Geheimnisse aufzudecken. Sie schrieb dieses Bedürfnis ihrem Instinkt als Cop zu und stritt energisch ab, daß es etwas mit den mißtrauischen Schatten in seinen Augen zu tun hatte oder mit irgendeiner verworrenen Sehnsucht, eine verwundetes Herz zu trösten. Wenn sie auch nur eine Zelle Hirn besaß, würde sie Mitch Holt nicht als Mann betrachten.
Da hast du dir was Schönes vorgenommen, O'Malley, dachte sie, als er sich noch einen Schluck von seinem Bier genehmigte. Seine Augen waren schmal, sein fester Mund glänzte vor Feuchtigkeit, als er die Flasche absetzte. Im gedämpften Licht der Nische sahen seine Bartstoppeln dunkler, die Narbe auf seinem Kinn silbrig und bösartig aus.
»Und wie sind Sie dann in den Polarkreis gekommen?« Sie riß noch ein Stück von ihrem Brötchen.
Mitch zog die Schultern hoch, als wäre es etwas Zufälliges, ohne Bedeutung, obwohl das der Wahrheit so entgegengesetzt lag wie eine

glatte Lüge. »Die Stelle war frei. Meine Schwiegereltern lebten hier. Es war eine Chance für meine Tochter, Zeit mit ihren Großeltern zu verbringen.«

Ihre Salate wurden serviert, zusammen mit einem Mitglied der Moose Lodge, das Mitch daran erinnern wollte, daß er bei ihrem Lunch am Freitag als Redner auftreten sollte. Mitch stellte Megan vor. Der Moose-Mann sah sie an und kicherte, als wollte er sagen: »Toller Witz, Mitch«. Er schüttelte Megan die Hand und beglückwünschte sie mit einem gönnerhaften Lächeln.

»Sie sind Leos Nachfolger? Wie niedlich!«

Megan verkniff sich eine boshafte Bemerkung, eingedenk der Tatsache, daß sie selbst um diesen Posten gebeten hatte.

»Mr. Moose verabschiedete sich und wurde rasch von einem der Organisatoren des Snowdaze-Fackelzuges abgelöst. Sie besprachen die Details für die Absperrung der Straßen, durch die sich der Zug bewegen würde. Das Vorstellungsritual war praktisch eine Wiederholung des Vorhergehenden.

»Sie ist also Leos Nachfolgerin. Netter anzuschaun als Leo, was?«

Megan biß die Zähne zusammen. Mitch enthielt sich sehr diplomatisch jeden Kommentars. Der Hackbraten kam, und der Paradenmann verabschiedete sich mit einem kurzen Zwinkern für Megan.

Sie konzentrierte sich auf ihren Teller. »Wenn noch ein einziger Mensch sagt, daß ich niedlich bin, beiße ich ihn. Haben wir 1994, oder bin ich in eine Zeitverschiebung geraten?«

Mitch lachte. »Beides. Das hier ist eine Kleinstadt in Minnesota, Agent O'Malley. Jetzt gehen Sie nicht mehr unter im Gedränge.«

»Das ist mir klar, aber es ist doch eine Collegestadt. Ich hatte erwartet, daß die Leute hier etwas fortschrittlicher sind.«

»Oh, das sind sie«, sagte er und kippte Pfeffer auf einen Berg Kartoffelgratin. »Wir verlangen nicht mehr, daß die Frauen ihre Gesichter verhüllen und drei Schritte hinter dem Mann herbückeln.«

»Sehr witzig.« Megan schnitt in ihren Hackbraten und das Aroma von Kräutern und Gewürzen war so himmlisch, daß sie am liebsten die Nase darin versenkt hätte.

»Ernsthaft. Deer Lake ist für eine Kleinstadt sehr aufgeschlossen. Aber die Männer, die Ihnen dienstlich begegnen werden, sind alle von der alten Schule. Hier gibt es immer noch einen Haufen Typen, die glauben, das Frauchen sollte zu Hause bleiben und Socken stopfen, während sie sich beim Treffen der NRA (National Rifle Association)

vergnügen. Sie können mir nicht erzählen, daß Sie in den Abteilungen, in denen Sie gearbeitet haben, nicht auch Ihr Päckchen zu tragen hatten.«
»Sicher hatte ich das, aber in größeren Orten zeitigt die Androhung einer Strafanzeige noch Wirkung«, erwiderte Megan. »Sie haben sich anscheinend mühelos dem Kleinstadtleben angepaßt. Was ist Ihr Geheimnis? Außer Ihrem Penis natürlich.«
»Oh, Schätzchen, ich fühle mich geschmeichelt, daß Sie das bemerkt haben«, sagte Mitch.
Schlechte Wortwahl, O'Malley. »War ja unübersehbar bei dem, was Sie anhatten, als wir uns kennenlernten.«
»Ich komm mir so plump vor.«
Sie machte den Fehler, seinen Blick zu erwidern, und ihre Augen fühlten sich angezogen wie Eisen vom Magneten. O Gott, was brockte sie sich da gerade ein! Ein rares Ereignis im Leben von Megan O'Malley. Es mußte natürlich dann passieren, wenn sie es am wenigsten erwartete oder brauchen konnte. Natürlich bei einem Typen, der tabu war. Der gute alte Murphy und seine Gesetze der Ironie waren Waisenkinder gegen ihr lächerliches Kribbeln.
Mitch Holt spürte es auch. Chemie. Sein Blick wanderte zu ihrem Mund. Der Augenblick dehnte sich in die Länge.
»Ich dachte, Sie hätten gesagt, Sie wären keiner von denen?« murmelte sie und brachte sich in Abwehrstellung.
»Keine wovon?«
»Von diesen pistolenschwingenden, fahnenschwingenden Neanderthal-Prolos, die alles, was einen BH trägt, als leichte Beute für ihren Ich-bin-Gottes-Geschenk-an-die-Frauen-Charme betrachten.«
Mitch lehnte sich zurück und seufzte, entspannte seine Schultern mit Gewalt. Er hätte streiten können, aber im Augenblick schien das ziemlich sinnlos.
»Sie haben recht«, gab er widerwillig zu. »Da ist mir doch für einen Moment mein Testosteron durchgegangen. Temporäre Hormonpsychose. Wirklich, ich bin aufgeklärt genug so zu tun, als fände ich Sie nicht attraktiv, wenn Sie das wollen.«
»Gut, das will ich.« Megan wandte sich wieder ihrem Hackbraten zu und entdeckte, daß ihr der Appetit vergangen war. »Das ist nämlich meine Regel Nummer eins: Ich gehe nicht mit Polizisten aus.«
»Weiser Entschluß.«
Es war eine Frage des Überlebens, aber diese Weisheit behielt Megan

für sich. Sie konnte sich keine Blößen leisten. Nicht bei der Polizeiarbeit. In diesem Berufsstand dominierten zu viele Männer, die sie da nicht haben wollten. Wenn sie duldete, daß ihre Sexualität als Waffe gegen sie verwendet würde, war sie verloren. Das wäre das Ende ihrer Karriere, und ihre Karriere war ihr einziger Besitz.

»Ja.« Mitchs Verdruß hatte sich gelegt, und sein Sinn für Humor gewann die Oberhand. »Es ist sicher klug, sich vor den Leuten, mit denen man arbeitet, nicht nackt zu zeigen.«

»Die Unterhosen waren nahe dran«, sagte Megan spöttisch.

»Aber jetzt sind Sie im Vorteil«, sagte Mitch. »Sie haben mich in Unterhosen gesehen. Es wäre nur fair, wenn Sie mir auch den Gefallen tun. Dann wären wir quitt.«

»Vergessen Sie's, Chief, ich lege jeden Vorteil, den ich kriegen kann, auf die hohe Kante.«

»Mmmm ...«

Mit einem Mal sah er einen seiner Streifenpolizisten sich unbeholfen an den Tischen vorbeischlängeln, darauf bedacht, keinem ahnungslosen Gast mit dem Revolver an seiner Hüfte zu nahe zu treten. Er stapfte die Treppe hoch, den Blick starr auf Mitch gerichtet.

»He, Chief, tut mir leid, daß ich Sie beim Abendessen störe.« Lonny Dietz zog sich einen herrenlosen Stuhl ans Ende der Nische und setzte sich verkehrt rum drauf. »Ich dachte, Sie wollen vielleicht das Neueste über den Unfall draußen auf der Old Cedar Road hören.«

»Ich bin Leos Nachfolger«, sagte Megan und streckte ihm die Hand entgegen.

Dietz ignorierte das. Seine Augenbrauen verschwanden unter dem schwarzen Toupet, das ihm in die Stirn gerutscht war.

Er sah aus wie fünfzig und intolerant, mit hagerem Körper und einem dicken Bierbauch. »Ich dachte, alle Field Agents wären Männer.«

»Das war einmal«, sagte sie mit zuckersüßer Stimme, »bis ich kam.«

»Und was ist das Neueste?« fragte Mitch, er schob sich eine Gabel voll Kartoffeln in den Mund.

Dietz wandte sich mit einiger Mühe von Megan ab und blätterte in einem Notizbuch, das er aus seiner Hemdtasche fischte. »Zwei Tote, Ethel Koontz war bei Einlieferung im Hennepin Medical County Center tot – massive Verletzungen an Kopf und Brust. Ida Bergen ist im Deer Lake Gemeindekrankenhaus verschieden – Herzanfall auf dem Weg dorthin, wo sie wegen geringfügiger Verletzungen behandelt werden sollte. Mrs. Marvel Steffens Zustand ist kritisch, aber sta-

bil – auch im HMOC. Clara Weghorn wurde versorgt und entlassen. Mike Chamberlain – der Junge, der die Kontrolle über den Wagen verloren hat – hat ein paar Beulen und Brüche abgekriegt, wird aber wieder gesund. Pat Stevens hat seine Aussage aufgenommen, und ich hab mir den Unfallort angesehen.«
»Und?«
»Und es ist genauso, wie der Junge sagte. Die Straße war trocken, bis kurz hinter der Kurve bei Dave Lexvolds Haus. Dort zieht sich eine etwa vier Meter lange Eisplatte über beide Spuren der Straße. Ab dann wird's eigenartig«, vertraute ihm Dietz mit besorgtem Gesicht an. »Ich denke mir, eigentlich gibt's keinen Grund dafür, daß da Eis sein soll, richtig? Das Wetter war gut. Es war, Gott weiß, nicht warm genug, daß irgendwas schmilzt und den Abhang von Lexvolds Haus runterläuft. Also hab ich nachgeschaut. Sie wissen doch, daß Dave und Millicent über den Winter in Corpus Christi sind, wie immer, also war keiner zu Hause. Aber so wie's aussieht, hat jemand einen Gartenschlauch vom Wasserhahn am Haus neben der Garage runtergelegt.«
Mitch ließ seine Gabel fallen und sah dem Streifenpolizisten scharf in die Augen. »Das ist doch verrückt. Sie behaupten, jemand hat Wasser über die Straße laufen lassen und absichtlich diese Eisplatte gebastelt?«
»Sieht so aus. Wahrscheinlich Kinder beim Spielen.«
»Sie haben zwei Leute auf dem Gewissen.«
»Hätte schlimmer sein können«, sagte Dietz. »Heute abend ist irgendso ein Konzert im College. Wie's aussieht, sind mehr Leute von hinten in den Campus gefahren als von vorne. Wir hätten einen Massenunfall vom Feinsten haben können.«
»Haben Sie die Nachbarn befragt?« sagte Megan.
Dietz sah sie an, als wäre sie ein Lauscher aus der Nische von nebenan, der sich einmischen will. »Es gibt keine in der Nähe. Außerdem haben die Lexvolds lauter große Kiefern vor ihrem Haus. Man müßte direkt davorstehen, um es zu sehen, wenn jemand da Mist baut.«
»O Mann«, murmelte Mitch angewidert. »Ich laß morgen von Natalie einen Aufruf an die Medien schreiben, in dem wir die Leute, die vielleicht Informationen haben, bitten, uns anzurufen.«
Megan unterbrach ein zweites Mal das Gespräch. »Gab es irgendwelche Anzeichen für einen Einbruch?«

Dietz sah sie grimmig von der Seite an. »Nein. Alles war fest verschlossen.« Er wandte sich wieder dem Chief zu und stand auf. »Wir haben ein Team von der Verkehrsabteilung drüben, die die Eisplatte wegkratzen und Salz streuen. Die Autos haben wir abgeschleppt, eins zu Mike Finke und eins zu Patterson. Das war's.»
»Gut. Danke, Lonnie.« Mitch beobachtete, wie sein Beamter durch die Tische auf den Ausgang zusteuerte. Das bißchen, was er von seinem Abendessen gegessen hatte, lag ihm wie Wackersteine im Magen. »Was zum Teufel, denken sich Kinder dabei, die so eine Scheiße bauen?«
Megan betrachtete die Frage als rhetorisch. Ihr Gehirn arbeitete fieberhaft, während sie die Figuren auf Mitchs Krawatte anstarrte, bis sie ihr vor den Augen verschwammen.
Mitchs Blick wanderte zum Eingang des Restaurants, wo immer noch mehr Menschen aus der geräumigen Halle des alten Lagerhauses, die man in ein kleines Einkaufszentrum verwandelt hatte, hereinstrebten. Ein halbes Dutzend Leute vom Komitee der Snowdaze Parade warteten auf einen Tisch, sie wollten ihren Kaffee und den obligatorischen Kuchen nach der Probe. Hannah Garrison kam auch und drängte sich an ihnen vorbei. Seltsam.
Sie sah gehetzt aus. Ihr Mantel war offen und hing halb von der Schulter. Ihr blondes Haar zottelte ihr in Strähnen ums Gesicht. Sie sah sich verwirrt um, dann watete sie durch das Meer von Stühlen und Gesichtern, rempelte Leute an und wäre fast mit Darlene Hallstrom zusammengeprallt. Die Empfangsdame fing sie auf, lächelnd, ratlos. Hannah schubste sie weg und stürzte zu dem Tisch, an dem John Olsen und seine Freundin ihren Kaffee genossen. Sehr merkwürdig.
Mitch ließ sie nicht aus den Augen, wie ein Jagdhund, der eine Witterung aufgenommen hatte. Er zerknüllte seine dicke grüne Stoffserviette und warf sie achtlos auf den Tisch.
»Und, wo ist dann dieser Schlauch?« murmelte Megan. Sie hob den Kopf, als Mitch aufstand.
»Entschuldigen Sie mich«, er rutschte aus der Nische.
Hören konnte er nicht, was an John Olsens Tisch gesprochen wurde, dazu war der Lärmpegel im Restaurant zu hoch. Aber er konnte den Ausdruck auf Hannahs Gesicht sehen, die fahrigen Gesten ihrer langen, anmutigen Hände. Er sah, wie schockiert John aussah, der jetzt den Kopf schüttelte. Mitch stieg die Treppe hinunter und schritt auf den Tisch zu. Instinktiv verkrampfte sich sein Magen.

Hannah war eine der ersten, die er kennengelernt hatte, nachdem er und Jessie nach Deer Lake gezogen waren. Hannah und ihr Mann, Paul Kirkwood und ihr Sohn, wohnten damals auf der anderen Straßenseite. Hannah, die damals mit ihrem zweiten Kind schwanger ging, hatte sie am ersten Tag auf dem Weg zur Arbeit besucht und ihnen ein Blech voll Brownies gebracht, als Willkommensgruß in der Nachbarschaft. Sie war eine der tüchtigsten, unerschütterlichsten Menschen, die er kannte. Die Notaufnahme des Deer-Lake-Gemeindekrankenhauses führte sie mit Geschick, arbeitete freiwillig im Gemeinderat und erledigte nebenbei den Haushalt für Ehemann, Sohn und Töchterchen. Alles mit einem hinreißenden Lächeln und liebenswertem Humor.

Aber jetzt sah Hannah gar nicht gefaßt und gelassen aus, sie stand kurz vor einem hysterischen Anfall.

»Was soll das heißen, Sie wissen es nicht?« gellte ihre Stimme, und ihre Faust landete auf dem Tisch. Johns Freundin quiekte und sprang vom Stuhl hoch, als sich der Kaffee aus ihrer Tasse über die Umgebung ergoß.

»Dr. Garrison, beruhigen Sie sich!« flehte John Olsen sie an und erhob sich. Er griff nach Hannahs Arm. Sie riß sich mit blitzenden Augen von ihm los.

»Beruhigen!« kreischte sie. »Ich werde mich nicht beruhigen!«

Alle Augen im Restaurant richteten sich auf sie. Die Luft vibrierte vor Spannung.

»Hannah?« sagte Mitch, der jetzt bei ihr angelangt war. »Ist etwas passiert?«

Beim Klang seiner Stimme wirbelte sie herum. Der Boden unter ihren Füßen schien zu schwanken. Hitze umschlang sie wie eine unsichtbare Decke, verbrannte ihre Haut, erstickte sie. *Ist etwas passiert?* Die Welt ist eingestürzt. Sie spürte die vielen Blicke, die auf sie gerichtet waren, spürte, wie die Finsternis von den Balken herunterkroch und durch die hohen Bogenfenster hereinsickerte.

Dies war ein Alptraum, den sie hellwach und wie lebendig begraben miterlebte. Gedanken und Eindrücke huschten durch ihren Kopf, zu viele, zu schnell. *O Gott. O Gott. O Gott.*

»Hannah«, Mitch legte behutsam eine Hand auf ihre Schulter. Er kam ein bißchen näher. »Meine Liebe, red mit mir. Was ist denn los?«

Was ist denn los? Etwas in ihr explodierte und sie schrie die Worte heraus.

»Ich kann meinen Sohn nicht finden!«

Kapitel 4

TAG 1
20 Uhr 26, –7 Grad

»Was soll das heißen, du kannst Josh nicht finden?« ragte Mitch ruhig. Hannah saß auf dem Stuhl des Geschäftsführers, sie zitterte am ganzen Körper, Tränen strömten aus ihren großen blauen Augen. Mitch kramte ein Taschentuch aus seiner Hosentasche und reichte es ihr. Sie nahm es automatisch, machte aber keine Anstalten, es zu gebrauchen, zerknüllte es wie Löschpapier zwischen den Fingern.
»Ich m-meine, ich k-kann ihn nicht finden«, stotterte sie. Josh war verschwunden, und keiner schien zu begreifen, was sie ihnen zu sagen versuchte, als würde sie nur Unsinn reden. »D-Du mußt mir helfen. *Bitte,* Mitch.«
Sie wollte aufstehen, aber Mitch drückte sie wieder in den Stuhl zurück. »Ich werde alles tun, was in meiner Macht steht, Hannah, aber du mußt dich beruhigen …«
»Beruhigen!« schrie sie und packte die Armlehnen des Stuhls. »Ich glaub es einfach nicht!«
»Hannah!«
»Mein Gott, du hast doch eine Tochter, du solltest es verstehen! Ausgerechnet du …«
»Hannah!« rief er energisch. Sie zuckte zusammen und blinzelte. »Du weißt, daß ich dir helfen werde, aber du mußt dich jetzt zusammenreißen und mir alles von Anfang an erzählen.«
Megan beobachtete die Szene von ihrem Platz an der Tür aus. Das Büro war ein klaustrophobischer Würfel, dunkel, billig getäfelt. Zertifikate der Handelskammer und verschiedener Bürgergruppen in schief hängenden Plastikrahmen dekorierten die Wände. Die Aktenschränke und der zerbeulte Metallschreibtisch bildeten einen krassen

Gegensatz zum verschrobenen Charme des Restaurants. Die Frau – Hannah – sank im Stuhl zusammen, preßte eine Hand vor den Mund und versuchte, sich mit zusammengekniffenen Augen zu fassen.
Selbst in ihrem augenblicklichen Zustand – weinend, die Haare zerzaust – war sie eine fabelhafte Erscheinung. Groß, schlank, mit einem Gesicht wie vom Titelblatt einer Modezeitung. Mitch stellte sich direkt vor sie, mit dem Rücken zum Schreibtisch, aber nach vorne gebeugt, völlig auf Hannah konzentriert, abwartend, geduldig, intensiv. Er streckte ihr wortlos die Hand hin. Sie nahm sie und drückte sie mit aller Kraft, wie jemand, der unter gräßlichen Schmerzen leidet.
Megan beobachtete ihn voller Bewunderung und ein bißchen Neid. Der Umgang mit Opfern war noch nie ihre Stärke gewesen. Für sie bedeutete es, wenn man einem Leidenden halft, daß man sich selbst einen Teil seiner Last aufbürdete. Sie hatte es immer für klüger und sicherer gehalten, emotionell Abstand zu wahren. Objektivität nannte sie das. Aber Mitch Holt hatte keine Schwierigkeiten, jemandem die Hand zu reichen.
»Ich sollte ihn vom Eishockeytraining abholen«, begann Hannah kaum hörbar, so, als würde sie gleich eine furchtbare Sünde beichten. »Gerade wollte ich das Krankenhaus verlassen, als ein Notfall eingeliefert wurde, und deshalb konnte ich nicht rechtzeitig losfahren. Jemand hat für mich in der Eishalle angerufen, um ihnen zu sagen, daß ich mich ein bißchen verspäte. Dann hatte einer meiner Patienten einen Herzstillstand und ...«
Ich habe die Patientin verloren und jetzt auch noch meinen Sohn. Das Gefühl des Versagens und der Schuld drohten sie zu überwältigen und sie mußte ein bißchen warten in der Hoffnung, daß es erträglicher würde. Sie klammerte sich noch fester an Mitchs große, warme Hand. Dieses Gefühl peinigte sie so sehr, daß sie schließlich die gefürchteten Worte aussprechen mußte.
»Ich hab's vergessen. Ich hab vergessen, daß er wartet.«
Eine frische Woge von Tränen rann über ihre Wangen und fielen wie Regen in den Schoß des langen Wollrocks. Sie krümmte sich zusammen, wollte sich wie ein Fötus einrollen, während der Kummer ihre Seele beutelte. Mitch beugte sich näher zu ihr und streichelte ihr Haar, versuchte ihr ein bißchen Trost zu spenden. Der Polizist in ihm blieb ruhig, wartete auf Fakten, ging im Geiste die Möglichkeiten durch. Tief in seinem Inneren verspürte der Vater in ihm instinktiv Angst.
»Als ich z-zur Eishalle kam, war er weg.«

»Aber Schätzchen, wahrscheinlich hat ihn Paul abgeholt ...«
»Nein, mittwochs bin ich immer dran.«
»Hast du Paul angerufen und das überprüft?«
»Ich hab's versucht, aber er war nicht im Büro.«
»Dann ist Josh wahrscheinlich mit einem der anderen Jungs mitgefahren. Er ist bestimmt bei einem seiner Freunde zu Hause ...«
»Nein, ich hab jeden angerufen, der mir eingefallen ist. Ich hab den Babysitter angerufen, Sue Bartz. Ich dachte, vielleicht würde er da warten, bis ich Lily hole, aber Sue hat ihn nicht gesehen.« Und Lily war immer noch dort und wartete auf ihre Mutter.
Vermutlich fragte sie sich, warum Mama dagewesen und ohne sie gegangen war. »Ich hab zu Hause nachgeschaut, nur für den Fall, daß er sich entschlossen hätte, zu Fuß zu gehen, hab die anderen Hockey-Mütter angerufen, bin zur Eishalle zurückgefahren, zurück ins Krankenhaus und *kann ihn einfach nicht finden.*«
»Haben Sie ein Foto von Ihrem Sohn?« fragte Megan.
»Sein Schulbild. Es ist nicht das beste – er hatte zu lange Haare, aber da war nicht genug Zeit.« Hannah zog ihre Tasche auf den Schoß und suchte dann mit zittrigen Händen nach ihrer Briefmappe. »Er hat den Zettel von der Schule nach Hause gebracht und hab's mir aufgeschrieben, aber dann ist mir einfach die Zeit davongelaufen und ich – hab nicht mehr dran gedacht.«
Sie flüsterte das letzte Wort, als sie das Foto von Josh aufklappte. So eine simple Ausrede. Seinen Fototermin vergessen. Seinen Haarschnitt vergessen. Ihn vergessen. Ihre Hand zitterte so heftig, daß sie das Foto kaum aus dem Plastikrahmen brachte. Sie reichte es der dunkelhaarigen Frau und merkte erst dann, daß sie keine Ahnung hatte, wer sie war.
»Tut mir leid«, Hannah raffte ihre Manieren zusammen und quälte sich ein Lächeln ab. »Kennen wir uns?«
Mitch lehnte sich wieder an die Schreibtischkante. »Das ist Agent O'Malley vom BCA. Megan, das ist Dr. Hannah Garrison, Leiterin der Notaufnahme unseres Gemeindekrankenhauses. Eine der besten Ärztinnen, die je das Stethoskop schwangen«, fügte er bemüht heiter hinzu. »Wir können uns glücklich schätzen, sie bei uns zu haben.«
Megan sah sich das Foto an, sie hatte jetzt keine Zeit für höfliche Floskeln. Ein Junge von acht oder neun in Pfadfinderuniform starrte sie grinsend an, mit einer riesigen Zahnlücke. Auf Nase und Backen wimmelte es von Sommersprossen, und sein Haar war ein unordent-

licher Schopf hellbrauner Locken. Die blauen Augen blitzten vor Lebensfreude und Schalk.
»Ist er normalerweise ein verantwortungsbewußter Junge?« fragte sie. »Weiß er, daß er anrufen muß, wenn er sich verspätet oder um Erlaubnis bitten muß, wenn er einen Freund zu Hause besuchen will?«
Hannah nickte. »Josh ist sehr vernünftig.«
»Was hatte er heute in der Schule an?«
Hannah rieb sich mit der Hand über die Stirn, versuchte sich an heute morgen zu erinnern. Alles schien weit weg, längst vergangen und im Nebel, wie die letzten paar Stunden. Lily weinend, weil sie nicht so beschämend in ihrem Kinderstuhl eingeklemmt sein wollte. Josh, der auf den Socken über den Küchenboden schlitterte. Ein Erlaubnisschein für einen Ausflug ins Wissenschaftliche Museum unterschreiben. Hausaufgaben gemacht? Wörter zum Buchstabieren auswendig gelernt? Ein Anruf aus dem Krankenhaus. French Toast, der auf dem Ofen anbrennt. Paul, der in die Küche stürmt, Josh ankeift, sich beklagt, weil ihm ein gebügeltes Hemd fehlt.
»Äh – Jeans. Einen blauen Pullover. Moonboots. Eine Skijacke – krachblau mit krachgrünen und krachgelben Rändern. Äh – seine Viking-Pudelmütze – gelb mit einem aufgenähten Etikett. Paul hat nicht erlaubt, daß er mit dieser Regenbogenfarbenjacke eine violette trägt. Er sagte, das würde aussehen, als ob Josh von farbenblinden Zigeunern angezogen worden wäre. Ich fand das nicht schlimm, er ist doch erst acht …«
Megan gab ihr das Foto zurück und schaute hoch zu Mitch. »Ich werde es sofort telefonisch durchgeben.« In Gedanken ging sie bereits die Möglichkeiten durch und die eventuellen Schritte, die jetzt fällig wären. »Die Suchmeldung muß an Ihre Leute weitergeleitet werden, zum Sheriff, zur Highway Patrol …«
Hannah sah sie entsetzt an: »Sie glauben doch nicht etwa …«
»Nein«, mischte sich Mitch beruhigend ein. »Nein, Schatz, natürlich nicht.« Er drehte Hannah den Rücken zu und sah Megan wutentbrannt an. »Ich muß Agent O'Malley ein paar Anweisungen geben.«
Er packte sie an der Schulter und schob sie einfach zur Tür hinaus, in den schmalen, schlecht beleuchteten Korridor. Ein Mann mit kugelrundem Kopf, Tweedblazer und Baumwollhose warf ihnen einen vorwurfsvollen Blick zu und steckte sich einen Finger in sein freies Ohr, um sein Gespräch am Telefonautomaten vor der Herrentoilette fortsetzen zu können. Mitch drückte einfach mit zwei Fingern die Gabel

des Telefons herunter, was das Gespräch jäh beendete und dem Anrufer ein wütendes »He!« entlockte.

»Tut mir leid«, knurrte Mitch und hielt ihm seine Polizeimarke unter die Nase. »Polizeiliche Angelegenheit.«

Er schob den Mann vom Telefon weg und sah ihn so grimmig an, daß dieser eilends den Gang hinuntertrabte. Bei Mitchs Amtsblick hatten selbst auf den miesesten Straßen von Miami Drogendealer und Nutten schleunigst die Flucht ergriffen. Dann wandte er sich mit derselben grimmigen Miene an Megan.

»Welche Laus ist Ihnen denn über die Leber gelaufen?« schrie sie ihn an. Angriff war immer noch die beste Verteidigung.

»Das werd ich Ihnen sagen«, zischte Mitch. »Wie kommen Sie dazu, die arme Frau so zu verängstigen ...«

»Sie hat guten Grund, Angst zu haben, Chief. Ihr Sohn wird vermißt.«

»Das muß erst noch festgestellte werden. Wahrscheinlich spielt er bei irgendeinem Freund zu Hause.«

»Sie sagt, sie hätte bei seinen Freunden nachgefragt.«

»Ja, aber sie war in Panik. Wahrscheinlich hat sie vergessen, an einem ganz naheliegenden Ort nachzufragen.«

»Oder jemand hat den Jungen entführt.«

Mitchs Gesicht wurde noch verbissener, weil es ihn einige Mühe kostete, diese Möglichkeit zu verdrängen. »Wir sind hier in Deer Lake, O'Malley, nicht in New York.«

Megan zog eine Braue hoch. »In Deer Lake gibt es keine Verbrecher? Ihr habt aber eine Polizei und ein Gefängnis. Oder ist das alle nur Show?«

»Natürlich kommt hier mal etwas vor«, fauchte er. »Wir haben Collegestudenten, die Ladendiebstahl begehen, und Arbeiter aus der Käsefabrik, die sich samstagabends besaufen und versuchen, sich gegenseitig auf dem Parkplatz der Militärkaserne niederzuschlagen. Aber wir haben doch, um Himmels willen, keine Kindsentführungen.«

»Ja, also, willkommen in den Neunzigern, Chief«, quittierte sie das sarkastisch. »So eine Sache kann überall passieren.«

Mitch wich einen halben Schritt zurück und stemmte die Hände in die Hüften. Der Präsident der Sons of Norway Lodge ging in die Männertoilette, nickte und lächelte Mitch zu. Eine Wolke süßlichen WC-Sprays schwappte in den Raum, als die Tür zuschwang. Mitch verdrängte das genauso, wie er verdrängte, was Megan ihm da vorhielt.

»Die Leute in St. Joseph haben auch nicht geglaubt, daß es dort geschehen könnte«, sagte Megan leise. »Und während sie sich gegenseitig mit dieser Illusion getröstet haben, hat sich jemand Jacob Wetterling geschnappt.«

Der Fall Wetterling in St. Joseph war passiert, bevor Mitch nach Minnesota gezogen war, aber in den Köpfen und Herzen der Menschen lebte er immer noch. Ein Kind war aus ihrer Mitte gestohlen worden und nie wieder aufgetaucht. Diese Art von Verbrechen ereignete sich so selten in dieser Gegend, daß die Menschen furchtbar betroffen waren, als ginge es um ein Mitglied der eigenen Familie. Deer Lake war fast zweihundert Meilen von St. Joseph entfernt, aber Mitch wußte, daß mehrere Männer aus einem Team und dem Sheriffbüro bei diesem Fall als Freiwillige mitgearbeitet hatten. Wenn sie darüber redeten, dann nur vorsichtig, gedämpft, als hätten sie Angst, den Dämon wieder heraufzubeschwören, der diese Grausamkeit begangen hatte.

Megan schnappte sich leise fluchend den Telefonhörer. »Wir verschwenden Zeit.«

»Ich mach es.« Mitch griff über ihre Schulter und riß ihr den Hörer aus der Hand.

»Ein bißchen eingerostet, was die Etikette betrifft, was?« sagte sie giftig.

»Unser Telefonist kennt Sie nicht«, war die ganze Entschuldigung.

»Doug? Mitch Holt. Hör mal, ich brauch eine Fahndung nach Paul Kirkwoods Jungen, Josh. Ja. Hannah wollte ihn vom Eishockey abholen, und da muß er weggegangen sein. Wahrscheinlich sitzt er bei jemandem im Keller und spielt Monopoly, aber du weißt ja, wie das ist. Hannah macht sich Sorgen. Genau, das können Frauen wirklich aus dem ff.«

Megan kniff die Augen zusammen und warf den Kopf zurück, Mitch ignorierte sie.

»Melde es denen vom Bezirk auch, für den Fall, daß sie ihn zufällig sehen. Er ist acht, ein bißchen klein für sein Alter. Blaue Augen, braune Locken, er trägt eine grellblaue Skijacke, mit gelben und grünen Rändern und eine knallgelbe Pudelmütze mit einem Vikingschild. Und schick einen Wagen zur Eishalle. Sag ihnen, ich treff sie dort.«

Er legte den Hörer auf, gerade als der Präsident der Sons of Norway aus der Toilette kam, einen Gruß nuschelte und dann mit einem neugierigen Blick auf Megan weiterging. Mitch grunzte, was, wie er hoffte, auch wie ein Gruß klang. Er spürte Megans steten Blick, schwer, erwartungsvoll, vorwurfsvoll. Sie war neu in diesem Job, ehrgeizig, begierig darauf sich zu profilieren. Bestimmt hätte sie gleich die Kavallerie gerufen, aber die Kavallerie war noch nicht gerechtfertigt. Als erstes mußte man bei einer Vermißtenmeldung feststellen, ob die Person tatsächlich abgängig war – daher die Regel, daß Erwachsene erst nach vierundzwanzig Stunden als vermißt betrachtet werden sollten. Für Kinder galt diese Regel nicht mehr, aber trotzdem waren verschiedene Möglichkeiten in Betracht zu ziehen, bevor man das Schlimmste annahm. Selbst vernünftige Kinder verhielten sich gelegentlich unberechenbar. Vielleicht war Josh mit einem Freund nach Hause gegangen und hatte einfach die Zeit vergessen, oder er könnte seine Mutter bestrafen wollen, weil sie ihn vergessen hatte. Es gab zahllose Erklärungen, die alle wahrscheinlicher klangen als Kidnapping.

Warum hatte er dann diesen Knoten im Magen?

Er kramte noch eine Münze aus seiner Hosentasche, wählte die Nummer der Familie Strauss und schickte ein Dankgebet zum Himmel, als seine Tochter beim dritten Klingeln mit einem fröhlichen »Hallo, hier ist Jessie!« antwortete.

»Hallo, Süße, Daddy hier«, sagte er leise und senkte den Kopf, um Megans Neugier zu entgehen.

»Kommst du mich abholen? Ich möchte, daß du mir vor dem Schlafengehen noch was aus dem Buch vorliest.«

»Tut mir leid, ich kann nicht, Schätzlein«, murmelte er. »Heute abend muß ich noch ein bißchen länger Polizist sein. Du wirst bei Oma und Opa bleiben.«

Schweigen am anderen Ende der Leitung. Mitch konnte sich gut vorstellen, wie seine kleine Tochter jetzt ihr wütendes Gesicht machte, einen Ausdruck, den sie von ihrer Mutter geerbt und durch Imitieren ihrer Großmutter perfektioniert hatte. Ein sehr sprechender Gesichtsausdruck, der mit einem Wimpernschlag eines großen braunen Auges Schuldgefühle auslösen könnte. »Ich mag es nicht, wenn du Polizist bist«, sagte sie.

Er fragte sich, ob sie ahnte, wie weh ihm das tat, wenn sie so was sagte. Die Worte waren wie ein Messer in einer schwärenden Wunde, die nicht heilen wollte. »Das weiß ich, Jess, aber ich muß jemanden finden, der sich verirrt hat. Möchtest du nicht auch, daß ich komme und dich suche, wenn du dich verirrt hättest?«

»Ja«, gab sie widerwillig zu. »Aber du bist *mein* Daddy.«

»Morgen abend werde ich zu Hause sein, das versprech ich, Schätzchen, und dann lesen wir ein paar Seiten mehr.«

»Wehe wenn nicht, Oma hat nämlich gesagt, sie könnte auch mit mir Babar lesen.«

Mitch biß die Zähne zusammen. »Ich verspreche es. Gib mir einen Gutenachtkuß, und dann laß mich mit Opa reden.«

Jessie schmatzte laut in den Hörer, was Mitch erwiderte, mit dem Rücken zu Megan, damit sie nicht sehen konnte, wie er errötete. Dann gab Jessie ihrem Großvater den Hörer, und Mitch lieferte die übliche Routineerklärung, die gar keine Erklärung war – polizeiliche Angelegenheit, ein Fall, der noch nicht abgeschlossen war, nichts Großes, aber es könnte sich hinziehen. Wenn er seinen Schwiegereltern erzählen würde, daß er einen möglichen Fall von Kidnapping untersuchte, würde Joy Strauss die Telefonleitungen glühen lassen und die ganze Stadt in Panik versetzen.

Jurgen bedrängte ihn nicht wegen Einzelheiten. Er war in Minnesota geboren und aufgewachsen und hielt es für taktlos, nach mehr Informationen zu fragen, als der Anrufer von sich aus gab. Abgesehen davon waren diese Durchsagen nichts Neues für ihn. Bei Mitchs Job passierte es immer wieder, daß er bis spät nachts arbeiten mußte. Und dann blieb Jessie immer bei ihren Großeltern, die sie jeden Tag nach der Schule betreuten. Das war bequem und gab Jessie Stabilität. Mitch mochte zwar seine Schwiegermutter nicht besonders, aber er konnte sich darauf verlassen, daß sie sich bestens um ihre einzige Enkelin kümmerte.

Er haßte es, wenn er Jessie nicht selbst zu Bett bringen und ihr vorlesen konnte, bis ihr die Augen zufielen. Seine Tochter war der absolute Mittelpunkt seines Universums. Eine Sekunde lang versuchte er sich das Gefühl vorzustellen, wenn er sie nicht finden könnte, dann dachte er an Josh und Hannah.

»Er wird jeden Moment auftauchen«, murmelte er vor sich hin, als er den Hörer auflegte. Der Knoten in seinem Magen wuchs.

Megans Wut war inzwischen etwas abgeflaut. Einen Augenblick lang schien Mitch Holt tatsächlich verletzlich, nicht hart, nicht einschüchternd. Einen Augenblick lang war er ein alleinerziehender Vater gewesen, der seinem kleinen Mädchen Küsse durchs Telefon schickte. Das Wort *gefährlich* schoß ihr wieder durch den Kopf, und zwar mit ganz neuer Bedeutung.

Sie schubste den Gedanken beiseite und sah ihm streng in die Augen. »Ich hoffe, Sie haben recht, Chief«, sagte sie. »Um jedermanns willen.«

Kapitel 5

Tag 1
21 Uhr 30, –7 Grad

Die letzten der Eishockeyspieler der Seniorenliga humpelten gerade aus der Gordie-Knutson-Memorial-Arena, als Mitch mit seinem Explorer vorfuhr. Obwohl die meisten über fünfzig waren, zeigten die Senioren auf dem Eis eine erstaunliche Grazie, als hätten sie irgendwie die lästige Steifheit des Alters im Umkleideraum abgelegt, während sie ihre Zaubergleiter zuschnürten. Sie liefen, passierten, checkten, lachten und fluchten. Aber wenn das Spiel vorbei war und die Schlittschuhe abgeschnallt, dann meldete sich die Realität des Alters mit Nachdruck zurück. Sie tasteten sich mit schmerzverzerrten Gesichtern die Treppe herunter.
Noogie lehnte an seinem Streifenwagen, der in der Feuerwehreinfahrt vor dem Gebäude stand und beobachtete sie grinsend. Er hielt ermutigend den Daumen hoch und lachte, als Al Jackson ihm sagte, er solle zur Hölle fahren.
»Warum machst du bloß immer wieder mit, Al, wenn es dich so zurichtet?«
»Was ist denn das für eine dämliche Frage?« konterte Jackson. »O ja, fast hätte ich's vergessen – du hast früher Football gespielt, zu viele Schläge auf den Kopf.«
»Wenigstens waren wir vernünftig genug, Helme aufzusetzen«, neckte ihn Noogie.
»Willst du damit sagen, daß es für dein Gesicht keine Entschuldigung gibt?«
Noga knurrte und winkte sie weiter.
»Was ist denn los, Noogie?« fragte Bill Lennox und hievte den Riemen seiner Tasche über die Schulter. »Hast du Olie beim Zuschnellfahren mit der Eismaschine erwischt?«

Alle lachten, aber ihre Blicke glitten vorbei an Noga, zu Mitch und Megan, die gerade den Gehsteig hochstapften.
»Guten Abend, Mitch«, rief Jackson und hob seinen Stock zum Gruß. »Verbrechenswelle auf der Eisbahn?«
»Ja, wir hatten wieder eine Beschwerde, daß dein Schlagschuß kriminell ist.«
Die Gruppe brüllte vor Lachen, Mitch behielt sie im Auge, bis sie außer Hörweite waren, dann wandte er sich an seinen Beamten.
»Officer Noga, das ist Agent O'Malley ...«
»Wir kennen uns«, sagte Megan ungeduldig und klopfte mit dem Fuß gegen den festgebackenen Schnee auf dem Gehsteig, um sowohl Energie abzulassen als auch ihre Zehen vor dem Absterben zu bewahren.
Sie ließ den Blick über den Platz schweifen. Die Eishalle stand am Ende einer Straße einigermaßen entfernt von den Wohnhäusern am südöstlichen Ende der Peripherie von Deer Lake, eine halbe Meile vom Interstate Highway. Hinter der Insel aus künstlichem Licht, die den Parkplatz einschloß, war die Nacht schwarz, etwas bedrohlich, auf jeden Fall abweisend. Auf der anderen Seite einer Wand aus verwucherten kahlen Büschen erstreckte sich der Jahrmarktsplatz von Park County über ein Feld, mit einer Ansammlung alter, leerstehender Gebäude und einer hochaufragenden Tribüne. Er sah verlassen und irgendwie unheimlich aus, als während die Schatten von dunklen Geistern bewohnt, die nur von Karnevalslichtern und Menschenmassen verjagt werden konnten. Selbst wenn sie in die andere Richtung, zur Stadt, schaute, überkam Megan ein Gefühl von Verlorenheit.
»Geht's um diesen verschwundenen Jungen?« fragte Noga.
»Hannah Garrisons Junge, Josh. Sie sollte ihn hier abholen. Ich dachte mir, wir schaun uns mal hier um, reden mit Olie ...«
»Wir sollten Uniformierte losschicken, die sich in den Wohnhäusern umhören«, unterbrach ihn Megan, was ihr einen giftigen Blick von Mitch und erstaunte Eulenaugen von Noga einhandelte. »Sie sollten rausfinden, ob die Nachbarn den Jungen oder irgend etwas Ungewöhnliches gesehen haben. Mit der Suche fangen wir am besten auf dem Jahrmarktsplatz an, sobald wir diesen Bereich gesichert haben.«
Mitch hatte versucht, ihr den Babysitterjob aufzuhalsen, hatte vorgeschlagen, sie solle bei Hannah bleiben und sie moralisch unterstützen, während sie auf Nachricht von Josh warteten. Sie hatte ihn informiert, daß moralische Unterstützung nicht in ihrer Berufsbeschrei-

bung stünde und hatte dann vorgeschlagen, eine Freundin anzurufen, die bei Hannah bleiben und ihr beistehen sollte; noch einmal alle Freunde anzurufen, um Josh vielleicht doch irgendwo ausfindig zu machen. Am Ende hatte Mitch Natalie angerufen, die in Hannahs Viertel wohnte.

Er fixierte sie mit eisigem Blick, holte tief Luft und sagte dann verdächtig ruhig zu seinem Beamten: »Geh rein und hol Olie her. Ich komm gleich nach.«

»Bin schon weg.« Noga entfernte sich eilig, froh, aus der Schußlinie zu entwischen.

Megan wappnete sich im Geiste für das bevorstehende Scharmützel. Mitch starrte sie mit vorgeschobenem Kinn an, seine Augen dräuten tief und dunkel unter seinen Brauen hervor. Sie fühlte die Spannung, die er wie Wellen ausstrahlte.

»Agent O'Malley«, sagte er, seine Stimme war kalt wie die Luft und täuschend, gefährlich sanft, »wessen Ermittlung ist das?«

»Ihre«, erwiderte sie ohne zu zögern. »Und Sie bauen Scheiße damit.«

»Sehr diplomatisch ausgedrückt.«

»Ich werde nicht für Diplomatie bezahlt«, sagte sie, obwohl sie verdammt genau wußte, daß sie das sehr wohl wurde. »Ich werde bezahlt für Fragen, Beraten und Ermitteln. Ich rate Ihnen zu ermitteln, Chief, anstatt auf Ihrem Hintern rumzusitzen und so zu tun, als wäre nichts passiert.«

»Ich habe Sie weder um Ihre Ansicht noch um Ihren Rat gebeten, Miss O'Malley.« Mitch gefiel die Sache nicht. Die Tatsachen und was sie für Deer Lake bedeuten könnten, waren ihm zutiefst zuwider. Außerdem schwoll im Augenblick seine Abneigung gegen Megan O'Malley sekündlich an, einfach weil sie da war und alles registrierend an seiner Autorität und seinem Ego nagte. »Wissen Sie, der alte Leo war zwar keine Schönheit, aber kannte seine Grenzen. Er hätte seine Nase erst dann reingesteckt, wenn ich ihn drum gebeten hätte.«

»Ja, weil er dann nämlich seinen Hintern hätte mitschleppen müssen«, sagte Megan. Sie dachte gar nicht daran, klein beizugeben. Wenn sie jetzt einen Rückzieher machte, würde sie wahrscheinlich im Einsatzraum enden, als Wachposten für die Kaffeemaschine. Es war nicht nur eine Frage des Territoriums, sie mußte ihren Platz in der Hackordnung ein für allemal klären. »Wenn Sie die Uniformierten nicht rufen, um die Nachbarn zu befragen, werde ich mich selbst darum kümmern, sobald ich mich umgesehen habe.«

Seine Halsmuskeln zuckten. Die Nasenflügel blähten sich, dampften vor Wut. Megan wich keinen Millimeter, die behandschuhten Hände in die Hüften gestemmt und mit steifem Nacken vom ewigen Aufschauen zu seiner lichten Höhe. Ihre kleinen Zehen waren bereits absolut gefühllos von der Kälte, die durch die dünnen Sohlen ihrer Stiefel einströmte.
Mitch biß die Zähne zusammen, und der Knoten in seinem Magen wurde noch schwerer, als eine innere Stimme ihm zuflüsterte: *Was, wenn sie recht hat? Was, wenn du dich irrst. Holt? Was, wenn ich hier Mist baue?* Die Selbstzweifel machten ihn sehr böse, und er richtete diese Wut nur allzu gerne auf die Frau, die vor ihm stand.
»Ich werde noch zwei Streifenwagen anfordern. Noga kann schon mal beginnen, sich hier umzublicken«, quetschte er heraus. »Sie kommen mit mir, Agent O'Malley. Ich möchte nicht, daß Sie unbeaufsichtigt in meiner Stadt herumrennen und alles in Panik versetzen.«
»Sie können mich nicht an die Leine legen, Chief.«
Sein Mund verzog sich zu einem boshaften Lächeln. »Nein, aber es ist eine wundervolle Vorstellung.«
Er stolzierte über den Gehsteig davon und die Treppe hoch, beraubte sie somit der Chance, ihm kontra zu geben. Sie hastete hinterher und verfluchte mit jedem Schritt sowohl den schlüpfrigen Boden als auch Mitch Holt.
»Vielleicht sollten wir hier ein paar Grundregeln festlegen«, keuchte sie, als sie ihn eingeholt hatte. »Entscheiden Sie sich, wann Sie aufgeklärt und wann ein Arschloch sein wollen. Ist das eine Frage der Bequemlichkeit oder eine Territoriumssache, oder was? Ich würde es gerne jetzt wissen, denn wenn das zu einem Pinkelwettbewerb ausarten sollte, werde ich lernen müssen, das Bein zu heben.«
Er warf ihr einen lodernden Blick zu. »Das haben Sie Ihnen auf der FBI-Akademie nicht beigebracht?«
»Nein. Da haben sie mir beigebracht, wie ich aggressive Männer in den Griff kriege, indem ich ihnen die Eier in die Mandeln trete.«
»Muß nett sein, mit Ihnen auszugehen.«
»Das werden Sie nie erfahren.«
Er zog eine der Türen zur Eishalle auf und hielt sie für sie auf. Megan trat bewußt zur Seite und öffnete den anderen Flügel.
»Ich erwarte keine Sonderbehandlung«, sagte sie, als sie im Foyer waren, »nur Behandlung auf gleicher Ebene.«
»Gut.« Mitch zog sich die Handschuhe aus und stopfte sie in seine

Jackentasche. »Wenn Sie versuchen sollten, mich zu übergehen, werde ich genauso sauer auf Sie sein, wie ich es bei jedem anderen wäre. Wenn Sie mich weiter reizen, schlag ich Sie k. o.«

»Das ist tätlicher Angriff.«

»Rufen Sie die Polizei«, warf er ihr über die Schulter zu, riß die Tür zur Halle auf und ging durch.

Megan warf einen Blick zum Himmel. »Ich hab's mir selbst ausgesucht, nicht wahr?«

Olie Swain verrichtete seit fünf Jahren praktisch alle anfallenden Drecksarbeiten in der Gordie-Knutson-Memorial-Arena. Er arbeitete sechs Tage die Woche von drei bis elf, räumte die Umkleideräume auf, kehrte Müll von den Zuschauerrängen, polierte das Eis mit der Zamboni-Maschine und werkelte auch unermüdlich. Olie hieß er nicht wirklich, aber der Spitzname war hängengeblieben, und er unternahm auch nichts dagegen. Je weniger sie über sein wahres Ich wußten, desto besser, sagte er sich, eine Einstellung, die er bereits in der Kindheit entwickelt hatte. Anonymität war ein bequemer Deckmantel, die Wahrheit ein Neonlicht, das unnötige Aufmerksamkeit auf die traurige Geschichte seines Lebens zog.

Kümmre dich um deinen eigenen Kram, Leslie. Sei nicht stolz, Leslie. Stolz und Arroganz sind die Sünden der Menschheit.

Diese Zeilen hatte man ihm in seiner Kindheit mit eisernen Fäusten und spitzer Zunge eingehämmert, so daß sie ununterbrochen dumpf in seinem Kopf dröhnten. Für ihn war es immer ein Rätsel gewesen, worauf er denn stolz sein könnte. Er war klein und häßlich, mit einem dunkelroten Muttermal, das ein Viertel seines Gesichts überzog. Seine Talente nahmen sich eher bescheiden aus und für niemanden von Interesse. Seine Erfahrungen waren beschämend und voller Geheimnisse, daher behielt er sie für sich. Das hatte er immer schon gemacht, die wenigen besorgten Fragen mit einem Achselzucken abgetan, Blutergüsse und Narben negiert, und sein Glasauge mit einem Sturz vom Baum erklärt.

Er hatte einen wachen Verstand, einen guten Kopf für Bücher und Studien, war ein Naturtalent am Computer. Diese Tatsache verschwieg er ebenfalls, hütete sie als einzigen Sonnenstrahl eines im übrigen tristen Lebens.

Olie haßte Cops. Und ganz besonders haßte er Männer. Ihre Größe, ihre Kraft, ihre aggressive Sexualität, all das löste bei ihm miese Gefühle aus, deshalb hatte er auch keine echten Freunde in seinem Alter. Wenn es überhaupt Freunde für ihn gab, dann die Eishockeyjungs. Er beneidete sie um ihren Übermut und ihre Unschuld. Sie mochten ihn, weil er gut Schlittschuh laufen konnte und akrobatische Kunststücke beherrschte. Einige hänselten ihn gemein wegen seines Aussehens, aber zum Großteil akzeptierten sie ihn, und mehr konnte Olie sowieso nicht erwarten.

Er stand in der Ecke eines Lagerraums, den er als eine Art Büro eingerichtet hatte, und seine Nerven zuckten wie Würmer unter der Haut, als sich Chief Holt zu voller Größe im Türrahmen aufbaute.

»Tag, Olie«, sagte der Chief. Sein Lächeln war aufgesetzt und müde. »Wie läuft's denn?«

»Gut.« Olie hackte das Wort wie einen Zweig ab und zog am Ärmel der gesteppten Daunenjacke, die er sich in einem Armeeladen in den Twin Cities gekauft hatte. Unter seinem dicken Wollpullover lief ihm der Schweiß aus den Achseln die Seiten herunter, stank sauer.

Eine Frau lugte unter dem rechten Arm des Chief durch. Strahlend grüne Augen in einem Elfengesicht und dunkle, zurückgekämmte Haare.

»Das ist Agent O'Malley.« Holt bewegte sich nur ein paar Zentimeter nach links. Die Frau schob das Kinn vor, warf ihm einen grimmigen Blick zu und quetschte sich durch den schmalen Spalt in den winzigen Raum. »Agent O'Malley, Olie Swain. Olie ist hier der Hausmeister.«

Olie nickte höflich. Agent von was? dachte er, fragte aber nicht. *Kümmer dich um deinen eigenen Kram, Leslie.* Ein guter Ratschlag, wie er festgestellt hatte, egal woher er stammte. Er hatte schon früh gelernt, seine Neugier nicht auf Leute, sondern auf seine Bücher und Phantasien zu beschränken.

»Wir möchten Ihnen nur ein paar Fragen stellen, Mr. Swain, wenn Sie nichts dagegen haben«, sagte Megan und lockerte ihren Schal auf Grund der Wärme im Raum.

Sie hatte Olie Swain mit einem Blick erfaßt. Er besaß die Maße eines Jockeys, ein Mopsgesicht und zwei ungleiche Augen, die viel zu rund schienen. Das linke war aus Glas und starr geradeaus gerichtet, während das andere hin- und herhüpfte, wie ein Ball, der von allem, was er berührt, abprallt. Das Glasauge war etwas heller braun als das echte und der Augapfel strahlender weiß. Diese unnatürliche Weiße wurde betont durch das Muttermal, das sich vom Haaransatz über das obere linke Viertel seines Gesichts ausbreitete. Seine Haare waren ein

Mischmasch aus Braun und Grau und starr wie die Borsten einer Scheuerbürste. Sie schätzte ihn auf Ende dreißig, und er konnte Cops nicht ausstehen.

Das war natürlich ein Berufsrisiko. Selbst die unschuldigsten Menschen wurden nervös, wenn Cops in ihre Sphäre eindrangen. Aber manchmal war es auch nicht nur die übliche Nervosität. Sie fragte sich, wie das wohl bei Olie stand.

»Wir sind auf der Suche nach Josh Kirkwood«, sagte Mitch ganz locker. »Er spielt im John-Olsen-Zwergenteam. Kennen Sie ihn?«

Olie zuckte mit den Schultern. »Klar.«

Das war's. Er stellte keine Fragen, sah hinunter auf seine fingerlosen Wollhandschuhe und strich mit der rechten über die linke Hand. Typisch Olie, dachte Mitch. Der Typ wußte nichts von Manieren, hatte nie viel zu sagen und machte nie freiwillig den Mund auf. Ein seltsamer Vogel, aber dagegen gab's kein Gesetz. Er hatte scheinbar nur ein Ziel im Leben: seinen Job zu behalten und mit seinen Büchern alleingelassen zu werden.

Von seinem Platz an der Tür aus konnte Mitch Olie und den ganzen Raum überblicken, ohne die Augen zu bewegen. Ein alter grüner Kartentisch mit zerrissener Bespannung und ein farbverschmierter Stuhl nahmen fast den ganzen Platz ein. Auf und unter dem Tisch stapelten sich ausrangierte Fachbücher. Computerhandbücher, Psychologie, englische Literatur – die gesamte Palette.

»Joshs Mutter war zu spät dran, als sie ihn abholen wollte«, fuhr Mitch fort. »Als sie kam, war er schon weg. Haben Sie gesehen, ob er mit jemandem mitgefahren ist?«

»Nein.« Olie senkte den Kopf. »Ich war beschäftigt, mußte vor dem Seniorenclub den Zamboni laufen lassen.« Er sprach in einer Art linguistischem Steno, nur das Unumgänglichste, gerade genug, um sich verständlich zu machen, nicht genug, um eine Unterhaltung anzuregen. Er steckte die Hände in seine Jackentaschen, wartete und schwitzte.

»Haben Sie zwischen siebzehn Uhr fünfzehn und siebzehn Uhr dreißig einen Anruf aus dem Krankenhaus erhalten, der besagte, daß Dr. Garrison sich verspäten würde?« fragte Megan.

»Nein.«

»Wissen Sie, ob ihn sonst jemand entgegengenommen hat?«

»Nein.«

Megan nickte und öffnete den Reißverschluß ihres Parkas. Der kleine Raum lag direkt neben dem Heizungskeller und saugte offensichtlich die Hitze durch die Wände ein. Es war wie in der Sauna. Mitch hatte ebenfalls seinen Parka geöffnet und ihn ein Stück nach hinten geschoben. Olie behielt seine Hände in der Tasche. Er rollte einen Fuß im abgetragenen Nike-Laufschuh zur Seite und wippte mit dem Bein.

»Haben Sie gesehen, daß Josh zurück ins Gebäude gekommen ist, nachdem die anderen Jungs weg waren?«

»Nein.«

»Sie sind nicht zufällig nach draußen gegangen und haben irgendwelche fremden Autos gesehen?«

»Nein.«

Mitch preßte die Lippen zusammen und seufzte durch die Nase.

»Tut mir leid«, sagte Olie leise. »Würde gern helfen. Netter Junge. Sie glauben doch nicht, daß ihm was passiert ist?«

»Wie zum Beispiel?« Megans Blick bohrte sich in Olies ungleiche Augen.

Er zuckte wieder mit den Achseln. »Die Welt ist schlecht.«

»Wahrscheinlich ist er mit einem Kumpel nach Hause gegangen.« Die Worte klangen fadenscheinig, er hatte sie in den letzten zwei Stunden so oft gesagt. Der Piepser hing wie ein Bleigewicht an seinem Gürtel, stumm. Insgeheim hoffte er, er würde gleich piepsen, und wenn er dann anrief, würde er hören, Josh wäre gefunden, würde irgendwo bei einer Familie Pizza essen und das Spiel der Timberwolves im Fernsehen anschauen. Das Warten nagte wie eine Horde Termiten an seinen Nerven.

Megan dagegen genoß das Ganze offensichtlich, dachte er sich. Der Gedanke irritierte ihn.

»Mr. Swain, sind Sie den ganzen Abend hier gewesen?«

»Das ist mein Job.«

»Kann das jemand bestätigen?«

Ein Schweißtropfen rollte über Olies Stirn in sein gesundes Auge. Er blinzelte wie ein Reh, das in das Fadenkreuz des Jägers geraten ist.

»Warum? Ich hab doch nichts getan?«

Sie bot ihm ein Lächeln an. Er kaufte es ihr nicht ab, aber das spielte keine Rolle. »Reine Routine, Mr. Swain. Haben Sie ...«

Mitch packte eine Gürtelschlaufe ihres Parkas und zog kurz daran. Ihr Kopf schnellte herum, und sie sah ihn wütend an.

»Danke, Olie«, nickte er, ohne sie eines Blickes zu würdigen. »Sollte Ihnen noch etwas einfallen, was uns helfen könnte, rufen Sie uns bitte an?«

»Klar. Ich hoffe, es geht alles gut«, sagte Olie.
Das beklemmende Gefühl, das ihm die Kehle zugeschnürt hatte, legte sich, als Holt und die Frau aufbrachen. Ihre Schritte verhallten langsam, und Olies Gefühl von Abgeschiedenheit kehrte allmählich zurück. Er bewegte sich durch das Zimmer, ließ die Fingerspitzen über die Wände gleiten, markierte seine Welt, radierte das Eindringen von Fremden aus. Er setzte sich in den Stuhl und streichelte seine Bücher wie geliebte Haustiere.
Er haßte Polizisten, haßte Fragen. Er wollte nur in Ruhe gelassen werden. *Kümmer dich um deinen eigenen Kram, Leslie.* Wenn doch nur die anderen Leute diesen Rat auch befolgen würden.

»Diese Angelhakennummer fand ich gar nicht lustig«, sagte Megan wütend. Sie mußte fast rennen, um mit Mitch Schritt zu halten, das Echo des Klapperns auf dem Betonboden hallte durch das Gebäude. Lichter funkelten auf dem glatten weißen Eis. Die Zuschauerränge, die die Wände hochkletterten, waren in düstere Schatten gehüllt, ein kaltes, leeres Theater.
»Oh, Verzeihung.« Mitch gab sich geziert, er hatte nichts dagegen, die Feindseligkeiten wieder zu eröffnen. »Ich bin gewohnt allein zu arbeiten. Meine Manieren müssen vielleicht ein bißchen aufgefrischt werden.«
»Das hat nichts mit Manieren zu tun. Dabei geht es um Höflichkeit unter Profis.«
»Höflichkeit unter Profis?« Er zog eine Braue hoch. »Das muß ein Fremdwort für Sie sein, Agent O'Malley. Sie würden das nicht mal erkennen, wenn es Sie in Ihren strammen kleinen Hintern beißt.«
»Sie haben mich nicht ausreden lassen ...«
»Nicht ausreden lassen? Ich hätte sie rauswerfen sollen.«
»Sie haben meine Autorität untergraben ...«
Mitch sah mit einem Mal rot und rastete aus, etwas, was schon sehr lange nicht mehr passiert war. Er stürzte sich ohne Warnung auf Megan, packte sie an den Schultern und preßte sie gegen das Plexiglas, das sich über der Band erhob.
»Das ist meine Stadt, *Agent* O'Malley«, fauchte er, nur wenige Zentimeter von ihrem Gesicht entfernt. »Sie haben keine Autorität. Sie sind hier, um *auf Anfrage* zu *unterstützen.* Sie können von mir aus hundert Kurse absolviert haben, aber anscheinend waren Sie auf der Damentoilette, als diese spezielle Vorlesung gehalten wurde.«

Sie starrte hinauf zu ihm, die Augen groß wie Spielbankchips, ihr Mund war ein weiches, rundes O. Er hatte sie einschüchtern wollen, sie schockieren. Mission erfolgreich. Ihr schwerer Mantel hing offen herunter, und fast konnte Mitch sehen, wie ihr Herz unter dem tannengrünen Rollkragenpullover hämmerte.
Sein Blick glitt fasziniert weiter nach unten. Sie hatte die Schultern zurückgeworfen, und ihre Brüste weckten seine Aufmerksamkeit. Es waren kleine runde Kugeln, und während er sie anstarrte, regten sich die Knospen unter dem Pullover. Die Flamme seiner Wut mutierte zu etwas anderem, weniger Zivilisiertem, Elementarem. Es war seine Absicht gewesen, berufliche Dominanz zu klären, aber jetzt veränderten sich seine Motive, glitten aus den logischen Winkeln seines Verstandes zu einem Teil von ihm, der keine Verwendung für Logik hatte.
Langsam, widerwillig löste er den Blick und schwenkte hoch zu dem trotzig vorgeschobenen Kinn. Hinauf zu dem zitternden Mund, der verriet, daß ihr Mut nur Fassade war. Bis hinauf zu den Augen, so tief und grün wie Samt, mit dichten, nachtschwarzen Wimpern.
»Solche Probleme hatte ich mit Leo nie«, murmelte er. »Aber ich hatte eben auch nie das Bedürfnis, Leo zu küssen.«
Megan wußte, daß sie das niemals zulassen dufte. Sie kannte sämtliche Gegenargumente auswendig – hatte sie sich immer und immer wieder im Geiste vorgesagt, wie Mantras zur Vertreibung böser Geister. *Es ist dumm. Es ist gefährlich. Es ist unprofessionell …* Doch noch während sie durch ihren Kopf schossen, hob sie das Kinn, holte rasch Luft …
Sie stemmte ihre Hände gegen seine Brust und trommelte, das einzige was ihr damit gelang, war, seine Konzentration zu stören. Mitch zog den Kopf ein paar Zentimeter zurück und blinzelte, langsam klärte sich sein Bewußtsein. Er hatte die Beherrschung verloren. Der Gedanke dröhnte wie eine Glocke zwischen seine Ohren. Er verlor nie die Beherrschung. *Die Wut im Zaum halten. Den Verstand beherrschen. Die Bedürfnisse unter Kontrolle haben.* Diese Regeln hatten ihn durch zwei lange Jahre gebracht und in weniger als ein paar Atemzügen hatte ihn Megan O'Malley fast dazu gebracht, sie zu brechen.
Sie starrten sich mißtrauisch an, abwartend, mit angehaltenem Atem in der Kühle der Arena.
»Ich werde einfach so tun, als wäre nichts passiert«, sagte Megan, gar nicht so autoritär und rechtschaffen erbost, wie sie vorgehabt hatte. Es klang wie ein Versprechen, das sie selbst anzweifelte.

Mitch sagte nichts. Die Flamme wurde zu einem Glühen. Er ließ ihre Schultern los und trat zurück. Sie wollte ihm seine Autorität abspenstig machen, ihm dann den Verstand rauben und anschließend so tun, als wäre nichts passiert. Ein Teil von ihm wurde bei diesem Gedanken sauer. Aber das war nicht seine denkende Hälfte.
Wie töricht, Megan O'Malley zu begehren! Deshalb würde er sich das abschminken. Sie war nicht einmal sein Typ. Winzig und kratzbürstig hatte ihn noch nie angemacht. Seine Frauen mußten groß und elegant sein, warm und süß. So wie Allison es gewesen war. Nicht wie dieses Bündelchen von irischem Temperament und feministischer Aggression.
»Ja«, murmelte er und raffte all seinen Sarkasmus zusammen. »Guter Zug, O'Malley. Vergessen Sie's einfach. Wär nicht gut, sich dabei erwischen zu lassen, daß Ihre Fraulichkeit sich zeigt.«
Das tat weh, wie er beabsichtigt hatte, aber der Treffer brachte keine Befriedigung. Alles was sich in ihm regte, waren Schuldgefühle und ein Hauch von Bedauern, welches er momentan nicht weiter erforschen wollte.
Eine der Eingangstüren krachte auf, das Geräusch polterte durch die Stille wie ein Gummiball.
»Chief!« brüllte Noga. »Chief!«
Mitch rannte los, der Knoten in seinem Magen wuchs sekündlich, als er die Bande entlangsprintete. *Bitte, lieber Gott, laß ihn sagen, daß er Josh gefunden hat. Und laß ihn am Leben sein.* Aber noch während er sich das wünschte, sammelte sich kalter Angstschweiß auf seiner Haut, und Furcht packte ihn mit knochigen Fingern am Hals.
»Was ist denn?« rief er, als er seinen Beamten sah.
Noga sah blaß und niedergeschlagen aus, sein Gesicht eine Maske der Angst. »Du solltest dir das besser ansehen.«
»O mein Gott«, flüsterte Mitch verzweifelt. »Ist es Josh?«
»Nein. Komm einfach mit.«
Megan rannte hinter ihnen her aus dem Gebäude. Die Kälte traf sie wie ein Schlag ins Gesicht. Sie schloß den Reißverschluß ihrer Jacke, zerrte die Handschuhe aus den Taschen und streifte sie über. Ihr Schal hing über einer Schulter und flatterte wie ein Banner hinter ihr her, bis er schließlich abfiel, als sie über den Parkplatz sprintete.
Mitch rannte voraus, lief mit seinen Lederschuhen über das zerfurchte Eis wie ein Leichtathletikstar. Etwa in der Mitte des hinteren

Endes des Platzes standen drei weitere Uniformierte dicht zusammengedrängt neben den verwucherten kahlen Büschen.

»Was?« brüllte er. »Was habt ihr gefunden?«

Keiner sagte etwas. Sie sahen einander an, stumm und schockiert.

»Verflucht noch mal!« schrie er. »Wird einer von euch endlich das Maul aufmachen?«

Lonnie trat einen Schritt zur Seite, und ein Strahl künstlichen Lichts fiel auf eine Nylontasche. Jemand hatte in großen Blockbuchstaben JOSH KIRKWOOD darauf gemalt.

Mitch fiel im Schnee auf die Knie, die Tasche lag wie eine tickende Bombe vor ihm. Sie stand etwas offen, und ein Stück Papier ragte aus der Öffnung, knatterte im Wind. Er nahm das Papier vorsichtig am Rand und zog es langsam aus der Tasche.

»Was ist es?« keuchte Megan und ließ sich neben ihm auf die Knie fallen. »Lösegeldforderung?«

Mitch faltete das Papier auseinander und las es durch – zuerst schnell, dann noch einmal langsam, und mit jedem getippten Wort wurde sein Blut kälter.

ein Kind ist verschwunden

Unwissenheit ist nicht Unschuld, sondern SÜNDE

Kapitel 6

TAG 1
21 Uhr 22, –7 Grad

»Kindern fallen die verrücktesten Sachen ein«, sagte Natalie. Sie fertigte Truthahnsandwiches an auf der Küchentheke, während hinter ihr die Kaffeemaschine zischte und spuckte. »Troy hat mir auch einmal so eine Nummer geliefert. Er war damals zehn oder elf. Hat einfach beschlossen, er geht jetzt von Tür zu Tür und verkauft Zeitungsabos, damit er ein ferngesteuertes Auto gewinnt. Er war so davon besessen, den Preis zu gewinnen, daß er an so etwas Unwichtiges wie seiner Mutter Bescheid zu sagen nicht mehr denken konnte. *Meine Mutter anrufen? Warum soll ich sie anrufen, wo ich sie sowieso jeden Tag sehe?*
Sie schüttelte angewidert den Kopf und schnitt das Sandwich mit einem Messer von der Größe einer mittleren Säge durch. »Wir haben damals in Twin Citys gelebt, und es war genau die Zeit, in der in Minneapolis die Straßenbanden im Vormarsch waren. Sie können sich gar nicht vorstellen, was mir alles durch den Kopf gegangen ist, als Troy um halb sechs immer noch nicht zu Hause war.«
O doch. Dieselben Gedanken jagten in einer endlosen Schleife durch Hannahs Kopf, eine Sequenz von Horrorszenarios. Sie lief auf der anderen Seite der Küchentheke auf und ab, viel zu nervös, um sich zu setzen. Bis jetzt hatte sie es nicht fertiggebracht, sich umzuziehen, ihre Arbeitskleidung abzulegen. Der dicke Pullover roch nach Schweiß von der Anstrengung und dem Streß bei Ida Bergen. Ihre schwarze Strumpfhose kniff um die Taille, und ihre langer Wollrock war schlaff und zerknittert. Die Stiefel hatte sie aus Gewohnheit an der Tür ausgezogen.
Sie ging neben der Theke auf und ab, die Arme symbolisch verschränkt, um sich zusammenzuhalten, den Blick unablässig auf das

Telefon gerichtet, das stumm unter einer Wandtafel mit Telefonnummern gluckte. *Mom im Krankenhaus. Dad im Büro. 911 in Notfällen.* Alles von Josh mit bunten Farbstiften gemalt. Eine Hausaufgabe für die Woche der Sicherheit.

Panik brandete wieder in ihr auf.

»Ich sage Ihnen, ich war wie eine Verrückte«, fuhr Natalie fort und goß Kaffee ein. Sie goß ein bißchen halbfette Milch in beide Tassen und stellte sie auf die Bar, neben den Teller mit Sandwiches. »Wir haben die Polizei angerufen. James und ich sind losgefahren, um ihn zu suchen. Dann hätten wir ihn fast überfahren. So haben wir ihn gefunden. Er fuhr im Dunkeln mit seinem Rad herum, versessen darauf, dieses verdammte Spielzeug zu gewinnen. Er hatte einfach keine Zeit, auf den Verkehr zu achten.«

Hannah warf ihrer Freundin einen Blick zu, als die Stille immer länger wurde und merkte, daß sie jetzt etwas sagen sollte. »Was habt ihr gemacht?«

»Ich bin aus dem Auto gesprungen, noch bevor James auf Parken schalten konnte, schreiend wie ein Jochgeier. Wir waren direkt vor der Synagoge. Ich hab so laut gebrüllt, daß der Rabbiner herausgerannt kam. Und was sieht er da? Irgendeine verrückte schwarze Frau, die dieses arme Kind schüttelt, daß ihm die Zähne klappern. Also geht er wieder rein und ruft die Polizei. Sie kommen mit fliegenden Fahnen und Sirenen angebraust. Inzwischen habe ich den Jungen natürlich fest im Arm und hab geweint und geschrien: – *Mein Baby! Mein kleines Baby!*« Sie kreischte nach oben an die Decke, wedelte mit den Armen. Dann rollte sie die Augen, schürzte ihre Lippen und schüttelte den Kopf: »Wenn ich mir das so im nachhinein überlege, hätten wir Troy gar nicht zu bestrafen brauchen. Er hat sich zu Tode geschämt.«

Hannah hatte sich wieder ausgeklinkt. Sie starrte das Telefon an, als wolle sie es mit schierer Willenskraft dazu zwingen, zu läuten. Natalie seufzte, weil sie wußte, daß sie nicht mehr tun konnte, als sie ohnehin schon tat. Sie machte Kaffee und Sandwiches, nicht weil irgend jemand Hunger hatte, sondern weil es etwas Normales, Vernünftiges war. Sie redete ununterbrochen, um Hannah abzulenken und die ominöse Stille zu brechen.

Die gute Seele ging um die Küchentheke herum, legte die Hände auf Hannahs Schultern und schob sie zu einem der Hocker davor. »Setz dich und iß etwas, Mädchen. Dein Blutzucker muß inzwischen im Keller sein. Es ist ein Wunder, daß du noch stehen kannst.«

Hannah lehnte sich gegen den Hocker und starrte den Teller mit Sandwiches an. Sie hatte zwar seit dem Mittagessen keinen Bissen mehr zu sich genommen, aber brachte auch jetzt keinen herunter. Sie wußte, daß sie es versuchen sollte – um ihrer selbst willen, und weil Natalie sich so viel Mühe gab. Sie wollte Natalie nicht verletzen. Sie wollte niemanden enttäuschen.

Das ist dir heute bereits zweimal gelungen.

Sie hatte einen Patienten verloren – und Josh.

Das Telefon schwieg.

Im Wohnzimmer, wo der Fernseher vor sich hin flimmerte, wachte Lily auf und kletterte von der Couch. Sie stapfte auf sie zu, rieb sich ein Auge mit der Faust, mit dem anderen Arm hatte sie einen Plüschdalmatiner am Kopf eingeklemmt. Hannahs Herz zog sich beim Anblick ihrer Tochter schmerzlich zusammen. Lily war mit ihren achtzehn Monaten immer noch ihr Baby, die Verkörperung von Unschuld und Süße. Sie hatte blonde Haare und blaue Augen wie ihre Mutter und keinerlei Ähnlichkeit mit Paul, was Paul gar nicht gerne hörte. Nach all den Peinlichkeiten, die er hatte erdulden müssen bei den langen Bemühungen, Lily zu zeugen, hätte er es zumindest verdient, daß seine Tochter ihm ähnlich sah.

Durch die Gedanken an Paul wurde Hannah das stumme Telefon noch bewußter. Er hatte noch nicht angerufen, trotz mehrerer hektischer Nachrichten auf seiner Telefonautomatik.

»Mama?« sagte Lily und steckte ihr ihre freie Hand entgegen, ein stummer Befehl, sie hochzunehmen.

Hannah gehorchte bereitwillig, drückte ihre Tochter fest an sich und kuschelte ihre Nase an den kleinen Körper, der nach Puder und Schlaf roch. Sie wollte Lily so nahe wie möglich bei sich haben und hatte sie nicht mehr aus den Augen gelassen, seit sie sie vom Babysitter geholt hatte.

»Hallo, Schnuckelchen«, flüsterte sie und wiegte sie hin und her, genoß das Gefühl des warmen Körperchens in seinem violetten Fleeceschlafanzug. »Du sollst doch schlafen.«

Lily umging diese Bemerkung mit einem gewinnenden Lächeln voller Grübchen. »Josh?«

Hannahs Lächeln gefror. Sie drückte Lily unwillkürlich fester an sich. »Josh ist nicht hier, Schätzchen.«

Die Panik traf sie wie ein Vorschlaghammer, zertrümmerte die Reste ihrer Widerstandskraft. Sie war müde und völlig verängstigt. Jemand sollte sie festhalten, der ihr sagte, alles würde wieder gut – und auch daran glauben. Sie wollte ihren Sohn zurückhaben und die Angst loswerden. Lily an sich gedrückt schloß sie die Augen, um die Tränenflut zurückzuhalten. Beißend wie Säure drängten sie durch ihre Lider und liefen ihre Wangen hinunter. Ein Stöhnen entrang sich ihrer wunden Kehle. Lily bekam Angst, weil sie so fest gehalten wurde und begann auch zu weinen.

»Hannah, Schatz, bitte setz dich«, sagte Natalie leise und führte sie zur Couch. »Setz dich, ich bring dir was zu trinken.«

Draußen vor dem Haus bellte der Hund, und ein Wagen fuhr in die Einfahrt. Hannah schluckte die restlichen Tränen hinunter, Lily machte keinen solchen Versuch. Die Luft vibrierte vor Spannung. Würde Josh durch die Küchentür hereinstolpern? Oder war es Mitch mit einer Nachricht, an die sie nicht einmal denken wollte?

»Warum ist Gizmo nicht hinten im Hof, wo er hingehört?«

Paul trat in die Küche, die Stirn vorwurfsvoll gerunzelt. Er würdigte Hannah keines Blickes und vollzog sein abendliches Ritual, als wäre nichts geschehen. Er ging in sein kleines Büro neben der Küche, um seine Aktentasche auf dem Schreibtisch abzulegen und seinen Mantel aufzuhängen. Hannah sah ihm nach, wie er in seinem Allerheiligsten der perfekten Ordnung verschwand. Wut packte sie. Ihm war es wichtiger, seine Mäntel in Reih und Glied zu ordnen – von links nach rechts gestaffelt, vom dünnsten bis zum schwersten, sportlich bis elegant –, als sich um seinen Sohn zu kümmern.

»Wo ist Josh?« fragte Paul barsch, als er in die Küche zurückkehrte und den Knoten seiner gestreiften Krawatte lockerte. »Er ist für den Hund verantwortlich. Verflucht noch mal, kann er nicht rausgehen und ihn einsperren?«

»Josh ist nicht hier«, erwiderte Hannah in scharfem Ton. »Wenn du dir die Mühe machen würdest, deine Automatik abzuhören, wüßtest du das bereits seit Stunden.«

Ihr Tonfall ließ ihn den Kopf heben, Mißtrauen trat in seine braunen Augen unter den schweren Brauen. »Was …«

»Wo warst du, verdammt noch mal?« fragte sie und drückte unbewußt Lily fester an sich. Das Baby machte eine Faust und schlug greinend gegen ihre Schulter. »Ich bin fast verrückt geworden, als ich dich nicht erreichen konnte!«

»Du lieber Himmel, ich war in der Arbeit!« konterte er und versuchte

zu begreifen, was sich hier abspielte. »Ich hatte wesentlich Wichtigeres zu tun, als das verdammte Telefon abzunehmen.«
»Ach wirklich? Dein Sohn ist verschwunden. Hast du einen einzigen Klienten, der wichtiger ist als Josh?«
»Was soll das heißen, er ist verschwunden?«
Natalie stellte sich zwischen die beiden und streckte die Arme aus, um Lily zu retten. Das Baby ließ sich dankbar nehmen. »Ich werde sie zu Bett bringen, und du und Paul, ihr setzt euch und besprecht das *vernünftig und ruhig*«, sie fixierte Hannah streng.
»Verschwunden?« wiederholte Paul. Die Hände hatte er in den Bund seiner modischen braunen Hose gehakt. »Was, zur Hölle, ist hier los?«
Natalie baute sich vor ihm auf. »Platz, Paul«, befahl sie und deutete in Richtung Küchentisch. Er riß erstaunt die Augen auf, runzelte die Stirn noch mehr, aber gehorchte. Sie wandte sich wieder Hannah zu, und ihre grimmige Miene wurde etwas sanfter. »Du setzt dich auch. Erzähl von Anfang an. Ich bin gleich wieder da.«
Sie besänftigte Lily und ging über den flauschigen Wohnzimmerteppich zu der kleinen Treppe, die zu den Schlafzimmern führte. Hannah sah ihr voller Schuldgefühle nach, weil sie sah, wie Lily ihren Kopf auf Natalies Schultern legte und »Nein, nein, Mama« quengelte.
Mein Gott, was bin ich für eine Mutter? Ihr lief eine Gänsehaut über den ganzen Körper, und sie hielt sich eine Hand vor den Mund, aus Angst, es könnte eine Antwort herauskommen, die sie nicht hören wollte.
»Hannah, was ist los? Du siehst beschissen aus.«
Sie wandte sich ihrem Mann zu und fragte sich verbittert, warum Streß dem Aussehen eines Mannes Charakter verlieh. Paul hatte gerade über zwölf Stunden in der Steuerkanzlei gearbeitet, die er mit seinem alten Collegefreund Steve Christianson als Partner betrieb. Müdigkeit zeichnete seine Züge, die Fältchen um seine Augen und seinen Mund waren ein bißchen ausgeprägter als sonst, aber es tat seiner Attraktivität keinen Abbruch. Paul war nur drei Zentimeter größer als sie, schlank und durchtrainiert, hageres Gesicht, starkes Kinn. Sein Nadelstreifenhemd wies Knitterfalten auf, aber mit der Krawatte, die lose um seinen Hals hing, sah er nicht verludert, sondern sexy aus. Sie schaute an sich hinunter und kam sich vor wie etwas, das aus den Tiefen des Wäschekorbs geklettert war.
»Wir hatten einen Notfall im Krankenhaus«, sagte sie leise und sah

ihrem Mann in die Augen. »Ich war zu spät dran, als ich Josh abholen wollte. Carol hat für mich in der Eishalle angerufen, um eine Nachricht zu hinterlassen –, aber als ich hinkam, war er weg. Ich habe überall gesucht und konnte ihn nicht finden. Die Polizei ist jetzt unterwegs und sucht ihn.«

Pauls Gesicht verzerrte sich vor Wut. Er setzte sich auf. »Du hast unseren Sohn *vergessen*?« fragte er mit messerscharfer Stimme.

»Nein …«

»Verdammt«, fluchte er und stand auf. »Dieser Scheiß-Job ist dir wichtiger als …«

»Ich bin Ärztin! Eine Frau lag im Sterben!«

»Und jetzt hat sich irgendein Irrer unseren Sohn geschnappt.«

»Das weißt du nicht!« schrie Hannah. Sie haßte ihn, weil er ihre Ängste in Worte gefaßt hatte.

»Und wo ist er dann?« schrie Paul, stemmte die Hände auf den Tisch und beugte sich zu ihr.

»Ich weiß es nicht!«

»Hört auf!« schrie Natalie und stürmte in die Küche. »Hört sofort auf, ihr zwei!« Sie fixierte die beiden mit ihrer bedrohlichsten Miene, die schon manchen Cop in Deer Lake in die Knie gezwungen hatte. »Da oben liegt ein kleines Mädchen und weint sich in den Schlaf, weil seine Eltern streiten. Jetzt ist wirklich nicht der richtige Zeitpunkt, um sich gegenseitig fertigzumachen!«

Paul sah sie wütend an, sagte aber nichts. Hannah wollte den Mund öffnen, aber da klingelte es an der Haustür. Sie rannte durchs Wohnzimmer, stolperte in den Eingang und riß die Tür mit wild hämmerndem Herzen auf.

Mitch Holt stand auf dem Treppenabsatz, mit ernster Miene und schmerzverdüsterten Augen.

»Nein«, flüsterte sie. »Nein!«

Mitch kam herein und nahm ihren Arm. »Hannah, wir werden alles tun, um ihn zu finden.«

»Nein«, flüsterte sie wieder, schüttelte den Kopf, obwohl sich alles drehte. »Nein. Sag's mir nicht. Bitte, sag's mir nicht.«

Keine Ausbildung der Welt konnte einen Cop auf so etwas vorbereiten, dachte Mitch. Es gab keine Verhaltensregeln für das Zerschmettern eines Elternlebens. Nichts konnte den Schmerz dämpfen. Es gab keine adäquaten Trostworte, keine Entschuldigung, die genügen könnte. Nichts. Er konnte in dieser Situation kein Cop sein, konnte keinen Abstand dazu gewinnen, selbst wenn das seinen eigenen Kummer gelindert hätte. An erster Stelle war er Vater, an zweiter Freund. Erinnerungen und Schuldgefühle taten ein übriges, um seine letzte eventuell noch vorhandene professionelle Zurückhaltung schwinden zu lassen. Hinter Hannah sah er Paul und Natalie stehen, sie warteten mit hoffnungslosen, betroffenen Gesichtern.

»Nein«, flüsterte Hannah kaum hörbar, mit tränenüberströmten, verzweifelten Augen. »Bitte, Mitch.«

»Josh ist entführt worden«, sagte er mit leiser, rauher Stimme.

Hannah brach zusammen, Mitch fing sie auf und hielt sie fest.

»Es tut mir leid, meine Liebe«, murmelte er. »Es tut mir so leid.«

»Großer Gott«, murmelte Natalie. Sie ging an ihnen vorbei und schloß die Haustür gegen die bittere Kälte der Nacht, aber die Kälte, die über das Haus gekommen war, hatte nur wenig mit dem Wetter zu tun. Sie ging durch Mark und Bein, und ließ sich nicht vertreiben.

Paul trat vor und zerrte eine von Mitchs Händen von Hannahs Schulter. »Sie ist *meine* Frau«, sagte er. Sein verbitterter Ton überraschte Mitch.

Paul zog Hannah weg, und Mitch ließ seine Arme fallen. Aber Paul machte keinerlei Anstalten, ihr dieselbe Art Trost oder Unterstützung zu spenden. Oder lag es nur daran, daß Hannah von ihm wegrückte, sonst hätte er es vielleicht versucht. Wie dem auch sei, irgendwie schien es seltsam, aber was in dieser Nacht war schon nicht unwirklich? In Deer Lake wurden keine Kinder entführt. Das BCA hatte keine weiblichen Field Agents. Mitch Holt verlor nie die Beherrschung.

Mein Gott, was für eine Lüge.

Wut loderte in ihm empor, rettete ihn, so ironisch das auch klang. Die Wut gab ihm etwas, worauf er sich konzentrieren konnte, etwas Vertrautes zum Festhalten. Er holte tief Luft, rieb sich die Bartstoppeln und sah seine Assistentin an. Natalies Augen quollen über. Sie sah fast so verloren aus wie Hannah, die sich am Bodendurchgang zum Wohnzimmer festhielt, das Gesicht an die Wand gelehnt.

»Natalie«, er berührte ihre Schulter. »Hast du Kaffee gemacht? Ich glaube, wir können alle einen gebrauchen.«

Sie nickte und eilte in die Küche, dankbar für die Aufgabe.

Mitch dirigierte Hannah und Paul ins Wohnzimmer. »Wir müssen uns setzen und reden.«

»Reden?« keifte Paul. »Warum zum Teufel, fährst du nicht los und

versuchst meinen Sohn zu finden? Mein Gott, du bist doch der Polizeichef!«
Mitch erwiderte ruhig: »Jeder verfügbare Beamte ist im Einsatz. Wir haben das Büro des Sheriffs angerufen, die State Patrol und das BCA ist hier. Wir stellen an der Eishalle Suchtrupps zusammen. Hubschrauber mit Infrarotsensoren sind im Anflug. Sie können jede Wärmequelle orten. In der Zwischenzeit wird Joshs Beschreibung an alle Polizeireviere der Umgebung weitergeleitet und in den Computer des National Crime Information Center eingegeben. Er ist im ganzen Land als vermißtes Kind registriert. Ich werde selbst die Suche organisieren, aber zuerst muß ich euch beiden ein paar Fragen stellen. Ihr könnt uns vielleicht einen Anhaltspunkt geben, etwas, was der Fahndung Nutzen bringt.«
»Wir sollen wohl den Irren kennen, der unseren Sohn entführt hat? Mein Gott, das ist unglaublich!«
»Hör auf!« zischte Hannah.
Paul sah sie mit offenem Mund an, spielte den Schockierten.
»Oder vielleicht kann Hannah ein paar klärende Worte sprechen. Sie war es doch, die Josh dortgelassen hat ...«
Hannah taumelte, als hätte sie eine Ohrfeige bekommen.
Mitch versetzte Paul Kirkwood einen heftigen Stoß mit dem Handballen, so daß er rückwärts in einen Ohrensessel fiel. »Hör auf damit, Paul«, befahl er. »So hilfst du keinem.«
Paul sank im Stuhl zusammen und runzelte die Stirn. »Tut mir leid«, murmelte er widerstrebend, stützte einen Arm auf die Lehne und senkte seinen Kopf darauf. »Gerade komme ich nach Hause. Ich kann nicht glauben, daß das wirklich passiert ist.«
»Woher weißt du ...«, Hannah brachte es nicht fertig, den Satz zu vollenden. Sie klemmte sich in eine Ecke der Couch, während Mitch seinen Parka abstreifte und sich in die andere setzte.
»Wir haben seine Tasche gefunden. Da war eine Nachricht drin.«
»Was für eine Nachricht?« fragte Paul. »Eine Lösegeldforderung oder so was? Wie sind doch nicht reich. Ich meine, ich verdiene schon gut, aber keine Unsummen. Und Hannah, naja, ich weiß, daß alle glauben, Ärzte verdienen wie die Weltmeister, aber sie arbeitet schließlich nicht an der Mayo-Klinik ...«
Er verstummte. Mitch warf ihm einen vorwurfsvollen Blick zu und fragte sich, ob ihm diese Bemerkung rausgerutscht war. Sie verlagerte die Schuldlast wieder auf Hannah, die leise zu weinen begann.

Tränen liefen ihr übers Gesicht, und sie hielt sich eine Hand vor den Mund.

»Es war keine Lösegeldforderung, aber es geht klar daraus hervor, daß Josh entführt worden ist«, sagte Mitch. Die Worte waren mit Säure in seine Gehirnrinde eingebrannt, eine unheimliche Botschaft, die auf einen kranken Verstand schließen ließ. Er wünschte, er könnte jetzt den Spruch von wegen vertrauliches Beweismaterial loslassen, ihnen sagen, es könnte lebenswichtig sein, die Information geheimzuhalten, aber er brachte es nicht fertig. Sie waren Joshs Eltern und hatten ein Recht, es zu wissen. »Die Nachricht lautet ›Unwissenheit ist nicht Unschuld, sondern SÜNDE‹.«

Hannahs Herz erstarrte zu Eis. »Was bedeutet das? Was …«

»Das bedeutet, daß er spinnt«, sagte Paul. Er strich sich durchs Haar, immer und immer wieder. »Oh, mein Gott …«

»Ihr könnt also beide nichts damit anfangen?« fragte Mitch. Sie schüttelten die Köpfe vor Entsetzen, so daß sie unfähig waren zu denken. »Wir müssen uns jetzt darauf konzentrieren, mögliche Verdächtige zu finden.«

Natalie brachte den Kaffee auf einem Tablett und stellte es auf die Kirschholztruhe, wo Fernbedienungen sowie vergessene Spielzeuge verstreut lagen. Sie reichte Mitch eine Tasse und drückte Hannah eine in die Hand. Paul mußte sich selbst bedienen, während sie versuchte, ihre Freundin zu einem Schluck zu überreden. Paul war diese Beleidigung nicht entgangen. Er warf der Frau einen zornigen Blick zu, dann beugte er sich vor und kippte Süßstoff in seine Tasse.

»Du glaubst doch nicht wirklich, daß jemand, den wir kennen, zu so etwas fähig wäre«, sagte er.

»Nein«, log Mitch. Statistiken rollten vor seinem inneren Auge ab wie Nachrichteneinblendungen im Fernsehen. Die Mehrzahl aller Kindesentführungen wurden nicht von Fremden begangen. »Aber ich möchte, daß ihr beide nachdenkt. Waren irgendwelche Patienten oder Klienten sauer auf einen von euch? Habt ihr in letzter Zeit irgendwelche Fremden in der Nachbarschaft bemerkt, irgendwelche unbekannten Autos, die langsam vorbeigefahren sind? Irgend etwas Ungewöhnliches?«

Paul starrte in seinen Kaffee und seufzte. »Wann, bitte, sollen uns denn Fremde auffallen, die sich hier rumtreiben? Ich bin den ganzen Tag im Büro. Hannah hat noch wesentlich schlimmere Arbeitszeiten als ich, seit sie Leiterin der Notaufnahme geworden ist.«

Hannah zuckte zusammen. Ein weiterer Giftpfeil hatte sein Ziel gefunden. Mitch überlegte, ob er sie fragen sollte, wie lange sie schon Probleme hatten, aber er hielt den Mund. Vielleicht war es auch nur der Streß, der Pauls grausame Ader zum Vorschein brachte.

»Hat Josh irgendwas erzählt, daß jemand sich ums Haus rumtreibt oder ihn auf der Straße angesprochen hat?«

Hannah schüttelte den Kopf. Sie stellte mit heftig zitternder Hand ihre Kaffeetasse aufs Tablett zurück und vergoß dabei die Hälfte, was sie einfach ignorierte. Sie krümmte sich zusammen, schlang die Arme um die Knie und schluchzte, daß ihr ganzer Körper bebte. Jemand hatte ihren Sohn gestohlen. Mit einem Wimpernschlag war Josh aus ihrem Leben verschwunden, von einem gesichtslosen Fremden an einen namenlosen Ort verschleppt, mit einer Absicht, an die keine Mutter auch nur denken wollte. Sie fragte sich, ob er fror, ob er Angst hatte, ob er an sie dachte und sich wunderte, warum sie ihn nicht abgeholt hatte. Sie fragte sich, ob er noch am Leben war.

Paul erhob sich aus dem Sessel und begann im Zimmer auf- und abzuirren. Sein Gesicht wirkte blaß, eingefallen.

»Solche Sachen kommen hier nicht vor«, grollte er. »Deswegen sind wir aus dem Twin Cities hierhergezogen – um in einer kleinen Stadt unsere Kinder ohne die Angst aufzuziehen, daß irgendein Perversling ...« Er hieb seine Faust auf den Kaminsims. »Wie konnte das passieren? Wie konnte das bloß hier passieren?«

»Es gab keine Möglichkeit, so was rational zu erklären, gleichgültig, wo es geschieht«, sagte Mitch. »Das Beste was wir tun können, ist uns darauf zu konzentrieren, Josh zu finden. Wir werden euer Telefon anzapfen und eine Fangschaltung legen, für den Fall, daß ein Anruf kommt.«

»Sollen wir etwa hier herumhocken und warten?« fragte Paul.

»Jemand muß dasein, für den Fall, daß das Telefon klingelt.«

»Hannah kann am Telefon bleiben.« Er hatte seine Frau einfach als Freiwillige gemeldet, ohne sie zu fragen und auch ohne nur einen Gedanken an ihren mentalen Zustand zu verschwenden, dachte Mitch. Allmählich verlor er die Geduld. »Ich möchte bei der Suche helfen, muß irgend etwas tun.«

»Ja, gut.« Mitch sah zu, wie Natalie sich neben Hannah kniete und versuchte, ihr ein paar Worte des Trostes zu vermitteln. »Paul, warum gehen wir nicht raus in die Küche und besprechen das, in Ordnung?«

»Was kann ich für die Sache mitbringen?« fragte er, als er hinter Mitch hertrabte. Er war bereits vollauf damit beschäftigt, den

Schlachtplan festzulegen. »Laternen? Taschenlampen? Wir haben eine gute Campingausrüstung ...«
»Das ist in Ordnung«, sagte Mitch knapp. Er sah Paul Kirkwood direkt in die Augen und gönnte ihm einen kurzen Moment, um zu erkennen, daß es bei dieser Konferenz nicht um die Suche ging. »Paul, ich weiß, daß diese Situation für alle hart ist«, sagte er leise, »aber könntest du deiner Frau gegenüber ein bißchen mehr Mitgefühl aufbringen? Hannah braucht deine Unterstützung.«
Paul sah ihn beleidigt an. »Ich bin im Augenblick ein bißchen wütend auf sie«, sagte er zwischen den Zähnen. »Sie hat unseren Sohn alleingelassen, so daß er entführt werden konnte.«
»Josh ist ein Opfer der Umstände. Genau wie Hannah übrigens. Sie konnte nicht ahnen, daß genau in dem Moment, in dem sie loswollte, um Josh abzuholen, ein Notfall eingeliefert würde.«
»Nein?« Er schnaubte verächtlich. »Wieviel würdest du drauf setzen, daß sie ohnehin schon zu spät dran war? Sie hat geregelte Arbeitszeiten, weißt du, aber sie hält sie nicht ein. Sie treibt sich einfach dort rum und wartet auf einen Vorwand länger bleiben zu können. Gott bewahre, daß sie irgendwelche Zeit in unserem Heim verbringt, mit unseren Kindern ...«
»Hau den Korken drauf, Paul«, zischte Mitch wütend. »Was immer für Probleme du und Hannah mit eurer Ehe habt, wandert ab sofort auf Warteschleife, kapiert? Ihr beiden müßt zusammenhalten – um Joshs willen – und euch nicht gegenseitig fertigmachen! Wenn du auf jemanden wütend sein mußt, dann auf Gott oder auf mich oder die zu milden Gerichte. Hannah hat ihr Päckchen an Schuldgefühlen zu tragen, ohne daß du ihr noch deine Ladung aufhalst.«
Paul zuckte zurück. Mitch hatte recht – er wollte seine Wut an jemandem auslassen. Hannah. Sein goldenes Mädchen. Seine hart ergatterte Trophäe als Braut. Die Frau, die keinen blassen Schimmer hatte, wie sie ihn glücklich machen sollte. Sie war so damit beschäftigt, sich in der Anbetung anderer zu sonnen, daß sie für ihn und ihre Kinder keine Zeit hatte. Das war Hannahs Schuld. Alles.
»Bring alles mit, was du an Ausrüstung hast«, sagte Mitch erschöpft. »Wir treffen uns bei der Eishalle.« Er ging in Richtung Tür, dann blieb er noch einmal kurz stehen. »Pack ein paar Kleidungsstücke von Josh ein«, fügte er leise hinzu, den Blick auf Hannah gerichtet, die sich schluchzend auf der Couch zusammengerollt hatte. »Wir werden sie für die Hunde brauchen.«

Natalie folgte ihm zum Eingang. »Dieser Mann verdient statt vernünftiger Gespräche einen kräftigen Tritt in den Hintern – genau dahin, wo sein Verstand sitzt.«
»Das ist tätlicher Angriff«, dozierte Mitch. »Aber wenn du da reingehen und ihn dir schnappen willst, Tiger, dann schwör ich vor Gericht, ich hätte nichts gesehen.«
»Ich begreif diesen Korinthenkacker einfach nicht«, schimpfte sie. »Läßt das arme Mädchen da heulend sitzen. Und pfeffert sie aus sicherem Abstand mit Nadeln voll, als wär sie eine Voodoopuppe. Gott, der Allmächtige!«
»Hast du gewußt, daß die beiden Probleme haben?«
Sie schnitt eine Grimasse. »Hannah redet nicht über persönliche Dinge. Sie könnte mit dem Marquis de Sade zusammenleben und würde trotzdem kein Wort gegen ihn äußern. Aber mich darfst du so etwas sowieso nicht fragen. Ich habe Paul schon immer für einen eingebildeten, spießigen Wichser gehalten.«
Mitch rieb sich seinen verspannten Nacken. »Wir sollten ihn nicht zu hart beurteilen, Nat. In so einer Situation zeigt sich keiner von seiner besten Seite. Jeder reagiert anders und nicht immer bewundernswert.«
»Ich würde ihm gerne in seine Fresse reagieren«, murmelte sie.
»Kannst du bei Hannah bleiben? Ist James zu Hause bei den Kindern?«
Natalie nickte. »Ich ruf noch ein paar andere Freunde an. Wir wechseln uns schichtweise ab. Und ich werde die Essensbrigade in Bewegung setzen.«
»Nimm mein Handy. Dann blockierst du hier die Leitung nicht. Jemand wird herkommen wegen der Fangschaltung. Wenn irgendwas passiert, ich häng am Piepser.« Er sah sie lange an, während er sich seinen Parka überstreifte. »Du bis dein Gewicht in Gold wert, Bryant.«
»Erzähl das dem Stadtrat«, sagte sie, um ein bißchen Humor in diesen Alptraum zu bringen. »Dann können sie anfangen, Fort Knox auszuheben.«
Er holte das Handy aus seiner Jackentasche und reichte es ihr. »Und wenn du schon dabei bist, ruf den Pfarrer an. Wir werden alle Hilfe brauchen, die wir kriegen können.«

Kapitel 7

TAG 1
22 Uhr 02, –8 Grad

Aus der Ferne sah der Parkplatz vor der Gordie-Knutson-Memorial-Arena, der Eishalle, aus wie ein riesiges Autopicknick – Autos und Trucks in provisorischen Reihen aufgestellt, Männer, die sich um tragbare Heizkörper drängten, deren Stimmen durch die kalte Nachtluft hallten. Aber die Atmosphäre war nicht gastlich. Spannung, Wut und Angst schwebten wie eine dunkle Wolke über der Szene wie giftiger Nebel.

Jede Hoffnung, irgendein Indiz auf dem Parkplatz zu finden, war jetzt dahin. Das war eben das Risiko, wenn man mit einer großen Anzahl Menschen an Tatorten arbeitete. Kleinigkeiten gingen bei der Jagd nach größeren Beweisen leider unter. Das Gefühl von Dringlichkeit wuchs unaufhaltsam und machte es noch schwerer, den Haufen zu kontrollieren.

Kontrolle. Ein kostbares Wort in Megans Vokabular. Man hatte ihr das Kommando übertragen, aber im Augenblick hatte sie keine Kontrolle. Die Männer versuchten untereinander nach Richtlinien und Anweisungen. Sie warteten auf ihren Chief. Und alle ignorierten Megan total. Zwei Anläufe startete sie, sich in dem Getöse Gehör zu verschaffen. Ohne Erfolg. Sie wandte sich an Noga.

Er zuckte zerknirscht mit den Schultern. »Vielleicht sollten wir einfach auf Holt warten.«

»Noga, ein Kind ist entführt worden. Wir haben nicht die Zeit, uns mit dieser männlichen Hackordnungsscheiße aufzuhalten.«

Sie ging mit grimmiger Miene zum Kofferraum des Lumina und kramte in der staubigen Müllchaise nach einem Megaphon, dann kletterte sie auf die Motorhaube. Ihre Stiefel hinterließen Beulen wie von Hagelkörnern.

»Alle mal herhören!« brüllte sie.
Ihre Worte schallten vom Parkplatz bis zum Jahrmarktsgelände. Die Männer verstummten, als hätte jemand ein Tonband ausgeschaltet, und alle Blicke richteten sich auf sie.
»Ich bin Agent O'Malley vom BCA. Chief Holt ist unterwegs, um mit den Eltern des vermißten Jungen zu reden. In seiner Abwesenheit werde ich euch in Gruppen aufteilen und mit der Suche beginnen. Deer-Lake-Cops: »Ich möchte, daß ihr in drei Teams von Haus zu Haus in dieser Straße geht und fragt, ob irgend jemandem etwas zwischen 17 Uhr 15 und 19 Uhr 15 aufgefallen ist. Im Augenblick haben wir noch kein Foto des Jungen, das wir euch geben können; aber er trug zuletzt eine grellblaue Skijacke mit grünen und gelben Rändern sowie eine gelbe Pudelmütze mit dem Viking-Emblem. Wenn jemand Josh Kirkwood gesehen oder etwas Ungewöhnliches oder Verdächtiges bemerkt hat, wollen wir das wissen. Die übrigen Cops und die vom County ...«
»Ich werde meine eigenen Männer selbst einteilen, wenn Sie nichts dagegen haben, Miss O'Malley.«
Megans Blick landete wie ein Hammer auf dem Kopf des Sheriffs von Park County. Er hatte die Hände in seine schmalen Hüften gestemmt, und sein lippenloser Mund war zu einem Grinsen verzogen. Er mußte in den Fünfzigern sein, mit einem hageren, knochigen Gesicht und einer Adlernase. Die Lichter des Parkplatzes blinkten auf seinen mit Pomade zurückgekämmten Haaren. Seine Stimme dröhnte lauter als ihre mit dem Megaphon.
»Ich will meine Deputys auf dem Jahrmarktsplatz einsetzen. Wir werden ihn Meter für Meter absuchen, jedes Gebäude, jedes Stückchen Straße. Wenn ihr etwas findet, meldet es mir über Funk. Art Goble kommt mit seinen Hunden. Sobald Mitch etwas bringt zur Aufnahme der Witterung, sind sie im Geschäft. Gehen wir!«
Ein halbes Dutzend Deputys machte sich mit Taschenlampen bewaffnet auf den Weg. Die Polizisten von Deer Lake traten verlegen von einem Fuß auf den anderen, waren verunsichert, wußten nicht genau, wen sie wohin schicken sollten, oder ob sie überhaupt dem Befehl einer unbekannten Frau gehorchen sollten. Megan warf einen kurzen Blick auf Noga, der sich hastig aufmachte, um sie anzutreiben. Sie sprang von der Haube des Lumina und landete direkt vor dem Sheriff.
»*Agent* O'Malley, wenn ich bitten darf«, sagte sie und reichte ihm ihre behandschuhte Hand.

Russ Steiger musterte sie mit seinen unverschämten Augen von Kopf bis Fuß und ignorierte einfach ihre höfliche Geste. »Was ist denn los? Sind Ihnen in St. Paul die Männer ausgegangen?«

»Nein.« Ihr Lächeln war scharf wie ein Rasiermesser. »Sie wollten mal was Neues ausprobieren und haben die Person, die am besten dafür qualifiziert ist, geschickt, anstatt die mit dem größten Schwanz.«

Der Sheriff zuckte zusammen, als hätte sie ihm eins mit dem Gummiknüppel übergezogen. Heiliger Strohsack, wenn DePalma hören würde, daß sie so mit einem County Sheriff redete, würde er ihren Kopf an der nächsten Brücke ausstellen. Ohne Rücksicht darauf, daß sie männliche Agents kannte, deren Vokabular die Haare in den Ohren eines Matrosen versengen würde. Das war männlich, hart. Man hatte sie ausdrücklich angewiesen, einen guten Eindruck zu machen, keinen zu beleidigen, keinem auf die Zehen zu treten. Aber sie wußte nur zu gut, was passieren würde, wenn sie den Mund hielt und sich den hiesigen Potentaten beugte. Sie würde den Rest ihrer Tage in ihrem Büro verbringen, Formulare ausfüllen und ihre Nägel pflegen. Man brauchte kein Genie in Menschenkenntnis zu sein, um zu sehen, daß dieser spezielle Potentat ungefähr so stur war wie ein Elchbulle – ein höflicher Klaps auf die Schulter wäre wirkungslos, er brauchte eher einen Schlag auf die Birne mit einem Baseballschläger.

Der Sheriff schnaubte. »Russ Steiger. Sheriff von Park County. Leo war ein Mordstyp.«

»Ja, der ist aber jetzt tot, und wir haben einen Job zu erledigen«, sagte sie. Sie hatte die Nase gestrichen voll von den Lobgesängen auf Leo. »Machen wir uns an die Arbeit, bevor die Presse auftaucht.« Sie drehte ihm bewußt den Rücken zu, dann wandte sie sich ebenso bewußt wieder ihm zu, so als wäre ihr gerade noch etwas eingefallen. »Wenn Ihre Männer etwas auf dem Jahrmarkt finden, Sheriff, dann geben Sie's an mich weiter. Ich werde die Suche in der Einsatzzentrale koordinieren.«

Sie holte tief Luft. Müdigkeit drückte wie ein Mühlstein auf ihren Nacken. Nicht gerade die idealen Bedingungen, um sich mit den hiesigen Jungs anzufreunden. Jede Sekunde würde sie in der Offensive sein müssen, oder unter einer Herde von Stiefeln Größe 46 zertrampelt werden – eine Version, die sie gar nicht brauchen konnte. Jedesmal wenn sie die Augen schloß, sah sie Josh Kirkwood vor sich, der sie aus seinem Drittklassefoto angrinste. Sie konnte seine Mutter sehen,

das bildschöne Gesicht von Schuldgefühlen und entsetzlicher Angst verzerrt, die Megan ahnungsweise verstand.
Schmerz bohrte sich wie ein Stachel über ihr rechtes Auge. Sie hatte ein ganz ungutes Gefühl bei diesem Fall. Entführungen gingen selten glimpflich aus. Die Nachricht, die sie in Joshs Tasche gefunden hatten, läutete wie die Glocke der Verdammnis durch ihren Kopf: *Unwissenheit ist nicht Unschuld, sondern SÜNDE.*
Die Nachricht war getippt, das deutete auf Planung und die ganze Idee von Entführung stand nach ernsthaft krankem Kopf. Sie fragte sich, ob sie es mit einem Ortsansässigen oder einem Herumtreiber zu tun hatten, jemandem, der schon mit der Gemeinde vertraut war oder einem, der sich nur so lange hier aufgehalten hatte, bis er alle Gewohnheiten der Stadt kannte. Oder vielleicht war der Täter jemand, der sich entlang der Interstate Highways herumtrieb und sich je nach Gelegenheit oder Laune ein Kind schnappte. Vielleicht hatte er ein ganzes Handschuhfach voller getippter Zettel, um die Herzen der Hinterbliebenen in Angst und Schrecken zu versetzen. Die Möglichkeiten waren grenzenlos und ließen einem das Blut in den Adern gefrieren.
Einem Cop wurde Schritt und Tritt von Anfang an eingebläut, sich nicht gefühlsmäßig in einem Fall zu engagieren. Ein guter Rat, aber verdammt schwer zu befolgen, wenn das Opfer ein Kind war. Megan drehte sich das Herz um bei dem Gedanken, daß ein kleiner Junge in weiß Gott was für ein Grauen verschleppt worden war. Sie wußte, was es hieß, klein und allein zu sein, verängstigt und sich verlassen zu fühlen. Diese Erinnerungen an ihre eigene Kindheit trudelten wie Öl auf Wasser auf dem Grund ihrer Seele.
Jemand schrie zu Megans Rechten und holte sie gerade rechtzeitig in die Wirklichkeit zurück. Zwei Mischlingshunde stürmten mit blitzenden Augen und hechelnden rosa Zungen auf sie zu. In letzter Sekunde schwenkte der eine nach links und der andere nach rechts, aber ihr muskulösen Körper streifen ihre Beine und warfen sie flach auf die Straße.
»Ach verflucht, sie sind hinter einem Hasen her!« Ein Mann, der aussah wie ein Waldschrat im Schneeanzug, schaute verärgert zu Megan hinunter und reichte ihr seine Hand. »Tut mir leid, Miss.«
»Agent O'Malley«, sagte sie automatisch und schnitt eine Grimasse, als er ihr auf die Beine half.
»Art Goble. Entschuldigen Sie mich, Miss, ich muß Heckle und Jeckle einfangen.«

»Heckle und Jeckle?« Sie sah ihm nach, wie er den Hunden nachsauste, und ihr Herz wurde noch schwerer. »Jesus, Maria und Josef.«
»Was Besseres konnten wir vorläufig nicht auftreiben«, sagte Mitch. Er hatte seinen Explorer in der Feuerwehranfahrt vor der Eishalle abgestellt. »Ich hab den Club der Freiwilligen mit Suchhunden und die Hundeeinheit in Minneapolis verständigt. In spätestens zwei Stunden sind sie hier.«
Die Herausforderungen der Polizeiarbeit im Hinterland, Megan seufzte. »Das mobile Labor ist unterwegs, und die Hubschrauber sollten innerhalb einer Stunde eintreffen. Wie geht es den Eltern?«
Er schüttelte niedergeschlagen den Kopf. »Hannah ist verzweifelt, Paul wütend. Beide wissen nicht aus noch ein. Ich hab Natalie dortgelassen, daß sie Ihre Techniker empfängt.«
»Gut. So wird alles viel glatter gehen.«
»Paul kommt her, um bei der Suche zu helfen.«
Megan kniff die Augen zu und stöhnte.
»Ich weiß, ich weiß«, murmelte Mitch. »Aber ich konnte ihn nicht davon abhalten. Er braucht das Gefühl, nützlich zu sein.«
»Ja, also, wenn wir wüßten, wo wir *nicht* nach Josh suchen müssen, könnten wir ihn dorthin schicken.« Sie sah ein, daß ein Vater das Bedürfnis hatte, in einer solchen Situation etwas Sinnvolles zu tun, aber keiner wollte, daß ein Vater die Leiche seines Kindes entdeckte oder daß ein Zivilist ungewollt Beweismaterial übersah oder zerstörte.
»Er geht zur Nachhut bei den County Jungs. Haben sie angefangen?«
»O ja, Wyatt Earp und ich haben sie so richtig in Fahrt gebracht«, erwiderte sie näselnd.
»Sie haben Russ kennengelernt?«
»Ein wirklich charmanter Kerl. Wenn ich ein Fisch wäre, hätte er mich angewidert zurückgeworfen.«
»Sagen Sie ja nicht, ich hätte Sie nicht gewarnt.«
»Das werde ich noch im Schlaf hören«, maulte sie. »Wenn ich je wieder welchen finde. Das wird wohl eine lange Nacht.«
»Ja, und sie wird noch länger«, schnarrte Mitch, als ein Übertragungswagen von *TV 7* vor ihnen an den Randstein rollte. »Hier kommt die Vorhut. Scanner für Zivilisten sollten gesetzlich verboten werden.«
»Gilt das auch für die Medienmeute? Das kann doch wohl nur eine menschliche Abart sein.«
Die Fernsehleute ergossen sich aus dem Van, wie die Truppen bei der Landung in der Normandie. Techniker packten Geräte aus, schalteten

gleißende tragbare Scheinwerfer ein, warfen Kabelrollen auf den Gehsteig. Die Beifahrertür öffnete sich, und der Star trat heraus, ganz Glamour Girl mit viel zu blauen Kontaktlinsen, die dichten, dunkelblonden Haare zu einem starren Helm gesprüht, der Wind und Wetter trotzte. Sie trug einen todschicken blauen Anorak und einen ebenso todschicken Pullover und dunkelblaue Leggings, die in hohen Lederstiefeln steckten. Der letzte Schrei für Reporter, die im Winter hinter Elend und Tragödien herjagen.

»O Scheiße«, zischte Mitch mit zusammengebissenen Zähnen. »Paige Price.«

Er war kein großer Freund von Reportern, und er wußte nur allzu gut, daß diese Dame hungrig, ehrgeizig und absolut rücksichtslos war, wenn es um eine Story ging. Sie würde alles tun für einen echten Wurf, neue Beweise, jegliches Indiz, das ihr einen Vorsprung zur Konkurrenz verschaffte.

»Chief Holt!« Paige Price' Lächeln war genau der Situation angepaßt, kurz, geschäftlich, ganz das Gegenteil des Funkelns in ihren Augen. »Könnten Sie ein paar kurze Worte zu dieser Entführung formulieren?«

»Wir werden, falls nötig, morgen früh eine Pressekonferenz geben«, sagte er knapp. »Derzeit sind wir sehr beschäftigt.«

»Natürlich. Es wird nur einen Moment dauern«, sagte sie rasch. »Nur ein paar kurze Sätze.«

Sie wandte sich Megan zu, mit vor Neugier glänzendem Blick. Rasch setzte sie ihre beste besorgte Miene auf, voller Mitgefühl: »Sind Sie die Mutter des Jungen?«

»Nein, ich bin Agent O'Malley vom Bureau of Criminal Apprehension.«

»Sie müssen neu sein?« fragte sie nachdrücklich.

»Beim Bureau, nein. In Deer Lake, ja. Das ist mein erster Tag hier.«

»Wirklich. Was für ein furchtbarer Einstieg in einen neuen Job!« Die Platitüden flossen ganz automatisch von ihren Lippen, während sie die Dateien in ihrem Kopf durchging auf der Suche nach etwaigen Hinweisen. »Ich kann mich nicht erinnern, je von einem weiblichen Field Agent gehört zu haben. Ist das nicht ungewöhnlich?«

»Könnte man sagen«, Megan klang leicht bissig. »Wenn Sie mich jetzt bitte entschuldigen, Miss Price, ich habe zu arbeiten. Und überhaupt ist das Chief Holts Ermittlung«, fügte sie hinzu. Damit war der Ball zurück in Mitchs Spielfeld, sein giftiger Blick traf sie in voller Breitseite. Trotzdem behielt sie die Reporterin im Auge. Einer Kobra, die sich anschickte zuzubeißen, drehte man nicht den Rücken. »Wir sind dankbar für jede Unterstützung, die die Medien uns geben können, um Joshs sichere Heimkehr zu gewährleisten.«

Damit überließ sie Mitch seinem Schicksal und begab sich in die relative Wärme der Eisbahn, um dort auf die Ankunft der Tatorteinheit zu warten. Sie war ungeheuer erleichtert, Paige Price' manikürten Klauen entronnen zu sein. Das Bureau hatte es sich zur Politik gemacht, sich bei Ermittlungen im Hintergrund zu halten und die Publicity und die Lorbeeren dem ortsansässigen Polizeichef oder Sheriff zukommen zu lassen, da wo sie hingehörten. Die BCA war ein Arbeitspferd im Dienste der Lokalbehörden, keine Organisation von Divas, die nur darauf warteten, im Rampenlicht zu baden.

Megan war das nur recht. Sie wollte ein Cop sein, keine Berühmtheit. Höchstwahrscheinlich würde es einige Herzattacken in der Hierarchie des Bureaus auslösen, wenn Paige Price sie als Aufhänger nähme. *Erster weiblicher Field Agent im Einsatz bei sensationeller Kindsentführung.* Sie hatte keinerlei Bedürfnis, von Paige Price oder sonst irgend jemandem als Kuriosität oder als Ikone der Frauenbewegung dargestellt zu werden. Nichts anderes hatte sie im Sinn, als ihren Job richtig zu machen.

Sie stieg die Treppe zu den abgedunkelten Zuschauerrängen hoch und setzte sich in einen Gang auf etwa zwei Drittel der Höhe, dankbar über die Stille. Lange würde sie sie ohnehin nicht genießen können. Das mobile Labor würde kommen und die paar armseligen Beweise einsammeln, die sie hatten – die Tatsache, die Nachricht. Sie würde die Techniker zum Kirkwood Haus schicken, damit sie die Fangschaltung legten. Dann würde sie gemeinsam mit Mitch eine Einsatzzentrale einrichten, wo die Sucher jeden Fund melden konnten und wo man eine Hotline für Hinweise aus der Bevölkerung einrichten würde. Zahllose Einzelheiten schwirrten wie ein Schwarm Fliegen durch ihren Kopf und drohten sie zu überwältigen.

Das war die Art von Verantwortung, die sie ersehnt hatte. Näher würde sie der Arbeit beim FBI nicht kommen, solange ihr Vater noch am Leben war. *Sei vorsichtig mit deinen Wünschen, O'Malley.*

Sie versuchte sich, benommen vor Erschöpfung, vorzustellen, was Neil O'Malley getan hätte, wenn man sie als Kind entführt hätte. Väterliche Betroffenheit vortäuschen und insgeheim eine Flasche Bier stemmen, froh, weil er endlich die ungewollte Tochter loshatte?

»Es gibt unzählige Geschichten › im Dickicht der Städte‹«, murmelte sie gedankenverloren und vergaß sofort die eigene, als sie eine Bewegung unten in den Schatten nahe der Umkleideräume entdeckte. Olie Swain? Ihre Nerven kribbelten bei den Gedanken an sein häßliches Gesicht und den sauren Geruch seines Schweißes in dem Kabuff neben dem Heizraum. »Unzählige Geschichten ›im Dickicht der Städte‹. Was ist deine, Olie?«

Mitch stand mit grimmiger Miene im gleißenden Licht der tragbaren Scheinwerfer von TV 7 und berichtete in Kurzform von Josh Kirkwoods Entführung. Er versicherte den Zuschauern der Zehn-Uhr-Nachrichten, daß alles Menschenmögliche getan würde, um den Jungen zu finden und bat sie, umgehend etwaige Informationen zu melden.

Viele Leute in Deer Lake schauten KTVS Kanal Sieben aus Minneapolis. Und wenn es eine Chance gab, daß irgendeiner auch nur einen Bruchteil eines Details beobachtet hatte, war er bereit, ihn auf Knien darum anzuflehen. Es widerstrebte ihm, Paige Price einen Exklusivbericht zu liefern, aber er durfte sich nicht von persönlichen Gefühlen leiten lassen. Er würde jeden benutzen, der ihm über den Weg lief. Sogar mit dem Teufel selbst, oder mit dessen Schwestern würde er verhandeln, wenn er dadurch Josh zurückbekommen könnte.

Paige stand neben ihm; ernst und voller Glamour. Die Wärme der Lichter schien den Duft ihres Parfums zu intensivieren – es war klebrig und teuer. Atemberaubend. Oder war das die Wut, die in ihm aufstieg und das Blut in seinem Kopf rauschen ließ. Als er mit seinem Bericht fertig war, stellte sie ihm sofort eine Frage und verhinderte damit geschickt seine Flucht.

»Chief Holt, Sie bezeichnen das als Entführung. Heißt das, Sie haben einen Beweis, daß Josh Kirkwood gekidnappt wurde? Und wenn ja, was für einen?«

»Ich bin nicht befugt, Einzelheiten weiterzugeben, Miss Price.«

»Aber können Sie so viel sagen, daß Sie um Josh Kirkwoods Leben fürchten?«

Mitchs Blick wurde eisig. »Jemand hat Josh Kirkwood entführt. Jeder vernünftige Mensch würde um Joshs Leben bangen. Wir tun alles, was in unseren Kräften steht, um ihn unbeschadet zu seiner Familie zurückzubringen.«

»Ist diese Hoffnung realistisch angesichts des Ausgangs solcher Fälle, wie der Wetterling-Entführung oder des Verschwindens des Erstad-Kindes? Oder die Fälle, die gerade nationale Berühmtheit erlangen – Polly Klaas in Kalifornien und Sarah Wood in New York? Ist es nicht wahr, daß mit jeder Sekunde, die verstreicht, die Chancen auf eine sichere Rückkehr des Kindes schwinden?«

»Jeder Fall hat seine Eigenheiten, Miss Price.« Im stillen verfluchte er sie, weil sie versuchte, eine so gräßliche Situation noch sensationeller zu machen. Hemmungsloses Luder, aber das wußte er ja schließlich längst. »Es besteht kein Grund, den Leuten Angst einzujagen, indem man die Verbrechen selbst oder ihren Ausgang in Zusammenhang mit diesem Vorfall stellt.«

Paige zuckte nicht einmal mit der Wimper. Sie griff weiter an, aus vollem Rohr. »Hat dieser Fall eine spezielle Bedeutung für Sie, Chief Holt, wenn man Ihre persönlichen ...«

Mitch wartete nicht auf das Ende der Frage. Für ihn war jetzt Schluß, er wandte sich abrupt ab, streifte ihre Hand von seinem Arm und marschierte auf die Eishalle los. Er war so aufgebracht, daß er das Gefühl hatte, jeden Moment zu explodieren. Hinter sich hörte er, wie Page sich elegant aus der Affäre zog und ihren Bericht mit ein paar rührenden Worten abschloß.

»... als erste am Tatort, wo Großstadtgrauen im Herzen dieser stillen kleinen Stadt zugeschlagen hat. Paige Price, TV 7 Nachrichten.«

Jemand rief: »Und ... Schnitt! Das war's für den Augenblick, Leute.«

Er hörte, wie die Techniker über die Kälte schimpften, dann das scharfe Klicken von Absätzen hinter ihm auf dem Gehsteig.

»Mitch, warte!«

Er rammte die Hände in seine Jackentaschen und ging weiter die Treppe hoch, ohne sie auch nur eines Blickes zu würdigen. Aber die Tatsache, daß er sie ignorierte, störte sie überhaupt nicht. Paige Price ließ nicht einmal grobe Winke mit dem Zaunpfahl gelten.

»Mitch!«

»Hübsch, wie Sie das zu Ende gebracht haben«, sagte er schroff. »Ein Hauch von Sensation, eine Prise Mitgefühl – laß die Zuschauer wissen, daß du der erste Geier vor Ort bist. Sehr professionell.«

»Das ist mein Job.« Irgendwie schaffte sie es, gleichzeitig reumütig und stolz zu klingen.

»Ja, davon kann ich ein Lied singen.«

»Sie sind immer noch böse auf mich?«

Mitch riß die Tür heftiger als nötig auf und trat in das schwach beleuchtete Foyer. Der leise Vorwurf in ihrer Stimme entfachte seine Wut aufs neue. Sie hatte wirklich Nerven, hier die beleidigte Leberwurst zu spielen. Er war es schließlich gewesen, der öffentlich mit den kalten metaphorischen Skalpellen von Paige Price' messerscharfem Verstand und ihrer ebenso scharfen Zunge geschnitten und zerstückelt worden war.

Sie hatte ihm erzählt, sie wollte einen Beitrag über einen eingeborenen Mann aus Florida machen, der nach Minnesota übergesiedelt war: Der Cop aus der Großstadt paßt sich dem Leben in der Kleinstadt an. Eine harmlose Geschichte. Aber gesendet wurde ein Exposé seines Lebens. Sie hatte rücksichtslos die Vergangenheit exhumiert, die er begraben hatte, und sie im ganzen Staat bekannt gemacht, das krönende Juwel ihre ersten Prime Time Special für die TV-7-Nachrichten. Die tragische Geschichte von Mitch Holt, Soldat für die Gerechtigkeit, dessen Leben durch einen willkürlichen Gewaltakt zertrümmert worden war.

»Wieder ein Punkt für den Ermittlungsreporter.« Die Bemerkung bebte vor barschem Sarkasmus. Er drehte sich zu ihr. »Gratuliere, daß Sie wieder einmal das auf der Hand Liegende erkannt haben.«

Ihr Mund wurde schmal. Sie sah ihn mit funkelnden Augen an. »Was ich berichtet habe, war allgemein zugänglich.«

Ich mach nur meinen Job. Allgemein bekannt. Die Öffentlichkeit hat ein Recht zu erfahren ... Diese Phrasen dröhnten in seinem Kopf wie Hammerschläge gegen seinen Sinn für Anstand. Der Druck erreichte den roten Bereich, und seine Beherrschung zerbarst wie brüchiges altes Metall.

»Nein!« brüllte Mitch und machte einen Schritt auf sie zu. Sie wich mit weitaufgerissenen Augen zurück, und er folgte ihr, mit ausgestrecktem Zeigefinger, der wie ein Pfeil der Wahrheit auf sie schnellte. »Was Sie berichtet haben, war *mein Leben.* Kein *Hintergrundmaterial.* Nicht *Farbe. Mein Leben.* Ich will, daß *mein Leben mir* gehört. Wenn ich wollte, daß jeder in Minnesota die Geschichte meines Lebens erfährt, würde ich eine Scheiß-Biographie schreiben!«

Sie lehnte jetzt an der Wand, mit dem Kopf direkt unter dem Foto von Gordie Knutson, der gerade Wayne Gretzky die Hand schüttelt. Keine Abgebrühtheit der Welt konnte die Tatsache kaschieren, daß sie zitterte. Doch bei all dem ließ sie ihn nicht aus den Augen, las alles, saugte alles auf und verstaute es in ihrem berechnenden Hirn. Mitch konnte fast sehen, wie sie fieberhaft überlegte, diese Szene zu benutzen, einen Vorteil daraus zu ziehen, einen Hauch von ›intimem persönlichem Wissen‹ in ihre Darbietung der Story einzubringen. Ihm wurde übel. Er hatte im Lauf der Jahre viele Reporter kennengelernt, sie waren alle eine Plage, aber die meisten spielten nach Regeln, die jeder begriff. Paige Price setzte sich mit derselben Achtlosigkeit über Regeln hinweg, wie manche Leute die Geschwindigkeitsbegrenzung mißachten. Nichts war tabu.

Nach kurzer Zeit hatte sie sich mühelos wieder im Griff, und verzog ihren perfekten Mund zu einer bekümmerten Schnute. »Tut mir leid, wenn die Story Sie aufgeregt hat, Mitch«, sagte sie leise. »Das war nicht meine Absicht.«

Mitch wich mit angewidertem Gesicht zurück. Zu gerne hätte er diesen schlanken, bildschönen Hals gepackt und sie kräftig gebeutelt. Er malte sich aus, wie es wäre, ihren hübschen Kopf an die Wand zu knallen, bis Gordies Bild runterfiel, ein Versuch, ihr körperlich etwas Taktgefühl einzubläuen. Aber das durfte er nicht und wußte es auch. Unter Aufbietung all seiner Kraft verstaute er die Wut in seinem Brustkasten und riß die Tür auf.

»Ich weiß, was Sie vorhaben, Miss Price«, sagte er grimmig. »Ein paar Herzen rühren und die hiesige Nachrichtenpisserversion eines Emmy gewinnen. Ich hoffe, er sieht gut aus auf Ihrer Trophäenwand. Gerne biete ich Ihnen ein paar bessere Vorschläge, wo Sie ihn hintun könnten, aber das überlasse ich Ihrer Phantasie.«

Sie legte eine Hand auf seinen Arm. »Mitch, ich möchte, daß wir Freunde werden.«

»Großer Gott.« Er lachte. »Ich möchte nicht, wissen wie Sie Ihre Feinde behandeln.«

»Okay«, gab sie mit leiser Stimme zu, ihre saphirblauen Augen waren ernst und eindringlich. »Ich gebe zu, ich hätte Ihnen gegenüber ehrlicher sein müssen, was die Hintergründe für die Story angeht. Das seh ich jetzt.«

»Nach hinten haben Sie hundert Prozent Sehkraft.«

Sie ignorierte seine ätzende Bemerkung. »Krieg ich keine zweite Chance? Wir könnten zusammen essen? Uns zusammensetzen und die Luft klären – wenn dieser Fall abgeschlossen ist, natürlich?«

»Natürlich«, sagte Mitch verächtlich. »Und während Sie mir dieses Versprechen wie eine Karotte unter die Nase halten, soll ich Ihnen wahrscheinlich ein paar Insiderinformationen zu diesem Fall verra-

ten, richtig? So funktioniert das doch, oder?« Er musterte sie angeekelt. »Ich war einmal mit Ihnen essen, Paige, das reicht.«
Sie blinzelte, als hätte er sie verletzt. Das schafft keiner, dachte Mitch.
»Es hätte mehr sein können, als nur ein Essen«, flüsterte sie, ihr Gesicht wurde sanft, und sie strich zärtlich über seinen Arm. »Das könnte es immer noch. Ich mag Sie, Mitch. Schade, daß ich einen Fehler gemacht habe. Lassen Sie es mich wiedergutmachen.«
Sie hielt es nicht für nötig, auf ihre Reize hinzuweisen. Bei ihrem aufgeblasenen Ego glaubte sie wahrscheinlich, jeder Mann mit ein bißchen Gefühl unter der Gürtellinie würde sie begehren, ohne Rücksicht auf die weniger attraktiven Facetten ihrer Persönlichkeit.
Mitch schüttelte den Kopf. »Erstaunlich. Sie schrecken vor gar nichts zurück, nicht wahr?« Er senkte den Blick auf ihre Hand, dann hob er sie von seinem Arm und ließ sie fallen. »Offen gestanden, Miss Price, ich würde meinen Schwanz eher in einen Fleischwolf stecken. So, wenn Sie mich jetzt bitte entschuldigen, ich habe ein entführtes Kind zu suchen. Für Sie mag das vielleicht unbegreiflich sein, aber es ist in der Tat wichtiger als Sie.«

Kapitel 8

»Alte Freundin?« fragte Megan vorsichtig, als Mitch die Treppe hochgestürmt kam.
Er warf einen hastigen Blick in Richtung Lobby. Von ihrem Sitz aus hatte sie wahrscheinlich die ganze Szene beobachten können. Und die Kamera- und Tonleute hatten es wahrscheinlich von draußen mitangesehen. Toll.
Er ließ sich mit zerfurchtem Gesicht neben sie fallen. »Nicht in diesem Leben.«
»Was ist passiert? Hat sie Sie wegen einem Fall fertiggemacht?«
»Zerstückelt wäre das passendere Wort«, brummte er vor sich hin. Sein Blick wanderte hinunter aufs Eis.
Er hatte keine Lust, über die Geschichte zu reden, und keine Lust, Megan O'Malleys Neugier auf seine Vergangenheit zu befriedigen. Sein Blick landete bei der Stelle, wo er sie an die Bretter gedrängt und geküßt hatte. Noch immer konnte er den Käse riechen, dessen Geruch sich hartnäckig in ihrem Mantel festgesetzt hatte. Er wünschte, sie wären auf unbestimmte Zeit in diesem Augenblick verzaubert worden. Gefährliche Gedanken für einen Mann, der nicht auf der Suche nach einer Beziehung war und auch nicht auf der Suche nach einer Frau, die nicht mit Cops ausging. Sie würden ohnehin genug Probleme damit haben, wer hier den Ton angab, ohne daß auch noch Sex mitspielte.
»Sagen wir einfach, Paige Price hätte sich beim Abschlußfoto an der Uni mit einer Axt in der einen und einem Metzgermesser in der anderen Hand fotografieren lassen sollen«, sagte er mürrisch.
In schwarzer Unterwäsche und Stilettos. Megan behielt den Gedan-

ken für sich. Eine so stutenbissige Bemerkung könnte mißverstanden werden. *Wie hätten Sie's denn gerne verstanden, O'Malley?* Diese Frage wollte sie lieber nicht beantworten. Sie wollte nicht dran denken, daß sie sich neben Paige Price – so groß, so elegant, perfekt wie ein Model – klein, häßlich und ungepflegt vorkam. Glamouröses Aussehen war kein Kriterium für ihren Job. Und hier zählte nur der!

»Also, wo wollen Sie Ihren Kommandoposten einrichten?«

»Im alten Feuerwehrhaus. Das ist an der Oslo Street, einen halben Block vom Revier und einen halben Block vom Büro des Sheriffs weg. In den Garagen sind die Wagen für die Festzüge untergestellt, aber es gibt ein paar passende Konferenzräume für unsere Zwecke und oben eine Art Schlafsaal. Ich hab bereits die Telefongesellschaft verständigt, und Beckers Bürobedarf bringt Kopier- und Faxgeräte. Der Kopierladen arbeitet bereits an den Handzetteln.«

»Gut. Was wir bis jetzt an Informationen haben, geht an den Fernschreiber des Bureau. Ich habe das ›Nationale Zentrum für vermißte und mißbrauchte Kinder‹ angerufen. Sie schicken einen Berater aus den Twin Cities. Ebenso ›Vermißte Kinder Minnesota‹. Sie werden uns eine große Hilfe sein beim Verteilen der Handzettel, regional, wie auch darüber hinaus. Außerdem können sie der Familie mit Rat und Tat zur Seite stehen.«

Mitch dachte an Hannah auf ihrer Couch, allein, elend, und es tat ihm in der Seele weh. »Sie werden es brauchen.«

»Ich lasse vom Archiv eine Liste aller bekannten Kinderschänder im Umkreis von hundert Meilen zusammenstellen sowie eine Liste aller Entführungsversuche und mutmaßlicher Kinderüberfälle im selben Radius.«

»Das ist wie die Suche einer Nadel in einem Heuhaufen«, sagte Mitch niedergeschlagen.

»Ist ja nur der Anfang, Chief. Irgendwo müssen wir anfangen.«

»Ja, wenn wir nur wüßten, wohin wir uns aufmachen sollen.«

Sie blieben einen Moment schweigend sitzen. Mitch beugte sich nach vorne, die Ellbogen auf den Knien, die Schultern gebeugt von dieser ungeheuren Last. Seit er den Job hier übernommen hatte, war kein nennenswertes Verbrechen passiert. Einbrüche, Schlägereien, Ehestreitigkeiten – das waren die üblichen Straftaten in einer Kleinstadt. Drogendeals waren so ziemlich das Schlimmste, was es hier gab, aber im Vergleich zu dem Alltag in Miami erschien das alles lächerlich.

Er war selbstzufrieden geworden, vielleicht sogar ein bißchen faul, hatte sich einlullen lassen. So etwas wäre ihm in Miami nie passiert. Damals hatte er agiert wie ein Rennpferd – Sehnen, Nerven und Muskeln bis zum Zerreißen gespannt, Reflexe wie der Blitz, nur von Adrenalin und Koffein angetrieben. Jeder Tag hatte eine gigantische Krise gebracht, er war immer mehr abgestumpft, bis Mord, Vergewaltigung und Raub für ihn etwas ganz Normales waren. Jetzt fühlte er sich eingerostet, langsam und unbeholfen.

»Haben Sie schon mal eine Entführung bearbeitet?« fragte er.

»Ich hab bei ein paar Suchaktionen mitgemacht. Aber ich kenne die Vorgehensweise«, fügte sie trotzig hinzu und richtete sich auf ihrem Sitz auf. »Man hält sich an die Standardprozedur. Wenn Sie Ihre Zeit damit verschwenden wollen, das zu überprüfen ...«

»Wow, was für eine Megäre!« Mitch hob die Hand, um ihrer Tirade Einhalt zu gebieten. »Ganz unschuldige Frage. Ich wollte Ihre Fähigkeiten nicht in Frage stellen.«

»Oh, tut mir leid.« Sie sank in sich zusammen, mit hochrotem Kopf.

Mitch ignorierte das, wandte den Blick wieder dem Eis zu. Seine Augen waren verzweifelt, sein Gesicht von Sorgenfalten zerfurcht.

»Ich hab schon vier hinter mir.«

»Haben Sie die Kinder gefunden?« Am liebsten hätte sie sich die Zunge abgebissen, als der Satz heraus war. Ihr sechster Sinn – ihr Polizistensinn – wand sich wie ein Wurm.

»Zweimal.« Eine schlichte Antwort, ein Wort, aber sein Gesicht sprach Bände über Tragödien, Enttäuschung und die harten Lektionen, die das Leben erteilte, die Cops immer und immer wieder mit den Familien der Opfer ertragen mußten.

»Sie enden nicht alle so«, beschwichtigte ihn Megan und stand auf, »dieser auch nicht. Wir werden das, verdammt noch mal, nicht zulassen.«

Sie würden darauf herzlich wenig Einfluß haben, dachte Mitch und erhob sich ebenfalls. Das war die nackte, häßliche Wahrheit. Sie konnten eine umfassende Suche einleiten, unglaublicher Manpower einsetzen, jedes Gerät benützen, das die moderne Technik zu bieten hatte, und trotzdem zählte letztendlich immer nur Glück oder Gnade. Jemand zur richtigen Zeit am richtigen Ort. Die Laune eines kranken Verstandes und eines verworrenen Gewissens.

Sie wußte das auch, wie er annahm, würde es jedoch nicht aussprechen. Eher würde sie positiv wirken und sich keiner Angst beugen. Ihr

Kinn war trotzig vorgeschoben, die Augenbrauen dräuten über smaragdgrünen Augen. Er fühlte ihre Entschlossenheit, die sie wie Hitze abstrahlte – er wollte sie in den Arm nehmen und etwas davon in sich aufnehmen; denn er fühlte im Moment einzig Müdigkeit und Hoffnungslosigkeit. Keine gute Idee, immerhin streckte er die Hand aus und wischte mit dem Daumen einen Dreckstreifen von ihrer Wange, den sie sich bestimmt bei ihrem Zusammenstoß mit Art Gobles Hunden geholt hatte.

»Dann packen wir's mal an, O'Malley«, sagte er. »Schaun wir, ob wir dieses Versprechen einhalten können.«

Das mobile Labor und die Techniker von Special Operations trafen fast gleichzeitig mit den Hubschraubern des BCA ein. Der Hubschrauber landete auf dem Parkbereich des Festplatzes, und Mitch eilte ihnen entgegen, um sie zu begrüßen. Megan führte die anderen Agenten in die Eishalle, um sie zu instruieren.

»Was hast du denn für uns, Miss Irland?«

Dave war Spurensicherungsexperte, dreißig, niedlich, wenn man auf Beach Boys stand. Er liebte seine Arbeit, wenn auch nicht die Verbrechen, die sie notwendig machte, und konnte es immer kaum erwarten loszulegen, wenn er an einen Tatort gelangte. Er war ein guter Mann und ein guter Cop, zudem der erste, mit dem Megan sich angefreundet hatte, als sie dem Bureau beigetreten war. Wäre da nicht seine Marke und seine Horde liebenswerter Exfreundinnen gewesen, hätte sie sicher eine seiner zahllosen Einladungen angenommen.

»Nicht viel«, gab sie zu. »Wir gehen davon aus, daß der Junge vom Gehsteig am Vordereingang entführt wurde, aber wir haben momentan noch keine Zeugen, die das bestätigen können und daher auch keinen richtigen Tatort. Auf jeden Fall ist schon ein ganzer Zirkuskonvoi von Autos über die Einfahrt und den Parkplatz gerollt, also können wir das vergessen. Was das Beweismaterial angeht – außer Josh Kirkwoods Tasche – die wir dagelassen haben, wo sie gefunden wurde – gibt es diese Nachricht, die aus der Tasche herausragte.«

Sie reichte Dave eine Plastikhülle mit dem Blatt. Er las laut vor und runzelte die Stirn. »O je, ein Irrer.«

»Jeder, der einen kleinen Jungen von der Straße kidnappt, ist ein Irrer, ob er nun eine Nachricht hinterläßt oder nicht«, sagte Hank Welsh, ein Fotograf von Special Operations. Die anderen nickten mit ernsten Gesichtern.

Dave sah sich die Nachricht mißmutig an. »Das ist nicht viel, Kleine. Sieht aus wie Laserprinter auf normalem Kopierpapier. Wir werden Ninhydrin- und Argon-ion-Lasertests machen, aber unsere Chancen, davon einen anständigen Fingerabdruck zu kriegen …? Du hast bessere Aussichten, wenn du auf die Mets als Gewinner der nächsten Weltmeisterschaft setzt.«

»Tu, was du kannst«, sagte Megan. »Am vordringlichsten ist die Fangschaltung bei den Kirkwoods und die Einsatzzentrale organisieren. Ihr Jungs von der Graphikabteilung – ich weiß, daß es im Augenblick ziemlich sinnlos scheint, nachdem wir den Tatort nicht abschirmen konnten, aber ich hätte trotzdem gerne Fotos und Videoaufnahmen von draußen. Vielleicht können wir's später brauchen.«

»Du bist der Boß«, erwiderte Hank anzüglich.

Megan warf ihm einen scharfen Blick zu. Welsh war untersetzt, mit gerötetem Gesicht, das von einem längst vergangenen pubertären Aknekrieg zerfurcht war, ein Endvierziger, und seiner Miene nach zu schließen nicht gerade begeistert davon, hierzusein. Megan fragte sich, ob diese Miene eines Mannes mit chronischem Sodbrennen ihr galt oder dem Fall.

Die Techniker machten sich auf den Weg in Richtung Tür, aber Dave Larkin blieb zurück und legte eine Hand auf Megans Schulter. »Den Gerüchten nach war Marty Wilhelm für Leos Job vorgesehen«, sagte er leise. »Kennst du ihn? Er ist bei Special Cops.«

Megan schüttelte den Kopf.

»Er ist mit Hanks Tochter verlobt, et cetera et cetera …«

»Oh, wunderbar.«

»Laß dir deswegen keine grauen Haare wachsen. Hank kennt seinen Job, und er wird ihn erledigen.« Er strahlte sie mit seinem Surferlächeln an. »Es hilft dir zwar nicht viel, aber ich bin froh, daß du den Posten gekriegt hast. Du verdienst ihn.«

»Im Augenblick bin ich mir nicht sicher, ob das ein Kompliment oder ein Fluch ist.«

»Es ist ein Kompliment – und ich sag das nicht nur, damit ich dich dazu kriege, mit mir auszugehen. Das wird nur der Bonus sein.«

»Träum schön weiter, Larkin.«

Abfuhren tangierten ihn nicht. Er fuhr fröhlich fort: »Und ich bin nicht der einzige, der dir die Stange hält, Irenmädel. Eine Menge Leute finden es toll, daß du befördert worden bist. Du bist ein Pionier.«

»Ich will kein Pionier sein, sondern ein Cop. Manchmal glaube ich, das Leben wäre einfacher, wenn wir alle geschlechtsneutral wären.«

»Ja, aber wie würden wir dann entscheiden, wer beim Tanzen führt?«

»Wir würden uns abwechseln«, sie schob eine der Eingangstüren auf. »Ich habe keine Lust, den Rest meines Lebens rückwärts zu hopsen.«

Sie traten hinaus in die Kälte, und sein Lächeln erstarb. »Wie viele Typen können sie von Regional für diese Ermittlung entbehren?«

»Vielleicht fünfzehn.«

»Du kriegst mindestens zehn weitere Freiwillige. So was bringt die Leute auf Trab. Weißt du, wenn die Kinder nicht mal mehr auf den Straßen einer Stadt wie dieser sicher sind ... Und wenn wir den Abschaum, der so eine Scheiße abzieht, nicht erwischen, was sind wir dann für eine Polizei?«

Verzweifelte, verängstigte Cops. Megan behielt die Antwort für sich und sah sich um. Am Ende der Straße brannten alle Lichter auf den Veranden, und sie sah ein paar von Mitchs Uniformierten, die von einem Haus zum anderen stapften. In der anderen Richtung huschten die Lichtkegel der Taschenlampen wie Glühbirnen über die dunkle Jahrmarktsfläche. Über ihnen wurde die Stille der Nacht vom Röhren der Hubschrauber durchbrochen. Und irgendwie da draußen hielt eine gesichtslose Person das Schicksal von Josh Kirkwood in ihrer Hand. Verzweiflung und Entsetzen waren milde Ausdrücke für die Gefühle, die dieser Gedanke auslöste.

TAG 2
4 Uhr 34, –11 Grad

Paul fuhr seinen Celina in die Garage, stellte den Motor ab und blieb einfach benommen sitzen, den Blick starr auf die Fahrräder, die den Winter über an der Wand hingen, gerichtet. Zwei Mountainbikes und das neue Geländerad, das Josh zum Geburtstag bekommen hatte. Das Geländerad war schwarz, mit grellvioletten und gelben Spritzern. Die Räder sahen aus wie große schwarze Augen, die seinen Blick erwiderten.

Josh. Josh. Josh.

Die Geländesuche war um 4 Uhr eingestellt worden, und man hatte die Leute aufgefordert, sich um acht Uhr in der alten Feuerwehrhalle zu versammeln. Durchgefroren bis auf die Knochen, erschöpft und

entmutigt waren die Deputys, die Straßenpolizisten und die Freiwilligen zurück zum Parkplatz bei der Eishalle getrampelt.
Paul sah sich selbst wie in einem Film – wütend gestikulierende Arme, sein wutverzerrtes Gesicht, das Mitch Holt anbrüllte.
»Was, zum Teufel, ist hier los? Warum stellt ihr die Suche ein? Josh ist noch da draußen!«
»Paul, wir können von den Leuten nicht mehr als das Menschenmögliche verlangen.« Sie standen neben Holts Explorer, und Holt versuchte, sich zwischen Paul und einzeln verbliebenen Zuschauern auf dem Parkplatz zu stellen. »Sie sind alle schon die ganze Nacht unterwegs, völlig durchgefroren und todmüde. Es ist das beste, wenn wir jetzt Schluß machen, uns ein bißchen ausruhen und bei Tageslicht neu formieren.«
»Du willst schlafen?« schrie Paul fassungslos. Die ganze Welt sollte ihn hören. Köpfe drehten sich in ihre Richtung. »Du überläßt meinen Sohn irgendeinen Irren da draußen, damit die Leute nach Hause gehn und schlafen können? Das ist unglaublich!«
Diese Worte hatten die Presseleute gehört, die noch nicht in ihre warmen Motelzimmer gegangen waren, und sie hatten sich auf ihn gestürzt wie ein Schwarm Moskitos auf frisches Blut. Holt war außer sich vor Wut gewesen, als sich dadurch eine spontane Mini-Pressekonferenz ergab, aber das war Paul scheißegal. Er wollte, daß seine Empörung aufgezeichnet wurde. Er wollte seinen Kummer und seine Verzweiflung auf Video gebannt haben, damit die ganze Welt es sehen konnte.
Jetzt fühlte er sich ausgelaugt, leer. Seine Hände auf dem lederbezogenen Steuerrad zitterten. Das Herz, das schneller, immer schneller klopfte, schnürte ihm die Kehle zu, bis er das Gefühl hatte, er könne nicht mehr atmen. Irgendwo in der Ferne flog ein Hubschrauber über die Dächer.
Josh. Josh. Josh.
Er sprang aus dem Wagen, ging um die Haube von Hannahs Van herum und dann die Treppe hoch in den Wirtschaftsraum. Die Küchenlichter waren an. Ein Fremder saß verschlafen am Tisch in der Frühstücksnische, blätterte in einer Illustrierten und trank Kaffee aus einer riesigen Steinguttasse vom Renaissance-Festival. Als Paul eintrat und sich seinen Daunenmantel abstreifte, richtete er sich auf.
»Curt McCaskill, BCA.« Er unterdrückte ein Gähnen und zeigte ihm seinen Ausweis.

Paul beugte sich über den Tisch und sah ihn genau an; dann warf er dem Agent einen mißtrauischen Blick zu, als zweifle er an seiner Identität. Seine blutunterlaufenen Augen waren ursprünglich blau, die Haare dicht und rot. Er trug einen bunten Pullover, der aussah wie ein Testbild im Fernsehen.
»Und Sie sind ...?« sagte der Agent.
»Paul Kirkwood. Ich wohne hier. Das ist mein Tisch, an dem Sie sitzen, mein Kaffee, den Sie trinken, mein Sohn, den Ihre Kollegen suchen sollten, aber dazu zu faul sind.«
McCaskill runzelte die Stirn, erhob sich und reichte Paul die Hand. »Das mit Ihrem Sohn tut mir leid, Mr. Kirkwood. Sie haben die Suche für heute nacht eingestellt?«
Paul ging zu einem Schrank, holte sich eine Tasse und schenkte sich Kaffee aus dem Topf auf der Warmhalteplatte ein. Er war bitter und stark, und brannte in seinem Magen wie Altöl.
»Überlassen meinen Sohn einfach Gott weiß was für einem Schicksal«, schnaufte er.
»Manchmal ist es besser, sich neu zu gruppieren und von vorne anzufangen«, sagte McCaskill.
Paul starrte auf das Muster des Linoleumbodens. »Und manchmal kommen sie zu spät.«
Die Stille wurde vom Kühlschrank unterbrochen, der zu summen begann, es knatterte in der Eismaschine.
Josh. Josh. Josh.
»Also, ich bin hier, um die Telefone zu überwachen«, erklärte ihm McCaskill zur Ablenkung. »Alle Anrufe werden aufgezeichnet, für den Fall, daß der Kidnapper eine Lösegeldforderung vorbringt. Und dann können wir den Anruf zurückverfolgen.«
Kirkwood hatte scheinbar kein Interesse an der Technik. Er starrte eine weitere Minute auf den Boden, dann hob er den Kopf. Er sah aus wie ein Junkie, der eine Dröhnung braucht. Seine Augen waren rotgerändert, das Gesicht eingefallen, aschfahl. Seine Hand zitterte, als er die Tasse auf dem Tresen absetzte. Armer Kerl.
»Warum duschen Sie nicht möglichst heiß, Mr. Kirkwood? Dann ruhen Sie sich aus. Ich werde Sie und Ihre Frau rufen, wenn etwas reinkommt.«
Paul wandte sich wortlos ab und ging ins Wohnzimmer, wo eine einzelne Lampe mit gußeisernem Fuß dämmriges Licht verbreitete. Er wollte gerade an der Couch vorbeigehen, als Karen Wright sich blin-

zelnd und zerzaust aufrichtete. Eine blutrote Häkeldecke fiel von ihrem Schoß, sie stützte sich mit einem Arm gegen die Rückenlehne der Couch und schaute hoch zu ihm. Mit der anderen strich sie automatisch über ihr feines aschblondes Haar. Es fiel wie ein seidiger Vorhang um ihren Kopf, ein klassischer Pagenschnitt, der kurz über ihren schmalen Schultern endete.

»Tag, Paul«, murmelte sie. »Natalie hat mich angerufen und mich gebeten, Hannah Gesellschaft zu leisten. Das mit Josh tut mir so furchtbar leid.«

Er starrte sie an und versuchte ihr plötzliches Erscheinen in seinem Wohnzimmer zu verdauen. Plötzlich wurde ihm übel.

»Alle Frauen aus der Nachbarschaft wechseln sich hier ab.«

»Oh, gut«, murmelte er.

Sie zog einen Schmollmund, sehr hübsch anzuschauen in diesem feinknochigen, ovalen Gesicht. Aus dem Augenwinkel sah er, wie McCaskill sich zurück in seinen Küchenstuhl setzte, und gleich wieder in seine Illustrierte vertiefte.

»Geht's dir gut?« fragte sie. »Du solltest dich wohl besser hinlegen.«

»Ja«, murmelte Paul. Sein Herz stotterte und pumpte verzweifelt, in seinem Kopf drehte sich alles. *Josh. Josh. Josh.* »Ja, das mach ich.«

Er wandte sich noch unterm Reden ab und mußte sich ungeheuer zusammennehmen, um nicht aus dem Zimmer zu rennen. Er schwitzte wie ein Pferd, gleichzeitig jagten ihm Kälteschauer über den Rücken. Er zog seinen Pullover über den Kopf und ließ ihn auf den Boden des Ganges fallen. Seine Finger fummelten an den Knöpfen seines Pendleton-Hemds. Es schüttelte ihn wie unter Ausläufern eines Erdbebens. Sein Puls raste und verursachte Schwindel.

Josh. Josh. Josh.

Das Hemd baumelte ihm vom Arm, als er ins Badezimmer stolperte. Er fiel vor der Toilette auf die Knie und begann zu würgen, sein ganzer Körper bäumte sich vor Anstrengung auf. Beim dritten Versuch kam der Kaffee hoch, aber hatte er nichts im Bauch zum Ausspucken. Er hielt sich an der Schüssel fest, ließ den Kopf auf den Unterarmen fallen und schloß die Augen. Das Bild seines Sohnes pulsierte hinter seinen Lidern.

Josh. Josh. Josh.

»O Gott, Josh«, wimmerte er.

Jetzt kamen die Tränen, sengend und mager quetschten sie sich durch seine Lider. Als sie versiegt waren, rappelte er sich langsam hoch, zog sich ganz aus, faltete alles ordentlich und ließ es in den Wäschekorb fallen auf ein halbes Dutzend zerknüllter nasser Handtücher. Zitternd wie ein Opfer von Schüttellähmung kletterte er in die Wanne und drehte die Dusche voll auf, ließ das heiße Wasser die Kälte aus seinen Knochen vertreiben. Es prasselte wie Hagelkörner auf seine Haut, wusch den Schweiß und die Tränen und den leichten Geruch nach Sex ab, der immer noch an ihm haftete.

Nachdem er sich abgetrocknet und das Handtuch über die Stange gehängt hatte, zog er sich einen dicken schwarzen Frotteemantel an, der hinter der Tür hing, und ging hinaus in den Flur. Die Tür zu Lilys Zimmer stand offen, und ein schmaler Streifen Licht vom Gang fiel auf den rosaroten Teppich. Ein Stück weiter hinten stand die Tür zu Joshs Zimmer auf.

Alles hier schrie *Junge.* Eine Freundin von Hannah hatte die Wände mit Sportszenen bemalt. Ein Poster des Twin-Spielers Kirby Puckett hatte einen Ehrenplatz an der Wand. Zwischen den zwei Fenstern stand ein kleiner Schreibtisch, auf dem sich Bücher und Spielzeugfiguren türmten. An einer anderen Wand stand ein Stockbett.

Hannah saß auf dem unteren Bett, die langen Beine angezogen und klammerte sich an einen fetten Plüschsaurier. Sie beobachtete, wie Paul die kleine Lampe auf dem Nachttisch anknipste. Sie wollte, daß er sie angrinste, die Arme ausbreitete und ihr sagte, daß sie Josh gesund und unversehrt gefunden hatten, aber das würde nicht passieren. Paul sah alt und eingefallen aus, eine Vorschau auf seinen Anblick in zwanzig Jahren. Sein nasses Haar war zurückgekämmt, wodurch sein Gesicht völlig vom Fleische gefallen wirkte.

»Sie haben die Geländesuche bis zum Morgen abgebrochen.«

Hannah sagte nichts. Sie hatte weder die Energie noch das Herz zu fragen, ob es irgendwelche Hinweise gäbe. Paul hätte es ihr ohnehin sofort gesagt. Er sah sie einfach an. Das Schweigen sprach für sich.

»Hast du geschlafen?«

»Nein.«

Sie sah aus, als hätte sie seit Tagen nicht geschlafen. Ihr Haar war zerzaust und verklebt, Wimperntusche und Müdigkeit hatten tiefe Schatten unter ihre Augen gezeichnet. Sie trug jetzt einen seiner Schlafmäntel, ein billiges, blaues Velourssteil, das seine Mutter ihm vor Jahren zu Weihnachten geschenkt hatte. Paul weigerte sich, ihn anzuziehen. Er hatte hart gearbeitet, um sich etwas Besseres leisten zu können als den Müll aus dem Discountladen. Aber Hannah weigerte sich, ihn wegzuwerfen. Sie bewahrte ihn in ihrem Schrank auf und trug ihn ab und zu. Um ihn zu ärgern, dachte er, aber heute abend ignorierte er ihn einfach.

Sie sah verletzlich aus. Verletzlich war ein Wort, das Paul nur selten zur Beschreibung seiner Frau benutzte. Hannah war eine Frau der Neunziger – intelligent, tüchtig, stark, gleichberechtigt. Sie war nicht auf ihn angewiesen, hätte ohne ihn genausogut leben können wie mit ihm. Sie war genau die Art Frau, die er sich in seinen Träumen vorgestellt hatte, auf die er stolz sein konnte, anstatt sich ihrer zu schämen. Eine Persönlichkeit, die nicht nur Schatten, Sklave und Fußabstreifer ihres Mannes war.

Überleg dir gut, was du dir wünscht, Paul … flüsterte die fipsige Stimme seiner Mutter in seinem Hinterkopf. Er verdrängte sie so erfolgreich wie eh und je.

»Ich bin nur so hier gesessen«, murmelte Hannah, »wollte das Gefühl haben, ihm nahe zu sein.«

Ihr Kinn zitterte, und sie kniff die Augen zu. Paul setzte sich auf die Bettkante und nahm ihre Hand. Ihre Finger waren eiskalt. Er bedeckte sie mit seiner Hand und dachte daran, wie einfach es doch früher gewesen war, sie anzufassen. Es hatte Zeiten gegeben, wo sie gar nicht genug voneinander kriegen konnten. Das schien eine Ewigkeit her.

»Wegen … Als du mir gesagt hast …« Er hielt inne und seufzte, dann setzte er erneut an: »Es tut mir leid, daß ich dich so angeschrien habe. Ich wollte jemandem die Schuld zuschieben.«

»Dabei geb ich mir Mühe«, flüsterte sie, und Tränen quollen durch ihre Wimpern, »so viel Mühe.«

Eine gute Frau zu sein. Eine gute Mutter. Eine gute Ärztin. Ein guter Mensch. Alles für jeden zu sein. Sie gab sich enorme Mühe und glaubte auch, daß es ihr die meiste Zeit gelang. Aber irgend etwas mußte sie falsch gemacht haben, um so bestraft zu werden.

»Still …« Paul entwand ihr den Dinosaurier und zog sie in seine Arme, ließ sie an seiner Schulter weinen, sich an ihn lehnen. Er rieb ihren Rücken durch den billigen Velourmantel, fühlte, daß sie ihn brauchte. »Still …«

Er küßte ihr Haar und atmete den Duft ein. Während sie leise vor sich hin weinte, genoß er das Gefühl, daß sie sich an ihn klammerte, und Lust regte sich in ihm. Superwoman. Dr. Garrison. Sie brauchte weder sein Einkommen, noch seine Freunde noch seine gesellschaftliche Position. Mein Gott, sie brauchte nicht einmal seinen Namen. Er war chronisch überflüssig in ihrem Leben, ein Schatten, ein Niemand. Aber jetzt war es anders. Sie schlang ihre Arme um ihn und klammerte sich fest.

»Gehn wir ins Bett«, flüsterte er.

Hannah ließ sich von Joshs Bett hochziehen, dann stützte er sie den Gang entlang zu ihrem eigenen Zimmer. Sie protestierte nicht, als er den Mantel von ihren Schultern streifte und ihren Hals küßte. Sie atmete schauernd aus, als er ihre Brüste mit seinen Händen umfing. Sie hatte sich die ganze Nacht so einsam gefühlt. Emotionell ausgesetzt. Im Exil. Dringend mußte ihr jemand sagen, daß er sie liebte und ihr zu verstehen geben, daß ihr verziehen war.

Sie drehte den Kopf, und ihr Mund strich über seinen, lud ihn ein zum Kuß, hob sich seinen Lippen entgegen. Ihre Brüste drückte sie an seine, sie bäumte sich auf, als seine Hand sie am Ansatz der Wirbelsäule umfaßte. Ihr Verlangen verbrannte für einige Sekunden die Angst. Er ließ die Zeit stillstehen und bot eine Zuflucht. Hannah packte sie froh, gierig, verzweifelt. Sie zog Paul mit sich aufs Bett hinunter; sie wollte sein Gewicht auf sich spüren. Sie öffnete sich ihm, als er seine Erektion zwischen ihre Beine drückte, mußte ihn in sich spüren. Sie hielt ihn, während er sich wieder und wieder über ihr aufbäumte, wollte nichts als diesen Kontakt, die Illusion von Intimität. Als es vorbei war, schloß sie die Augen und rückte ihren Kopf an seine Schulter, in der Hoffnung, daß das Gefühl von Nähe trotz der schmerzlichen Leere in ihrem Inneren halten würde. Aber es funktionierte nicht, nicht einmal in dieser Nacht, in der sie sich so verzweifelt nach jemandem sehnte, an den sie sich klammern konnte.

Was ist mit uns geschehen, Paul?

Sie wußte nicht, wie sie ihn fragen sollte. Diese Distanz und Enttäuschung zwischen ihnen schien ihr unfaßlich. Sie waren so glücklich gewesen, das perfekte Paar, die perfekte Familie, der perfekte Erfolg der Hannah Garrison. Jetzt zerfiel ihr Leben wie ein billiger Wandteppich, und ihr Sohn war gestohlen worden. *Gestohlen … geraubt … entführt. Gott, was für ein Alptraum.*

Mit diesem gräßlichen Gedanken schlossen sich ihre Augen. Die Erschöpfung gewann endlich die Oberhand, und sie tauchte unter in willkommener Finsternis.

Paul spürte sofort, daß sie eingeschlafen war. Ihr Arm über seiner Brust wurde schlaff. Ihr Atem wurde ruhiger. Er lag da und starrte hinaus zum Oberlicht. Irgendwie kam er sich vor, als wäre er in einem surrealistischen Theaterstück gefangen. Sein Sohn gekidnappt! Morgen um diese Zeit würde jeder im Land Josh Kirkwoods Namen kennen. Zeitungen würden sein Bild auf der Titelseite abdrucken, zusammen mit dem leidenschaftlichen Aufruf, den Paul um vier Uhr früh auf dem Parkplatz der Eishalle veröffentlicht hatte. *Bitte, bringt mir meinen Sohn zurück!*

Josh. Josh. Josh.

Seine Augen brannten, und trotzdem starrte er weiter in den Himmel. Das Spiel ging weiter. Akt Zwei. Seine Frau lag nackt in seinen Armen, nur einige Stunden nach seiner Geliebten. Über ihm hämmerten die Rotoren des Hubschraubers durch die Nachtluft.

5 Uhr 43, –11 Grad

Mitch stieg aus seinem Wagen, seine Augen schweiften automatisch zu der kleinen Gasse neben dem Haus, um sicherzugehen, daß dort keine Reporter lauerten; nach dem Debakel im Club war er immer noch etwas nervös. Er traute ihnen ohne weiteres zu, daß sie ihn verfolgten. *Holt euch einen Schnappschuß von diesem Versager von Polizeichef, wie er seinen armseligen Arsch nach Hause schleppt. Läßt einfach zu, daß Kinderschänder Kinder von den Straßen seiner Stadt entführen. Keine große Überraschung, wenn man bedenkt, was in Miami passiert ist.*

Sie legten sich wie ein Schraubstock um seine schmerzenden Schultern – die Schuldgefühle, mit Zorn verbrämt, von seiner Stimmung schwarz gefärbt. Er streifte sie mit einer heftigen Armbewegung ab, fluchend vor Selbstverachtung.

Du bist vielleicht ein Wichser, Holt. Hier geht's doch gar nicht um dich, sondern um Miami. Laß die alte Wut im Bauch, da wo sie hingehört, und laß die neue für Josh raus.

Leichter gesagt als getan. Die Wut, das Gefühl von Ohnmacht, Verlust und Verrat waren Echos seiner Vergangenheit. Und genau wie jeder andere Cop, der genau wußte, daß er einen Fall nicht persönlich nehmen durfte, war er machtlos gegen das Gefühl der persönlichen Kränkung. Das war seine Stadt, seine Zuflucht, die heile, kleine Welt, die er kontrollieren konnte – seine Leute, seine Verantwortung. Für sie war er ein Symbol der Sicherheit, und sie kamen ihm vor wie erweiterte Familie.

Familie. Das Wort ließ ihn nicht los, als er zur Hintertür ging. In der eisigen Stille des frühen Morgens knarzte der Schnee unter seinen Stiefeln. Er schloß auf, betrat das Haus und zog sich seine schweren Stiefel im hinteren Korridor aus.

In der Küche öffnete Scotch, der alte Labrador, in Jessies Abwesenheit sein einziger Mitbewohner, ein Auge und blinzelte, ohne den Kopf von seinem gepolsterten Hundebett zu heben. Scotch war zwölf und offiziell vom Wachdienst pensioniert. Er vertrieb sich die Zeit damit, durchs Haus zu wandern und dabei, was immer ihm gerade gefiel, im Maul herumzuschleppen – einen Schuh, einen Handschuh, ein Kissen von der Couch, ein Taschenbuch. Eine von Jessies Minnymaus-Puppen hatte er sich als Kissen zwischen Kopf und Pfoten geklemmt.

Mitch nahm sie ihm nicht weg. Der alte Halunke hatte sie sich möglicherweise aus Jessies Zimmer gestohlen, aber genausogut konnte Jessie sie ihm in seinen Korb gelegt haben. Die Straussens wohnten auf der anderen Seite der Allee, und Jessie kam jeden Tag nach der Schule mit ihrem Großvater vorbei, um Scotch rauszulassen und mit ihm zu spielen. Sie liebte den alten Hund abgöttisch. Scotch ließ geduldig ihre Verkleidungsspiele und Teeparties über sich ergehen; treu und sanft erwiderte er die Liebe des kleinen Mädchens, bedingungslos.

Bei dem Gedanken an sie wurde Mitch ganz warm ums Herz. Er tappte auf Strumpfsocken in die Küche. Das Licht über dem Spülstein tauchte den Raum in bernsteinfarbene Schatten. Sein Blick wanderte ziellos umher. Das Haus stammte aus den dreißiger Jahren. Ein nettes, solides einstöckiges Haus mit Parkettboden, einem Kamin im Wohnzimmer, und großen Ahornbäumen und Eichen im Garten. Ein Haus mit Charakter, der sich aber nicht entwickeln konnte, dank seines Mangels an Talent zur Inneneinrichtung.

Das war Allisons Stärke gewesen, eine echte Nestbauerin, mit Stilgefühl und Liebe zum Detail. Sie hätte diese Küche in einen gemütlichen Ort voller Charme verwandelt, mit gerahmten Drucken und getrockneten Paprikas, alten Krügen voller nach Zimt duftenden Trockenpflanzen. Mitch hatte den Raum genauso gelassen wie bei seinem Einzug, die Wände zum Großteil kahl, dieselben Vorhänge über dem Waschbecken, die der Vorgänger wahrscheinlich auf dem Flohmarkt gekauft hatte. Das einzige, was Mitch dazu beigesteuert hatte, waren Jessies für ihn gemalten Bilder. Diese hatte er mit Magneten am Kühlschrank und mit Klebeband an den Wänden befestigt.

Irgendwie betonten aber diese bunten kindlichen Bilder in dem kahlen Raum noch mehr die Öde und Leere des Hauses.
Ein Gefühl von Verlassenheit befiel ihn bei der Betrachtung dieser Bilder. Allein. Einsam. Himmel, manchmal tat die Einsamkeit so weh, daß er alles gegeben hätte, um ihr zu entfliehen – sogar sein Leben. Er wäre zur Buße gestorben, aber Leben war doch die härtere Strafe!?
Verrückte Gedanken. Irrationale Gedanken, hatte ihm der Polizeipsychiater gesagt. Die Logik erhob sich gegen seine Schuldgefühle, sprach ihn frei von persönlichem Versagen. Aber Logik hatte eben nur wenig mit Gefühl zu tun.
Er lehnte sich an den Spülstein, kniff die Augen zu und sah seinen Sohn vor sich. Kyle war sechs. Gescheit. Still. Wünschte sich zu Weihnachten ein Fahrrad. Nahm seinen Dad mit in die Schule während der Projektwoche und strahlte, während Vati den Erstkläßlern von seiner Arbeit als Polizist erzählte.
»Polizisten helfen Menschen und beschützen sie vor Bösewichten.«
Er konnte die Worte hören, konnte das Meer von kleinen Gesichtern sehen, seinen Blick auf dem Ausdruck schüchternen Stolzes bei Kyle ruhen lassen. So klein, so voller Unschuld und Vertrauen und all der anderen Dinge, die das Leben aus seinem Vater längst herausgeprügelt hatte.
»Polizisten helfen Menschen und beschützen sie vor Bösewichten.«
Ein lautes Stöhnen entrang sich Mitchs Kehle. Die Gefühle rissen sich los, die Stangen ihres Käfigs waren von Müdigkeit, Erinnerungen und Furcht geschwächt. Er schlug sich eine Hand vor den Mund und versuchte, sie wieder hinunterzuschlucken. Sein ganzer Körper bebte vor Anstrengung. Er durfte sie nicht rauslassen, sie würden ihn ertränken. Er mußte stark sein, mußte sich konzentrieren, alles andere ausschalten. Er hatte einen Job zu erledigen. Seine Tochter brauchte ihn. Die Hilfsmechanismen kamen, einer nach dem anderen: Verdränge die Gefühle. Ignoriere sie. Lenke sie ab. Seine Stadt brauchte ihn. Josh Kirkwood brauchte ihn.
Er riß die Augen auf und starrte aus dem Küchenfenster in das Samtgrau der Morgendämmerung, doch Kyles Bild war immer noch da. Dann verschwamm alles, wurde doppelt, teilte sich, und das Gesicht des zweiten Körpers kristallisierte sich heraus als Josh.
Lieber Gott, bitte nicht. Tu ihm das nicht an. Tu das seinen Eltern nicht an.
Tu mir das nicht an.

Sorge schwappte wie eine eisige Welle über ihn.
Ein Licht ging auf der anderen Seite der Allee an, in der Küche der Straussens. 6 Uhr. Jurgen war aufgestanden. Er war schon seit drei Jahren von der Eisenbahn pensioniert, aber hielt seinen Zeitplan immer noch so präzise ein, als würde er nach wie vor jeden Morgen zum Rangierbahnhof des Great Northern gehen. Um sechs Uhr aufstehen, Kaffeemaschine anstellen. Runter zum Big Steer Truck Stop an der Interstate und eine *Star Tribune* holen, weil Zeitungsjungs unzuverlässig sind. Nach Hause, Kaffee trinken, eine Schale heißes Müsli essen und dabei die Zeitung lesen. Da hatte er seine Ruhe, bis Joy aus dem gemeinsamen Bett stieg und mit dem Herunterbeten ihrer täglichen Litanei begann – ein täuschend sanfter, täuschend milder Kommentar zu allem, was auf dieser Welt nicht in Ordnung war, mit ihren Nachbarn, ihrem Heim, ihrer Gesundheit, ihrem Schwiegersohn.
So wenig Lust er hatte, momentan seine Schwiegereltern zu sehen, seine Sehnsucht nach Jessie war stärker. Sie anzusehen, sie im Arm zu halten, real und lebendig und warm und süß, und in Sicherheit zu wissen. Er stieg wieder in seine Stiefel und trabte aus dem Haus, ohne sich die Mühe zu machen, sie zuzuschnüren.
Jurgen kam in seinem üblichen Habitus – Jeans und ordentlich verstautes Flanellhemd – zur Hintertür des adretten Cape-Cod-Hauses. Ein untersetzter Mann mit durchdringenden blauen Augen wie Paul Newman und militärisch kurz geschorenen grauen Haaren.
»Mitch! Ich mach gerade Kaffee. Komm rein«, sagte er, überrascht, aber auch etwas verärgert, weil seine tägliche Routine gestört wurde. »Schon was Neues von dem Kirkwood-Jungen? Schlimme Geschichte.«
»Nein«, erwiderte Mitch leise. »Noch nicht.«
Jurgen drehte den Filter aus der Kaffeemaschine und streute einen Meßbecher Pulver hinein. Zu viel, wie immer. Joy würde wieder sagen, er wäre zu stark, wie immer und ihn dann trotzdem trinken, damit sie sich später über das Sodbrennen beklagen konnte, das sie davon bekam.
»Setz dich. Du siehst furchtbar aus. Was bringt dich denn so früh hierher?«
Mitch ignorierte die Stühle, die ordentlich um den Tisch aufgereiht standen. »Ich wollte Jessie sehen.«
»Jess? Es ist sechs Uhr früh!« Der alte Mann sah ihn vorwurfsvoll an.
»Ich weiß. Ich hab nur gerade Zeit«, murmelte Mitch. Er ging durch

das Eßzimmer und die Treppe hoch. Sollte doch Jurgen denken, was er wollte.

Jessie schlief in dem Zimmer, in dem ihre Mutter aufgewachsen war. Dasselbe Bett, dieselbe Kommode, dieselbe gebrochen weiße Tapete mit zartlila Teerosen. Jessie hatte, wie es eben ihre Art war, eine eigene Note hineingebracht – Aufkleber mit der kleinen Meerjungfrau und Prinzessin Jasmine aus *Aladin*. Joy hatte sie geschimpft, aber die Aufkleber waren von der Sorte, die sich nicht im Lauf der Zeit ablösten, also blieben sie. Nachdem sie so häufig dort war, quollen die Kommodenschubladen über von ihren Sachen. Ihre Disneyfiguren hatten den Ehrenplatz auf dem Spielzeugregal – Mickey und Minny, Donald Duck und Neffen, ein kaputter Wecker, auf dem Jimmy Cricket saß mit seinen Heuschreckenhänden über den Ohren.

Der Wecker hatte Kyle gehört. Jedesmal, wenn er ihn sah, durchfuhr Mitch ein brennender Schmerz.

Er schlich ins Zimmer, schloß die Tür leise hinter sich und lehnte sich dagegen. Seine Tochter schlief in der Mitte des alten Doppelbettes, die Arme fest um ihren Teddybären geschlungen. So wie sie da schlafend lag und süße Träume träumte, war sie der Inbegriff von Kindheit. Ihr langes, braunes Haar war zu einem lockeren Zopf geflochten, der unter der Decke verschwand. Der gerüschte Kragen ihres Flanellnachthemds umrahmte ihr Gesicht mit den dunklen Wimpern. Ihr kleiner rundlicher Mund war zu einem perfekten O geformt, ihr Atem ging ruhig und regelmäßig.

Wenn er sie so sah – so ungeheuer verletzlich und kostbar –, übermannten ihn die Gefühle mit der Macht einer Flutwelle. Sie war sein ein und alles. Sie war der Grund, warum er dem Schmerz nie ein Ende gemacht hatte, nachdem man ihn Kyle und Allison genommen hatte. Seine Liebe zu ihr war so heftig, so tief, daß sie ihn manchmal mit Angst erfüllte. Und was er tun sollte, wenn er sie auch noch verlieren sollte, machte ihn wahnsinnig.

Er lüpfte vorsichtig die Schichten von Decken und Überwurf, und ließ sich langsam nieder, dann lehnte er sich gegen das Kopfteil aus geschnitzter Eiche. Jessie blinzelte und sah mit einem verschlafenen Lächeln zu ihm hinauf.

»Hallo Daddy«, nuschelte sie. Sie kroch mit ihrem Bären in seine Arme und kuschelte sich an ihn.

Mitch zog die Decken bis unter ihr Kinn und küßte sie auf den Kopf. »Hallo, Kuschelmaus.«

»Was machst du denn hier?«
»Dich liebhaben. Ist das okay?«
Sie nickte und bohrte ihr Gesicht in seinen dicken Pullover. Mitch umschlang sie liebevoll, lauschte, wie sie atmete und sog den Duft von Wärme und Babyschaumbad ein.
»Hast du den verlorenen Jungen gefunden, Daddy?« fragte sie mit schläfriger Stimme.
»Nein, Schätzchen«, flüsterte er durch den Kloß in seinem Hals. »Peter Pan wird ihn nach Hause bringen.«

TAGEBUCHEINTRAG
TAG 2

1. Akt: Chaos und Panik. Berechenbar und armselig.
Wir haben zugesehen, amüsiert von ihrem sinnlosen Drang der Eile.
Drauflosrasen mit halsbrecherischer Geschwindigkeit.
Im dunkeln tappen. Nichts finden außer ihrer eigenen Angst.

Aber kann man überhaupt Trost finden?
Der Mensch … liebt, was verschwindet;
Was bleibt da noch zu sagen?

Kapitel 9

TAG 2
7 Uhr 30, –11 Grad

Das alte Feuerwehrhaus im Zentrum von Deer Lake platzte aus allen Nähten vor Polizisten, Freiwilligen, Medienleuten und Ortsansässigen, die aus Angst und morbider Neugier dabeisein wollten. Mitch traf ein, frisch geduscht und rasiert, gestärkt von einem riesigen Becher Kaffee, den er sich bei Tom Thumb geholt und unterwegs getrunken hatte.

Er hatte damit gerechnet, Chaos vorzufinden, sich aber gefragt, woher er die Geduld nehmen würde, damit fertig zu werden. Doch irgendwie besaß der ganze Irrsinn scheinbar eine gewisse Struktur. Einer der zwei Gemeinschaftsräume, die jetzt hauptsächlich als Kartenclub für ältere Bürger und für die Treffen des Landwirtschaftsclubs verwendet wurden, seit die Feuerwehr in modernere Quartiere am Ramsey Drive umgezogen war, war zur Einsatzzentrale umfunktioniert worden. Die Hotline-Telefone waren installiert – sechs von ihnen standen in regelmäßigen Abständen auf einer langen Tischreihe, an zweien telefonierten bereits seine Leute. An der gegenüberliegenden Wand standen Kopier- und Faxgeräte. An einem anderen langen Tisch stapelten Freiwillige die Handzettel mit Joshs Foto und genauer Beschreibung, die man während der Nacht abgezogen hatte.

Mitch ging weiter zu dem Zimmer am Ende des Korridors, wo weitere Fahnder Kaffee tranken und Doughnuts aßen. Dieser Raum würde als Versammlungsort und provisorisches Medienzentrum dienen. Die Wände waren modrig grün gestrichen – ein Sonderangebot aus Hanks Haushaltsladen von 1986. Die kränkliche Farbe paßte gut zum muffigen Geruch von altem Linoleum und Staub. Zwei Dutzend ausgeschnittene Hände aus Pappe dekorierten die Wand hinter dem Podium im vorderen Teil des Raumes. Auf jede war der Eid des 4-H-Landwirtschaftsclubs mit Buntstift gekritzelt und jedes dieser makabren Meisterwerke war vom Künstler signiert und mit ihrem oder seinem Alter versehen.

Das Zimmer wimmelte von Reportern, Fotografen und Kameramännern von Zeitungen, Rundfunk- und Fernsehstationen im ganzen Staat. Ein Fotograf vertrieb sich die Zeit damit, aus einem Meter Entfernung künstlerische Aufnahmen der Papphände zu machen. Ein Fernsehreporter stand an einer anderen Wand neben einer Wandplakette mit den Knoten der Pfadfinder, sah mit ernster Miene in die Linse seiner Videokamera und schleimte Platitüden über Norman-Rockwell-Städte und erzamerikanischen Familiensinn.

Die Reihen derer, die gekommen waren, um die Tragödie zu dokumentieren, würden stetig wachsen, solange die Suche andauerte. Zumindest in den nächsten acht Tagen – sollte sie solange dauern. Während die Fahndung ihren Höhepunkt erreichte, würden sie ihnen ständig im Weg sein, nach einem Wurf suchen, einem Exklusivbericht, etwas, was kein anderer hatte.

Verfluchte Parasiten, dachte Mitch, als er sich mit grimmiger Miene durch die Phalanx von Reportern drängte und bellend ihre Fragen abwehrte.

Im vorderen Teil des Raumes überwachte Megan die Vorbereitungen zu einer Pressekonferenz, die Aufstellung eines Podiums, einer Leinwand und eines Projektors. Ihr kleiner Mund war nur noch ein schmaler Strich, und sie kanzelte jeden Reporter ab, der sich zu nahe heranwagte.

»Zum neunundsechzigsten Mal, Mr. Forster, die Pressekonferenz wird nicht vor neun Uhr beginnen«, sagte sie in scharfem Ton. »Unsere vordringlichste Aufgabe ist es, Josh Kirkwood zu finden. Falls er noch in der Nähe ist, heißt das, wir müssen diese Leute organisieren und die Suche wiederaufnehmen.«

Henry Forster, Reporter der *Star Tribune* seit den Tagen des Linotype, hatte das Gesicht einer Bulldogge, eine Halbglatze voller Leberflecken und lange, dünne graue Haare, die er sich sorgfältig über die kahle Stelle gekämmt hatte. Sein Markenzeichen, eine dreckige Bifokalbrille, saß schief unter den buschigen Augenbrauen, die eine eigene Postleitzahl verdienten. Er war ein altes Schlachtroß mit Hüften, die sich im Alter ausgedehnt hatten und eine gute Stütze für seinen medizinballgroßen Bauch bildeten. Megan schätzte, daß er wohl in seinen braunen

Hosen und dem billigen weißen Hemd geschlafen hatte; aber wie sie aus früheren Ermittlungen wußte, sah Henry immer so ungepflegt aus. Die Augenbrauen kletterten die Stirn hoch. »Heißt das, daß Sie glauben, der Junge wurde von hier weggebracht?«

Zwei seiner Vasallen horchten auf und krochen von der Wand weg, wie Ratten, die sich vorwagen, um an ein paar vielversprechenden Krümeln zu schnuppern.

Megan bremste sie mit einem Blick, der einem Laser alle Ehre gemacht hätte. Sie wandte sich an Henry, der so nahe war, daß die Dämpfe seines Old Spice ihr Naseninneres versengten. Er wich nicht zurück und starrte sie an, als erwarte er tatsächlich eine Antwort.

Selbstverständlich tut er das, dachte Meg. Forster war einer der Senioren seines Gewerbes und sein Büro übersät mit Auszeichnungen, die er angeblich als Briefbeschwerer und Aschenbecher benutzte. Politiker zogen die Köpfe ein, wenn sein Name fiel. Die Chefetage des BCA verfluchte den Tag, an dem er das Licht der Welt erblickt hatte – einer der ursprünglichen sieben. Henry Forster war der Mann gewesen, der letzten Herbst die Anklagen wegen sexueller Belästigung im Bureau aufgedeckt hatte. Er war der letzte, den Megan auf den Fersen haben wollte. Der Druck, unter dem sie bei diesem Fall standen, war unerträglich genug, auch ohne daß Henrys Hornbrille jeden ihrer Schritte registrierte.

Zeig keine Angst, O'Malley. Er kann Angst riechen – trotz seines Rasierwassers.

»Das heißt, daß Officer Noga Sie aus diesem Zimmer begleiten wird, wenn Sie weiterhin im Weg stehen«, sagte sie, ohne mit der Wimper zu zucken.

Sie wandte Forster, der erbost schnaubte, den Rücken zu. Einer der anderen Reporter, der in der Hoffnung auf einen Brotsamen sich in seinen beachtlichen Schatten geduckt hatte, giftete: »Kleines Luder.«

Megan fragte sich, ob sie auch wagen würden, hinter Nogas breitem Rücken solche Beleidigungen zu äußern. Sie packte den Streifenpolizisten am Ärmel, und er sah hinunter zu ihr, seine dunklen Augen waren rot und erschöpft.

»Officer Noga, würden Sie bitte diese Pressewiesel aus dem Weg räumen, bevor ich ihnen die Gurgel rausreiße und sie zum Frühstück grille?«

Er wandte sich mit bedrohlich gesenkten Augenbrauen den Reportern zu. »Wird erledigt, Miss – Agent.«

»Ich will Sie ja nicht beleidigen«, flüsterte Mitch, der jetzt Nogas Platz übernahm, »aber ich glaube, heute haben Sie nur wenig Chancen, die Wahl zur Miss Freundlichkeit zu gewinnen.«
»Miss Freundlichkeit ist ein Schwächling«, konterte Megan. »Und übrigens hat heute keiner von uns das Zeug zu einem Schönheitswettbewerb. Sie, Herr Kollege, sehen so aus, wie ich mich fühle.«
Mitch schnitt eine Grimasse. »Ein Bäumchen-verwechsel-dich-Spiel? Lassen Sie das ja nicht die Jungs von der Presse hören.«
»Ich glaube, die haben da schon ein paar Theorien.«
»Konnten Sie ein bißchen schlafen?«
Die Frage schien überflüssig. So wie sie aussah, hatte sie genausowenig Zeit für sich gehabt wie er. Sie trug eine enge Skihose und einen dicken irischen Fischerpullover über einem Rollkragenshirt. Ihr dunkles Haar hatte sie frisch gewaschen und zu einem praktischen Pferdeschwanz gebunden. Sie war kaum geschminkt, auch nicht gepudert über den violetten Schatten unter ihren Augen.
Sie warf ihm einen schrägen Blick zu. »Wer braucht schon Schlaf, wenn man eiskalt duschen kann. Ich habe eine Wohnung ohne Heizung, hab meine Beine bei Kerzenlicht rasiert, meine Katzen gefüttert und bin wieder hergekommen. Und wie steht's mit Ihnen?«
»Ich habe einen Hund und heißes Wasser«, klärte er sie auf, »und lasse meine Beine haarig, danke. Haben Ihre Leute irgend etwas gemeldet?«
»Abgesehen von zehn Seiten bekannter Pädophiler? Nein, nicht.«
Er schüttelte den Kopf. Ihm drehte sich der Magen um bei dem Gedanken, daß es im Umkreis von hundert Meilen soviel Abschaum gab, der hinter Kindern her war – und seiner Tochter. Großer Gott, die Welt verwandelte sich in eine Kloake. Selbst hier im ländlichen Minnesota fühlte er, wie der Unrat um seine Schuhe schwappte. Es war, als hätte jemand über Nacht die Schleusen geöffnet.
Er sah sich die Menschenmenge an, als er hinter das Podium trat – Männer aus seinem eigenen Büro und dem des Sheriffs, freiwillige Feuerwehrleute, besorgte Bürger, Studenten vom Harris College, die in den Winterferien in der Stadt geblieben waren. In ihren Gesichtern sah er Entschlossenheit und Angst. Einer von ihnen war entführt worden, und sie waren hier, um ihn zurückzuholen. Mitch hätte gern geglaubt, daß ihnen das gelingen würde, aber seiner Erfahrung nach reichte Hoffnung bei weitem nicht aus.
Trotzdem nahm er sich zusammen und versuchte gute Miene zum

bösen Spiel zu machen. Er wandte sich an seine Truppen und gab Befehle, klang wie ein echter Anführer. Er kniff die Augen gegen das gleißende Licht der Scheinwerfer zusammen und hoffte, entschlossen und energisch auszusehen, nicht nur blind.

Die Kameras liefen bereits, waren nicht bereit zu warten auf den offiziellen Beginn der Pressekonferenz, wollten keine Sekunde des Dramas verpassen. Blitzlichter zuckten, die Zeitungsfotografen schossen Fotos von den Polizisten und der Menge. Die Reporter kritzelten. In einer der vordersten Reihen saß Paige Price, die langen Beine verschränkt, mit einem Notizbuch auf dem Schoß. Sie sah mit ernster Miene zu Mitch hoch, während der Kameramann niederkniete und eine Reaktionsaufnahme von ihr machte. Das Übliche.

Eine Karte vom Park County wurde auf die Leinwand projiziert, in Quadrate aufgeteilt durch die roten Linien, die Mitch und Russ Steiger um fünf Uhr in der Früh eingezeichnet hatten. Suchteams erhielten Nummern und einen bestimmten Bereich zugeteilt. Instruktionen wurden ausgegeben hinsichtlich der Vorgehensweise, wonach man Ausschau halten sollte, was den Leitern der Teams zu melden war. Mitch reichte das Mikro an Steiger weiter, der Befehle und Einzelheiten an die Deputys vom Sheriffbüro richtete, an die berittenen Freiwilligen und die Mitglieder des Snowmobileclubs, die die Felder und dichtbewaldeten Gebiete außerhalb der Stadt abgrasen würden.

Während die Handzettel an alle Anwesenden, inklusive der Presseleute verteilt wurden, erschien Joshs Bild auf der Leinwand. Jegliches Getuschel verstummte, das Rascheln von Papier erstarb. Die Stille, die das Surren der Videokameras sogar noch betonte, lastete wie ein Amboß auf den Anwesenden. Jedes Auge, jeder Gedanke, jedes Gebet, jeder Herzschlag richtete sich auf die Leinwand. Josh grinste sie mit seiner Zahnlücke an, mit seinen zerzausten braunen Locken. Jede Sommersprosse war ein Mal der Unschuld, ebenso ein Symbol der Knabenschaft, wie die Pfadfinderuniform, die er so stolz trug. Seine Augen strahlten, hocherfreut über all den Spaß, den das Leben noch zu bieten hatte.

»Das ist Josh«, sagte Mitch leise. »Er ist ein netter Junge. Viele von euch haben kleine Jungs genau wie er. Freundlich, hilfsbereit, ein guter Schüler. Ein argloses Kind. Er treibt gern Sport und spielt mit seinem Hund. Er hat eine kleine Schwester, die sich wundert, wo er bleibt. Seine Eltern sind gute Menschen. Die meisten von euch kennen seine Mutter, Dr. Garrison. Viele von euch kennen seinen Vater,

Paul Kirkwood. Sie wollen ihren Sohn wiederhaben. Laßt uns alles tun, damit wir das schaffen.«

Einen Moment lang herrschte weiterhin Schweigen, dann befahl Russ Steiger mit barscher Stimme seine Männer nach draußen, und die Suchteams verließen der Reihe nach den Raum. Mitch wollte mit ihnen gehen. Die Last seines Rangs hinderte ihn daran. Es war sein Job, sich mit der Presse herumzuschlagen und dem Bürgermeister und dem Stadtrat. Meist ließ der Posten des Chiefs nur wenig Zeit für die Polizeiarbeit an der Front, die früher sein täglich Brot war, sondern viel zu viel für die Politik, die er gar nicht mochte. Tief in seinem Herzen war er ein Cop, und früher einmal ein verdammt guter gewesen.

Sein Blick wanderte unwillkürlich zu Paige Price. Sie erhaschte ihn wie eine Forelle den Köder und erhob sich anmutig, ging auf ihn zu, während ihre Kollegen sitzen blieben, hastig kritzelten oder in kleine Aufnahmegeräte sprachen.

»Mitch.« Sie war am Podium angelangt und klickte ihr Mikrofon aus. Ihr Gesichtsausdruck war perfekt – Reue und Bedauern, mit genau der richtigen Portion Anteilnahme. »Wegen gestern abend ... ich möchte nicht, daß böse Worte zwischen uns stehen.«

»Eben«, sagte Mitch mit eisiger Stimme. »Die Einsicht hindert Sie hoffentlich daran, eine Nervensäge zu werden.«

Paige quittierte das mit einem verletzten Blick, mit dem sie schon mehr als eine Wand männlichen Widerstands zum Schmelzen gebracht hatte. Aber Mitch Holt kaufte ihr das nicht ab, und insgeheim schimpfte sie ihn einen Hurensohn. Ihre Exklusivstory gestern nacht hatte ihr ein Lob vom Direktor der Nachrichtenabteilung und vom Chef der Station eingebracht. Ihre Agentin hatte nur ein Wort für diesen Wurf – Dollars. Wenn sie bei dieser Story dem Wolfsrudel einen Schritt vorausblieb, bedeutete das ernsthaft viel Geld, vielleicht sogar ein Angebot von einem der größeren Sender. Ihr Ziel war L. A. Das warme, sonnig L. A. Egal, wohin es sie verschlug, alles war besser als dieser gottverlassene Eisschrank hier. Aber dabei stand ihr Mitch Holt im Weg, ein angerosteter, zerbeulter Ritter, der antiquierte Ideale aufrechterhielt.

»Tut mir leid, wenn Sie glauben, ich wäre ein Barrakuda, Mitch. Ja, ich will eine Story rausholen, wie jeder andere Reporter hier im Raum. Aber meine ganze Sorge gilt dem armen Jungen.«

Mitch zuckte nicht einmal mit der Wimper. »Heben Sie sich das für Ihre Familien-Sendungen auf.«

Paige biß sich auf die Zunge. Aus dem Augenwinkel sah sie, wie Henry Forster von der *Star Tribune* sich durch die Menschen drängte, um zu ihnen zu gelangen. Sie spürte seinen bohrenden Blick. Forster haßte es, wenn ihm jemand vom Fernsehen etwas vor der Nase wegschnappte, und am allermeisten haßte er es, wenn dieser jemand eine Frau war. Aber noch ehe Forster sich einmischen konnte, betrat Agent O'Malley die Bühne.

»Die Pressekonferenz wird in wenigen Minuten beginnen, Miss Price«, sagte sie und dirigierte Paige vom Podium weg. »Warum holen Sie sich nicht eine Tasse Kaffee und einen schönen, dicken Doughnut?«

Ihr Lächeln war mit purem Stahl unterlegt. Paiges Blick wanderte hinunter zu Megan O'Malley. Wirklich amüsant, daß diese winzige Person einem Mann zu Hilfe kam, neben dem sie wie ein Zwerg aussah. Sie musterte die beiden interessiert. Keines der beiden Gesichter verriet etwas, was in Paige's Augen schon genug verriet. Sie trat den Rückzug zur Kaffeemaschine an, mit einer verlogenen Geste der Unterwerfung.

»Und ich hoffe, er setzt sich direkt auf den Hüften fest«, zischte Megan ihr nach und ging zurück an ihren Platz. Sie sah den ironischen Blick, den Mitch ihr zuwarf und erwiderte ihn mit grimmiger Miene. »Schlafmangel macht mich intolerant.«

Er zog eine Braue hoch, ordnete seine Papiere und schaltete das Mikrofon wieder ein.

Die Pressekonferenz hatte nur kläglich wenige Informationen zu bieten. Es gab keine Verdächtigen, keine Zeugen, keine Hinweise außer der Nachricht, die der Kidnapper hinterlassen hatte. Deren Inhalt würde Mitch keinesfalls preisgeben, da das später die Ermittlungen behindern könnte. Seine offizielle Stellungnahme lautete: Die Polizei von Deer Lake, zusammen mit allen anderen beteiligten Behörden, scheute keinen Aufwand und Mühe, um Josh zu finden und seinen Entführer festzusetzen.

Russ Steiger fügte hinzu, daß das Büro des Sheriffs rund um die Uhr arbeiten würde. Er würde persönlich die Suche im Gelände überwachen – typische Aussagen eines Autokraten. Der Staatsanwalt von Park County Rudy Stovich bekräftigte wie erwartet, daß die Sache mit allem gesetzlichem Nachdruck verfolgt würde. Megan gab den üblichen Bureau-Spruch zum besten: Unterstützung der Ermittlungen durch Labor und Archiv auf Verlangen der Polizei und des Sheriffs.

Dann ließ man die hungrigen Wölfe los. Die Reporter versuchten auf sich aufmerksam zu machen, brüllten Fragen, jeder wetteiferte, den anderen zu übertönen.
»Stimmt es, daß Sie einen polizeilich bekannten Pädophilen suchen?«
»Werden die Eltern eine Stellungnahme abgeben?«
»Ist das FBI eingeschaltet worden?«
»Sie sind über die Lage informiert worden«, sagte Mitch auf die letzte Frage. »Es arbeiten bereits drei Dienststellen an dem Fall. Wir haben den gesamten Apparat des BCA zu unserer Verfügung. Im Augenblick sind wir noch überzeugt, daß Josh nicht aus der unmittelbaren Umgebung weggebracht wurde. Falls sich Hinweise ergeben, daß man ihn in einen anderen Staat verschleppt hat, dann wird selbstverständlich das FBI eingeschaltet. Inzwischen bin ich der Meinung, daß die beteiligten Dienststellen am besten dazu geeignet sind, diese Situation zu handhaben.«
»Ist es denn allgemein üblich, Achtjährige unbeaufsichtigt in der Eishalle zu lassen?«
»Gab es schon früher Fälle von Kinderschändung in Deer Lake?«
»Stimmt es, daß die Mutter des Jungen ihn einfach abzuholen vergessen hat?«
Mitch nahm sich mit wutentbranntem Gesicht den Reporter der *Pioneer Press* vor. »Nichts an dieser Geschichte ist *einfach*. Dr. Garrison hat versucht, in der Notaufnahme ein Leben zu retten. Sie hat *nicht einfach* ihren Sohn vergessen und sollte unter gar keinen Umständen für diese Entführung verantwortlich gemacht werden.«
»Was ist mit der Aussage des Vaters, der behauptet, die Eishallenverwaltung und der Hockeytrainer sollten verantwortlich gemacht werden?«
»Und was ist mit Ihnen, Chief Holt?« Paige erhob sich. »Halten Sie sich für verantwortlich?«
Er stellte sich mit unbewegter Miene ihrer Herausforderung. »In einer gewissen Weise, ja. Als Polizeichef bin ich letztlich für die Sicherheit der Bürger dieser Stadt verantwortlich.«
»Ist das strikt Ihre persönliche Auffassung, oder sind Ihre Gefühle von Schuld betroffen im Zusammenhang mit Ihrem persönlichen ...«
»*Miss* Price«, knurrte er mit zusammengebissenen Zähnen, »ich glaube, ich habe mich gestern abend unmißverständlich ausgedrückt: Dieser Fall sollte in keiner Weise mit einem anderen in Verbindung gebracht werden. Wir sind hier, um über Josh Kirkwood

zu reden und wegen der Bemühungen, Josh Kirkwood zu finden. Punktum.«

Megan beobachtete diesen Schlagabtausch, aber ihre Aufmerksamkeit konzentrierte sich auf Mitch. Die Luft um ihn schien vor Zorn zu vibrieren. Scheinbar hatte Paige Price einen Schlag unter der Gürtellinie gelandet. Megan redete sich ein, es wäre nur ihr Gerechtigkeitssinn, der da reagierte, nur die Loyalität, die sie gegenüber einem Kollegen empfand. Sie erhob sich, um ihn aus der Schußlinie zu bringen.

»Auch im Namen des BCA möchte ich besonders darauf hinweisen, was Chief Holt gesagt hat. Es ist von größter Wichtigkeit, daß wir uns hier auf Josh Kirkwood beschränken. Die Aufmerksamkeit Ihrer Leser, Zuhörer und Zuschauer sollte sich ausschließlich auf Josh Kirkwood konzentrieren. Er soll in den Herzen und Köpfen aller, die wir erreichen können, präsent sein. Wir möchten Sie vor allem bitten, sein Foto jedermann zugänglich zu machen. Für die Rundfunkleute liegen detaillierte Beschreibungen dessen, was er zuletzt getragen hat, aus. Falls es eine Chance gibt, daß er von jemandem gesehen wurde, müssen wir alle Hebel in Bewegung setzen, damit diese Leute Josh als Opfer einer Entführung erkennen.«

»Agent O'Malley, ist es wahr, daß Sie gestern Ihren ersten Arbeitstag in Ihrem neuen Job absolviert haben?«

Sie sah Henry Forster kühl an und verfluchte sich, weil sie diese Information gestern abend freiwillig Paige Price gegeben hatte. »Ich begreife nicht ganz, was das mit dem zu tun hat, was ich soeben sagte.«

Er machte keinerlei Anstalten, sich zu entschuldigen. »Das ist auch eine Nachricht.«

Eine Reihe von Köpfen nickte zustimmend. Paige konnte natürlich nicht zulassen, daß ein Rivale sie übertrumpfte und erhob sich erneut.

»Miss O'Malley, können Sie uns sagen, wie viele Frauen bei der BCA Posten als Field Agents innehaben?«

»*Agent* O'Malley«, korrigierte Megan sie streng. Genau das fehlte ihr wie ein Loch im Kopf – ein Miststück mit täglicher Sendezeit, das auf ihren Fall angesetzt war. Sie konnte sich gut vorstellen, was für verheerende Folgen das auf Bruce DePalmas Blutdruck haben würde. Sie holte langsam Luft und suchte nach einer diplomatischen Formulierung, sie solle sie am Arsch lecken.

»Das Bureau beschäftigt eine erhebliche Anzahl von Frauen.«

»Im Hauptquartier, als Bürokräfte. Aber wie steht es mit dem Außendienst?«

Mitch schob Megan weg vom Mikrofon. »Wenn keiner von Ihnen weitere Fragen hat, die sich auf die Entführung von Josh Kirkwood beziehen, beenden wir jetzt die Konferenz. Ich zweifle nicht an Ihrem Verständnis dafür, daß wir Wichtigeres zu tun haben. Hier wird ein Kind vermißt, und jede Sekunde, die wir vergeuden, kann von Bedeutung sein. Danke.«

Er schaltete das Mikro ab und wies Megan an, zu einer Seitentür zu gehen, durch die sie den Raum verlassen konnten, ohne in dem Schwarm von Reportern steckenzubleiben. Megan folgte ihm bereitwillig, sah aber noch, daß sowohl Steiger als auch der Bezirksstaatsanwalt zurückblieben, um noch ein bißchen Rampenlicht abzubekommen. Die Reporter stürzten nach vorne wegen weiterer Stellungnahmen, eines weiteren Schnäppchens. Page erwischte den Sheriff und kam dabei Forster zuvor. Ihre großen, verlogenen blauen Augen richteten sich mit einer Mischung von Interesse und Ehrfurcht auf Steiger, und der Sheriff pumpte wie ein balzender Frosch.

»Sie hat keine Zeit vergeudet und sich gleich den Trostpreis unter den Nagel gerissen«, ärgerte sich Megan, als Mitch ihr die Tür aufhielt.

»Lieber er als ich.«

»Sie sagen es.«

Beide seufzten erleichtert. Megan lehnte sich an die Wand und gönnte sich einen Augenblick des Friedens. Sie waren in die Garage geflüchtet, in der früher einmal die gesamte Flotte von Deer Lakes Feuerwehr untergebracht war, alle drei. Einer der Löschzüge stand noch da, eine Antiquität mit runden Kotflügeln. Aber den meisten Platz beanspruchten zwei Heuwagen, die als Umzugswagen geschmückt waren. Auf dem nächstgelegenen sprang eine gigantische Fiberglasforelle aus einer Pfütze blauen Fiberglaswassers. Maschendraht war um die Seiten der Wägen getackert und mit blauen und weißen Servietten dekorativ ausgestopft. Eine glitzernde Schrift hinten am Wagen lockte mit FANG DIR FREUDE bei den Forellentagen am 6., 7. und 8. Mai.

Das Werk des Deer-Lake-Forellenclubs schnitt kläglich ab im Vergleich zu den prachtvollen Kunstwerken, die für den Winterkarneval von St. Pauls gebaut wurden. Der Wagen war skurril und kitschig, und die Clubmitglieder, die ihn in ihrer Freizeit gestaltet hatten, waren wahrscheinlich ungeheuer stolz darauf. Der Gedanke traf Megan ganz unerwartet, traf eine empfindliche Stelle und erinnerte sie daran, wie unschuldig und naiv Kleinstädte waren. Und all das hatte eine brutale Tat zunichte gemacht.

Unwissenheit ist nicht Unschuld, sondern SÜNDE

Joshs Bild tauchte vor ihrem inneren Auge auf, und sie blinzelte es weg, bevor es ihre Konzentration auf ihre Aufgabe ins Wanken brachte.

»Steiger wird doch kein Problem sein, oder?« fragte sie mit einem Blick zu Mitch.

Er imitierte ihre Pose – Schultern an die Wand gelehnt, Arme verschränkt. Er sah erschöpft und gefährlich aus, trotz der Tatsache, daß er offensichtlich geduscht und sich rasiert hatte, bevor er hier auftauchte. Sein rauhes Gesicht war wie aus Stein gemeißelt, mit tiefen Furchen, verwittert und hart, musterte sie von der Seite.

»Wie meinen Sie das?«

»Diese Ich-bin-hier-der-General-Scheiße. Er wird sich doch nicht mit uns anlegen von wegen, wer wofür zuständig ist, oder? Bei einem Fall wie diesem brauchen wir keinen unberechenbaren Einzelkämpfer.«

Mitch schüttelte kurz den Kopf, holte ein Röhrchen Magentonikum aus seiner Hosentasche und nahm eine Tablette. »Russ ist okay. Er ist nur besorgt wegen seiner nächsten Wahl, mehr nicht. Sendezeit will er sich krallen, und dafür hat er meinen Segen. Ich danke Gott täglich, daß über meinen Job nicht in einer Wahlkabine entschieden wird.«

Aber ihn hatte der Stadtrat am Gängelband, und wahrscheinlich müßte er, noch ehe der Tag sich neigte, jedem einzelnen Mitglied Rede und Antwort stehen.

Er stützte sich auf die linke Schulter und sah Megan spöttisch an. »Ich dachte, Sie sind der unberechenbare Einzelkämpfer.«

Sie legte eine Hand aufs Herz und klapperte mit den Augendeckeln. »Wer, ich? Ganz bestimmt nicht. Ich mache nur meine Arbeit.«

Der Chief runzelte die Stirn. »Ja. Und ich hätte auf Sie hören sollen. Vielleicht, wenn ich so rasch vorgegangen wäre, wie Sie es wollten …«

»Fangen sie nicht an zu zweifeln«, befahl Megan und machte Anstalten, ihre Hand auf seinen Arm zu legen.

Die Geste war ganz uncharakteristisch für sie, und sie zog sie hastig zurück. Sie war nicht der Typ, der immer gleich Leute anfaßte. Und selbst wenn sie es einmal gewesen war, hatte ihr Job sie rasch davon kuriert. Sie durfte sich keine Gesten leisten, die man irgendwie falsch auslegen konnte. Das Image war das wichtigste für eine Frau in diesem Geschäft – ihr Vorteil, ihre Rüstung, ihr Anspruch auf Respekt. Trotzdem konnte sie Mitchs schuldbewußte Miene nicht einfach ignorieren. In Gedanken hörte sie Paige Price' honigsüße Stimme – *Sind Ihre Gefühle von Schuld betroffen im Zusammenhang mit Ihrem persönlichen ...* Was? fragte sie sich und wies alle inneren Zweifel in ihre Schranken. Sie durfte einfach nicht zulassen, daß ein anderer Cop Unsicherheit zeigte, mehr nicht. Wirklich.

»Wir waren schon zu spät dran, bevor wir etwas davon ahnten«, sagte sie. »Außerdem ist das Ihre Stadt. Sie kennen sie besser als ich. Und Sie haben entsprechend gehandelt, haben Ihr Bestes getan!«

Ihre Stimmen waren immer leiser geworden, bis sie nur noch flüsterten. Sie sahen einander in die Augen. Sie sah so ernst aus, felsenfest überzeugt von ihren Worten. Ihre grünen Augen strahlten, entschlossen, ihn aufzurichten. Mitch wollte lachen – kein humorvolles Lachen, sondern das zynische Lachen von einem Menschen, der die Ironien des Schicksals gründlich kannte. Megan hatte offensichtlich noch nicht genug gesehen, um abgeklärt zu sein, nicht oft genug versagt, um sich selbst zu mißtrauen. Sie glaubten natürlich, gut war gut und böse böse, ohne Grauzone dazwischen. Einst hatte er das auch geglaubt. Lebe nach den Regeln. Mach deine Arbeit richtig. Kämpfe den guten Kampf. Bleib immer auf dem rechten Weg, und ernte den Lohn eines rechtschaffenen Mannes.

Sein Mund verzog sich zu der traurigen Karikatur eines Lächelns. Einer der grausamen Scherze des Lebens – es gab keine Belohnungen, nur willkürliche Akte von Güte und Irrsinn. Eine Wahrheit, vor der er versucht hatte zu fliehen, aber sie hatte ihn hier eingeholt, in dieser Stadt hatte sie ihre Krallen ausgestreckt und bei Josh Kirkwood und seinen Eltern zugeschlagen.

Er berührte Megans Wange und wünschte, er könnte sich zu ihr beugen und sie küssen. Es wäre schön gewesen, etwas von dieser süßen Überzeugung zu kosten, zu glauben, er könnte sie in sich einsaugen und die alten Wunden heilen. Aber momentan hatte er das Gefühl, sie ohnehin schon zu sehr angesteckt zu haben, also gab er sich damit zufrieden, daß sich ihre Haut unter seinen Fingern erwärmte.

»Mein Bestes war nicht genug«, murmelte er. »Wieder einmal.«

Megan sah ihn erstaunt nach, als er wegging. Ihre Fingerspitzen strichen über ihr Gesicht, ihre Herz klopfte ein bißchen zu heftig. Nur eine aufmunternde Geste für einen Kollegen. Doch schon verrutschte der Mantel und entlarvte die Lügen als das, was sie waren. Irgendwann in diesem Augenblick hatten sich die Grenzen verwischt. Das war gefährlich für jemanden, der sich eine klare Sicht der Welt und seine Rolle darin bewahren mußte.

»Nur damit es nicht wieder passiert, O'Malley«, flüsterte sie und verdrängte ihren Mangel an Hoffnung, als sie auf die Tür zu ging.

Das Büro des verstorbenen Leo Kozlowski ähnelte Leo, so weit ein Raum überhaupt einem Menschen ähneln kann. Eckig, häßlich, ein Durcheinander von zerknülltem Papier und Kaffeeflecken und über allem der Gestank von Zigarren und ungelüfteten Kleidern.

»Heiliger Strohsack.« Megan tastete sich langsam ins Zimmer, mit gerümpfter Nase; der Zustand des Raums widerte sie an und vor allem der bösartig aussehende verstaubte Zander, der mit einer Zigarette zwischen den Zähnen an der Wand hing. Wahrscheinlich ein Denkmal für Leos Angelkünste und die Ausstopftalente von Rollie Metzler.

Natalies Gesicht verzerrte sich zu einer Grimasse des Ekels, als sie den Schlüssel aus dem Schloß zog. »Leo war ein Mordstyp«, sagte sie resigniert. »Keinen blassen Schimmer von Hauspflege, aber ein Mordstyp.«

Megan griff in eine vergessene Doughnut-Schachtel und holte einen heraus, der schon ganz versteinert war. Sie ließ ihn in einen Mülleimer fallen, wo er mit Getöse landete, wie eine Ladung Schrot in einer leeren Öltonne. »Gut, daß er nicht hier gestorben ist. Keiner hätte es gemerkt.«

»Ich wollte ja die Putzkolonne reinschicken, nachdem Leo von uns gegangen war«, sagte Natalie. »Aber wir sollten alles so lassen, bis der neue Agent seinen Vertrag erhalten hätte.«

»Hab ich ein Glück!«

Megan zog ein Messingnamensschild aus ihrer Aktentasche und stellte es vorne an ihren Schreibtisch, steckte ihr Territorium mit dem Geschenk ab, das sie sich selbst zur Feier ihres neuen Jobs gekauft hatte. Auf der Vorderseite war in kühnen Lettern ihr Name eingraviert: AGENT MEGAN O'MALLEY, BCA. Auf der Rückseite stand das Motto: TAKE NO SHIT, MAKE NO EXCUSES.

Natalie sah sich beide Seiten an. Ihr Lachen hätte jeder Sirene Ehre gemacht. »Sie könnten vielleicht die Richtige sein, *Agent O'Malley*.«

»Wenn ich nicht vorher an den Dämpfen hier eingehe«, schränkte Megan ein.
Sie begann den Unrat auf dem Schreibtisch zu sortieren, stapelte die Papiere zu wahllosen Haufen, warf Schokoverpackung und genug Styroporbecher, um ein Ozonloch von der Größe Iowas zu produzieren, in den Papierkorb, leerte zwei Aschenbecher voller Zigarrenstummel aus und ein halbgegessenes Slim Jim. Soeben hatte sie das Telefon ausgegraben, da klingelte es auch schon.
Natalie legte den Schlüssel auf einen freigelegten Quadratzentimeter an der Ecke des Schreibtischs und verließ den Raum, versprach aber noch, jemanden von der Hausverwaltung mit einem Müllcontainer und einer Dose Raumdeo vorbeizuschicken. Megan winkte ihren Dank und griff sich den Hörer.
»Agent O'Malley, BCA.«
»Die Tinte auf Ihren Beförderungspapieren ist noch nicht mal trokken, und ich hab schon ein halbes Dutzend Anrufe von Reportern, die sich nach Ihnen erkundigen.«
Als sie DePalmas Stimme hörte, schloß sie die Augen und verfluchte alle Reporter der Welt.
»Hier geht's um Entführung, Bruce«, sagte sie und ließ sich in einen rotzgrünen Schreibtischsessel fallen. Den Sitz hatte Leos dicker Hintern total durchgesessen, und er hing scharf nach links durch. Die Polsterung war an einigen Stellen glatt, an anderen voller Höcker und mit Flecken übersät, die Megan lieber nicht genauer untersuchen wollte. »Ich gebe mir größte Mühe, die Aufmerksamkeit der Reporter auf den Fall zu lenken und nicht auf mich.«
»Das sollten Sie verflucht noch mal auch. Der Superintendent möchte nicht, daß das Bureau ins Scheinwerferlicht gerät. Und schon gar nicht, daß Sie Schlagzeilen machen. Ist das klar?«
»Ja, Sir«, erwiderte sie resigniert. Das Gespenst ihrer Kopfschmerzen reckte wieder seinen häßlichen Hals. Sie rieb sich die Schläfen.
»Wie kommt denn die Suche voran?«
»Bis jetzt keine Ergebnisse. Wir beten um einen Hinweis. Ich denke, das Blatt mit der Nachricht wird uns nicht weiterbringen.«
»Harte Sache, so eine Kindsentführung«, knurrte DePalma. Es klang nicht nur nach professioneller Besorgnis, sondern auch nach persönlicher. DePalma besaß drei Söhne, von denen einer etwa in Joshs Alter war. Megan hatte oft das Familienfoto auf seinem Schreibtisch gesehen. Sie sahen alle aus wie Bruce, die armen Jungs, kleine Nixonmas-

ken auf schlaksigen Körpern in verschiedener Länge. »Ich hab am Fall Wetterling mitgearbeitet«, fuhr er fort. »Es war für alle Beteiligten sehr hart. Tun Sie Ihr Bestes, und immer schön den Kopf einziehen.«
Mitchs Worte hallten durch ihren Kopf, als sie den Hörer auflegte und in Leos Stuhlruine sank –, *mein Bestes war nicht genug ... wieder einmal.* Sie durfte sich nicht den Kopf darüber zerbrechen, was er mit *wieder einmal* gemeint hatte. Ihr kollektives Beste mußte gut genug sein für Josh.
Der Inhalt der Nachricht fiel ihr wieder ein. Sie fand eine leere Stelle auf der Schreibunterlage, zwischen den Tintenflecken und den Telefonnummern für Pizza-ins-Haus und schrieb die Worte mit Tinte auf:
Unwissenheit ist nicht Unschuld, sondern SÜNDE. Unwissenheit vorüber? Über wen? Das Zitat stammte von Robert Browning. War das von Bedeutung? Sie mischte in Gedanken Möglichkeiten wie Spielkarten, Unwissenheit, Unschuld, Sünde, Poesie, Literatur – Bücher. Sie blieb bei dieser Karte, als plötzlich eine Erinnerung kam, aus der sich in Windeseile ein Dutzend anderer Fragen abzweigten.
Sie packte das Telefon und drückte die Nummer des BCA-Archivs, dann klemmte sie sich den Hörer zwischen Ohr und Schulter, kramte die Liste bekannter Straftäter aus ihrer Tasche und überflog sie.
»Archiv. Annette am Apparat. Was kann ich für Sie tun?«
»Annette, Megan O'Malley. Würdest du einen für mich durchlaufen lassen, am liebsten schon gestern?«
»Für unsere Heldin auf Eroberungskurs mach ich doch alles. Wie heißt das schmierige Schwein?«
»Swain. Olie Swain.«

Der Morgen bestand aus einem endlosen Sperrfeuer von Anrufen und improvisierten Terminen. Wie erwartet, wurde Mitch von den Mitgliedern des Stadtrats und Don Gillen, dem Bürgermeister, in seinem Büro heimgesucht. Alle brachten ihr Entsetzen, ihre Empörung und ihr blindes Vertrauen auf Mitchs Fähigkeiten als Chef der Polizei zum Ausdruck und zählten darauf, daß er alles in Ordnung bringen würde. Nachdem das Snowdaze bereits am nächsten Tag beginnen sollte, gab es viele Diskussionen darüber, ob das Festival abgesagt oder abgehalten werden sollte. Einerseits schien es makaber, jetzt ein Festival zu inszenieren, andererseits mußte man auch wirtschaftliche Gesichtspunkte in Betracht ziehen, mußte Rücksicht nehmen auf die High School Bands, die per Bus nach Deer Lake kommen wollten, und auf die Touristen, die bereits alle Hotels und Pensionen voll ausgebucht hatten. Wenn sie das Festival abbliesen, wäre das eine Kapitulation gegenüber der Gewalt? Wenn sie es durchzögen, wäre es möglich, das Festival in den Dienst des Falles zu stellen, neue Freiwillige zu versammeln und um Anteilnahme sowie Spenden zu werben?

Nach zwanzig Minuten mit dem Bürgermeister klinkte sich Mitch aus diesen Entscheidungen aus. Don war ein guter Mann, tüchtig, bedächtig. Mitch konnte seine Probleme verstehen, machte ihm aber klar, daß er seine Zeit für den Fall brauchte.

Abgesehen von Joshs Verschwinden gab es noch tägliche Pflichten, die nicht einfach ignoriert werden konnten – ein Rundgang durchs Gefängnis, Tagebücher überprüfen, Papierkram, der erledigt werden mußte, die laufende Untersuchung einer Einbruchserie, ein Bulletin des regionalen Rauschgiftdezernats, ein Anruf von der Verwaltung des Harris College wegen eines Kriminologiekurses, bei dem Mitch in diesem Semester Vorlesungen halten sollte. Die üblichen Aufgaben des Polizeichefs einer Kleinstadt. Aber heute kam ihm jede vor wie ein Stein einer Lawine, die auf ihn herunterprasselte.

Natalie stürmte im Büro aus und ein und nahm ihm so viel Kleinkram ab, wie sie konnte. Er hörte, daß ihr Telefon praktisch ununterbrochen läutete und war dankbar, daß sie ihm nur die allerdringendsten Anrufe durchstellte. Um zwölf Uhr fünfzehn brachte sie ihm eine Tüte mit Essen vom Subway. Um vierzehn Uhr fünfzehn beschimpfte sie ihn, weil er sie nicht einmal geöffnet hatte.

»Du glaubst wohl, die Kalorien springen aus der Tüte und werden durch die Luft von deinem Körper aufgefangen?« Sie schlug mit dem Bleistift an die Tüte. »Du und Troy, ihr solltet euch zusammentun. Er glaubt, wenn er mit seinem Algebrabuch zusammen in einem Raum ist, wird er zum mathematischen Genie. Ihr könntet einen Club gründen – die Magierbande.«

»Tut mir leid, Nat.« Mitch rieb sich die Augen. Er ging gerade die Berichte der letzten sechs Monate durch über Spanner und Herumtreiber, auf der Suche nach irgendeinem Zusammenhang mit Hannah oder Paul oder Josh oder Kindern im allgemeinen. »Ich hab einfach keine Zeit gehabt.«

»Dann wirst du sie dir jetzt nehmen«, befahl sie. »Mit leerem Tank kannst du diesen Tag nicht durchstehen.«

»Ja, Mutter.«

»Und gib *Agent O'Malley* ein paar von den Fritten ab«, sagte sie und

öffnete die Tür. Megan wartete draußen. »Sie sieht aus, als ob ein halbwegs kräftiger Windstoß sie bis Wisconsin blasen würde.«
»Ich hab mein eigenes Essen mitgebracht«, sagte Megan und hielt eine Banane hoch.
Natalie rollte die Augen. »Eine ganze Banane? Wie wollen Sie denn damit fertig werden?«
»Reine Glücksache, wenn ich dazu komme, sie zu schälen«, sie ließ sich in den Besucherstuhl fallen, warf einen Stapel Computerausdrucke auf den Schreibtisch und plazierte die Banane oben drauf.
»Ein bißchen netter Lesestoff?« fragte Mitch und holte ein Truthahnsandwich aus der Subway-Tüte. Er nahm einen kräftigen Bissen und begann aggressiv zu kauen, den Blick auf Megan gerichtet.
Ihr Blick heftete sich auf seinen Mund, und eine seltsame Wärme durchströmte sie, was sie ihrem dicken Pullover zuschrieb. Er aß, als wolle er keine Kalorien aufs Kauen verschwenden, schlang das Sandwich mit riesigen Bissen hinunter. Ein kleines Komma Mayonnaise verzierte sein Kinn und deckte seine Narbe zu. Er wischte es ungeduldig weg und leckte es von seinem Daumen ab, was ihren Puls ganz unnötig beschleunigte.
Angewidert riß sie sich von dem Anblick los und sah sich im Büro um. Ein sauberer, ordentlicher Raum, ohne ausgestopfte Fische und Bowling-Trophäen. Noch erstaunlicher war, daß es keine Ego-Wand voller Zertifikate und Belobigungen gab. Ein Cop von Mitchs Statur, der schon so lange dabei war, hätte sicher inzwischen eine Kiste voll vorzuweisen. Aber die einzigen Bilder waren Fotos von einem kleinen dunkelhaarigen Mädchen und einem großen gelben Hund mit einem Rollschuh im Maul.
»Informant an O'Malley«, schmatzte er. »Was soll das bedeuten?«
»Die bekannten Straftäter«, erwiderte sie, nachdem sie ihr Gehirn energisch wieder in Gang gesetzt hatte. »Ich habe versucht, sie mit Berichten von kürzlichen Vorfällen in der Nachbarschaft und DMV-Daten zu vergleichen, bei denen ein Wagen in der Nachbarschaft gesichtet wurde oder beteiligt war – in der Hoffnung auf etwaige Zusammenhänge. Die Möglichkeiten einengen, und dann, wenn wir einen Durchbruch erzielen ...«
»Irgendwas gefunden?«
»Noch nicht. Ich hab auch unsere Datenbank angerufen und Ihren Olie Swain überprüfen lassen – zumindest wollte ich es. Sie haben nichts über ihn, nicht mal einen Strafzettel.«

Mitch nahm noch einen Bissen von seinem Sandwich und schlang ihn hinunter. »Olie? Der ist harmlos.«
»Sie kennen ihn so gut?« fragte sie.
»Nein, aber er ist schon länger hier als ich, und wir hatten noch nie eine ernsthafte Beschwerde über ihn.« Er spülte den Truthahn mit warmer, abgestandener Cola hinunter und schnitt eine Grimasse.
Megan richtete sich im Stuhl auf. »Soll das heißen, Sie hatten überhaupt Beschwerden?«
Er hob die Schultern. »Eine von den Hockeymamas hat sich aufgeregt, weil er immer bei den Kindern auf der Eisbahn rumhängt, aber es war nichts dahinter. Ich meine, verflucht noch mal, das ist sein Job im Stadion. »Was soll er denn machen – sich den ganzen Tag in seinem Kabuff verstecken?«
»Hat sie irgendeine spezifische Anschuldigung vorgebracht?«
»Das Olie ihr unheimlich ist.«
»Man stelle sich vor!«
»Dasselbe hat sie über den Anführer der Pfadfinder gesagt. Sie hat mir gesagt, ich sollte einen verdeckten Ermittler in St. Elysius einschleusen, weil jeder weiß, daß alle Priester homosexuelle Pädophile sind, hat den Klassenlehrer ihres Sohnes in der zweiten Klasse bezichtigt, den Verstand der Kinder zu unterminieren, indem er ihnen Shell Silversteins Bücher laut im Unterricht vorlas und die Illustrationen zeigte – die, wie jeder Christenmensch weiß, voller schmutziger phallischer Symbole wären.«
»Oh.« Sie ließ sich erbost in ihren Stuhl zurückfallen.
»Genau. Die Kinder haben sich nie über Olie beschwert. Wie sind Sie denn auf ihn gekommen?«
»Er war mir auch unheimlich«, sagte sie verlegen, fixierte wütend ihre Banane und schälte sie. Sie nahm einen Bissen und kaute ihn langsam, um sich zu fassen. Olie Swain war ihr immer noch unheimlich. Unglücklicherweise genügte das nicht, jemanden zu verhaften und seine Fingerabdrücke zu nehmen. »Gestern abend schien er uns auszuweichen. Er war nervös. Ich habe den Eindruck, er mag keine Cops.«
»Olie ist immer nervös und weicht aus. Teil seines Charmes.« Mitch vollzog selbst ein paar Ausweichmanöver, wie Papiere hin- und herschieben, um nicht mit ansehen zu müssen, wie ihr Mund sich um die Banane schloß. »Außerdem habe ich ihn damals überprüfen lassen, als Mrs. Favre sich beschwert hat. Olie putzt sich immer brav die Ohren.«

»Wenn auch sonst keinen anderen Teil seiner Anatomie.« Megan rümpfte die Nase bei dem Gedanken an seinen üblen Körpergeruch. »Sie glauben, er hat nichts mit Joshs Verschwinden zu tun?«
»Er hätte gar nicht den Mumm, ein Kind zu stehlen und mir dann in die Augen zu sehen und zu behaupten, daß er nichts darüber wüßte.«
»Er hat Ihnen in die Augen gesehen? Mit dem echten oder dem falschen Auge?«
Er schüttelte den Kopf und beugte sich vor, um den Knopf seiner summenden Gegensprechanlage zu drücken. »Ja?«
»Christopher Priest für Sie, Chief«, verkündete Natalie. »Sagt, er könnte vielleicht bei den Ermittlungen helfen.«
»Schicken Sie ihn rein.«
Mitch kippte den Rest seines Essens in den Mülleimer, wischte sich die Hände mit einer Serviette ab und stand auf. Megan erhob sich ebenfalls und warf den Rest ihrer Banane weg. Adrenalin schoß durch ihren Körper bei dem Gedanken, daß es vielleicht eine Spur geben könnte.
Der Mann, der ins Büro kam, sah nicht gerade aus, als könnte er irgend jemanden retten. Er war klein, schmächtig und versank fast in einer blauweißen Studentenjacke des Harris College. Selbst mit der Jacke konnte ihn keiner für einen Sportsmann halten. Höchstens eine Wagenladung Steroide hätte den Professor zu etwas anderem als einem Computerzwerg machen können. Christopher Priest sah blaß und zerbrechlich aus, wie ein Mann, dessen gefährlichster Sport Schach war. Megan schätzte ihn auf Ende dreißig, ein Meter siebzig, mit bräunlichen Haaren, schmutzigbraunen Augen hinter einer Brille, die für sein Gesicht viel zu groß war. Unscheinbar.
»Professor«, Mitch begrüßte ihn. »Das ist Agent O'Malley vom BCA. Agent O'Malley, Christopher Priest, Leiter der Fakultät für Computerwissenschaften am Harris College.«
Sie schüttelten sich die Hände – Megans stark und fest, eine Hand, die eine Glock-9-mm-Halbautomatik ohne zu zittern halten konnte, Priests ein dünner, faltbarer Sack aus Haut und Knochen, völlig ohne Widerstand. Es kostete sie einige Mühe, nicht hinzuschauen und nachzuprüfen, ob sie ihn zerquetscht hatte. »Ihr Name kommt mir bekannt vor«, sagte sie und überlegte fieberhaft, in welcher Kartei er ihr begegnet war. »Sie arbeiten mit jugendlichen Straftätern, richtig?«
Priest lächelte, eine Mischung aus Schüchternheit und Stolz. »Meine Eintrittskarte in die Ruhmeshalle – Die Sci-Fi-Cowboys.«
»Das ist ein tolles Programm.« Mitch bot Priest den freien Stuhl an

und ging wieder hinter seinen Schreibtisch. »Sie sollten stolz darauf sein. Die Kinder vom falschen Weg abbringen und ihnen die Chance auf eine Ausbildung und eine Zukunft zu geben, ist mehr als lobenswert.«

»Ich danke Ihnen, aber das ist nicht allein mein Verdienst. Phil Pickard und Garrett Wright opfern auch viel Zeit für die Jugendlichen.« Er machte es sich im Stuhl bequem, und seine übergroße Jacke rutschte bis zu den Ohrläppchen hoch, so daß er aussah wie eine Cartoonschildkröte, die gerade ihren Kopf in den Panzer ziehen wollte. »Ich hab von Josh Kirkwood gehört. Hannah und Paul tun mir so entsetzlich leid.«

»Kennen Sie ihn?« fragte Megan.

»Wir sind mehr oder weniger Nachbarn. Ihr Haus ist das letzte am Lakeshore Drive. Meins liegt sozusagen hinter ihrem, etwa eine Meile oder so Richtung Norden, auf der anderen Seite vom Quarry Hills Park. Natürlich kenne ich Hannah. Jeder in der Stadt kennt sie. Wir sind beide in mehreren Wohltätigkeitskomitees. Gibt es schon irgendwelche Neuigkeiten?«

Mitch schüttelte den Kopf. »Sie dachten, Sie könnten helfen – wie denn?«

»Ich habe gehört, daß Sie einen Kommandoposten eingerichtet haben. Dort laufen die Informationen zusammen und werden abgeklärt, richtig?«

»Ja.«

»Also. Ich habe damals alle Zeitungsbericht über die Entführung des Mädchens in Inver Grove Heights gelesen. Die Polizei hat davon gesprochen, was für Massen von Informationen sie zu bewältigen hatten und wie problematisch das wäre. Dinge wurden übersehen, einige Arbeitsgänge aus Mangel an Kommunikation mehrmals wiederholt, und es wäre so zeitaufreibend, Vergleiche anzustellen.«

»Dazu ein Amen«, sagte Megan und wedelte mit ihrem Stapel Computerausdrucken von Straftäterlisten.

»Ich würde Ihnen gerne eine Lösung für dieses Problem anbieten«, sagte Priest. »Meiner Fakultät stehen reichlich PCs zur Verfügung. Momentan sind Winterferien, also habe ich nur wenige Studenten auf Abruf; aber ich kenne die, die noch in der Stadt sind und sehr gerne mitmachten. Wir können alles, was Sie wollen, in unsere Computer eingeben, Ihnen die Möglichkeit verschaffen, spezifische Informationen abzurufen, zu vergleichen, was immer Sie brauchen. Wir können auch Joshs Foto über Scanner speichern und es über elektronische Schwarze Bretter quer durch die Vereinigten Staaten und Kanada schicken. Es wäre eine gute Übung für meine Studenten und würde euch einen Haufen Kopfweh ersparen.«

Mitch lehnte sich zurück und drehte nachdenklich seinen Stuhl hin und her. Eins der Dinge, die ihm hier in der Kleinstadt am meisten fehlten, war der technische Apparat. Die Stadtväter von Deer Lake hatten zwar eingesehen, daß ein Neubau für Gefängnis und Polizeirevier fällig war, aber sie vermochten nicht zu begreifen, daß eine moderne Computerausrüstung unerläßlich war. Im Augenblick hatte die Polizei ein halbes Dutzend PCs aus der Steinzeit, Natalie arbeitete mit eigenem Laptop.

»Ich weiß nicht«, er kratzte sich am Kopf. »Die Studenten müßten in vertrauliche Informationen eingeweiht werden. Sie sind nicht zur Geheimhaltung verpflichtet, ist problematisch.«

»Könnten Sie sie nicht zu Deputies machen oder so was?« fragte Priest.

»Vielleicht. Ich werde das mit dem Bezirksstaatsanwalt besprechen und melde mich dann bei Ihnen.«

Der Professor nickte und stand auf. »Rufen Sie mich einfach an. Die Geräte zu transportieren ist kein Problem, wir haben einen Van zur Verfügung. In kürzester Zeit hätten wir alles aufgestellt.«

»Danke.«

Sie schüttelten sich wieder die Hände, und Priest ging zur Tür. Er blieb kurz mit der Hand am Türknopf stehen und wiegte traurig den Kopf. »Eine traurige Woche ist das. Josh Kirkwood entführt, und jetzt bin ich auf dem Weg ins Krankenhaus, um einen Studenten zu besuchen, der in diesem schrecklichen Unfall gestern verwickelt war. Meine Mutter behauptete stets, Böses ereigne sich im Dreierzyklus. Hoffen wir, daß sie sich irrt.«

»Oh, bitte.« Mitch seufzte, als der Professor die Tür hinter sich zumachte.

»Es wäre toll, wenn wir diese Computer hätten«, sagte Megan nachdenklich. »Und noch besser wäre es, wenn wir ein oder zwei Spuren hätten, die wir verfolgen könnten.«

»Ja, ich hab den ganzen Tag nichts als faule Ausreden gehört«, schimpfte Mitch. »Ich wünschte, ich wäre selbst da draußen. Hier rumzuhocken ist wie Altern im Zeitraffer.«

»Dann gehen wir doch einfach los«, schlug Megan vor. Und kaum hatte sie die Worte ausgesprochen, hätte sie sich am liebsten die Zunge abgebissen. Es gab reichlich Arbeit im Büro, und es war absolut sinnlos, sich einen Mann zum Partner zu nehmen, der sie schon ablenkte, wenn er unbekümmert ein Sandwich aß.

»Ich meine, ich dachte, ich geh mal rüber zum Kommandoposten und schließ mich für ein paar Stunden einem der Suchteams an«, zog sie sich geschickt aus der Affäre. »Das könnten Sie auch machen. Nicht unbedingt *mit* mir. Ehrlich gesagt wär es wahrscheinlich besser, wenn wir uns aufteilen würden.«

Mitch beobachtete, wie ihr die Röte ins Gesicht schoß. Sein Sinn für Humor stand zwar auf Sparflamme, aber seine Mundwinkel verzogen sich doch nach oben. Es war eine Erleichterung, zumindest vorübergehend an etwas anderes als an den Fall zu denken. Und daß Agent O'Malley, so kühl und unnahbar, errötete, war eine willkommene Abwechslung.

Er stand auf, steckte die Hände in die Hosentaschen, ging um seine Schreibtisch herum und nagelte Megan mit seinem Blick in ihrem Stuhl fest. »Sie werden rot, Agent O'Malley!«

»Nein, ich bin nur heiß.« Der Versprecher ließ sie innerlich zusammenzucken. »Es ist warm hier drin.«

Er pirschte sich etwas näher heran. »Sie sind heiß?«

Er sah ihr in die Augen, wie ein Raubtier auf dem Sprung. Jetzt wäre wohl der richtige Zeitpunkt, eine boshafte Bemerkung loszulassen und ihren Hintern aus der Schußlinie zu bringen, aber ihr Mund klebte zusammen, wollte keinen Ton herauslassen. Sie machte Anstalten aufzustehen, war aber nicht schnell genug. Er hatte ihre Gedanken gelesen und beugte sich über sie, seine großen Hände packten die Stuhllehne, und sie fuhr erschrocken zurück.

»Was macht Sie denn heiß?« flüsterte er. Vergessen war der Schwur, sie nicht zu begehren. Diese kleine Woge der Erregung gefiel ihm. Mit einem Mal fühlte er sich lebendig, nicht mehr erschöpft, er verspürte Vorfreude, nicht Angst. »Haben Sie Angst davor, mit mir im selben Auto zu fahren?«

»Ich habe keine Angst vor Ihnen«, flüsterte Megan unter Aufbietung ihres gesamten Stolzes. Diese unterschwellige Begierde, die ihre Beziehung wie Rauch umnebelte, war gefährlich. Flüchtig, nicht greifbar verwischte sie Grenzen, änderte Erwartungen. Sie traute diesem Gefühl nicht und traute sich selbst nicht, wenn es sie wie eine brodelnde Flut überkam. »Ich fürchte mich vor gar nichts.«

Mitch beobachtete, wie ihre dunkelgrünen Augen hart und entschlossen wurden. Sie würde seine Annäherungsversuche nur bis zu einem gewissen Grad ertragen, und dann würde sie anfangen ihn zurückzustoßen. Ist auch besser so, besser für uns beide! Falscher Ort, falsche Zeit, die falschen Leute. Sie mußte irgendeinen Komplex haben, na schön.

»Lügen Sie sich nicht in die Tasche«, er breitete die Arme aus, als die alte Müdigkeit wieder über ihn hereinbrach und den Funken löschte. »Wir haben alle Angst vor irgend etwas.«

Kapitel 10

TAG 2
17 Uhr 16, –8 Grad

Während der langen Stunden des Tages lernte Hannah eine ganz neue Art von Verständnis für die Familienmitglieder kennen, die im Besucherzimmer des Krankenhauses warteten, während einer ihrer Lieben operiert wurde. Zu Hause konnte sie nichts tun als warten und beten, hatte keine Kontrolle, konnte an nichts teilnehmen. Ihre Energie sich abzulenken war völlig blockiert. Sie lauschte dem unheimlichen Geknatter der Hubschrauberrotoren, die langsam über die Stadt hin- und herflogen. Riesige Geier, die über den Dächern schwebten und mit elektronischen Augen nach irgendeiner Spur suchten von ihrem Sohn ... oder seiner Leiche.

Ihr Haus platzte aus allen Nähten vor Eindringlingen. Fremde vom BCA, die ihr Telefon anstarrten, als warteten sie auf eine Vision. Freunde aus der Nachbarschaft und aus der ganzen Stadt, die *sie* beobachteten, als hätten sie ihr Geld darauf verwettet, wann genau ihre Nerven mit ihr durchgingen. Sie lösten sich turnusmäßig ab, eine Person war immer in ihrer Nähe, nahm ihr alles ab, verwehrte ihr sogar den kleinen Trost, Lily zu versorgen, während eine andere ihre Wäsche machte oder Seifenränder aus der Badewanne schrubbte. Etwa jede Stunde tauschten sie die Aufgaben, und Hannah erwischte sich bei der Frage, welche wohl als die unangenehmste galt.

Was *sie* am meisten haßte, wußte sie. Sie hätte lieber Kalk von ihren Kacheln geschrubbt, als mit Beobachter Nummer zwei im Wohnzimmer zu sitzen, ein weiterer Beweis ihrer Verzweiflung.

Paul hätte bereitwilligst bezeugt, daß sie keinerlei Beziehung zu Hausarbeit hatte. Sie schaffte das Notwendigste, hatte aber keine Freude daran. Das waren alles nur Arbeiten, die sofort wieder anfielen, kaum daß sie damit fertig war, stahlen ihr die Zeit für ihre Kinder. Jede Sekunde verfluchte sie, die sie mit Teppichsaugen verbracht hatte, anstatt mit Josh zu spielen. Sie verfluchte Paul, weil er ihr die Schuldgefühle aufgehalst hatte, dank derer sie diese undankbaren Arbeiten weiterverrichtete. Wenn Paul und seine ständigen Sticheleien über ihren mangelnden Putzeifer nicht gewesen wären, hätte sie längst jemanden engagiert, der saubermachte, die Wäsche wusch und einmal die Woche Plätzchen backte.

Das Haus seiner Mutter hatte immer nach Zitronenöl und Wachs vom Möbelpolieren gerochen. Seine Mutter produzierte jeden Samstag Brot, süße Brötchen und Plätzchen. Hannah hatte ihn einmal darauf hingewiesen, daß er seine Mutter haßte, sie nie besuchte, das Gegenteil seiner Mutter geheiratet hatte und deshalb auch kein Recht hätte, sich zu beklagen.

»*Wenigstens wußte ich, daß sie meine Mutter war. Zumindest wußte mein Vater, daß sie eine Frau war ...*«

»*Du würdest auch wissen, daß ich eine Frau bin, wenn ich nicht so erschöpft davon wäre, dieses Haus auf deinem gehobenen Standard zu halten ...*«

»*Das Haus? Du bist doch nie in dem elenden Haus hier. Du bist Tag und Nacht in der Klinik ...*«

»*Zufällig bin ich der Meinung, daß Leben retten ein bißchen wichtiger ist, als abzustauben und Kuchen zu backen!*«

Es war ein Wunder, daß sie sich so genau an diese wütenden Worte erinnern konnte; in letzter Zeit hatte es so viele davon gegeben.

Sie erhob sich stöhnend und ging zum großen Panoramafenster des Wohnzimmers, von dem aus man den See betrachten konnte. Ein krummer Arm aus Eis. Deer Lake war sieben Meilen lang und eine Meile breit mit einem Dutzend kleiner Seitenarme, die sich in die bewaldeten Ufer fortsetzten. Normalerweise gab ihr die Aussicht ein Gefühl von Frieden. Heute steigerte sie ihre Unruhe und Verlassenheit.

Autos klebten waghalsig an den verschneiten Banketten des Lakeshore Drive. Reporter kampierten dort wie Hyänen, die auf frischgeschlagene Beute eines Löwen lauerten. Warteten auf irgendeinen Brosamen Neuigkeit. Warteten, daß sie auftauchte, damit sie sich auf sie stürzen und sie mit ihren Fragen zerfleischen könnten. Ein grünweißer Streifenwagen parkte in der Einfahrt, ein Wächter, den Mitch geschickt hatte. Gott segne ihn. Eine Meile nördlich sprossen Eisfischhütten wie bunte Pilze aus dem öffentlichen Zugangsbereich zum See. Heute war keiner zum Fischen gekommen. Das bißchen Licht, das der Tag zu bieten hatte, wurde rasch schwächer. Lampen gingen in den Häusern an, die das Ufer säumten. Die Schule war aus. Jetzt sollten da draußen auf dem Eis Kinder sein, dort am Ende des Sees, wo man das Eis zum Schlittschuhlaufen geräumt hatte. Heute abend waren keine Kinder da. Wegen Josh.

Wegen mir.

Die Folgen breiteten sich wellenartig aus und berührten den Alltag von Menschen, die sie nicht einmal kannte. Eine scheinbar so unbedeutende Sache, eine Sekunde Unachtsamkeit, ein verzeihlicher Lapsus. Aber keiner würde ihr verzeihen, und sie war zu dieser Strafe verurteilt – untätig dazustehen, während ihre Nachbarn das Haus in Ordnung hielten und ein Polizist romanlesend in ihrer Küche saß.

»Die Warterei ist das schlimmste.«

Hannah drehte sich um und schaute ratlos die Frau vom Verein Vermißte Kinder an. Noch eine von diesen unerwünschten Begleitern. Sie wußte nicht, was schlimmer war – das Mitleid der Freunde oder das der Fremden. Sie haßte das Getue dieser Frau: Ich war da, wo Sie jetzt sind, und es hat mich zu einem besseren Menschen gemacht. Die Frau stand neben ihr, der Inbegriff von wohlhabendem Vorortspießertum, in einem Strickensemble in Jagdgrün und Rost, mit Messingaccessoires beladen und schulterlangen, tiefroten Haaren.

»Ich hab das vor zwei Jahren durchgemacht«, vertraute ihr die Frau an. »Mein Exmann hat unseren Sohn gestohlen.«

»Hatten Sie Angst um sein Leben?« fragte Hannah brutal.

Die Frau runzelte die Stirn. »Ja, also, nein, aber ...«

»Tut mir leid, aber dann haben Sie keine Ahnung, was ich fühle.«

Hannah ignorierte den schockierten Gesichtsausdruck der Frau und ging an ihr vorbei in die Küche.

»Es war trotzdem ein Trauma!« rief die Frau empört.

Der Polizist hob den Kopf von seiner Lektüre. Er sah aus, als wolle er nichts mit dieser Szene zu tun haben. Hannah konnte es ihm nicht verdenken.

»Ich brauch ein bißchen frische Luft«, sagte sie, »bin vor der Tür, falls das Telefon klingelt.«

Im Wirtschaftsraum zog sie sich den alten, schwarzen Parka an, den Paul für Drecksarbeiten am Wochenende benutzte. Sie nahm sich ein paar Fäustlinge aus dem Regal und stellte sich vor, was für ein Hickhack es geben würde, wenn er jetzt nach Hause kam und sie dabei erwischte, daß sie seinen Mantel trug.

»*Du hast doch eigene Sachen.*«

»*Was macht das für einen Unterschied? Du brauchst ihn jetzt ja nicht.*«

Sie würde sich nicht die Mühe machen, ihm zu erklären, daß sie sich irgendwie geschützter, sicherer, geliebter fühlt, wenn sie etwas von ihm anhatte. Es ergab keinen Sinn – für Paul ganz sicher nicht –, daß ein Kleidungsstück von ihm ihr mehr Trost spendete als er selbst. Nie würde sie ihm begreiflich machen können, daß die Kleidungsstücke die Erinnerung an das waren, was sie einmal geteilt hatten, wer sie einmal gewesen waren. Die Sachen bedeuteten für sie die Leichentücher der Vergangenheit, und sie wickelte sich in sie und litt für das, was in ihrer Ehe gestorben war.

Beim Öffnen der Garage keuchte sie vor Schreck. Die dunkle Gestalt eines Mannes stand auf der Schwelle, mit erhobener Faust.

»Hannah!«

»O mein Gott! Pater Tom! Sie haben mir vielleicht einen Schreck eingejagt!«

Der Priester lächelte betreten. Er war jung – Mitte Dreißig – groß, athletisch gebaut. Ihre Krankenschwester und Freundin aus der Notaufnahme, Kathleen Casey, zog ihn ständig damit auf, daß es von einem so gutaussehenden Mann einfach eine Frechheit wäre, sich aus dem Junggesellenangebot zurückzuziehen – ein Witz, bei dem Tom McCoy stets zu erröten pflegte. Hannah fand nicht, daß er gut aussah. Pater Tom war *gütig*. Er hatte ein starkes, gütiges Gesicht und gütige blaue Augen. Augen voller Verständnis und Mitgefühl und Erbarmen, hinter einer runden Nickelbrille.

Er war seit zwei Jahren der Pfarrer von St. Elysius und ungeheuer beliebt bei den jüngeren Mitgliedern der Pfarrgemeinde. Den Konservativen kam er etwas zu unkonventionell vor. Albert Fletcher, der Diakon von St. Elysius, war ein vokaler Gegner ›dieses New-Age-Katholizismus‹, aber Albert war auch gegen Frauen in Hosen und äußerte oft Anspielungen auf den Antichrist, was das Zweite Vatikanische Konzil anbelangte. Paul verhöhnte Pater Toms improvisierte Predigten als Salonnummern, aber Hannah fand sie erfrischend und lehrreich. Tom McCoy war ein gescheiter, redegewandter Mann mit einem Abschluß in Philosophie am Notre-Dame-College und einem Herzen so groß wie seine Heimat Montana. An einem so schwarzen Tag wie diesem hätte sie sich keinen besseren Freund wünschen können.

»Ich dachte, es wäre besser, wenn ich auf diesem Weg reinkomme.« In seiner herzlichen Stimme schwang immer noch ein Unterton von Cowboy mit. »Eine Menge Leute bewachen Ihre Vordertür.«

»Ja, heute ist Alle-Augen-auf-Hannah-Garrison-Tag«, sagte sie beklommen. »Ich wollte nur für ein paar Minuten flüchten.«

»Soll ich lieber gehen?« Er wich zurück in die Garage, um ihr die Entscheidung zu überlassen. »Wenn Sie lieber allein sein wollen …«

»Nein. Nein, gehn Sie nicht.« Hannah trat hinaus auf die Terrasse und lauschte dem Schleifen der Sturmtür, die sich hinter ihr schloß. »Allein will ich auch nicht sein.«

Allmählich gewöhnten sich ihre Augen an das blasse, graue Licht, und ihr Blick wanderte durch die höhlenartige Garage bis zu Joshs Rad. Es hing an der Wand. Verlassen. Vergessen. Es war wie ein neuerlicher Faustschlag in den Magen. Den ganzen Tag lang hatte sie es geschafft, sich mit einem Kokon von Starre zu schützen, während die Zuschauer und die Anteilnehmer und Mitfühlenden kamen und gingen. Aber der Anblick des Rades riß ein Loch in die Abwehr, ein Loch in ihr Herz, und heraus floß der Schmerz.

»Ich will nur meinen Sohn zurück.«

Sie sank auf die kalte Betontreppe, ihre Knie versagten ihr den Dienst, ihre Kraft entwich. Sie wäre fast auf den Boden gestürzt, aber Vater Tom verhinderte es. Er fing sie gerade noch auf, legte einen Arm um ihre Schulter und hielt sie sanft fest. Sie bohrte ihr Gesicht in seine Schulter und weinte, die Tränen durchtränkten seinen schweren Wollmantel.

»Ich will ihn wiederhaben … Warum kann ich ihn nicht wiederhaben? Warum mußte das passieren? Er ist doch nur ein kleiner Junge. Wie kann so etwas geschehen? Wie kann Gott das zulassen?«

Tom sagte nichts. Er ließ Hannah weinen, ließ sie bohren und aufbegehren. Bestimmt erwartet sie nicht wirklich Antworten, und das war auch besser so, weil er keine hatte. Wie oft würden diese Fragen einer höheren Macht entgegengeschleudert, und ihm klingelten förmlich die Ohren von der Vergeblichkeit. Er kannte keinen besseren Menschen als Hannah. So offen, so liebevoll, so voller Zuneigung für ihre Kinder und so hilfsbereit. Es gab keine bessere Seele als die ihre. In einer gerechten Welt würden Menschen wie Hannah oder unschuldigen Kindern wie Josh so etwas Böses nicht widerfahren. Aber die Welt war nicht gerecht, in ihr herrschten Härte und Grausamkeit. Eine Wahrheit ließ ihn immer wieder Gott in Frage stellen. *Da die Welt ungerecht ist, ist also Gott ein ungerechter Gott?* Die Schuldgefühle, die diese Frage begleiteten, drückten wie ein eisiger Mühlstein auf sein Gemüt. Zweifel war das Kreuz, das er zu tragen hatte.

Er konnte Hannah keine Antworten geben, nur Trost, konnte ihren Schmerz nicht lindern, aber ihn mit ihr teilen. Also setzte er sich ebenfalls auf die kalte Treppe, den Arm um sie geschlungen, und ließ sie weinen. Sein Herz litt für sie, seine eigenen Tränen tropften in das dichte Gewirr ihrer honigblonden Haare. Als sie sich ausgeweint hatte, zog er ein Taschentuch heraus und reichte es ihr.

»Tut mir leid«, flüsterte sie, rutschte beiseite und wandte sich ab. »Normalerweise heule ich keine Menschen voll. Ich breche nicht auseinander und laß andere die Teile einsammeln.«

»Bleibt unter uns«, versprach er und streichelte behutsam ihre Hand. »Schon vergessen, ich bin Priester.«

Hannah versuchte zu lachen, aber es erstickte ihr in der Kehle. Sie starrte das Taschentuch an und runzelte die Stirn.

»Es ist sauber«, scherzte er und drückte kurz ihre Schulter. »Ehrlich.«

Sie schniefte und hob den Kopf. »Ich hab mir gerade das Monogramm angesehen. P?«

»Weihnachtsgeschenk von einem Gemeindemitglied. P für Pater Tom.«

Diese rührend naive Geste trieb ihr erneut die Tränen in die Augen. Sie benutzte das Taschentuch und schneuzte sich vorsichtig die Nase. Für eine Weile blieben sie schweigend sitzen. Die Nacht war angebrochen, die Temperatur sank merklich. Das Außenwarnlicht stellte sich automatisch an. Es strahlte hell in der Dunkelheit und wehrte Gefahren ab. Was für ein schlechter Witz.

»Sie haben ein Recht auseinanderzubrechen, Hannah«, sagte Tom leise. »Wir übrigen sollten Sie aufbauen und zusammenhalten. So ist das gemeint.«

Er verstand es nicht, dachte sie. Aufbauen und zusammenhalten war immer ihre Aufgabe gewesen. Und jetzt, wo sie diejenige war, die Hilfe brauchte, starrten alle sie ratlos an.

»Gibt's schon irgend etwas Neues?«

Hannah schüttelte den Kopf. »Ich fühle mich so ausgeliefert, so nutzlos. Paul kann wenigstens mit dem Suchtrupp losgehen. Ich kann nur warten … und grübeln. So muß die Hölle sein. Es gibt nichts Schlimmeres als das, was seit den letzten vierundzwanzig Stunden meinen Kopf zermartert.«

Sie erhob sich langsam, stieg die Treppe hinunter zur Gartentür und starrte durch das Fenster hinaus in die Nacht. Schwaches gelbes Licht sickerte durch das Küchenfenster in den Schnee. Gizmo lag in dem bernsteinfarbenen Rechteck, ein riesiger, regloser Klumpen Zottelfell. Hinter dem Hund zeichnete sich der Schatten der Schaukel ab, schwarz auf weiß, dann verschmolz der Garten mit den dichten Wäldern, die das Nordende des Sees umgaben und dem ganzen Viertel ein Gefühl von Abgeschiedenheit verliehen.

»Ich hab meine Zeit als Assistenzarzt im Hennepin County Medical Center absolviert«, sagte sie mit tonloser Stimme. »Das ist eine harte Notaufnahme in einem miesen Viertel. Ich habe viel gesehen – was Leute sich gegenseitig antun können –, was Leute sogar mit Kindern anstellen ....«

Die Worte verhallten. Sie starrte aus dem Fenster, aber Tom spürte, daß sie einen anderen Ort sah, eine andere Zeit. Ihr Gesicht war angespannt und blaß. Er stellte sich neben sie und wartete still, geduldig.

»... Unsagbare Dinge«, flüsterte sie. Trotz des übergroßen Mantels merkte er, daß sie schwer atmete, am ganzen Körper zitterte. »Und ich denke an Josh ...«

»Tun Sie das nicht«, verbot er ihr.

Sie sah ihn an und wartete. In ihren Augen fehlte jegliche Hoffnung, daß er etwas sagen würde, was ihr Aussichten verbessern könnte. In seinen Jahren als Priester hatte er sich nie so ohnmächtig gefühlt, so schlecht ausgerüstet, die Not eines Verzweifelten zu lindern. Sie saß bloß zusammengesunken da, die großen Augen der Dunkelheit unergründlich, das schöne Gesicht schattenverhangen.

»Das wird nicht helfen«, sagte er schließlich. »Sie quälen sich nur unnötig.«

»Ich verdiene es.«

»Sagen Sie das nicht.«

»Warum nicht? Es ist doch wahr. Wenn ich ihn rechtzeitig abgeholt hätte, wäre er jetzt bei uns.«

»Sie haben versucht ein Leben zu retten, Hannah.«

»Das hat Ihnen Kathleen gesagt, nicht wahr?« Er gab keine Antwort. Das brauchte er nicht, sie kannte Kathleen nur zu gut. »Hat sie Ihnen auch erzählt, daß ich gestern abend zweimal versagt habe? Ida Bergen ist gestorben, und ich hab obendrein Josh verloren.«

»Sie werden ihn finden. Daran müssen Sie glauben, Hannah. Sie müssen auf Ihren Glauben vertrauen.«
»Ich habe darauf vertraut, daß so etwas nie passieren würde«, sagte sie verbittert. »Der Glaube ist mir grade abhanden gekommen.«
Er konnte es ihr nicht verdenken. Eigentlich hätte er sie wohl dazu bringen müssen, diese Aussage zurückzunehmen. Er hätte die gute alte katholische Keule der Schuld schwingen sollen, aber entschied sich dagegen. In Zeiten wie diesen hatte er genug Mühe damit, seinen eigenen Glauben aufrechtzuhalten. Es mangelte ihm an Verlogenheit, um andere zu maßregeln.
Mit einem Mal machte sich bei Hannah wieder Erschöpfung breit. Sie seufzte und strich mit ihren Fäustlingen über Gesicht und Haare. »Tut mir leid, Pater«, flüsterte sie. »Ich sollte nicht …«
»Entschuldigen Sie sich nicht für das, was Sie fühlen, Hannah. Sie haben ein Recht zu reagieren.«
»Und mit Gott zu hadern?« Sie kniff den Mund zusammen, und frische Tränen rollten ihr übers Gesicht.
»Um Gott brauchen Sie sich keine Sorgen zu machen. Er kann's vertragen.«
Er wischte ihr behutsam mit dem Daumen eine Träne vom Gesicht. Jetzt erst merkte Hannah, daß er keine Handschuhe trug. Sein Daumen war kalt auf ihrer Haut. Pater Tom, der ewig Zerstreute. Er vergaß ständig irgendwelche Nebensächlichkeiten wie Handschuhe bei eisigem Wetter anzuziehen, Mahlzeiten zu sich zu nehmen und sich die Haare schneiden zu lassen. Diese Angewohnheit weckte bei sämtlichen Frauen der Pfarrei St. Elysius mütterliche Gefühle.
»Sie haben wieder Ihre Handschuhe vergessen«, sie nahm seine Hand und wärmte sie zwischen den ihren. »Die Finger werden Ihnen noch mal abfrieren.«
Ihre Besorgnis war ihm gar nicht recht. »Ich hab Wichtigeres im Kopf. Ich wollte Sie wissen lassen, daß ich für Sie da bin – für Sie und Paul.«
»Danke.«
»Ich habe eine Gebetswache für Josh organisiert. Heute abend um acht. Hoffentlich brauchen wir sie bis dahin nicht mehr«, fügte er hinzu und drückte ihre Schulter.
»Hoffe ich auch«, flüsterte Hannah. Sie konnte ihm nicht sagen, daß sie das dumpfe Gefühl hatte, ihre Gebete zu vergeuden, daß sie nur in ihrem Kopf herumpolterten. Sie klammerte sich noch eine Sekunde

länger an seine Hand und versuchte wie eine Ertrinkende etwas von seiner Stärke und seiner Zuversicht aufzunehmen.
»Möchten Sie zum Abendessen bleiben?« fragte sie, nachdem sie die Reste ihrer guten Manieren zusammengerafft hatte, die aber gleich wieder von Flehen und Ehrlichkeit verdrängt wurden. »Ich habe ein Haus voller Frauen, denen nichts einfällt, außer mich anzustarren und ihrem Gott zu danken, daß sie nicht in meiner Haut stecken«, vertraute sie ihm an. »Es wäre schön, wenn es eine Abwechslung gäbe. Auf der Speisekarte haben wir eine Variation der wunderbaren Fleisch- und Brotvermehrung – das Wunder der Thunfischaufläufe. Ich glaube, es gibt keine einzige Dose Thunfisch mehr in der Stadt.«
»Hat Ann Mueller den mit den gebratenen Zwiebeln obendrauf gebracht?« fragte er und schnitt ein Gesicht, um ihr endlich etwas anderes zu bieten als Mitleid.
»Und ein Blech Brownies mit Crème de Menthe.«
Er grinste, legte einen Arm um ihre Schulter und dirigierte sie zur Küchentür. »Dann bin ich ganz der Ihre, Dr. Garrison.«

17 Uhr 28, –8 Grad

Mitch ging alleine durch die Eingangshalle der Volksschule von Deer Lake. Megan hatte sich durch seine Hänselei nicht beirren lassen und war mit zwei Beamten losgezogen zu Runde zwei der Befragung von Joshs Hockeykumpeln und den Trainern der Jugendmannschaften. Hatten Sie überhaupt jemanden gesehen? Hätte Josh ihnen erzählt, daß er vor jemandem Angst hätte. Hatte er sich ungewohnt verhalten? Die Fragen würden immer wieder gestellt werden, von diesem, jenem, dem nächsten Cop, und jeder hoffte eine Erinnerung auszulösen. Alle hofften auf irgendeine noch so kleine Information, die vielleicht für sich gesehen unbedeutend war, aber mit einem anderen Detail zusammengesehen eine Spur ergeben könnte. Die Befragten fanden es vielleicht lästig, und es schuf natürlich Berge von Papierkram, aber war unumgänglich.
Mitch hatte sich dafür entschieden, zum selben Zweck die Schullehrer und anderes Schulpersonal zu befragen. Einer seiner Männer hatte bereits Sara Richman vernommen, Joshs Lehrerin. Mitch versammelte das gesamte Personal in der Cafeteria und gestaltete die Befragung als lockere Frage-und-Antwort-Session. Er erzählte ihnen das

bißchen, was er wußte, versuchte die Flut wilder Gerüchte einzudämmen, fragte sie, ob sie irgendwelche Hinweise hätten. Hatte sich jemand in der Umgebung der Schule rumgetrieben? Hatte irgendeines der Kinder erzählt, es wäre von einem Fremden angesprochen worden?

Mitch studierte die Gesichter im Raum – die Lehrer, Köche, Hausmeister, Bürokräfte – und fragte sich, als Cop, ob einer von ihnen das getan haben könnte; fragte sich als Vater, ob irgendeiner der Menschen, die tagtäglich Kontakt mit seiner Tochter hatten, eine Gefahr für sie sein könnte.

Nach fast zwei Stunden überließ er sie ihrer Diskussion von Plänen zu einer Sicherheitsversammlung der gesamten Schule und ging den langen Korridor entlang zum Seiteneingang. Sein Kopf fühlte sich an wie eine Nuß im Nußknacker. Fragen durchschwirrten sein Hirn, Fragen ohne Antwort. Er hatte um sechs Uhr sein eigenes Personaltreffen, um mit seinen Männern zu besprechen, was der Tag Neues gebracht hatte und weitere Schritte einzuleiten. Ohne echte Spuren und Verdächtige war es schwierig, die Untersuchungen in eine Richtung zu treiben.

Unterwegs fielen ihm die Schließfächer in Kleinformat auf und die Kunstwerke, die etwa in Höhe seiner Hüfte aufgehängt waren, was in ihm das Gefühl erweckte, ein Riese zu sein. All das machte ihm nur allzu deutlich, wie verwundbar Kinder waren.

Er hatte darum gebeten, sich Joshs Schließfach ansehen zu dürfen. Einer von O'Malleys Spurensicherern war ihm zuvorgekommen, hatte alle Bücher und Hefte aus Joshs Schulbank und seinem Schließfach geräumt, und nur einen Vorrat Gummibären, Kaugummi und ein fluoreszierendes Jojo zurückgelassen. Die Schätze der Kindheit. Beweis für nichts, außer Joshs Normalität und Unschuld.

Jeden Tag füllten diesen Korridor Schwärme von Kindern wie Josh, genau wie seine Jessie. Es machte ihn stocksauer daran zu denken, daß sie alle von diesem Verbrechen berührt werden würden, ein Übergriff auf ihre Unschuld, wie von schmutzigen Fingern auf weißes Papier.

Mitch machte sich nicht die Mühe, seine Jacke zuzuknöpfen, als er ins Freie trat, aber er kramte seine Handschuhe aus den Taschen und zog sie an. Der Tag war der Nacht gewichen.

Sicherheitsleuchten schienen auf die Backsteinwände der Schule und beleuchteten Teile des Parkplatzes.

Die Schule war 1985 gegründet worden, um die Kinder der geburtenstarken Jahrgänge und der neuen Familien, die nach Deer Lake drängten, auszubilden. Das Gelände lag am Ramsey Drive, in einem neueren Teil der Stadt, nur zwei Straßen von der frisch eingerichteten Feuerwehrstation entfernt – weshalb der Unterricht zusammenbrach, wenn die Feuerwehr ausrückte. Der Parkplatz breitete sich vor Mitch aus, an zwei Seiten war er von dichten Kiefern eingesäumt. Hingegen erstreckte sich der Spielplatz unmittelbar nach Westen, über drei Morgen Land. Sehr praktisch für Eltern, die ihre Kinder abholen wollten – oder für jeden, der darauf aus war, ein Kind zu stehlen.

Jetzt sah Mitch überall die Risiken, das Potential der Gefahren, wo er vorher nur eine nette, ordentliche, ruhige Stadt wahrgenommen hatte. Das machte seine Stimmung noch düsterer. Er fischte die Schlüssel aus der Tasche und begab sich auf den Weg zu seinem Wagen.

Der Explorer stand alleine in der zweiten Reihe, knapp außerhalb der Beleuchtung. Mitch steckte den Schlüssel ins Schloß. In Gedanken war er bereits bei dem bevorstehenden Treffen und der Nacht danach. Er wollte es schaffen, bis acht Uhr bei seinen Schwiegereltern zu sein, bevor Joy Jessie in ihren Pyjama stecken konnte. Er wollte seine Tochter heute nacht bei sich zu Hause haben. Eine kurze Oase der Normalität, bevor ein neuer Tag des Irrsinns und der Frustration begann.

Im Begriff, die Tür des Trucks zu öffnen, entdeckte er etwas aus dem Augenwinkel, was nicht dahingehörte, etwas auf der Motorhaube.

Noch während er sich umdrehte, setzte die Reaktion ein – der Adrenalinstoß, die Anspannung der Nerven, das Erwachen der Instinkte. Sein Herz hämmerte wie besessen, als er nach dem Spiralheft griff.

Er packte es behutsam mit Daumen und Zeigefinger der linken Hand an der Spirale und hob es von unten mit der Spitze seines rechten Zeigefingers hoch. Der Umschlag war dunkelgrün, mit einem Bild von Snoopy als Joe Cool, über dessen oberem Rand mit Filzstift ›Josh Kirkwood 3 B‹ geschrieben stand.

Mitch fluchte. Seine Hände zitterten, als er das Buch vorsichtig auf die Haube zurücklegte. Er beugte sich in den Truck und tauchte mit einer Taschenlampe sowie einem schmalen, goldenen Füller wieder auf. Mit Hilfe des Füllers schlug er das Notizbuch auf und blätterte es durch.

Nichts Bemerkenswertes, nur das Gekritzel eines kleinen Jungen. Zeichnungen von Rennautos und Raumschiffen und Sportidolen. Notizen über Kinder in seiner Klasse. Ein Junge namens Ethan, der in der Musikstunde gespuckt hatte – *Er hat lauder Brokken übber Amy Masons Schuhe gegotzt!* Ein Mädchen namens Kate, das ihn bei seinem Schließfach küssen wollte – *Bäh! Bäh! Bäh!* Auf einer Seite hatte er sorgfältig das Logo der Minnesota Vikings nachgemalt, ein Trikot mit der Nummer zwölf und den Namen KIRKWOOD in Blockbuchstaben gezeichnet.

Die Träume und Geheimnisse eines kleinen Jungen. Und – vor der letzten Seite eingeschoben, die Nachricht eines Wahnsinnigen.

ich hatt ein bißchen Kummer, geboren aus ein bißchen SÜNDE

Kapitel 11

Tag 2
20 Uhr 41, –9 Grad

Hannah warf einen Blick auf das Notizbuch, wurde schneeweiß und ließ sich in den nächsten Stuhl fallen. Es war Joshs, keine Frage. Sie kannte es gut. Er nannte es ein ›Denkheft‹ und trug es immer bei sich – jedenfalls bis jetzt.

»Er hatte es verloren«, wisperte sie und strich mit den Fingern über den Plastikbeutel. Sie wollte das Buch berühren. Etwas von Josh. Etwas, das ihnen der Kidnapper zugeworfen hatte. Um anzugeben. Ein grausamer Beweis seiner Macht.

»Was soll das heißen, er hatte es verloren?« Mitch kniete sich neben sie, versuchte sie dazu zu bringen, ihn anzusehen und nicht das Notizbuch. »Wann?«

»Am Tag vor Thanksgiving. Er war in Panik. Ich hab ihm gesagt, er hätte es sicher in der Schule vergessen. Aber er hat geschworen, daß es dort nicht sein könnte. Wir haben das ganze Haus auf den Kopf gestellt auf der Suche danach.«

Sie erinnerte sich genauestens. Paul war vom Squash nach Hause gekommen und hatte einen Tobsuchtsanfall gekriegt angesichts des Chaos. Seine Familie würde zum Thanksgiving kommen. Er wollte ein perfektes Haus, wollte den Verwandten seinen Erfolg unter die Nase reiben. Er hatte keine Zeit damit verschwenden wollen, ein dämliches Notizbuch zu suchen, das man seiner Meinung nach spielend ersetzen könnte.

Hannah sah sich jetzt die kleine Kostbarkeit an, wollte das Heft an ihre Brust drücken und wiegen, als wäre es Josh selbst. Sie hätte gerne Paul gefragt, wie er jetzt über Joshs dämliches Notizbuch dachte, aber Paul mußte erst einmal nach Hause kommen. Wahrscheinlich war er

von der Suche direkt zur Gebetswache gegangen – was sie einfach nicht konnte. Pater Tom hatte es verstanden, Paul nicht!
»Er war tagelang furchtbar aufgeregt«, erklärte sie nun. »Es war wie ein Stück Ich zu verlieren.«
Megan tauschte einen kurzen Blick mit Mitch. »Er muß es aber wiedergefunden haben«, sagte sie. Gestern nacht muß er es bei sich gehabt haben.«
Hannah schüttelte den Kopf, ohne den Blick von dem Buch auf ihrem Schoß zu wenden. »Hier ist es nicht zum Vorschein gekommen. Er hätte es mir gestimmt gesagt, wenn er es gefunden hätte.«
Lily linste um den Stuhl herum, griente ihre Mutter verschmitzt an, mit großen Augen und zerzausten Löckchen. Sie entdeckte das Notizbuch und zeigte quietschend vor Freude auf das Bild von Snoopy auf dem Umschlag.
»Mama! Josh!« krähte sie und griff nach dem vertrauten Gegenstand. Mitch nahm den Plastikbeutel und schaffte ihn aus ihrer Reichweite. Megan nahm ihm den Beutel ab: »Ich geb das meinen Leuten. Dann ist es gleich morgen früh im Labor.«
Mitch blieb noch, spendete ein paar Worte des Trostes und einige wenige der Hoffnung. Hannah schien benommen, wohl ein Segen, dachte er. Als er ging, saß sie mit Lily auf dem Schoß in einem Sessel, und ein Polizist wachte in der Küche.
Megan erwartete ihn bei seinem Wagen. Sie war in einem Streifenwagen mit Joe Peters zur Schule gekommen, dem Beamten, der ihr bei der Befragung der kleinen Hockeyspieler geholfen hatte. Jetzt mußte sie irgendwie zurück ins Stadtzentrum, wo sie ihren Lumina abgestellt hatte.
Die Durchsuchung des Schulgeländes war frustrierend und ergebnislos verlaufen. Soweit man es beurteilen konnte, hatte das Notizbuch eine Zauberhand ans Licht befördert. Das gesamte Schulpersonal war mit Mitch in der Cafeteria gewesen – Zeugen gab es nicht. Jeder hätte einfach neben dem Explorer anhalten und das Notizbuch ablegen können, der Täter hätte nicht einmal aus dem Wagen steigen müssen. Aalglatt, einfach, diabolisch. Der Zorn gerann wie saure Milch in seinem Magen, als Mitch in seinen Truck stieg und die Tür zuschlug.
»Verfluchter Scheißkerl!« fauchte er und hämmerte mit der Faust auf das Lenkrad. »Ich fass es nicht – das Ding einfach auf die Haube meines Wagens zu werfen. *Da, Freundchen, jetzt schau mal, ob du einen Beweis findest!* Scheiße!«

Wie einen Fehdehandschuh, den man ihm vor die Füße geknallt hatte, dachte er, und bei dem Gedanken drehte sich ihm der Magen um. Das machte das Verbrechen zum Spiel. *Fang mich, wenn du kannst.* Ein Verstand, der so arbeitete, mußte verfault sein und zugeschüttet von Überheblichkeit. Er war sich seiner Sache so sicher, daß er glaubte, er könne ihnen einen Knochen in den Schoß werfen und sich in aller Seelenruhe davonmachen – genau das hatte er getan!

»Ich will dieses Schwein kriegen«, knurrte er und drehte den Schlüssel im Zündschloß.

Megan ließ sich von seiner Wut und seiner Sprache nicht irritieren. Das war für sie nichts Neues. An seiner Stelle hätte sie wohl genauso geflucht. Der Kidnapper hatte ihn bloßgestellt, ihn wie einen Narren dastehen lassen. Es war schwierig, das nicht persönlich zu nehmen, aber solche Gefühle hatten hier keinen Platz. Sie könnten allzu leicht das Bild verzerren.

Das Notizbuch war das einzige Indiz seit gestern abend, die Suchtrupps im Gelände hatten nichts gefunden. Die Bodensuche der Freiwilligen war für heute eingestellt worden. Die Fahnder der Polizei von Deer Lake, die Jungs vom Bezirk und Megans ausgeliehene Agenten aus dem Bezirk St. Paul's machten weiter. Sie überprüften leerstehende und verlassene Gebäude, Lagerhäuser, den Rangierhof der Eisenbahn, patrouillierten die Straßen und Seitenstraßen wachsam auf und ab. Jede Spur, die etwas versprach, die von den Piloten der Hubschrauber durchgegeben wurde, verfolgten sie, hasteten von einer Stelle zur anderen wie Teilnehmer einer makaberen Schnitzeljagd.

Die Hubschrauber des BCA und die der Staatspolizei würden die ganze Nacht weiterfliegen, erneut jeden Zentimeter von Park County absuchen und mit ihren Rotoren die Stille der Winternacht zunichte machen. Aber wenn sie keinen Anhaltspunkt finden könnten, würden sie am folgenden Tag ihre Suche einstellen. Sie hatten ein Gebiet von zweihundert Quadratmeilen ohne Ergebnis überprüft, und keiner wußte, in welche Richtung die Suche ausgedehnt werden sollte.

Die Hotline-Telefone in der Einsatzzentrale läuteten ohne Unterlaß – zumeist waren es Anrufe besorgter Bürger, die sich über die Fortschritte der Suche informieren, oder ihre Angst und Wut über die Entführung zum Ausdruck bringen wollten. Keiner hatte irgend etwas zu melden, keiner hatte Josh gesehen. Es war, als wäre er von einer unsichtbaren Hand aus einer anderen Dimension einfach entfernt worden.

Die Uhr tickte. Sechsundzwanzig Stunden waren vergangen, und mit jeder einzelnen wuchs das Gefühl von Dringlichkeit und Panik. Vierundzwanzig war die magische Zahl. Wenn ein Vermißter nicht innerhalb von vierundzwanzig Stunden ausgemacht wurde, verringerten sich mit jeder verstreichenden Minute die Chancen auf Rettung.
Die Nacht hatte sich wie ein schwarzer Stahlvorhang über sie gesenkt. Der Wind wurde stärker, peitschte Roßschwänze von Schnee über den weißgedeckten Boden. Die Temperatur fiel stetig, sollte heute nacht einen Tiefstwert von minus 12 Grad erreichen. Kalt, aber Januarnächte konnten noch kälter werden, zehn, zwanzig, dreißig unter Null. Brutale Kälte. Bei jedem lauerte die Angst im Hinterkopf, daß Joshs Entführer ihn möglicherweise irgendwo zurückgelassen hatte, am Leben, aber in Gefahr an Unterkühlung zu sterben, bevor ihn jemand fand.
»Wir müssen das hier durchgehen«, sagte Megan mit einem Blick auf den Stapel Fotokopien in ihrem Schoß, den Kopien der Seiten aus Joshs Notizbuch. »Ich kann mir zwar nicht vorstellen, daß Joshs Entführer irgend etwas wirklich Belastendes darin zurückgelassen hat, aber wer kann das schon wissen.«
Mitch wandte sich ihr zu. Im Schein der Armaturenbrettbeleuchtung war sein Gesicht nur Kanten und Schatten, die tiefliegenden Augen hart und stet.
»Und wie steht's mit der entscheidenden Frage?« sagte er. »Wo und wann hat unser Täter das Buch gekriegt? Es ist seit fast zwei Monaten abgängig. Wenn er es die ganze Zeit gehabt hat, dann haben wir hier ein Verbrechen mit jeder Menge Vorsatz.«
»Und woher hat er es? Aus Joshs Schließfach? Da könnte ein Schulangestellter in Frage kommen …«
»Jeder hat jederzeit Zugang zur Schule. Die Korridore werden nicht überwacht, und die Schließfächer haben keine Schlösser.«
»Josh könnte das Notizbuch auf dem Heimweg verloren haben«, überlegte Megan laut. »Jeder, der gerade die Straße entlangging, hätte es einfach aufheben können. Jeder, der bei den Kirkwoods war, hätte es mitnehmen können, wenn wir schon dabei sind.«
Mitch sagte nichts, als er den Explorer rückwärts aus der Einfahrt steuerte, dann nach Süden auf den Lakeshore Drive losfuhr und in östlicher Richtung die Ninth Avenue hinunter. Im Geiste stellte er eine Liste der Fragezeichen zusammen, die sich durch das Notizbuch ergaben.

»Wir müssen rausfinden, ob heute bei dem Treffen einer vom Schulpersonal gefehlt hat und ob jemand während der letzten sechs Monate gefeuert wurde. Dann brauchen wir eine Liste von allen Leuten, die seit Mitte November bei Hannah und Paul im Haus waren – Freunde, Nachbarn, Handwerker ...«

Allein der Gedanke an den Arbeitsaufwand, die Langwierigkeit, den Papierkram war beängstigend. Und bei der Tatsache, daß der Täter ihnen ein Indiz zugespielt hatte und damit den Heuhaufen, den sie durchwühlten, noch undurchdringlicher und größer gemacht hatte, sah er rot.

Mitch fluchte. »Ich brauche was zu essen und ein Bett.«

»Das erstere kann ich Ihnen bieten«, sagte Megan vorsichtig. »Ein Bett müssen Sie selber finden.«

Sie redete sich ein, daß sie das nicht gesagt hatte, weil sie seine Gesellschaft wollte und auch nicht, weil ihr bei dem Gedanken, allein in dieser Nacht in ihrer Wohnung zu sitzen, nicht gerade wohl zumute war. Sie war fast ihr ganzes Leben lang allein gewesen und fand das mittlerweile halb so schlimm.

Joshs Bild schwebte wie ein Geist vor ihrem inneren Auge, während die fluoreszierenden grünen Zahlen auf der Uhr im Armaturenbrett eine weitere vergangene Minute anzeigten. Alleinsein war eben doch schlimm. Wie die meisten Polizisten bei diesem Fall hätte sie rund um die Uhr gearbeitet, wenn sie ohne Essen und Schlaf auskommen könnte; aber ihr Körper mußte aufgetankt werden. Also würde sie sich für ein paar Stunden von der Straße losreißen und im Bett liegen, ins Dunkle starren und über Josh grübeln, während die Uhr gnadenlos weitertickte. Und Mitch würde dasselbe machen.

»Wir könnten die kopierten Seiten ungestört durchgehen«, sagte sie.

»Haben Sie denn inzwischen Wasser und Strom?« fragte Mitch, dessen Gedanken eine ähnliche Richtung eingeschlagen hatten.

»Ich hoffe ja, aber als geborene Zynikerin habe ich sicherheitshalber schon mit Ihrem Handy eine Pizza bestellt, während Sie mit Hannah redeten.«

Er zog eine Braue hoch. »Polizeiausrüstung für private Zwecke mißbraucht, Agent O'Malley? Ich bin schockiert.«

»Diesen Bedarf einer Pizza betrachtete ich als polizeilichen Notfall, genau wie ich es dem Lieferjungen rate – wenn er keinen Ärger kriegen will.«

»Wo wohnen Sie denn?«

»867 Ivy Street. Lassen Sie mich bei meinem Wagen raus, dann fahr ich voran.«

»Wenn wir uns jetzt im Revier blicken lassen, müssen wir uns den Reportern stellen«, sagte Mitch. »Bei der nächsten dämlichen Frage spring ich einem ins Gesicht.«

»Dann frag ich wohl besser nicht, ob Sie lieber Pilze oder Pepperoni mögen.«

»Heute abend nehm ich alles, wenn es nicht lebendig ist oder Haare hat. Wir werden essen und uns diese Kopien ansehen. Mit ein bißchen Glück haben die Presseleute vielleicht aufgegeben, bis wir wieder die Zentrale anpeilen.«

Sie rollten an der Abzweigung zur Innenstadt vorbei. Mitch setzte den Blinker, als sie die Ivy Street erreicht hatten und parkte den Explorer am Randstein. Das zweistöckige Eckgebäude war ein riesiges viktorianisches Herrenhaus, das man in Wohnungen aufgeteilt hatte. Die rund ums Haus laufende Veranda war einladend beleuchtet, und im künstlichen Licht sah man nicht, wie dringend das Haus einen neuen Anstrich benötigte. An der Haustür hing noch ein Weihnachtskranz.

Sie stiegen die knarzende Treppe zum ersten Stock hoch und gingen den Korridor hinunter. Aus den Wohnungen waren Fernseher und Stimmen zu hören. Jemand hatte zum Abendessen Zwiebeln gebraten. Ein Mountainbike lehnte an der Wand, über dem Lenker klebte ein Zettel – ACHTUNG, AN SPRENGLADUNG ANGESCHLOSSEN. DIEBE – EUER RISIKO. Dann stiegen sie noch eine Treppe weiter und ließen die Nachbarn unter sich.

»Ich hab den ganzen zweiten Stock für mich«, erklärte Megan und kramte ihren Schlüssel aus der Jackentasche. »Es gibt nur eine Wohnung hier oben.«

»Wieso haben Sie sich diese ausgesucht und nicht in einem der Wohnblöcke?«

Die Antwort kam ein bißchen zu schnell und zu lässig: »Ich mag einfach alte Häuser. Sie haben Charakter.«

Ein Schwall von Hitze prallte ihnen entgegen, als die Tür aufging, und auf Knopfdruck wurde der Eingang taghell.

»Und siehe, es ward Licht und Strom!«

»Du lieber Himmel, hier muß es ja dreißig Grad haben!« sagte Mitch, schälte sich aus seiner Jacke und warf sie auf einen Stuhl.

»Zweiunddreißig«, keuchte Megan und drehte am Thermostat. »Muß wohl ein Trick dabei sein. Ich hatte ihn auf zweiundzwanzig gestellt.« Sie zwinkerte Mitch zu, während sie ihren Parka auszog. »Das müßte Ihnen doch gefallen, Sie sind schließlich aus Florida.«

»Ich hab mich akklimatisiert, besitze Schneeschuhe und gehe Eisfischen.«

»Masochist.«

Sie warf den Stapel Fotokopien auf den Tisch und verschwand den Gang hinunter im Schlafzimmer, wie Mitch annahm. Er blieb in der Mitte des Wohnzimmers stehen und sah sich nach irgendwelchen Hinweisen auf die Persönlichkeit Megan O'Malleys um, während er die Ärmel hochkrempelte.

Küche und Wohnbereich gingen ineinander über, nur geteilt durch einen runden, alten Eichentisch mit verschiedenen antiken Stühlen, die nicht zusammenpaßten. Die Küchenschränke waren weiß gestrichen und sahen aus, als wären sie aus einem anderen alten Haus gerettet worden. Die Wände schimmerten zartrosa. Megan hatte sicher nicht die Zeit gehabt, sie selbst zu streichen, aber seiner Meinung nach paßte es zu ihr. Und sie würde es sicher abstreiten, wenn er ihr das sagte. Die Farbe war zu feminin, diese Seite von sich zeigte sie der Öffentlichkeit nicht. Aber er hatte bereits ein paar kurze Blicke darauf ergattert.

Die Möbel im Wohnzimmer waren alle alt und, wie er sah, liebevoll gepflegt. Auf jedem verfügbaren freien Platz stapelten sich Kartons, Bücher, Geschirr, Überdecken und noch mehr Bücher. Es sah aus, als hätte sie bis jetzt nur das Allernotwendigste ausgepackt.

»Stellen Sie einfach die Kartons beiseite, wenn Sie sich setzen wollen«, rief sie.

Sie kam aus dem Schlafzimmer und rollte sich die Ärmel eines Flanellhemds auf, das drei Nummern zu groß war. Der schwere Pullover und der Rollkragen waren weg, sie trug nur noch die schwarzen Leggings, die wie eine zweite Haut saßen. Ein Pärchen Kurzhaarkatzen strichen um ihre Beine, bettelten um Aufmerksamkeit. Die größere war schwarz mit einem weißen Lätzchen, einem krummen Schwanz und einer vorwurfsvollen Stimme. Die kleine, ein grauer Tiger, warf sich vor ihr auf den Teppich und rollte sich laut schnurrend auf den Rücken.

»Vorsicht vor meinen Aufpassern«, sagte sie grinsend. »Wenn sie Sie mit einer riesigen Portion Whiskas verwechseln, sind Sie verloren.« Sie wandte sich zur Küche, und die beiden trabten mit hocherhobenen

Schwänzen hinterher. »Die Schwarze heißt Friday«, sagte sie und öffnete eine Dose Katzenfutter, »die Graue Gannon.«
Mitch amüsierte sich. Sah ihr ähnlich, die beiden nach Personen aus der alten *Polizeiserie* zu taufen. Nichts Sanftes oder Flauschiges, keine niedlichen Namen, sondern echte Cop-Namen.
»Meine Tochter wäre begeistert«, sagte er, und sofort regte sich wieder sein schlechtes Gewissen. Er warf einen Blick auf die Uhr und mußte feststellen, daß er zum zweiten Mal hintereinander Jessies Schlafenszeit verpaßt hatte. »Wir haben einen Hund, und das reicht für unser Haus. Sie bettelt ihre Großeltern seit Ewigkeit um eine Katze, aber ihr Großvater ist allergisch dagegen.« Das war zumindest Joys Ausrede, einfach die Schuld auf Jurgen abwälzen! Mitch vermutete, daß es wohl eher daran lag, daß Joy keine Lust hatte, Katzenklos auszuleeren und Haare von ihren Möbeln zu bürsten.
»Sie können sich glücklich schätzen, daß Sie jemanden haben, der sich um sie kümmert«, sagte Megan. Sie warf die leere Dose in den Müll, bückte sich und kramte in einer brauen Kühltasche neben dem Eisschrank.
»Ja, muß ich wohl«, Mitch nahm die Flasche Bier, die sie ihm reichte. »Ich wäre lieber selbst bei ihr.«
»Wirklich?«
»Ja, wirklich«, bekräftigte er und versuchte den Ausdruck in ihren Augen zu deuten. Überraschung? Verletztheit? Mißtrauen? »Warum denn nicht? Sie ist meine Tochter.«
Sie hob eine Schulter, aber senkte den Blick auf den Verschluß ihrer Bierflasche, den sie gerade öffnete. »Ein Kind allein aufziehen ist eine Last, die die meisten Männer nicht tragen wollen.«
»Dann gibt es einen Haufen Männer, die nicht Vater sein sollten.«
»Ja genau … das kann man laut sagen.«
Mitch stand mit der Bierflasche in der Hand da und ließ Megan nicht aus den Augen, die den Verschluß in den Papierkorb warf und einen tiefen Zug nahm. Die Bemerkung klang so, als hätte sie damit selbst schon Erfahrungen gemacht.
»Sie sagten, Ihr Vater wäre Cop?«
»Zweiundvierzig Jahre in Blau.« Sie lehnte sich an die Arbeitsplatte, verschränkte Beine und Arme. »Er hat seine Sergeantenstreifen gekriegt und ist nie weiter aufgestiegen. Wollte er auch nie. Wie er jedem erzählt, der zuhört, wird die ganze *echte* Polizeiarbeit in den Gräben gemacht.«

Das bißchen Humor konnte ihre Verbitterung nicht ganz kaschieren, wie sie selbst bemerkte. Er sah, wie ihre Augen warnend flackerten. Sie stellte das Bier beiseite, drehte sich zum Fenster über dem Spülstein und öffnete es einen Spalt, dann trat sie zurück und starrte hinaus ins Nichts. Mitch ging zum Ende der Küchentheke, nur so nahe, daß er sie anschauen, so nahe, daß er ihre Spannung fühlen konnte.

»Haben Sie Brüder?«

»Einen.«

»Ist er auch ein Cop?«

»Mick?« Sie lachte. »Du lieber Gott, nein. Er ist Anlageberater in L. A.«

»Also sind Sie statt ihm in Vaters Fußstapfen getreten?«

Er ahnte ja nicht, wie wahr das war, dachte Megan, während sie in die Nacht hinausstarrte, deren kalter Atem durch das Fenster hereinwehte. Es hatte wieder leicht zu schneien begonnen, feine trockene Flocken, die aus den Wolken herabrieselten und wie Pailletten im Schein der Straßenlampen glitzerten. Sie hatte einen Großteil ihres Lebens damit verbracht, hinter ihrem Vater wie ein Schatten herzutappen, unbekannt, ungesehen. Was für ein trauriger, eingeschränkter Lebenslauf.

Aus dem Augenwinkel sah sie Mitch dastehen, Krawatte lose um den Hals, die obersten zwei Hemdknöpfe offen, ordentlich aufgerollte Ärmel, aus denen muskulöse Unterarme mit einem Flaum dunkler Haare traten. Die Pose war nonchalant, aber seine breiten Schultern wirkten verspannt. Er richtete die tiefliegenden Augen nachdenklich, erwartungsvoll auf sie.

»Ich mag den Job«, sagte sie schroff. »Er paßt zu mir.«

Er paßte zu dem Image, das sie der Welt zeigte, dachte Mitch. Zäh wie ein Terrier, hartnäckig, ganz der Profi – jedenfalls das Image, das sie ihm präsentieren wollte. Er hätte es einfach akzeptieren können. Sie machte, Gott weiß, schon Ärger genug als erster weiblicher Agent im Außendienst, den das Bureau je den ahnungslosen Landpolizisten im ländlichen Minnesota aufgehalst hatte. Ein tiefer Einblick war von Übel, er brauchte sie nicht zu verstehen.

Trotzdem erwischte er sich dabei, wie er sich ihr näherte, so stetig, daß er spüren konnte, wie es zwischen ihnen zu knistern begann, so kühn, daß sie warnend die Augen zusammenkniff. Aber sie wich nicht zurück, unter gar keinen Umständen. Er war wahrscheinlich ein Narr sich darüber zu freuen, aber anscheinend hatte er damit gar nichts zu tun. Seine Reaktion war etwas Elementares, Instinktives, sie forderte ihn heraus. Er wollte diese Harter-Brocken-Fassade knacken, wollte ... und das überraschte ihn. Seit Allison hatte er keine Frau mehr begehrt. Bedürfnisse hatte er gehabt und sich diesen unterworfen, aber niemals *begehrt.* Und es erstaunte ihn, daß es jetzt der Fall war: das Begehren.

»Ja, er paßt zu Ihnen«, bestätigte er. »Sie sind eine harte Braut, O'Malley.«

Megan hob stolz ihr Kinn, ohne ihn aus den Augen zu lassen. »Vergessen Sie das ja nicht, Chief!«

Er war zu nahe. Wieder. So nahe, daß sie den Bartschatten auf seinem energischen Kinn sehen konnte. So nahe, daß irgendein wagemutiger Teil von ihr eine Hand heben wollte, um ihn zu berühren ... um die Narbe zu berühren, die sich wie ein Haken darüberzog ... um seinen Mundwinkel zu berühren, der etwas verkniffen aussah. Nahe genug, um in die Tiefen seiner whiskeybraunen Augen zu sehen, die viel zu viel gesehen hatten und nichts Gutes.

Ihr Herz klopfte ein bißchen schneller.

»Wir haben einen Fall zu besprechen«, erinnerte sie ihn. Er hob eine Hand und drückte einen Finger an ihren Mund.

»Zehn Minuten«, flüsterte er und hob ihr Kinn mit dem Daumen hoch. »Kein Fall.« Er beugte sich vor und berührte ihre Lippen mit seinen. »Nur das.«

Er teilte ihre Lippen, und seine Zunge glitt zwischen sie, als hätte er jedes Recht dazu, tauchte nach unten und zog sich wieder zurück, ein archaischer Rhythmus, unverkennbar, unverhohlen wollüstig. Sie streckte sich in seinen Armen, seinem Kuß entgegen, erwiderte ihn mit ihrem ganz eigenen Verlangen.

Seine Hände glitten über ihren Rücken und drückten sie fester an sich, fingen sie ein zwischen den Schränken und seinem Körper. Für dieses winzige Stückchen Zeit gab es nur dieses Bedürfnis. Einfach. Stark. Brennend. Sein Körper war heiß und hart, Muskeln und Begierde, unverkennbar männlich. Und sie schmolz vor ihm, entflammt.

Mitch packte sie um die Taille und setzte sie auf die Küchentheke. Sie duldete es, daß er ihre Knie auseinanderschob, und hakte ihre bestrumpften Füße um seine Schenkel, als er ganz nahe kam. Er fand ihren Mund erneut, und ihre Hände gruben sich in sein Haar, strichen über die Muskeln seines Nackens, zu seinen breiten, harten

Schultern. Er nahm ihr Gesicht zwischen seine Hände, und der Kuß wurde wilder, eindringlicher. Ihre Haarspange fiel klappernd in die Spüle und ihr Haar ergoß sich um ihre Schultern, mahagonifarbene Seide, durch die er seine Finger gleiten ließ und sie aus ihrem Gesicht kämmte.

Trotz der Nachtluft, die durch das Fenster drang, steigerte sich die Hitze, die sie umgab. Sein Hemdrücken war feucht davon. Sie brannte ihnen den Atem aus den Lungen. Ein Schweißtropfen sammelte sich in der Kuhle ihres Halses und tropfte nach unten. Er verfolgte ihn mit den Lippen. Ihr Kopf fiel zurück, und ihre Augen schlossen sich. Sie spürte seine Knöchel auf ihrer Brust, als er die Knöpfe ihres Hemdes öffnete. Dann fielen die Hüllen, und sein Mund war auf ihrem Busen. Sie keuchte, als er ihre Knospe zwischen seine Lippen nahm und sie mit seiner Zunge liebkoste. Ihr Verlangen explodierte. Tobte durch ihren Körper. Staubte sie zurück zur Vernunft.

Mitch merkte es im selben Augenblick, in dem es passierte. Er hörte, wie sie erschrocken den Atem anhielt, fühlte wie ihre Rückenmuskeln unter seinen Händen erstarrte. Und er dankte Gott, daß ihr Warnsystem besser aufpaßte als seines, denn in fünf Minuten hätte er sie einfach gleich hier genommen ohne Bett und ohne jede Rücksicht. Er begehrte sie zu sehr und das aus Gründen, die er nicht ganz begriff. Sein ganzer Körper hämmerte vor Verlangen, es pulsierte in seinem Unterleib.

Er hob langsam den Kopf, seine schweren Augen bohrten sich in die ihren, und genauso langsam zog er die Hälften ihres Hemdes über ihren kleinen, rundlichen Brüsten zusammen.

»Sind Sie ganz sicher, daß Sie nicht doch ein Bett im Angebot haben?« Seine Stimme klang rauh.

»Tut mir leid«, murmelte sie.

Er ließ sie von der Küchentheke gleiten, hielt sie aber fest, zwischen seinen Beinen eingekeilt, dann beugte er sich vor und hauchte zarte federleichte Küsse über ihren Haaransatz, zog sie an sich, drückte seine Erektion gegen ihren Bauch, ließ sie wissen, was er wollte, was sie bei ihm bewirkte.

Megan zitterte, als sie seine Härte fühlte, erbebte bei der Vorstellung, wie sie beide zusammensein könnten, nackt im Bett nebenan. Sie zitterte vor Schmerz des Verlangens und vor den Konsequenzen, die dieses Verlangen mit sich brächte. Er konnte sie ruinieren, ihre Karriere ruinieren, an der sie so hart gearbeitet hatte. Und trotz alledem be-

gehrte sie ihn. Der Wind blies durch das offene Fenster hinter ihr und kühlte den Schweiß auf ihrer Haut.
»Ich will ja nicht sagen, daß es nicht verlockend wäre«, bemerkte sie, obwohl es sie ungeheure Mühe kostete, so cool zu klingen. Da hämmerte eine Faust gegen die Wohnungstür, und der Duft von Pizza kroch durch die Ritzen. »Aber unsere zehn Minuten sind um.«

21 Uhr 16, –10 Grad

Paul saß in dem Ledersessel hinter seinem Schreibtisch. Außerhalb der Lichtpfütze seiner Messinglampe war das Büro dunkel. Die Steuerkanzlei Christianson und Kirkwood erstreckte sich über einige Räume eines gemieteten Büros im Omni-Komplex, ein etwas gewagter Name für ein einstöckiges Backsteingebäude, in dem es außerdem noch einen Immobilienmakler, eine Versicherungsagentur und ein paar kleinere Kanzleien gab. Um diese Zeit waren alle anderen Büros im Gebäude leer, die Anwälte, Agenten und Sekretärinnen nach Hause gegangen.
Die Erkenntnis traf Paul wie eine stumpfe Klinge.
Seine Familie war zerbrochen, zerrissen. Sogar schon vorgestern abend war sie angenagt und voller Schadstellen gewesen. Wegen Hannah. Die phantastische Dr. Garrison, Retter der Kranken und Verwundeten. Der Liebling der Stadt. Das Modell moderner Fraulichkeit. Weil sie egoistisch war, weil ihr ihr Job mehr bedeutete als ihre Ehe, war die gesamte Struktur des Familienlebens aus den Fugen geraten und zerbröselt. Wegen ihr mochte er abends nicht heim. Wegen ihr hatte er eine Affäre. Wegen ihr war Josh verschwunden.
Obwohl schon seit Stunden von der Suche zurück, waren seine Füße Eiszapfen. Der Adrenalin pumpte immer noch durch seinen Körper, drängte ihn aus dem Stuhl, ließ ihn ab- und auflaufen. Szenen rollten beschleunigt durch seinen Kopf. Die Freiwilligen, Hunderte von ihnen, wie sie durch den knietiefen Schnee trampelten, die Luft mit ihrem Atem vernebelten, die vor Spannung knisterte. Das Hämmern der Hubschrauberrotoren. Das Kläffen der Bluthunde und Bellen der Polizeihunde. Die Motoren der Kameras und das Scheppern der Tonausrüstung. Der grelle Lichtschein. Die hartnäckigen Fragen der Reporter.

»Mr. Kirkwood, haben Sie etwas zu sagen?«

»Mr. Kirkwood, möchten Sie eine Erklärung abgeben?«

»Ich möchte nur meinen Sohn zurück. Ich würde alles tun – alles geben, nur um ihn wiederzukriegen.«

Es schien so unwirklich. Als wäre die Welt aus dem Lot geraten. Als wäre seine Existenz das Spiegelbild der Realität, voller Schatten und scharfer Konturen. Das machte ihn unruhig, schüttelte ihn, so als würde ihm seine Haut nicht mehr passen. Er war ein Mensch, der Ordnung brauchte, nach Ordnung lechzte. Die Ordnung war den Bach hinuntergegangen.

»Paul, setz dich. Du mußt dich ausruhen.«

Die Stimme kam aus dem Halbdunkel. Fast hätte er sie vergessen. Sie war ihm von der Gebetsandacht gefolgt, bedacht darauf, nicht direkt hinter ihm das Gebäude zu betreten. Das war eines der Dinge, die er am meisten an ihr schätzte – ihr Gefühl für Diskretion, ihre Sensibilität, was seine Bedürfnisse betraf. Sie hatte einen Job als Halbtagssekretärin im State Farm Office. Keine große Karriere, nur ein kleiner Job für ein bißchen Taschengeld. Ihr Mann lehrte am Harris College. Er hatte sein Interesse an ihr und ihrer Sehnsucht nach einer Familie verloren, und sich mit Haut und Haaren in seine Arbeit an der psychologischen Fakultät gestürzt. Seine Arbeit war wichtig, ja unersetzlich. Genau wie Hannahs.

Paul ließ sich auf der Couch nieder und beugte sich nach vorne, die Ellbogen auf die Schenkel gestützt. Sie kniete sich sofort neben ihn, legte ihre Hände auf seine Schultern und massierte seine verspannten Muskeln durch das Wollhemd.

»In der Einsatzzentrale waren Freiwillige aus der ganzen Gegend«, sagte sie leise. Sie sprach immer leise, so wie das eine Frau seiner Meinung nach sollte. Er schloß die Augen und dachte daran, wie feminin sie war: Ihr Mann mußte ein Narr sein, ihr einfach den Rücken zu kehren. »An meinem Tisch saß eine Frau aus Pine City und zwei aus Monticello. Sie sind den weiten Weg hergekommen, nur um bei der Beschriftung der Handzettel zu helfen.«

»Können wir über etwas anderes reden?«

Die Bilder schwirrten immer schneller durch seinen Kopf. Die Freiwilligen, die Cops, die Reporter, Handzettel, Bulletins, Polizeiberichte, Lichter, Kameras, Action. Schneller und immer schneller, außer Kontrolle. Er drückte die Daumen auf seine Lider, bis Farben dahinter explodierten.

Um ihre Hände loszuwerden, zog er die Schultern hoch und stand wieder auf. »Vielleicht solltest du einfach gehen. Ich muß allein sein.«
»Aber Paul, ich will doch nur helfen.« Sie legte ihren Kopf an seine Hüfte, schlang ihre Arme um seine Beine und strich mit den Händen behutsam über seine Oberschenkel. »Ich möchte dich doch nur ein bißchen trösten.« Ihre Berührung wurde fester, kühner, glitt nach oben. »Gestern abend wollte ich so gerne zu dir kommen, mich zu dir legen und dich festhalten.«
Während er nackt in Hannahs Armen gelegen war ... Er schloß die Augen und stellte sich vor, wie sie zu ihm kam, stellte sich vor, wie er sie in seinem Bett liebte mit Hannah als Zuschauerin in der Ecke. Scham und Verlangen erfüllten ihn gleichermaßen, als er sich ihr zuwandte und sie seine Hose öffnete.
Wie immer begann er jetzt mit seiner Litanei der Entschuldigungen: Er hatte das verdient und brauchte Trost. Ihm standen ein paar Augenblicke der Entspannung zu. Mit geschlossenen Augen ließ er der Sache ihren Lauf. Seine Hände gruben sich in ihr seidiges Haar, und er bewegte seine Hüften im Takt mit ihren. Ein paar kurze Augenblicke verlor er sich in der Lust. Dann kam das Ende angerauscht, und alles war vorbei. Das Gefühl von Berechtigung wich etwas Schmutzigerem.
Er brachte sie nicht zur Tür, sagte ihr nicht, daß er sie liebte. Dramaturgisch ließ er sie in dem Glauben, der Kummer hätte ihn wieder überwältigt, und ging zu dem schmalen Fenster hinter seinem Schreibtisch. Er lauschte, wie die Bürotür sich schloß, dann die Tür zum Korridor. Nach einem automatischen Blick auf die Uhr wollte er anstandshalber zehn Minuten warten, bis er frei wäre zu gehen.
Frei.
Irgendwie hatte er das Gefühl, heute abend würde er sich nicht frei fühlen. In einem dämmrigen Winkel seines Verstandes, in dem sich primitive Ängste regten, argwöhnte er einen endgültigen Verlust. Er sah Karen Wright nach, wie sie ein Stockwerk tiefer in ihren Honda stieg, auf den Omni-Parkway hinaus und in die Dunkelheit davonfuhr. Ihre Rücklichter glühten wie Dämonenaugen.
Langsam wandte er sich vom Fenster ab und ging zurück an seinen Schreibtisch, starrte auf die Telefonautomatik, die alle Anrufe auf seiner Privatleitung entgegennahm. Angstschweiß brach aus allen seinen Poren. Die Bilder des Tages wirbelten so heftig durch seinen Kopf,

daß ihm schwindlig wurde. Sein Magen verkrampfte sich, als er mit zitterndem Finger den Rückgabeknopf drückte. Seine Knie wurden weich. Er sank in seinen Stuhl und stützte seinen Kopf auf, während das Band sich zurückspulte.

»Dad, kannst du kommen und mich vom Eishockey abholen? Mom hat sich verspätet, und ich will nach Hause.«

Kapitel 12

TAG 2
21 Uhr 43, –10,5 Grad

Sie blätterten Joshs private Gedanken durch, während Phil Collins im Hintergrund seine Klagelieder sang. Hier waren Joshs intime Zeichnungen und Kritzeleien, die Fremde nicht zerpflücken und zerfleddern sollten. Megan verdrängte diesen Gedanken und konzentrierte sich statt dessen auf Hinweise etwaigen Unglücklichseins oder Furcht oder Haß auf einen Erwachsenen.

Da gab es sorgfältige Zeichnungen von Rennautos und Notizen, in denen er die Hartnäckigkeit eines kleinen Mädchens namens Kate Murphy beklagte, die sich in den Kopf gesetzt hatte, Josh zu ihrem Anbeter zu machen. Brian Hiatt und Matt Connor waren seine besten Kumpel – Die Drei Amigos. Hockey wurde erwähnt und eine Seite mit einer cartoonartigen Zeichnung von Olie Swain, erkennbar durch den dunklen Fleck seines Muttermals, wie er auf Schlittschuhen einen Salto schlug. Neben das Bild hatte Josh geschrieben: *Die Kinder hänseln Olie, aber das ist gemein. Er kann doch nichts dafür, wie er ausschaut.*

Daß seine Eltern Probleme hatten, wußte er auch. Es gab ein Bild, auf dem seine Mutter in die eine Richtung schaute, mit einem Stethoskop um den Hals und sein Vater in die andere, die Augenbrauen dunkel, wütende, schwarze Striche. Eine große Gewitterwolke hing über ihren Köpfen und spuckte Regentropfen groß wie Patronen. An den unteren Rand der Seite hatte er geschrieben: *Dad ist sauer. Mom ist traurig. Mir geht's schlecht.*

Megan blätterte weiter und rieb sich mit den Händen übers Gesicht.

Mitch starrte die Nachricht an, die der Kidnapper in das Buch gesteckt hatte. Er sah genau aus, wie das Blatt aus der Tasche, Laserdruck auf billigem Büropapier.

Ich hatt ein bißchen Kummer, geboren aus ein bißchen SÜNDE
Unwissenheit ist nicht Unschuld, sondern SÜNDE
SÜNDE. Das war schon das zweite Mal, daß das Wort Sünde fiel. Josh war Ministrant in St. Elysius. Normalerweise wäre er Mittwoch abend in den Religionsunterricht gegangen … Jemand hatte bereits seinen Lehrer vernommen, ihn gefragt, ob es irgendeinen Anruf gegeben hätte, daß Josh zu spät kommen oder fehlen würde; hatte all die Fragen noch einmal gestellt, die man allen Erwachsenen in Joshs Umfeld gestellt hatte. Aber es gab andere Leute, die Verbindung zur Kirche hatten, ein paar hundert Gemeindemitglieder zum Beispiel. Oder es könnte auch sein, daß der Kidnapper gar nicht zu St. Elysius gehörte, er könnte genausogut Mitglied einer der anderen acht Kirchen in Deer Lake sein – oder gar keiner.

Mitchs Piepser ging los. Er ließ sein halbgegessenes Stück Pizza zurück in den Karton fallen und stand auf. Ohne Rücksicht auf seine fettigen Hände fischte er das Handy aus der Jackentasche und drückte die Nummer.

»Andy, was ist los?« fragte er und sah Megan an. Sie erhob sich in Zeitlupe von ihrem Stuhl, als könnte eine plötzliche Bewegung ihre Chancen auf eine gute Nachricht verderben.

»Wir haben einen Zeugen!« Die Aufregung des Sergeants vibrierte durch die Leitung. »Sie wohnt drüben bei der Eishalle und glaubt, Josh gestern abend erkannt zu haben. Sagt, sie hat ihn in ein Auto steigen sehen.«

»Und warum, verdammt noch mal, ruft sie jetzt erst an?« schimpfte Mitch. »Warum hat gestern abend keiner mit ihr geredet?«

»Keine Ahnung, Chief. Sie kommt aufs Revier. Ich dachte mir, Sie wollen dabeisein.«

»Bin sofort da.« Er steckte das Telefon weg, den Blick immer noch auf Megan gerichtet. »Wenn es einen Gott gibt, dann haben wir jetzt einen Durchbruch.«

21 Uhr 54, –10,5 Grad

»Mir ist das so furchtbar peinlich, Mitch.«

Die Neonlichter des Konferenzraums fluteten auf Helen Black herab und gaben ihr etwas Gespenstisches, irgendwie passend zu dieser Situation. Helen war dreiundvierzig, geschieden und konserviert – ihre eigenen Worte – durch Tretmühlenqualen, Elizabeth Arden und Slim Fast. Bei freundlicher Beleuchtung war sie recht attraktiv, aber heute konnte man die Falten, die Streß und Zeit um ihre Augen hinterlassen hatten, nicht wegdiskutieren. Der blonde Farbton, den sie sich im Salon Rocco Altobelli ausgesucht hatte, sah irgendwie billig aus und betonte ihre Blässe noch mehr.

Helen besaß ihr eigenes Porträtfotostudio im ersten Stock eines renovierten Gebäudes in der Innenstadt. Sie hatte die Aufnahme von Mitch und Jessie gemacht, die auf dem Schreibtisch in seinem Büro stand. Ihr wohnte das Talent inne, die Persönlichkeit ihrer Kunden einzufangen, was ihr viele Aufträge aus der ganzen Umgebung einbrachte. Helen war eine der Frauen, mit denen Mitchs Freunde ihn in den letzten zwei Jahren hatten verkuppeln wollen. Er hatte sich abgeseilt und Helen ihre Fühler anderweitig ausgestreckt.

»Wann war das?« fragte Megan, mit dem Kugelschreiber in den Startlöchern.

Sie saß Helen Black gegenüber an einem Tisch aus Nußholzimitat. Russ Steiger hatte den Plastikstuhl zu Megans Linker hergezogen und seine schweren Winterstiefel darauf plaziert. Schmelzender Schnee und Dreck sammelten sich in der Sitzschale. Mitch saß neben der Zeugin, den Blick ihr zugewandt. Er hatte ebenfalls einen Block und einen Stift dabei, aber sie lagen unberührt auf dem Tisch. Helen Black besaß seine ganze Aufmerksamkeit.

Sie ruderte hilflos mit den Armen. »Das kann ich nicht genau sagen. Es muß vor sieben gewesen sein und später als die übliche Zeit, zu der die Jungs abgeholt werden, sonst hätte ich mir nichts dabei gedacht. Tatsächlich hab ich mir nichts dabei gedacht. Es ist mir nur aufgefallen, weil mir durch den Kopf ging: Da ist jemand genau so spät dran wie ich.«

»Können Sie beschwören, daß es der Kirkwood-Junge war?« fragte Steiger. Sie blickte aufgeregt um sich, zog die Brauen zusammen, bis sich eine tiefe Furche in ihre Stirn grub. »Nein. Ich hab nicht so genau aufgepaßt. Ich weiß, daß er eine helle Pudelmütze aufhatte, und daß er als einziger Junge auf dem Gehsteig stand.« Tränen schossen ihr in die Augen. Sie umklammerte das zerfledderte Papiertaschentuch in ihrer Faust noch fester, machte aber keine Anstalten es zu benutzen. »Wenn ich gewußt hätte – wenn ich irgendeine Ahnung gehabt hätte – mein Gott, das arme Kind! Und Hannah – sie muß dem Wahnsinn nahe sein.«

Sie drückte ihre Faust an den Mund, und immer noch flossen die Tränen. Mitch streckte die Hand aus und legte sie über ihre andere auf dem Tisch.
»Helen, es war nicht Ihre Schuld ...«
»Wenn ich gewußt hätte ... Wenn ich besser aufgepaßt hätte ... wenn ich dann jemanden angerufen hätte ...«
Steiger kaute ungerührt auf einem Zahnstocher. Er warf Megan einen Blick zu, aber nur um in ihren Ausschnitt zu sehen. Sie starrte wütend zurück und widerstand dem Drang, ihre Bluse bis zum Hals zuzuknöpfen.
»Wär nett gewesen, wenn wir das vor vierundzwanzig Stunden gehört hätten«, brummte Russ.
»Es tut mir ja so leid!« rief Helen mit einem schuldbewußten Blick auf Mitch. »Ich hab einfach nicht geschaltet, bin nach Minneapolis gefahren, hab mir das Stück angesehen und bin über Nacht geblieben, weil ich einkaufen wollte. Den ganzen Tag war ich in der Mall of America und hab kein Wort über die Sache gehört bis heute abend hier zu Hause. Mein Gott, wenn ich es bloß gewußt hätte!«
Sie ließ den Kopf auf ihre Hand fallen und schluchzte. Mitch warf dem Sheriff einen vernichtenden Blick zu. »Helen«, sagte er leise und tätschelte ihre Schulter. »Du hattest keinen Grund zu glauben, daß irgend etwas nicht in Ordnung ist. Was kannst du uns über den Wagen sagen?«
Sie schniefte und wischte ihre triefende Nase mit dem zerfetzten Taschentuch ab. »Es war ein Van. Mehr weiß ich nicht. Du kennst mich doch – ich kann den Anfang nicht vom Ende eines Autos unterscheiden.«
»Also, war's ein großer Van?« fragte Steiger ungeduldig. Er nahm seinen Fuß vom Stuhl und rannte hin und her wie ein Dobermann an einer zu kurzen Leine. »War es einer mit Holz, ein umgebauter? Was?«
Helen schüttelte den Kopf.
Megan verkniff es sich, dem Sheriff vorzuschlagen, doch das charakterlich Unmögliche zu versuchen, und Mitch und ihr die Vernehmung zu überlassen. Statt dessen konzentrierte sie sich auf die Zeugin. »Versuchen wir's doch mal anders, Mrs. Black«, sagte sie ruhig. »Erinnern Sie sich daran, ob der Van hell oder dunkel lackiert war?«
»Äh – er war hell. Beige oder hellgrau. Vielleicht war es ein schmutziges Weiß. Wissen Sie, die Beleuchtung um den Parkplatz herum ist so gelblich. Sie verfälscht die Farben.«

»Gut«, sagte Megan und notierte *Farbe: hell* auf ihrem Notizblock. »Hatte er Fenster – wie die Minivans oder wie diese Shuttles?«

»Nein. Keine großen Fenster. Vielleicht waren es die kleinen an der Hintertür, ich bin mir nicht sicher.«

»Ist schon in Ordnung. Eine Menge Leute wissen nicht mal, ob ihr eigener Van hinten Fenster hat, ganz zu schweigen von der Machart und dem Modell des Nachbarn.«

Helen gelang ein schiefes Lächeln. »Mein Ex war ein Autofreak«, beichtete sie mit einem Blick von Frau zu Frau. »Er konnte sich an den Tag erinnern, an dem sein Kilometerzähler in seinem Geländewagen auf 100 000 gesprungen ist. An unseren Hochzeitstag konnte er sich nicht erinnern, aber er wußte auf die Minute genau, wann seine kostbare Corvette ihren letzten Ölwechsel gehabt hatte. Ich will bloß wissen, wird mich die Karre dahinbringen, wo ich hin muß.

»Und ob sie eine Heizung hat«, sagte Megan, was ihr ein weiteres wäßriges Lächeln einbrachte.

Helen strich sich die Ponys aus den Augen, sichtlich entspannter. »Es war keiner von den Vans, mit denen man in der Stadt rumfahren mag. Eher so einer, wie ihn ein Installateur benutzt.«

Steiger runzelte die Stirn. »Was soll denn das nun heißen?«

»Ich weiß genau, was das heißen soll«, sagte Megan und notierte *Panel Van.* »Ein schmieriger Installateur oder ein ordentlicher?«

»Schmierig. Er sah älter aus. Dreckig oder vielleicht auch voller Rostflecken.« Sie zögerte, überlegte. »Installateur«, dachte sie laut. »Wissen Sie, ich war mir nicht sicher, warum ich das gesagt habe; aber wenn ich jetzt so drüber nachdenke, er hatte dieselbe Form wie der von Dean Eberheardt. Er hat meine Dusche repariert und im ganzen Haus Schlammspuren hinterlassen. ich erinnere mich, wie ich ihm nachgeschaut habe: »Mein Gott, was wird der erst für einen Saustall in seinem Van haben.«

»Wollen Sie damit sagen, daß Dean Eberheardt der Kidnapper ist?« fragte Steiger ungläubig.

»Nein«, Helen war entsetzt über diese Folgerung.

Megan biß die Zähne zusammen und sah zu Mitch.

»Ford Econoline, Baujahr Anfang der Achtziger«, sagte er, ohne den Sheriff eines Blickes zu würdigen. »Dean hat meine Küchenspüle repariert. Ich habe eine ganze Flasche Meister Proper gebraucht, um den Boden wieder sauberzukriegen.«

»Verwandter von Ihnen, Sheriff?« murmelte Megan und erhob sich

mit dem Notizbuch in der Hand. Sie sah Steiger herausfordernd an und dirigierte dann seinen Blick zu der Pfütze, die sein Stiefel auf dem Stuhl hinterlassen hatte.
»Ist dir sonst noch etwas aufgefallen, Helen?« fragte Mitch. »Irgend etwas, was dir komisch vorkam, oder dir sonst irgendwie im Gedächtnis geblieben ist?«
»Das Nummernschild zum Beispiel«, grummelte der Sheriff.
Helen warf ihm einen giftigen Blick zu. »Dazu hätte ich ein Fernglas gebraucht. Ich weiß nicht, wie das bei Ihnen ist, Sheriff, aber ich hab im Wohnzimmer keins griffbereit.«
»Ich werde das sofort über Funk durchgeben«, sagte Megan zu Mitch.
»Vielen Dank, Mrs. Black. Sie waren eine große Hilfe.«
Frische Tränen quollen aus Helens Augen. »Ich wünschte nur, ich hätte früher helfen können. Hoffentlich ist es nicht zu spät.«
Das hoffen wir alle, dachte Megan, als sie auf den Korridor hinausging und weiter zu ihrem Büro. Die Nachricht mußte sofort per Fax ins BCA-Hauptquartier. Vom Hauptquartier würde die Meldung augenblicklich zu jeder Agentur in Minnesota und den umliegenden Staaten weitergeleitet werden.
»Was werden Sie denn in die Meldung schreiben?« fragte Steiger, der sie eingeholt hatte. »Jemand hat den Jungen in einen Van steigen sehen, den vielleicht ein Installateur fährt?«
»Es ist mehr, als wir vor einer Stunde hatten.«
»Es ist Scheiße.«
Megan wurde sauer. »Finden Sie, ja? Ich habe bereits einen PC-Auszug kürzlicher Vorfälle im Umkreis von hundert Meilen, an denen mögliche und bekannte Kinderschänder beteiligt sind. Wenn einer von ihnen einen hellen, älteren, großen Van gefahren hat, haben wir einen Verdächtigen. Und was haben Sie, Sheriff?«
Verdauungsstörungen, seinem Gesichtsausdruck nach zu schließen. Er starrte sie finster an, sein Gesicht sah aus wie eine verwitterte Landkarte, die Nase ragte messerscharf daraus hervor.
Nun packte er Megan bei den Schultern und brachte sie zum Stehen. Die Deckenlampe ließ die Brillantine auf seinen dunklen Haaren irisieren.
»Sie halten sich für ziemlich schlau, was?«
»Ist das eine rhetorische Frage, oder möchten Sie gerne meine Diplome sehen?«
»In den Twin Cities kommen Sie vielleicht mit dieser siebengeschei-

ten Klappe durch, aber hier draußen zieht das nicht, Schätzchen. Wir erledigen unsere Sachen auf unsere Art ...«

»Ja, ich habe Ihren Stil im Konferenzraum bemerkt. Eine kooperative Zeugin schikanieren, bis sie weint. Was machen Sie denn als Zugabe? Mit dem Gummiknüppel auf Joshs Spielkameraden losgehn?«

Steigers Augen flackerten vor Wut, und er hob warnend den Finger. »Jetzt hören Sie mal ...«

»Nein, Sie hören zu, Sheriff«, Megan bohrte ihren Zeigefinger in seine Brust und stieß ihn einen Schritt zurück. »Wir haben alle rund um die Uhr gearbeitet, und unsere Nerven sind nicht mehr die frischesten, aber das ist keine Entschuldigung dafür, wie Sie Helen Black behandelt haben. Sie hat uns einen Hinweis gegeben, jetzt wollen Sie den abwerten, weil es nicht der Name des Gangsters in Druckbuchstaben war ...«

»Und Sie werden damit den Fall knacken«, erwiderte er von oben herab.

»Ich werde es, verdammt noch mal, versuchen, und Sie sollten das besser auch. Diese Ermittlung ist ein kooperativer Einsatz. Ich schlage vor, daß Sie kooperativ im Wörterbuch nachschlagen, Sheriff. Sie scheinen den Begriff nicht zu kapieren.«

»Spätestens in einem Monat werden Sie hiersein«, knurrte er.

»Darauf würde ich nicht wetten. Es gibt einen Haufen Leute, die gewettet haben, daß ich diesen Job nicht kriege. Denen werde ich ihre Wette persönlich in den Hals zurückstopfen. Ich würde mich mehr als glücklich schätzen, Sie auf diese Gästeliste zu setzen.«

Sie wandte sich ab, wohlwissend, daß sie sich Steiger zum Feind machte, aber vor lauter Wut war es ihr egal. Sie drehte sich noch einmal um: »Und noch eins, Steiger – ich bin nicht Ihr Schätzchen.«

22 Uhr 58, –10,5 Grad

Als Mitch dem Parkplatz verließ, schwebte Olie Swains häßliches Mopsgesicht wie ein Gnom aus einem Gruselkabinett vor seinem inneren Auge. Olie Swain fuhr einen verbeulten, verrosteten 1983er Chevy Van, der einmal weiß gewesen war. Olie, der in jeder Beziehung seltsam war. Olie, der zu jedem kleinen Jungen in der Stadt Zugang hatte. Olie, von dem Mitch geschworen hatte, er wäre harmlos.

»Das muß für dich besonders hart sein«, sagte Helen leise.

Mitch warf ihr einen Blick zu. Sie saß auf dem Beifahrersitz seines Trucks, in einer bizarr aussehenden Jacke aus falschem Leopardenpelz. Die Jacke paßte zu ihrem Sinn für Humor, aber jetzt zeigte ihr Gesicht keine Spur von diesem Humor, bloß Mitleid, und davon hatte Mitch genug für alle Zeiten gesehen.
»Es ist für die Beteiligten sehr schwer«, sagte er. »Du könntest Hannah anrufen. Sie macht wirklich viel mit, gibt sich selbst die Schuld.«
»Armes Kind.« Helen nannte jeden, der auch nur einen Monat jünger war als sie, ›Kind‹; eine Angewohnheit, die ihr den Anschein von Weltmüdigkeit gab. »Inzwischen ist es nicht mehr erlaubt, daß Mütter Fehler machen. Noch vor einer Generation war jeder davon überzeugt, daß sie ihre Kinder vermurksen. Jetzt muß man die Superfee sein.« Ihre Stimme wurde merklich kühler, ihr Ton härter. »Ich nehme an, Paul ist nicht gewillt, einen Teil der Schuld auf sich zu nehmen.«
»Er hat gearbeitet. Hannah war an der Reihe, Josh abzuholen.«
»Mhm. Und damit wäre Paul aus dem Schneider!«
Mitch sah wieder kurz zu Helen. Ihr Mund war nur noch ein schmaler Strich. »Du und Paul, ihr vertragt euch nicht?«
»Paul ist ein Arschloch.«
»Aus irgendeinem bestimmten Grund?«
Helen gab keine Antwort. Mitch drängte sie nicht. »Helen, wärst du bereit, dir ein paar Vans anzuschauen und mir zu sagen, ob irgendeiner dem gleicht, den du gestern nacht gesehen hast? Nur damit ich eine genauere Vorstellung kriege?«
»Natürlich.«
Sie fuhren hinaus zu den Autohändlern im östlichen Teil der Stadt, wo Fähnchen und riesige aufblasbare Tiere die Leute von der Interstate verlocken wollten, einen neuen Wagen zu kaufen. Bei Dealin' Swede zeigte Helen auf einen grauen Dodge Van: »So ähnlich, aber nicht ganz.« Auf dem Rückweg quer durch die Stadt fuhr Mitch an mehreren Vans langsamer vorbei, damit sie sich noch ein paar Fahrzeuge ansehen konnte. Als sie wieder in ihrer Straße waren, passierte er ihr Haus und den Parkplatz der Eishalle. In zehn Metern Abstand von Olies Van blieb er stehen, sagte aber nichts.
Helen runzelte die Stirn. Sie nagte an ihrer Unterlippe. Mitch drehte sich der Magen um.
»Eher wie der hier«, sagte sie langsam.
»Aber nicht *genau* wie der hier?«

Sie drehte den Kopf hin und her, als könne sie dadurch eine Erinnerung losschrauben. »Ich glaube nicht. Irgend etwas ist anders – entweder die Farbe oder die Form – aber es kommt dem nahe ... ich weiß nicht.« Sie wandte sich ihm zu und schüttelte bedauernd den Kopf. »Tut mir leid, Mitch, ich hab ihn nur für ein paar Sekunden gesehen, es war ein flüchtiger Eindruck, mehr nicht. Natürlich würde ich gerne sagen, er wär genau wie der hier gewesen, aber das kann ich nicht.«

»Ist schon okay«, murmelte er, wendete den Explorer und fuhr zurück zu Helens Haus. »Hast du dich gut amüsiert im Theater?« fragte er, als sie ihre Handtasche vom Boden aufhob.

»Ja«, sagte sie mit einem kleinen Lächeln. »Wes ist nett. Danke, daß du ihn mir vorgestellt hast. Du bist ein guter Mensch, Mitch.«

»So bin ich eben – der letzte der guten Menschen.«

Irgendwie schon ein Witz, fand er. Ja, er war ein guter Mensch, dirigierte das Interesse von Frauen auf Freunde, damit er seine Ruhe hatte.

Du kannst aber nicht behaupten, daß du bei Megan heute abend gekniffen hast, was, Holt?

Die Erinnerung an Hitze und weiche Haut und den kühlen Atem der Nacht stahl sich in sein Bewußtsein. Der Geschmack von Süße. Seltsam, wie jemand mit einer so spitzen Zunge so süß schmecken konnte. Sie war diejenige gewesen, die sich zurückgezogen hatte. Er hätte sie beide über den Punkt ohne Wiederkehr gebracht.

»Dein Timing stinkt zum Himmel, Mitch«, tadelte er sich und bog in südlicher Richtung ab. An der nächsten Ecke fuhr er nach Osten weiter, die Straße hinunter, die hinter der Eishalle entlangführte.

Der Fall erforderte all ihre Energie. Und wenn Megan herausfand, daß Olie Swain einen Van besaß und er ohne sie bei Olie gewesen war, würde er derjenige sein, der den Kopf einziehen mußte. Sie hatte Olie ohnehin schon im Verdacht und würde sich auf die Spur mit dem Van stürzen wie eine Wölfin auf einen Hasen – Olie würde ausrasten! Mitch wußte, daß Olie selbst bei den harmlosesten Frauen in Deckung ging. Er konnte es nicht riskieren, daß der Kerl abhaute, falls er tatsächlich etwas mit dem Verschwinden von Josh zu tun haben sollte.

Olies Haus war eine umgebaute Einzelgarage, die auf dem letzten Grundstück am Ende der Straße stand. Das Haupthaus darauf gehörte Oscar Rudd, der schrottreife Saabs sammelte und sie auf jedem verfügbaren Zentimeter Platz des Grundstücks und der Straße parkte, ein Verstoß gegen drei städtische Verordnungen. Somit blieb für Olie kein Abstellplatz für seinen Van. Olie parkte ihn bei der Eishalle und ging zu Fuß nach Hause und zurück, durch Schnee, Matsch und Schlamm, was immer die Jahreszeit auf dem leeren Grundstück zwischen Heim und Arbeitsstelle für ihn bereithielt.

Die Garage war genau wie das Haupthaus mit asphaltbeschichtetem Teerpapier verkleidet, das wie Backsteine angemalt war. Es täuschte niemanden. Ein Ofenrohr ragte schief aus dem Dach, der Abzug des Holzofens, mit dem er alles beheizte. Licht schien aus dem einzigen Fenster seitlich am Gebäude. Mitch hörte das Schnattern des Fernsehers, als er den freigeschaufelten Weg zur Tür hochging. *David Letterman* (= David der Dichter). Er hätte gar nicht gedacht, daß Olie soviel Sinn für Humor besaß. Als er klopfte, verstummte der Fernseher. Er klopfte noch einmal.

»Olie? Ich bin's. Chief Holt.«

»Was wollen Sie?«

»Bloß reden. Ich hab ein paar Fragen, die Sie vielleicht beantworten können.«

Die Tür öffnete sich, und Olies Visage erschien im Spalt, die Augen rund und mißtrauisch. »Fragen über was?«

»Verschiedene Sachen. Kann ich reinkommen? Es ist eiskalt hier draußen.«

Olie machte ein paar Schritte rückwärts. Mehr Einladung war er nicht bereit zu geben, er mochte keinen Besuch. Das war seine Zuflucht, wie der alte Schuppen, den er als Kind zufällig gefunden hatte. Der Schuppen stand auf einem verlassenen Grundstück, nicht weit vom Stadtrand, da, wo die Asozialen wohnten. Das Land grenzte an den Stadtpark, aber die Wege in diesem Teil des Parks waren überwachsen, und so kam keiner dem Schuppen zu nahe. Olie hatte so getan, als gehöre der Schuppen ihm, sein Versteck, um Prügeln zu entgehen oder sich nach schlimmen Prügeln zu erholen. Im Schuppen war er sicher.

Und das Gefühl von Geborgenheit hatte er auf diesen Ort übertragen. Die Garage war klein und dunkel. Ein Kabuff. Er füllte es mit Büchern und dem Zeug, das er in Trödelläden kaufte, ließ nie jemanden herein, aber dem Polizeichef konnte er den Eintritt nicht verweigern. Hinter seinem provisorischen Schreibtisch ging er in Deckung und streichelte seinen Computermonitor, als wäre er eine Katze.

Mitch mußte sich beim Eintreten ein wenig ducken. Er sah sich unauffällig in Olies Domäne um. Es gab nur einen Raum: ein dunkles, kaltes Zimmer mit schmutzigem, blauem Allzweckteppich auf dem Betonboden. Die Küche bestand aus einem uralten Kühlschrank und einem olivgrünen Elektroherd vom Müllplatz. Das Badezimmer war durch zwei ungleiche Vorhänge, die an einem Draht hingen, abgetrennt. Der Vorhang klaffte, so daß man die winzige Dusche sehen konnte.

»Nett hast du's hier!«

Olie sagte nichts. Er trug dieselbe grüne Fliegerjacke, denselben dunklen Wollpullover und dieselben fingerfreien Ragg-Handschuhe, die er gestern abend angehabt hatte. Mitch fragte sich, ob er im Winter überhaupt die Kleidung wechselte. Und ob er je diese Dusche benützte. Der Raum stank nach ungewaschenen Füßen.

Er sah sich nach einen Sitzplatz um, um Olie zu beruhigen, aber lehnte sich dann doch lieber an das Seitenteil einer zerfledderten alten Couch. Überall waren Bücher. Regale über Regale voller Bücher. Die wenigen Möbel, die es gab, dienten alle nur als Unterlagen für Bücher. Und wo sich keine Bücher stapelten, standen Computerteile. Mitch zählte fünf PCs.

»Woher hast du denn die ganzen Computer, Olie?«

»Von verschiedenen Adressen aus den Twin Cities. Die Geschäfte werfen sie weg, wenn sie veraltet sind. Ich hab sie nicht gestohlen.«

»Das hab ich auch nicht geglaubt. Ich versuch nur Konversation zu machen, Olie«, Mitch lächelte. »Geschäfte schmeißen die weg? Keine schlechte Beobachtung. Wie hast du denn das rausgefunden?«

Olie setzte sich vorsichtig in seinen Stuhl. Sein sehendes Auge huschte zwischen Mitch und dem Computer hin und her. Das Glasauge starrte Mitch unverwandt an. »Professor Priest.« Seine Hand zuckte zum Keyboard, schlug eine Taste an. »Er läßt mich manchmal am Unterricht teilnehmen.«

»Er ist ein netter Kerl.«

Olie sagte nichts. Er schlug auf eine andere Taste, und das Bild verschwand.

»Und was machst du mit all diesen Geräten?«

»So Zeug.«

Mitch quälte sich ein weiteres Lächeln ab und seufzte leise. Olie, der Konversationskünstler! »Also, Olie, hast du heute abend gearbeitet?«

»Ja.«

»War nach halb sechs noch was los in der Eishalle?«

Er zuckte die Schultern. »Schlittschuhclub.«
»Die haben wohl für die Show am Sonntagabend geprobt?«
Olie betrachtete das als rhetorische Frage.
»Ich wollte dir ein paar Fragen wegen gestern abend stellen«, sagte Mitch.
»Ihr habt diesen Jungen nicht gefunden?«
Es schien mehr eine Feststellung als eine Frage zu sein. Mitch beobachtete ihn sehr genau, mit reglosem Gesicht. »Noch nicht, aber wir suchen intensiv. Wir haben ein paar Spuren. Ist dir schon was eingefallen, was uns vielleicht helfen könnte?«
Olies intaktes Auge starrte das Keyboard an. Er zupfte einen Fussel von einer der Tasten.
»Jemand glaubt, er hätte Josh gestern abend in einen Van steigen sehen. Ein Van, der ein bißchen so aussah wie deiner – älteres Modell, helle Farbe. Du hast doch keinen solchen Van gesehen, oder?«
»Nein.«
»Du hast deinen Van niemandem geliehen, oder?«
»Nein.«
»Hast du die Schlüssel steckenlassen?«
»Nein.«
Mitch nahm ein Buch von dem Stapel auf der Couch und sah sich den Titel an. *Geschichte der irischen Rasse.* Er fragte sich, ob Olie Ire war oder einfach nur neugierig. Das einzige, was er über ihn wußte, war seine Abnormität.
Olie sprang von seinem Stuhl hoch. Seine Brauen zogen sich über den verschiedenen Augen zusammen und verzerrten das portweinrote Feuermal auf seiner linken Gesichtshälfte. »Es ist nicht mein Van.«
»Aber du warst doch in der Eishalle«, beharrte Mitch. Er legte das Buch beiseite und steckte die Hände in die Jackentaschen. »Du hast die Kehrmaschine gefahren, richtig? Vielleicht hat einer deinen Van benutzt, ohne zu fragen?«
»Nein. Das konnte keiner.«
»Ja, also ...« Mitch gähnte übertrieben und richtete sich auf. »Die Leute machen seltsame Sachen, Olie. Wir sollten ihn uns mal anschauen, nur um sicher zu gehen. Würd's dir was ausmachen, ihn mir zu zeigen?«
»Sie haben keinen Durchsuchungsbefehl.« Olie bedauerte sofort, das gesagt zu haben. Mitch Holts Blick richtete sich auf ihn wie der Laser eines Zielfernrohrs.

»Soll ich mir einen besorgen, Olie?« Seine leise, täuschend sanfte Stimme jagte Olie Kälteschauer über den Rücken.

»Ich weiß gar nichts!« schrie Olie und schlug gegen einen Stapel Bücher auf einem Fernsehtisch. Sie polterten mit einem Getöse wie Felsbrocken auf den Betonboden. »Ich hab nichts getan!«

Mitch beobachtete den Ausbruch mit steinerner Miene, zeigte nichts von der Spannung, die sein Inneres wie eine Feder zusammenzog. »Dann hast du auch nichts zu verstecken.«

Sein Verstand arbeitete fieberhaft. Wenn Olie jetzt mit einer Durchsuchung des Fahrzeugs einverstanden wäre und sich dabei etwas ergab, würde der Richter später das Beweismaterial als ungültig verwerfen mit der Begründung, daß es keinen Durchsuchungsbefehl gegeben hatte, und die Einwilligung unter Zwang gegeben wurde. Ohne eine einwandfreie Identifizierung des Fahrzeugs hatte Mitch keine Chance, einen Durchsuchungsbefehl zu erlangen, und er bezweifelte, daß Olie ein Einwilligungsformular unterzeichnen würde. Verdammte Verfahrensregeln. Er hatte hier ein vermißtes Kind, und das zu finden war wichtiger als jegliche Anforderungen eines Gerichts.

Wenn Olie zuließ, daß er sich den Van anschaute und er etwas dort sah, könnte der das Fahrzeug abschleppen lassen mit der Begründung, daß es an der Gordie Knutson Memorial Arena nicht parken dürfte. Wenn das Fahrzeug erst einmal beschlagnahmt war, könnte er eine Liste des Inhalts erstellen, und alles Verdächtige auf dieser Inventurliste würde sie dazu berechtigen, einen Durchsuchungsbefehl zu beantragen mit anschließender Beschlagnahme.

Okay. Er hatte seinen legalen Plan, jetzt war Olie am Zug.

Olie starrte ihn wütend an, den Mund total verkniffen. Das Feuermal, das sich über seine Stirn ergoß, schien dunkler zu werden, der Rest seine Gesichts erblaßte. Er hob zitternd die Hand und deutete auf Mitch.

»Ich hab nichts zu verstecken«, bockte er.

Das Auge, das Mitch trotzig anstarrte, war aus Glas. Das andere glitt beiseite.

TAGEBUCHEINTRAG
TAG 2

Sie bewegen sich im Kreis. Immer nur im Kreis.
Werden Sie Josh finden? Wir glauben es nicht.

Kapitel 13

TAG 3
5 Uhr 51, –12 Grad

Megan verschlief, träumte erregende Geschichten von Harrison Ford. Sie öffnete blinzelnd die Augen, aber die Gefühle verschwanden nicht gleich – verbotenes Verlangen und ein üppiges, schweres Gefühl von Lust, Schuld und Befriedigung, der Geschmack von Mitch Holts Kuß, seine Hände auf ihrem Körper, sein Mund auf ihrer Brust ...

Sie starrte hoch zu den Haarrissen in der Decke. Das Licht der Morgendämmerung sickerte durch die Stores ins Zimmer, tauchte alles in graue Nuancen, eine unwirkliche Szenerie. Sie lag unter den zerknüllten Laken und ihrer Steppdecke; ihr Herz klopfte langsam, kräftig, sie fühlte sich durchgewärmt, die Nervenenden vibrierten. Gannon hatte sich an sie gekuschelt, an seiner Lieblingsstelle, hinter ihrem Knie. Friday war sicher schon in der Küche, auf der Suche nach Frühstück.

Megans Gedanken wanderten auf verbotenes Gebiet, und sie fragte sich, ob Mitch vielleicht auch von diesem Kuß geträumt hatte, fragte sich, ob dieses Gefühl auch über seinem Bett wie eine greifbare Wolke hing.

Nicht sehr klug, darüber nachzudenken! Er sollte einfach nur ein Kollege sein, mit dem sie arbeiten mußte. Aber sie hatte das dumpfe Gefühl, daß nichts an Mitch Holt einfach war. Hinter dieser Jedermannsfassade verbarg sich ein komplexer Kern von Zorn und Verlangen und Schmerz. Sie hatte diese Dinge in seinen Augen gesehen, in seinem Kuß geschmeckt, und versteckte Rätsel zogen sie an. Schlichtem Sex-Appeal hätte sie widerstehen können, aber einem Rätsel? Für sie ging von Rätseln grundsätzlich eine Faszination aus.

Aber vorerst müßte sie einem dringenderen Unbekannten auf die

Spur kommen. Die Schuldgefühle, die sie bei dem Gedanken überfielen, trieben Megan aus dem Bett und unter die Dusche. Megan ließ das Wasser in vollem Strahl auf sich herunterprasseln, in der Hoffnung, es würde die Benommenheit aus ihr hinausschwemmen. Ihr Kopf war schwer und träge wie ein Amboß. Ihre Augen fühlten sich an, als wäre auf ihnen ein Pelz gewachsen. Von siebenundvierzig waren fünf Stunden Schlaf nicht genug. Sie hätte einen Tag lang schlafen können, aber dieser Luxus würde ihr nicht vergönnt sein, bis dieser Fall gelöst war. Selbst dann wäre sie mit ihren Pflichten noch im Hintertreffen. Alle Termine mit den anderen Chiefs und Sheriffs in ihrem Amtsbereich ruhten derweilen; aber die üblichen Straftaten in diesen anderen Abteilungen und Städten legten keinen Stop ein, weil in Deer Lake das große Verbrechen zugeschlagen hatte. Im Umgang mit Tunnelratten gab es keine Einsicht.

Friday sprang auf den Rand der alten Badewanne mit den Löwenfüßen und steckte seinen Kopf durch den Duschvorhang. Sein rundes, schwarzes Gesicht sah verärgert aus, die goldenen Augen fixierten Megan wütend, und die weißen Schnauzhaare zuckten irritiert von den Wassertropfen, die ihn bombardierten. Er jaulte erbärmlich und wischte sich mit der Pforte das Wasser von der Nase.

»Ja, ja, du willst dein Frühstück. Du willst, du willst – und wie steht's mit dem, was ich will, hm?«

Er hüpfte von der Wanne, und sein Miauen zeigte unmißverständlich, daß ihn ihre Bedürfnisse nicht die Bohne interessierten. Typisch männliche Einstellung, dachte Megan, drehte den Hahn zu und schnappte sich das Handtuch.

Nachdem sie in einen Trainingsanzug geschlüpft war, fütterte sie die Katzen und verabreichte sich selbst einen Muffin. Sie saß am Tisch und starrte ins Leere, vorbei an dem deprimierenden Chaos im Wohnzimmer, den ausgepackten und unausgepackten Kisten. Es müßte jetzt warten, ihr Bedürfnis, ein Nest zu bauen und sich mit den Dingen zu umgeben, die sie gesammelt hatte – Familienschätze und Erinnerungen an andere Menschen, das trügerische Gefühl von Zugehörigkeit und Verwandtschaft, das sie ihren Flohmarktfunden angeheftet hatte.

Sie sortierte im Geiste ihre Aufgaben nach Dringlichkeit und jonglierte mit Informationsfetzen, in der Hoffnung, dabei auf etwas Aufschlußreiches zu stoßen. Helen Blacks Aussage spulte wie ein Videoband vor ihrem inneren Auge ab und sie bemühte sich, etwas zu

sehen, zu hören, was vielleicht eine Erkenntnis auslösen könnte. In den Berichten über kürzliche Vorfälle und bekannte Kriminelle, die sie gestern abend durchgegangen war, hatte sie nichts Ermutigendes entdeckt. Aber ihre Augen hatten bereits versagt, ehe sie alles durchgelesen hatte. Vielleicht war einer ihrer Männer fündig geworden.
Sie leckte sich die Erdbeermarmelade von den Fingern, packte ihr Handy und drückte den Schnellwahlknopf für die Einsatzzentrale.
»Agent Geist. Was kann ich für Sie tun?«
»Jim. Megan hier. Irgendwas Neues?«
»Bisher noch nichts, aber die Beschreibung des Vans wird jetzt erst ausgestrahlt. Ich rechne damit, daß innerhalb einer Stunde die Leitungen der Hotline glühen. Jeder dritte im Staat kennt sicher jemandem mit einem Schrottvan.«
»Und was ist mit den Listen? Hat sich da was herauskristallisiert?«
»Fast, aber Fehlanzeige. Wir haben zwei mißlungene Versuche, Kinder in einem braunen Van zu entführen in Anoka County, einen verurteilten Pädophilen in New Prague, der einen gelben Van fährt ...«
»Das sollte überprüft werden. Hast du den Chief in New Prague angerufen?«
»Er ist noch nicht im Büro, aber er ruft zurück, sobald er eintrifft.«
»Gut. Danke. Ich geh rüber und rede mit den Eltern. Pieps mich an, wenn sich irgend etwas ergibt.«
Sie trocknete sich die Haare und kämmte sie dann zu ihrem üblichen Pferdeschwanz. Make-up beschränkte sich auf ein bißchen Blusher und zwei Schwünge mit der Wimperntusche. Im Schlafzimmer kramte sie eine burgunderrote Keilhose und einen anthrazitfarbenen, dicken Rollkragenpullover aus ihrem Koffer. Die Katzen suchten sich einen Hochstand auf den Kisten im Wohnzimmer und beobachteten, wie sie ihren Parka anzog und mit ihrem Schal kämpfte.
»Tut euch keinen Zwang an, ihr zwei, ihr könnt auspacken und das Heim schmücken, solange ich weg bin«, sagte sie zu ihnen.
Gannon verschränkte beleidigt seine Pfoten unter sich und schloß die Augen. Friday sah sie vorwurfsvoll an, er machte ›Jau‹.
»Ja, das sieht euch wieder mal ähnlich. Ihr habt sowieso kein Stilgefühl.«
Der Lumina sprang widerwillig, knurrend und hustend an. Irgend etwas in der Lüftung quiekte wie ein angestochenes Schwein, als sie den Heizungsknopf drehte; aus den Lüftungsklappen blies munter ein Hauch Arktis.

Um sich von der Tatsache abzulenken, daß ihre Fingerspitzen allmählich taub wurden und die Haare in ihrer Nase gefroren, sah sich Megan die Stadt an, deren baumbestandene Straßen sie von Osten nach Westen durchfuhr. Der etablierte ältere Teil von Deer Lake war so richtig spießig – gemütliche Einfamilienhäuser, Hunde, die die Schneemänner der Kinder anpinkelten, welche man soeben mit Minivans in die Schule brachte. War es die Kälte oder Josh Kirkwood, der sie von den Gehsteigen vertrieben hatte?
Das Stadtzentrum sah aus wie eine Filmkulisse des Prototyps einer amerikanischen Stadt: der Rasen in der Mitte des Hauptplatzes mit seiner malerischen Tribüne für Musikkapellen und den Statuen längst vergessener Männer, die alten Läden mit den falschen Backsteinfassaden, das Gerichtsgebäude aus hiesigem Sandstein; an der Ecke das Park Cinema Theatre mit seiner echten Fünfziger-Jahre-Markise, auf der *Philadelphia* angekündigt wurde, Vorstellung um 7 und um 9 Uhr 20, und das prachtvolle alte Fontaine Hotel, vier Stockwerke renovierter viktorianischer Pracht.
Nördlich und westlich der Stadtmitte wichen die alten Viertel charakterlosen Bauten aus den Sechzigern, den Maisonettehäusern der Siebziger und dem letzten Schrei für Besserverdienende – teure Häuser im Mischmaschstil, die auf einem oder mehr Morgen Land standen. Pseudo-Tudor und Pseudo-Georgian, verschnörkelte Holzhäuser mit Anbauten und Yuppie-rustikale Häuser, wie das der Kirkwoods mit Zedernholz verkleidet, und Gärten voller Birken und kunstvoll arrangierter Felsblöcke. Die Baufirmen hatten sich große Mühe gegeben, damit die Häuser so aussahen, als würden sie seit Jahrzehnten existieren. Geschickt ausgesuchte Bauplätze, alter Baumbestand und gewundene Straßen vermittelten die Illusion von Abgeschiedenheit.
Das Haus der Kirkwoods stand am Seeufer, der jetzt nur eine schneebestäubte Eisfläche mit ein paar Hütten zum Eisfischen war. Im grauen Morgenlicht sah alles ziemlich öde aus. Hinter der westlichen Böschung kauerten die Gebäude des Harris College wie dunkle Pilze entlang der kahlen Allee. Südlich des College lag das, was einmal eine Stadt namens Harrisburg gewesen war. Im vorigen Jahrhundert hatte es mit Deer Lake konkurriert, was Handel und Bevölkerungszahl anging; aber letzteres hatte schließlich den Zuschlag für die Eisenbahn bekommen und den Titel Bezirkshauptstadt. Harrisburg verwaiste langsam, wurde schließlich annektiert und mußte es sich jetzt gefallen lassen, Dinkytown (= Bilderbuchland) genannt zu werden.

Megan parkte und zuckte zusammen, als der Motor des Lumina beim Abstellen klopfte und klapperte, bevor er verstummte. Vielleicht würde ihr das Bureau einen besseren Wagen zugestehen, wenn es ihr gelang, diesen Fall zu lösen. Wenn sie es schaffte, würde vielleicht ein kleiner Junge in der halbfertigen Schneeburg auf dem vorderen Rasen der Kirkwoods bald weiterspielen.

Hannah Garrison öffnete selbst die Haustür, sie sah sehr müde und angespannt aus. Angetan mit einem ausgebleichten Duke-Sweatshirt, marineblauen Leggins und dicken Wollsocken gelang es ihr dennoch, das Ganze mit einem Hauch von Eleganz zu tragen.

»Agent O'Malley«, sagte sie, und ihre Augen weiteten sich vor Entsetzen bei dem Gedanken, was Megans Anwesenheit auf ihrer Schwelle bedeuten könnte. Sie klammerte sich so heftig an die Tür, daß ihre Knöchel weiß wurden. »Haben Sie Josh gefunden?«

»Nein, tut mir leid. Aber vielleicht haben wir eine Spur. Jemand hat möglicherweise gesehen, wie Josh Mittwoch abend in einen Van stieg. Darf ich hereinkommen? Ich würde gerne mit Ihnen und Ihrem Mann reden.«

»Ja, natürlich.« Hannah machte den Eingang frei. »Ich muß Paul festhalten. Im Moment wollte er sich wieder an der Suche beteiligen.«

Megan trat ein und schloß die Tür hinter sich. Sie folgte Hannah in gebührendem Abstand, so daß sie alles beobachten konnte.

Im Wohnzimmer knisterte ein Feuer im Natursteinkamin, mit Glastüren und einem Funkenschirm zum Schutz des Babys, das auf dem Rücken eines riesigen Plüschhundes döste. Im Fernseher, der in einen kirschfarbenen Schrank eingebaut war, lief die *Today*-Show. Katie Couric piesackte Bryant Gumbel, Willard Scott lachte im Hintergrund wie ein Narr. Eine zierliche Frau mit großen braunen Augen und aschblondem Pagenschnitt brachte sie mit der Fernbedienung zum Schweigen und sah Megan erwartungsvoll an.

»Kann ich etwas für Sie tun«, fragte sie diskret. »Ich bin Karen Wright, eine Nachbarin, und hier, um Hannah zu helfen.«

Megan lächelte flüchtig. »Nein, danke. Ich muß mit Mr. und Mrs. – äh, mit Mr. Kirkwood und Dr. Garrison sprechen.«

Karen demonstrierte Mitgefühl. »Schwierig, nicht wahr? Früher ging es einfacher, als wir noch nicht so liberal waren.«

Megan brummte etwas Nichtssagendes und suchte die Küche auf, wo sich Curt McCaskill soeben eine Tasse Tee eingoß und die *Star Tribune* las. Der Agent riß theatralisch den Kopf hoch.

»He, O'Malley, ich hab grade über dich gelesen. Hast du wirklich einen Kinder-Pornoring geknackt, als du bei der Sitte warst?«
Megan ignorierte die Frage und überflog den Artikel, der auf dem Tisch ausgebreitet lag. *Weiblicher Agent kämpft gegen Verbrechen und mittelalterliche Vorurteile.* Henry Foster hatte das verzapft, dieser Affenpinscher. »Du lieber Himmel, DePalma kriegt die Motten, wenn er das sieht!«
Der Artikel schilderte ihre Laufbahn und ihren Kampf um einen Außendienstposten im Bureau. Sie wurde nicht wörtlich zitiert, aber diverse ›Quellen im Bureau‹ hatten ein paar nicht sehr freundliche Bemerkungen über ihren Ehrgeiz geäußert. Der Artikel beschrieb auch den Aufruhr wegen sexueller Belästigung vom vorigen Jahr, der sie überhaupt nicht betroffen, aber ein oder zwei Monate allen im Hauptquartier das Leben schwergemacht hatte. Zwischen Männern und Frauen hatten sich Fronten gebildet, und viele hegten immer noch einen Groll. Forsters Artikel würde das alte Hornissennest wiederaufführen, aber keiner würde sich an Forster heranwagen. Sie würden Megan angreifen.
Nachdem sie zu Ende gelesen hatte, stöhnte sie laut.
»Möchtest du eine Tasse Kaffee?« fragte McCaskill.
»Nein, danke. Ich brauche etwas Härteres als Koffein.«
»Dazu fiele mir ein Witz ein, aber, wenn man es genau bedenkt, würde er jetzt wahrscheinlich in die Hose gehen.«
Megan lachte. Sie hatte Curt von Anfang an gemocht. Er hatte Sinn für Humor, etwas, das in dieser Welt allmählich auszusterben schien. Seine blaue Augen zwinkerten ihr zu. Mit der roten Mähne sah er aus wie ein anabolikasüchtiger Gartenzwerg. »Was bringt dich denn an dieses lauschige Plätzchen?«
»Wir haben einen Zeugen, der möglicherweise gesehen hat, wie Josh in einen Van gestiegen ist. Ich möchte mit den Eltern darüber reden. Bei euch hier hat sich nichts getan?«
Das Grinsen verschwand. Er schüttelte den Kopf und murmelte ihr zu: »Ich muß dir eins sagen, neununddreißig Stunden und keine Spur. Wenn wir bis jetzt nichts gehört haben, ist es unwahrscheinlich, daß wir überhaupt noch etwas hören. Hier handelt es sich um Entführung durch einen Kinderschänder, keiner der Lösegeld fordert.«
Megan gab ihm keine Antwort, aber die Last der Wahrheit drückte sie schier zu Boden. Daß sie sie nicht offen aussprach, machte sie nicht weniger beklemmend. Sie holte tief Luft, wollte mit Macht ihre Ent-

schlossenheit bewahren. »Hast du Lust, ein bißchen Pause zu machen? Ich werde mindestens eine halbe Stunde hier sein.«
Er erhob sich von seinem Stuhl und versuchte, die Steifheit aus seinen Schultern zu rollen. »Danke, ich kann ein bißchen frische Luft gebrauchen.« Er gab ihrem Arm einen sanften Stoß mit der Faust. »Für eine Schnecke bist du ganz okay.«
Sie schlug die Augen gen Himmel, aber laute Stimmen von der anderen Seite der Küchentür ließen sie aufhorchen. Die Tür schwang auf, und Hannah näherte sich, die Arme verschränkt gegen die Kälte, die von der Garage hereinströmte. Ihr voller Mund war ein wütender, schmaler Strich, und ihre Augen glänzten vor Tränen und Wut, oder beidem. Paul stolzierte verärgert nach ihr durch die Tür.
Paul Kirkwood war Megan vom ersten Augenblick an unsympathisch gewesen, was ihr nicht gefiel. Der arme Mann hatte seinen Sohn verloren – er hatte jedes Recht sich aufzuführen, wie er wollte. Aber dieser Paul strahlte so eine nörgelige Arroganz aus, die ihr sauer aufstieß.
Jetzt sah er sie an wie ein trotziges Kind. »Was hör ich da von einem Van?«
»Eine Zeugin glaubt gesehen zu haben, daß Josh Mittwoch abend in einen hell lackierten Van gestiegen ist. Ich würde gerne wissen, ob einer von Ihnen beiden einen Van kennt, auf den diese Beschreibung paßt oder kürzlich hier in der Nachbarschaft einen gesehen hat.«
»Haben Sie die Autonummer?«
»Nein.«
»Baujahr und Hersteller?«
»Nein.«
Er schüttelte den Kopf, machte sich gar nicht die Mühe, seine Ungeduld mit ihrer Inkompetenz zu kaschieren. »Ich habe Mitch Holt gesagt, daß keiner von uns jemanden bemerkt hat, der sich hier herumtrieb. Und wenn wir jemanden kennen würden, der so krank ist, unseren Sohn zu stehlen, meinen Sie etwa, wir hätten das nicht längst gesagt?«
Megan verkniff sich eine wütende Bemerkung.
Hannahs Lächeln war brüchig, säuerlich. »Paul hat es eilig. Sie können die Suche, Gott weiß, nicht ohne ihn starten«, sagte sie sarkastisch. »Der Himmel bewahre, daß er von etwas so Trivialem wie einer echten Spur aufgehalten wird …«
Paul warf ihr einen giftigen Blick zu. »Jemand glaubt, er *könnte* einen

Jungen gesehen haben, der *vielleicht* unser Sohn war, der in einen Van stieg, den er kaum beschreiben kann. Scheißspur.«

»Es ist mehr als alle anderen, die wir bis jetzt gefunden haben«, konterte sie. »Was hast du denn bei deinem Gestapfe durch den Schnee gefunden? Hast du Josh gefunden? Hast du überhaupt irgend etwas gefunden?«

»Wenigstens mache ich etwas.«

Wieder mal ein Schlag ins Gesicht! Hannah wich zurück, mit zitterndem Mund hatte sie alle Mühe, ein Schluchzen zu unterdrücken. »Willst du damit auf meine Passivität anspielen«, flüsterte sie. »Ich bin nicht aus freien Stücken in diesem Haus. Willst du hier bei Lily bleiben und darauf warten, daß das Telefon klingelt? Ich tausche nur zu gern mit dir.«

Paul rieb sich die Stirn. »Das hab ich nicht gemeint«, behauptete er, obwohl er genau wußte, daß dem so war. Er hatte ihr weh tun wollen, weil es alles ihre Schuld war. Wenn Hannah und ihr ach so wichtiger Beruf nicht gewesen wären ... Hannah hier, Hannah dort, Hannah überall ...

Megan beobachtete die beiden. Sie war nur ungern Zeuge von etwas, das unter vier Augen geregelt werden sollte.

»Mr. Kirkwood«, sagte sie und lenkte ihn so von seiner Frau ab. Sie wollte die Spannung zwischen den beiden entschärfen und sie an die Aufgabe, die sie hier hatten, erinnern. »Sie sagen also, Sie kennen niemanden mit einem Van, der dieser allgemeinen Beschreibung entspricht – achtziger Modell, Lieferwagen, beige oder hell lackiert?«

Er schüttelte gedankenverloren den Kopf. »Nein, wenn mir jemand einfällt, ruf ich Mitch an.«

»Tun Sie das.« Sie ignorierte, daß er sie dabei ostentativ übergangen hatte. Es spielte keine Rolle, solange die Arbeit gemacht wurde.

Ohne ein Wort an seine Frau wandte Paul sich ab und ging. Die Spannung ließ die Luft vibrieren, während sie seinen Wagen aus der Einfahrt stottern hörten. Hannah schloß die Augen und preßte die Handrücken dagegen. Karen Wright kam mit weitaufgerissenen Augen herein. Bambi im Scheinwerferlicht, dachte Megan. Wie konnte er nur so eine häßliche Szene vor den Nachbarn abziehen!

»Ich weiß, daß das sowohl für Sie als auch für Paul schwer ist«, sagte Megan zu Hannah. »Und diese Spur mag sich ja mickrig anhören, so vage wie sie ist. Verständlicherweise fühlt er sich nützlicher, wenn er an der Suche nach Josh teilnimmt ...«

»Natürlich fühlt Paul sich dadurch nützlicher«, sagte Hannah spitz. »Außerdem bin ich überzeugt, daß es nichts gibt, wobei man sich nutzloser vorkommt, als bei dieser Herumhockerei im Haus, wo einen den ganzen Tag lang jemand anstarrt.«
Karen blinzelte mit ihren Rehaugen und schlug sie dann beleidigt nieder. »Wenn ich schon keine Hilfe bin, sollte ich vielleicht gehen.«
»Vielleicht solltest du das.«
Hannah bereute die Worte, kaum daß sie sie ausgesprochen hatte, Karen meinte es ja gut. Jeder, der bis jetzt ins Haus gekommen war, hatte es gut gemeint. Joshs Verschwinden griff in gewisser Weise in ihrer aller Leben ein. Sie versuchten doch nur, damit fertig zu werden, versuchten *ihr* zu helfen, damit fertig zu werden. In Wirklichkeit jedoch konnte man damit nicht fertig werden. Sie war in der Lage, mit der Notaufnahme zu Rande zu kommen, mit all dem Streß Beruf und Familienleben auszubalancieren, aber für das hier gab es kein Rezept. Sie konnte damit nicht umgehen und konnte an nichts anderes denken. Die wohlmeinenende Hände, die sich ihr entgegenstreckten, hielten sie nur noch mehr in diesem Alptraum gefangen.
Karen hatte ihren Mantel in der Hand und war schon halb auf dem Flur. Hannah stöhnte und rannte ihr nach. Das Bedürfnis, sie zu versöhnen, war stärker als ihre tieferen Emotionen.
Megan schaute hinterher und ließ sich all diese neuen Stücke des Puzzles durch den Kopf gehen – vor allem die Spannung zwischen Hannah und Paul. Alle köchelten sie in einer Art Dampftopf. Megan nahm an, daß selbst eine gute Beziehung in einer solchen Situation unter Druck geraten würde, aber sie hätte erwartet, daß sich Mann und Frau einander zuwenden würden, weil jeder die Unterstützung des anderen brauchte. Hier geschah das Gegenteil. Der Druck drohte Hannah und Paul zu zerquetschen, und offensichtlich war ihre Beziehung am Bersten, wie eine Eierschale. Die Seite aus Joshs Notizbuch fiel ihr ein – drohende Gewitterwolken und grimmige Menschen. *Dad ist böse. Mom ist traurig. Ich fühl mich schlecht …*
Instinktiv schob sie Paul Kirkwood die Schuld zu. Er hatte eine Aura, die bei ihr zweifellos Unbehagen hervorrief. Egoistisch, von sich eingenommen – genau wie ihr Bruder Mick, wurde ihr klar. Aber es war nicht nur diese Ähnlichkeit, die ihr sauer aufstieß. Sie war hergekommen, um ihm zu erzählen, daß sie die erste wirkliche Spur hatten, und er nahm sich nicht einmal die Zeit, sich das anzuhören. Lieber wollte

er draußen im Gelände sein, wo die Fernsehkameras den gramgebeugten Vater in Aktion einfangen konnten.
Etwas zupfte an Megans Hose und holte sie in die Gegenwart zurück. Sie sah überrascht nach unten und entdeckte Lily Kirkwood, die sie mit blauen Kulleraugen und einem schüchternen Lächeln anpeilte.
»Hallo!« zwitscherte Lily.
»Selber Hallo.« Megan lächelte. Sie hatte keine Ahnung, was sie tun sollte. Mit Babys konnte sie nichts anfangen, mit Kindern auch nicht, um ehrlich zu sein. Natürlich war sie selbst einmal ein Kind gewesen, aber kein besonders unwiderstehliches – immer schüchtern, immer fehl am Platz, im Weg, ungewollt, die Tochter einer Frau, die als Mutter schmählich versagt hatte.
Wenn sie in Gegenwart von Kindern verlegen war, fragte sich Megan, ob sie in dieser Hinsicht ihrer Mutter ähnlich war. Aber das würde ohnehin keine Rolle spielen. In der Zukunft sah sie nur ihre Karriere und keine Familie. Das wollte sie und beherrschte es auch.
Ihr Herz machte einen verräterischen Satz, als Josh Kirkwoods kleine Schwester ihr die Ärmchen entgegenstreckte. »Lily auf!«
»Lily, Schätzchen, komm zu Mama.«
Hannah raffte ihr Baby hoch und gab ihr einen heftigen Kuß auf die Backe, drückte sie an sich und wandte sich dann zu Megan. »Tut mir leid, was da ...« Sie schüttelte den Kopf. »Tut mir leid, tut mir leid – das erste, was ich momentan von jedem höre.«
»Tut leid, Mama«, echote Lily und bohrte ihren Kopf unter das Kinn ihrer Mutter.
»Wie wär's, wenn ich uns beiden eine Tasse Kaffee eingieße?« bot Megan an. Die Kanne stand noch auf dem Tisch, zusammen mit einer Reihe bereitgestellter Tassen, die auf den Besucherstrom von Cops und Freunden und Nachbarn warteten.
»Das klingt wunderbar.« Hannah ließ sich in den Stuhl fallen, den Curt McCaskill vor kurzem freigemacht hatte, und drückte ihre Wange auf Lilys Kopf. Deren winziger Zeigefinger zeichnete das D auf dem Sweatshirt ihrer Mutter nach.
»Möchten Sie vielleicht etwas zu essen? Uns steht jedes der Menschheit bekannte Gebäck zur Verfügung.« Sie zeigte auf die Küchentheke, wo sich Bleche und Teller und Körbe voller Backwaren stapelten.
»Alles hausgemacht, bis auf die Hefeteilchen von Myrna Tolefsrud, die Ischias hat, dank der wilden Polka mit Mr. Tolefsrud in der Sons of

Norway Lodge.« Sie wiederholte die Geschichten, die man ihr der Reihe nach zugetragen hatte. »Natürlich war Myrna immer schon eine miserable Köchin und faul obendrein, laut ihrer Schwägerin LaMae Gilquist.«

Megan lächelte, nahm sich ein Blech Zimtgebäck mit dicker, cremiger Glasur und trug es zum Tisch. »Das Leben in einer Kleinstadt hat schon etwas für sich, nicht wahr?«

»Normalerweise«, bestätigte Hannah.

»Chief Holt und ich halten den Hinweis für sehr ermutigend. Wir verfolgen ihn mit großem Einsatz.« Megan schaufelte ein Stück aus dem Blech, legte es auf einen Pappteller und stellte ihn vor Hannah – direkt auf den Zeitungsartikel über sie.

Lily drehte sich auf dem Schoß ihrer Mutter und attackierte den Kuchen mit beiden Händen, grapschte sich ein Stück und pflückte die Rosinen heraus, die sie ordentlich neben dem Teller stapelte.

»Ich weiß«, sagte Hannah. »Und ich bin mir sicher, Paul weiß es auch. Er ist nur – *Was?* Zehn Jahre Ehe, und jetzt war er ihr fremder denn je. Sie wußte nicht mehr, wer oder was Paul war. »Sie haben uns nicht gerade in Hochform erwischt.«

»Bei meiner Arbeit seh ich selten jemanden in Hochform.«

»Ich auch nicht«, gab Hannah leise zu und verzog den Mund ob dieser Ironie. »Ich bin es nicht gewohnt, auf der anderen Seite zu sein. Das Opfer. Das mag sich vielleicht töricht anhören, aber ich weiß nicht, wie ich mich verhalten soll, weiß nicht, was man von mir erwartet.«

Megan leckte den Zuckerguß vom Finger, ließ aber Hannah nicht aus den Augen. »Nein, das ist nicht blöd. Ich weiß genau, was Sie meinen.«

»Immer war ich diejenige, an die sich Leute wandten. Die Starke. Diejenige, die wußte, was zu tun ist. Jetzt weiß ich gar nichts mehr. Ich weiß nicht, wie ich es ertragen soll, daß Leute sich um mich kümmern. Und ich glaube, sie fühlen sich ebenfalls bescheuert. Sie kommen aus Pflichtgefühl und sitzen dann herum, beobachten mich aus den Augenwinkeln, so, als ob sie grade erst festgestellt hätten, daß ich auch nur ein Mensch bin – es gefällt ihnen nicht.«

»Um die brauchen Sie sich nicht den Kopf zu zerbrechen«, sagte Megan. »Es spielt keine Rolle, was sie denken, oder was sie wollen. Konzentrieren Sie sich darauf, das hier irgendwie zu überstehen. Zwingen Sie sich zu essen, Sie brauchen alle Kraft, die Sie kriegen können. Zwingen Sie sich zu schlafen. Verschreiben Sie sich selbst etwas, falls nötig.«

Hannah steckte pflichtschuldigst ein Stück des zerfledderten Gebäcks in ihren Mund und kaute, ohne etwas zu schmecken. Lily schaute verwirrt hoch zu ihr. Megan nahm noch ein Stück vom Blech, legte es auf einen anderen Teller und schob es über den Tisch. Ohne zu fragen. Wie eine Freundin, dachte Hannah. Was für ein seltsamer Zeitpunkt, eine Freundin zu finden.

»Was ich brauche«, sagte sie, »ist Beschäftigung. Ich weiß, daß ich hierbleiben soll, aber es muß doch etwas geben, was ich tun kann.«

Megan nickte. »Okay. Die Freiwilligen in der Einsatzzentrale adressieren Handzettel, die im ganzen Bezirk verteilt werden. Tausende. Ich schicke jemanden mit einem Stapel rüber, den Sie bearbeiten können. In der Zwischenzeit: Wie wär's, wenn Sie über diese Spur nachdenken? Kennen Sie irgend jemanden mit einem Van, der auch nur im entferntesten dieser Beschreibung entspricht? Haben Sie irgendwo einen geparkt gesehen, der Ihnen seltsam vorkam? In der Nähe der Schule oder des Krankenhauses oder des Sees?«

»Ich achte nicht auf Autos. Der einzige Van, der mit einfällt, ist der Schrotthaufen von Paul, als er seine Phase als großer weißer Jäger hatte.«

»Wann war das?« fragte Megan; ihr Puls beschleunigte sich automatisch.

Hannah zuckte mit den Schultern. »Vor vier oder fünf Jahren. Als wir gerade von den Twin Cities hergezogen waren. Er hatte einen alten weißen Van, mit dem er seine Jagdkumpel und die Hunde herumschipperte, aber der ist verkauft. Jagen war zu unordentlich für Paul.«

»Wissen Sie, an wen er ihn verkauft hat? Jemanden, den Sie kennen?«

»Ich weiß es nicht mehr. Es hat mich nicht interessiert.« Ihre Augen weiteten sich entsetzt, als ihr plötzlich klar wurde, was das bedeuten könnte.

Mitchs Fragen am Mittwoch abend hatten in dieselbe Richtung gezielt. Und sie hatte die Möglichkeit verdrängt, daß jemand, der in ihrem Haus gewesen war, an ihrem Tisch parliert hatte, dem sie vertraut hatten, sich so brutal gegen sie wenden könnte. Doch noch während ihr Herz diesen Verdacht ablehnte, ließ ihr Verstand bereits die Namen und Gesichter aller, die sie kannte, Revue passieren, aller, die sie nicht besonders mochte, jeden, der am Rande ihres Bekanntenkreises zu finden war.

»Wir können es nicht ausklammern«, sagte Megan. »Wir können momentan leider noch gar nichts außer acht lassen.«
Hannah zog ihr Baby fester an sich, ohne Rücksicht auf die klebrigen Finger und ein Gesicht voller Zuckerguß und Zimt. Sie starrte ins Leere und wiegte Lily. Ihre Gedanken waren bei Josh – wo er sein könnte und was er vielleicht durchmachte. Grauenhaft genug, wenn er die Todesangst durch einen Fremden erfahren mußte, aber wie unsagbar entsetzlich durch jemanden, den er kannte und mochte, so leiden zu müssen. Es passierte ständig. Sie las es in der Zeitung, sah es im Fernsehen, war in einer Position gewesen, in der es darum ging, Schäden an anderer Leute Kinder zu heilen.
»Mein Gott«, flüsterte sie. »Was ist nur aus dieser Welt geworden?«
»Wenn wir das wüßten«, spann Megan den Faden weiter, »könnten wir es vielleicht aufhalten, bevor es immer weitergeht.«
Sie verstummten. Lilys Augen streiften durch die Küche, und sie strampelte ein bißchen, zog ihren Kopf unter dem Kinn ihrer Mutter heraus, sah hinauf in das schöne Gesicht, das alle Antworten auf ihre Fragen kannte, und piepste: »Mama, Josh?«

8 Uhr 22, –11 Grad

Megan spürte Paul Kirkwood auf dem Parkplatz am Rand des Lyon State Park auf, sieben Meilen westlich der Stadt. Der Hauptsuchtrupp war hier versammelt – Beamte des Sheriffbüros, Beamte von der Hundestaffel der Polizei in Minneapolis mit einem Trio bellender Schäferhunde, Freiwillige aus allen Lebenssparten, so viele Menschen, daß der Parkplatz voll war und zusätzlich eine halbe Meile in beiden Richtungen alle Bankette vollgeparkt. Vier Vans von Fernsehstationen standen mitten auf der Straße und blockierten die Autos. Ihre Satellitenschüsseln ragten von den Autodächern in den Himmel und schickten Berichte nach Minneapolis, St. Paul's und Rochester.
Megan parkte hinter dem KTTC-Van und ging auf die versammelte Menschenmenge zu. Russ Steiger brüllte Anordnungen und posierte für die Kameras, die Hände in die schmalen Hüften gestützt, die Beine gespreizt und seinen scheelen Blick hinter einer verspiegelten Sonnenbrille versteckt. Paul stand fünf Meter weiter, mit ernster Miene, der Wind zerzauste sein braunes Haar. Megan stellte sich unauffällig

neben ihn, in der Hoffnung, die Presseleute wären vom Sheriff so hingerissen, daß sie sie nicht bemerkten.
»Mr. Kirkwood, kann ich Sie kurz sprechen?« fragte sie leise und drehte ihren Rücken den Kameras zu.
Paul runzelte die Stirn. »Was ist denn jetzt schon wieder?«
»Ich würde Ihnen gerne ein paar Fragen stellen zu dem Van, den Sie früher für die Jagd benutzten.«
»Was ist damit?«
»Fürs erste haben Sie ihn heute morgen nicht erwähnt.«
»Ich hab ihn vor Jahren verkauft«, sagte er irritiert. »Was sollte der mit Josh zu tun haben?«
»Vielleicht nichts. Aber wir müssen jede Einzelheit überprüfen.«
Sie packte seinen Jackenärmel und zog ihn weg von der Menge und den Ohren, die auf Informationen geeicht waren wie Wanzen. Paul folgte ihr widerwillig, außer Schußweite der Kameras, hinter einen der Trucks der Parkverwaltung.
»Hannah hat mir erzählt, Sie hätten den Van vor einigen Jahren verkauft«, sagte Megan. »Wer war der Käufer? Hat er Josh gesehen oder bei Ihnen im Haus kennengelernt?«
»Weiß nicht«, schnauzte Paul. »Das ist schon Jahre her. Auf eine Anzeige in der Zeitung ist halt jemand gekommen.«
»Sie haben etwas Schriftliches über diesen Mann?«
»Nein. Das war einfach irgendein Typ. Er hat bar bezahlt, den Van genommen und ist weggefahren mit diesem Schrotthaufen. Ich war froh, das Ding loszusein.«
»Und die Papiere? Sie sind nicht mit ihm gegangen, die Papiere umzuschreiben?«
Er sah sie an. »Sie sind doch wohl nicht so naiv, Agent O'Malley.«
»Nein«, sagte Megan ruhig. »Ich bin nicht naiv. Aber Sie scheinen mir nicht die Sorte Mann, der die Regeln ignoriert.«
»O mein Gott!« Er tat ein paar Schritte zurück und breitete die Arme aus, als wolle er alle Welt einladen, seine Fassungslosigkeit zu teilen. »Ich glaub es einfach nicht!« Seine laute Stimme erregte die Aufmerksamkeit einer Reihe von Leuten, die sich um Steiger drängten. »*Mein* Sohn ist entführt worden, und Sie besitzen die Unverschämtheit, dazustehen und *mich* wie einen Verbrecher zu behandeln?«
Megan sah, wie die Leute sich ihnen zuwandten. Die Spannung der Meute legte knochige Finger um ihren Nacken. Noch mehr ins

Scheinwerferlicht der Presse zu geraten, brauchte sie wie ein Loch im Kopf. DePalma würde sie von diesem Fall abziehen und so tief in den Eingeweiden des Hauptquartiers begraben, daß sie nicht mal mehr den Ausgang zur University Avenue fände.

»Mr. Kirkwood, ich beschuldige Sie keineswegs.« Sie sagte das mit derselben leisen, ruhigen Stimme, die sie bei Selbstmördern auf einem Fenstersims benutzte. »Ich entschuldige mich, wenn sich das so anhörte.«

»Ich werde Ihnen sagen, wie sich das anhört«, sagte Paul mit vor Wut vibrierender Stimme. »Für mich hört sich das an, als wüßten Sie nicht, wie Sie meinen Sohn finden können und trachten lediglich danach, Ihren Hintern zu decken! So hört sich das an!«

Er stürmte davon, weg von den hundert Leuten um sie herum, die sich die Show nicht entgehen lassen wollten, weg von den Kameras und den Reportern. Sie richteten ihre Zielfernrohre auf Megan und rückten ihr auf den Leib.

»Agent O'Malley, können Sie uns einen Kommentar zu Mr. Kirkwoods Anschuldigungen geben?«

»Agent O'Malley, betrachtet das BCA Mr. Kirkwood als Verdächtigen?«

»Agent O'Malley, haben Sie etwas zu sagen zu dem Artikel in der *Tribune*?«

Megan verkniff sich etwa hundert übereilte Antworten. Diplomatie. Unauffällige, stille Diplomatie. So lauteten ihre Anweisungen von DePalma. Das war die Politik der BCA, sie hatte geschworen, sie könnte damit umgehen. Sie hatte sich gelobt, ihren Jähzorn im Zaum zu halten und alles zu ertragen, was die Presse oder sonst jemand ihr zumutete. Tief durchatmend stellte sie sich gefaßt den Kameras.

»Mr. Kirkwood ist verständlicherweise aufgeregt. Ohne Einschränkung tut das BCA, was es kann, in Zusammenarbeit mit der Polizei von Deer Lake und dem Sheriffbüro von Park County, um Josh zu finden und seinen Entführer vor Gericht zu stellen.«

Sie ignorierte das Sperrfeuer von Fragen, drängte sich durch die Menge und ging zu ihrem Wagen.

»Hatte ich gesagt, Sie bleiben einen Monat hier, O'Malley?« zischte Steiger, als sie an ihm vorbei mußte. »War das vielleicht ein bißchen zu optimistisch?«

Kapitel 14

9 Uhr 19, –9 Grad

»Verdammt, was haben Sie sich dabei gedacht?« Mitch knallte die Tür hinter sich zu, und Leos 1993er Kalender der Busenwunder schaukelte an seinem Haken, so daß Miss Michigan auf ihren herrlichen Schenkeln hin- und herschwankte.

Megan dachte gar nicht daran, die Dumme oder Schuldbewußte zu spielen. Sie schoß aus dem Stuhl hoch, in den sie sich gerade erst gesetzt hatte: »Ich hab mir dabei gedacht, daß ich meinen Job erledige.«

»Indem Sie auf Paul Kirkwood losgehen ...«

»Indem ich allen möglichen Spuren nachgehe«, korrigierte sie ihn und kam hinter dem Schreibtisch vor.

»Verflucht, warum haben Sie sich nicht zuerst mit mir abgesprochen?«

»Ich muß mich nicht mit Ihnen absprechen. Sie sind nicht mein Boß ...«

»Großer Gott, finden Sie nicht, daß der Mann schon genug durchmacht?« sagte er barsch und beugte sich über sie. Seine Augen sprühten vor Wut.

Megan erwiderte furchtlos seinen Blick. »Ich glaube, er steckt ganz schön im Schlamassel, und ich tue alles Menschenmögliche, um ihn da rauszuholen.«

»Indem Sie ihn vor der ganzen Presse verhören?«

»Das ist doch Quatsch! Er war derjenige, der den großen Auftritt daraus gemacht hat, nicht ich. Ich wollte nur Informationen von ihm, die er mir bereits eine Stunde früher hätte geben sollen. Informationen, die sehr wohl wichtig sein könnten, was das Verschwinden seines Sohnes betrifft. Finden Sie es nicht ein bißchen seltsam, daß er deswegen sauer auf mich ist?«

Mitch erstarrte, schluckte all seine Wut runter und glättete sein Gesicht zu einer undurchdringlichen Maske. Er sah auf Megan hinunter. »Und was, zum Teufel, soll das heißen«, wetterte er. »Wollen Sie damit sagen, Sie glauben, Paul Kirkwood hätte seinen eigenen Sohn gekidnappt?«

»Nein.«

Sie senkte den Blick und strich die Strähnen zurück, die sich aus ihrem Pferdeschwanz gelöst hatten. Beherrschung, wenn er das konnte, konnte sie das auch! Außerdem befand sich ihr Adrenalinspiegel auf Ebbe. Wie bei allen Ermittlungen war der Gezeitenfluß ziemlich unberechenbar, folgte nur dem radikalen Auf und Nieder der Ermittlung. Sie machte einen Schritt zurück, lehnte sich mit der Hüfte an ihren Schreibtisch und kramte ihre Schmerztabletten aus der Tasche. Mit einem Schluck Pepsi spülte sie sie hinunter, um gegen die Migräne anzukämpfen, die ihre Klauen bereits wieder in ihre Stirn schlug.

»Ich sage nur, daß ich heute morgen mit einer Spur bei ihm war und er mich fertigmachen wollte«, leierte sie herunter. »Ich sage nur, daß er eine etwas seltsame Unterlassungssünde begangen hat, indem er mir verschwieg, daß er einmal einen Van, auf den die Beschreibung paßt, besaß und verkauft hat – als ich ihn deswegen zur Rede stellte, ist er ausgerastet. Finden Sie das nicht merkwürdig, Chief?«

»Sie können sich gar nicht vorstellen, unter welchem Druck er steht.«

»Aber Sie können das?«

»Ja«, erwiderte Mitch etwas zu scharf. Sein Ton verriet zu viel, obwohl sein Instinkt ihm riet, nichts preiszugeben.

Er verfluchte sich im stillen für diesen taktischen Fehler und wandte sich ab. Die Hände in die Hüften gestemmt lief er nervös im Zimmer auf und ab.

Zum ersten Mal fiel ihm auf, daß Leos Zertifikate und Belobigungen immer noch an seiner Ego-Wand hingen, zusammen mit dem Wally-dem-Wandauge, für die Ewigkeit konserviert mit dem Zigarrenstummel in seinem häßlichen Fischmaul. Der arme alte Leo war ohne Erben verschieden, die die Andenken seines Lebens hätten einsammeln können. Der widerliche Gestank seiner billigen Zigarren hing immer noch im Raum, lauerte hinter den stickig süßen Wogen von Raumdeo. Das einzige Zeichen von Megas Übernahme des Büros stand an der Vorderkante des Schreibtischs, ein glänzendes Messingschild – AGENT MEGAN O'MALLEY, BCA.

Megan beobachtete ihn genau. Er wollte sie rauswerfen, aber befand sich in ihrem Territorium, hatte Lust zu verschwinden, aber würde es nicht tun. Sie wußte, wie seine Antwort lautete, noch bevor sie die Frage äußerte.

»Würde es Ihnen etwas ausmachen, mich einzuweihen, Chief?«

»Wir sind nicht hier, um über mich zu reden«, er fletschte die Zähne.

»Ach nein?« Megan ging auf ihn zu, die Hände in die Hüften gestemmt, eine unbewußte Kopie seiner Haltung. Sie standen sich wie zwei Revolverhelden gegenüber, und die Spannung zwischen den beiden war fast so greifbar wie der abgestandene Zigarrenrauch.

Er starrte sie an, sein Gesicht war nur noch eine Maske von harten Flächen und scharfen Kanten. Stolz und Zorn und etwas wie Panik verschlang sich zu einem Knoten in seiner Brust, der weg sollte. Sie wollte ihn aus dem Weg haben, da sie seine Geschichte störte. Wie ein in die Ecke gedrängter Wolf wollte er zuschnappen, aber das Bestreben, diesen Zorn unter Kontrolle zu halten, siegte. Also blieb er einfach stehen, jeder Muskel so starr wie die Mauern, die er errichtet hatte, um sich zu schützen.

»Sie bewegen sich auf dünnem Eis, O'Malley«, flüsterte er drohend. »Ich schlage vor, Sie machen einen Rückzieher.«

»Nicht, wenn das, was hier abläuft, die Projektion Ihrer Gefühle auf Paul Kirkwood ist«, Megan wagte trotzig einen weiteren Schritt hinaus aufs sprichwörtlich dünne Eis; sie wußte sehr wohl, daß sie in den Strudel von Zorn gerissen wurde, der unter der Oberfläche toste, falls es brach. »Wenn das nämlich hier so abläuft, dann werden wir erst recht darüber reden. So etwas hat bei einer Ermittlung nämlich nichts zu suchen, und das wissen Sie!«

Bei einer Ermittlung hatten allerdings auch die Gefühle nichts zu suchen, die sich jetzt in ihr regten. Sie wollte, daß er sich ihr anvertraute – nicht zum Wohle des Falls, sondern weil sie sich in einem Winkel ihres Herzens, den sie nur selten wahrnahm und dem sie sonst nie nachgab, wünschte, ihm näherzukommen. Gefährlich, egal wie man es betrachtete. Gefährlich und verführerisch.

Die Hitze zwischen den beiden stieg um einen Grad und um einen weiteren. Dann wandte er sich abrupt ab, beendete damit die Spannung auf unbefriedigende Weise.

Während Mitch sich abmühte, Atem sowie Jähzorn in den Griff zu kriegen, fixierte er einen Schnappschuß von Leo. Das Foto zeigte Leo beim jährlichen Barbecue der Friedensliga – mit hochrotem Kopf, einer fleckigen Kochschürze über seinem Schmerbauch und einer Kappe, aus der auf einer Seite ein Plastikforellenkopf ragte und auf der anderen Seite der Schwanz. Mit einem Bierkrug in der Hand und einer Zigarre zwischen die Zähne geklemmt, stand er neben einem Schwein, das an einem Spieß grillte.

Das Leben war verflucht einfacher gewesen mit Leo hier. Er gehörte zu der alten Generation, den neue Theorien der Kriminologie und Psychologie oder Verhaltensmuster nicht interessierten. Mitch hatte das Bedürfnis gehabt, Leo sein Herz auszuschütten. Er wollte die Tür zu dem alten Schmerz nicht öffnen, wollte seine Achillesferse nicht zeigen, ganz besonders nicht hier, in seinem Job. Hier mußte er mehr als anderswo seine Emotionen unter Verschluß halten.

»Hören Sie«, lenkte er ein. »Ich finde nur, Sie hätten diplomatischer vorgehen sollen, mehr nicht. Wenn Sie Pauls Van finden wollen, bitte. Machen Sie's übers DMV. Eventuelle Vernehmungen übernehme ich.«

»Ich habe den DMV bereits angerufen. Sie überprüfen es«, erwiderte Megan. Ihr Adrenalin versickerte, und sie fühlte sich mit einem Mal ausgelaugt. »Oder, sie versuchen es zumindest. Ihr Computer ist abgestürzt. Ich wollte doch nur eine Erklärung von ihm«, fügte sie hinzu. »Mir ist klar, daß Menschen auf solchen Streß unterschiedlich reagieren, aber ... ich hab das Gefühl, er will nicht mit mir reden – geschweige denn mir in die Augen schauen. Mein Bauch sagt mir, er verschweigt etwas, und das will ich haben.«

»Es hat vielleicht gar nichts mit Josh zu tun«, Mitch war irritiert. »Vielleicht mag er keine weiblichen Cops. Vielleicht hat er Schuldgefühle, weil er an diesem Abend nicht für Josh da war. Diese Art von Schuld kann einen Mann in Stücke reißen. Vielleicht sehen Sie genauso aus wie das Mädchen, das ihm damals zum Abschlußball einen Korb gegeben hat.«

»Wo war er denn vorgestern abend?« Megan gab nicht klein bei. »Warum konnte Hannah ihn nicht erreichen?«

»Er steckte mitten in der Arbeit.«

»Hannah hat ihn wiederholt angerufen, und er ist nicht ans Telefon gegangen.«

»Er hatte in einem Konferenzraum am Ende des Korridors zu tun.«

Sie sah ihn ungläubig an. »Und er kommt in sein Büro zurück und ignoriert das rote Blinklicht auf seinem Anrufbeantworter? Wer macht so was? Und wenn wir schon mal dabei sind, wer kann das bestätigen?«

»Ich weiß es nicht«, gab Mitch zu. »Das sind gerechtfertigte Fragen, aber ich werde derjenige sein, der sie stellt.«
»Weil Sie der Boß sind?« spottete Megan.
Die Muskeln an seinem Hals traten hervor. Eine Granitplastik hätte nicht abweisender aussehen können. »Ich hab Ihnen gesagt, bringen Sie mein Boot nicht ins Wanken, O'Malley. Das ist meine Stadt und meine Ermittlung. Wir werden das auf meine Art durchziehen«, blaffte er. »Es gibt hier nur einen Leithund, und der bin ich. Ist das klar?«
»Und ich soll wohl bei Fuß gehen oder wie ein braves Schoßtier sitzen bleiben?«
»Den Vergleich haben Sie jetzt gebracht, nicht ich«, wehrte er ab. »Dieser Fall liefert der Presse ohnehin genug Stoff. Keinesfalls soll auch noch Paul wie eine Rakete vor ihnen explodieren.«
»Zumindest in dem Punkt sind wir uns einig. Noch mehr Sendezeit brauch ich wie ein Loch im Kopf, trotzdem vielen Dank«, sie schüttelte den Kopf. »DePalma hat bereits drei Nachrichten hinterlassen, ich soll ihn zurückrufen, damit er mich wegen dem Artikel in der *Star Tribune* fertigmachen kann.«
»Und Sie haben sie ignoriert?« frotzelte er, »wer macht denn so was?«
Megans Augen wurden schmal. »Er ruft mich nicht an, um mir zu sagen, daß ein Kind verschwunden ist. DePalma will mir seine Zähne in den Hals graben und mich beuteln wie eine Ratte – übrigens würde ich zu gerne dabei sein, wenn jemand so etwas mit diesem Arsch Henry Foster macht.«
»Vielleicht könnten wir das als Medienereignis gestalten«, schlug Natalie vor, die gerade das Büro betrat. Sie sah stocksauer aus. »Paige Price setzen wir auf die Liste dazu. Jemand hat ihr das mit den Botschaften gesteckt.«
»Nein«, sagte Mitch, als ob er es damit aus der Welt schaffen könnte. Ihm wurde ganz flau im Magen, als Natalie keine Anstalten machte, es abzustreiten.
»TV 7 hat gerade einen Live-Bericht von der Treppe des Gerichtsgebäudes aus gesendet. Paige Price hat der Welt die Worte vorgelesen, die sie gefunden haben. Sie sagte, sie stammten aus einem Laserdrucker und wären auf gewöhnlichem Papier gedruckt.«
»Scheiße.« Mitch rieb sich mit der Hand übers Gesicht und stellte sich vor, wie Hannah sich fühlen würde, wenn sie hörte, wie diese Zeilen laut im Fernsehen vorgelesen wurden, dachte an Pauls Zorn.

Malte sich aus, wie jeder Irre im Staat seinen Laserdrucker warmlaufen ließ. Und legte im Geiste seine Hände um Paige Price' Hals, drückte langsam zu.
»Gottverdammte Scheiße«, fauchte er. Kochend vor Wut wandte er sich Natalie zu. »Ruf Hannah an und sag ihr, ich bin unterwegs zu ihr und sag ihr, warum. Funk Steiger an. Sag ihm, ich brauche Paul so schnell wie möglich, und er soll ihn möglichst unauffällig von der Suche abziehen.«
Er ratterte die Befehle herunter wie ein General an der Front, ein Mann, der es gewohnt war, Befehle zu geben, denen man bedingungslos gehorchte. Der Leithund, dachte Megan, Anführer des Rudels.
Seine Assistentin nickte und blätterte den Stapel rosa Telefonnachrichten durch, den sie dabeihatte, sortierte sie nach Dringlichkeit. »Nur damit du's weißt, Professor Priest und seine Studenten richten sich in dem leeren Laden neben der Einsatzzentrale ein – war mal ein Elektrogeschäft. So wie's aussieht, zieh'n die Freiwilligen auch dort ein. Es sind so viele, daß sie nicht mehr ins Feuerwehrhaus passen.«
»Gehen Sie hin und schauen Sie sich an, was die da auf die Beine stellen«, befahl Mitch Megan, da läutete ihr Telefon.
Sie schnitt hinter seinem Rücken eine Grimasse, als er den Raum verließ. »Alpha-Männchen«, murmelte sie.
Der Anrufbeantworter sagte sein Verslein auf und Brian DePalma knurrte, sie solle ihn *auf der Stelle* zurückrufen. Megan zuckte kurz zusammen, dann streifte sie sich ihren Parka über.

10 Uhr 02, –9 Grad

»Mit dem Scanner können wir ein hochwertiges Computerbild von Josh herstellen, das elektronisch an Computer im ganzen Land weitergeleitet werden kann, und diese Computer können dann noch mehr Handzettel drucken«, erklärte Christoph Priest. Er mußte ziemlich laut reden, um sich in dem Getöse von Stimmen, polternden Stühlen und Tischen, die zurechtgerückt wurden, verständlich zu machen. Im Hintergrund dröhnte Wynonna Judd aus dem Radio, das auf eine nahe Countrystation eingestellt war.
Der Student am Terminal war einer von fünfen in Daunenjacken und Pudelmützen, die munter auf ihre Keyboards einhackten. Megan beobachtete, wie Joshs Bild in Farbe auf dem Monitor erschien. Das

strahlende Lächeln, die zerzausten Haare, die Pfadfinderuniform – das Bild war jedesmal ein Faustschlag in den Magen. Ein so glücklicher kleiner Junge. Er hatte noch so viel Leben vor sich.

Wenn sie ihn nur finden könnten! Bald. Die Sekunden verrannen ohne Erbarmen, und sie widerstand dem Drang, auf ihre Uhr zu blicken.

Megan wandte sich vom Monitor ab und sah das provisorische Zentrum an. Der Raum verwandelte sich vor ihren Augen. Tische, Stühle und Büroausrüstung wurden durch Vorder- und Hintertüren hereingehievt, wodurch ein eisiger Windtunnel durchs ganze Gebäude zog. Die Freiwilligen nahmen ihre Plätze an den Tischen ein, türmten Handzettel, Umschläge, Hefter, Briefmarken und Schachteln mit Gummibändern auf jede verfügbare Fläche.

Aus allen Lebenssparten, aus dem ganzen Staat rekrutierten sie sich – einige Männer, viele Frauen, um die dreißig, älter, im Collegealter. Sie hatten bereits die Fassade des Ladens mit gelben Vermißtenanzeigen beklebt und mit Postern, die Joshs Schulkameraden aus der dritten Klasse gezeichnet hatten: Sie baten Josh nach Hause zu kommen, als könnte ihn die Kraft ihres gemeinsamen Appells zurückbringen. Fast jeder Laden in der Stadt wies dieselbe Schaufensterdekoration auf.

»Wir könnten auch mit dem National Center for Missing and Exploited Children, Minnesota, kommunizieren«, fuhr der Professor fort. Er trug einen schwarzen Daunenparka, der ihn zu verschlucken drohte, über seine Ohren hochkroch; Priest rammte die Hände in die Taschen und zog ihn energisch runter. »Wie könnten uns in eine Reihe stellen und Stiftungen für vermißte Kinder im ganzen Land einklinken. Es ist erstaunlich, wie viele es da gibt. Tragisch, sollte ich eher sagen. Scheinbar wird für jedes Kind, das im Land verschwindet, gleich so eine Stiftung in seinem Namen gegründet.«

»Hoffen wir, daß es zu keiner Josh-Kirkwood-Stiftung kommt«, knirschte Megan.

»Ja, hoffen wir's.« Er seufzte, trennte sich mit einiger Mühe von dem Bild auf seinem Monitor und blinzelte sie durch seine übergroße Brille an. »Kann ich Ihnen eine Tasse Kaffee anbieten, Agent O'Malley? Heißen Cider, heißen Tee? Es besteht kein Mangel an freiwilligen Nahrungsmittellieferanten.«

»Cider wäre wunderbar, danke.«

Sie folgte ihm zu einem langen Tisch im hinteren Teil des Raums, wo alle nährenden Spenden aufgestellt waren, und nahm dankbar eine

Tasse mit dampfendem, gewürztem Cider entgegen. Die Hitze strahlte durch die Tasse und ihre Handschuhe bis zu ihren Fingern, die vor Kälte ganz brüchig waren. Sie sah sich in dem Raum um, der vor Freiwilligen überquoll, Menschen, die ihre Zeit, ihre Talente, ihre Herzen und ihr Geld gaben für Josh. Ein Konto für die Belohnung war bereits eingerichtet worden, und Spenden flossen aus dem ganzen Upper Midwest ein, von Einzelpersonen, von Bürgergruppen, Geschäften. Bei der letzten Zählung waren es bereits über 50 000 Dollar gewesen. Ein Tisch Freiwilliger verbrachte die Zeit damit, die neueste Belohnung auf Stapel von Handzetteln zu drucken. Ein weiterer Tisch adressierte und tütete Umschläge ein, der nächste sortierte die Pakete nach Postleitzahlen und füllte sie in Säcke fürs Postamt. Die Handzettel gingen an Polizeibehörden, Bürgerorganisationen, Geschäfte und Schulen, wo man sie verteilen und in Fenster, auf schwarze Bretter und an Lichtmasten kleben, unter jede Windschutzscheibe quer durchs Land stecken würde.

Megan wußte nur allzugut, daß all ihre Bemühungen möglicherweise nichts fruchteten, daß Joshs Schicksal, gleichgültig wie viele Menschen halfen, hofften und beteten, letztendlich in der Hand eines Wahnsinnigen lag, und daß ein Spaziergang durch ein Labyrinth mit Augenblende im Vergleich zur Suche nach Josh ein Kinderspiel war. Trotzdem richtete es einen auf, daß Leute Anteil nahmen.

»Wenn ich sehe, wie eine Gemeinschaft so zusammenhält, könnte ich fast meinen Glauben an die Menschheit wiederfinden«, bemerkte sie.

Priest sah sich die Menge an, wobei er längst nicht so begeistert aussah wie vorhin, als er den Computer erklärte. »Deer Lake ist eine nette Stadt voller netter Leute. Jeder kennt und liebt Hannah. Sie gibt dem Ort soviel.«

»Und wie steht's mit Paul? Kennt und liebt ihn auch jeder?«

Er hob die Schultern. »Jeder muß mal zum Doktor, aber zum Steuerberater müssen nicht so viele Leute. Paul ist weniger sichtbar. Aber die meisten von uns schnitten wohl neben Hannah nicht so gut ab.«

Jetzt war Paul der sichtbarere von beiden, dachte Megan und dabei entging ihr die leichte Röte, die dem Professor bis zu den Haarwurzeln schoß, als er Hannahs Namen erwähnte. Paul schob sein Gesicht vor die Kamera, wann immer sich Gelegenheit dazu bot, während Hannah zu Hausarrest verurteilt war.

»Ich glaube, daß die Leute im Sinne von Verteidigung zu Gruppen versammeln.«

Megan nippte an ihrem Cider und warf einen Blick auf den Mann, der sich zu ihnen gesellt hatte. Er war etwa so groß wie der Professor, um die einssiebzig – und besaß eine ähnliche Figur, schlank, fast schmächtig. Der Neuankömmling hatte blondes, modisch geschnittenes Haar und ein attraktives Gesicht. Fein modelliert, fast feminin, mit großen dunklen Augen, die etwas schläfrig schienen. *Hübsch* wäre wohl das passende Wort. Er trug eine graue Flanellhose und einen offensichtlich teuren blauen Wollmantel über dem Marinepullover.

»Eine instinktive Reaktion des Herdentriebs«, sagte er. »Kraft und Sicherheit durch Vielzahl. Sich zusammenrotten, um ein Raubtier abzuwehren.«

»Klingt, als wären Sie ein Experte«, sagte Megan.

»Ich kann nicht behaupten, daß ich sehr viel direkte Erfahrung mit dieser Art von Situation habe, aber Psychologie ist sozusagen mein Fach. Dr. Garrett Wright«, stellte er sich vor, »Dozent in Harris.«

»Megan O'Malley, BCA.«

»Ich würde ja sagen, es ist mir ein Vergnügen, aber das paßt hier wohl nicht«, er steckte seine Hände in die Manteltaschen.

Megan quittierte das mit einem kurzen Nicken. »Sind Sie gekommen, um Ihre Dienste anzubieten, Doktor? Wir können ein paar Ideen über den Geisteszustand der Person brauchen, die Josh entführt hat.«

Wright runzelte die Stirn und wiegte sich in seinen schwarzen Ledergaloschen vor und zurück. »Eigentlich bin ich hier, weil ich Chris um die Schlüssel für seine Aktenschränke bitten wollte. Einige von unseren Studenten arbeiten an einem gemeinsamen Projekt. Wenn wir schon dabei sind, sollte ich wohl auch den Schlüssel zu deinem Büro haben, wenn du morgen rüber zum Gustavus-Adolphus-College fährst«, wandte er sich an Priest.

Priest stellte seinen Cider beiseite, kramte einen Ring, der vor Schlüsseln klapperte, aus seiner Tasche und machte sich daran, diejenigen für seinen Kollegen auszusortieren.

»Ich wünschte, ich könnte Ihnen helfen«, sagte Wright zu Megan. »Hannah und Paul sind Nachbarn von mir. Es ist mir von Herzen zuwider, daß sie so etwas durchmachen müssen. Meine Frau steht Hannah zur Seite, sie ist die Abgeordnete unseres Haushalts.« Er schüttelte den Kopf. »Ich habe asoziales Verhalten studiert, aber habe keinen Abschluß in Kriminologie. Mein Fachgebiet ist Lernen und Auffassungsgabe. Obwohl ich, ohne mich bloßzustellen, zu behaupten wage, daß es sich hier um einen Einzelgänger handelt, einen Soziopathen. Wenn das, was sie in den Nachrichten über diese hinterlassenen Botschaften sagen, wahr ist, haben wir vielleicht jemanden mit Wahnvorstellungen – Größenwahn, Wahnvorstellungen im Hinblick auf Religöses.«

»Alle sind ganz aus dem Häuschen wegen dieser Äußerungen«, sagte Priest und reichte ihm zwei silberne Schlüssel. Seine Jacke kroch wieder über die Ohren hoch. Er zog sie runter und nahm einen Schluck von seinem Drink, der Dampf schlug sich auf seine Brille. »Viele der Freiwilligen haben Paige Price' Bericht im Fernseher des Feuerwehrgebäudes gesehen. Wirklich dramatisch. Was halten Sie davon, Agent O'Malley?«

»Es ist nicht meine Aufgabe, Spekulationen anzustellen«, sagte Megan, stolz auf ihre Souveränität, Paige Price eben nicht fertigzumachen. Sie hätte ihren letzten Cent gegeben, um diese Reporterin und ihren Insider-Informanten in die Finger zu kriegen. »Ich muß mich mit Fakten befassen.«

»Keine Intuition?« fragte Wright.

Megan warf ihm einen kühlen Blick zu und lüftete eine Augenbraue. »Ist das sexistisch gemeint, Dr. Wright?«

»Nicht im geringsten«, erwiderte Priest für Wright. »Denn alle Polizeibeamten behaupten Pragmatiker zu sein. Ich habe sehr viel über ›Bauchgefühle‹ gelesen: Was sollte das sein, wenn nicht Intuition?«

»Sie interessieren sich für Polizeiarbeit?«

»Vom professionellen Standpunkt, ja. Immer mehr Polizeibehörden steigen ins Computerzeitalter ein, die Nachfrage nach neuerer und besserer Software wächst. Wenn ich nicht unterrichte, bastle ich Programme. Es lohnt sich wirklich, neuen Absatzmärkten immer ein Stück voraus zu sein. Offengestanden werden wir ein paar von meinen Programmen hier verwenden, um die Informationen zu ordnen.«

»Ich verstehe.«

»Also, was sagt Ihnen denn Ihr Bauch bei diesem Fall?« stieß Wright nochmals vor. »Ich habe die verschiedensten Theorien gehört, von radikalen Fundamentalisten bis zu Satanskult war alles vertreten. Sie müssen doch eine Meinung haben?«

»Sicher.« Sie kippte den Rest ihres Ciders hinunter, stellte die Tasse ab und lächelte ironisch. »Aber ich werde mich hüten, sie in der Öffentlichkeit zu äußern. Das ist noch ein Punkt, den Sie über Cops wissen sollten, Professor – wir sind ein mißtrauischer Haufen.«

Sie wand sich ihren Schal um den Hals. »Danke, daß Sie mir das hier

gezeigt haben. »Wenn Sie etwas brauchen, dann wenden Sie sich an Jims Geist nebenan. Danke für Ihre Zeit und Mühe – auch für die Ihrer Studenten.«
Priest wehrte ab. »Das ist das mindeste, was wir tun können.«

Megan sah sich witternd nach versprengten Reportern um, rutschte schnell hinter das Steuer des Lumina und erweckte den Motor mit einiger Mühe zum Leben. Mitch war unterwegs und versuchte die Wogen zu glätten, die im Kielwasser der Enthüllung der Botschaften schwappten. Die BCA-Agenten, die Megan zugeteilt waren, überprüften Hinweise auf Vans, die über die Hotline gekommen waren: Drecksarbeit. Draußen im Lyon State Park wurde die Bodensuche fortgesetzt, wo sie keine richtige Hilfe wäre, nur ein weiteres Paar Augen, ganz zu schweigen von der Presse dort auf ihren Fersen.
Damit blieb nur die Liste von Joshs Aktivitäten. Aktivitäten, die ihn in Kontakt mit zahllosen Erwachsenen aus der Gemeinde gebracht hatten, angefangen vom Pfadfinderverein bis zum Sommerfußballprogramm und seinem Dienst als Ministrant in St. Elysius. Als sie die Liste überflog, fragte sie sich, durch welche dieser ganz normalen Jungenbeschäftigungen Josh wohl die Aufmerksamkeit von jemandem erregt hatte, der ihm weh tun wollte. Alle kamen in Frage, so traurig das auch klang. Die Nachrichten waren voller Greueltaten an Kindern, die von Priestern, Trainern, Pfadfinderführern oder Lehrern mißbraucht wurde. Diese Berufe zogen zwar Leute an, die Kinder wirklich liebten, aber auch solche mit einer krankhaften Beziehung zu den Junioren. Es gab keine Methode, die Guten von den Bösen zu trennen. Pädophile sahen nur selten wie Monster aus – meist war das genaue Gegenteil der Fall.
Wem sollte man vertrauen? Sie erinnerte sich, wie man ihr beigebracht hatte, genau diesen Leuten zu vertrauen und zu gehorchen – ihren Lehrern, dem Priester, ›netten‹, ›guten‹ Leuten. Aber wie konnte heutzutage noch jemand diese Kriterien anwenden? Was sollte man dem Nachwuchs gegenwärtig beibringen? Scheinbar gab es keinen mehr, dem man wirklich vertrauen konnte. Nicht einmal mehr in Deer Lake, wo jeder jeden kannte und keiner nachts seine Tür abschloß.
Unwissenheit ist nicht Schuld, sondern SÜNDE
Jemand, der die Gemeinde kennt, dachte sie. Oder jemand der schon auf halbem Weg nach Mexiko war und dem einfach die Vorstellung gefiel, aus der Entfernung ihre Köpfe zu bombardieren.

Ich hatt ein bißchen Kummer, geboren aus ein bißchen SÜNDE
Sünde. Moral. Religion. Alles, von radikalen Fundamentalisten bis hin zu Satanskulten. Oder vielleicht ein katholischer Priester namens Tom McCoy …

11 Uhr 18, –7 Grad

St. Elysius war die einzige Bastion Roms in einer Stadt, in der die Lutheraner reagierten. Als solche war es nur recht und billig, daß sich die Kirche in prachtvollem altem Stil präsentierte: eine Minikathedrale aus hiesigem Sandstein und Türmen, die gen Himmel ragten, mit Darstellungen der Agonie und des Triumphs Christi in den Bleiglasfenstern. Sie stand auf der Dinkytownseite der Stadt, schon fast draußen auf dem Land, als hätten die Norweger sich gedacht, daß die Baptisten am besten außer Sichtweite aufgehoben wären.

Megan stieg die Vordertreppe hoch, und Erinnerungen aus der Kindheit schossen ihr durch den Kopf, drehten ihr den Magen um und machten ihre Handflächen schweißnaß. Mick hatte an jedem nur möglichen Sport teilgenommen – nicht nur aus Liebe dazu, sondern auch, damit er sich nach der Schule nicht um seine kleine Schwester kümmern mußte. Und Megan hatte man der Obhut von Frances Clay überlassen, der freudlosen, unscheinbaren Frau, die die Kirche saubermachte. Sie hatte endlose Stunden auf harten, kalten Kirchenbänken in St. Pat's verbracht, während Frances den Staubflusen auf den Statuen der Heiligen Mutter den Garaus machte.

Ein halbes dutzend ältlicher Witwen murmelte den Rosenkranz, als Megan das Kirchenschiff betrat, die Anführerin ratterte die Vaterunser herunter wie ein Auktionator. Das Innere der Kirche war genauso schön wie das Äußere, die Wände dunkelblau gestrichen und mit Bordüren in Gold, Weiß und Rosa bemalt. Die Flammen zahlloser Votivkerzen flackerten Muster von Licht und Schatten über die Wände.

Am Altar machte sich ein großer, bleistiftdünner Mann in Schwarz zu schaffen, ordnete Tücher und Kerzenleuchter. Megan nahm ihn ins Visier und marschierte den Mittelgang hoch: Es kostete sie einige Mühe gegen den Drang, das Knie zu beugen, anzukämpfen. Als Kind hatte sie weder Zuflucht noch Trost in der Kirche gefunden und ignorierte sie deshalb als Erwachsener 363 Tage im Jahr. Nur an Weihnachten und Ostern kehrte sie dorthin zurück – sozusagen prophylaktisch.

Der Mann in Schwarz blieb reglos stehen, während sie sich näherte, sein Blick so ernst und dunkel wie seine Kleidung. Dem Aussehen nach war er etwa sechzig. Er hatte schütteres braunes Haar mit einem Hauch von Silber an den Schläfen. Mit auf den Tisch gestemmten Händen stand er da, den Mund mißmutig verzogen. Sein Gesicht war so schmal, daß er magersüchtig aussah. Megans Nackenhaare stellten sich auf, und sie sprach ein kleines Gebet für die Pfarreimitglieder von St. Elysius für ihren Mut, dieser grimmigen Autorität jeden Sonntag unter die Augen zu treten. Er sah aus wie einer von der Sorte, die glaubten, Selbstgeißelung wäre eine angemessene Strafe für Pupsen in der Kirche.

Sie hielt ihren Dienstausweis hoch, als sie die Treppe hinaufstieg. »Agent O'Malley, BCA. Ich würde gerne mit Ihnen über Josh Kirkwood reden, Hochwürden.«

Der Mann runzelte die Stirn. »Die Polizei war bereits hier.«

»Ich mache die Nachbefragung«, sagte Megan ruhig. »Soweit ich informiert bin, hatte Josh gerade seinen Dienst als Ministrant hier in St. Elysius begonnen. Wir versuchen uns ein Bild von Joshs Alltag zu machen und reden mit allen Erwachsenen, denen vielleicht eine Änderung seines Verhaltens in letzter Zeit aufgefallen ist oder denen gegenüber er irgendwelche Ängste erwähnt hat.«

»Und lasset die Kindlein zu mir kommen und wehret ihnen nicht, denn ihrer ist das Himmelreich.« Der Klerikale zitierte diesen Satz aus Matthäus mit so dramatischer Stimme, daß die Damen mitten im Rosenkranz steckenblieben. Die Vorbeterin warf ihm einen giftigen Blick zu.

»Wir haben für Josh gebetet«, sagte er jetzt mit gedämpfterem Organ. »Ich erinnere mich nicht, Sie gestern abend beim Gottesdienst gesehen zu haben.« Er kniff die Augen zusammen, der tadelnde Ton war perfekt.

Megan mußte sich auf die Zunge beißen, um nicht automatisch um Verzeihung zu bitten. Vierhundert Menschen hatten sich zu diesem Gebet in der Kirche versammelt. Sie konnte sich nicht vorstellen, daß er jedes Gesicht registrierte. Trotzdem sagte sie: »Nein, ich war nicht in der Kirche, sondern draußen bei den Cops und habe mich an der Suche beteiligt.«

»Sein Schicksal liegt in den Händen Gottes. Wir müssen darauf vertrauen, daß der Herr ihn heimführt.«

»Ich bin seit sieben Jahren Polizistin, Hochwürden, und vertraue Gott ungefähr so weit, wie mein Sehvermögen reicht.«
Er wich entsetzt zurück, als begännen ihr Laser aus dem Kopf zu wachsen. Megan rechnete fast damit, daß er sie gleich mit dem Finger durchbohren und ›Ketzerin‹ schreien würde. Er rang nach Luft, die bedrohlich in seiner Kehle rasselte. Die Rosenkranzriege verstummte und sah sie mit offenem Mund an.
Die Spannung wurde jäh von den fröhlichen Weisen eines Gameboy unterbrochen. Alle Köpfe drehten sich in Richtung Sakristei, wo ein interessanter Mann in den Dreißigern sichtbar wurde, den Kopf über den Apparat gebeugt. Breite Schultern sprengten schier die Nähte eines Notre-Dame-Sweatshirts. Seine beigen Cordhosen waren zerknittert, und er trug Cowboystiefel. Das Lied endete mit einer Reihe von Piepsern, er machte eine Faust und flüsterte: »Jawohl, zwölf-einundfünfzig!«
Megan vermutete, daß ihn wohl die ominöse Stille den Kopf heben ließ. Er blinzelte die versammelten Menschen durch seine goldgeränderte Brille an. Eine leichte Röte überzog sein Gesicht, und er schaltete das Spiel aus.
»Störe ich etwa?« flüsterte er, und sein etwas verwirrter Blick landete auf Megan.
»Agent Megan O'Malley, BCA«, stellte sie sich automatisch vor. »Ich brauche ein paar Minuten von Pater McCoys Zeit.«
»Oh? Na schön. Ich bin Pater Tom McCoy.«
»Aber …« Megan warf einen Blick auf den hageren Alten.
McCoy runzelte die Stirn. »Albert, danke, daß Sie Miss O'Malley in meiner Abwesenheit unterhalten haben.« Er nahm Megans Arm, sanft aber bestimmt, und führte sie dahin, wo er hergekommen war, den Kopf zu ihr gebeugt. »Albert ist sehr fromm«, flüsterte er. »Um ehrlich zu sein, er wird Ihnen mit Feuereifer erzählen, daß er für meinen Job besser qualifiziert ist als ich.«
»Ich glaube, er würde mir alles mit Feuereifer erzählen«, beichtete Megan. »Soeben wollte er mich mit Weihwasser übergießen, um zu sehen, ob ich brenne.«
McCoy dirigierte sie zu einem Stuhl und schloß die Tür seines Büros. »In einer anderen Zeit hätte man Albert Fletcher wahrscheinlich als Zeloten bezeichnet. In den Neunzigern, wo Kirchenpersonal Mangelware ist, bezeichnen wir ihn als Diakon.«
»Ist er da oben ganz richtig?« Sie tippte sich an die Stirn.

»Er hat einen Universitätsabschluß vom Northwestern. Ein sehr intelligenter Mann, unser Albert.« Pater Tom ließ sich in den Stuhl mit der hohen Lehne hinter seinem Schreibtisch fallen und drehte ihn hin und her. »Im Hinblick auf die Gemeinde ist er nicht gerade ein Partylöwe. Er hat vor drei Jahren seine Frau verloren, zusätzlich ein mysteriöses Magenleiden, das nie richtig diagnostiziert werden konnte. Nachdem sie gestorben war, hat er sich immer mehr der Kirche gewidmet.«

»Besessen von ihr klänge wohl richtiger?«

McCoy sah sie an und hob die Schultern. »Wo soll man die Grenze zwischen Frömmigkeit und Besessenheit ziehen? Albert funktioniert beispielhaft, hält Haus und Hof makellos in Ordnung, gehört Bürgergruppen an. Er hat sein Leben und verbringt freiwillig einen Großteil davon hier.«

Der Pater schob seinen Gameboy beiseite und warf ihr einen verlegenen Blick zu. »Das hier hält *mich* bei Verstand, wenn die Last der Welt ein bißchen zu schwer wird.« Das Lächeln verblaßte. »Meine Therapie hat sich die letzten Tage leider nicht ausreichend bewährt.«

»Josh Kirkwood.«

Der Priester schüttelte den Kopf. »Mir bricht jedesmal, wenn ich dran denke, das Herz. Wer weiß, was er durchmachen muß. Und Hannah ... Das bringt sie um. Sie zerfleischt sich damit, nach irgendeiner logischen Erklärung zu suchen; aber man kann solche Geschehnisse nicht begreifen.«

»Ich dachte, Sie hätten Antworten darauf.«

»Ich? Nein. Die Absichten des Herrn sind rätselhaft, und er hat mich nicht in seine Motive eingeweiht. Ich bin nur ein Hirte. Meine Aufgabe ist es, die Herde zusammenzuhalten und sie auf die richtigen Wege zu lenken.«

»Jemand ist allerdings vom richtigen Weg abgekommen.«

»Und Sie glauben, daß dieser Jemand von St. Elysius ist?«

»Nicht unbedingt. Ich rede mit allen, die regelmäßig Kontakt mit Josh hatten, suche nach irgendeinem Fetzen Information, der helfen könnte. Etwas, das Josh vielleicht gesagt hat, eine Veränderung seines Benehmens; von Hannah erfuhr ich, daß er gerade mit seiner Ausbildung zum Ministranten begonnen hatte.«

McCoys blaue Augen waren traurig und resigniert. »Der Ministrant und der Priester. Geht es darum, Agent O'Malley?« Er schüttelte langsam den Kopf. »Es erstaunt mich immer wieder, wenn ein Opfer von Klischees den Spieß umdreht und jemand anderem dasselbe antut.«

»Ich mache nur meine Arbeit, Pater«, entgegnete Megan ruhig. »Es steht mir nicht zu, Schlüsse zu ziehen – aber es steht mir zu, den Hinweisen, die ich habe, auf den Grund zu gehen. Tut mir leid, wenn Sie sich dadurch diskriminiert fühlen, aber so läuft das eben. Wenn Sie das tröstet: Ich werde auch mit Joshs Lehrern und Trainern und Pfadfinderführern reden. Sie sind kein Verdächtiger.«

»Bin ich nicht? Ich wette, ich könnte eine Menge Leute in dieser Stadt finden, die bereits zu einem anderen Schluß gekommen sind.« Er erhob sich von seinem Stuhl und lief hinter seinem Schreibtisch auf und ab, die Hände in den Hosentaschen. »Ich kann's Ihnen wohl nicht verdenken, schließlich sind die Zeitungen voll davon, nicht wahr? Dieser Priester, jener Priester, ein Kardinal. Eine Schande ist das. Und die Kirche deckt sie und tut so, als wäre nichts, führt die wunderbare Tradition von Heimlichtuerei seit der Zeit des Heiligen Petrus weiter.«

»Dürfen Sie so etwas überhaupt sagen?« Megan staunte über soviel Offenheit.

Er grinste spitzbübisch. »Ich bin eine Radikalo. Fragen Sie Albert Fletcher. Er hat schon mit dem Bischof über mich diskutiert.«

Scheinbar machte es ihm diebische Freude, Gegenstand von Kontroversen zu sein. Megan verzog die Mundwinkel. Sie mochte Tom McCoy. Er war jung, voller Energie und hatte keine Angst zu sagen, was er dachte – das krasse Gegenteil von den Priestern, mit denen sie aufgewachsen war. Und sie erwischte sich bei der Überlegung, warum ausgerechnet ein Mann mit seinem Aussehen und Charme Priester geworden war.

Mühelos las er ihre Gedanken. »Es ist eine Berufung«, sagte er mit sanfter Stimme und setzte sich wieder in seinen Stuhl, »keine Notlösung wie bei Männern, die sonst nichts anzufangen wissen.«

»Aber manchmal werden die falschen Leute berufen«, warf Megan ein, um das Thema zu wechseln und von ihrer Beschämung abzulenken.

Pater Tom schien vor ihren Augen zu altern. »Nein«, er schüttelte den Kopf, »diese Leute hören eine andere Stimme.«

»Die Stimme des Bösen? Den Teufel?«

»Ich glaube absolut daran. Sie doch auch, oder, Agent O'Malley?«

Sie antwortete nicht sofort, blieb eine Minute still sitzen und dachte über ihre irisch-katholische Erziehung nach. Selbst wenn man das wegließ, würde sie dieselbe Antwort geben. Mittlerweile hatte sie auf den Straßen zuviel gesehen, um irgend etwas anderes zu verfechten.

»Ja, das tu ich«, stimmte sie leise zu. »Und was mich angeht, sind Kinderschänder das Böseste überhaupt. Also fällt Ihnen etwas ein, was mir helfen wird, den Arsch dieses Dreckschweins an die Wand zu nageln?«

Ihre vulgären Worte entlockten ihm nicht einmal ein Wimpernzucken. »Nein, ich wünschte, das täte es. Gestern abend hatten wir eine Gebetswache hier. Die meiste Zeit hab ich damit verbracht, mir die Leute genau anzusehen, in der Hoffnung, jemanden zu entdecken, der nicht reinpaßt – der vielleicht käme, um zu sehen, was er in dieser Gemeinde angerichtet hat. Ich dachte, ich erkenne ein Merkmal. Sie wissen schon – glühende Augen, E 605 auf seiner Stirn eingebrannt –, aber das kommt wohl doch nur im Kino vor.«

»Und wie steht's mit Josh selbst? Haben Sie irgendeine Veränderung in seinem Verhalten bemerkt?«

»Ja, also ...« Er nahm sich einen Moment Zeit und wählte seine Worte sorgfältig. »Stiller war er in letzter Zeit geworden. Ich glaube, Hannah und Paul haben Probleme. Es hat zwar keiner von ihnen etwas gesagt, ist nur so ein Gefühl von mir. Josh ist ein sensibler Junge, Kinder kriegen viel mehr mit, als Erwachsene annehmen. Aber mir ist nichts Offenkundiges aufgefallen. Er nimmt seine Pflichten als Ministrant sehr ernst.«

»Sie bilden die Jungs selber aus?«

»Wir haben jetzt auch Mädchen: der Beitrag der Kirche zum Zeitalter der Gleichberechtigung. Natürlich werden sie nie Frauen als Priester zulassen, aber ...« Er verstummte, ehe er wieder zu radikale Ansichten äußern konnte und warf Megan einen schuldbewußten Blick zu, seine Brille war ihm auf die Nase gerutscht. »Also um Ihre Frage zu beantworten, Albert Flechter und ich, wir arbeiten beide mit den Kindern. Es läuft so als Guter-Cop-Böser-Cop-Spiel. Albert bläut ihnen die Regeln ein, dann zwinkere ich ihnen zu und lasse sie wissen, daß es in Ordnung ist, wenn sie ab und zu Mist bauen, solange sie nicht auf die Hostien niesen.«

Megan lächelte über den Scherz, aber ihre Gedanken waren bereits bei Albert Fletcher, dem religiösen Fanatiker, den Mann, der zur Antwort auf ihre Fragen die Bibel zitiert hatte. Sie fragte sich, ob er wohl Robert Browning genausogut auswendig kannte: *Unwissenheit ist nicht Unschuld, sondern SÜNDE.*

»Wissen Sie zufällig, was für einen Wagen Mr. Fletcher fährt?«
»Einen braunen Toyota. Ist Albert auch *kein* Verdächtiger?« fragte der Priester mit einem ironischen Lächeln.
Megan erhob sich mit ernstem Gesicht. »Zu diesem Zeitpunkt, Pater, ist jeder *kein* Verdächtiger. Und Sie? Was fahren Sie denn?«
»Einen roten Ford-Geländewagen.« Er grinste und zog die Schultern hoch. »Jemand muß doch den Status quo aufbessern, warum also nicht ich.«
Es juckte sie ebenfalls in den Mundwinkeln. Wenn es in ihrer Jugend Priester wie Tom McCoy gegeben hätte, hätte sie in der Kirche vielleicht tatsächlich aufgepaßt, anstatt die ganze Zeit die Rückseite ihres Gesangbuchs vollzukritzeln.
»Pater Tom, haben Sie kurz Zeit für mich?«
Megan drehte sich zur Tür, als sie Mitchs Stimme vernahm. Er marschierte mit offener Jacke und zerzausten Haaren ins Büro und schien verärgert, daß sie ihm in St. Elysius zuvorgekommen war.
»Ah, Agent O'Malley«, sagte er, »drehen Sie jetzt die Priester durch den Wolf?«
»Ich habe Pater Tom nur ersucht mir beizustehen, damit ich um Geduld im Umgang mit arrogantem Chefgehabe beten kann.«
Nachdem ihm keine passende Antwort einfiel, schnaubte er nur und wandte sich dem Priester zu. Bei gutem Wetter spielte er mit Tom McCoy Golf, und mochte ihn. In der Stadt kursierten ständig Gerüchte, Pater Tom hätte Ärger mit der Diözese, weil er zu liberal wäre, was diesen völlig kaltließ; davor hatte Mitch großen Respekt.
Tom McCoy sah ihn an. »Du glaubst auch, daß ich kein Verdächtiger bin?«
»Hat Agent O'Malley dir etwas anderes einreden wollen?«
»Pater Tom und ich hatten nur ein Routineschwätzchen«, sagte Megan mit frostiger Stimme. »Hätte ich dafür Ihre Genehmigung gebraucht, Herr Oberaufseher?«
»Habt ihr über die Botschaften gesprochen?«
»Nein.«
»Über was?« fragte Pater Tom. »Hat es eine Lösegeldforderung gegeben?«
»Ich wünschte, es wäre so einfach«, sagte Mitch. »Zwei Nachrichten wurden gefunden – eine in Joshs Sporttasche, die andere in seinem Notizbuch. Beide beziehen sich auf Sünde.«
»Und da denkt man automatisch an die Kirche«, schloß der Priester.

»Man muß nach irgend jemanden in deiner Pfarrei suchen, den du für geistig instabil oder fanatisch hältst, insbesondere jemand mit Verbindung zu den Kirkwoods.«
»Unser Fanatiker vom Dienst ist Albert Fletcher, aber Albert würde genausowenig ein Verbrechen begehen wie dem Papst abschwören«, sagte Pater Tom. »Und er hat an diesem Abend Joshs Klasse unterrichtet, falls er ein Alibi braucht. Geistig instabil – ein paar von denen haben wir schon, aber das sind Leute mit Problemen, keine psychopathischen Monster. Mir fällt auch niemand ein, der einen etwaigen Groll gegen Hannah oder Paul hegte.«
Mitch versuchte, seine Enttäuschung nicht zu zeigen. Fälle wie diese wurden nur selten in einer glatten Aktion geklärt. Ein Cop konnte es sich nicht leisten, jede Sackgasse oder jeden Rückschlag ernstzunehmen, davon gab es zu viele wie zum Beispiel heute! Die Suche brachte nichts. Hannah und Paul waren, wie erwartet, von der Enthüllung der Botschaften im Fernsehen schockiert gewesen. Die Vernehmungen des Schulpersonals brachte nichts, außer Papierkram. Er hatte eine undichte Stelle in seinem Büro, und Megan O'Malley ließ seine Autorität nicht gelten. Diese Kombination nagte an dem Deckel seines Jähzorns wie ein gefräßiger Virus.
»Wir haben bereits über Joshs Ausbildung als Ministrant geredet«, klärte Megan ihn auf. »Das sieht nach einer weiteren Sackgasse aus.«
»Na ja, dann werden wir dich nicht mehr länger von der Arbeit abhalten, Pater«, sagte Mitch. »Ruf mich an, falls dir doch etwas einfällt.«
»Das werde ich«, sagte Tom mit ernster Miene. »Und in der Zwischenzeit sollten wir alle wie der Teufel beten.«

Megan ging vor Mitch durch die Seitentür der Kirche und dann die Treppe hinunter auf den ordentlich freigeschaufelten Gehsteig. Schnee türmte sich zwischen der Schneise und dem Parkplatz wie eine Gebirgskette in Miniatur, durch die man alle zehn Meter einen Paß gegraben hatte. Sie steuerte auf den zu, der ihrem Lumina am nächsten war.
»Haben Sie erwartet, daß ich den ganzen Tag im Büro sitze und mir die Nägel feile?«, sie schaute sich nicht nach Mitch um. »Aber dann wäre ich immer noch nicht wie Leo, stimmt's?«
Sie blieb auf dem Gehsteig stehen und warf sich in Denkerpose, das Kinn auf einen Fäustling gestützt. »Überlegen wir mal. Was würde Leo tun? Ich weiß«, sagte sie fröhlich. »Wir werden runter in den

Blue Goose Saloon gehen und ein paar Bierchen kippen. Dann können wir rumsitzen, rülpsen und unseren Mangel an Beweisen verfluchen.«

»He«, unterbrach er. »Leo war ein guter Cop. Machen Sie ihn nicht lächerlich. Und ich hab Sie nie daran gehindert, Ihren Job zu erledigen.«

Er machte sich auf den Weg zu seinem Wagen, ohne auf eine Antwort zu warten. Megan lief hinter ihm her und kämpfte wie stets mit ihrem Schal.

»Nein, Sie haben gesagt, ich soll nichts unternehmen, ohne Sie vorher zu fragen. Also frage ich Sie, im Interesse der Diplomatie, wohin ich als nächstes gehen soll?«

Sein Lachen peitschte wie ein Schuß durch die Luft. Er warf einen Blick über seine Schulter. »Sie wollen es wirklich wissen, O'Malley?«

»Das hör ich seit Jahren.«

»Glauben Sie, daß Sie's je kapieren?«

»Ich bezweifle es«, sagte Megan, als sie durch den Paß zum Parkplatz einbog und fischte ihre Schlüssel aus der Jackentasche, während Mitch sich seinem Truck zuwandte. »... Und, wo gehen Sie jetzt hin?«

»Oh, ich dachte, ich schau mal kurz in den Frauenhasserclub für echte Männer rein, und geh dann mit den Jungs von der Elch Lodge zum Bowling.« Er schloß seine Tür auf: »Wir Typen sind so, wissen Sie.«

Megan legte den Kopf zur Seite.

»Ich werde auf die Jagd nach dem Tier gehen, das Josh Kirkwood entführt hat«, fuhr er fort. »Und Sie, Agent O'Malley, kommen mir dabei nicht in die Quere!«

Kapitel 15

TAG 3
16 Uhr 55

Das Tageslicht verblaßte bereits zu Schwarz, als Megan sich in der Einsatzzentrale zurückmeldete. Sie hatte den Nachmittag damit verbracht, persönlich noch einmal die anderen Personen auf der Liste von Erwachsenen zu überprüfen, mit denen Josh regelmäßig in Kontakt kam, hatte Taschentücher und Mitgefühl verteilt, und keine Antworten auf die Fragen erhalten, die mit jedem Ticken der Uhr bedrohlicher wurden.

Sara Richman, Joshs Lehrerin, hatte selbst zwei Söhne. Obwohl sie bereits zweimal vernommen worden war, konnte sie immer noch nicht über das Ereignis reden, oder auch nur daran denken, ohne zu weinen. Sein Pfadfinderführer, Rob Philipps, war Beamter im Büro des Bezirkstaatsanwalts, ein Mann, der, dank eines betrunkenen Autofahrers, seit drei Jahren und für den Rest seines Lebens an einen Rollstuhl gefesselt war. Phillips hatte sich Urlaub genommen, um im Freiwilligenzentrum zu helfen.

Leute strömten aus dem Feuerwehrhaus – einige wollten nach Hause zu ihren Familien, andere schnell zu Abend essen und dann wiederkommen. Megan machte sich auf die Suche nach Jim Geist und fand statt dessen Dave Larkin an seinem Platz in den Raum, in dem einige ihrer Agents und mehrere von Mitchs Männern an den Hotline-Telefonen saßen. Ständig klingelte irgendwo ein Apparat als Begleitmusik für das Stimmengewirr. Cops und Freiwillige kamen und gingen, brachten Handzettel und Essen, und nahmen gekritzelte Notizen und Faxe mit hinaus.

Larkin trug ein blauweißes Hawaiihemd, das sein smartes Image noch unterstrich. Ein Telefonhörer klemmte zwischen Schulter und Ohr,

und er schrieb wie ein Besessener auf einen Block. Er sah hoch zu ihr und rollte mit den Augen.
»Nein, tut mir leid, Mr. DePalma, ich habe Agent O'Malley nicht gesehen. Sie ist schon den ganzen Tag unterwegs und verfolgt einen Hinweis. Ja, ich verstehe, daß es wichtig ist und werde dafür sorgen, daß sie die Nachricht bekommt.« Er schnitt eine Grimasse zu Megan. »Sie soll Sie zu Hause anrufen? Ich verstehe. Selbstverständlich, Sir.« Er legte den Hörer auf, steckte einen Finger ins Ohr, drehte ihn und sah Megan mit blitzender Verzweiflung an. »Irland, du schuldest mir allerhand.«
Megan setzte sich auf den Stuhl neben ihn und stützte sich auf einen Ellbogen. »Ich verspreche dir alles, solange es nichts mit Sex zu tun hat.«
»Verflucht«, schimpfte er. »Wenn ich das gewußt hätte, hätte ich dich gezwungen, den Anruf anzunehmen.«
»Du bist ein echter Kumpel. DePalma ist wirklich der letzte Mensch, mit dem ich reden will.«
»Du hast es erfaßt! So wie der sich anhörte, hatte er Lust auf gegrillten Agent.«
Sie schniefte verächtlich. »Die Reporter sind diejenigen, die man grillen sollte. Wenn jemand Henry Forster und Paige Price aufspießen will, steuere ich den Kartoffelsalat bei. Und wieso bist du hier?« fragte sie. »Ist Jim zurück ins Hotel?«
»Ja. Ich verbring hier meine Freizeit«, sagte er kläglich. »Hab dir ja gesagt, daß du Freiwillige kriegst.«
»Weiß ich zu schätzen. Gibt's schon irgendwas vom Labor wegen der Botschaften?«
»Nichts, was nicht schon im Fernsehen war. Wir haben die Reaktion beim Ninhydrin-Test mit Hitze und Befeuchtung beschleunigt und sie ultraviolettem Licht ausgesetzt. Wenn es Abdrücke auf dem Papier gegeben hätte, hätten sie sich lila verfärbt und fluoresziert. Fehlanzeige, tut mir leid, Kleine.«
Megan seufzte. »Na ja, ich hab auch nicht mit soviel Glück gerechnet. Hier haben wir es nicht mit dem üblichen Idioten zu tun. Dieser weiß längst genug, um Handschuhe zu tragen. Und, was ist der neueste Stand von dem Van?«
»Ich würde sagen, jeder dritte im Staat kennt jemand Schrägen, der einen hellen Lieferwagen fährt.« Er nahm Geists Notizen und blätterte sie durch. »Erstens hat der Chief in New Prague den Vorbestraf-

ten mit dem gelben Van überprüft. Der Van ist jetzt mit einem Bild vom Wüstensonnenuntergang geschmückt, und der Vorbestrafte ist jeden Mittwoch in seinem Bowlingverein. Diese Woche hat er 220 Punkte gemacht und zweimal den Beer Frame gewonnen.«

»Glückspilz«, murmelte sie niedergeschlagen. »Sonst noch etwas aufgetaucht?«

»Jim hat die Tips geografisch geordnet und sich heute nachmittag mit Chief Holt getroffen. Sie sind zusammen die Liste örtlicher Anrufe durchgegangen, haben ein paar aussortiert, und dann hat Jim einen von uns mit einem von Holts Männern losgeschickt, damit sie die restlichen überprüfen.«

»Laß mich die Liste sehen.«

Larkin reichte sie ihr, lehnte sich im Stuhl zurück und reckte die Arme über den Kopf. »Also, wenn wir dieses Stück Scheiße festgenagelt haben, was hältst du von einem Wochenende Skifahren in Montana? Ich kenne einen Typen, der hat einen Freund mit einer Wohnung in Whitefish.«

Megan überflog die Namen und Adressen von Leuten in Park County, deren Nachbarn sie verpfiffen hatten. »Ich fahr nicht Ski.«

»Das ist ja noch besser. Wir können die ganze Zeit in der Badewanne verbringen.«

»Vielleicht solltest du ein paar Minuten unter einer kalten Dusche stehen«, schlug sie vor.

Ein Name traf sie wie ein Vorschlaghammer. Sie richtete sich abrupt in ihrem Stuhl auf, als sie sah, wie viele Anrufe wegen dieses Van gekommen waren, und die fette, rote Durchstreichlinie. »Elender Mist, was ist das?«

Larkin beugte sich vor und warf einen Blick auf die Liste. »Holt sagte, den hätte er schon überprüft.«

»Dieser Hurensohn«, knurrte Megan und sprang auf. Sie spürte, wie ihr Blutdruck in den Gefahrenbereich kletterte. Buchstäblich kochend vor Wut knallte sie ihren Stuhl gegen den Tisch. Das Geräusch übertönte das Läuten der Telefone und jegliche Unterhaltung. Erstaunte Blicke richteten sich auf sie.

»Wohin gehst du?« rief Larkin ihr nach, als sie hinausstürmte.

»Jemanden in den Arsch treten!«

Er stützte sein Kinn in die Hand. »Ich nehme an, damit kann ich Abendessen und eine kuschelige Nacht vergessen.«

17 Uhr 01

Mitch saß in seinem Büro. Nur das gelbe Licht seiner Schreibtischlampe schien auf die Berichte und Aussagen, die auf seinem Schreibtisch verstreut lagen. Er hatte Natalie nach Hause geschickt, damit sie ihren beiden Teenagern beim Anziehen für die Fackelparade beistünde. Valerie spielte die Flöte in der High School Band. Troy fuhr auf dem Wagen der Abschlußklasse mit. Der Stadtrat hatte für eine Durchführung der Snowdaze gestimmt, aber jetzt würde jede Darbietung irgendwie auf Joshs Entführung hinweisen. Diese Zurschaustellung von Gemeinschaftsgeist in der Stadt würde sowohl großartig als auch tragisch wirken.

Der Tag hatte Mitch körperlich und geistig ausgelaugt. Der ständige Druck, das Gefühl, die Zeit rinn ihm durch die Finger, zehrte an Nerven und Geduld. Persönlich hatte er den Großteil der Volksschule befragt und war alles noch einmal durchgegangen, hatte sich den Kopf zermartert nach einer Querverbindung oder nach einem Fingerzeig auf die Identität der Person, die Joshs Notizbuch auf seine Haube gelegt hatte. Und das alles bei der Präsenz eines Mückenschwarms von Reportern! Null und nichts! Der Parkplatz war leicht zugänglich, und keiner hatte etwas bemerkt. Der Mann war einfach neben den Explorer gefahren, hatte die Hand aus dem Fenster gestreckt und das Buch abgelegt. Geschickt, unverfroren, diabolisch. Zum Aus-der-Haut-Fahren. Er kam sich vor wie ein Idiot, den man beim Erbsenspiel reingelegt hatte.

Irgendwie mußte er die Zeit finden, mit seiner Tochter zu der Parade zu gehen. Seine Schwiegermutter hatte vorgeschlagen, daß sie und Jurgen Jessie begleiteten, nachdem die Kleine ja schließlich das Wochenende bei ihnen verbrachte. Außerdem glaubte sie, daß es Jessie vielleicht nervös machen könnte, mit ihm zu gehen, während dieser ganzen schrecklichen Geschichte und den Polizisten, die in der Schule in die Klassenzimmer kamen und allen Kindern angst machten.

Mitch waren die Pferde durchgegangen. Joy trieb ihn schon auf die Palme, wenn alles in Ordnung war, was man im Augenblick wirklich nicht behaupten konnte.

»Willst du damit sagen, daß meine Tochter sich vor mir fürchtet?«

»Nein! Nein, überhaupt nicht! Ich sag doch bloß ...«

»Du sagst bloß was, Joy?«

»Na ja, dieser kleiner Kirkwood ist doch direkt von der Straße entführt worden.«

»Verlaß dich drauf, Joy, wenn einer versucht, Jessie von der Straße zu entführen in meinem Beisein, reiß ich ihm seinen Scheißkopf ab.«
»Also wirklich, dieser Ton …«
»Ich werde halt sauer, wenn du mir unterstellst, daß meine Tochter bei mir nicht sicher ist, Joy.«
»Das hab ich nie behauptet!«
Aber sie dachte es. Sie dachte das ständig und mogelte diese Gedanken wie vergiftete Splitter unter seine Haut, so geschickt, so raffiniert. Sie hatte ihm ihre Tochter anvertraut, und ihre Tochter war tot. Sie hatte ihm ihren Enkel anvertraut, und ihr Enkel war tot. Mitch warf sie voll und ganz die Schuld vor, stillschweigend, äußerte nie ein offenes Wort, sondern ließ diese Anklage wachsen und sich ausbreiten wie ein bösartiger Tumor.
Er wußte das, weil er genau dasselbe machte.
Seine Hände fuhren müde übers Gesicht. Ein Teil seiner selbst wünschte, er könnte einfach einschlafen, bis dieser Alptraum vorüber war, aber was auch immer ihm durch den Sinn ging, der Alptraum blieb. Wachend hatte er den Fall, schlafend träumte er, wie er in einem Meer von Blut ertrank.

»Könntest du die paar Sachen nicht einfach auf dem Heimweg abholen?«
»Allison, seit achtzehn Stunden arbeite ich. Ich hab genau drei Stunden, in denen muß ich nach Hause fahren, schlafen, essen, duschen und mich rasieren, bevor es wieder ins Gericht geht. Das letzte, was ich brauchen kann, ist noch der verdammte Supermarkt. Kannst du den nicht auf dem Weg zum T-Ball einkaufen?«
»Ich hasse den Laden auf dem Weg zum Park. Das ist ein ganz mieses Viertel.«
»Mein Gott, du wirst doch keine fünf Minuten da drin verbringen. Es ist hellichter Tag. Diese Läden werden nachts überfallen, wenn die meisten schlafen.«
»Ich fass es einfach nicht, daß wir überhaupt streiten müssen. Warum bleiben wir hier? Es wird jeden Tag schlimmer. Ich fühl mich wie eine Gefangene, in meinem eigenen Haus …«
»Du lieber Himmel, fang jetzt nicht wieder damit an. Können wir vielleicht warten, bis ich dreizehn oder vierzehn Stunden geschlafen habe, bevor wir uns wieder an die Gurgel fahren?«

»Also gut. In Ordnung. Aber ich möchte eine echte Diskussion, Mitch. Ich will so nicht weiterleben.«

Die letzten Worte seiner Frau dröhnten durch seinen Kopf, und er drehte verloren seinen Ehering.
Es gab keine Gerechtigkeit. Keine Logik. Es war nicht gerecht, daß Hannah Garrison ihren Sohn an ein gesichtsloses Phantom verlor, dessen einzige Erklärung ein grausam spöttischer Satz plus Ergänzung war. Merkwürdigerweise gab es trotzdem Leute, die glaubten, daß das Leben einen Sinn machen müsse.
Während sich Mitch diese wenigen Momente stahl, um sich der sinnlosen Übung der Selbstzerfleischung hinzugeben, und seine Faust wütend gegen diese ungerechte Welt erhob, tickte die Uhr weiter, und seine Ohnmacht wollte ihn verschlingen.
Er mußte wieder einen klaren Kopf kriegen und sich zusammennehmen, sich konzentrieren. Die Armlehnen seines Stuhls packend holte er angestrengt Luft, ganz ruhig, wie es ihm der Polizeipsychiater in Miami versucht hatte beizubringen. Seinen Verstand auf einen einzelnen Gedanken konzentrieren und langsam und tief durchatmen! Meistens hatte sich Mitch auf den Gedanken konzentriert, wie er diesen Psychiater, diesen aufgeblasenen, gönnerhaften Arsch windelweich prügelte.
»Wenn er da hinten ist, *wird* er verdammt noch mal auch mit mir reden!«
Die Stimme war unverwechselbar Megans. Zweifellos in Rage. Untermalt von Nogas donnernden Schritten.
»Aber Miss O – Agent, er hat gesagt, er will nicht gestört werden.«
»Gestört? Zerstückelt würde hier besser passen!«
Sie stürmte durch die Tür, bevor Mitch mehr tun konnte als aufzustehen, und hielt in der Mitte des Raumes an, die Hände in die Hüften gestemmt. Ihre Tasche rutschte ihr langsam von den Schultern herunter, und der Schal, mit dem sie in der Tat ständig Schwierigkeiten hatte, schlängelte sich über eine Schulter hinunter und hing fast bis zum Boden.
Noga tauchte hinter ihr auf. »Tut mir leid, Chief, ich konnte sie nicht stoppen.«
Im College hatte er jeden Stürmer beim Football aufhalten könnten, aber nicht Megan O'Malley. Irgendwie fand Mitch das ganz logisch. Er bedeutete dem Streifenpolizisten zu gehen.

»Jetzt bin ich dran, Chief«, keifte Megan, als sich die Bürotür hinter ihr schloß. »Warum hab ich nicht erfahren, daß Olie Swain einen weißen 83er Chevy Van fährt? Warum wurde ich nicht darüber informiert, daß Sie gestern abend wegen diesem Van mit Olie Swain gesprochen haben?«

»Ich muß mich Ihnen gegenüber nicht verantworten, Agent O'Malley«, bellte er zurück. »Sie haben keinen höheren Rang als ich. Sie sind nicht mein Boß.«

»Nein, Sie müssen sich gegenüber niemandem verantworten, nicht wahr?« schrie sie wütend. »Sie sind ›Matt Scheiß Dillon‹, und hier ist Dogde City. *Ihre* Stadt. *Ihre* Leute. *Ihre* Ermittlung. Wunderbar, dann rollt auch *Ihr* Kopf, wenn wir die Leiche dieses Kindes auf irgendeinem Müllplatz finden und sich rausstellt, daß Olie Swain der Täter war.«

Megan spürte, wie dieser Schlag ihn durchfuhr. Gut. Er brauchte eins über den Schädel – bildlich gesprochen.

»Zumindest ist Steiger ehrlich. Bei dem hab ich von Anfang an gewußt, daß er ein Arschloch ist. Sie kooperieren, wenn es Ihnen paßt und wenn nicht, nehmen Sie Ihre Sachen, und schicken mich nach Hause.«

»Also gut«, sagte er in diesem schneidenden, täuschend sanften Ton. »Gehn Sie nach Hause. Ich bin wirklich auf dem Zahnfleisch, Agent O'Malley, und nicht in der Stimmung, mir Ihr Gejammer anzuhören von wegen Fairneß.«

»Nicht in der Stimmung ...« Megan blieb vor Wut die Luft weg. Einen Augenblick lang überlegte sie, ob sie sich über den Schreibtisch auf ihn stürzen sollte. Sie wollte ihn beuteln, bis ihm die Zähne klapperten. Statt dessen fixierte sie ihn funkelnd.

»Ihre Stimmung in allen Ehren«, zeterte sie. »Ich glaube, wir müssen dringend ein paar Dinge klarstellen. Das ist eine Ermittlung, und ich bin Teil davon. Deshalb habe ich ein Recht darauf, das zu erfahren, wenn sich herausstellt, daß ein von mir Verdächtiger einen Van besitzt, der der Beschreibung der Zeugin entspricht.«

»Es ist nichts dabei rausgekommen«, sagte Mitch knapp. »Helen Black konnte den Van nicht identifizieren. Olie hat ein Alibi ...«

»Das keiner hundertprozentig bestätigen konnte ...«

»Es war nichts in dem Van, was ...«

»Sie haben diesen Van *ohne Durchsuchungsbefehl* überprüft?« rief Megan fassungslos. »Mein Gott, so etwas Dämliches ...«

»Ich hatte sein mündliches Einverständnis ...«
»... das keinen Pfifferling wert ist!«
»Wenn ich etwas gesehen hätte, hätte ich den Van wegen eines Parkvergehens abschleppen lassen können, und dann hätten wir unseren Durchsuchungsbefehl gekriegt. Ich habe nicht das geringste gesehen, was Olie oder den Van mit Joshs Verschwinden in Verbindung brächte.«
»Können Sie Fingerabdrücke sehen, Superman?«
Ihr Sarkasmus traf ihn härter, als sie wissen konnte. Wut war seine automatische Reaktion gegen so eine Verwundung. »Sie hätten keinen Durchsuchungsbefehl gekriegt, Agent O'Malley«, er machte einen Schritt auf sie zu. »Und wenn Sie sich auf den Kopf gestellt hätten, hätten Sie ihn nicht nach Fingerabdrücken untersuchen können oder Fasern oder Blutspuren. Wir haben rein gar nichts gegen Olie Swain in der Hand!«
»Die Tatsache bleibt«, sagte sie. »Sie wissen, daß ich den Mann als Verdächtigen betrachte. Ich hätte verständigt werden müssen – wenn schon nicht gestern abend, aber wenigstens heute früh.«
»Es stand nicht zur Debatte.« Mitch wußte verdammt gut, daß er sie hätte informieren sollen. Er hatte geahnt, daß sie es herausfinden würde. Der Spruch von Matt Dillon war der Wahrheit ziemlich nahegekommen. Das Spiel wollte er allein kontrollieren und auch die Spieler. Deer Lake war auf eine Art, die sie nicht verstehen konnte, tatsächlich *seine* Stadt, seine Zuflucht. Er haßte es, wenn ihm jemand, sein Gefühl, die Sache im Griff zu haben, als Illusion unter die Nase rieb.
»Wir arbeiten bei dieser Ermittlung zusammen, Chief«, betonte Megan. »Ich bin nicht zur Dekoration hier, sondern um meinen Job zu machen, und ich schätze es nicht, wenn man mich übergeht.«
Das war einer der Hauptgründe ihres Zorns: Man hatte sie ausgeschlossen. Jeder hatte vor ihr von Olie und dem Van gewußt. Die alte Seilschaft hatte ihre Reihen geschlossen und sie wie eine Idiotin draußen stehenlassen, wie eine Aussätzige. Es war nicht das erste Mal und würde auch nicht das letzte Mal sein; aber das hieß noch lange nicht, daß sie sich das gefallen lassen oder ohne Widerspruch dulden mußte.
Er wich langsam vor ihr zurück und wandte sich ab. Die Schreibtischlampe summte leise. Das Klingeln der Telefone aus dem Einsatzraum war hier kaum zu hören, das ferne Geräusch verstärkte das Gefühl von Abgeschiedenheit noch mehr.

»In Ordnung«, sagte er. »Ich hätte es Ihnen sagen sollen und hab es versäumt. Jetzt wissen Sie's.«
Mehr Entschuldigung konnte sie von ihm nicht erwarten. Megan war erfahren genug, sich mit einem kleinen Sieg zufriedenzugeben, wenn sich die Chance bot. Sie wurde etwas ruhiger und sah sich im Büro um, als hätte sie es zum ersten Mal betreten.
»Warum sind Sie denn hier im Dunkeln gesessen?«
»Ich hab nur ... mit dem Schicksal gehadert«, murmelte er. »Das mache ich lieber im stillen, wenn Sie nichts dagegen haben.«
»Hilft aber nicht viel, oder?«
Feststellung einer Tatsache. Ein Zugeständnis an die Umstände. Mitch hatte gehört, daß sie ihn verstand. Sie waren sich wohl ziemlich ähnlich, dachte er. Als Cops waren sie beide durch dieselbe Tretmühle gegangen, hatten beide zuviel miterlebt, zuviel Anteil genommen. Sie besaß dasselbe Gefühl für Gerechtigkeit, es war einfach noch nicht so geschwärzt wie seines. Bei diesem Eingeständnis fühlte er sich alt und verbraucht.
Er starrte aus dem Fenster hinter seinem Schreibtisch, durch die offenen Lamellen des Rolladens. Die Nacht war schwer wie Tinte, kalt, abweisend.
»Du kannst dir nicht selbst die Schuld geben, Mitch«, sagte Megan und näherte sich ihm, ohne zu merken, daß sie auf eine andere Ebene ihrer Beziehung geraten waren. Sie hatte ihn nicht Chief genannt, sondern ihn geduzt.
»Klar, kann ich das. Für eine Menge Dinge.«
Sie machte den endgültigen Schritt, überwand die Entfernung zwischen ihnen und schaute zu ihm auf. Hier am Rande des Lichtkegels, war sie ihm nahe genug, um die Falten zu sehen, die Streß und alte Erinnerungen in dieses Gesicht gegraben hatten. Er wandte sich ab, mit gerunzelter Stirn, die Narbe auf seinem Kinn schimmerte silbrig im blassen Licht.
»Wofür?« fragte sie leise. »Deine Frau?«
»Ich will nicht darüber reden«, er wandte sich ihr zu mit versteinerter Miene. »Will überhaupt nicht reden.«
Grob zog er sie an sich, beugte den Kopf und wühlte sein Gesicht in ihr kühles Haar, das schwach nach Jasmin roch. »Das will ich von dir.« Er hob ihr Kinn und seine Lippen fanden die ihren.
Der Kuß war wie glühende Lava, gierig und wild, unverbrämter Sex, der eine heiße, elementare Reaktion auslöste. Megan erwiderte den

Kuß, zitternd vor Verlangen, das Verlangen, sich einfach treiben zu lassen auf dieser Flut von Urbedürfnissen. Sie konzentrierte sich auf seinen Geschmack, seinen warmen männlichen Geruch, den Gegensatz von Größe und Kraft zwischen ihnen, das Gefühl der Muskeln an seinem Rückenansatz, die erotische Berührung seiner Zunge, die gegen ihre stieß.

Sie stöhnte leise vor Sehnsucht, und er nahm es sofort und hungrig wahr. Der Arm um ihren Rücken wurde fordernder, preßte sie an ihn. Seine andere Hand umfaßte kühn ihre Brust, und Megan keuchte, als seine Finger die empfindliche Rundung massierten, sein Daumen über ihre Nippel strich, durch das Material ihres Pullovers lockte.

»Ich will dich«, knurrte er und löste seinen Mund von ihrem, um ihre Wangen, ihre Stirn zu küssen. »Ich will in dir sein. Jetzt.«

Megan erschauderte bei dem Bild, das seine Worte heraufbeschworen, den Empfindungen, die ihre Nervenspitzen kribbeln ließen. Sie spürte ihn an ihrem Bauch, hart, bereit, seinen Worten Taten folgen zu lassen. Die ganze Macht seiner entfesselten Kraft wollte sie fühlen; wollte wissen, wie es war, wenn sie sich einfach völlig gehenließ, die Beherrschung verlor, die ihr gesamtes Leben regierte.

Aber sie waren in seinem Büro, Polizeichef und sie, Agent des BCA. Sie würden sich in diesem Büro immer wieder treffen, Geschäftliches hier besprechen. Und was würde passieren, wenn dieses Feuer zwischen ihnen erlosch und sie trotzdem noch jeden Tag in dieses Büro müßte?

»Ich – das geht nicht«, wehrte sie sich, ihr Körper vibrierte vor Verlangen, ja zu sagen.

»Und ob das geht.« Mitch packte ihr Kinn und zwang sie, ihn anzusehen. Seine Augen glühten, funkelten vor Leidenschaft und der Entschlossenheit, sich in ihr zu verlieren. Das wollte er – sich in ihr versenken, in ein reinigendes Vergessen, wo es keine Schuld und keine Last gab.

»Es ist Sex.« Seine Hand an ihrem Rücken drückte sie fester an ihn, ließ sie ihn spüren. »Wir werden keine Polizeimarken tragen. Oder vielleicht hast du gerade davor Angst?«

Megan stemmte sich gegen seine Brust, versuchte vergebens sich zu befreien. »Ich hab's dir schon gesagt, ich hab keine Angst vor dir.«

»Aber du hast Angst davor, bei mir eine Frau zu sein?«

Sie gab ihm keine Antwort. Das konnte sie auch nicht, dachte Mitch. Wenn sie ja sagte, war das ein Eingeständnis ihrer Verwundbarkeit.

Wenn sie nein sagte, war das praktisch eine Zusage, mit ihm zu schlafen. Sie war zu wachsam, um sich in eine solche Klemme bringen zu lassen. Und das vielleicht nicht ohne Grund. Er war sicher nicht der erste Cop, der sie in den zehn Jahren ihres Polizeidienstes angemacht hatte. Er erinnerte an Miami, die Wetten im Umkleideraum, wer als erster den neuen Rock im Revier flachlegen würde. Und er kannte die Konsequenzen. Die Frau verlor jeden Respekt, den sie vielleicht bei ihren Kollegen genossen hatte. Und Respekt war für Megan das Wichtigste. Ihr Beruf bedeutete Megan ein und alles. Es gehörte schon wesentlich mehr dazu als schlichte Wollust, um sie über ihre Grenzen zu hieven, und Mitch fiel ein, daß er nicht mehr investieren wollte.

Langsam, widerwillig ließ er sie los. »Es ist wahrscheinlich besser so«, er wandte sich ab, um seinen Parka vom Kleiderständer zu nehmen.

Megan beobachtete ungläubig, wie er seine schwarze Jacke überstreifte. Er brachte es fertig, sie so zu küssen und ließ sie dann seelenruhig stehen, als wäre nichts gewesen. Am liebsten hätte sie ihm einen Tritt versetzt, aber ließ sich nicht dazu hinreißen. Und sie verkniff sich alle bitteren Worte, die ihr auf der Zunge lagen. Er hatte sie angemacht, sie hatte abgelehnt. Basta.

»Was kommt jetzt?«

»Ich hab Jessie versprochen, mit ihr zu McDonald's und zur Fackelparade zu gehen.«

»Oh.«

Mitch warf einen Blick auf sie, während er den Piepser an seinen Gürtel klippte. Ihr Haar hatte sich aus der Spange gelöst und fiel ungebärdig auf ihre Schultern. Ihre Augen waren weit aufgerissen und zeigten mehr, als sie erlaubt hätte. Sie sah aus wie das Mädchen, das beim Schulball keiner zum Tanzen aufforderte.

»Hättest du Lust auf einen Big Mac und ein paar angefrorene Clowns?« sagte er zu seiner eigenen Überraschung.

Megan kniff mißtrauisch die Augen zusammen. »Warum bist du auf einmal nett zu mir?«

»Mensch, O'Malley. Wir reden hier vom McDonald's, nicht vom Moulin Rouge. Komm mit, oder laß es.«

»Du bist so gütig, daß ich kaum widerstehen kann«, sagte sie spitz, »aber ich will nicht stören.«

Ihr Groll entlockte ihm ein kleines Lächeln. »Ah, gib's schon zu«, sagte er. »Du warst auf dem Weg zur Grace Lutheran Church zum jährlichen Snowdaze Lutefisk Dinner.«

Megan rümpfte die Nase. »Nicht in diesem Leben. Ich hab's mir zur Regel gemacht, nie etwas zu essen, das die Politur vom Tisch ätzt. Außerdem bin ich der Meinung, daß Lutefisk etwas ist, was man früher gegessen hat, weil es nichts anderes gab und das irgendwann aus Versehen Tradition wurde.«

»Ja, kein Wunder, daß die Skandinavier so mürrisch sind. Wenn ich gekochten Kabeljau, der in Lauge eingelegt war, essen müßte, würde ich auch wie Max von Sydow aussehen.«

Das gemeinsame Lachen brachte sie wieder in die Freundschaftsabteilung ihrer Beziehung zurück.

»Big Mac?« wiederholte Mitch und zog die Brauen hoch.

Sie wollte mitgehen. Aber sie sollte wirklich zurück ins Büro … DePalma anrufen. Ein häßlicher Abend.

»Komm schon«, sagte er. »Ich stifte die Fritten. Was meinst du, O'Malley?«

»Okay, gehn wir, Diamond Jim.« Sie wickelte sich den Schal um den Hals. »Du stiftest die Fritten, ich die Magentabletten.«

Kapitel 16

TAG 3
18 Uhr 16, –5 Grad

Jessie war nicht ganz begeistert von der Idee, noch jemanden beim Essen dabeizuhaben. Sie musterte Megan kompromißlos, als sie sich in die Nische setzten und auf Mitch mit dem Essen warteten. Megan sagte nichts und nützte die Zeit, um sich ein Bild von Mitchs Tochter zu machen. Jessie Holt war ein bezauberndes kleines Mädchen mit großen, braunen Augen und einer Knopfnase. Ihr langes, braunes Haar war sorgfältig nach hinten gekämmt und zu einem dicken Zopf geflochten, der ihr über den Rücken baumelte. Zwei Prinzessin-Jasmine-Spangen steckten krumm und schief am Kopf, sicher Jessies eigenes Werk.

»Bist du Daddys Freundin?« fragte sie ohne Umschweife und schien von dieser Aussicht keineswegs erbaut.

»Dein Dad und ich, wir arbeiten zusammen«, erwiderte Megan, und umging so geschickt eine Antwort.

»Bist du auch ein Cop?«

»Ja. Klar bin ich das.«

Jessie ließ sich das durch den Kopf gehen, mit verschränkten Armen auf der Bank zurückgelehnt. Sie trug einen weißen Rollkragenpullover mit einem Muster aus winzigen farbigen Herzen. Vorne drauf war das Gesicht eines Mädchens mit Sommersprossen und Zöpfen aus geflochtener Schnur appliziert. Sie nahm einen der Zöpfe und kitzelte sich die Nase damit.

»Ich hab noch nie einen Mädchencop gesehen.«

»Es gibt nicht sehr viele«, beichtete Megan und stützte die Ellbogen auf den Tisch. »Mein Dad war auch ein Cop. Glaubst du, du möchtest auch ein Cop werden, wenn du erwachsen bist?«

Jessie schüttelte den Kopf. »Ich werde Beterinärin. Und Prinzessin.«
Megan verkniff sich eine Heiterkeitsausbruch. »Das klingt nach einem prima Plan. Was macht denn deine Beterinärin?«
»Sie hilft den Tieren, wenn's ihnen schlechtgeht, und macht sie wieder gesund.«
»Bestimmt ist das ein guter Job. Ich mag Tiere auch, hab zwei Katzen.«
Jessies Augen wurden ganz groß. »Wirklich? Meine Plüschkatze heißt Whiskers. Meine Oma sagt, ich kann keine echte Katze haben, weil Opa lergisch gegen sie ist.«
»Wie schade!«
»Aber ich hab einen Hund«, sagte sie schnell und rutschte auf ihrem Sitz nach vorn, legte die Arme auf den Tisch, genau wie Megan. »Er heißt Scotch – wie Butterscotch Karamel, du weißt schon. Ein bißchen älter ist er als ich, aber trotzdem mein Hund, Daddy sagt das.«
»Und was Daddy sagt, gilt«, Mitch setzte soeben ein schwerbeladenes Tablett auf dem Tisch ab.
Jessie grinste. »Gilt wo?« Sie krabbelte auf seinen Schoß, als er sich setzte, dann lehnte sie den Kopf zurück und sah ihn von unten an.
»Bis in Timbuktu!«
Er schnitt eine alberne Grimasse, umarmte sie und tat so, als würde er sie kitzeln. Jessie kicherte und strampelte. Ein Spiel, das offensichtlich ein Ritus war.
Megan hatte das Gefühl, nicht dazuzugehören. Mitch wollte Zeit mit seiner Tochter verbringen und hatte Megan nur aus Höflichkeit gebeten mitzukommen. Sie biß sich im Geist in den Bauch, weil sie mitgekommen war und versetzte sich einen Tritt, weil sie alle Erinnerungen zugelassen hatte. Eine erwachsene Frau sollte Besseres tun, als sich in Selbstmitleid zu ergehen über ihre gestörte Familie.
»He, O'Malley? Alles okay?«
»Was?« Sie warf einen Blick zu Mitch hinüber und schämte sich, als sie die Besorgnis in seinen Augen wahrnahm. »Ja, klar«. Sie konzentrierte sich auf den in Papier gewickelten Hamburger. Der Geruch gebratener Zwiebeln stieg ihr verlockend in die Nase. »Ich hab nur äh … gerade an den Fall gedacht. Äh, ich sollte vielleicht die Berichte über die Überprüfung der Lebensläufe des Krankenhauspersonals, die die Jungs heute gemacht haben, noch mal durchgehen. Bei der Parade passe ich am besten.«
»Mach doch mal ein bißchen halblang«, sagte Mitch. »Mir ist klar,

daß die Uhr tickt, aber du kannst nicht vierundzwanzig Stunden am Tag arbeiten. Wenn du so hart rangehst, brennst du körperlich und geistig aus, dann nutzt du keinem mehr was.«

Megan hob die Schultern. »Ich hab heute erst zehn Stunden gearbeitet, kann noch ein paar runterschrubben, und es bleiben mir trotzdem noch ein oder zwei für mich.« Sie präsentierte ihm ihr bestes Pokergesicht. »Ich denke nachts besser. Da gibt es nicht so viele Ablenkungen.«

Mitch runzelte die Stirn, sagte aber nichts.

Jessie nahm einen Schluck von ihrer Milch. »Daddy, meinst du – äh –, daß bei der Parade wieder so Männer dabeisind wie beim letzten Mal, solche, die wie Käse angezogen sind? Die waren so lustig.«

»Wahrscheinlich, Schätzchen«, murmelte er, sah aber immer noch Megan an.

Jessie stürzte sich in einen detaillierten Bericht über die Fackelparade vom Vorjahr. Und Megan, dankbar für die Ablenkung von Mitchs bohrenden Fragen, konzentrierte sich auf das kleine Mädchen. Bis sie mit ihrer Geschichte fertig war, wäre auch die Mahlzeit zu Ende, und sie könnte sich absetzen. Mitch verdiente ein bißchen Zeit allein mit seiner Tochter, und Megan wollte sich von diesem fremden Milieu zurückziehen und das einzige tun, was sie wirklich beherrschte – sich in ihre Arbeit verkriechen.

20 Uhr 19, –7 Grad

Megan fuhr durch die menschenleeren Straßen von Deer Lake und verfluchte die Heizung ihres Autos. Wirklich eine lächerliche Jahreszeit für einen Festzug, und trotzdem nahmen scheinbar alle daran teil. Megan fragte sich, wie vielen Spielern von Blechinstrumenten der High School Bands wohl die Lippen am Mundstück anfrieren würden.

Sie erinnerte sich an Jessies Geschichte von der Parade letzten Jahres und mußte lächeln. Die Umzugswagen, die sie in der Garage des alten Feuerwehrgebäudes gesehen hatte, konnte sie sich gut vorstellen, auch die Clowns und die Käsestücke auf Skiern von der Buckland-Käsefabrik, wie sie ausrutschten und hinfielen, sich ineinander verhedderten und wie die Zuschauer auf den Gehsteigen sich vor Lachen bogen.

Wieviel Spaß würde es heute abend geben? Heute abend, wo jeder an das vermißte Kind dachte und jeder Teilnehmer ein gelbes Band trug und auf jedem Wagen ein Transparent hing, auf dem BRINGT JOSH NACH HAUSE stand.

Megans Gedanken waren allesamt auf Joshs Rettung gerichtet. Sie hatten so wenig in der Hand, die Hinweise von der Hotline beschränkten sich auf Sackgassen und falsche Hoffnungen. Sie mußte immer wieder an Olie Swain denken. Er war der einzige, den man überhaupt als Verdächtigen bezeichnen konnte. Mitch teilte wohl ihre Meinung, sonst wäre er nie das Risiko eingegangen, sich Olies Van anzuschauen.

Wieder wünschte sie sich, er hätte sie in die Sache mit dem Van eingeweiht. Und in seine Geschichte. Sie hätte das Telefon nehmen können und mit ein paar Anrufen seine Vergangenheit aufdecken. Wenn sie das gewollt hätte, könnte sie sich bei TV 7 erkundigen und eine Kopie von Paige Price' Enthüllungsstory über ihn besorgen lassen. Auch bei der Polizei in Miami hätte sie jemanden kontaktieren, oder die Story aus den Archiven des *Miami Herald* rausholen können. Aber sie würde nichts dergleichen tun. Es mußte von Mitch selbst kommen, und der Grund dafür jagte ihr höllische Angst ein. Tief in ihrem Inneren, wo Logik nichts verloren hatte, wollte sie, daß er ihr vertraute.

»Du bist so dämlich, daß dich die Schweine beißen, O'Malley.«

Er wollte sie flachlegen, nicht ihr sein Herz schenken.

Sie wollte es auch. Ihr dritter Tag bei diesem Job, und sie wollte Sex mit dem Polizeichef.

»Du bist zu blöd zum Naseputzen, O'Malley.«

Wollust. Chemie. Tierische Begierden. Der Überschwang einer hochexplosiven Situation. Körperliche Bedürfnisse, die zu lange ignoriert worden waren. Die Ausreden schwirrten durch ihren Kopf, alle wahr, keine die Wahrheit. Sie würde nicht nach dem eigentlichen Kern suchen, aus Sorge vor dem, was dort lauerte. Ein Verlangen, das nie gestillt worden war. Eine Sehnsucht, die sie seit ihrer Kindheit begleitete, Sentimentalitäten!

In ihrem Leben war kein Platz für eine Beziehung und schon gar nicht für eine mit Mitch Holt, angesichts all der Schwierigkeiten, die sie bringen würde. Sie konnte nicht begreifen, daß sie tatsächlich mit diesem Gedanken gespielt hatte. Phantasien von Liebe und Familie und dunkelhaarigen kleinen Kindern hatte sie immer in die tiefsten, dunkelsten, einsamsten Stunden der Nacht verbannt, wo man sie als

Träume abtun konnte, wenn Tageslicht und Realität untergetaucht waren. Es verwirrte sie, daß sie ausgerechnet jetzt aufmarschierten, wo sie weder Zeit noch Energie besaß, mit ihnen fertig zu werden. Sie mußte sich uneingeschränkt dem Fall widmen!

Mit derselben sturen Entschlossenheit, mit der sie Karriere gemacht hatte, zwang sie ihren Verstand in diese Richtung und steuerte ihren Wagen zur Eishalle. Lange blieb sie im Wagen auf dem Parkplatz sitzen, starrte auf Olies verbeulten Van, ging alle Möglichkeiten durch, und Furcht regte sich in ihr. Eine Ahnung, noch sehr vage, außer Reichweite, kitzelte sie wie ein Insektenstich, an den sie nicht herankam. Und ganz hinten in ihrem Kopf hörte sie gleichsam Joshs Stimme, wie er die Zeile aus seinem Notizbuch las: *Die Kinder hänseln Olie, aber das ist gemein. Er kann doch nichts dafür, wie er aussieht.*

Aus der Halle ertönte Musik über die Lautsprecher – Mariah Careys ›Hero‹. Die Sitzreihen waren leer und dunkel, Lichter schienen auf das Eis, wo ein einsamer Schlittschuhläufer seine Kreise zog. Er bewegte sich in perfekter Harmonie mit dem fließenden, wunderschönen Lied. Megan ging zur Teambank und setzte sich auf einen Platz bei der roten Linie.

Der Schlittschuhläufer war eine junge Frau, blond, zierlich, aber athletisch. Sie trug schwarze Leggins, einen violetten Eislaufrock und einen lockeren cremefarbenen Pullover, völlig versunken in die Musik und in ihre Arm- und Beinarbeit. Jede Bewegung wurde perfekt gehalten, bis sie in die nächste überging. Ihre Sprünge waren graziös, kraftvoll, so weich aufgesetzt, daß sie die Gesetze der Physik Lügen straften. Die Musik schwoll an, stieg gen Himmel, wurde wieder leiser. Die Schlittschuhläuferin erhob sich zu einer letzten Pirouette, wie eine Ballerina auf einer Spieldose.

Megan applaudierte und lenkte damit zum ersten Mal die Aufmerksamkeit der Läuferin auf sich. Sie lächelte und winkte zum Dank für den Applaus, dann lief sie auf sie zu, die Hände in die Hüften gestemmt.

»Das war wunderbar«, lobte Megan.

Sie rang heftig nach Luft, schaffte es aber kurz, die Schultern zu heben. »Ich muß noch dran arbeiten, aber danke. Könnten Sie mir die Wasserflasche geben?«

Megan nahm eine Wasserflasche von der Spielerbank und reichte sie ihr. »Ich bin Megan O'Malley vom BCA.«

»Ciji Swensen.« Sie zog ein Handtuch von der Bande und tupfte sich Lippen und Stirn ab, ihre dunkelblauen Augen waren auf Megan gerichtet. »Sie standen in der Zeitung. Sind Sie wegen der Entführung hier? Dr. Garrison tut mir so leid.«

»Kennen Sie Josh?«

»Klar. Ich kenne praktisch jeden in der Stadt, der ein Paar Schlittschuhe schnüren kann. Ich bin Lehrerin im Schlittschuhclub.«

»Machen Sie heute Überstunden?«

»Ich übe. Der Club studiert jedes Jahr eine kleine Show für den Snowdaze ein. Das ist eine meiner Nummern. Ich wußte, daß heute abend alle bei der Parade sind, also dachte ich mir, ich nutze die leere Eisfläche aus. Es ist eine ganz spezielle Nummer – für Josh, wissen Sie. Der Club hat dafür gestimmt, die Einnahmen der Freiwilligenzentrale zu stiften.«

»Das ist sehr großzügig.«

»Ja, also wir mußten doch etwas machen. Mir wird übel bei dem Gedanken, daß irgendein Perversling Josh direkt von dieser Arena entführt hat. Wenn ich's recht überlege, bin ich womöglich direkt hier gestanden, als es passierte.«

»Sie waren an diesem Abend hier?«

Ciji nickte und trank noch einen Schluck Wasser. »Ich hatte um sieben eine Klasse.«

Eine männliche Stimme rief aus der Dunkelheit im hinteren Teil der Arena. »Willst du die Musik noch mal, Ciji?«

»Nein danke, Olie«, rief sie zurück. »Ich mach eine Pause.«

Megan starrte in die Schatten und konnte gerade Olie Swains Kopf und Schultern ausmachen. »Haben Sie Olie an diesem Abend gesehen?«

»Ja, klar. Olie ist hier immer irgendwo.«

»Hat er das Eis frisch gefegt, bevor Ihre Klasse anfing?«

Sie nickte. »Er hat es gleich, nachdem die Zwerge mit ihrem Training fertig waren, gemacht.«

»Wann war das?«

»Viertel nach fünf, halb sechs.« Cijis zarte Augenbrauen zogen sich besorgt zusammen. »Hören Sie, ich weiß, daß es Leute in der Stadt gibt, die Olie für schuldig halten, aber er ist kein schlechter Mensch, nur ein bißchen seltsam. Ich meine, er ist eigentlich ganz süß, wissen Sie? Den Kindern gegenüber hat er sich nie unziemlich benommen, soviel ich weiß.«

»Haben Sie ihn auch später an diesem Abend gesehen?«
»Klar. Er hat vor den Senioren um acht noch mal das Eis präpariert.«
Womit einige Stunde blieben, in denen er alles mögliche hätte tun können, auch Josh Kirkwood entführen.
Ciji stellte ihr Glas ab und wand sich das Handtuch um die Hände. »Sie glauben doch nicht wirklich, daß er es war, oder?«
»Wir versuchen nur eine Chronologie der Ereignisse von Mittwoch abend herzustellen«, sagte Megan ruhig, ohne direkt zu antworten. »Es ist wichtig, daß wir wissen, wer wann wo war. Sie haben sich wann hier aufgehalten?«
»Bis viertel nach acht. Ich bleibe immer, bis sich die Senioren warmlaufen.« Sie lächelte. »Sie flirten so gerne, sind wirkliche Schätze!«
»Und Ihnen ist nichts Ungewöhnliches oder irgendein Fremder aufgefallen?«
Das Lächeln verschwand. »Nein. Wie ich schon dem Beamten sagte, der mich gestern vernommen hat – ich wünschte, es wäre anders. Wie gerne würde ich etwas Aufschlußreiches beisteuern, aber ich habe nichts oder niemanden gesehen.«
»Auf jeden Fall danke ich Ihnen«, sagte Megan. »Ich laß Sie jetzt wieder trainieren. Hat mich gefreut, Sie kennenzulernen!«
»Klar.« Ciji warf ihr Handtuch über die Bande und fuhr graziös zur Mitte der Eisbahn zurück. »Ich hoffe, Sie haben Samstag Zeit, sich die Show anzusehen!«
»Ich werd's versuchen«, rief Megan, bereits auf dem Weg zum Ende des Stadions.

Olie sah sie kommen. Der Ladycop, der ihn direkt anpeilte. Er wollte nicht mit ihr reden. Er wollte überhaupt mit niemandem reden, wußte ja, was die Leute sagten – daß sein Van so aussah wie der gesuchte. Also, Mitch Holt hatte sich seinen Wagen schon von innen angeschaut und nichts gefunden. Sollten sie doch dran ersticken, die Leute, die ihn von der Seite angafften und hinter seinem Rücken Sachen über ihn tratschten. Es war ihm sowieso egal, was die dachten. Nur eins wollte er: seine Ruhe.
Er packte seine Plastikliterflasche Cola und sein Buch über Chaostheorien und machte sich auf den Weg zur Tür der Umkleidekabinen.
»Mr. Swain? Kann ich kurz mit Ihnen sprechen?«
»Hab mit dem Chief geredet«, maulte er. »Hab nichts mehr zu sagen.«

Achte auf dein Benehmen, Leslie! Sei nicht frech, Leslie. Dreh mir nie den Rücken zu, wenn ich mit dir rede, Leslie.
Die schneidende Stimme in seinem Kopf ließ ihn zusammenzucken.
»Es dauert nur eine Minute.«
Wenn er jetzt in sein Büro ging, würde sie ihm folgen. Das wollte er nicht, mochte es nicht, wenn sich da jemand Zutritt verschaffte. Er bekam keine Luft, wenn jemand in seine Sphäre eindrang.
»Ich hab nur ein paar Fragen«, Megan hatte ihn jetzt eingeholt.
Sie roch ihn schon aus zwei Metern Entfernung. Der ranzige Zwiebelgeruch schlechter Hygiene und überaktiver Schweißdrüsen umgab ihn wie schlecht gewordenes Kölnisch Wasser. Er trug denselben Pullover und dieselbe Jacke, die er am ersten Abend angehabt hatte. Das Buch fest an sich gepreßt stand er ihr gegenüber, sein Glasauge starrte ins Leere, während sein gesundes wie ein Irrlicht hin- und herzuckte.
»Mr. Swain. Ich weiß, daß Sie hier am Abend, als Josh verschwand, das Eis erneuert haben. Sofort nachdem das Team mit dem Training fertig war, richtig?«
Er nickte.
»Und noch einmal kurz bevor das Seniorenteam spielte?«
Wieder bejahte er.
»Können Sie mir sagen, wo Sie in der ganzen Zeit dazwischen waren?«
»Hier und da.« Er zuckte, erschrocken von seiner eigenen Ruppigkeit.
Wag ja nicht in diesem Ton mit mir zu reden, Leslie. Das wirst du bereuen, Mr. Große Klappe. Das wirst du mir bereuen!
Der Ladycop starrte ihn an. Er wollte sie zu gerne wegschubsen, wollte sie ins Gesicht schlagen, damit sie ihn nicht mehr anstarrte; am besten wäre es, sie anzuschreien, sie solle ihn in Ruhe lassen! Aber das konnte er nicht machen, und dieses Wissen gab ihm das Gefühl, schwächlich und mickrig und impotent zu sein. Ein Mickerling, ein Fehler der Natur. Er packte die Colaflasche noch fester und machte ein grimmiges Gesicht: Er strengte sich so an, daß sein kleiner Mund wie ein Hufeisen aussah.
»Kann das irgend jemand bestätigen?« fragte Megan. Ihr Blick huschte hinunter zu Olies Händen, die immer noch in denselben fingerlosen Handschuhen steckten. Er drückte die Flasche so fest, daß sie knackte und die Handschuhe seine Knöchel mit den dünnen blauen Linien auf seinen Fingern freigaben. Ihr Herz zog sich zusammen.

»Ich hab nichts getan«, schnauzte Olie.
»Das hab ich auch nicht behauptet, Mr. Swain«, erwiderte Megan unbeirrt. »Aber wissen Sie, Ihr Van sieht dem, den unser Zeuge beschrieben hat, sehr ähnlich. Wenn Sie ihn nicht gefahren haben, wer dann? Haben Sie einen Kumpel, dem Sie ihn vielleicht geliehen haben? Sie können es mir sagen. Dadurch kriegen Sie keinen Ärger.«
»Nein«, keifte er und wiegte sich auf seinen schmuddeligen Nikes hin und her, die Colaflasche quetschte er im Takt.
»Und Sie sagen, Sie waren den ganzen Abend hier, aber Sie haben niemanden, der das bezeugen kann?«
»Ich hab nichts getan!« schrie Olie. »Lassen Sie mich in Ruhe!« Er schleuderte die Colaflasche in das Müllfaß neben der Tür, dann drehte er sich um und rannte in den dunklen Korridor.
»Ich weiß nicht, ob ich das kann, Mr. Swain.« Sie beugte sich mit angehaltenem Atem über das Müllfaß und zog vorsichtig die Colaflasche mit Daumen und Zeigefinger heraus.

20 Uhr 43, –7 Grad

Die Fackelparade bescherte die üblichen Snowdaze-Traditionen – König Frost und die Königin des Schnees mit Thermalunterwäsche unter ihrer Robe. Das Happy-Hooker-Fischerteam, das seine Angelruten wie Paradegewehre kreiseln ließ, die schnapsseligen Senioren, die mit ihren Mini-Snowmobilen gefährlich von Randstein zu Randstein schlingerten. Es gab von Pferden und von Hunden gezogene Schlitten, und eine Herde Rotarier als Yetis verkleidet. Aber es herrschte, genau wie Mitch vermutet hatte, keine festliche Stimmung. Die Zuschauer, die die Straßen säumten, waren sich der Transparente und Plakate von Josh nur allzu bewußt, nicht zuletzt der Fernsehkameras, die gekommen waren, um die Verzweiflung der kleinen Stadt auf Video einzufangen. Als das Kontingent der Freiwilligenzentrale mit brennenden Kerzen vorbeimarschierte, hörte er, wie die Menschen um ihn herum in Tränen ausbrachen.
Jessie klammerte sich während der ganzen Zeit an Mitch. Sie wurde immer stiller, bis sie schließlich den Kopf auf seine Schulter legte und sagte, sie wolle nach Hause.
Mitch gab ihr einen Kuß auf die Nasenspitze und drückte sie. »Klar, Schätzchen. Und dann schaun wir, ob uns Oma eine heiße Schokolade

macht, damit wir unsere Nasen und Zehen wieder warm kriegen. Richtig?«
Das Kichern, auf das er gehofft hatte, blieb aus. Sie nickte nur und klammerte sich noch fester an seinen Hals.
»Mitch, können wir kurz mit Ihnen reden?«
Mitch drehte sich rasch zu Paige Price um, dann trieb er sie von der Menschenmenge weg. »Du lieber Himmel, Paige, geben Sie denn niemals auf? Kennen Sie denn gar keine Grenzen?«
Paige mimte die Verletzte, obwohl sie wußte, daß er ihr das nicht abkaufte. Falls Garcia ein paar gute Aufnahmen von ihr erwischte, könnten sie sie auf jeden Fall später mal verwenden, sie in einen anderen Bericht einschneiden. Der Kameramann lief mit laufendem Gerät rückwärts vor ihnen her. »Hier ist ja wohl der Zutritt nicht verboten, Chief Holt.«
»Nein, das ist natürlich kein Vergleich mit dem Veröffentlichen entscheidender Beweise. Sie waren ja heute wirklich schwer beschäftigt, Miss Price.« Seine Stimme zischte vor Sarkasmus. Aus dem Augenwinkel sah er, wie die Leute auf sie aufmerksam wurden und sich Debbie Duttons Kleinen Eislaufkobolden abwandten, die gerade in ihren Schneeanzügen vorbeimarschierten und ihre Stöckchen im Takt zu ›Winter Wonderland‹, das aus einem Ghettoblaster dröhnte, wirbelten.
»Mir ist schleierhaft, wieso die Information über die Botschaften den Fall gefährden sollte«, tat Paige unschuldig.
»Das werde ich Ihnen morgen veranschaulichen, wenn wir hundertfünfzig lasergedruckte Briefe auf Normalpapier in der Post haben, die alle behaupten, sie wären für die Entführung verantwortlich. Vielleicht könnten Sie mit Ihrem Kameramann die hundertfünfzig Anrufe von irgendwelchen Irren überprüfen, anstatt die Zeit mit den Suchteams zu verbringen und den wenigen Beamten, die noch übrigbleiben, um echten Hinweisen nachzuspüren.«
Jessie hob den Kopf, ihre Unterlippe zitterte. »Daddy, sei nicht grantig!« wimmerte sie mit Tränen in den Augen.
»Ist schon okay, Schätzchen«, flüsterte Mitch. »Ich bin nicht böse auf dich, bloß sauer auf diese Lady.« Er drückte Jessies Kopf an seine Schulter und drängte Paige zurück an die renovierte Backsteinfassade des Schreibwarenladens. »Wer ist Ihr Informant, Paige?«
»Sie wissen, daß ich diese Auskunft nicht preisgeben kann.«
»Oh, das ist ja perfekt«, sagte er verächtlich. »Ihre Quellen sind unan-

tastbar, aber polizeiliche Informationen Freiwild? Bei diesem Bild stimmt etwas nicht, Paige.«

Er gab ihr keine Chance, sich zu rechtfertigen, sondern wandte sich scharf nach rechts und hätte dabei fast Jessies Kopf gegen die Linse der Videokamera geschlagen. Er schob das Ding zur Seite und fauchte den Kameramann ins Gesicht: »Nehmen Sie das Scheißding aus meiner Reichweite, oder ich stülp es Ihnen über den Schädel!«

Jessie begann zu weinen. Mitch schaffte es gleichzeitig, sie zu trösten und Paige grimmig anzustarren. »Wenn ich rausfinde, wer diese Information hat durchsickern lassen, tret ich ihm so in den Arsch, daß er in die Mitte der nächsten Woche fliegt«, sagte er mit zusammengebissenen Zähnen. »Und ab dann werde ich richtig gemein!«

Paige sagte nichts, spielte die Gelassene, obwohl sie innerlich vor der Wut zitterte, die sich in Mitch Holts Gesicht abzeichnete. Als er mit seiner Tochter davonstolzierte, nahm Garcia seine Kamera wie ein Baby in den Arm und beugte sich mit Verschwörermiene zu ihr.

»Scheiße, der Typ ist vielleicht jähzornig. Erinner mich dran, daß ich mich hier nie einer Verhaftung widersetze.«

21 Uhr 05, –7 Grad

Joy Strauss brummte vorwurfsvoll, als sie Jessies Mantel in den Garderobenschrank hängte. »Genau das hab ich befürchtet«, murmelte sie gerade so laut, daß Mitch es hören konnte.

Rachsüchtig starrte er den Hinterkopf seiner Schwiegermutter an. Er war jetzt wirklich nicht in der Stimmung, sich Joys Sticheleien anzuhören. Joy war eine schlanke graziöse Frau, auf gewisse Weise attraktiv, wenn ihr Mund nicht diesen mißmutigen Zug aufwiese. Ihr braunes Haar war von Silber durchzogen und sie trug es glatt geschnitten, eine zeitlose Frisur. Auch ihre Kleidung bewegte sich in einem langweiligen Stil, auf den zur Schau gestellten Pessimismus abgestimmt.

»Diese Entführung hat sie total verängstigt«, fuhr sie fort und schüttelte den Kopf, als die Schranktür schloß. »Es ist ein Wunder, daß sie überhaupt noch schlafen kann. Verrückte, die frei auf den Straßen herumlungern und Kinder von der Straße wegfangen!«

Mitch drückte Jessie fest an sich und warf Joy einen warnenden Blick zu. »Es ist ein Vorfall, Joy, und keine Epidemie«, flüsterte er. »Jessie ist nur müde, stimmt's, Schätzchen?«

Jessie nickte.
Joy streckte die Arme aus. »Na, dann komm mal zu Oma, Jessie. Wir gehn jetzt ins Bett.«
»Ich bring sie rauf«, keifte Mitch. Joy schniefte vorwurfsvoll, bedrängte ihn aber nicht weiter. Sie schnalzte mit der Zunge und ging ins Wohnzimmer, wo *Washington Week* im Fernsehen vor sich hin flimmerte und Jurgen in ein Buch vertieft war.
Mitch trug Jessie in ihr Zimmer und half ihr, das Nachthemd überzustreifen. Dabei plapperte er über die Snowdaze-Veranstaltungen am Wochenende und wieviel Spaß sie mit ihren Großeltern haben würde. Vielleicht würde Opa mit ihr die Eisskulpturen im Park anschaun gehen oder zum Schneebowling mit Menschen als Kegeln. Vielleicht könnten sie eine Schlittenfahrt machen. Oma hatte Karten fürs Eiskunstlaufen. Wär das nicht ein Spaß?
Jessie steuerte nichts zur Konversation bei. Sie wusch sich brav das Gesicht, putzte sich die Zähne und kletterte in das Bett, das Mitch für sie aufgeschlagen hatte.
»So, nun sag schön dein Gebet«, er gab ihr eine Kuß auf die Stirn.
Jessie wand ihm ihr Gesicht zu, ihre großen, braunen Augen flossen über vor Tränen. Sie schluchzte: »Daddy, ich fürchte mich.«
Mitch hielt den Atem an. »Wovor fürchtest du dich denn, Schatz?«
»Ich hab Angst, daß der böse Mann mich auch holt!«
Sie krabbelte auf seinen Schoß, als die Tränen hervorstürzten. Mitch nahm sie in die Arme und hielt sie fest. »Keiner wird dich holen, Süßes.«
»A-aber jemand hat J-Josh geh-holt! Oma sagt, es kann jeden Tag passieren!«
»Nein, kann es nicht«, Mitch wiegte sie hin und her. »Keiner wird dich holen, Schätzchen. Weißt du noch, wie wir über gefährliche Fremde geredet haben und daß du weglaufen sollst, wenn du vor jemandem Angst hast?«
»Aber sie h-haben Josh mitgenommen, und er ist ein großer Junge. Ich bin nur klein!«
Mitch zerriß es fast das Herz. Er zog Jessies Kopf wieder an seine Brust und schaukelte sie fester, rang heftig mit der eigenen Fassung. »Keiner wird dich holen, Baby. Das laß ich nicht zu.«
Er würde sie vor allem bewahren.
So, wie er ihren Bruder vor allem bewahrt hatte?
Der Gedanke bohrte sich wie ein Messer, ein Stilett, tief durch Fleisch

und Knochen in seine Seele. Er biß sich auf die Lippe, bis er Blut schmeckte, kniff die Augen zusammen, bis sie brannten. Fest umklammerte er seine Tochter, in dem Bewußtsein, sein einziges Kind mehr zu haben, weil er ihren Bruder nicht vor allem hatte schützen können. Egal wieviel Mühe er sich gäbe, egal, wie fest er davon überzeugt wäre von seinen Verdiensten – es gab keine absoluten Garantien für Jessies Sicherheit.

Verflucht sollst du sein, wer immer du bist. Verflucht sollst du sein dafür, daß du Josh entführt hast, dieser Stadt ihre Unschuld geraubt hast. In der Hölle sollst du schmoren. Ich persönlich würde dich da hinschicken, wenn es in meiner Macht stünde.

Er klopfte Jessie zärtlich den Rücken und flüsterte ihr zu, bis die Tränen versiegten und sie einschlief. Dann steckte er sie mit ihrem Bären unter die Decke und blieb sitzen, beobachtete sie, labte sich an ihrem Anblick. Er liebte sie so sehr, daß es fast weh tat, saß da und merkte nicht das Verrinnen der Zeit. Joy und Jurgen kamen nach oben, sicher blieb Joy vor Jessies Tür stehen und horchte. Mitch verhielt sich ruhig, endlich wandte sie sich ihrem Zimmer zu und löschte unterwegs das Licht im Korridor.

Das Haus war schon lange still, als er langsam von Jessie wegrutschte und sich hinausschlich. Er ließ ihre Nachttischlampe an, für den Fall, daß sie aufwachte und sich fürchtete. Gerne hätte er sie mit zu sich genommen, aber Joy hatte ihn vor Monaten um dieses Wochenende gebeten. Dann war da außerdem der Fall. Seine Mitarbeiter sollten ihn sofort anrufen, falls sich irgendwas zu Josh ergab; hier bliebe Jessie die Aufregung erspart, wenn sein Piepser losging.

Die Uhr im Armaturenbrett des Explorer zeigte 0 Uhr 13. Um ihn herum herrschten Schweigen und Dunkelheit. Die Bars in der Innenstadt waren sicher noch offen, aber es grauste ihm vor Lärm. Der Big Steer Truck Stop draußen auf der Interstate hatte die ganze Nacht geöffnet, aber er wollte keine Fragen oder mit den Gästen und Angestellten reden. Auf der anderen Seite der Allee stand sein leeres Haus, aber er konnte den Gedanken allein zu sein nicht ertragen.

Er dachte an Megan, was war er doch für ein Narr! Ausgerechnet sie …

Seit Allisons Tod hatte er eine endlose Parade von heiratsfähigen Damen über sich ergehen lassen. Nette Frauen, sanfte Naturen. Frauen, die alles getan hätten, um sein Herz zu gewinnen. Er hatte sie alle weggeschickt auf die Suche nach Männern, die diesen Aufwand wert waren, hatte sich selbst ihre Gesellschaft und ihr Mitgefühl versagt. Wenn er seine körperlichen Bedürfnisse nicht mehr ignorieren konnte, fuhr er in die Twin Cities und suchte seine Entspannung ohne Konsequenzen. Frauen für eine Nacht waren nur ein weiterer Teil des Rhythmus geworden, in dem sein Leben jetzt ablief.

Der Gedanke, daß dies nur eine armselige Ersatzexistenz war, kam ihm nie in den Sinn. So paßte es ihm in den Kram, und zu mehr als einer neutralen Lösung war er nicht bereit. Und leer … und einsam … das wollte er heute abend nicht schon wieder durchmachen.

Ohne lange zu überlegen, legte er den Gang ein und fuhr los in Richtung Ivy Street.

Kapitel 17

TAG 4
0 Uhr 24, –9 Grad

Megan träumte von einer Welt, die von einer Schicht Fingerabdruckspuder überzogen war. Er hing in der Luft wie Smog, und ihre Lunge schmerzte, als säße ein Elefant auf ihrer Brust. Die ganze Umgebung starrte von Fingerabdrücken, sie schwebten im Raum wie Asche im Wind. Erschrocken fuhr sie aus dem Schlaf hoch und stellte fest, daß Friday auf ihrer Brust thronte, seine Augen schimmerten golden im Lampenlicht.

»Mein Gott, du wiegst ja eine Tonne! Runter mit dir«, schimpfte Megan und setzte sich auf.

Der Kater sprang auf eine Bücherkiste und warf ihr einen giftigen Blick zu, dann hob er wie ein Yogi das Hinterbein über den Kopf und putzte sich seelenruhig seinen Po.

Megan ließ ihn links liegen und versuchte das Gefühl von Desorientierung loszuwerden, das sie beim Aufwachen an diesem immer noch fremden Ort befallen hatte. Sie mußte schleunigst ihren Kram auspacken und diese Wohnung zu einem Zuhause machen, dachte sie, und band sich den Gürtel um ihren alten, blaukarierten Flanellmorgenmantel. Sie konnte dieses Gefühl, auf der Durchreise zu sein, nicht ausstehen. Aber zugegeben, Durchreise war wohl die zutreffende Bezeichnung für ihren Aufenthalt in Deer Lake, wenn DePalma endgültig ausrastete.

Wenn sie in diesem Fall eine Spur fände, hätte sie wieder ein bißchen Freiraum, könnte die Aufmerksamkeit der Presse auf etwas anderes lenken, etwas Wichtigeres, als der erste weibliche Agent im Außendienst. Aber die Hauptsache war und blieb Josh, mit einer Spur hätten sie vielleicht die Chance, den Jungen ausfindig zu machen.

Sie hatte mit ihrem eigenen Identikit Olies Fingerabdrücke genommen, sie auf Karten übertragen und zur Datenbank im Hauptquartier gefaxt, wo man sie durch das MAFIN laufen lassen würde. Das automatisierte System würde die Datenbank nach einer Übereinstimmung absuchen, und bei einem positiven Ergebnis bekäme sie sofort eine Nachricht. Außerdem hatte sie die Fingerabdrücke ans National Crime Information Center im FBI Hauptquartier in Washington, D. C. gefaxt, wo sie durch ihr automatisches Fingerabdruckidentifizierungssystem laufen würden. Die Suche sollte im oberen Mittelwesten beginnen und sich von da aus durch das übrige Land vorwärts arbeiten.

Irgend jemand irgendwo kannte Olie Swain. Irgend jemand irgendwo mußte ihn ins Gefängnis geschickt haben.

Vor ihrem inneren Auge tauchten die dünnen blauen Linien auf seinen Fingern wieder auf. Eine schlechte Tätowierung. Eine, die Sträflinge anderen Sträflingen im Knast verpaßten. Sie hatte sie nicht so genau gesehen, um es beschwören zu können, aber ihr Gefühl trügte sie sicher nicht. Er roch nach Sträfling und das in mancherlei Hinsicht.

Das Klopfen an der Tür war wie der Einbruch einer anderen Welt in ihre Sphäre des Schweigens. Megan sprang auf und griff automatisch nach ihrer Waffe auf dem Beistelltisch. Aus Gewohnheit stellte sie sich hinter die Tür und lehnte sich an die Wand. Wieder ertönte das Klopfen. Sie wartete mit angehaltenem Atem.

»Megan? Ich bin's, Mitch.«

Hörbar erleichtert entriegelte sie die Tür. »Haben Sie Leo auch gelegentlich nach Mitternacht besucht?« Sie öffnete die Tür.

»Nein«, sagte er leise.

Er kam herein, die Hände in den Jackentaschen und den Kopf immer noch wegen der Kälte draußen eingezogen. Sein Blick wanderte zu der schlanken 9-mm-Pistole, die sie jetzt auf den Küchentisch legte, aber er sagte nichts. Vielleicht öffneten alle Frauen, die er mitten in der Nacht besuchte, die Tür mit einer Waffe in der Hand.

»Ich bin zufällig hier vorbeigefahren«, murmelte er. »Hab dein Licht gesehen.«

Megan überlegte, ob sie ihm erzählen sollte, daß sie Olies Fingerabdrücke hatte. Schließlich war er auch nicht herausgerückt mit Informationen, aber jetzt wollte sie das Thema nicht anschneiden. Es war spät, außerdem würde vielleicht nichts dabei rauskommen. Abgesehen davon sah er nicht aus, als wolle er sich geschäftlich mit ihr unterhalten, sondern erschöpft und verloren. Jetzt wanderte er durch den Irrgarten von Kisten zu dem Fenster, das zur Ivy Street ging, blieb dort stehen und starrte hinaus in die Nacht.

Sie folgte ihm und strich gedankenverloren über Gannons Fell, als sie an dem Karton vorbeikam, den er sich als Bett erkoren hatte. Der graue Kater hob den Kopf und blinzelte sie an, dann richtete er den Blick auf Mitch und schnurrte zufrieden.

»Warum hast du dich heute abend abgeseilt?« fragte er, als sie ihre Schulter an den Fensterrahmen lehnte.

»Du hast die Zeit mit Jessie gebraucht. Ich wollte nicht stören ...« Sie verstummte. »Wie war die Parade?«

»Traurig. Alle geben sich soviel Mühe ... weil sie etwas bewirken wollen, weil sie Angst haben. Sie erwarten von mir, daß ich sie rette und merken gar nicht ...«, er sah sie an. Seine whiskeybraunen Augen waren trüb und blutunterlaufen, der Streß hatte tiefe Furchen in sein Gesicht gegraben. »Ich bin kein Retter, bin bloß ein Cop. Und ich hab die Nase voll davon.« Er wandte sich zurück zum Fenster, schloß aber die Augen. »Mir reicht es allmählich.«

Die Nase voll von Schmerz, von der Verantwortung und der Panik in seinem Bauch; Angst davor, daß er keine speziellen Kräfte besaß, um alles Unrecht zu beseitigen, davor, daß er nicht Superman, sondern Clark Kent war, ein Größenwahnsinniger. Er drehte sich zu Megan und ließ sich all das von seinem Gesicht ablesen.

Die Megan mit den straff zurückgekämmten Haaren und der geschlechtslosen Garderobe sowie den Regeln und Vorschriften war nicht die Frau, die jetzt vor ihm stand. Ihr Haar hing offen auf die Schultern. Da sie nur ausgebeulte Wollsocken trug, war sie klein. In ihrem viel zu großen karierten Morgenmantel sah sie winzig aus, zart. Die heilige Johanna ohne ihre Rüstung. Sie stand da, wartete, stumm, geduldig.

»Ich hab nicht das Zeug zum Helden«, knurrte er. »Das sollten sie doch wissen.«

»Du tust dein Bestes«, sagte Megan, »wie wir alle.«

Mein Bestes war nicht gut genug. Wieder einmal. Sie erinnerte sich an seine Worte am Tag zuvor in der Garage der alten Feuerwache, geknickt von Reue und Selbstverachtung.

Sein Blick glitt wieder zum Fenster. »Ich werde den Gedanken nicht los, daß ich das hätte verhindern, es hätte ahnen müssen, vorher et-

was dagegen unternehmen.« Sein Mund verzog sich zu einem bitteren Lächeln. »Der Refrain meines Lebens.«
Megan stellte keine Fragen. Sie würde nicht betteln und es ihm entlocken. Er würde es ihr erzählen, weil er das Bedürfnis dazu verspürte, oder sie würden die ganze Nacht hier stumm stehen bleiben.
»Ich hatte einen Sohn«, sagte er schließlich. »Kyle. Er war sechs Jahre alt.«
Megan erstickte fast an dem Kloß in ihrem Hals.
»Sie waren zur falschen Zeit am falschen Ort.« Er schüttelte den Kopf. »Warum sagen wir das immer? Sie waren nicht am falschen Ort. Meine Frau und mein Sohn sind in den Laden gegangen, um Milch und Brot zu kaufen. Der Junkie mit der abgesägten Flinte war am falschen Ort. Aber ich hab sie dorthin geschickt, und zu was macht mich das?«
Zum Opfer, dachte Megan, obwohl sie wußte, daß seine Antwort ›schuldig‹ lauten würde. Kein Gericht der Welt hätte ihn je verurteilt, aber er selbst hatte kein Erbarmen mit sich und würde für den Rest seines Lebens büßen. Was für eine verdrehte Gesellschaft das doch war, in der ein guter Mann permanent bezahlen mußte für ein oder zwei Worte, für etwas so Einfaches wie die Entscheidung, wer einkaufen sollte – während ein Killer keine Reue empfand, keine Sekunde lang litt um die Leben, die er zerstört hatte.
»Er hat sie einfach über den Haufen geschossen«, flüsterte er, »als wären sie aus Pappe.«
Er sah sie immer noch, wie sie blutüberströmt auf dem dreckigen Linoleumboden lagen, ihr Leben ausgehaucht. Die Körper mit verrenkten Gliedern, wie weggeworfene Puppen; die Augen weit offen, starrten sie ihn mit dem hoffnungslosen Blick der Toten an. Allison hatte einen Arm zu ihrem Sohn ausgestreckt. Kyle, knapp außer Reichweite, seine zu große Baseballuniform braun getränkt von seinem Blut, in einer Hand ein Päckchen Baseballkarten. Dieses fröhliche junge Leben ausgemerzt, vergeudet, achtlos wie eine leere Dose fallen gelassen.
»Ich hab den Notruf im Funk gehört«, sagte er. »Und ich hab es gewußt, einfach gewußt, noch bevor ich Allisons Wagen auf dem Parkplatz sah.«
Dann hatten die Selbstbezichtungen angefangen, so wie jetzt. Gnadenlos. Brutal. Unausweichlich. Und die Fragen hatten begonnen so wie jetzt, und der Zorn hatte sich dahinter aufgestaut, war ständig ge-

wachsen. Er arbeitete so schwer für das Recht, für Gerechtigkeit, befolgte die Regeln, hatte Prinzipien, war ein braver Mensch, ein guter Cop. Belohnung hätte er verdient, und statt dessen war der kostbarste Teil seines Daseins ihm gewalttätig entrissen worden.

»Einhundertneunundsechzig Dollar«, sagte er, den Blick immer noch in die Nacht gerichtet. »Das hat der Gangster dabei rausgeholt. Einhundertneunundsechzig Dollar für zwei Leben.«

Unter seinen geschlossenen Lidern rollte eine einzelne Träne seine Wange hinab. Er war ein stolzer, harter Mann, aber der Schmerz und die Verwirrung zerbrachen ihn. Als glaubte er an Recht und Unrecht, Schwarz und Weiß, aber seine Welt hatte sich in einen schummrigen Ort voller Rauch und Zerrbildern verwandelt. Megan konnte sie in seiner Stimme hören – die Verzweiflung eines Mannes, der versuchte, Sinn im Sinnlosen zu erkennen.

Es mußte unerträglich sein, einen Partner geliebt zu haben, ein Kind gezeugt, es aufgezogen und für dieses Kind gehofft zu haben – und dann beide zu verlieren. Besser, wenigstens geliebt und verloren zu haben, sagte das Sprichwort, aber Megan glaubte das nicht. Besser gar nicht erst zu lieben, als das Herz mit Stumpf und Stiel ausgerissen zu bekommen.

»Ich denke an Hannah und Paul«, druckste er. »Diesen Schmerz würde ich meinem ärgsten Feind nicht wünschen.«

Das Bedürfnis ihn zu trösten übermannte Megan, ihre Arme glitten in seine Jacke, umfingen seine schmale Taille, und sie legte ihre Wange an seine Brust. »Wir werden ihn finden. Ganz bestimmt.«

Er wollte ihre Zuversicht in sich aufsaugen und umarmte sie, drückte sie fest an sich, dachte nicht an ihre Prinzipien gegen Cops. Sie waren jetzt keine Polizisten. Er hatte alles ausgeblendet, bis auf eine Grundwahrheit – ein Mann und eine Frau, zwischen denen das Knistern heiß und zwingend war, fordern, den Rest der Welt auszuschließen. Er hatte nicht die Absicht, dieser Versuchung zu widerstehen. Heute nacht wollte er nur eins – ein Mann ohne Vergangenheit und ohne Zukunft mit einer Frau, die er festhalten konnte, und seinem Bedürfnis, sich in ihr zu verlieren nachzugeben.

Eine Hand schob sich in ihr Haar, ließ die glänzenden Strähnen durch die Finger gleiten. Sein Mund senkte sich über ihren, jeden eventuellen Protest erstickend. Sie schmeckte süß. Das Gefühl ihres Körpers in seinen Armen gab ihm seine Kraft zurück. Verlangen brannte die Müdigkeit weg, und er küßte hungriger, wilder.

Megan klammerte sich wie eine Ertrinkende an seinen Rücken. Sie fand keine Worte, um nein zu sagen, kannte nur noch Verlangen. Er beugte ihren Rücken über seine Arme, sein Mund folgte ihrem Hals hinunter zu dem Ausschnitt bloßer Haut, das der Morgenrock freigab, und dann raffte er sie mit aller Kraft hoch.
Der Raum war eilig durchquert, Kisten wurden beiseite gefegt, eine Katze flüchtete an einen ungestörteren Ort. Seine Augen ließen die ihren keine Sekunde los, versenkten sich entschlossen in sie, als glaube er, ein Zwinkern würde den Zauber brechen. Im Schlafzimmer setzte er sie in der Mitte des ungemachten Bettes ab, trat zurück, streifte seine Jacke ab, ohne den Blick abzuwenden. Er zog seinen Pullover und sein T-Shirt über den Kopf und schleuderte sie zur Seite. Megan kniete sich hin, labte sich an seinem Anblick. Sein Haar war zerzaust. Der nichtrasierte Bart verdüsterte Kinn und Kanten seines Gesichts. Er hatte den Körper eines Kriegers, gestählt in so manchen Schlachten, athletisch, schlank, muskulös, mit vielen Narben. Dunkles Haar wuchs in Wirbeln auf seiner Brust und seinem flachen Bauch, verengte sich zu einem Pfeil, der in seinen Jeans verschwand.
Sie sah ihn unverwandt an, löste den Gürtel ihres Morgenmantels und ließ ihn von den Schultern fallen. Es gab kein Recht oder Unrecht, keine Regeln, keine Worte. Da war nur dieses ungeheure Gefühl von Erwartung und sehnsuchtsvoller Seelen.
Mitch streckte den Arm aus und ließ die Fingerspitzen einer Hand über ihre Schulter und ihren Arm gleiten. Er strich über die Konturen ihrer Taille, den graziösen Schwung ihrer Hüfte. Ihre Haut war wie Sahne, fühlte sich an wie Seide. Er küßte sie langsam, erotisch, seine Zunge bohrte sich tiefer in die warmen, nassen Nischen ihres Mundes, während seine Hand sie erforschte. Er wollte sie verschlingen, den Trost ihrer weichen Wärme mit seinem Körper absorbieren – oder noch besser, in ihrem aufgenommen werden. Sich verlieren. Spüren wie der harte Knoten der Einsamkeit und des Schmerzes aufbrach und in der Hitze ihrer Vereinigung schmolz.
Sie sanken auf das Bett, streckten sich Brust an Brust übereinander aus, verschlangen die Beine. Megan bäumte sich ihm entgegen, genoß es, seinen harten Körper zu fühlen, die Wärme seiner Haut, seine Haare auf ihren Nippeln. Sie gab sich den Empfindungen hin – ihn berühren, schmecken, den warmen Moschusgeruch seines männlichen Verlangens einatmend. Ihre Hingabe war vollkommen, sie ließ ihn die Kontrolle übernehmen. Kapitulieren ... bei dem Wort sträub-

ten sich ihre Haare, aber dann berührte sein Mund ihre Brust, und Gedanken existierten nicht mehr.
Sie grub ihre Hände in sein Haar, knetete die Muskeln in seine Schultern, strich mit ihrem Spann durch seine Kniekehle, Beine hinunter, stellte erschrocken fest, daß er seine Jeans noch anhatte. Sie drehte sich unter ihm, griff nach dem Knopf. Mitch ließ sie gewähren, erhob sich auf die Knie, als sie seine Erektion aus dem Reißverschluß befreite.
Ihre Hände zitterten, als sie Jeans und Boxershorts abstreifte. Ihr ganzer Körper bebte vor Verlangen, ihn in sich aufzunehmen. Sie umfing seinen Schaft und streichelte ihn sanft. Er schloß stöhnend die Augen.
»Komm her«, flüsterte er und griff nach ihr.
Megan kam ihm entgegen, begrüßte seinen Kuß, drückte ihren Körper an seinen. Sie schlang ihm die Arme um den Hals und warf den Kopf zurück, als sein Mund ihren Hals hinunterwanderte. Seine großen Hände strichen über ihren Rücken hinunter zu ihrem Po, er hob sie hoch und zog sie auf seinen Schoß, während er sich aufsetzte. Sie griff zwischen ihre Körper und führte ihn, hielt ihn fest, während er sie langsam herunterließ.
Sie atmete leise zischend aus, als er in sie eindrang. Ihr Körper schloß sich um ihn, am Rande der Erfüllung. Er hob sie wieder hoch und ließ sie langsam, Zentimeter um Zentimeter, auf sich gleiten.
Erwartung rollte sich in ihr zusammen wie eine Feder, enger, immer enger, hämmerte der Entladung entgegen. Sie begann sich in eigenem Rhythmus auf ihm zu bewegen, die Hände in seine Schultern gekrallt, den Kopf zurückgeworfen. Schneller und immer schneller, bis die Hitze zu einem schlüpfrigen Schweißfilm auf ihrer Haut kondensierte und die Erwartung in einem Feuersturm der Gefühle explodierte.
Sie hielten einander fest, als sie zur Erde zurückkehrten, ihr Puls langsamer wurde und die reale Welt wieder Gestalt annahm. Mitch zog die Steppdecke über sie beide. Die kochende Leidenschaft war verebbt, und die Januarnacht streckte ihre eisigen Finger nach ihnen aus. Gannon sprang aufs Bett und rollte sich an seinem Lieblingsplatz in Megans Kniekehle zusammen. Als würde Mitch gar nicht existieren.
Megan konnte sich nicht erinnern, wann sie das letzte Mal einen Mann im Bett gehabt hatte. Ihre Beziehungen konnte sie an einer Hand abzählen, samt und sonders schmählich gescheitert. Die

Hauptregel ihres Liebeslebens hatte einen gefährlichen Haken. Sie verabredete sich nicht mit Cops, aber keiner verstand Cops außer anderen Cops, deshalb ... Und hinter dieser Ausrede versteckten sich tiefere Gründe, angeborene Ängste, Dämonen, die ihr ihr ganzes Leben lang wie Schatten gefolgt waren, wie die Angst, daß keiner sie je lieben könnte, daß sie von Natur aus nicht liebenswert war, befleckt von ihrer Mutter Sünden. Ängste, die keine Logik kannten, und die in der dunkelsten Ecke ihres Herzens wie Fliegenpilze wucherten.

Es war dumm, ausgerechnet jetzt an sie zu denken. Mitch Holt liebte sie nicht, er hatte sie nur gebraucht. Sie hatten einander gebraucht, um einer einsamen Nacht, einem schrecklichen Fall zu entfliehen. Es war nicht Liebe. Mehr ein Gefallen unter Freunden. In diesem Licht gesehen verblaßte die Schönheit ihres Liebesakts, der Trost, hier beieinander zu liegen, in seiner Wärme aufgehoben.

Er ist nicht mal alleinstehend, dachte sie und starrte auf den Ring an seiner linken Hand. Sie hatte gerade all ihre eigenen Grundsätze über Bord geworfen und das für einen Mann, der mit seiner Vergangenheit verheiratet war. *Du hast wirklich ein Händchen, Kleine.*

Trotzdem brachte sie es nicht fertig, das, was sie gerade erlebt hatten, zu bedauern. Genausowenig, wie sie sich verbieten konnte, mehr zu wollen. Und schon überhaupt nichts konnte sie gegen diese jämmerliche Angst tun, die dieses Bedürfnis in ihr auslöste.

Mitch fühlte, wie sie erschauderte und zog die Decken höher über ihre Schultern. Sie fühlte sich gut an in seinen Armen, fügte sich wie ein Puzzlestück an seinen Körper. Angenehm. Tröstlich. Der Sex war unglaublich gewesen. Allein, wenn er daran dachte, begehrte er sie aufs neue.

Er wartete auf den Stich des Schuldbewußtseins, diesen zackigen Dolch, der sich nach jeder sexuellen Begegnung seit Allisons Tod in sein Herz gebohrt hatte. Aber er kam nicht, für eine kleine Weile hatte er eine Oase gefunden, für eine Nacht. Bald würde der Morgen grauen, dann wären sie wieder Cops, zurückgeworfen in den lebendigen Alptraum, einen Kidnapper ohne echte Spuren und ohne echte Verdächtige und ohne Motive, außer den eines Wahnsinnigen, zu jagen. Aber bis zum Morgengrauen gehörte die Nacht ihnen.

Er drehte sich auf die Seite und stützte sich auf einen Arm, damit er zu Megan hinunterschauen konnte. Sie erwiderte seinen Blick, etwas mißtrauisch, etwas trotzig.

»Wenn du jetzt die Rede haben willst, von wegen welch großen Fehler wir gemacht haben, spar dir die Spucke«, sagte sie.

»Weil du bereits weißt, daß es ein Fehler war?« fragte er vorsichtig.

Fehler war ein zu kleines Wort, ein zu unschuldiges. Das war einer dieser Fehltritte, der ihre Karriere beenden könnte. Sich zu intensiv mit Mitch Holt einzulassen, konnte für sie nur mit einem gebrochenen Herzen enden, und davon hatte sie, weiß Gott, schon genug für zwei Leben.

»Willst du damit sagen, du bereust es, mit mir geschlafen zu haben?« sagte er.

Sie sah hinauf zu ihm, in sein vom Leben gezeichnetes Gesicht und in seine Augen, die uralt schienen, in denen all seine Gefühle eingemauert waren – Wut, Schmerz, Selbstzweifel –, die er nur in zögernden Dosen entweichen ließ. Seine Zärtlichkeit und seine Leidenschaft stiegen vor ihr auf, und die ungenierte Liebe, die er seiner Tochter entgegenbrachte. Es wäre schlau gewesen ja zu sagen, die beste Verteidigung war ein guter Angriff. Sie sah keine Zukunft für sie beide, es hatte keinen Sinn, das Unvermeidliche hinauszuzögern. Sie konnte es jetzt beenden und sich mit etwas verbeultem, aber noch benutzbarem Stolz aus der Affäre ziehen, aber ...

»Nein«, flüsterte sie. »Ich finde nur, wir sollten es nicht zur Gewohnheit werden lassen.«

Sie schwang ihre Beine vom Bett und schnappte sich ihren Morgenmantel. Mitch beugte sich zu ihr und packte einen Ärmel, bevor sie hineinschlüpfen konnte. Sie begegnete seinem Blick über die Schulter mit mißtrauischer Miene.

»Warum nicht?« forderte er sie heraus.

»Darum.«

»Das ist keine Antwort für jemanden, der nicht mehr sieben ist.«

»Die Antwort verstand sich von selbst«, sagte Megan, »du hättest die Frage nicht stellen sollen.«

Sie zerrte den Ärmel aus seiner Hand und entfernte sich, zog das gute Stück fest um sich und verschnürte den Gürtel. Bei ihrer Kommode angelangt, betastete sie die wenigen Gegenstände, die sie ausgepackt und aufgestellt hatte. Die kleine graue Porzellankatze, die ihr Frances Clay zur Abschlußprüfung geschenkt hatte, die Kirchenputzfrau und Babysitterin ihrer Kindertage war. Das Schmuckkästchen, das sie an ihrem zwölften Geburtstag von ihrem eigenen Geld in einem Secondhand-Laden gekauft hatte. Eine Zeit gaukelte sie sich vor, ihre Mutter hätte es ihr geschickt, obwohl ihr in Wirklichkeit niemand je etwas geschenkt hatte.

»Wir arbeiten zusammen«, quetschte sie zwischen den Zähnen heraus, »und sollten nicht miteinander schlafen.«

Sie sah im Spiegel, wie er die Decke zurückschlug und aus ihrem Bett stieg. Verlangen durchströmte sie aufs neue und machte ihr angst. Es verwirrte sie, daß sich ihr Körper so schnell auf seinen eingestellt hatte, daß sie ihn so innig begehrte, ihn so sehr brauchte. Verlangen. Großer Gott, sie konnte es nicht dulden, in seine Abhängigkeit zu geraten.

Ihre Blicke begegneten sich im Spiegel, seine Augen glitzerten raubtierhaft.

»Das hier hat nichts mit Arbeit zu tun«, seine Stimme war ein leises Grollen tief in der Kehle.

Er drehte sich langsam zu sich und löste ihren Gürtel. Ihr stockte der Atem, als seine Hände unter den Mantel glitten, ihn öffneten, sie seinem Blick enthüllten, seiner Berührung. Er umfing behutsam ihre Brüste, strich mit den Daumen über ihre Knospen, und wieder blieb ihr die Luft weg. Befriedigung und Erregung funkelten in seinem Blick. Seine Hände strichen seitlich an ihr hinunter und packten ihre Taille. Sein Mund senkte sich über ihren. »Und wer hat überhaupt etwas von Schlafen gesagt?«

TAGEBUCHEINTRAG
TAG 4

Man nehme eine perfekte Familie. Reiße Sie in Stücke. Wir haben die Stücke. Wir haben die Macht. Nichts ist einfacher. So einfach, wie diesem kleinen dämlichen Ort das Herz rausreißen! Wie die Glocke für Pawlows Hunde läuten!
Die Polizei jagt ihren eigenen Schwänzen hinterher. Sie suchen nach Beweisen, die sie nicht finden werden. Sie warten auf ein Zeichen von oben. Sie machen sich wichtig und drohen, aber dabei wird nichts herauskommen. Wir sehen zu und lachen. Die Freiwilligen beten, stecken sich Spruchbänder an und verteilen Poster – (glauben, sie könnten damit etwas erreichen). Solche Narren. Nur wir können das! Wir halten alle Trümpfe in der Hand.
Das Spiel wird allmählich langweilig. Zeit, den Einsatz zu erhöhen.

Kapitel 18

TAG 4
5 Uhr 42, –11 Grad

Hannah saß auf dem Fenstersims und sah hinaus auf die Bäume, die sich von Schatten in vage Formen verwandelten. Das Schwarz der Nacht verblaßte in winzigen Schritten. Wieder eine Nacht vorbei. Der Anfang eines weiteren Tages ohne Josh. Sie hatte keine Ahnung, wie sie ihn durchstehen sollte. Es war kein Trost zu wissen, daß sie trotzdem weiterleben würde.

Der Text der Botschaften geisterte durch ihren Verstand. Die Worte krochen wie knochige Finger über ihre Haut. *Unwissenheit ist nicht Unschuld, sondern SÜNDE – Ich hatte ein bißchen Kummer, geboren aus ein bißchen SÜNDE.* Eisige Angst wand sich durch ihren Körper, und sie zitterte vor Sehnsucht nach jemandem, der sie ihr nehmen könnte.

Paul lag schlafend da, bäuchlings mitten auf dem Bett, die Arme weit ausgebreitet, beanspruchte die ganze Matratze für sich. Sie fragte sich, ob er wohl seine tägliche Routine durchziehen würde, wenn er auftauchte, um sich dem Tag zu stellen. Sie fragte sich, was mit ihnen beiden passiert war, schloß die Augen und sah sie in getrennten Ruderbooten auf einem Meer, das sie mit jeder pulsierenden Woge weiter auseinanderwarf. Vor ihrem inneren Auge streckte sie stumm die Arme nach ihm aus, aber er hatte ihr den Rücken zugewandt und schaute sich nicht um.

Einsamkeit krallte sich wie eine Faust in ihre Brust, klemmte ihr die Lunge ein, zerquetschte ihr Herz.

Großer Gott, ich habe nicht die Kraft, diesen Tag durchzustehen. Sie schlug sich entsetzt eine Hand vor den Mund bei dem Gedanken, daß sie das nicht einmal mehr mit ihrem Mann, mit dem Vater ihrer Kinder, gemeinsam bewältigen konnte.

Alles war so anders gewesen, damals mit Josh als Baby. Paul hatte dankbar und stolz an seiner Familie teilgenommen und Hannah nie an seiner Liebe gezweifelt. Er hatte die Chancen, die das Leben bot, begeistert aufgegriffen, begierig seiner Familie die Dinge zu bieten, die er in seiner Jugend entbehren mußte. Aus einem Arbeiterviertel stammte er, wo die Lohntüte nie reichte. Im Hinblick auf Josh wollte er der fürsorgliche, liebevolle Vater sein, den er nie gehabt hatte. Er hatte in seiner Frau eine Gleichberechtigte gesehen, einen Partner, jemanden, den er lieben und respektieren konnte.

Jetzt erblickte Hannah einen egoistischen, verbitterten Mann, eifersüchtig auf ihren Erfolg und enttäuscht über seine eigene Anonymität. Ein Mann, verzehrt von dem Bedürfnis Dinge zu erwerben, ratlos, warum diese Dinge ihm nicht das erwartete Glück brachten. Sie fragte sich, was aus dem Freund geworden war, den sie geheiratet hatte, fragte sich, ob er für sie genauso verloren war wie Josh.

O mein Gott, das wollte ich nicht denken! Ich glaube nicht, daß er für immer weg ist, unter gar keinen Umständen!

Unwissenheit ist nicht Unschuld, sondern SÜNDE. Einsamkeit, Furcht, Schuldgefühle stürmten auf sie ein. Panik schnürte ihr die Kehle zu. Sie zwang sich aufzustehen und lief in dem blassen Rechteck von Licht, das durch das Fenster auf den Teppich fiel, hin und her, zwang sich zu denken, zu planen, zwang die Räder ihres Gehirns, sich zu drehen. Sie zitterte wie ein Alkoholiker im letzten Stadium von Delirium tremens, mußte das letzte Quentchen Kraft zusammenraffen, um nicht zu kollabieren. Die Zähne in die Unterlippe vergraben, kämpfte sie gegen den Drang, sich zu krümmen wie ein Embryo. *Einen Fuß vor den anderen, vor den anderen, vor den anderen ... Schritt, Schritt, Schritt, Drehen. Schritt, Schritt, Schritt, Drehen ...*

Sie trug ein zu großes Vikinghemd und Wollsocken, Arme und Beine waren nackt. Die Kälte ergoß sich durchs Fenster wie Mondlicht, schien durch Haut und Gewebe in ihre Knochen zu dringen.

So kalt ... Ist Josh auch kalt? Kalt und allein. Eiskalt. Steinkalt ...

»Was machst du da?«

Hannah riß den Kopf herum, als sie Pauls Stimme hörte. Ihre Hände waren abgestorben. Sie sah ihre Handabdrücke auf dem Fenster, wo ihr Atem das Glas beschlagen hatte.

»Ich konnte nicht schlafen.«

Paul schwang seine Beine über die Bettkante, setzte sich auf und zog die Daunendecke über seinen Schoß. Im fahlen Licht des Raums sah er grau und dünn aus, älter, härter: Falten des Zorns und der Enttäuschung hatten sich neben den Augen und dem Mund in seinem Gesicht gebildet. Ein Seufzer entwischte seiner Kehle, als er die Lampe anschaltete und einen Blick auf den Wecker warf.

»Ich muß heute etwas tun«, verkündete Hannah, was sie mindestens genauso überraschte wie ihn. Die Worte hallten durch ihren Kopf, wurden greifbar und nachdrücklich. Sie richtete sich auf, mußte um jeden Preis wieder ein Stück von sich selbst finden. Schließlich war sie es gewohnt, angesichts von Krisen in Aktion zu treten. Zumindest hatte man die Illusion des Beteiligtseins. »Ich muß aus diesem Haus raus. Wenn ich noch einen Tag hier sitze, werde ich wahnsinnig.«

»Du kannst hier nicht weg«, fuhr Paul auf. Er schlug die Bettdecke zurück, erhob sich und zog seine weite, gestreifte Pyjamahose hoch, dann nahm er seinen schwarzen Frotteemantel, der am Fuß des Betts lag, um seine Schultern. »Du mußt hierbleiben, für den Fall, daß sie anrufen.«

»Du kannst das Telefon genausogut beantworten wie ich.«

»Aber ich muß doch mit dem Suchtrupp ...«

»Nein, Paul. Ich verlasse dieses Haus.«

Er lachte höhnisch. »Und was, bitte, willst du tun? Glaubst du etwa, du holst den Karren aus dem Dreck? Dr. Garrison, Retterin der Menschheit! Ihr Mann kann den Sohn nicht finden, aber ihr wird es gelingen?«

»Verflucht noch mal, Paul!« schrie sie wutentbrannt. »Warum nimmst du alles so verdammt persönlich? Ich hab die Nase so voll von deiner Eifersuchtsnummer, daß ich kotzen könnte. Tut mir leid, wenn du meinst, du wärst der Sache nicht gewachsen ...«

»Habe ich nie gesagt, ich würde mich der Sache nicht gewachsen fühlen«, schrie er. »Ich wollte damit sagen, daß du glaubst, keiner kann irgend etwas so gut wie du.«

»Das ist doch absurd.« Sie drehte ihm den Rücken zu und begann Kleidung aus ihrer Kommodenschublade zu zerren, warf sie oben auf die Platte ohne Rücksicht, wie viele Flaschen Parfum dabei umfielen. »Du warst die letzten zwei Tage unterwegs und hast Josh gesucht. Warum verstehst du nicht, daß ich auch eine Chance brauche? Warum kannst du nicht ...«

Der Rest der Frage erstarb auf ihren Lippen, weil eine Woge von Emotionen über ihr zusammenschlug.

»Wir haben doch immer alles geteilt«, flüsterte sie, den Blick auf sein

Spiegelbild gerichtet. »Wir waren richtige Partner. Und so entsetzlich das hier auch ist, früher hätten wir die Last geteilt. Mein Gott, Paul, was ist nur aus uns geworden?«
Sie hörte, wie er seufzte, drehte sich aber nicht um und vermied es auch, seinem Blick im Spiegel zu begegnen, aus Angst, dort nur Ungeduld statt Bedauern zu sehen.
»Tut mir leid«, murmelte er und stellte sich hinter sie. »Ich hab das Gefühl, meinen Verstand zu verlieren. Du weißt, wie ich auf Hilflosigkeit reagiere, ich brauche das Gefühl, etwas bewerkstelligen zu können.«
»Das brauch ich auch!« Sie wandte sich zu ihm, ihr Blick flehte um Verständnis. Sie sah in seine Augen und versuchte, den Mann zu finden, den sie geheiratet, den sie geliebt hatte. »Mir geht es genauso. Warum begreifst du das nicht?«
Oder ist es dir egal? Die Frage schwebte unausgesprochen im Raum, der Augenblick dehnte sich bis zum Zerreißpunkt. Ein Dutzend Situationen huschten durch Hannahs Kopf – die Kluft zwischen ihnen würde geheilt werden, der Paul von einst würde zurückkehren, der Alptraum abrupt mit ihrem plötzlichen Erwachen enden, oder seine Augen würden plötzlich fremd und er würde bekennen, es wäre ihm egal ... die Kluft zwischen ihnen driftete auseinander zu einer unüberbrückbaren Schlucht ...
Er senkte den Blick, als Lily im Zimmer am Ende des Flurs zu weinen begann. »Ja ... Los, geh schon«, sagte er. »Ich bleib eine Weile bei ihr.«
»Sie wird fragen, wo Josh ist«, murmelte Hannah. »Es sind schon drei Tage ...«
Sie strich sich ihr zerzaustes Haar zurück, und die Ängste brandeten wieder in ihr hoch. »Gott, was mir alles durch den Kopf tobt ... Fragt er nach uns, friert er, ist er verletzt?« Die schlimmste der Fragen klebte wie ekliger Schleim an ihrem Gaumen, würgte sie, raubte ihr den Atem. Sie hatte Angst, sie auszusprechen, tat es wie unter Zwang. »Paul, was wenn er ...«
»Sag's nicht!« Er zog sie grob in seine Arme, den Blick immer noch auf die Tür gerichtet, als hätte er Angst, eine allzu entsetzliche Realität in ihren Augen zu finden. »Ich will nicht darüber nachdenken.«
Er zitterte. Sie drückte eine Hand auf sein Herz und merkte, daß es raste. *Unwissenheit ist nicht Unschuld, sondern SÜNDE.*
»Geh und dusch dich«, murmelte er. »Um Lily kümmere ich mich.«

11 Uhr 20, –7 Grad

»Kaufen Sie eine Chance! Geben Sie einen Dollar! Helfen Sie, Josh nach Hause zu bringen!« Al Jacksons Stimme dröhnte aus der Bude der Senior Hockey League quer durch den Park. Er hatte sich warmgebrüllt und blieb dabei, wiederholte den Spruch mit der Regelmäßigkeit eines Metronoms. Der Ruf erinnerte allzu sehr an einen Jahrmarktschreier, der die Einfaltspinsel zu einem getürkten Glücksspiel lockte.

Hannah drehte sich der Magen um. Sie ließ den Blick über den Park schweifen. Was sie sah, kam ihr wie eine surrealistische Version des alljährlichen Snowdaze-Jahrmarkts vor. Hölzerne Buden, drapiert mit bunten Stoffen, standen rund um und kreuz und quer durch den Park. Hinter ihnen rumpelten tragbare Öfen und stießen wabernde Dampfwolken in die kalte Luft. Die Menschenmenge war in voller Wintermontur erschienen, um an den Darbietungen teilzunehmen und den Eisbildhauern bei der Arbeit zuzusehen. Aber zusätzlich zu den üblichen Spendenaufrufen – neue Uniformen für das Orchester und Computer für die Stadtbibliothek, Gelder für das Sommer-Verschönerungsprojekt der Städtischen Wohlfahrt – sammelte jede Bude Geld für Joshs Auffindung.

Noble Gesten. Überwältigende Großzügigkeit. Ein rührendes Bekenntnis zu Beistand und Liebe. Hannah sagte sich diese Phrasen immer wieder vor und wurde trotzdem das Gefühl nicht los, daß sie von einem Alptraum in den nächsten stolperte. Es machte sie völlig fertig zu sehen, wie die Leute vom Abhang des Gerichtsgebäudes als riesige Bowlingkegel rutschen und zu wissen, daß jeder von ihnen einen Dollar für die Rettungsaktionen beigesteuert hatte. Ihr wurde ganz übel bei dem Gedanken, daß dieses Festival zu so vielen Darstellungen der Verzweiflung verzerrt worden, und sie an diesem Tag Zentrum der Aufmerksamkeit, die Starattraktion war.

Man hatte sie zur Bude der Freiwilligenzentrale geführt, wo man sie wie die Frau mit zwei Köpfen zur Schau stellte. *Sehen Sie die gramgebeugte Mutter beim Austeilen der Poster! Werden Sie Zeuge, wie die schuldige Frau den Getreuen gelbe Trauerbinden anheftet.* Sie spürte die Blicke der Reporter. Kaum hatten sie sie entdeckt, sprudelte ein endloser Strom von Fragen aus ihnen heraus – Fragen über ihre Gefühle, Fragen nach Schuld und Verdacht, Bitten um ein Exklusivinterview. Schließlich hatte sie eine Stellungnahme abgegeben und die

Bitte um Joshs Rückkehr ausgesprochen, aber sie waren noch nicht befriedigt. Wie ein Rudel hungriger Hunde, denen man zu wenige Fleischfetzen hingeworfen hat, lungerten sie weiter herum und belauerten sie in der Hoffnung auf mehr. Sie konnte sich nicht bewegen oder reden oder sich die Nase putzen, ohne zu spüren, wie die Kameralinsen sie aufs Korn nahmen.

Die Gesichter einiger Fernsehleute waren vertraut. Sie hatte nur selten Zeit, sich in Ruhe die Nachrichten anzusehen, aber um sechs und zehn liefen sie immer irgendwo im Hintergrund, egal wo sie sich aufhielt. Die Leute von Minnesota verpaßten ihre Nachrichten nicht, die Einheimischen machten sich sogar selbst darüber lustig. Abgesehen von den Ereignissen in den Twin Cities passierte gewöhnlich nicht viel im Lande; aber alle bestanden darauf, die Nichtereignisse am Ende des Tages zu sehen.

Hannah kannte einige der Reporter aus der Twin Cities beim Namen. Manche Sender hatten sogar selbst Buden aufgestellt, um Geld für die Sache zu sammeln. Ein Stück von dem Freiwilligen-Kiosk entfernt, bot der Meteorologe von Kanal Elf sein Gesicht als Zielscheibe für Sahnekuchen an. Die *Star Tribune* hatte sich mit der Polizeigewerkschaft zusammengetan, und machte Fingerabdrücke und Fotos von Kindern gegen einen Dollar Spende pro Kind – eine Sicherheitsmaßnahme, an die die Eltern von Deer Lake noch nie gedacht hatten.

Noble Gesten. Überwältigende Teilnahme, wirklich eine rührende Demonstration, aber auch ein makaberes Drama und sie war der Mittelpunkt.

Es ist deine Schuld, Hannah. Du willst etwas tun, das Kommando übernehmen, wie du es immer machst.

Aber sie fand einfach nicht die Kraft, ihre Führungsrolle wahrzunehmen. Sie fühlte sich ausgelaugt, verwelkt. Alles drehte sich in ihrem Kopf, sie schloß die Augen und lehnte sich an den Tresen.

»Dr. Garrison, alles in Ordnung?«

»Ich glaube, sie fällt in Ohnmacht.«

»Sollen wir einen Arzt rufen?«

»Sie *ist* Arzt!«

»Also, sie kann sich doch nicht selbst behandeln. Damit hätte sie wirklich eine absurde Patientin.«

»Der Spruch gilt doch für Anwälte …«

»Was für Anwälte?«

Hannah hörte Bruchstücke des Gesprächs wie aus weiter Ferne, wie durch einen langen Tunnel. Die Welt schwankte unter ihren Füßen.

»Verzeihung, Ladies. Ich glaube, Dr. Garrison braucht eine kleine Pause. Nicht wahr, Hannah?«

Sie spürte, wie eine starke Hand behutsam ihren Arm nahm und zwang sich, die Augen zu öffnen. Pater Tom erschien in ihrem Blickfeld, sie erkannte seine Besorgnis.

»Sie brauchen ein bißchen Ruhe«, sagte er leise.

»Ja.«

Kaum hatte sie das Wort ausgesprochen, kippte der Boden unter ihren Füßen. Er fing sie auf und führte sie über den Platz auf die Freiwilligenzentrale zu. Hannah versuchte, so gut es ging, ihre Füße in Gang zu halten. Reporter bewegten sich auf sie zu, Fotografen und Kameraleute versperrten den Fluchtweg.

»Bitte, Leute!« Pater Tom erhob seine Stimme scharf und energisch. »Zeigt ein bißchen Anstand. Seht ihr denn nicht, daß sie für heute genug hat?«

Offensichtlich wollten sie nicht den Zorn Gottes riskieren, also machten sie den Weg frei; aber Hannah konnte das Klicken der Auslöser und das Summen der Apparate hören, bis sie den Randstein erreichten.

»Wie fühlen Sie sich?« fragte Pater Tom. »Schaffen Sie's über die Straße?«

Hannah gelang ein Nicken, obwohl sie sich nicht sicher war, ob sie nicht gleich zusammenbrechen würde. Um das zu verhindern, packte sie Tom McCoy um die Taille und ließ sich von ihm stützen, dankbar für seine solide Kraft.

»So ist's gut«, murmelte er. »Halten Sie sich einfach fest, Hannah. Ich lass Sie nicht fallen.«

Er schleppte sie in die Freiwilligenzentrale, wo die Anwesenden nicht mehr auf läutende Telefone oder blinkende Cursors der Monitore achteten, sondern nur noch Augen für sie hatten. Hannah hielt den Kopf gesenkt, es war ihr peinlich, daß man sie so schwach sah, angekuschelt an den Stadtpfarrer. Doch Pater Tom ignorierte ihre Bemühungen, etwas Abstand zwischen sie beide zu bringen. Er führte sie mit entschlossener Miene zu einem ehemaligen Lagerraum, in dem man Tische und Stühle für Kaffeepausen aufgestellt hatte.

Vorsichtig setzte er sie in einen Stuhl und scheuchte die neugierigen und besorgten Zuschauer hinaus, mit der Ausnahme von Christopher

Priest, der mit den willkommenen Gaben Koffein und Zucker erschien. Der Professor stellte einen Teller voll Plätzchen auf den Tisch. Tom nahm ihm die Tasse Kaffee ab und drückte sie Hannah in die Hand.

»Trinken Sie das aus«, befahl er. »Sie sehen aus wie eine Eisskulptur. Mein Truck steht hinterm Haus. Ich geh jetzt und mach die Heizung an, dann bring ich Sie nach Hause.«

Hannah murmelte ein Danke und lächelte tapfer. Doch das Mitgefühl in seinen Augen machte dem ein Ende. Mitgefühl, nicht Mitleid, ein Angebot der Kraft seiner Freundschaft! Er strich ganz beiläufig mit dem Handrücken über ihr Gesicht, als würde er so etwas jeden Tag machen, aber Hannah verspürte ein leichtes, erregendes Kribbeln. Sie lehnte sich zurück und verpaßte sich im Geist eine Ohrfeige für ihre Reaktion. Das war Pater Tom, Priester, Beichtvater, ehemaliger Cowboy, oft zerstreut und dennoch Hirte der Schäfchen von St. Elysius.

»Sie haben wieder Ihre Handschuhe vergessen«, murmelte sie.

Er zog sie aus seiner Tasche und winkte damit, dann ging er zur Hintertür. Hannah wandte ihre Aufmerksamkeit der Kaffeetasse zu, die ihre Hand wärmte, um einfach an etwas Alltägliches zu denken. Sie nippte an der dampfenden Brühe und stellte überrascht fest, daß er genau nach ihrem Geschmack war.

»Ich hab mich dran erinnert, daß Sie Milch nehmen«, sagte der Professor stolz. »Wir saßen uns am Tisch gegenüber, bei dem Dinner der Handelskammer letztes Jahr.«

»Und Sie haben sich erinnert, daß ich Milch nehme?« Hannah war gerührt.

Er setzte sich auf die Kante eines anderen Tisches, die Hände in die Taschen einer schwarzen Daunenjacke gesteckt, die sich wie ein aufblasbarer Muskelanzug um ihn blähte. Sein Kopf ragte auf einem mageren Hals aus dem Kragen.

»Ich habe ein Gedächtnis für Triviales«, sagte er. »Es gab noch keine Gelegenheit, Ihnen zu sagen, wie leid mir das mit Josh tut.«

»Danke«, sie senkte die Augen. Was für ein seltsames Ritual, dieser Manierentanz des Beileids. Es klang so sinnlos, daß Leute sich von etwas betroffen zeigten, an dem sie keinen Anteil hatten; die Höflichkeit, ihnen dafür zu danken, erschien ihr hohl und leer. Das war ein weiterer Aspekt ihrer Rolle als Opfer, mit dem sie sich nicht abfinden konnte.

Sie spürte den prüfenden Blick des Professors, der sie studierte – wie er alles, was lebte und atmete und nicht an eine Steckdose angeschlossen werden konnte, studierte – so, als würde er Maschinen wesentlich rascher durchschauen.

»Ich werde wohl nicht so gut damit fertig«, beichtete sie.

»Wie glauben Sie denn, damit fertig werden zu sollen?«

»Ich weiß es nicht. Besser. Anders.«

Er legte den Kopf schief. Die Pose erinnerte an den Androiden Data aus *Raumschiff Enterprise.* Eine von Joshs Lieblingsfernsehserien. Diese Assoziation stach wie eine Nadel in ihr Herz. »Es ist seltsam«, sagte er, »daß die Menschen an einen Punkt gekommen sind, an dem sie fast das Gefühl haben, für alles was in ihrem Leben passiert, vorprogrammiert zu sein. Spontane Reaktion ist ein Naturgesetz, die Menschen können ihre Gemütsregungen genausowenig kontrollieren, wie sie die überraschenden Folgen daraus in der Hand haben. Und trotzdem versuchen sie es. Sie brauchen sich nicht zu entschuldigen, Hannah. Lassen Sie Ihre Reaktionen einfach zu.«

Verzagtheit zeigte sich auf ihrer Miene, als sie noch einen Schluck Kaffee nahm. »Leichter gesagt als getan. Ich hab das Gefühl, ich spiele eine Rolle in einem Theaterstück, aber ohne Skript.«

Der Professor kniff den Mund zusammen und brummte nachdenklich. Hannah stellte sich vor, wie sein Gehirn klickte und klackte wie ein Computer, der Informationen verarbeitete.

»Ich sollte Ihnen danken, da ich gerade die Gelegenheit dazu habe«, sie schaute durch die Tür zu dem ehemaligen Ausstellungsraum, in dem Menschen, die sie nicht kannten, Monitore anstarrten und Handzettel in Umschläge stopften. »Wir sind wirklich dankbar für die Zeit und die Fähigkeiten, die Sie und Ihre Studenten einsetzen. Jeder gibt sich soviel Mühe zu helfen.«

Ein Hauch von Rosa überzog sein bleiches Gesicht, als er abwinkte. »Es ist das mindeste, was wir tun können.«

Die Hintertür ging auf, und Pater Tom inszenierte einen dramatischen Auftritt in einer Wolke windgepeitschter Auspuffgase, mit total beschlagener Brille. »Kommen Sie, Doktor, wenn wir uns beeilen, können wir die Reporter noch abhängen.«

Er warf ihr einen langen, grauenhaften Schal zu, der aus Wollresten in den abscheulichsten Farben des Spektrums gestrickt war, und eine schwarze Baseballkappe mit THE GOD SQUAD in kühnen weißen Lettern aufgedruckt.

»Was ist das?« fragte Hannah.

Aus der Jackentasche zog er eine falsche Brille mit großer Plastiknase und Schnurrbart. Er klappte die Bügel auseinander, schob ihr die Brille aufs Gesicht und grinste: »Ihre Verkleidung.«

12 Uhr 04, –7 Grad

»Ich bin kein großartiger Koch, aber virtuos beim Aufräumen von Resten im Mikro.«

»Es riecht wunderbar«, sagte Hannah pflichtschuldigst, aber ohne große Begeisterung, als er ihr einen Steingutteller mit Rindfleisch vorsetzte. Er sah aus wie ein Titelbild des Gourmetjournals – dicke Brocken Fleisch und Kartoffeln, grellorange Karottenscheiben, giftgrüne Erbsen und über allem eine dicke, üppige Sauce. Zu schade, daß sie keinen Appetit hatte.

»Unterstehen Sie sich ja nicht, das wegzuschieben«, warnte Pater Tom und setzte sich auf den Stuhl gegenüber. »Sie werden es essen, oder ich flöße es Ihnen Löffel für Löffel ein. Sie brauchen Nahrung, Hannah. Beinahe wären Sie in Ohnmacht gefallen.« Widerwillig nahm sie ihre Gabel und spießte eine Karottenscheibe auf. Ihre Hand zitterte, als sie die Gabel zum Mund hob. Tom beobachtete sie wie ein Adler, während sie kaute und schluckte. Er öffnete eine Flasche Bier und reichte sie ihr über den Tisch.

»Das macht Appetit«, sagte er zwinkernd, »der Ire in mir weiß Bescheid!«

Hannah lachte leise. Sie kostete ein kleines Stück Rindfleisch und spülte es mit Bier hinunter. Sie saßen in der Küche des Pfarrhauses, ein großes viktorianisches Haus auf dem Grundstück hinter St. Elysius. In vergangenen Zeiten, als es noch Priester im Überfluß gab, hatte das Haus als Heim und Hotel für eine Schar von Geistlichen gedient. In den fünfziger Jahren hatte es Klerikale mit Alkoholproblemen beherbergt. Jetzt lebte Tom allein in dem weitläufigen Komplex. Er hatte den ganzen ersten Stock abgeschlossen, um Heizung zu sparen.

Die Küche war sonnig, mit alten Küchenvitrinen und einer gelben Tapete mit Teekesseln. Der kleine Tisch stand in einer Nische, wo er nicht störte; aber es war ohnehin niemand da, der hätte stören können. In dem Haus befand sich, abgesehen von ihnen beiden, kein Mensch.

»Danke, daß Sie mich gerettet haben«, Hannah senkte den Blick.
Tom bestrich ein Stück hausgebackenes Brot mit Butter für sie. Sie schämte sich, daß man sie hatte retten müssen, das sah er deutlich, genauso, wie sie sich schämte, weil sie an seiner Schulter geweint hatte. Sich so krampfhaft zusammenzureißen, war nicht gut für sie. Es tat ihm in der Seele weh, wie sie diese Tortur als die Hannah Garrison durchstehen wollte, die alle in Deer Lake kannten und liebten – ruhig, stoisch, selbstsicher und weise in jeder Lebenslage. Die Ruhe war zerschmettert, die Selbstsicherheit dahin, alles mit einem einzigen Schlag. Verloren trieb sie auf offener See, und er sah keine Anzeichen, daß Paul sie bei der Navigation unterstützen würde.
Was für ein Mann mußte das sein, der so blind war, in Hannah das Juwel zu übersehen?
»Ich weiß, daß alle versuchen zu helfen«, sagte sie mit gequälter Stimme. »Alle sind so wunderbar, es ist nur, daß … Es ist alles so … *falsch.*«
Sie hob den Kopf und sah ihn an, Schmerz und Verwirrung schwammen in ihren blauen Augen. Ihr Haar war noch zerdrückt von seiner Kappe, goldene Strähne fielen über ihre Stirn und baumelten über eine Wange. Sie sah aus wie ein Engel, der einen langen Sturz aus einer Wolke hoch droben hinter sich hatte.
»Es ist *falsch*«, wiederholte sie. »Es ist, als ob wir auf einem Zug säßen, der aus den Gleisen gesprungen ist und den keiner aufhalten kann. Ich will ihn aufhalten.«
»Das können wir wohl nicht, Hannah«, gestand er traurig. »Wir können uns nur festhalten und mitreißen lassen.«
Er streckte seine Hand über den Tisch, bot sie ihr schweigend an. Aus guten Gründen, gerechten Gründen und Gründen, die er sich nicht einmal in den tiefsten, privatesten Winkeln seines Herzens eingestehen würde. Gründe, die sie nie erfahren und wahrscheinlich nie vermuten würde. Wozu auch. Eine Nachfrage würde die Schleusen für hundert weitere öffnen, für die er keine Antworten hätte, also brachte er sie zum Schweigen. In diesem Augenblick war nur eins wichtig: Hannah etwas Trost zu spenden, ihr zu vermitteln, daß sie nicht allein war.
Eine einzelne Träne perlte durch ihre Wimpern. Sie streckte langsam ihre Finger aus und nahm seine. Ihre Handflächen paßten perfekt ineinander. Die Finger schlossen sich automatisch. Die Wärme der Berührung und die Gefühle, die sie in ihr auslöste, erstaunten Hannah.

»Ich würde es für dich ändern, wenn ich könnte, Hannah«, flüsterte er. »Wenn ich ein Wunder bewerkstelligen könnte, würde ich keinen Augenblick zögern.«

Hannah dachte, sie sollte ihm danken, aber ihr Mund wollte keine Worte formen. Sie konnte scheinbar nicht mehr tun, als sich an ihm festhalten, und seine ruhige Kraft und Überzeugung in sich aufnehmen – sich der schmerzlichen Ironie bewußt werden, daß der einzige Mann, der bereit war, diese Qual mit ihr zu teilen, nicht ihr Ehemann war, sondern ihr Priester.

Sie spürte den Eindringling, Sekunden bevor Albert Fletcher sich räusperte. Ein Gefühl von Zorn und Mißfallen besudelte den Augenblick wie eine Rußschicht, die über ihre Haut rieselte. Sie wandte den Blick zur Kellertür, und verfluchte sich und Fletcher, während sie ihre Hand aus Pater Toms riß. Wie lange stand Fletcher schon da? Er hatte keine Veranlassung, sie zu bespitzeln oder sie vorwurfsvoll anzustarren, als hätte er sie bei etwas Unerlaubtem erwischt. Und sie hatte keinen Grund sich schuldig zu fühlen ... aber tat es doch.

»Mensch, Albert«, sagte Tom, zog die Hand zurück, die er Hannah angeboten hatte und drückte sie auf sein Herz. »Willst du uns einen Herzinfarkt verpassen? Was, zum Teufel, hast du denn im Keller zu suchen?«

Der Diakon sah ihn mit strenger Miene an. Er war wie üblich in schwarz gekleidet – Hose, Rollkragenpullover, alte Steppjacke –, eine Gewohnheit, die vielleicht aus der Trauer um seine Frau entstanden war, oder durch seine Scheinheiligkeit. Er hielt einen ziemlich großen Pappkarton im Arm, voller Wasserflecken und mit einer weißen Schimmelschicht bedeckt. Der modrige Geruch überlagerte das Aroma des Eintopfs. »Ich sortierte die Sachen im Lagerraum.«

»Hinten im Verlies?« Tom schüttelte sich angewidert. »Das Zeug muß da seit der Auferstehung liegen. Was willst du denn damit?«

»Es ist Geschichte und verdient erhalten zu werden.« Der Diakon warf Hannah einen düsteren Blick zu. »Tut mir leid, wenn ich bei etwas gestört habe.«

Tom schob seinen Stuhl zurück und stand auf. Er hatte alle Mühe, seinen Zorn im Zaum zu halten. Gott alleine würde sein Richter sein. Trotz Fletchers frömmelndem Gehabe war er nicht Gott, nicht einmal ein passabler Ersatz.

»Dr. Garrison brauchte Zuflucht. Soweit ich informiert bin, sind wir nach wie vor zuständig für Herberge und Trost.«

Fletcher sah durch ihn hindurch. »Natürlich, Pater«, murmelte er. »Wenn Sie mich jetzt entschuldigen ...«

Er nickte Hannah zu und marschierte zur Tür hinaus, unter Hinterlassung einer sehr gespannten Atmosphäre. Hannah vermied es, Tom in die Augen zu sehen und stand auf. Sie zog ihren Mantel von der Stuhllehne.

»Ich sollte nach Hause fahren«, sagte sie leise. »Paul wird sich schon wundern.«

Tom seufzte und schob seine Brille hoch. »Sie haben nicht aufgegessen.«

»Zu Hause kann ich weiteressen. Ich verspreche es, es gibt reichliche Auswahl, die Aufläufe türmen sich bereits.« Sie machte ihre Jacke zu, dann zwang sie sich, ihre Schuldgefühle und ihre Scham zu verdrängen, und sah ihm in die Augen. »Trotzdem, danke. Für das Essen ... für die Unterstützung ... für alles.«

Er wollte sagen, es wäre selbstverständlich, aber das war es nicht. Sondern etwas wesentlich Komplizierteres, als sie beide jetzt brauchen konnten und gleichzeitig etwas so Einfaches, daß es weder einer Entschuldigung noch einer Erklärung bedürfen sollte. Er zog seine Jacke an und kramte die Schlüssel aus seiner Tasche. »Kommen Sie, Doc, ich fahr Sie nach Hause.«

Sie ließen ihren Van in der Stadt stehen, um die Medien von ihrer Spur abzulenken. Hannah bat ihn nicht ins Haus. Sie wollte den Tag nicht noch mehr verderben, indem sie sich anhörte, wie Paul an ihm herumnörgelte.

Aber Einsamkeit drückte wie eine schwere Last auf ihre Schultern, als sie die Treppe hochstieg und den Wirtschaftsraum betrat. Am Küchentisch saß ein Mann vom BCA, trank Mountain Dew und las *Guns & Ammo*. Er nickte ihr zu. Im Wohnzimmer lief der Fernseher mit einem Eiskunstlaufwettbewerb, den keiner anschaute. Leises Stimmengemurmel lockte sie die Treppe hinauf und den Flur entlang zu Lilys Zimmer.

»Paul? Ich bin wieder da.«

Hannah drückte die Tür auf und blieb stehen. Karen Wright stand im Raum mit Lily auf ihrer Hüfte. Sie lächelte das Kind an, kitzelte es am Kinn und drückte es an sich. Paul hatte sich daneben aufgebaut. Er

hob den Kopf, machte unwillkürlich einen Schritt zurück, mit angestrengt ausdruckslosem Gesicht.
Lily merkte nichts von der plötzlichen Spannung im Raum, sie strahlte und streckte Hannah ein Ärmchen entgegen. »Mama!«
»Tag, Süße«, erwiderte sie, dann glitt ihr Blick an ihrer Tochter vorbei. »Karen, ich hab nicht erwartet, daß du heute schon wieder kommst. Gehn der Nachbarschaftsbrigade die Rekruten aus?«
Karen errötete. »Oh, also, ich, äh – ich hatte es nicht vor, aber dann hat Garrett mir gesagt, er müßte heute wohin, also war ich allein und da dachte ich mir ...«
»Großer Gott, Hannah«, schimpfte Paul. »Die Leute wollen doch nur helfen. Mußt du sie denn wie Verbrecher verhören?«
»Das hab ich nicht.«
Er ignorierte ihren Protest. »Und, hast du die Welt gerettet unterwegs?«
Sein Sarkasmus tat weh. Im Korridor hinter ihr klingelte das Telefon.
»Ich glaube, ich geh mich umziehen.«
Auf dem Korridor hörte sie den BCA Agent von unten: »Dr. Garrison? Bitte nehmen Sie den Anruf im Wohnzimmer entgegen.«
»Anruf?«
Das Telefon zwitscherte erneut, und sie lief ins Wohnzimmer, aber ohne große Hoffnung. Es war wahrscheinlich wieder ein Reporter. Paige Price wollte unbedingt ein ausführliches Interview. Herzloser Vampir. Wußten denn diese Leute nicht, was es hieß, diese Agonie zu erdulden, diese Angst? War ihnen denn nicht klar, daß ihre krankhafte Neugier alles nur schlimmer machte?
Sie riß den Hörer hoch. »Hannah Garrison.«
Die statischen Geräusche einer schlechten Verbindung knisterten ihr ins Ohr. Dann kam die Stimme, klein und so leise, daß sie alle Mühe hatte, sie auszumachen.
»Mom? Ich will nach Hause.«

Kapitel 19

TAG 4
21 Uhr 44, –11 Grad

Sie verfolgten den Anruf zu einer Telefonzelle zurück, vor der Suds-Your-Duds-Wäscherei. Es handelte sich um die fünfundsechzig Meilen entfernte kleine ruhige Stadt St. Peter, Standort des Gustavus-Adolphus-College und der Hochsicherheitsanstalt für Geisteskranke. Das Telefon, mit baumelndem Hörer, wurde am Ende des Gebäudes entdeckt, an einer tristen kleinen Einkaufsstraße aus den Sechzigern, als man beige Ziegel und flache Metallmarkisen geschmackvoll fand. Außer der Wäscherei gab es noch eine kleine Reparaturwerkstatt, die Samstag nachmittags geschlossen war, einen vietnamesischen Lebensmittelladen, in dem niemand Englisch nicht mal als Zweitsprache beherrschte, und den Fashion-aire-Schönheitssalon, wo sich die Waschen-und-Legen-Kundschaft ihre Frisuren toupieren und die weißen Haare blau färben ließ.

Keiner der Leute im Lebensmittelladen wollte irgend etwas mit Cops zu tun haben. Alle Damen des Schönheitssalons waren ganz wild auf Action, leider hatte keine von ihnen etwas bemerkt. Abgesehen davon, daß der Salon sich am entgegengesetzten Ende der Ladenstraße befand, hatte die Hitze von den Haartrocknern und die Feuchtigkeit der Waschbecken die Fenster des Ladens völlig beschlagen. In der Wäscherei beantworteten zwei Collegestudenten und drei Mütter mit großäugigen, verschmierten Babys alle gestellten Fragen. Aber es gab keine Fenster am Rand des Gebäudes, und man mußte zum Telefonieren nicht in die Kälte hinaus, weil es zwei Telefone innerhalb der Wäscherei gab.

Keiner hatte Josh gesehen und auch nicht den hellen Van. Für die Cops verebbte die Woge der Hoffnung in neuerlicher Enttäuschung.

»Es könnte ein Streich gewesen sein«, sagte Mitch. »Kinder, die rumspielen. Hannah sagt, sie könnte nicht beschwören, daß es Joshs Stimme war.«

Er saß Megan an dem Resopaltisch ihres Zimmers im Super-8-Motel gegenüber. Die Reste einer fast unberührten chinesischen Mahlzeit aus dem Automaten waren über den ganzen Tisch verteilt. Der Geruch von abgestandenem Broccoli und Rindfleisch überdeckte fast den beißenden Geruch uralten Zigarettenrauch, der alles im Raum durchtränkte. Auf dem Nachttisch neben dem Bett stand ein billiger Wecker, der in glühendem Rot 21 Uhr 57 anzeigte. Michael Bolton krächzte ein Lied vom Ende einer großen Liebe über den einzigen Rundfunksender, der zu kriegen war.

Megan schob ein Stück mandelpaniertes Huhn mit der Gabel über ihren Pappteller. »Am liebsten möchte ich abstreiten, daß jemand so grausam sein kann, aber das würde sich ziemlich dämlich anhören, nicht wahr?«

»Ich weiß nicht«, sagte er leise. »Ist es dumm, auf kleine Gnaden zu hoffen? Verbrechen ist eine Sache – zu erwarten, daß normale Menschen anständig miteinander umgehen, etwas anderes. Wenn wir nicht einmal darauf hoffen können ...«

»Ich krieg Gänsehaut bei dem Gedanken, daß der Anruf von hier kam«, gab Megan zu. »Immer wieder muß ich an einige von den Insassen in dieser Irrenanstalt denken, und mir stehn die Haare zu Berge. Sexuelle Psychopathen, geisteskranke Verbrecher ...«

»Aber sie sind *im* Sicherheitstrakt«, wandte Mitch ein. »Nicht draußen. Der Bezirksheriff hat das bei der Verwaltung überprüft. Sie hatten keine Meldungen, daß irgend jemand fehlte. An niemanden, wegen dem wir uns Sorgen machen müßten, hatten sie Tagespässe ausgegeben. Es ist nur Zufall, daß der Anruf von hier kam, wo die Anstalt steht. Eins wissen wir mit Sicherheit«, fuhr Mitch fort. »Olie Swain kann das Telefonat nicht getätigt haben. Mindestens fünfzig Leute können beschwören, daß er zu der Zeit des Anrufs in der Eishalle war.«

»Das heißt nicht, daß er nichts damit zu tun hat.« Megan blieb störrisch. Möglicherweise hat er es nicht allein gemacht. Wir haben diese Version in Betracht gezogen – daß er *tatsächlich* zum Zeitpunkt der Entführung in der Eishalle war und jemand anders seinen Van gefahren hat.«

»Helen konnte den Van nicht identifizieren.«

»Die Zeugin ist verwirrt und aufgeregt und ist nicht in der Lage, einen Ford von einem Volkswagen zu unterscheiden, selbst wenn das Schicksal der Nation davon abhinge.«

Die Heizung schaltete sich mit einem asthmatischen Knurren ein, pustete heiße trockene Luft in den Raum und wirbelte den abgestandenen Zigarettengestank wieder auf.

»Es hätte eine Tonband-Aufnahme sein können«, schlug Megan vor. Sie hatten das schon so oft durchgekaut, daß ihnen die Zähne stumpf wurden. Den ganzen Nachmittag und den halben Abend, während die Polizei von St. Peter systematisch die Straßen ihrer Stadt durchkämmten und die Jungs vom mobilen Labor des BCA die Telefonzelle Millimeter für Millimeter absuchten, hatten sie hin und her überlegt, gehofft und Drohungen gemurmelt, die sie nie wahrmachen würden. Und trotzdem kauten sie hartnäckig denselben Knochen noch mal durch, vielleicht käme zu guter Letzt doch etwas dabei heraus.

Die Hubschrauber dröhnten wieder übers Land, das ursprüngliche Suchgebiet war erweitert worden, auf Teile der Bezirke Nicollet, La Suer und Blue Earth. Ausgesandte Teams der städtischen und der Bezirkspolizei sowie Freiwillige aus der Umgebung begannen eine neue Bodensuche. Überall wurden Handzettel mit Joshs Foto angeschlagen, an jedem Lichtmast, auf jedem Schwarzen Brett, in jedem Laden, jedem Restaurant und jeder Bar.

Die Presse war dagewesen, um alles für die Abendnachrichten aufzuzeichnen, der hektische Ansturm auf eine neue Spur! Die verzweifelte Hoffnung, die jeden Cop aufhorchen ließ und jeder gestellten Frage eine neue Schärfe verlieh ... eine frische Spur war wie Speed im Blutkreislauf. Erwartungen sprossen aus den Tiefen der Sorge. Es machte die Kälte intensiver, verstärkte das Ticken der Uhr, die die Stunden des vermißten Kindes markierte. Und am Ende blieb ihnen nur das Gefühl verloren zu sein, sich abzustrampeln und erneut Fragen stellen zu müssen.

»Hannah sagt, die Verbindung wäre schlecht gewesen. McCaskill meinte, es könnte ein Band gewesen sein«, bemerkte Megan. »Die Jungs im Tonlabor werden das feststellen, sie sind die besten.«

»Und wenn es ein Band war«, murmelte Mitch, »dann bleibt die Frage, warum?«

Sie kannten beide die Antwort. Keiner von ihnen wollte sie aussprechen. Wenn der Täter ein Band mit Joshs Stimme verwendet hatte, konnte er wahrscheinlich Josh nicht selbst dazu verwenden. Mitch holte ein Päckchen Magentabletten aus seiner Hemdtasche und schluckte drei Stück.

»Warum überhaupt ein Anruf, wenn er keine Lösegeldforderung stellen will?« fragte Megan.

Eine drohende Migräne hatte sich hinter ihrem rechten Auge wie eine glühend heiße Kohle eingenistet und wehrte sich hartnäckig gegen das Mittel, das sie vor einer halben Stunde eingenommen hatte. Sie brauchte etwas Stärkeres, aber das würde sie umhauen, und sie mußte denken. Stirnreibend starrte sie auf ihre Essensreste, bis sie zu einem Mosaik erdiger Farben verschwammen.

»Wenn es der Verbrecher war, der nur ein Band von Josh abgespielt hat, wie er drum bettelt nach Hause zu dürfen ... ist es Tritzerei, schlicht und einfach Grausamkeit. Und es ist persönlich. Er schikaniert Hannah und Paul aus Spaß an der Freude. Das muß persönlich sein.«

Mitch hob die Schultern. »Oder Macht. Teil seines Spiels – so wie das Notizbuch auf meiner Motorhaube. Er ist einer von den Typen, die Fliegen Flügel und Beine ausreißen, und es komisch finden.«

»Ein Spiel«, flüsterte Megan. Sie leugnete das einfach als die Mentalität der Person, mit der sie es zu tun hatten – denn wenn dem so war, würde alles sicher noch viel grausiger werden. »Warum sollte jemand Hannah und Paul auf dem Kieker haben? Ich kann mir nicht vorstellen, daß die überhaupt wissen, was Feinde sind.«

»Was spielt das für eine Rolle.« Mitch war zu müde, um sich die Resignation in seiner Stimme zu verkneifen. »Du glaubst, daß guten Menschen keine schlimmen Sachen passieren?«

Megan zuckte sichtlich zusammen. »Das hab ich nicht gemeint.«

Sie dachte daran, seine Hand zu berühren. Eine simple Geste, die absolut gegen ihre Natur war. Sie streckte nie irgendeine Hand aus. Wenn ja, könnte sie weggestoßen werden. Es war klüger, Gefühle tief in sich zu begraben. Gestern abend hatte sie ihre Schutzmechanismen abgelegt, aber das war vorbei. Der neue Tag hatte einen alten Schwur wiederholt: keine Cops, keine Polizeichefs.

»Wir sollten für heute Schluß machen.« Sie stand auf.

Mitch sah ihr zu, wie sie einem Spatzen gleich um den Tisch flatterte, die schmutzigen Teller und das Plastikbesteck einsammelte. Die Frau, die gestern nacht in seinen Armen wie Feuer gebrannt hatte, hatte sich im Morgengrauen verwandelt. Alle Leidenschaft, alles Weiche war wieder in dieser Person mit den zurückgekämmten Haaren und

dem ernsten Mund eingesperrt worden. Die Frau mit der ausgebeulten Cordhose und dem schlampigen Pullover, die ihre Weiblichkeit versteckten wie ein Familiengeheimnis.
Er sah ihr zu, wie sie den Müll in einen Papierkorb von der Größe einer Schuhschachtel stopfte, mit abgehackten, raschen Bewegungen. Ihre Körpersprache signalisierte, daß sie ihn nicht als Zuschauer haben wollte. Sie war die erste Frau seiner Nächte in den letzten zwei Jahren, die sich hinterher nicht an ihn klammern wollte. Wirklich lächerlich, diese Ironie, er hatte all die Zeit damit verbracht, sich vor allzu anhänglichen Frauen zu verstecken. Megan wollte nichts von ihm, und im Moment verspürte er den ungeheuren Drang, sie in seine Arme zu ziehen und zu lieben. Ein kurioses Puzzle, aber ausnahmsweise hegte er nicht das Bedürfnis, die Teile zu ordnen.
»... ich hab mir gedacht, wenn heute nichts zusammengeht«, plapperte sie weiter, »fahr ich morgen nach St. Paul. Ich sollte mal nach meinem Vater sehen und könnte im Hauptquartier schauen, ob ich den Typen im Tonlabor nicht ein bißchen Beine machen kann. Ken Kutsatsu arbeitet gerne sonntags. Wenn er da ist, überrede ich ihn vielleicht dazu, sich unser Band anzuhören. Und ich könnte feststellen, ob sich schon etwas mit dem Notizbuch ergeben hat, obwohl ich da wenig Hoffnung habe. Ich möchte auch Jayne Millard aufsuchen – sie macht unsere Profilerstellung von Verdächtigen. Vielleicht hat sie einen Tip auf Lager.«
»Du sprichst von deinem Vater«, sagte Mitch beiläufig, erhob sich aus seinem Stuhl und streckte sich, um seinen verspannten Rücken zu lockern. »Du erwähnst nie deine Mutter. Gibt es sie noch?«
Falsche Frage. Ihr Gesicht wurde abweisend. »Ich hab keine Ahnung. Sie hat uns verlassen, als ich sechs war. Seitdem ist sie verschollen.«
Sie schleuderte ihm diese Aussage wie einen Fehdehandschuh an den Kopf, wie eine Herausforderung, mehr draus zu machen. Mitch runzelte die Stirn. »Ich wollte nicht neugierig sein, nur ...«
Nur was? Ich wollte mehr über dich wissen. Wollte wissen, was dich ticken macht. Wollte dir auf einer Ebene nahekommen, an die zu denken mir nicht zusteht. Und während er das dachte, war ein anderer Teil seines Verstandes damit beschäftigt, dieses neue Stück in das Puzzle Megan O'Malley einzufügen. Er konnte sie sich nur allzugut vorstellen – klein und allein, zu ernst, immer bemüht, keine Auf-

merksamkeit auf sich zu lenken; ein kleines Mädchen mit großen grünen Augen und langen dunklen Haaren, wie sie hinter ihrem Vater, dem Cop, hertappte, so wie seine Jessiemaus.

»Du und dein Dad, ihr müßt euch sehr nahe stehn.«

Sie lächelte, kein warmes Lächeln von Stolz und Zuneigung, sondern das brüchige eines schlechten Scherzes. »Es ist spät. Machen wir Schluß für heute.«

Er packte ihren Arm, als sie versuchte aufzubrechen. »Tut mir leid, wenn ich was Falsches gesagt habe!«

»Das hast du nicht«, log sie, weil die Wahrheit viel zu kompliziert und zu chaotisch war, um sie in dieser Situation aufs Tapet zu bringen. »Ich bin nur müde.« Dann fügte sie kühl hinzu: »Ihr Zimmer ist auf der anderen Seite des Korridors, Chief.«

Sie versuchte sich loszumachen, aber Mitch hielt sie fest. Er war verärgert über ihre Abfuhr, frustriert, weil er die Mauern, hinter denen sie sich versteckte, einreißen wollte. Wenn er auch nur einen Funken Verstand hätte, würde er sich mit dieser einen Nacht voll herrlichem Sex zufriedengeben und den Rest vergessen. Er brauchte nicht die Kopfschmerzen eines Verhältnisses, ganz besonders jetzt nicht. Und er hatte auch keinen Bedarf an Frauen, die eine Macke von der Größe Neuseelands mit sich herumschleppten.

Trotzdem umklammerte er sie.

»Ich weiß, wo mein Zimmer ist, aber ich würde lieber hierbleiben.«

»Und mir wär's lieber, wenn du gingest.«

Er kniff die Augen zusammen und sah sie von der Seite an. »Ist das dein Ernst, oder gehört das wieder zu deiner Nummer Harte Braut?«

»Es ist keine Nummer«, fuhr sie ihn wütend an und betete, daß er die Lüge nicht bemerkte.

»Du kannst nicht einfach so tun, als hätten wir die Grenze nicht bereits überschritten, Megan«, sagte er leise.

»Trotzdem will ich Distanz.«

»Warum? Wovor hast du Angst?«

Die Antwort lag ihr auf den Lippen, aber sie weigerte sich, sie ihm zu geben. Diesen Fehler würde sie nicht machen, ihr Selbstschutzsystem hatte sich schon zu lange bewährt.

Diesmal ließ er sie los, als sie zu zappeln begann, aber seinen prüfenden Blick spürte sie wie eine Berührung ihrer Haut.

»Schau …« Sie kratzte mit dem Daumen an einem Fleck getrockneter Knoblauchsauce auf ihrem Pullover herum. »Es kompliziert nur alles, das meine ich. Ich kann in meinem Job nicht funktionieren, wenn du mich nicht respektierst ...«

»Deine berufliche Autorität respektiere ich doch ...«

Sie stemmte die Hände in die Hüften und ging hinter den Tisch, um Abstand und Möbel zwischen sie beide zu bringen. »Wirklich? Du hast eine komische Art, das zu zeigen.«

»Ich behandle dich genauso wie meine Männer«, er folgte ihr.

»Versuchst du Noogie in dein Bett zu kriegen? Ein ziemlich *abenteuerlicher* Lebensstil für einen Kleinstadtcop.«

»Verdammt, laß diese blöden Sprüche«, knurrte er und ging um den Tisch herum. »Du weißt, was ich meine.«

Megan wich vor ihm zurück. »Klar weiß ich das. Ich weiß, wenn ich eine Affäre mit dir habe und wenn die dann vorbei ist, wird alles peinlich sein und es wird böses Blut geben, mit dem man fertig werden muß, und mein Ruf wird angeschlagen sein ...«

»Du unterstellst mir wirklich einen ziemlich üblen Charakter.«

Sie blieb stehen und sah ihm in die Augen, abgeklärt und hart, weil sie nur so überlebt hatte. »Das muß ich, zu meinem Schutz.«

»Und warum das?« Er verzog verächtlich den Mund. »Ist dir dein Job so wichtig – daß du ihm dein ganzes Leben opferst? Großer Gott, was soll das für ein Leben sein?«

»Es ist alles, was ich habe.«

Kaum hatte sie die Worte ausgesprochen, bereute sie sie schon. Sie biß sich auf die Zunge, aber es war zu spät, sie hingen in der Luft, um von Mitch Holt aufgesaugt und verdaut zu werden. Es war, als hätte sie einen Brocken aus ihrer Seele gerissen und ihn ihm zugeworfen; den würde sie nie mehr zurückbekommen!

Gott, wie dämlich. Wie konntest du so leichtsinnig sein, O'Malley?

Sie drehte ihm voller Entsetzen über diesen Ausrutscher den Rücken zu und hoffte, er hätte soviel Anstand, einfach zu gehen. Weder sein Mitleid noch sein Spott waren ihr willkommen. Er sollte verschwinden. Sie wollte die Welt zurückdrehen und diese ganze verfluchte Woche noch einmal von vorne beginnen. Schmerz schnitt wie eine Axt durch ihren Kopf, so heftig, daß es ihr die Tränen in die Augen trieb. In seiner Anwesenheit zu weinen kam keinesfalls in Frage. Also hielt sie den Atem an und rang heroisch mit ihrer Erschöpfung.

Mitch starrte ihren Hinterkopf an, die kompromißlose, aufrechte Haltung ihrer schmalen Schultern. Er machte sich bittere Vorwürfe über seine Streitsucht. Zu diesem Job wurde gleich der Baukasten für die Einmauerung des Ich mitgeliefert. Er wußte es, hatte seine eigenen Mauern und konnte bezeugen, wie viele andere Cops sie Ziegelstein für Ziegelstein errichtet hatten, wußte Bescheid über ihre Funktion. Man mußte sie respektieren, aber zwischen Megan und sich wollte er keine Mauern. Er wollte das, was sie gestern abend gefunden hatten – Leidenschaft, die den Verstand überflügelte ... den Trost, einander in den Armen zu halten.

Sie wurde zu einem Laternenpfahl, als er seine Hände auf ihre Schultern legte. Er stand dicht hinter ihr und beugte seinen Kopf zu ihrem, so nahe, daß er einen zarten Parfumhauch auf ihrer Haut riechen konnte. Der Duft war so schwach, daß er wie eine Einbildung schien, als würde sie nur so viel auflegen, wie ein persönliches Geheimnis vertrug – die sanfte Megan, die frauliche Megan, die rosa Wände und geblümte Laken und kleine Porzellankatzen mochte.

Seine Hände glitten von ihren Schultern und umfingen sie. Sie blieb stehen, als hätte sie einen Besen verschluckt, unversöhnlich, unnachgiebig, nicht bereit, noch mehr von ihrem Stolz zu opfern.

»Der Job ist der Job«, murmelte er und strich mit seinen Lippen über ihren Hals. »Was als Mann und Frau zwischen uns passiert, hat nichts damit zu tun. Es ist ein beschissener Abend, ein beschissener Fall, ein beschissenes Motel – warum können wir nichts wenigstens das haben? Hmm? Uns gegenseitig ein bißchen Freude machen?« Seine Hände legten sich auf ihren Bauch, die Fingerspitzen massierten ihn raffiniert, weckten das Feuer in ihr.

»Geh einfach«, sagte Megan. Sie wollte seine Zärtlichkeit nicht. Gegen alles andere hätte sie sich wehren können, aber gegen Zärtlichkeit war sie machtlos. Gott steh ihr bei, sie schaffte es nicht, sich gegen etwas zu sträuben, wonach sie sich ihr ganzes Leben gesehnt hatte.

»Geh.« Sie holte zitternd Luft.

»Nein.« Seine Zungenspitze tastete sich hinter ihr Ohr.

Sie trat nun die Flucht nach vorne an. »Geh!« schrie sie. »Raus!«

»Nein. Er zog sie so eng an sich, daß sie ihm nicht weh tun und auch nicht entfliehen konnte. »Nicht jetzt. Nicht so.«

»Verdammter Schuft«, murmelte sie in seine Brust, ihre Stimme überschlug sich, und die Tränen kämpften gegen ihren Widerstand, die Not drohte sie zu ersticken. Sie strampelte, trat nach ihm, aber nur halbherzig.

Er stupste ihr Kinn nach oben, so daß ihr keine andere Wahl blieb, als ihn anzusehen. »Schau mir in die Augen, und sag mir, daß du das

nicht willst«, sagte er, sein Atem wurde schneller, Verlangen strömte heiß und schwer in seinen Unterleib.
Megan sah ihn wütend an, haßte ihren Körper, weil die Berührung mit seinem die Hitze übertrug. »Ich will das nicht«, sagte sie trotzig.
Seine Nasenflügel blähten sich. Bernsteinfarbenes Feuer ließ seine Augen aufblitzen. »Lügnerin«, sagte er, aber er ließ sie los.
Megan blieb lange, nachdem die Tür zu gefallen war, am Fußende des Betts stehen. Natürlich stimmte seine Feststellung, aber das war kein Trost.

TAG 5
12 Uhr 11, –9 Grad

»Mick sagt, er wird dieses Jahr hunderttausend verdienen.«
»Schön für Mick.« *Und hast du deinen liebevollen Sohn gefragt, warum er dir nie auch nur zehn Cent davon schickt, obwohl er weiß, daß du zweimal die Woche Wiener mit Bohnen ißt, weil deine Rente nicht zu mehr reicht und deine Tochter – die die Hälfte deiner Unkosten zahlt – nur ein Cop ist, und im Vergleich zu einem Vermögensanlageberater in L. A. ein Almosen verdient?*
Megan stellte die Frage nicht. So dumm war sie nicht. Sie hatten dieses Szenario schon mehr als einmal durchgespielt. Das milderte ihren Haß nicht und trieb nur Neils Blutdruck in die Höhe. Trotzdem erstaunte es sie immer wieder, daß das Kind, an dem ihr Vater immer noch hing und von dem er ständig prahlte, keinen Deut Interesse an ihm zeigte, während sie, die ungewollte Erinnerung an die treulose Maureen, das Kind, das, wenn es nach Neil O'Malley gegangen wäre, genausogut in irgendeiner Gasse hätte aufwachsen können, ihm die Stange hielt, gekettet an lieblose, ja hassenswerte Erinnerungen.
In der Hoffnung, daß ihr das vielleicht helfen würde, die Vergangenheit loszuwerden, sah sie sich in der winzigen Küche mit den knallig türkisen Wänden und dem karierten Vorhang um, der steif vor Alter und Fett war. Sie verabscheute diesen Raum mit seinen billigen weißen Blechschränken und dem alten, schäbigen Spülstein. Sie haßte den Geruch von Talg und Zigaretten, das graue Linoleum, den Tisch und die Stühle mit den Chrombeinen, wo ihr Vater saß, eine herun-

tergekommene Häuslichkeit ohne Leben und Wärme – irgendwie ähnelte sie in mancher Hinsicht ihrem Vater.

Auf den ersten Blick war Neil O'Malley keineswegs häßlich. Er hatte ein scharfes, kantiges Gesicht – war einmal recht attraktiv gewesen –, und seine Augen strahlten in tiefem Blau. Aber Zeit und Verbitterung hatten ihren Glanz gestohlen, genauso wie die Farbe aus seinen Haaren und die Kraft aus seinem Körper. Der Mann, den sie als beachtliches Muskelpaket in blauer Polizeiuniform in Erinnerung hatte, war geschrumpft und schlaff geworden. Seine rechte Hand zitterte, als er sein Glas zum Mund hob.

Megan rührte den reichhaltigen Eintopf auf dem Gasherd um, Lamm mit Gemüse. Das kochte sie immer, wenn sie ihn sonntags besuchte – nicht weil sie das gerne mochte, sondern weil Neil über alles andere nörgeln würde. Gott bewahre, niemals hatte sie ihn ärgern wollen, niemals! Aber recht konnte sie ihm auch nichts machen, dem alten Griesgram.

»Hast du in letzter Zeit mit Mick geredet?« fragte sie. *Natürlich nicht. Mick ruft dich nie an, obwohl er weiß, wieviel das für dich bedeuten würde. Er hat dich nicht mehr besucht seit dem Jahr, in dem die Endspiele im NCCA-Basketballturnier im Metrodome abgehalten wurden und es ihm gelungen war, einem reichen Klienten aus L. A. eine Eintrittskarte abzuschwatzen.*

»Ach, nee.« Neil winkte ab, als wäre die Frage nur eine Wolke Mief. »Er ist beschäftigt, weißt du, leitet ja praktisch den Laden, in dem er arbeitet. Wahrscheinlich wär er längst der Chef, wenn da nicht die gottverdammten Juden ...«

»Möchtest du noch ein Bier, Paps?« Sie hatte keine Lust, zum millionsten Mal seine antisemitischen, antischwarzen oder antienglischen Haßtiraden anzuhören.

Er hob die Flasche mit dem alkoholfreien Gebräu, schnitt eine Grimasse und hustete einen Batzen Schleim hoch. »Du lieber Himmel, nein. Das Zeug schmeckt wie Scheiße. Warum bringst du mir nicht was Anständiges zu trinken?«

»Weil dein Doktor will, daß du nichts Alkoholisches trinkst.«

»Scheiß auf ihn. Er ist ein beknackter Faschist – nicht mal Amerikaner, weißt du.« Er hob eine Zigarette aus der Packung und schüttelte sie drohend. »Das ist es doch, was in diesem Lande stinkt. Sie lassen zu viele gottverdammte Ausländer rein.«

»Und woher ist *dein* Vater gekommen?« Die sarkastische Bemerkung

rutschte ihr einfach raus, wider besseres Wissen, aber sie konnte nicht anders. Wenn sie alles in sich hineinfraß, würde sie an innerer Vergiftung sterben.
»Werd ja nicht frech«, warnte Neil. »Mein Vater war Ire und stolz drauf. Er wär in Connemara geblieben, ohne diese gottverdammten Briten!«
Ihr Vater zündete sich die Zigarette an, sog sich die Lunge voll Rauch, und dann kam das übliche Ritual von Würgen und Keuchen. Megan schüttelte angewidert den Kopf. Seine Arterien waren in schlimmerem Zustand als die siebzig Jahre alten Wasserrohre des Hauses – verstopft durch den Dreck von über sechzig Jahren Cholesterin, Teer und Stadtluft. Es war ein reines Wunder, daß es überhaupt noch ein Tropfen Blut bis in sein Gehirn schaffte – was, wie sie annahm, einiges erklärte. Er hatte bereits einen kleinen Schlaganfall hinter sich, und sein Arzt prophezeite bereits den nächsten, wenn Neil seinen Lebensstil nicht änderte. Der Arzt hätte sich auch die Spucke für die Antinikotinrede sparen können. Trotz der warnenden Anzeichen von Lungenerkrankung rauchte Neil weiter, als wären seine Kurzatmigkeit und der Druck in der Brust nur Zufall und nicht Ergebnis seines Lasters.
»Und rauchen solltest du auch nicht«, schimpfte Megan, hievte den Topf vom Herd und trug ihn zum Tisch.
»Und du, Mädel, solltest dich um deinen eigenen Scheißkram kümmern.«
Sie schnalzte mit der Zunge: »Wie ich mir das wünsche!«, starrte den Eintopf an, den sie sich aufgegeben hatte und schob den Teller weg. Sie haßte Lamm. Ihr Vater kaute begeistert und wischte eine Pfütze Sauce mit einem Brocken dick gebuttertem Brot auf.
»Und, hast du von dem großen Fall gehört, an dem ich arbeite, Paps? Diese Kindesentführung in Deer Lake?«
»Die Welt ist voller Perverser.«
»Eine harte Nuß ist das. Kaum Spuren. Wir arbeiten praktisch rund um die Uhr – meine Typen aus dem Bureau, das Büro des Sheriffs, die Polizei. Der Chief ist ein ehemaliger Detective von der Polizei in Miami. Wir haben sogar ein Team Computerexperten vom Harris College, die dran arbeiten.«
»Wertlose Drahtkästen«, motzte er und spießte noch ein stück Lamm auf. »Kein Ersatz für gute altmodische Polizeiarbeit. Fußarbeit – so löst man Fälle. Und nicht mit ein paar arroganten Pissern vom College oder eingebildeten Detectives.«

»Ich bin der leitende Agent, weißt du«, fuhr sie tapfer fort. »In der *Tribune* war ein Artikel. Vielleicht hast du's gelesen?«

Schön für dich, Schatz. Ich bin stolz auf dich ... ja genau.

Neil schaute auf seinen Teller, spuckte ein Stück Knorpel aus, schnaubte und schüttelte den Kopf. »Schmierige Scheißzeitung. Ich les die *Pioneer Press*. Hab ich immer schon.«

»Mein Gott, würde es dich umbringen, wenn du ein einziges Mal etwas Nettes zu mir sagst? Wäre das so schwer? Ich wäre mit allem zufrieden, weißt du, ›gratuliere‹, ›guter Eintopf‹, ›nette Schuhe‹. Selbst ein Grunzen fände ich schon gut«, sagte sie schneidend. »Irgend etwas, damit ich mich endlich nicht mehr frage, warum ich überhaupt herkomme. Glaubst du, du könntest das einmal fertigbringen, Paps?«

Neils Gesicht war rotbraun angelaufen, sehr ungesunde Farbe. Er schüttelte drohend die Gabel und schleuderte dabei kleine Tropfen Sauce auf den Tisch. »Paß bloß auf dein freches Maul auf, Mädel. Du bist genau ...«

Sie unterbrach ihn mit einer heftigen Handbewegung. »Wag es ja nicht! *Wag* es ja nicht! Niemals bin ich wie sie. Sie war so vernünftig, dich vor sechsundzwanzig Jahren zu verlassen!«

Ihr Vater kniff seinen Mund zusammen und starrte auf seinen Teller. Megans Augen brannten vor Tränen. Sie schob ihren Stuhl zurück, eilte zum Fenster und starrte hinaus, auf Mrs. Gristmans Hinterhof, wo ihr uralter Pudel Claude den Schnee mit kleinen Scheißhaufen übersät hatte. Das Viertel war schäbig und armselig, wie dieses Haus. Sie wünschte, sie brächte es fertig, nicht mehr zu kommen, aber es gelang ihr nicht. Weil er ihr Vater war, ihre Verantwortung. Sie würde ihre Pflichten nicht vernachlässigen, so wie er es bei ihr getan hatte.

Ungebeten, ungewollt tauchte Mitchs Bild vor ihrem inneren Auge auf. Mitch und Jessie, wie sie sich neckten und kitzelten bei einem Hamburger im McDonalds.

Sie schniefte und wischte sich die Nase mit dem Handrücken ab. Dann zog sie wortlos ihren Mantel vom Haken an der Hintertür, gab Neil noch eine Chance, sich zu entschuldigen – er tat es nicht, würde es nie tun.

»Vergiß nicht, deine Medizin zu nehmen«, erinnerte sie ihn unwirsch. »Ich komme wieder, sobald ich kann ... auch wenn's dir egal ist.«

Kapitel 20

TAG 6
7 Uhr, –28 Grad, Windabkühlungsfaktor: –49 Grad

Ein grimmiger Montagmorgen dämmerte herauf, eisige Arktisluft brachte Temperaturen von 28 Grad Minus. Ein heulender Wind aus Nordwest trieb den Abkühlungsfaktor auf brutale minus 49 Grad. Megans Laune sank proportional dazu ab. Sie lag in ihrem Bett im Sheraton, fürchtete sich vor ihrem Treffen mit DePalma und hörte, wie die Diskjockeys im Radio mit diebischer Freude den Bürgern der Twin Cities erzählten, daß ungeschützte Haut in weniger als sechzig Sekunden erfrieren könnte.

Der Sonntag hatte sich als Fehlschlag auf der ganzen Linie herausgestellt. Vorläufige Tests von der Aufnahme des Anrufs waren wenig aufschlußreich verlaufen, das Notizbuch hatte keine brauchbaren Fingerabdrücke aufgewiesen. Ein Abendessen mit Jayne Millard, dem Agenten, der Profile von Verdächtigen erstellte, brachte ihr lediglich Mitgefühl für den desolaten Fall ein und vage Komplimente, daß sie die Hürde für Frauen im Außendienst gemeistert hatte.

Sie lag im Bett, betrachtete sich im Spiegel über dem Toilettentisch, und dachte darüber nach, daß manche Leute sie als Heldin empfanden und andere als Unruhestifterin. Irgendwie tangierte sie das aber kaum, so als wäre die Megan O'Malley, die diese Leute sahen, nur ein Hologramm. Sie wollte weder ihr Champion noch ihr Dämon sein, sondern ihren Job machen und Josh finden.

Verkatert von Müdigkeit und Muskelentspannungsmitteln schleppte sie sich aus dem Bett in die Dusche. Für ihr Treffen mit DePalma zog sie das an, was sie noch schnell vor der Abfahrt ins Auto geworfen hatte – eine enge, anthrazitfarbene Hose und einen weichen, schwarzen Rollkragenpullover, der ihre Blässe und die dunklen Ringe unter ihren Au-

gen betonte. Sie fand, sie sah aus wie ein Zombie oder ein Ostblockflüchtling, aber was Besseres konnte sie leider nicht bieten.
Sie träumte von einem FBI-Auftrag in Tampa, während sie den Reißverschluß ihres Parkas zuzog, sich Ohrenschützer aufsetzte und ihren Schal um Kopf und Hals wand. Florida leuchtete wie eine Fata Morgana vor ihrem inneren Auge, die sich sofort in nichts auflöste, als sie vor die Tür trat und der Wind wie ein Ziegelstein gegen ihre Stirn prallte. Nicht weniger als ein Dutzend Autos auf dem Parkplatz standen mit offener Motorhaube da – die weiße Fahne des Nordens – und warteten, daß die Werkstattwagen auftauchten und die leeren Batterien überbrückten. Zwei Minuten später öffnete Megan die Haube des Lumina und stapfte zurück ins Hotel. Unterwegs murmelte sie ihr Mantra für kaltes Wetter: »Ich hasse Winter.«

9 Uhr, –28 Grad, Windabkühlungsfaktor: –49 Grad

DePalma lief hinter seinem Schreibtisch auf und ab, mit hochgezogenen Schultern und die Hände in die Hüften gestemmt. Er sah aus wie Nixon, der sich als Imitator von Ed Sullivan versucht.
»Wir hatten noch nie so viele Anrufe von der Presse«, er wiegte bedenklich seinen Kopf.
»Ich bin eine Kuriosität«, klärte Megan ihn auf. Sie stand ihm gegenüber auf der anderen Seite des Schreibtischs. Er hatte ihr keinen Platz angeboten. Schlechtes Zeichen. »Sie werden drüber wegkommen. Tun Sie einfach so, als wär ich ein ganz normaler Agent, was ja auch stimmt. Sie sollten sich auf Josh konzentrieren, nicht auf mich.«
»Es fiel schwer, Sie zu ignorieren, als Sie den Vater vor der ganzen Presse verhörten.«
»Ich habe ihm ein paar Fragen gestellt. Er ist sauer geworden, mehr war nicht.«
DePalma drehte sich fassungslos zu ihr um. »Mehr war nicht? Megan, der Mann hat seinen Sohn verloren …«
»Er hat mir absichtlich Informationen vorenthalten! Der Mann verheimlicht etwas. Was bitte soll ich denn tun – mich wie eine Dame verhalten und den Mund halten, oder wie ein Cop auftreten und gründlich recherchieren?«
»So was macht man nicht, wenn die Presse in Hörweite ist, und das wissen Sie verdammt gut.«

Megan klappte den Mund zu. Da konnte sie sich nicht rauswinden. Das mit Paul Kirkwood hatte sie vermasselt. Sie hätte gerne auf Pauls Versäumnis beharrt, aber im richtigen Leben funktionierte es eben nicht so. Laß dir nichts gefallen, mach keine Ausflüchte. Sie hätte das Potential für Ärger erkennen müssen, aber ihr Jähzorn hatte sie ausgetrickst. Einem guten Agenten passierte so was nicht.

»Ja, Sir«, murmelte sie.

DePalma setzte sich seufzend in seinen hohen Lehnstuhl. »Ob es Ihnen nun gefällt, Agent O'Malley, oder nicht, auf Sie und diesen Fall ist eine ganz große Lupe gerichtet. Passen Sie auf, wo Sie hintreten, und hüten Sie Ihr Mundwerk. Sie sind ein guter Cop, aber keiner könnte Ihnen übertriebene Diplomatie vorwerfen.«

»Ja, Sir.«

»Und bringen Sie um Himmels willen diese Geschichte mit der sexuellen Belästigung vom letzten Herbst nicht wieder aufs Tapet. Der Superintendent bekam fast einen Herzanfall ...«

»Das ist unfair«, wehrte sich Megan. Das hab ich nicht aufs Tapet gebracht. Es kam nicht von mir. Henry Foster hat diese Dose mit Würmern von sich aus aufgemacht ...«

DePalma winkte ab. »Das spielt keine Rolle. Wir werden alle aufs Korn genommen. Wenn Sie den Druck nicht aushalten, hab ich keine andere Wahl, als Sie in den Innendienst abzuberufen.«

Er ließ das einen Augenblick einwirken, während er sich eine Halbbrille aufsetzte und einen Blick auf das oberste Blatt Papier eines Berges von Akten warf, die ordentlich neben der makellosen Schreibunterlage gestapelt waren. Megan holte Luft, um sich zu verabschieden, da hob er den Kopf und sah sie an – sein Bluthundgesicht wurde etwas milder.

»Habt ihr denn überhaupt irgend etwas?«

»Puzzlestücke. Noch keine, die zusammenpassen.«

Seine dunklen Augen wanderten zum Foto seiner Söhne. »Machen Sie sie passend. Lösen Sie diesen Fall. Nageln Sie den Kerl fest.«

11 Uhr 13, –29 Grad, Windabkühlungsfaktor: –44 Grad

Das Gewicht von DePalmas Ultimatum lastete schwer auf Megan, als sie durch eine wenig benützte Seitentür in die Polizeizentrale schlich. Die Presse geiferte nach jedem Fitzel Information über den Anruf, und sie konnte ihnen nichts mittelen. Nach der Standpauke wünschte sie sich, für die Medienleute unsichtbar zu sein; aber sie wußte, daß der einzige erfolgreiche Unsichtbare Josh Kirkwood war, und sie hatte die Aufgabe, ihn wieder erscheinen zu lassen.

Sie betrat ihr Büro und prallte gegen die beharrlichen Duftreste von Zigarren und Raumdeo wie an eine unsichtbare Wand. Geistige Aktennotiz: irgend so ein Luftfiltergerät kaufen.

Das rote Licht auf ihrem Anrufbeantworter blinkte wie ein Diskolicht. Sie drückte die Abhörtaste, dann wickelte sie sich aus ihrem Schal. Paige Price wollte ein Interview mit ihr.

»Wenn die Schweine fliegen lernen«, murmelte Megan und nahm ihre Ohrenschützer ab.

Henry Foster bat um einen Kommentar zu dem aufgezeichneten Telefonanruf.

»Dir werd ich einen Kommentar geben, du kurzsichtige, alte Schweinebacke«, meckerte sie und öffnete den Reißverschluß ihres Parkas.

»Agent O'Malley, hier spricht Stuart Fielding vom NCIC. Bitte rufen Sie mich sobald als möglich an. Ich hab ein Treffen bei Ihren Fingerabdrücken.«

Olie Swains Fingerabdrücke.

»Jesus, Maria und Josef«, flüsterte sie, und ihr Puls schaltete auf Turbo.

Sie schleuderte den Parka in Richtung Kleiderständer, ließ sich in ihren kaputten Stuhl fallen und riß den Hörer an sich. Sie zitterte am ganzen Körper, als sie die Nummer des FBI-Hauptquartiers in Washington drückte. Sogar ihre Stimme zitterte, als sie die üblichen Sperrmanöver der Empfangsdamen über sich ergehen ließ. Schließlich hatte sie Stuart Fielding persönlich an der Strippe.

»Tut mir leid, daß die Suche so lang gedauert hat, aber wir haben in Ihrem Teil des Landes keine Übereinstimmung oder einen Namen zu den Fingerabdrücken finden können. Wir mußten die Parameter der Suche wiederholt erweitern. Bis wir schließlich einen Treffer in Washington D. C. gelandet haben. Sind Sie bereit?«

»Sie ahnen gar nicht, wie! Schießen Sie los.«

»Laut dem AFIS und der Datenbank für Vorstrafen, ist Ihr Typ Leslie Olin Sewek. Geboren am 31. Oktober 1956. Hat fünf von zehn Jahren Strafe im Staatsgefängnis in Walla Walla abgesessen und wurde an seinem Geburtstag 1989 auf Bewährung vorzeitig entlassen.«

»Wofür hat er eingesessen?« Megan hielt den Atem an.

»Er wurde in zwei Fällen wegen Kindesmißbrauchs verurteilt. Ich faxe Ihnen das Vorstrafenregister.«

Megan dankt Fielding wie in Trance und legte den Hörer auf. Ihre Augen brannten, als sie ihre Notizen betrachtete.

Olie Swain, alias Leslie Olin Sewek
5 von 10 – Walla Walla
Kindesmißbrauch

Olie Swain hatte einen hellen Van.
Olie Swain hatte Zugang zu Josh.
Olie Swain war ein verurteilter Pädophile.

»Hab ich dich, du Hurensohn.«

Nachdem sie das Fax erhalten hatte, stürmte sie aus dem Büro, den Korridor entlang, lief Slalom zwischen den Polizisten und Sekretärinnen und Bürgern, die aus unbekannten Gründen hier erschienen waren. Köpfe schnellten hoch, als sie durch den Einsatzraum und den Korridor hinunter zu Mitchs Büro rannte. Natalie drehte überrascht eine Pirouette vor ihrem Aktenschrank, offensichtlich sehr erbost, daß jemand es wagte, ihre Festung zu erstürmen.

»Ich muß zum Chief.«

»Der Sheriff ist bei ihm.«

Megan bremste nicht einmal ab. Sie platzte einfach in sein Büro, mit funkelnden Augen und hochrotem Kopf. Ohne Russ Steiger eines Blickes zu würdigen, marschierte sie auf Mitchs Schreibtisch zu, warf ihm die Rolle Thermopapier mit Olies gefaxtem Strafregister hin und klatschte ihre kleine Hand daneben.

»Dein harmloser Mr. Swain ist ein verurteilter Pädophile aus dem Staat Washington.«

Mitch starrte sie an, und Angst verwandelte ihn in eine Salzsäule.

»Was?«

»Leslie Olin Sewek, alias Lonnie O. Swain, alias Olie Swain, wurde 1984 wegen erzwungenem Sex mit einem neunjährigen Jungen verurteilt.«

»O Gott, nein.«

Mitch saß wie versteinert auf seinem Stuhl. Er hatte gar nicht wissen können, daß Olie Swain nicht nur ein seltsamer kleiner Mann war, der in der Eishalle arbeitete. Und trotzdem fühlte er sich verantwortlich. Das war seine Stadt, und er hatte die Leute in Deer Lake zu beschützen. Derweilen lebte die ganze Zeit ein Kinderschänder direkt unter seiner ahnungslosen Nase. Ein Pädophile arbeitete in unmittelbarer Nähe von Kindern – mit seinem Einverständnis.

»Wie, zum Teufel, bist du an seine Fingerabdrücke rangekommen?«
Megan hatte zumindest den Anstand, verlegen auszusehen, nur Steigers bohrendem Blick entzog sie sich, indem sie ihm den Rücken zuwandte. »Reiner Zufall«, wich sie aus. »Ich mußte ihn als Nichtverdächtigen durchlaufen lassen, aber zumindest haben wir ihn.«
»Wir können ihn nicht allein auf Grund seiner Vorstrafen verhaften«, fuhr sie fort, »aber in Washington besteht ein Haftbefehl wegen Bewährungsverstoß. Ich habe bereits Richter Witt wegen eines Durchsuchungsbefehls für das Haus und das Fahrzeug angerufen. Das Strafregister zusammen mit der Zeugenbeschreibung des Vans und der Tatsache, daß Olie Gelegenheit hatte Josh zu kidnappen, gibt uns ausreichenden Grund für eine Durchsuchung. Wenn wir ihn uns diesmal vornehmen, können wir aus beiden Läufen feuern.«
Sie lief vor dem Schreibtisch auf und ab, ganz auf ihren Plan konzentriert. »Aber ich dachte, wir lassen uns noch etwas Zeit«, sagte sie.
»Warum denn, verdammt noch mal?«, fragte Steiger und erhob sich aus dem Gästestuhl. »Gehn wir los und stellen den Käfig dieser Ratte auf den Kopf!«
»Wir?« Megan zog den Mund schief. »Olie Swain wohnt innerhalb der Stadtgrenzen von Deer Lake. Das ist eine Polizeiangelegenheit außerhalb Ihres Zuständigkeitsbereichs, Steiger.«
»Vergessen Sie es!« Steiger fixierte sie wütend. »Hier findet eine überregionale Untersuchung statt. Ich bin dabei, wenn wir dieses Subjekt festnageln ...«
»Wir wär's denn, wenn *wir beweisen*, daß er es getan hat?« unterbrach ihn Megan. »Wir können ihn rund um die Uhr überwachen lassen und sehen, ob er uns zu Josh führt. Wir wissen, daß Josh nicht in seiner Wohnung ist. Er muß ihn irgendwo versteckt haben. Und dann ist da noch die Frage, ob er allein war oder mit einem Komplizen zusammenwar. Wir wissen, daß nicht er diesen Anruf aus St. Peter getätigt und das Notizbuch auf Mitchs Motorhaube gelegt hat. Aber er könnte uns zu der fraglichen Person führen.«
Steiger schaute sie an, als hätte sie allen vorgeschlagen, eine Pappnase aufzusetzen und im Kreise Polka zu tanzen. »Wie, zum Teufel, sollen wir in einer kleinen Stadt wie Deer Lake jemanden überwachen? Wenn ich mich um sieben Uhr aufs Klo setze, weiß das fünf Minuten später jedermann.«
»Hat wahrscheinlich nichts mit der Größe dieser Stadt zu tun«, meinte Megan.

»Das Haus gegenüber von Olies Bleibe steht leer«, sagte Mitch und begann auf und ab zu laufen. »Arlan und Ramona Neiderhauser verbringen den Winter in einem Wohnwagencamp in Brownsville, Texas. Ich kann uns in das Haus einschleusen.«

»Und was passiert, wenn Olie sein Haus verläßt?« fragte Steiger herausfordernd. »Nicht mal der Satan persönlich könnte jemanden in Deer Lake beschatten, ohne entdeckt zu werden.«

»Wir überwachen ihn nur nachts. Nehmt Zivilautos. Haltet euch im Hintergrund, laßt die Lichter aus. Wenn er uns entdeckt, sind wir verratzt; aber wenn nicht, führt er uns vielleicht zu Josh.«

Steiger schnaubte verächtlich. »Der ist doch nur ein jämmerlicher Wurm. Ich sage, wenn wir ihn uns schnappen, wird der klein beigeben und mit der Sprache rausrücken.«

»Und was, wenn er's nicht tut?« fragte Mitch. »Was, wenn er einen Komplizen hat? Wir setzen Olie fest, der Partner gerät in Panik, und um Josh ist es geschehen.«

Mitch drückte seine Gegensprechanlage. »Natalie. Verschaffst du mir bitte eine Verbindung mit Arlan Neiderhauser?« Er wandte sich wieder dem Sheriff zu: »Wir müssen es probieren, Russ. Wenn es nicht funktioniert, haben wir immer noch die Durchsuchungsbefehle.«

»Verdammte Zeitverschwendung ist das, mehr nicht«, polterte Steiger.

»Es ist ein Versuch, Josh lebendig zurückzubringen und seine Entführer auf frischer Tat dingfest zu machen.« Mitch warf einen Blick auf die Uhr und rechnete kurz nach. »Olie arbeitet von drei bis elf. Ich werde jetzt gleich einen Mann vor der Eishalle postieren, für alle Fälle. Stellen wir unsere Teams zusammen und treffen uns um acht in der Einsatzzentrale!«

Steiger verließ fauchend das Büro. Megan pfiff durch die Zähne, nachdem er die Tür hinter sich zugeknallt hatte. »Allmählich gerät er ins Schleudern.«

»Scheiß auf ihn.«

»Ich verzichte, danke«, sagte Megan.

Mitch vergaß Steiger und die Bemerkung, und ging um den Schreibtisch herum auf sie zu. »Gute Polizeiarbeit, Agent O'Malley. Ich bin seit zwei Jahren in der Stadt und weiß nicht das geringste über Olie Swain; du bist fünf Tage hier und beweist, daß er ein Kinderschänder ist. Verflucht, ich hab ihn sogar überprüft. Nichts. Nada. Null.«

Megan gefiel der Selbstvorwurf in seiner Stimme nicht. »Er hatte einen gültigen Führerschein unter einem falschen Namen und keine Vorstrafen. Du hast deine Pflicht getan und ich den nächsten Schritt – und das hätte ich auch nicht, wenn ich nicht Freitag abend mit Olie geredet und zufällig die blauen Linien auf seiner Hand gesehen hätte, die ich als eine grobe Tätowierung diagnostizierte. Ich bin einfach der Vermutung nachgegangen, daß er irgendwann im Knast war. Es hat sich bezahlt gemacht, war reines Glück.«

»Glück hat damit nichts zu tun«, murmelte Mitch. »Du bist ein guter Cop.«

Nicht gerade eine Liebeserklärung, aber Megan wurde trotzdem vor Freude ganz warum ums Herz. Die Tatsache, daß er es fast widerwillig gesagt hatte, daß er es offensichtlich haßte übertrumpft zu werden, machte das Kompliment um so süßer.

»Danke, Chief«, sie gab sich Mühe, gleichgültig zu klingen.

Mitch merkte ihre Verlegenheit, und es rührte ihn, daß sie versuchte, ihren Stolz zu kaschieren.

»Warum hast du mir nicht erzählt, daß du die Fingerabdrücke hast?« fragte er.

Megan zuckte die Achseln, vermied es aber, ihm in die Augen zu sehen. »Es hat sich nicht ergeben«, sie sagte genau dasselbe wie er über Olies Van. »Ich hatte nur so eine Ahnung, ohne zu wissen, ob dabei was rauskommt.« Sie nahm den Mickey-Mouse-Briefbeschwerer von seinem Schreibtisch und rollte ihn wie einen Schneeball zwischen den Händen. »Technisch gesehen habe ich dich wohl einfach übergangen. Heißt das, daß du mich jetzt abschieben darfst?«

Er lehnte sich an seinen Schreibtisch. »Ich darf doch gar nicht sauer sein, nachdem die Ahnung so tolle Ergebnisse gezeitigt hat«, sagte er. »Das heißt aber nicht, daß ich mich drüber freuen muß.«

Sie stellte den Briefbeschwerer zurück, so daß Mickey auf dem Kopf stand und verzog den Mund. »Freuen gibt's bei diesem Fall sowieso nicht, Chief.«

Seit Sonntagabend hatten sie nicht mehr miteinander geredet, als sie ihm telefonisch mitteilte, daß das Labor noch zu keinen Schlüssen gelangt war. Niemand hatte ein Wort über Samstagabend verloren. Aber es stand in seinen Augen geschrieben, als er sie jetzt ansah – die Erinnerung an Begierde und heiße Gefühle. Es prickelte unter ihrer Haut. Eine unnötige Komplikation, aber jetzt gab es kein Zurück mehr, und sie stand zu ihrem Verhalten. Nicht besonders klug, aber so war das eben.

»Wie ist es mit DePalma gelaufen?« fragte er.
Megan breitete die Arme aus. »Noch bin ich im Besitz all meiner Gliedmaßen.«
»Und dein Job?«
Sie grinste reumütig. »Für den Augenblick bleibt alles wie gehabt. Drücken wir's mal so aus: Wenn sich diese Überwachung auszahlt, wird dabei nicht nur Josh gerettet. Also mach ich mich wohl besser wieder an die Arbeit. Ich dachte mir, ich fahr kurz am Krankenhaus vorbei und rede mit der Empfangsdame, die die Eishalle an dem Abend von Joshs Verschwinden angerufen hat. Ich teste mal, ob sie die Stimme des Mannes identifizieren kann, mit dem sie gesprochen hat. Wenn sie Olies Stimme erkennt, dann wissen wir, daß er den Anruf entgegengenommen hat und damit über Hannahs Verhinderung Bescheid wußte. Das würde den Tatverdacht plausibler machen.«
»Gut. Ich werde mich mit den Behörden in seinen alten Jagdgründen in Verbindung setzen und schauen, ob die was Brauchbares für uns haben. Und ich ruf den Bezirksstaatsanwalt an und informiere ihn über die Lage.«
»In Ordnung.«
»Megan.« Er sagte ihren Namen nur, um ihn auszusprechen, dann versetzte er sich innerlich einen Tritt, weil er so ein Weichling war. Job war Job, hatte er gesagt. Was sich zwischen ihnen sonst noch rührte, durfte dabei keine Rolle spielen – und seine Sehnsucht war auch falsch. »Ich bin froh, daß DePalma keinen Schaden angerichtet hat.«
»Nur mein Stolz ist verletzt«, murmelte sie. »Ich zieh Leine, Chief. Wir sehn uns später.«

13 Uhr 07, –30 Grad, Windabkühlungsfaktor: –45 Grad

»Tut mir leid. »Ich konnte nicht – h-ha-ah-hatschi!« Carol Hiatt begrub ihre Nase in einer Handvoll Papiertaschentücher und schloß für einen Moment die Augen, eine erschöpfte Kapitulation vor dem Virus, der das gesamte Krankenhauspersonal plagte.
»Gesundheit«, sagte Megan.
Die Empfangsdame putzte sich laut die Nase und warf die Papiertücher in einen überquellenden Papierkorb. »Dieser Virus ist der schlimmste«, vertraute ihr sie mit krächzender Stimme an. Das Fieber hatte ihr lockiges Haar zu einem schwarzgefärbten Staubwedel über

ihrem langen, ovalen Gesicht verklebt. Ihre geschwungene Nase war wund und rot. Sie schniefte und stöhnte. »Ich wäre selbst nicht hier, aber die anderen vom Personal sind noch kränker.«

Megan nickte, versuchte Mitgefühl zu signalisieren. Hinter ihr, im Wartebereich heulten ein Baby und ein Kleinkind, ein ziemlich unmusikalisches Duett, und ein drittes Kind hämmerte etwas Atonales auf einem Fisher-Price-Xylophon. Im Fernsehen lief *Geraldo* – er interviewte erwachsene Kinder von Transvestitenpfarrern.

»Tut mir leid«, sagte Carol noch mal. »Ich bin das alles mit dem anderen Beamten am Freitag durchgegangen. Erinnern kann ich mich an diesen Anruf nicht, aber an dem Abend war hier ein Irrenhaus. Wer das Telefon in der Eishalle beantwortet hat, ist mir unbekannt.«

»Er hat seinen Namen nicht genannt?«

»Ich kenne keinen Mann, der das am Telefon macht. Die fangen alle einfach zu reden an, als müßte man wissen, wer sie sind ... als ob man bloß rumsitzen und drauf warten würde, daß sie den Hörer in die Hand nehmen«, sagte sie angewidert. Sie hielt ein frisches Taschentuch unter die Nase und quetschte es in die Form einer Nelke.

Megan strich das Wort *Empfangsdame* in ihrem Notizbuch aus. »Sie meinen nicht, daß es Ihnen wieder einfällt, beim Klang seiner Stimme?«

»Ich wünschte, ich könnte ja sagen.« Carol zog noch eine Handvoll Taschentücher aus der Box neben dem Telefon, als ihre Augen sich mit Tränen füllten. »Ich liebe und verehre Hannah. Sie ist der beste Mensch, den ich kenne. Wenn ich mir vorstelle, daß jemand einfach ihren kleinen Jungen mitnimmt und ihm Gott weiß was antut ...« Carol hob ihr schmerzgepeinigtes Gesicht. »Tut mir leid. Ich hab selbst einen Sohn – Brian. Er ist Joshs bester Freund. Sie spielen im selben Eishockeyteam. Er war an dem Abend auch dort. Es hätte er sein können – furchtbar ...«

Megan legte eine Hand auf ihre Schulter. »Ist schon okay«, sagte sie leise. »Ich weiß, daß Sie helfen würden, wenn Sie könnten. Es war nur eine vage Hoffnung, machen Sie sich deshalb keine Vorwürfe.«

»*Bitte* finden Sie Josh«, flüsterte die Frau. Für Megan hörte sich ihre Stimme wie eine Stellvertretung aller anderen in Deer Lake an. Alle litten, alle waren entsetzt. Sie ließen nachts ihre Verandalichter brennen, mit Plakaten an ihren Haustüren, auf denen stand: LICHTER AN FÜR JOSH. Denn nicht nur Josh war geraubt worden, sondern auch ein Teil ihrer Kleinstadtunschuld und -vertrauens.

Leslie Olin Sewek hatte einiges abzubüßen.
»Wir tun alles, was in unserer Macht steht«, sagte Megan.
Auf dem Hinausweg entdeckte sie den Pfeil an der Wand, der zur Cafeteria führte. Sie folgte ihm. Vielleicht würde eine Prise Koffein ihr Kopfweh vertreiben.
Die Cafeteria war nur ein Raum mit Tischen und Stühlen und einer Reihe Automaten. Ein paar Handwerker saßen an einem Tisch in der Ecke, würfelten und tranken Kaffee. Sie schauten nicht einmal hoch, als sie hereinkam.
Megan steckte zwei Münzen in den Getränkeautomaten und drückte den Knopf für Mineralwasser. Christopher Priest wanderte herein, als die Dose durch den Bauch der Maschine rumpelte. Der schwarze Rollkragenpullover klebte an seiner schmalen Brust und kroch seine dünnen Unterarme hoch. Die mageren, knochigen Hände ragten aus den zu kurzen Ärmeln.
»Agent O'Malley.« Seine Augen glänzten überrascht hinter seiner großen Brille. Die Winkel seines lippenloses Mundes zuckten nach oben. »Was bringt Sie denn in die Klinik? Doch hoffentlich nicht dieser Virus, der hier grassiert?«
»Nein, mir geht's gut. Und Sie, Professor?«
»Einer meiner Studenten liegt hier.« Er fütterte den Kaffeeautomaten mit ein paar Münzen und bestellte sich einen starken, mit Sahne und Zucker.
Megan öffnete ihre Mineralwasserdose, fischte eine Tablette aus ihrer Handtasche und spülte sie mit einem langen Schluck hinunter. Währenddessen beobachtete sie, wie ordentlich und penibel Priest seine Tasse aus dem Automaten nahm und zum Tisch trug. Mit einem Papiertaschentuch wischte er sorgfältig die verschütteten Tropfen vom Rand, dann faltete er es ordentlich und legte es im rechten Winkel links neben seine Tasse.
»Ach ja«, sagte sie und setzte sich in einen Stuhl zur Linken des Professors. »Der Junge, der in derselben Nacht, als Josh entführt wurde, in einen Autounfall verwickelt war?«
»Ja.« Er nippte an seinem Kaffee, den Blick starr geradeaus gerichtet, während der Dampf seine Brille beschlug. »Genau.«
»Wie geht es ihm?«
»Nicht sehr gut, offen gestanden. Es scheinen ein paar Komplikationen aufgetaucht zu sein. Sie müssen ihn möglicherweise in ein größeres Krankenhaus nach Twin Cities verlegen.«

»Das ist ja schrecklich.«

»Mmm ...« Sein Blick wanderte durch den Raum zu einem besonders bunten Poster von dem Heimlich-Manöver. »Mike war unterwegs, um etwas für mich zu erledigen«, sagte er so leise, als würde er ein Selbstgespräch führen. »Für das Projekt über verschiedene Auffassungsgaben und Lernen.«

»Das, von dem Dr. Wright neulich sprach?«

»Ja, Mike sagt immer wieder, daß die Straße völlig trocken war, bis er in diese Kurve fuhr.« Er nahm noch einen Schluck Kaffee und tupfte seinen Mund mit der Serviette ab. »Das Leben ist schon komisch, nicht wahr?«

»Ja, aus meiner Sicht ist es der totale Lacher.«

Er ignorierte ihren Sarkasmus. Seine Neugier war scheinbar rein analytisch und seine Frage mehr an die Welt im allgemeinen gerichtet. »Ist es Schicksal oder ist es Zufall? Was hat Mike Chamberlain in diesem Augenblick an diese Ecke geführt? Was hat Josh Kirkwood an diesem Abend alleine auf den Gehsteig getrieben? Was hat Sie und mich zur selben Zeit hierhergebracht?«

»Klingt wie Fragen der philosophischen Fakultät.«

»Nicht unbedingt. Computerwissenschaft beschäftigt sich mit Logik, Ursache und Wirkung, mit Denkmustern.«

»Ja, also, Professor«, verkündete Megan, nachdem sie ihr Mineralwasser ausgetrunken und die Dose in den Mülleimer geworfen hatte, »wenn Sie und Ihre Computer eine logische Erklärung für die ganze Scheiße, die auf dieser Welt passiert, finden, dann möchte ich es als erste erfahren.«

Kapitel 21

21 Uhr, –33 Grad; Windabkühlungsfaktor: –52 Grad

Arlan und Ramona Neiderhausers Zuhause roch stark nach Mottenkugeln. Der Geruch schlich sich in Mitchs Nase und brannte bis in die Stirnhöhlen. Er saß in einem geraden Stuhl, den er sich aus dem Eßzimmer geholt hatte, und starrte mit dem Fernglas durch das Schlafzimmerfenster auf Olies dunkle Bleibe auf der anderen Straßenseite. Oscar Rudds Haus war hell erleuchtet, der Schein ergoß sich auf die schrottreifen Saabs, die in seinem Hof standen.

Megan stand neben dem Fenster, eine Schulter an die Wand gelehnt und spähte hinter dem Vorhang hervor. Sie trugen beide ihre Jacken – damit sie jederzeit hinauslaufen konnten, und zum Schutz gegen die abgestandene, kalte Luft des Hauses. Die Neiderhausers hatten ihren Thermostat nur so weit aufgedreht, daß die Rohre nicht einfroren. Draußen sank die Temperatur stetig und drohte den Rekordwert zu brechen, der seit dreißig Jahren bestand. Die Kälte war so extrem, daß sich in der Luft Eiskristalle bildeten und ein Phänomen namens Schneenebel erzeugten, ein seltsamer dünner Nebel, der über dem Boden schwebte wie ein Spezialeffekt aus einem Horrorfilm.

Steiger hatte sich trotz der Kälte bereit erklärt, in einem Zivilwagen auf der Straße zu bleiben. Die Leute vom BCA, vom Sheriffbüro und der Polizei waren an strategischen Punkten in der Stadt verteilt, damit Olie verfolgt werden konnte, egal wohin er ging. Das mobile Labor wartete am alten Feuerwehrhaus, bereit, sofort auszurollen, um die Durchsuchungsbefehle auszuführen.

»Gott, wie ich dieses Wetter hasse«, sagte Megan in dem gedämpften Ton, den abgedunkelte Schlafzimmer scheinbar verlangten. »Weißt du, daß es heute abend am Nordpol wärmer sein wird als hier?«

»Willst du an den Nordpol ziehen?«
»Ich will auf die Cayman-Inseln ziehen.«
»Der Krawall der Steelbands würde dich innerhalb eines Monats in den Selbstmord treiben.«
»Wenigstens würde ich im Warmen sterben.«
Mitch wechselte das Fernglas in die andere Hand und steckte seine Rechte in die Jackentasche, um sie an einen chemischen Handwärmer zu legen. »Weißt du, daß Olie so ungefähr fünf Computer da drin hat?«
»Woher hat der denn das Geld dafür?«
»Er hat mir gesagt, das wären ausrangierte Geräte aus Geschäften, die ihre Systeme aufbessern. Der Gefängnisdirektor von Walla Walla hat mir erzählt, Olie hätte bei Intelligenztesten gut abgeschnitten. Er studiert immer irgend etwas.«
»Kleine Jungs, zum Beispiel.«
»Ja, aber Olies Bewährungshelfer schien überrascht, als ich ihm erzählte, was hier abläuft. Er glaubte, Olie könnte nicht gewalttätig werden.«
Megan ließ den Vorhang fallen und warf ihm einen prüfenden Blick zu. »Er war wegen erzwungenem Sex mit einem Kind hinter Gittern. Das ist nicht gewalttätig?«
»Es gibt verschiedene, auch nichtgesteuerte Ursachen.«
»Also, ich hab das Strafregister dieses Typen gelesen. Für mich waren das die klassischen Zeichen für Eskalation – durch fremde Fenster gucken, sich entblößen, dann fummeln, dann Vergewaltigung. Was haben denn die Jungs in Washington zu ihrer Arbeit nach Ablauf der Bewährung zu sagen?«
Mitch hob die Schultern. »Olie ist nicht der erste Verbrecher, der sich abgeseilt hat.«
Megan warf einen Blick auf die Uhr. Neun. Olie arbeitete eigentlich bis 11 Uhr, aber sie mußten in Stellung sein für alle Fälle. Ihr Blick schweifte durch das kleine, vollgestopfte Schlafzimmer und verharrte auf dem Bett mit der weißen Chenilledecke, auf das sie ihre beiden Walkie-Talkies geworfen hatten. Walkie-Talkies, Cops, die mit Pistolen im Schulterhalfter umherstreiften und Ferngläser, die auf das Haus auf der anderen Straßenseite gerichtet waren. Wahrscheinlich das Aufregendste, was dieses Schlafzimmer je erlebt hatte, außer Arlan und Ramona waren total ausgeflippt.
Mitchs Handy piepste. Er setzte das Fernglas ab und klappte das Telefon auf. »Chief Holt.«

»Daddy?«

Die zittrige kleine Stimme katapultierte Mitch von einer Spannung in die nächste. »Jessie? Schätzchen, warum bist du so spät noch auf?«

Ein leises Schniefen. »K-kommst du und h-holst mich heute abend?«

Mitch zerriß es das Herz. Seine Tochter hatte er vergessen. Da waren Anrufe zu erledigen gewesen und ein Treffen mit dem Bezirksstaatsanwalt. Er hatte sein Team aussuchen müssen, Ausrüstung organisieren und Überwachungsposten bestimmen. Und inmitten von all dem war ihm sein ein und alles entgangen.

»Tut mir leid, Schätzchen«, entschuldigte er sich. »Nein, ich schaff es heute abend nicht. Du wirst bei Oma und Opa bleiben müssen. Es ist wirklich wichtig, daß ich heute abend arbeite.«

»D-das s-sagst du immer!« jammerte Jessie. »Ich mag es nicht, wenn du ein Cop bist!«

»Bitte sag das nicht, meine Süße.« Klang diese Beschwerde in Megans Ohren genauso jammervoll wie in seinen? Er haßte es, Jessie zu enttäuschen. Er haßte es noch mehr, wenn sie seinem Job die Schuld daran gab, weil das die Erinnerung an Allison zurückbrachte und die Streitereien mit ihr, und ihre Bitten, die ständig auf taube Ohren gestoßen waren. Schuldgefühle schnürten ihm wie ein saurer Kloß die Kehle zu. »Ich verspreche, daß wir bald wieder einen Abend zusammen haben, Schätzchen. Das hier ist wirklich wichtig. Ich versuche Josh zu finden, damit er wieder bei seiner Mom und seinem Dad sein kann. Weißt du, er hat sie fast eine Woche nicht mehr gesehen.«

Die Leitung blieb einige Zeit stumm, während Jessie sich das durch den Kopf gehen ließ. »Oh, dann muß er ja alles alleine machen«, sagte sie leise. »Er ist sicher traurig, so wie ich, Daddy.« Sie klang viel zu alt für eine Fünfjährige, viel zu desillusioniert für ein kleines Mädchen.

»Ich möchte auch bei dir sein, Baby«, flüsterte er.

Joy kam jetzt ans Telefon, ihre Stimme klang wie ein Rasiermesser in seinem Ohr. »Tut mir leid, daß wir dich belästigt haben, Mitch«, sagte sie bissig. »Jessie war so aufgeregt, daß wir sie nicht beruhigen konnten. Ich hab ihr gesagt, sie soll nicht mit dir rechnen …«

»Hör mal, Joy.« Mitch zwang sich, seinen Zorn zu unterdrücken, das war weder die Zeit noch der Ort. »Ich steck hier mitten in einer Sache und muß die Leitung offenhalten. Tut mir leid, daß ich vergessen habe, dich anzurufen. Hoffentlich macht es nicht zuviel Umstände, wenn Jessie heute nacht bei euch bleibt. Und darüber, ob Jessie mit mir rechnen kann oder nicht, werden wir ein andermal diskutieren.

Er unterbrach die Verbindung, bevor sie Gelegenheit hatte, mit der Zunge zu schnalzen. Er konnte sich gut vorstellen, wie sie vor ihrem Panoramafenster auf und ab lief – *Ich frage mich, wo dein Daddy bleibt … Komisch, daß er nicht angerufen hat …* bis Jessie ganz aus dem Häuschen war. Warum, zum Teufel, war er ausgerechnet hierhergezogen, nachdem Allison und Kyle umgebracht worden waren?

Um sich zu bestrafen, weil er noch lebte.

Megan blieb schweigend an der Wand stehen und beobachtete ihn durch gesenkte Wimpern. Der Anruf hätte privat bleiben sollen, aber sie konnte seinen Schmerz nicht einfach ignorieren.

»Mein alter Herr hat zwei Schichten hintereinander gearbeitet, damit er keine Zeit mit mir verbringen mußte«, sagte sie. »Er hat kein einziges Mal gesagt, er möchte bei mir sein.«

Mitch hob den Kopf und sah sie an. Mondlicht drang durch die Spitzenvorhänge herein und beleuchtete ihr Gesicht. Die Verletzlichkeit darin, die sie sonst so sorgsam mit Stolz kaschierte, war ihr intimstes Geschenk an ihn.

»Jessie hat wirklich Glück mit dir.«

Nogas Stimme ertönte aus dem Walkie-Talkie, und der Augenblick zerbarst wie Glas. »Chief! Er geht gerade zur Seitentür raus – zu Fuß in Ihre Richtung! Out.«

Mitch packte das Funkgerät. »Roger, Noggie. Alle Einheiten – er bewegt sich zu Fuß auf das Haus zu. Haltet euch bereit.«

Megan kauerte sich vors Fenster. Es war unmöglich, den Weg zu sehen, den Olie zwischen der Eishalle und seiner umgebauten Garage getrampelt hatte; aber er mußte sie seitlich umrunden, wenn er reinwollte. Sie starrte die Ecke des kleinen Häuschens an, bis ihre Augen brannten und ihre Lunge vom Atemanhalten schmerzte. Schließlich erschien Olie mit einem Rucksack, den er an einem Riemen in der Hand hielt. Er fummelte an seinem Schlüsselbund, ließ ihn fallen und bückte sich, um ihn aufzuheben. Als er sich aufrichtete, fuhr der TV-7-Fernsehwagen in der Straße vor.

»Nein!« schrie Megan und sprang auf.

»Scheiße!« Mitch warf seinen Stuhl um, als er das Walkie-Talkie packte und zur Treppe losrannte.

Sie stürmte zur Haustür hinaus in die bitterkalte Nacht, einer hinter dem anderen. Mitch rannte voran, das Funkgerät vor dem Gesicht.

»Sie haben uns die Tour vermasselt!« schrie er in das Gerät. »Und der

Dreckskerl, der der Presse den Tip gegeben hat, sollte besser seine Pistole auffressen, bevor ich ihn in die Finger kriege!«

Olie stand wie versteinert da, völlig verängstigt. Die Büchertasche fiel ihm aus der Hand und klatschte dumpf neben seinen Füßen auf. Die Seitentür des TV-7-Vans rollte auf wie der Bauch des trojanischen Pferdes, und der Reporterhaufen ergoß sich auf die Straße: ein Mann mit einer großen Videokamera auf einer langen Stange. Der Anführer war eine Frau, die er in den Nachrichten gesehen hatte und letzte Woche ein paarmal bei der Eishalle. Sie war wahrscheinlich schön, dachte er, aber wie sie so auf ihn zukam, sah sie aus wie einer seiner schlimmsten Alpträume.

Sie haben dich gefunden, Leslie. Du hast gedacht, du kannst dich verstecken, aber sie haben dich gefunden. Du bist so dumm, Leslie.
Kalter Schweiß floß wie Regen über seinen Körper.
Die Frau hielt ihm ein Mikrofon unter die Nase. Das Licht auf der Stange blendete ihn. Fragen prasselten wie ein Kugelhagel auf ihn herab.
»Mr. Swain, haben Sie etwas zu der Entführung von Josh Kirkwood zu sagen? Ist es wahr, daß Sie in Washington wegen Kindsmißbrauch verurteilt wurden? Helfen Sie der Polizei bei dieser Ermittlung? Wußte der hiesige Polizeichef von Ihren Vorstrafen für Verbrechen an Kindern?«
Sie wissen es. Sie wissen es. Sie wissen es. Die Stimme dröhnte in seinem Kopf, lauter und lauter. Bis sie schrie. Bis er dachte, sein Schädel würde platzen und sein Gehirn heraussprudeln.
Mitch Holt kam angerannt und rammte den Kameramann von hinten, daß er zu Boden ging. Die Videokamera knallte gegen die Hauswand und fiel in eine Schneewehe.
Olies Blase versagte, und warmer Urin strömte in seine Hose, gefror praktisch sofort am Stoff. Er drehte sich um und rannte los, rannte ins Nichts, rannte, weil irgendein Instinkt ihm das befahl. Seine Füße stampften durch den Schnee des leeren Grundstücks. Unter den Schneewehen zerrte Unkraut an seinen Stiefeln wie Finger aus der Hölle. Die kalte Luft schnitt in seine Lungen, jeder Atemzug schmerzte wie tausend Messer. Er schlug mit den Armen um sich wie ein untergehender Schwimmer. Die Welt schwankte um ihn herum, ein verschwommenes Gewirr von Himmel und Schnee und nackten

Bäumen. Olie hörte nichts außer der Stimme in seinem Kopf und das Hämmern seines Pulses im Ohr.

Sie wissen es. Sie wissen es. Sie wissen es.

Dann traf ihn etwas Hartes in den Rücken, und er ging mit einem erstickten Schrei zu Boden.

Mitch nagelte Olie mit einem Knie am Boden fest, riß die Handschellen von seinem Gürtel und ließ eine um sein Handgelenk zuschnappen.

»Leslie Olin Sewek«, sagte er und schnappte dazwischen nach eisiger Luft. »Sie sind verhaftet. Sie haben das Recht zu schweigen. Alles, was Sie sagen, kann vor Gericht gegen Sie verwendet werden. Sie haben das Recht auf einen Anwalt. Sollten Sie sich keinen Anwalt leisten können, wird Ihnen auf Staatskosten ein Pflichtverteidiger zur Verfügung gestellt.«

Er drehte Olies linken Arm auf den Rücken, so heftig, daß der stöhnte, und ließ die andere Handschelle zuschnappen. »Verstehst du, was ich gerade gesagt habe?«

Mitch mußte von der Kälte in seiner Lunge husten, richtete sich auf und riß Olie mit sich hoch.

»Ich war es nicht«, wimmerte Olie. Tränen liefen ihm übers Gesicht. Blut tropfte von einem Schnitt in seiner Lippe und wurde zu Eis an seinem zitternden Kinn. »Ich hab damit nichts zu tun.«

Mitch riß ihn herum und beugte sich hinunter zu seinem häßlichen Mopsgesicht. »Du hast genug auf dem Kerbholz, Olie, aber bei Gott, wenn du Josh Kirkwood etwas angetan hast, wirst du dir wünschen, du wärst nie geboren worden.«

Olie ließ den Kopf hängen und begann zu schluchzen. Eine Menschenmenge hatte sich hinter dem Haus am Rand des leeren Grundstücks angesammelt – Cops, Fernsehleute. Sie alle wußten es, wußten alles über ihn. Sie kannten seine Vergangenheit, und die Last würde seine Zukunft erdrücken.

Du wirst dir wünschen, du wärst nie geboren worden, Leslie.

Was keiner von ihnen wußte war, daß er sich das schon immer wünschte, jeden einzelnen Tag seines Lebens.

Steiger fuhr in einem dunkelblauen Crown-Victoria-Zivilauto mit blauem Warnlicht vor, das auf dem Dach von einem 17 Pfund schweren Magneten gehalten wurde. Cops und Leute von TV 7 stoben auseinander, als er den Gehsteig neben Olies Garage hochraste und dabei knapp die Kotflügel von zwei von Oscar Rudds Schrottsaabs verpaßte. Steiger stieg aus und brüllte sofort seine Befehle.

»Bringt ihn ins Auto! Ich fahr ihn in die Stadt.« Er warf einen strengen Blick auf die Menge, ohne zu merken, daß die Videokamera nicht mehr im Einsatz war. »Geht zurück, Leute. Das hier ist eine Polizeiangelegenheit.«

Paige trat vor, mit dem Mikrofon in der Hand. Wenn sie eine Tonaufnahme kriegten, dann könnten sie sie mit Fotos unterlegen, aus dem Archiv und behaupten, es hätte technische Schwierigkeiten mit dem Video gegeben. Den Aufmacher hatte sie bereits, alles andere war unwichtig. »Sheriff, glauben Sie, daß das der Mann ist, der Josh Kirkwood entführt hat?«

»Wir werden Mr. Swain zu dem Fall verhören, sowie zu den ausstehenden Anklagen in Washington. Mehr kann ich im Augenblick nicht sagen.«

»Wie haben Sie diesen Verdächtigen eingekreist?«

Er sah entlang seiner Adlernase zu ihr hinunter. Seine Haare glänzten wie ein frischer Ölfleck im Mondlicht. »Gute altmodische Polizeiarbeit.«

Mitch führte Olie zur Beifahrerseite des Crown Victoria und übergab ihn Noga. »Bring ihn in dein Auto.«

Noogie schaute zu Steiger und dann wieder zu Mitch. »Aber, Chief ...«

»Bring ihn in dein gottverdammtes Auto, und fahr ihn zum Revier«, befahl Mitch. »Wenn Steiger das Maul öffnet, erschieß ihn.«

Nogas Nüstern weiteten sich. »Yes, Sir!«

»Ich folge euch in die Stadt«, sagte Megan dem Streifenpolizisten. Sie legte eine Hand auf Mitchs Arm. »Gute Arbeit, Chief. Sie haben seinen Arsch festgenagelt.«

»Ja?« Er warf einen brennenden Blick auf Paige auf der anderen Seite des Wagens. »Das war aber noch nicht alles.«

Megan enthielt sich eines Kommentars und zog sich zurück zu Noga. Der Streifenpolizist packte Olie mit einer riesigen behandschuhten Hand am Kragen und führte ihn an Steiger vorbei zur Straße, wo die grünweißen Polizeiwagen wirr durcheinander parkten; ihre Lichter blitzten wie Jahrmarktsbeleuchtung. Steiger entdeckte Noga und Swain, ließ Paige einfach stehen und rannte hinter seiner vermeintlichen Beute her.

»He, Noga! Lad ihn in dieses Auto!«
»Schon okay, Sheriff«, rief Noogie. »Wir fahren ihn selbst. Trotzdem danke!«
Weiter unten an der Straße schauten die Nachbarn aus ihren Fenstern. Oscar Rudd kam aus seiner Küchentür, mit einer Hose, von der die roten Hosenträger wie Schlingen baumelten, und Halbschuhen ohne Socken. Ein schmuddliges Thermounterhemd bedeckte seine Brust und seinen gigantischen Bauch. Aus seinen Ohren sprossen mehr weiße Haare, als er auf dem Kopf hatte.
»He!« brüllte er Steiger an. »Schaff die Karre aus meinem Garten! Und fahr ja nicht rückwärts gegen meine Saabs! Das sind Antiquitäten!«
Mitch ignorierte das Scharmützel und stakste direkt auf Paige zu. Sie hielt ihr Mikrofon schützend vor sich wie ein Kreuz, mit dem man Vampire abwehrt.
»Chief Holt, wie lautet Ihr Kommentar zu den Ereignissen?«
Er riß ihr das Mikrofon aus der Hand, packte den Reißverschluß ihrer Skijacke und zog ihn herunter.
»Ist das alles, Miss Price?« fauchte er. »Kein Körpermikro? Kein Kassettenrecorder im BH?«
»Ne-nein«, stammelte sie und wich zurück.
Er blieb an ihr dran, Schritt für Schritt. Der Kameramann wollte ihr zu Hilfe kommen. »He, Kumpel, das war eine teure Kamera, die du da geliefert hast. Du kannst von Glück reden, wenn die Station dich nicht verklagt.«
Mitch wandte sich zu ihm. Seine Stimme war unheimlich sanft.
»*Ich* kann von Glück reden? Allerdings kann ich von Glück reden.« Er beugte sich zu dem Kameramann, bis ihre Nasen aneinanderstießen. »Laß *dir* was sagen, *Kumpel.* Deine Scheißkamera ist mir egal. Du und deine Eisschnalle hier, ihr habt eine polizeiliche Ermittlung gestört. Das ist ein Verbrechen, Junior. Und wenn Josh Kirkwood stirbt, weil ihr uns das vermasselt habt, ist das nach meinem Rechtsbuch Beihilfe zu Mord.«
Er wandte sich wieder Paige zu. »Das wäre doch eine tolle Story für Sie, nicht wahr, Paige?« Er deutete in ihre Richtung und brüllte wie ein Showmaster: »Live aus dem Frauengefängnis in Shakopee: Paige Price!«
Paige zitterte vor Furcht und Zorn. Sie haßte ihn, weil er ihr angst machte, und haßte ihn, weil er ihr das Gefühl gab, verantwortlich zu

sein. »Ich bin Reporterin«, sagte sie trotzig. »Nicht ich hab Leslie Sewek zu einem Kinderschänder gemacht und hab auch Josh Kirkwood nicht entführt – und ich lasse mir nicht die Verantwortung zuschieben, wenn ihm jetzt etwas zustößt.«

Mitch schüttelte den Kopf, völlig perplex und total angewidert. Seine Lungen schmerzten von einer Überdosis kalter Luft, die er bei der Verfolgung Olies eingeheimst hatte. Seine bloßen Hände zuckten plötzlich vor Kälte, aber er machte keine Anstalten, seine Handschuhe anzuziehen oder seine Jacke zu schließen. Er spürte eigentlich gar nichts, so schockiert war er von dieser verlorenen Chance. Olie hätte sie vielleicht zu Josh geführt. Die Frau, die vor ihm stand, hatte ihnen eine Lösungsmöglichkeit gestohlen und besaß nicht einmal den Anstand, sich zu entschuldigen.

»Sie kapieren es einfach nicht, nicht wahr, Paige?« murmelte er. »Hier geht's nicht um Sie. Sie sind ein Niemand. Ihr Job, Ihre Einschaltquoten, Ihr Sender, das alles ist wertlose Scheiße. Hier geht es um einen kleinen Jungen, der in seinem Bett liegen und sich eine Gutenachtgeschichte anhören sollte. Hier geht's um eine Mutter, der ihr Kind entrissen wurde und einen Vater, der seinen Sohn verloren hat. Hier handelt es sich um das echte Leben … und es könnte sich auch einen echten Tod handeln, wegen Ihnen.«

Er drehte sich um und ging zu dem einsamen grünweißen Streifenwagen, der mit laufendem Motor auf ihn wartete, eingehüllt in weißen Auspuffdampf. Paige sah ihm nach, und in ihr regte sich zum ersten Mal, seit sie denken konnte, so etwas wie ein Gewissen. Sie dachte, sie hätte es vor Jahren ausgemerzt, wie eine unschöne Warze von ihrem makellosen Kinn. Ein Gewissen war überflüssiger Ballast. Sie kannte zwar Kollegen, die es ohne Murren trugen, aber persönlich hegte sie die Auffassung, daß es den Aufstieg an die Spitze behinderte. Jetzt …

Sie schüttelte das Gefühl ab und wandte sich zu Garcia. »Hast du alles?« fragte Paige.

Der Kameramann zog einen Minirecorder aus der Brusttasche seines Parkas und schaltete ihn ab.

Paige warf einen Blick auf die Leuchtziffern ihrer Uhr. »Gehn wir. Wenn ich mich beeile, kann ich die Story bis zehn Uhr fertig haben.«

22 Uhr 27, –35 Grad, Windabkühlungsfaktor: –52 Grad

Möchten Sie, daß bei diesem Verhör ein Anwalt dabei ist, Mr. Sewek?«

Olie zuckte beim Klang seines Namens zusammen, als hätte er einen Tritt von der Vergangenheit erhalten. Die Stimme in seinem Kopf kreischte *Leslie! Leslie! Leslie!* wie eine steckengebliebene Grammophonnadel. Er schaute nicht hoch zu dem weiblichen Cop, der ihm gegenübersaß, spürte jedoch ihre anklagend brennenden Augen. Die Anschuldigung ergoß sich wie Säure über seine Haut.

»Mr. Sewek? Hören Sie, was ich Sie frage?«

»Ich war es nicht«, murmelte er.

Alles verschwamm vor seinen Augen, als er seine Hände auf dem Tisch ansah. Er zupfte an den Stummeln seiner fingerlosen Handschuhe, bedacht, die Andenken an seinen Aufenthalt in Walla Walla zu verstecken. Er konnte sich noch an das erdrückende Gewicht des Rockers erinnern, der sich auf ihn gesetzt hatte, während ein Mann namens Needles die Buchstaben in seine Finger ritzte. In seinen Ohren klingelte immer noch ihr brutales Gelächter, als er sie anbettelte aufzuhören. Die Tätowierung war noch das Wenigste, was sie ihm in den fünf Jahren dort angetan hatten. Kein einziges Mal hatte man auf seine Bitte hin Gnade walten lassen, nur Sadismus.

»... es besteht ein Haftbefehl gegen Sie wegen Verstoß gegen die Bewährungsauflage ...«

Sie konnten ihn zurückschicken. Der Gedanke schoß wie ein Pfeil in seine Eingeweide.

»Wir wissen, was du mit diesem Jungen in Washington gemacht hast, Olie«, sagte Mitch Holt. Er lief hinter der Frau auf und ab, die Hände in die Hüften gestemmt. »Und jetzt wollen wir wissen, was du mit Josh Kirkwood gemacht hast.«

»Nichts.«

»Komm schon, Olie, verarsch uns nicht. Du hast die Vorstrafen, du hattest die Gelegenheit, du hattest den Van ...«

»Ich war es nicht!« brüllte Olie, hob den Kopf und starrte Mitch Holt verzweifelt an.

Cops glaubten ihm nie. Sie schauten ihn immer an wie etwas, das sie von ihren Schuhen kratzen müßten. Ein Stück Hundescheiße. Ein häßlicher Käfer zum Zerquetschen, schleimig. Olie sah in Mitch Holts Gesicht dieselbe Kombination von Ungläubigkeit und Ekel, die

er schon so oft erblickt hatte. Und obwohl er sie in seinem armseligen Leben immer und immer wieder erfahren hatte, spürte er doch, wie in seinem Inneren abermals ein Stück Mensch zerbrach.
Nie hatte er jemandem weh tun wollen.
Er biß die Zähne zusammen, und ein seltsames Winseln kroch in seinem Hals hoch, während er gegen den Drang zu weinen ankämpfte. Er schlug sich eine Hand auf den Kopf und wischte über seine borstigen Haare, das Muttermal und über sein Glasauge. Es fühlte sich an, als würde sein Körper in seiner schweren Winterkleidung gekocht. Seine Hose und die lange Unterwäsche klebten an ihm, da wo er sich vollgepinkelt hatte. Der Geruch von Urin brannte in seiner Nase.
»Hatten Sie einen Komplizen?«
»Geht es Josh gut?«
»Wenn Sie kooperieren, wird Ihnen das beim Strafmaß helfen.«
»Ist er in Sicherheit?«
»Haben Sie ihn belästigt?«
»Ist er am Leben?«
Die Fragen kamen wie ein erbarmungsloses Sperrfeuer. Und zwischen jeder kreischte die Stimme: *Antworte mir, Leslie! Antworte mir! Antworte mir!*
»Aufhören!« schrie er und klatschte sich die Hände auf die Ohren. »Aufhören! Aufhören!«
Mitch schlug mit der Faust auf den Tisch und beugte sich zu ihm. »Du findest das schlimm, Olie? Möchtest du, daß wir aufhören, dir Fragen zu stellen? Wie glaubst du, fühlen sich Joshs Eltern? Sie haben ihren kleinen Jungen eine Woche lang nicht gesehen. Sie wissen nicht, ob er lebt oder tot ist. Kannst du dir vorstellen, was die mitmachen? Meinst du nicht auch, daß die wollen, daß das aufhört?«
Olie gab keine Antwort. Er starrte auf das Holzmuster des Resopaltischs, sein Kopf und seine Schultern zitterten. Mitch kämpfte gegen den Drang, ihn zu packen und durchzuschütteln, bis ihm die Augen rausfielen.
»Mr. Sewek«, sagte Megan, und ihre Stimme war hart wie polierter Marmor, »sind Sie sich der Tatsache bewußt, daß während wir hier reden, ein Team von Verbrechenssachverständigen eine genaue Durchsuchung Ihres Hauses und Ihres Fahrzeugs vornehmen?«
»Du fährst wegen Entführung ein, Olie«, tobte Mitch. »Und wenn wir Josh nicht lebend finden – wenn wir Josh überhaupt nicht

finden – fährst du wegen Mord ein. Du wirst nie wieder das Tageslicht sehen.«

»Sie können Ihre Lage nur verbessern, wenn Sie kooperieren, Mr. Sewek.«

Olie legte den Kopf in die Hände. »Ich hab ihm nicht weh getan.«

Es klopfte an der Tür, und Dave Larkin steckte seinen Kopf herein. Sein übliches Beachboylächeln fehlte. »Agent O'Malley?«

Die Formalität war fast so alarmierend wie sein ausdrucksloses Gesicht. Megan stand auf und ging hinaus in das grelle Neonlicht des schmalen Ganges. Im Einsatzraum am Ende des Korridors klingelten ununterbrochen die Telefone, die Atmosphäre vibrierte vor Hektik, daß man kaum an die vorgerückte Stunde glauben konnte. Paige Price war zwar der Konkurrenz zuvorgekommen, aber jeder wollte noch ein Stück vom Kuchen vor den Zehn-Uhr-Nachrichten.

»Redet er?« fragte Larkin.

»Nein. Was gibt's Neues aus dem Haus?«

»Mann, diese Hütte ist unglaublich. Er muß an die tausend Bücher dahaben und fünf oder sechs Computer ...«

»Laserprinter?«

»Nadeldrucker. Aber wir sind da auf etwas gestoßen, was du ganz bestimmt gleich sehen willst.«

Er griff in die Innentasche seiner dicken Daunenjacke und zog einen Plastikbeutel mit Fotos heraus. Megan spürte, wie sie blaß wurde, als sie die Fotos aus dem Beutel zog und eins nach dem anderen ansah. Es war nicht festzustellen, wann oder wo sie aufgenommen waren. Sie kannte keines der Gesichter – lauter kleine Buben, mehr oder weniger nackt.

Ihre Hände zitterten, als sie das Beweismaterial zurück in den Beutel steckte.

»Sie waren in einem Umschlag unter seiner Matratze«, sagte Larkin. »Zeig ihm die, und dann sehn wir mal, was er dazu zu sagen hat.«

Megan nickte und wandte sich wieder der Tür zu.

»He, Irland.«

Sie warf ihm einen Blick über die Schulter zu.

»Nagel seinen Hintern fest.«

Olie hatte den Kopf noch immer in seine Hände gestützt, als sie zurück ins Vernehmungszimmer kam. Mitch sah sie erwartungsvoll an. Sie warf wortlos den Beutel mit Fotos auf den Tisch.

Olie sah sie durch seine Finger an und spürte, wie ihm der Magen in die Hose rutschte.
»Und was haben Sie mir jetzt zu sagen, Mr. Sewek?«
Olie kniff die Augen zu und flüsterte: »Ich will einen Anwalt.«

Steiger hatte einen Logenplatz für das Verhör. Das Ärgerliche war, daß er *im* Ring sein wollte und nicht auf der anderen Seite eines Spionspiegels. Holt und O'Malley hatten ihn ausgeschlossen. Er war gut genug dafür, eine Woche lang im Schnee rumzustapfen, sich die Eier für eine gute Sache abzufrieren, aber beim Verhör wollten sie ihn nicht dabeihaben.
Mr. Superdetective aus Miami würde die ganzen Lorbeeren allein einstreichen, oder jedenfalls was er dieser arroganten kleinen Schnalle vom BCA abringen konnte. Erster weiblicher Agent im Außendienst. So eine Wichserei. Sie war bloß ein Publicitygag: Das Bureau wollte sich lediglich die Befürworter der Gleichberechtigung vom Hals schaffen. Holt behandelte sie, als wär sie ein echter Cop, aber wahrscheinlich bumste er sie außerhalb der Dienststunden. Steiger mußte grinsen bei dem Gedanken, wie die Kacke dampfen würden, wenn das in die Nachrichten kam.
Er stützte seine Stiefel auf das Fenstersims, schaute auf die Uhr und seufzte. Viertel nach zwölf. Das Verhör brachte nichts. Swain oder Sewek oder wie immer dieser elende Scheißer hieß, hatte nichts zu sagen, mit oder ohne Anwalt. Ken Carrey, der Pflichtverteidiger, riet ihm unnötigerweise, den Mund zu halten. Schließlich warf Holt die Hände hoch und machte der Sache ein Ende. Olie würde in Haft bleiben bis zur Anklage wegen Besitz von Kinderpornographie, Verdacht der Entführung und auf Grund des Haftbefehls aus Washington. Noga kam herein, um Olie in eine Zelle zu bringen. Das Zimmer wurde geräumt, die Lichter gelöscht, Ende der Show.
Steiger stand auf und streckte sich, machte das Licht in seinem Kabuff an. Er fragte sich, ob wohl noch Reporter draußen in der Kälte standen, auf ein Wort von jemand Wichtigem warteten.
Die Tür schwang auf, und Holt erschien. Er schloß sie leise hinter sich.
»Ich dachte, er würde umkippen«, sagte Steiger, »dachte, die Bilder bringen ihn zum Reden. Wie schlimm waren sie denn? Ich konnte sie von hier aus nicht sehen. Waren es nur nackte Kinder oder waren auch Sexszenen dabei?«

Mitch kniff die Augen zusammen. »Ja, das wär ein saftiger Happen für Paige, nicht wahr? Was würde sie dir für so einen Leckerbissen geben, Russ?«
»Ich hab keine Ahnung, wovon du eigentlich schwafelst.« Steiger griff nach seiner Jacke, die er über einen Stuhl geworfen hatte.
»Leslie Olin Sewek«, sagte Mitch bedächtig. »Nur drei Leute kannten diesen Namen. Nur einer von uns hat ihn Paige Price weitergegeben.«
»Also ich war das nicht.«
»Würde es dir was ausmachen, mir in die Augen zu sehen, wenn du das sagst?«
»Nennst du mich etwa einen Lügner?« Der Sheriff wartete nicht auf die Antwort. »Ich brauch mir das nicht gefallen zu lassen«, schnauzte er und machte sich auf den Weg zur Tür.
Mitch packte ihn an der Schulter. »Du warst gegen die Überwachung, also hast du Paige angerufen und alles ausposaunt.« Er schüttelte angewidert den Kopf. »Mein Gott, du bist schlimmer als sie. Du hast geschworen, das Gesetz aufrechtzuerhalten, nicht es zu brechen. Die Menschen dieses Landes solltest du beschützen und ihnen dienen, und nicht an den Meistbietenden verschachern.«
Die Wut steigerte sich weiter, pumpte in seinen Adern. Er schlug Steiger mit der flachen Hand gegen die Brust. »Du hast diese Ermittlung in Gefahr gebracht. Du hast Josh in Gefahr gebracht ...«
Steiger lachte hämisch. »Du glaubst doch genausowenig wie ich, daß der noch am Leben ist. Der Junge ist tot und ...«
Der Junge ist tot.
Mitch sah plötzlich den Supermarkt, die Leichen, das Blut, die Baseballkarten in der schlaffen Hand seines Sohnes. Er hörte die Stimmen der Sanitäter.
»He, Estefan, ab in die Säcke, und dann bringen wir sie in die Stadt.«
»Warum die Eile? Der Junge ist tot.«
Mit einem Herzschlag barsten die Wände. Die Wut ergoß sich in einer Sturzflut. Er sah rot. Mitch senkte die Schulter und rammte sie gegen das Brustbein des Sheriffs, trieb ihn rückwärts wie einen Footballdummy. Steiger keuchte, als er mit dem Rücken gegen die Wand knallte.
»Sein Name ist Kyle!« entrang es sich Mitchs Kehle. Seine eigene Stimme dröhnte in seinen Ohren – die Wut, die Lautstärke, der Name. *Kyle ... o gütiger Himmel!*
Schwäche brachte ihn ins Wanken, und er wich einen Schritt zurück,

schüttelte den Kopf, als hätte die Erkenntnis ihn körperlich getroffen, im Zentrum. Steiger starrte ihn an, abwartend, mißtrauisch.
»Josh«, sagte Mitch leise. »Sein Name ist Josh und du solltest daran glauben, daß er noch am Leben ist, weil wir die einzige Hoffnung, sind, die er hat.«

Kapitel 22

TAG 7
Voraussichtliche Tageshöchsttemperatur: –32 Grad,
Windabkühlungsfaktoren: –51 Grad bis –57 Grad

Die Nachricht von Olie Swains Verhaftung und seinem geheimen Leben tobte durch Deer Lake wie ein heulender Nordwestwind. Mit Hilfe jeder Fernsehstation, jedes Radiosenders und jeder großen Zeitung im Staat gab es kaum einen Menschen in der Stadt, der beim Frühstück nicht den Kopf schütteln und die Situation beklagen konnte. Die Geschichten wälzten Olies Vergangenheit platt – »Der Werdegang eines Kinderschänders« –, bauschten seine Flucht aus Washington und seinen anschließenden Aufenthalt in Deer Lake sensationell auf. Besonders ausführlich schilderten sie seine Fähigkeit, sein wahres Ich zu verstecken und nach außen hin ein ruhiges Leben zu führen. Ebenso eindringlich wurden das Entsetzen und der Schock der Bürger geschildert, nachdem sie entdeckten, daß nicht nur ein Monster mitten unter ihnen lebte, sondern daß sie ihm auch noch engen Kontakt mit ihren Kindern erlaubt hatten.

Mitch und der Bezirksstaatsanwalt gaben eine Pressekonferenz, ein vergeblicher Versuch, den Strom wilder Gerüchte einzudämmen. Bis zum Nachmittag kursierten bereits in der ganzen Stadt Geschichten, wie Olie Swain kleine Buben im Heizkeller der Eishalle belästigt, sich vor Kindern im Stadtpark entblößt und mitten in der Nacht in anderer Leute Fenster gespäht hatte. Es gab Gerüchte, daß bei der Durchsuchung seiner Garage und seines Vans entsetzliche Dinge auftauchten und Gerüchte um den einmal halb toten, einmal enthaupteten, verstümmelten, halb aufgefressenen Josh.

Bis zum Abend kochte die Stadt über, aufgepeitscht durch eine verworrene Mischung von Wahrheit und Erfindung. Das einzige, was sie daran hinderte, zum Gefängnis zu marschieren und den Kopf von

Leslie Olin Sewek zu fordern, war der angeborene Abscheu der Minnesoater davor, Szenen zu machen, und ein Windabkühlungs-Faktor von ungefähr zweiundundfünfzig Grad.
Die schneidende, brutale Kälte hatte den Staat praktisch zum Stillstand verurteilt. Der Gouverneur ließ persönlich Schulen und alle staatlichen Ämter schließen. In Deer Lake, wie in den meisten anderen Städten des Landes, wurde jedes Treffen, jede Veranstaltung, jeder Termin abgesagt, die storniert werden konnten, infolge der gefährlichen Wetterlage. Trotzdem schafften es etwa hundert Leute in die Freiwilligenzentrale, wo Paige Price und die Mannschaft von TV 7 einen Live-Spezialbericht über den Fall sendeten.

19 Uhr, –34 Grad, Windabkühlungsfaktor: –52 Grad

»Heute abend werden wir keine Polizei und niemanden aus dem Büro des Sheriffs hören.« Mitch hatte nämlich allen seinen Leuten untersagt, mit ihr zu reden, und Steiger hielt es für besser, sich für ein oder zwei Tage zu verkrümeln. »Heute abend reden wir mit den Bürgern von Deer Lake, der kleinen Stadt, die durch die Entführung des achtjährigen Josh Kirkwood und der Entdeckung eines Monsters in ihrer Mitte erschüttert wurde.
Zwischen einem Computer und einem langen Tisch, auf dem sich gelbe Handzettel stapelten, bewegte sie sich hin und her. Die Leute, die an dem Tisch in der Josh-Kirkwood-Freiwilligenzentrale saßen, schauten auf zu ihr. Sie trug eine enge dunkle Hose und einen Kaschmirpullover in gedämpftem Violett, das ihre zu blauen Augen unterstrich – schick genug, um ihren Respekt zu zeigen und doch so lässig wie eine Urzeitblondine aus der Menge. Ihr Haar war absichtlich zerzaust, sorgfältig festgesprayt, das Make-up raffiniert unauffällig.
»Heute abend hören wir uns die Menschen von Deer Lake an, die Freiwilligen, die ihre Zeit, ihr Geld und ihre Herzen den Bemühungen, Josh Kirkwood zu finden und seine Entführer ihrer gerechten Strafe zuzuführen, geopfert haben. Wir werden mit einem Psychologen über die Auswirkungen sprechen, die dieses Verbrechen auf die Gemeinde hat und über die Psyche von Männern, die Kindern nachstellen. Außerdem werden wir mit Joshs Vater, Paul Kirkwood, sprechen und seine Reaktion auf die Verhaftung von Leslie Olie Sewek miterleben.

19 Uhr 04, –34 Grad, Windabkühlungsfaktor: –52 Grad

»Es reicht noch nicht, daß sie die Überwachung vermasselt hat«, regte Megan sich auf, als die Show für einen Lotterie-Werbespot unterbrochen wurde, in dem ein Cartoon-Bär im Winterschlaf die Hauptrolle spielte. »Wenn Paige und ihre Kohorten erst mal fertig sind, wird es im ganzen Staat keinen unparteiischen Geschworenen mehr geben.«

Sie sahen sich die Sendung auf einem kleinen Farbfernseher an, der auf einer alten Eichenanrichte im Büro der stellvertretenden Bezirkstaatsanwältin Ellen North balancierte. Mitch saß mit dem Rücken zum Gerät da, er weigerte sich, Paige in ihrer Stunde des Triumphs anzusehen. Die Show war auf Ellens Bitten eingeschaltet worden. Ihr Boß, Rudy Stovich, mochte zwar derjenige gewesen sein, der der Presse sagte, sie würden diesen Fall mit allen Rechtsmitteln verfolgen, aber die meiste Arbeitslast würde auf Ellen entfallen.

Stovich war mehr Politiker als Staatsanwalt, Mitchs Meinung nach im Gericht ein ungeschickter Tölpel. Damit konnte er vielleicht in einem ländlichen Bezirk durchkommen, wo es kaum nennenswerte Verbrechen und nur wenige Anwälte zur Auswahl gab. Die brillanteren wanderten in die Twin Cities ab, wo es mehr Action gab, mehr Geld und mehr Gerichte. Die Leute von Park County hatten verdammtes Glück mit Ellen North.

Sie saß hinter ihrem Schreibtisch und aß ein Truthahnsandwich. Ihr helles blondes Haar hatte sie ordentlich mit einer Schildpattspange zusammengerafft. Sie war fünfunddreißig, herzverpflanzt von der Justiz von Hennepin County – oder wie Ellen es manchmal ausdrückte, von dem wunderbaren Minneapolis-Irrgarten der Justiz –, wo sie den Ruf einer eisenharten Anklägerin genoß. Das gewaltige Arbeitspensum, die Bürokratie, das Mitspielen und das wachsende Gefühl, auf verlorenem Posten zu stehen, da die Verbrechensrate in den Twin Cities unaufhaltsam wuchs, hatten sie zermürbt, und so hatte sie sich für den relativen Frieden und die ›Beschaulichkeit‹ von Deer Lake entschieden.

»Ihr könnt drauf wetten, daß Sewek einen anderen Verhandlungsort verlangt«, sie wischte sich die Finger an einer Papierserviette ab. »Und ihr könnt drauf wetten, daß er den kriegt – vorausgesetzt, wir haben genug Beweise für eine Anklage. Hat sich bei der Durchsuchung irgend etwas ergeben? Eigentum von Josh? Irgend etwas im Van – Haare, Fasern, Blut?«

»Sie haben das Innere des Vans mit Luminol ausgesprüht und hinten auf dem Teppich ein paar Blutflecken gefunden«, sagte Megan. »Aber zu diesem Zeitpunkt wissen wir noch nicht, ob es menschliches Blut ist, ganz zu schweigen davon, ob es von Josh Kirkwood ist. Die gerichtsmedizinischen Ergebnisse kriegen wir erst in zwei Tagen. Im Haus haben wir nichts gefunden, was Olie direkt mit dem Verbrechen in Verbindung bringt.

Erste Ergebnisse von den Fotos, die wir gestern abend gefunden haben, besagen, daß sie älter als fünf Jahre sind. Sie stammen aus einer Kodak-Instant-Kamera, für deren Filme Kodak Mitte der achtziger Jahre die Produktion einstellen mußte, auf Grund eines Urteils, das Polaroid gegen die Firma erwirkt hat. Was heißen könnte, daß Olie sie wahrscheinlich mitgebracht hat, als er hierherzog. Bis jetzt ist in seinen Büchern nichts gefunden worden. Keiner hat es geschafft, Zugriff auf seine Dateien im Computer zu erwischen; er hat alle möglichen Fallen eingebaut, um das zu verhindern.«

»Und er redet nicht.« Ellen sah Mitch an. »Kann deine Zeugin den Van identifizieren?«

Er schüttelte den Kopf. »Nicht einwandfrei.«

»Also treten wir auf der Stelle.« Sie nippte an einer Dose Himbeersoda und schüttelte den Kopf. »Wollen wir hoffen, daß die Jungs vom Labor etwas finden, und zwar schnell. Die Öffentlichkeit mag ja bereit sein, ihn zu verurteilen, aber wir haben für einen Prozeß nicht genug in der Hand. Da Paige Price nicht der Richter ist, erreichen wir mit unseren Indizien gar nichts.«

Mitchs Miene wurde grimmig, als Paige Price' Name fiel. »Welche Chance haben wir für eine Anklage wegen Behinderung für die Nummer, die sie gestern abend abgezogen hat?«

Ellens Miene sah nicht sehr ermutigend aus. »In den letzten Jahren ist es ein- oder zweimal versucht worden, aber in diesem Fall wäre es fast unmöglich, ihr etwas nachzuweisen. Es müßte einwandfrei feststehen, daß Josh auf Grund ihrer Einmischung Schaden erlitten hat. Medienleute können sich in unser wohlfeiles Recht auf Aussageverweigerung einhüllen und sind eigentlich zu allem bereit. Wenn du eine geheime Absprache zwischen Paige und Steiger beweisen könntest, hättest du was in der Hand. Aber das ist praktisch unmöglich, außer

einer von den beiden war dumm genug, das Gespräch aufzunehmen oder es vor einem Zeugen zu führen.«
»Dann haben wir nichts«, sagte Mitch. Die Ungerechtigkeit fraß sich wie Säure in seinen Magen.
»Und Paige Price hat die Story der Woche. Wieder einmal.«

19 Uhr 16, –34 Grad, Windabkühlungsfaktor: –52 Grad

Paige setzte sich in einen Stuhl neben eine untersetzte Frau mit einem humorlosen, ungeschminkten Mund und braunen Haaren, die von einer Pudelmütze plattgedrückt waren.
»Mrs. Favre, Sie erzählten mir, Sie hätten schon vor langer Zeit den Mann, den Sie als Olie Swain kannten, in Verdacht gehabt. Wie fühlten Sie sich, als die Information über seine Vorstrafen auftauchte?«
»Ich versteh die Welt nicht mehr«, zeterte die Dame und raffte das Mikro an sich, als wolle sie es verschlingen. »Da können Sie Gift drauf nehmen. Ich hab der Polizei gesagt, daß bei dem was nicht stimmt. Mein Junge ist mehr als einmal vom Hockey gekommen und hat mir erzählt, daß Olie so komisch war und so, und sich ganz seltsam bei den Jungs benommen hat. Und die Polizei hat nichts gemacht, sogar Mitch Holt hat bloß abgewinkt. Er wollte mir nicht zuhören, und jetzt haben wir die Bescherung. Das macht mich ganz krank.«
Paige nahm das Mikrofon zurück und wandte sich der Kamera zu. »Die Polizei von Deer Lake streitet ab, irgendwelche Informationen über Olie Swains Vergangenheit als Pädophile besessen zu haben. Die städtischen Beamten, die die Gordie-Knutson-Memorial-Arena verwalten, streiten ebenfalls ab, über Mr. Swains Vergangenheit im Bilde gewesen zu sein. Sie haben Olie Swains Führungszeugnis nicht überprüft, bevor sie den Mann als Hausmeister der Eishalle einstellten, wo die Kinder von Deer Lake Hockey spielen und Schlittschuhlaufen.«
Sie stand auf und ging vorbei an einem Computertisch, wo ein Student vom Harris College vor einem Farbmonitor mit Joshs Bild saß. Die Kamera blendete den Monitor ein, schwenkte ab und richtete sich wieder auf Paige.
»An dieser Stelle möchten wir klarstellen, daß Leslie Olin Sewek nicht offiziell der Entführung von Josh Kirkwood angeklagt wurde. Er wird im Stadtgefängnis von Deer Lake auf Grund eines Haftbefehls wegen Verstoßes gegen die Bewährungsauflage in Washington fest-

gehalten. Nach dem Stand der Dinge von heute nachmittag war das einzig belastende Indiz gegen Sewek ein Päckchen sexuell expliziter Fotos von Knaben. Fotos, die er mutmaßlich mitnahm, als er nach Verlassen des staatlichen Gefängnisses von Washington nach Minnesota kam.

Den Behörden von Columbia County Washington ist Leslie Sewek hinlänglich bekannt. Genau wie bei den meisten Leuten, die Kinder mißbrauchen, hat Leslie Sewek ein langes Vorstrafenregister, das praktisch zurückreicht bis in seine Kindheit. Heute abend begrüßen wir Dr. Garrett Wright, Leiter der psychologischen Fakultät des Harris College, der uns die Psyche von Kinderschändern schildern wird.«

Sie setzte sich auf den leeren Stuhl neben Wright und wandte sich ihm mit ernster, interessierter Miene zu. »Dr. Wright, was können Sie uns über die Verhaltensmuster von Männern wie Leslie Sewek berichten?«

Garrett Wright hielt das scheinbar nicht für eine so gute Idee. »Erstens, Miss Price, möchte ich klarstellen, daß kriminelles Verhalten nicht mein Fachgebiet ist. Ich habe jedoch Verhaltensstörungen studiert, und wenn ich etwas Licht in das Dunkel dieser Affäre bringen, und den Leuten helfen kann damit fertig zu werden, werde ich das tun.«

»Sie sind Einwohner von Deer Lake, nicht wahr, Doktor?«

»Ja, sogar Nachbar von Hannah und Paul. Wie die meisten Leute in der Stadt wollen meine Frau und ich uns nützlich machen, so gut wir können. Die Unterstützung der Gemeinde und Anteilnahme sind für die Betroffenen sehr wichtig ...«

Paige hörte nur mit einem Ohr zu, sie konnte es kaum erwarten, zu den schlüpfrigen Aspekten zu gelangen, zu den Fragen, die die Zuschauer an ihre Stühle fesselten. Wright mochte ja äußerlich interessant sein – fast so hübsch wie sie und ganz der große Gelehrte, mit seinem Button-down-Hemd und dem blauen Blazer –, aber dieses Gerede von Unterstützung und Anteilnahme war nicht gerade das, was ihr vorgeschwebt hatte, als sie ihn persönlich gedrängt hatte, in der Show aufzutreten. Das Gähnen des Publikums schwebte ihr förmlich vor Augen.

Und, noch schlimmer, sie konnte sich vorstellen, wie sich die Leute vom Sender langweilten. Als die Nachricht von Leslie Seweks Vergangenheit wie eine Bombe einschlug, hatten die Sender und Sensationsshows Himmel und Hölle in Bewegung gesetzt, um ihre Leute nach Deer Lake zu treiben. Josh Kirkwoods Fall war maßgeschneidert für Fernsehnachrichten. Und wenn Paige die Sache durchziehen könnte, so wie sie sich das vorstellte, würde sie das in größere und bessere Jobs hieven.

»Zweifellos«, dozierte Garrett Wright, »hilft es den Opfern damit fertig zu werden, aber es hilft auch uns anderen zu mehr Wachsamkeit. Die Bürger möchten aktiv etwas gegen eine Sache unternehmen, die letztendlich eine unbekannte Bedrohung für unsere ganze Gemeinde ist – ein Verbrechen.«

»Und jetzt zu der Tat«, unterbrach ihn Paige gewandt. »Männer wie Leslie Sewek, die Kinderschänder werden, haben meist eine ziemlich ähnliche Vergangenheit, nicht wahr, Doktor?«

»Ja, es scheint so. Erstens stammen die meisten Pädophilen aus Familien, in denen ebenfalls Mißbrauch betrieben wurde, und sie hegen starke, unerfüllte Bedürfnisse nach persönlicher Wärme.«

»Wollen Sie damit sagen, daß uns jemand wie Leslie Sewek leid tun sollte?« fragte Paige, perfekt entrüstet. Innerlich grinste sie, als die Menge hinter ihr wütend raunte.

Garrett Wright wehrte den Vorwurf mit einer Handbewegung ab. »Ich stelle lediglich Tatsachen fest, Miss Price. Kinderschänder stammen aus ähnlichen Verhältnissen, das ist natürlich keine Entschuldigung für Gesetzesübertretungen. Ich behaupte auch nicht, daß Leslie Sewek aus so einer Familie stammt. Darüber weiß ich nichts. Und wie Sie bereits sagten, wir wissen auch nicht, ob Leslie Sewek sich hier irgendwie schuldig gemacht hat. Wir können nicht einmal mit Sicherheit sagen, ob der Mann, der Josh Kirkwood gekidnappt hat, ein Pädophile ist. Es könnte sich um eine völlig andere Art von Verstand handeln und offengesagt einen weit gefährlicheren, als den eines sogenannten *durchschnittlichen* Pädophilen«, führte er aus. Die Kamera zoomte auf sein besorgtes Gesicht.

Paiges innerliches Grinsen wurde noch breiter. »Wie zum Beispiel, Dr. Wright?«

Garrett Wrights Mißbilligung war deutlich greifbar. Er warf ihr einen eisigen Blick zu. »Sie spielen ein gefährliches Spiel, Miss Price. Ich bin nicht hergekommen, um das Spiel Nenn-mir-den-Psycho zu spielen. Diese Art Spekulation meinerseits wäre völlig unangebracht, ganz zu schweigen von Sensationsmache ...«

»So etwas dürfen Sie mir keinesfalls unterstellen«, flocht Paige hastig ein, das innerliche Grinsen erstarb. *Verdammt ...* »Vielleicht könnten

Sie uns nur zum besseren Verständnis eines Pädophilen ein paar Anhaltspunkte geben?«

Wright entspannte sich ein bißchen. »Pädophile haben oft ein besseres Verhältnis zu Kindern als zu Erwachsenen. In den meisten Fällen wollen sie dem Kind gar nicht schaden, sondern es nur unter ihre Kontrolle bringen«, fuhr er fort, bevor Paige eine weitere Reizfrage einwerfen konnte. »Sie glauben vielleicht wirklich, daß sie Kinder lieben und versuchen oft Arbeit zu finden, die sie in Kontakt mit oder in die Nähe von Kindern bringt.«

»Eine Tatsache, die den Ring schließt nach Deer Lake und zum Fall Leslie Olin Sewek.« Paige ließ Garrett Wright einfach stehen, um sich ihrem Hauptstar zuzuwenden. »Der Schatten von Josh Kirkwoods Entführung liegt über dieser Stadt, und die Aufdeckung eines Kinderschänders in genau der Eishalle, vor der Josh verschwand, hat die Bürger dieser ruhigen Gemeinde verängstigt und empört. Aber ganz gewiß hat keiner mehr Grund, über diese Enthüllung empört zu sein, als Paul Kirkwood, Joshs Vater.«

Paul saß in einem der beiden Regiestühle im vorderen Teil des Raums. Sein braunes Haar war perfekt frisiert, der Knoten seiner Seidenkrawatte saß exakt in der Mitte über dem dunkelblauen Wollpullover, korrekt passend zu seinem Nadelstreifenhemd. Die tiefliegenden Augen, die von Natur aus dunkle Schatten hatten, wurden von der Kamera betont und machten sein gehetztes, finsteres Gesicht noch eindringlicher. Ein ideales Gesicht fürs Fernsehen.

Paige setzte sich in den anderen Regiestuhl. »Paul«, sagte sie leise und berührte seinen Arm. »Wieder sind all unsere Herzen bei Ihnen und Ihrer Frau, Dr. Hannah Garrison. Wie ich höre, ist Hannah so mitgenommen, daß sie nicht zu uns kommen konnte.«

Paul runzelte die Stirn. Hannah hatte ihre Teilnahme an dem Interview verweigert, obwohl sie sich ständig beklagte, daß sie zu der Suche nichts beitragen konnte. Sie fand die Idee dieser Sendung widerlich, reißerisch und geldgierig, keinesfalls würde sie der Sache dienlich sein.

In den Sonntagszeitungen waren Farbfotos von ihr erschienen, wie sie vor der Bude der Freiwilligenzentrale ihren Kollaps hatte und Vater Tom McCoy sie wegführte. Sie stellten sie als Heldin dar – tapfer und mutig, die sich angesichts dieser unglaublichen widrigen Umstände um Stärke bemüht. Die disziplinierte, gefühlvolle Dr. Garrison, die so vielen Leuten geholfen hatte. Die Tatsache, daß sie selbst

an dieser Situation schuld war, wurde kaum erwähnt, auch nicht, daß ihre Karriere ihre Ehe zerstört hatte, ihre Familie zerrissen und ihn in die Arme einer anderen Frau getrieben hatte. Statt dessen sagten sie, Josh wäre entführt worden, während Dr. Garrison um das Leben eines Unfallopfers kämpfte. Alles hatten sie umgedreht, damit sie Gegenstand von Bewunderung und Mitleid würde.
»Sie ist zu Hause bei unserer Tochter«, sagte er knapp.
Paige schaute direkt in die Kamera. »Dr. Garrison, unsere Gebete begleiten Sie.«

19 Uhr 30, –34 Grad, Windabkühlungsfaktor: –52 Grad

Der Fernseher im Wohnzimmer lief. Hannah konnte ihn hören – murmelnde Stimmen, Veränderungen in Tonfall und Lautstärke –, aber verstand keine einzelnen Worte. Sie wollte es auch nicht, haßte TV 7 für dieses Interview, haßte ihre Nachbarn und Freunde, die es sich ansehn würden, haßte es, daß Leute, die sie nicht mal kannte, gebeten würden, ihre Gefühle über diese Schreckenstat auszusprechen. Wie konnte Paul sich nur bereit erklären, daran teilzunehmen? Da er ihre Gefühle so einfach ignorierte, war ein weiterer Beweis für die ständig wachsende Kluft zwischen ihnen.
Es hatte eine Zeit gegeben, in der er diese Sendung genau so aufdringlich und heuchlerisch gefunden hätte wie sie. Heute abend war seine größte Sorge gewesen, was er anziehen sollte, und er hatte über eine Stunde im Bad mit Vorbereitungen dafür zugebracht. Der Gedanke, daß sie ihn nicht mehr wiedererkannte, schlich ihr in regelmäßigen Abständen durch den Kopf.
Sie stand in der Mitte von Joshs Zimmer, weil sie vor lauter Unruhe nicht sitzen konnte. Olie Swain war verhaftet, aber noch nicht offiziell angeklagt. Es hatte noch keine amtliche Verlautbarung über ein Geständnis oder Hinweise auf Joshs Verbleib gegeben. Nichts. Schweigen. Sie fühlte sich nach wie vor am Rande eines Abgrunds; jeder Muskel, jede Faser ihres Körpers war bis zum Zerreißen gespannt, während sie darauf wartete, in die eine oder andere Richtung zu fallen. Die Erwartung hatte sich so in ihr aufgestaut, daß sie überzeugt war, sie würde von dem Druck bald explodieren. Aber es gab keine Explosion und keine Erleichterung.
Sie lief im Zimmer auf und ab, die Arme fest um sich geschlungen.

Selbst mit dem dicken Sweatshirt und dem Rollenkragenpullover, die sie trug, fühlte sie sich dünn. Sie nahm ständig ab, und als Ärztin wußte sie, daß das nicht gut war. Der professionelle, intelligente Teil ihres Verstandes befahl ihr zu essen, zu schlafen, sich etwas Bewegung zu verschaffen, aber dieser Teil hatte seine Stimme eingebüßt. Gefühle regierten, unberechenbare, irrationale Gefühle.

Sie versuchte sich vorzustellen, wie das gewesen war – wie *sie* gewesen war –, als diese ruhige vernünftige Leiterin der Notaufnahme! Eiskalt unter Beschuß. Eine Autorität. Der Mensch, an den sich in einer Krise alle wandten. Sie versuchte sich an den Nachmittag vor Joshs Entführung zu erinnern. Die Patienten, die sie behandelt hatte. Die Menschen, denen sie Trost gespendet und Erklärungen gegeben hatte. Die Präzision des Unfallteams, als sie die Bemühungen um Ida Bergen koordiniert hatte.

Eine Woche war vergangen, eine entsetzliche Ewigkeit.

Vergnügtes Gequietsche war aus dem Wohnzimmer zu hören, wo Lily den BCA-Agenten mit ihrem Charme dazu gebracht hatte, mit ihr zu spielen. Hannah schloß die Tür, hier in Joshs Zimmer brauchte sie nichts zu hören als die Stille, die auf seine Stimme wartete. Sie atmete den wächsernen Geruch von Malstiften ein und fühlte sich, als hätte man ihr einen davon ins Herz gebohrt. Auf dem kleinen Schreibtisch lag das Fotoalbum, das sie an einem der ersten Tage hier aufgeschlagen hatte, als könnte die Anwesenheit von Joshs Bild ihn selbst herbeizaubern. Sie stützte ihre Hände auf und betrachtete die Fotografien, jede einzelne weckte eine Erinnerung.

Sie drei am Strand von Carolina in dem Sommer, als sie ihre Eltern besucht hatten. Das Jahr, bevor Lily zur Welt kam. Josh auf den Schultern seines Vaters, die Arme um Pauls Stirn geschlungen. Josh, wie er in T-Shirt und weiten Shorts neben einer Sandburg stand, die Arme ausgebreitet und sein breites Grinsen, das seine Lücken der ausgefallenen Milchzähne zeigte. Sein Haar war ein Gewirr von hellbraunen Locken, zerzaust vom selben Wind, der die schlanken Stiele der Gräser auf den Dünen bog, der Ozean dahinter ein blauer Gürtel, mit weißer Spitze verbrämt.

Sie drei, wie sie zusammen auf einem Pier standen. Alle lachten. Hannah trug ein durchsichtiges, blauweißes Sommerkleid. Der lange Rock umspielte ihre Beine wie das Cape eines Matadors. Josh stand an einem Anlegepfosten. Paul hatte von hinten einen Arm um ihn gelegt und drückte ihn fest an sich, den anderen Arm um Hannahs Schulter drapiert. Hielt sie alle zusammen. Eine Familie. So eng verbunden, so glücklich. So weit weg. So fern von dem, was aus ihnen geworden war. Auf dem letzten Bild der Seite saßen sie und Josh an Bord eines Segelboots bei Sonnenuntergang. Er schlief auf ihrem Schoß, und ihre Arme umfingen ihn schützend. Sie beugte sich mit geschlossenen Augen über ihn. Ihr Haar wehte im Wind. Sie hielt ihn sicher umarmt, während die See wogte und der Wind die Segel peitschte. Sicher und geliebt.

Sie konnte die Augen schließen und sein Gewicht in ihren Armen fühlen. Sein kleiner Körper so warm an ihrem. Sein Haar roch nach Salzwasser. Seine unglaublich langen Wimpern, ihr Schwung auf seiner Wange. Und sie fühlte, wie die Liebe zu ihm in ihrer Brust schwoll. Ihr Kind. Ein bildschönes kleines Geschöpf; in Liebe geschaffen und aufgezogen. Und sie fühlte genau wie in dem damaligen Augenblick all die Hoffnungen, die sie für ihn hegte, all die Träume um sein Gedeihen. Perfekte Träume. Wunderbare Träume.

Träume, die man ihr entrissen hatte. Josh war weg. Sie wirbelte herum, als eine weitere Freiwillige von der Gruppe Verschwundener Kinder den Kopf ins Zimmer steckte. Noch eine Fremde aus einer anderen Stadt, von der sie noch nie gehört hatte.

»Ich hab Ihnen eine heiße Schokolade gebracht«, sagte die Frau leise und nutzte die Ausrede, um das Zimmer zu betreten.

Hannah schätzte sie auf etwa vierzig, mittelgroß mit runden Hüften und flachem Busen. Ihre Haare waren eine formlose Masse aus kastanienbraunen Locken, die über ihre randlose Brille baumelten. Terry irgendwas. Die Namen drangen in ein Ohr hinein und zum anderen hinaus. Hannah gab sich keine Mühe, sie sich zu merken. Sie kamen, um ihr Unterstützung, Mitgefühl oder Empathie und Freundschaft zu bekunden, aber sie wollte nichts mit ihnen gemein haben. Es verlangte sie nicht danach, sich diesem Club anzuschließen.

»Ihr Mann ist im Fernsehen«, sagte Terry Wieauchimmer, als sie die Tasse mit dem Kakao auf den Nachttisch stellte. »Ich dachte, das interessiert Sie vielleicht.«

Hannah schüttelte den Kopf. Terry sagte nichts. Sie blieb mit dem Rücken an der Wand neben der Tür stehen, die Hände in den Taschen ihrer beigen Cordsamthose. Wartete. Hannah redete sich ein, sie wollte nichts mit dieser Frau zu tun haben; sie wehrte sich vergeblich gegen die, wie es ihr schien, erwartungsvolle Pause.

»Ich wurde gebeten aufzutreten«, sagte sie und starrte durch das Fenster hinaus in die kalte schwarze Nacht, »aber damit habe ich nichts zu tun. Ich werde das, was ich fühle, nicht vor einem Publikum zur Schau stellen.«

Die Frau sagte gar nichts, als ahne sie irgendwie, daß da noch mehr kommen würde. Die Worte sprudelten aus ihr wie eine Art Beichte.

»Die Leute erwarten das von mir. Ich weiß, daß sie das tun. Sie erwarten, daß ich bei den Versammlungen und bei den Gebetswachen und im Fernsehen dabei bin. Aber ich möchte vor ihnen nicht schwach sein und weiß, daß ich nicht stark bleibe. Ich kann nicht vorbildlich sein, nicht jetzt.« Und die Schuldgefühle in dieser Hinsicht waren noch eine weitere Last zu der, die bereits drohte sie zu zermalmen.

»Das ist schon in Ordnung«, sagte Terry unerschütterlich. »Zerbrechen Sie sich nicht den Kopf darüber, was andere von Ihnen wollen. Sie brauchen nicht im Fernsehen aufzutreten, wenn Ihnen nicht wohl dabei ist. Wir alle machen jeweils das, was wir für richtig halten, um diesen Alptraum zu überstehen. Vielleicht hilft Ihrem Mann der Auftritt im Fernsehen.«

»Das kann ich nicht beurteilen.«

Wieder Schweigen.

»In letzter Zeit haben wir Verständigungsschwierigkeiten.«

»Es ist auch hart, Sie tun Ihr Bestes. Klammern Sie sich an die Bruchstücke Ihrer Beziehung, und zerbrechen Sie sich später den Kopf darüber, wie Sie sie wieder zusammensetzen können. Jetzt ist nur eins wichtig, nämlich das Durchhalten.«

Hannahs Blick wanderte zu dem Fotoalbum auf dem Tisch, den lächelnden Bildern von ihrem Sohn. Sie hätte alles getan, alles gegeben, um ihn sicher zurückzuhaben. Olie Swain fiel ihr ein, der in seiner Gefängniszelle saß, die Geheimnisse, die er erst noch enthüllen würde, und wieder packte sie dieses unerträgliche Gefühl von Erwartung. Was wußte er? Was würde er erzählen? Und wenn er mit der Sprache herausrückte, wäre dann alles vorbei?

»Es ist diese Ungewißheit«, flüsterte sie und drückte die Handballen vor die Augen, um die Tränen zurückzuhalten. Sie kamen trotzdem. »Mein Gott, ich kann diese Ungewißheit nicht ertragen! Ich kann nicht mehr!«

Sie warf sich schluchzend an die Wand und schlug immer wieder mit der Faust dagegen, ohne Rücksicht auf dem Schmerz. Als der kurze

Adrenalinstrom versiegt war, blieb sie einfach stehen, drückte sich gegen das sorgsam geklebte Wandbild von baseballspielenden Buben und weinte. Sie bewegte sich nicht, als sie die Hand auf ihrer Schulter spürte.

»Ich weiß«, murmelte Terry. »Mein Sohn wurde entführt, als er zwölf war, auf dem Heimweg vom Kino. Wir lebten damals in Idaho, in einer Stadt ganz ähnlich wie diese, ein ruhiger, sicherer Ort. Nicht ganz sicher, wie sich herausstellte. Ich dachte, die Ungewißheit würde mich umbringen. Und es gab Zeiten, in denen ich wünschte, sie hätten es getan.«

Sie zog Hannah behutsam von der Wand weg, führte sie zu einem der Betten und setzte sich mit ihr. Hannah wischte sich das Gesicht mit dem Pulloverärmel ab und versuchte sich zusammenzureißen, beschämt, weil sie vor einer Fremden die Fassung verloren hatte. Aber Terry verhielt sich, als wäre das alles ganz normal, als hätte sie den Ausbruch nicht bemerkt.

»Er wäre heuer sechzehn geworden«, sagte sie. »Er würde Auto fahren lernen, sich mit Mädchen verabreden, in der Schule im Basketballteam spielen. Aber der Mann, der ihn uns weggenommen hat, hat ihn für immer ausgelöscht. Sie haben seine Leiche auf einem Schutthaufen gefunden, weggeworfen wie Müll.« Ihre Stimme überschlug sich, und sie verstummte für einen Augenblick, wartete, bis der Schmerz verebbt war.

»Nachdem sie ihn gefunden hatten, war es … wie eine Erlösung. Aber als wir es noch nicht wußten, hatten wir wenigstens noch die Hoffnung, daß er am Leben wäre und wir ihn zurückbekommen würden.« Sie wandte sich zu Hannah, die Augen voller Tränen, die nicht fallen wollten. »Halten Sie sich mit beiden Händen an dieser Hoffnung fest, Hannah. Es ist besser als nichts.«

Sie hat das alles auch durchgemacht, dachte Hannah. *Sie weiß, was ich fühle, was ich denke, was ich fürchte.* Die Verbindung war da; daß sie sie nicht wollte, spielte keine Rolle. Sie teilten beide einen Alptraum, und die Frau bot ihr die Weisheit, die sie aus ihrer Tortur gelernt hatte. Es hatte nichts zu sagen, daß Hannah diesem Club nicht beitreten wollte, sie war bereits Mitglied.

Sie streckte ihre Hand aus, nahm Terry Wieauchimmers Hand in die ihre und drückte sie.

19 Uhr 42, –35 Grad, Windabkühlungsfaktor: –52 Grad

»... und ich bin empört, daß man diese kranke, perverse Bestie nicht nur aus ihrem Käfig ließ, sondern auch noch duldete, daß er im selben Gebäude mit meinem Sohn und den Söhnen und Töchtern von jedermann in dieser Gemeinde zusammen war.«

Der Applaus der Menschen in der Freiwilligenzentrale ließ Paul innehalten. Er starrte direkt in die Kamera, den Kopf hoch erhoben, das Kinn vorgeschoben, mit fanatisch funkelnden Augen. Der Blick schien den Bildschirm zu durchbohren und schoß durch die Gitterstäbe direkt in Olies Herz. Er kannte diesen Blick, diesen Tonfall. *Du machst mich krank! Du bist nur eine Mißgeburt! Ausgeburt des Teufels, sag ich dir! Ich werd dir den Anstand einbläuen!* Und die andere, die schrillere Stimme gesellte sich dazu. *Ich hab's dir gesagt, Leslie! Du bist ein Taugenichts! Wein ja nicht, oder ich geb dir einen Grund zu weinen!*

Er kauerte in der Ecke seiner Pritsche, zusammengerollt wie ein verängstigtes Tier. Man hatte ihn in eine eigene Zelle im Stadtgefängnis gesperrt, das für ein Gefängnis wahrhaft luxuriös war. Es stand praktisch leer, alles roch neu. Die Wände sahen noch weiß aus, der harte graue Boden glänzte. Nur ein schwacher Uringeruch schwebte über dem starken Geruch von Scheuermittel mit Tannenduft. Rauchen war verboten.

In der nächsten Zelle saß der stolze Besitzer eines tragbaren Fernsehers. Ein magerer Typ mit eng zusammenstehenden Augen namens Boog Newton, der drei Monate absaß, weil er sich regelmäßig halb bewußtlos soff, dann mit seinem Geländewagen die Gegend unsicher machte. Bei seiner letzten Eskapade war er rückwärts durch die Schaufensterscheibe von Loons Buch- und Geschenkeladen gefahren. Als einzigem mehr oder minder ständigen Bewohner des Trakts waren ihm Vergünstigungen erlaubt.

Boog saß auf seiner Pritsche, die Ellbogen auf die Knie gestützt und bohrte in seiner Nase, ganz vertieft in Paul Kirkwoods leidenschaftlichen Sermon über das Versagen des Systems und die Ungerechtigkeiten gegenüber anständigen Leuten.

»Ich hab die Nase voll davon, die Abendnachrichten einzuschalten und mir anhören zu müssen, daß wieder ein Kind vergewaltigt, ermordet oder entführt wurde. Wir müssen etwas unternehmen, müssen diesem Irrsinn ein Ende setzen!«

Die Sendung wurde mit einer Woge von Applaus für einen Werbeblock unterbrochen.
Boog stand auf und schlenderte zu der Wand von Eisenstäben, die die Zellen trennte. Sein Gesicht war von Aknenarben zerfurcht, der Mund verächtlich verzogen.
»He, Scheißkopf, sie reden über dich«, sagte er und lehnte sich an das Gitter.
Olie stand auf und begann am hinteren Ende seines Käfigs auf- und abzulaufen, auf und ab, den Kopf gesenkt. Er versuchte durch Zählen der Schritte den Mann auszuschalten, da er Männer nicht ausstehen konnte. Hatte Männer noch nie gemocht. Männer wollten ihm immer nur weh tun.
»He, weißt du, was ich tun würde, wenn ich Richter wäre? Ich würde deinen häßlichen Kopf in einen Sack stecken, dem Vater von dem Kind ein Stahlrohr geben und euch zusammen in ein Zimmer sperren. Damit er dich windelweich schlagen kann. Damit er dir den Schädel einschlagen kann. Damit er dir mit dem Rohr ein neues Arschloch bohren kann.«
Olie lief weiter auf und ab, er atmete mit jedem Schritt schneller.
»He, weißt du, was sie meiner Meinung nach mit Mißgeburten wie dir machen sollen? Ich finde, sie sollen dir den Pimmel abschneiden und ihn dir in den Arsch stecken. Nein. Sie sollten dich mit einem zweihundert Kilo schweren Rocker in eine Zelle stecken, und der soll's dir dann den Rest deines Lebens jede Nacht besorgen. Wirst schon sehen, wie dir das gefällt!«
Das wußte Olie bereits. Er wußte, was sie im Gefängnis mit Kinderschändern machten, erinnerte sich an jeden quälenden Augenblick, jeden Schmerz, die Angst, bei dem einem übel wurde. Er wußte, was es hieß, gequält zu werden. Schweiß brach aus allen seinen Poren bei der Erkenntnis, daß es wieder passieren würde. Ob sie ihn nun hierbehielten oder nach Washington zurückschickten, es würde alles wieder von vorne anfangen.
»He, du bist krank, weißt du das? Das ist krank, kleine Jungs anfassen und all so 'ne Scheiße. Was hast du diesem Josh Kirkwood angetan? Ihn umgebracht? Sie sollten dich aufhängen ...«
»Ich war es nicht!« schrie Olie. Sein Gesicht war krebsrot. Sein gesundes Auge trat fast aus der Höhle, rollte wie verrückt. Er warf sich gegen die Stäbe, zwickte Boogs Finger ein. »Ich war es nicht! Ich war es nicht!«

Boog stolperte rückwärts, schüttelte seine schmerzenden Finger. »He, du bist total irre! Du bist scheißirre!«
Ein Ruf war vom Ende des Korridors zu hören, und der Wärter kam angerannt.
Olie sank zu Boden wie eine Marionette, deren Fäden man durchtrennt hatte. Er schluchzte: »Ich war es nicht.«

Kapitel 23

TAG 7
20 Uhr 37, –35 Grad, Windabkühlungsfaktor: –53 Grad

»Oma sagt, du hast den bösen Mann ins Gefängnis gesteckt, und jetzt können wir aufatmen«, erläuterte Jessie ihrem Vater, während sie Scotch eine lange, zerfledderte rote Schleife um den Hals band.

Der Hund ließ sein Fräuleinchen gutmütig gewähren; er stöhnte nur ein bißchen und warf Mitch einen hilfesuchenden Blick zu. Mitch las gerade die kopierten Seiten von Joshs Notizbuch durch, auf der Suche nach irgendeiner Erwähnung von Olie, abgesehen von der einen Seite: *Die Kinder hänseln Olie, aber das ist gemein. Er kann doch nichts dafür, wie er aussieht.* Der Wohnzimmerboden war mit Barbiepuppen und ihrem Zubehör übersät. Im Fernseher in dem eichenen Musikschrank an der Wand gegenüber lief eine Nachrichtensendung. Während Jane Pauley die Schlagzeilen las, erschienen Bilder vom neuesten Erdbeben in San Francisco, und eine skandalumwitterte Eisläuferin blitzte über den Bildschirm.

Jessie schaute von ihrem Platz auf dem Boden hoch zu Mitch. »Warum hat Oma das gesagt?«

Die ersten paar Antworten, die ihm in den Sinn kamen, waren nicht sehr schmeichelhaft für Joy Strauss. Mitch biß sich auf die Zunge und zählte bis zehn. »Sie hat gemeint, sie fühlt sich jetzt sicherer«, er drehte eine Seite mit sorgfältig gezeichneten Raumschiffen um und legte sie mit dem Gesicht nach unten zu den anderen Blättern auf dem Couchtisch.

Und es bedeutete, daß Joy jetzt eine neue Nadel in der Hand hatte, mit der sie ihn traktieren konnte.

»Ich kann einfach nicht glauben, daß jemand wie er auch nur einen Schritt auf den Straßen von Deer Lake tun darf.«

»Er hat ja nicht gerade ein Schild umgehängt gehabt, Joy, hatte kein großes P für Pädophilie auf der Stirn eingebrannt. Woher sollte ich das wissen?«
»Also Alice Marshton sagt, die Polizeibehörden haben ein Verbindungsnetzwerk, mit dem sie solche Leute im Auge behalten. Alice liest viele Krimis und sie sagt ...«
»Das hier ist das wirkliche Leben, kein Agatha-Christie-Roman.«
»Du brauchst nicht gleich eingeschnappt zu sein. Ich hab dir nur erzählt, was Alice meinte.«
Sie sagte nur das, was mehr als nur ein paar Leute in der Stadt sagten – daß er die Schuld an Josh Kirkwoods Verschwinden trüge. Er verstand ihr Bedürfnis nach einem Sündenbock. Auf einen echten, lebendigen Menschen mit dem Finger zeigen war weniger beängstigend als zu glauben, sie besäßen keinen Schutz gegen solche Vorkommnisse. Aber das machte es für ihn auch nicht leichter. Natalie hatte den ganzen Tag wütende Anrufe abgewehrt; seine Telefonautomatik war voller Nachrichten aufgebrachter Bürger.
Er überließ es weiter der Maschine, die empörte Volksseele aufzufangen. Heute abend hatte er keine Lust, den Prügelknaben zu spielen. Er wollte ein bißchen Ruhe mit Jessie – selbst wenn er seine Aufmerksamkeit zwischen seiner Tochter und dem Stapel Papierkram aufteilen mußte, den er mit nach Hause gebracht hatte. Joy hatte vorwurfsvoll mit der Zunge geschnalzt, weil er Jessie an so einem kalten Abend mit nach Hause nahm und hatte gesagt, sie würde sich sicher etwas holen. Mitch hatte sie daran erinnert, daß sie ja nur über die Straße gehen mußten und daß es zu kalt für Bakterien wäre. Er sparte sich einen weiteren vergeblichen Versuch ihr zu erklären, wie Viren tatsächlich übertragen werden. Nachdem er nie in einer Krankenhausküche gearbeitet hatte wie ihre Freundin Ione, vertraute Joy seinem medizinischen Wissen nicht.
Jessie war fertig mit der Schleife und nahm jetzt die Bürste, um den Rücken des Labradors zu bearbeiten. Scotch grunzte zufrieden, rollte sich auf die Seite und bot ihr seinen Bauch zur Behandlung dar. »Oma sagt, der Mann hat lauter schlimme Sachen mit kleinen Kindern gemacht, von denen nur Gott weiß«, fuhr Jessie fort. »Aber wenn Gott der einzige ist, der es weiß, woher weiß es dann Oma?«
»Sie weiß es nicht, sondern bildet es sich nur ein. Keiner hat bis jetzt bewiesen, daß der Mann irgend etwas gemacht hat.« Mitch war er-

staunt und beschämt, weil er tatsächlich Olie Swain verteidigte, nur um Partei gegen seine Schwiegermutter zu ergreifen.
Er wandte sich einem weiteren Blatt zu, dieses war voller Gedanken Joshs darüber, daß er Co-Captain des Eishockeyteams geworden war. *Es ist wirklich cool. Ich bin ganz stolz, aber meine Mom sagt, ich soll nicht angeben. Einfach meine Sache gut machen. Keiner mag Angeber.* Auf der nächsten Seite machte er seinem Unmut Luft, weil er in den Religionsunterricht mußte. Er hatte lauter böse Gesichter gezeichnet und Daumen, die nach unten zeigten, und Gott mit einem langen weißen Bart und einem Heiligenschein sowie der grimmigen Fratze eines Teufels.
»Wie kommt's dann, daß dieser Mann im Gefängnis ist?«
»Jessie ...« Seine Zähne waren nahe daran zu knirschen. Er beugte sich vor und strich mit der Hand über den Kopf seiner Tochter. »Schätzchen, Daddy hat wirklich die Nase voll von diesem Fall. Können wir über etwas anderes reden?«
Sofort erwachten wieder Schuldgefühle in ihm. Er hatte sich immer bemüht, Jessie gegenüber so ehrlich wie möglich zu sein. Die Fragen seines Kindes abzubiegen warf mehr Probleme auf, als es die Sache wert schien, und heute abend fehlte ihm die Energie für Antworten. Jetzt, wo Olie aus dem Verkehr gezogen war, zwangen ihn der Streß und die vielen Überstunden in die Knie. Und mit der Entdeckung der Blutflecken im Van war die Sorge um Joshs Befinden noch größer geworden. Sie konnten nichts machen, außer auf die Ergebnisse zu warten. Unglücklicherweise entsprach Jessies Vorstellung von einem Themenwechsel nicht ganz dem, was Mitch vorschwebte.
Sie entdeckte eine der Seiten mit Joshs Zeichnungen, vergaß Scotch und robbte auf Knien zum Couchtisch. »Wer hat dir denn diese Bilder gezeichnet?«
»Das sind Bilder von Josh.« Er strich über die schiefe Linie eines Schiffe-versenken-Vierecks.
»Kann ich sie ausmalen?«
»Nein, Schätzchen, das ist Beweismaterial. Warum malst du nicht ein Bild aus in einem deiner Malbücher?«
Jessie ignorierte den Vorschlag. Sie nahm eine der Seiten, die Mitch beiseite gelegt hatte, und studierte sie.
»Hast du Josh gefunden?«
Mitch seufzte und fuhr sich mit den Fingern durchs Haar, das sich wie Stacheln aufrichtete. »Noch nicht, Schätzchen.«

»Er muß traurig sein«, sagte sie leise und legte die Zeichnung behutsam zu den anderen. Sie zeigte einen Jungen mit Sommersprossen und einen großen, zotteligen Hund. *Ich und Gizmo.*

»Komm her, Süße«, flüsterte Mitch und breitete einladend die Arme aus. Sie hopste hinein, und er drückte sie fest an sich. »Hast du immer noch Angst, daß jemand kommt und dich mitnimmt?«

»Ein bißchen«, murmelte sie an seiner Brust.

Er wollte ihr sagen, sie bräuchte sich keine Sorgen zu machen, er würde schon auf sie aufpassen und daß nichts Schlimmes geschehen würde, wenn sie alle Regeln befolgte. Aber er konnte ihr keins dieser Versprechen geben und haßte das Gefühl von Ohnmacht und Unzulänglichkeit, das die Realität in ihm auslöste. Er wünschte, die Welt wäre ein Ort, wo kleine Mädchen nichts anderes im Sinn haben müßten, außer mit ihren Puppen zu spielen und ihren Hunden rote Schleifen umzubinden – aber dem war leider nicht so. Nicht einmal in Deer Lake.

Er wiegte seine Tochter sachte hin und her. »Weißt du, Jess, es ist nicht dein Job, dir Sorgen zu machen. Sorgenmachen ist mein Job.«

Sie legte den Kopf zurück und blickte ihn unsicher an. »Und was ist mit Oma? Sie macht sich immer Sorgen.«

»Ja, also Oma ist eine Sorte für sich. Aber was dich und mich betrifft, ist das meine Aufgabe, ja?«

»Okay«, sie versuchte zu lächeln.

Mitch hielt ihr seine Hand hin, die Handfläche nach oben. »Hier, knüll deine Sorgen zusammen wie ein Stück Papier, und gib sie mir.«

Jessie kicherte und tat so, als würde sie ihre Sorgen zu einer Kugel zusammendrücken. Dann ließ sie die unsichtbare Last in Mitchs Hand fallen. Er packte sie und stopfte sie in die Brusttasche seines Jeanshemds. Scotch beobachtete das aufmerksam, mit gespitzten Ohren.

Es klingelte an der Tür. Der Hund rappelte sich pflichtbewußt kläffend auf und wedelte heftig mit dem Schwanz.

»Das wird Megan sein«, sagte Mitch und erhob sich mit Jessie auf dem Arm.

Jessie schob ihre Unterlippe vor. »Wieso besucht sie uns? Du hast gesagt, ich darf länger aufbleiben, weil morgen keine Vorschule ist, und wir könnten Spaß haben.«

»Wir haben doch sehr viel Spaß gehabt«, sagte Mitch. »Aber du darfst nicht solange aufbleiben wie ich, und wer soll mir dann Gesellschaft leisten, wenn du im Bett bist?«

»Scotch.«

Mitch knurrte und kitzelte sie, und brachte sie zum Quietschen und Kichern, als er sie mit den Beinen voran über seine Schulter schwang. Lächelnd öffnete er die Haustür, ging rückwärts ins Wohnzimmer und rief: »Willkommen im Affenstall!«

Megans Zögern war dem brutalen Windsturm nicht gewachsen. Sie betrat den Eingang von Mitchs Haus, schloß die Tür hinter sich und fühlte sich sofort wie ein Eindringling. Mitch galoppierte mit Jessie auf der Schulter durchs Wohnzimmer, und ein großer gelber Hund jagte mit einer Barbiepuppe im Maul hinterher. Keiner schien zu registrieren, daß sie dastand, eingewickelt in Wolle und Daunen, mit einer Riesenpackung Schokoladeneis zwischen ihren Fäustlingen. Sie fragte sich, ob sie es merken würden, wenn sie einfach zur Tür rausginge und nach Hause führe.

Doch ehe sie einen Rückzieher machen wollte, bremste Mitch vor ihr und nagelte sie mit einem wissenden Blick fest. Er zog ihr mit einem Finger den Schal vom Gesicht.

»Häng deinen Mantel auf, und bleib ein Weilchen, O'Malley«, sagte er leise.

Sie lächelte etwas mühsam, als sie ihren Schal entwirrte; dann sah sie hinauf zu dem Mädchen, das auf seiner Schulter balancierte. »Hallo, Jessie, wie geht's dir?«

»Ich hab morgen keine Vorschule, weil's zu kalt für kleine Äffchen ist. Hat mein Opa gesagt.«

»Da hat er recht«, stimmte Megan zu, und ihre Mundwinkel zuckten amüsiert.

»Deswegen darf ich heute länger aufbleiben und Spaß haben«, warnte Jessie, als könnte das Megan abschrecken.

Mitch rollte die Augen. »Ja, du darfst lang genug aufbleiben, daß du noch was von der Eiscreme kriegst, die Megan uns mitgebracht hat. War das nicht nett von ihr?«

»Ich mag Plätzchen lieber.«

»Jessie ...« Mitch sah sie streng an, als er sie auf den Boden stellte.

Auf der anderen Seite des Raums klingelte das Telefon auf einem Beistelltisch, und der Anrufbeantworter schaltete sich ein.

»Mitch? Mitch, kannst du mich hören?« Die Stimme der Frau war total hektisch. »Ich bin's, Joy. Ich sehe deine Lichter.« Sie wandte sich vom Hörer ab und sprach mit ihrem Mann, der irgendwo im Hintergrund hämmerte. »Jurgen, er geht nicht ran! Vielleicht solltest du rübergehen. Sie könnten eine Kohlenmonoxydvergiftung haben!«

Mitch rang sich ein gequältes Lächeln ab und seufzte. »Ich geh wohl besser ran.« Er sah seine Tochter an. »Jessie, bitte bring Megan in die Küche und hilf ihr, die Eisschalen rauszuholen.«
Jessie fügte sich mit Leidensmiene in ihr Schicksal und stapfte los in Richtung Küche. Megan folgte ihr pflichtschuldigst. Der Hund trabte an ihnen beiden vorbei. Die Puppe in seinem Maul lächelte und hatte einen Arm erhoben, als ob sie winke.
»Das ist mein Hund Scotch«, sagte sie. »Ich hab ihm die Schleife umgebunden. Ich kann schon meine eigenen Schuhe und Bänder und so binden. Kimberley Johnson aus meiner Klasse kann das noch nicht. Sie muß Schuhe mit Klettverschluß tragen, und sie bohrt auch in der Nase.«
»Bäh.«
»Und sie ißt es auch«, fuhr Jessie fort und kramte den Eisportionierer aus einer Schublade, die mit Spachteln und Plastiklöffeln vollgestopft war. »Und sie ist gemein. Sie hat einmal meine Freundin Ashley gebissen und mußte die ganze Pause in der Ecke stehen und hat nichts von Kevin Neilsens Geburtstagsüberraschung in der Milchpause abgekriegt. Und sie hat gesagt, das wär ihr egal, weil es keine richtigen Snacks wären, sondern Katzenkacke.« Sie sah Megan herausfordernd an. »Das war gelogen.«
»Hört sich an, als wär die ganz schön ausgekocht.«
Jessie beendete das Thema mit einem Schulterzucken. Sie zog sich einen Stuhl über den Linoleumboden und kletterte drauf, um die Schüsseln aus einem Hängeschrank zu angeln. Megan machte sich daran, die Schachtel zu öffnen und das Mitbringsel auszuteilen.
»Ich kann zwei Kugeln essen«, sagte Jessie und lugte über den gekachelten Küchentisch. »Daddy kann ungefähr zehn essen. Scotch kriegt nichts, weil er zu fett ist.«
Megans Blick huschte durch die Küche, registrierte die Meisterwerke mit Malstift und Fingerfarbe, die an der Wand und am Kühlschrank klebten. Sie zerrten an einem schwachen Punkt ihres Herzens – ihre Naivität, der unbeschwerte Schwung und die Vorliebe für seltsame Details. Und die Tatsache, daß Mitch sie so stolz zur Schau stellte! Sie konnte ihn sich gut vorstellen, den eisenharten Cop, wie er mit Tesafilm herumfummelte, leise vor sich hin fluchend, und schwitzte, um das neueste Kunstwerk gerade an die Wand zu kriegen. Sie konnte nicht umhin, diese Küche mit der in der Butler Street in St. Paul zu vergleichen, die nach Fett, Zigaretten

und bitteren Erinnerungen roch. Ein Pappkarton unter ihrem Bett war die Schatztruhe für Dinge gewesen, auf die sie und sonst keiner stolz gewesen war.

»Du bist wirklich eine Künstlerin«, sagte sie zu Jessie. »Hast du all die Bilder gemacht, damit dein Daddy sie aufhängen kann?«

Jessie ging zu einem, das in Augenhöhe schwebte. »Das ist mein Daddy, und das bin ich, und das ist Scotch«, erklärte sie ihr. Mitch war als abstraktes Arrangement geometrischer Flächen dargestellt, wie ein Mann aus Bauklötzen. Auf seiner Brust prangte eine Polizeimarke so groß wie ein Teller. Scotch hatte ungefähr die Größe eines Shetlandponys mit Zähnen wie eine Bärenfalle. Eine lange, rosa Zunge baumelte aus seinem Maul.

»Ich hab früher eine Mommy gehabt«, sagte Jessie, als sie zum Tisch zurückkam und die Arme drauflegte. »Aber sie ist in den Himmel gegangen.«

Sie sagte das ganz selbstverständlich, aber Megan ging es durch Mark und Bein. Sie setzte sich auf einen Stuhl, beugte sich über den Tisch und sah Mitchs hübscher, dunkeläugiger Tochter mit ihren schiefen Spangen und dem violetten Sweatshirt direkt in die Augen.

»Ich weiß«, sagte sie leise. »Das ist schwer. Ich hab auch meine Mom verloren, als ich noch klein war.«

Jessies Augen weiteten sich vor Staunen über diese unerwartete Gemeinsamkeit. »Ist sie in den Himmel gegangen?«

»Nein«, murmelte Megan. »Sie ist bloß so verschwunden.«

»Weil du unartig warst?« fragte Jessie schüchtern.

»Das hab ich manchmal gedacht«, gab Megan zu. »Aber ich glaube, sie hat meinen Dad einfach nicht mehr lieb gehabt, und ich glaube, sie wollte keine Mom sein, also war sie eines Tages weg.«

Der Augenblick dehnte sich. Der Kühlschrank summte. Mitchs Tochter musterte sie mit ernsten braunen Augen.

»Das ist wie Scheidigung«, sagte Jessie. »Mami und Papi von meiner Freundin Janet haben sich scheidigen lassen, aber er will samstags immer noch ihr Papi sein. Es ist ganz schwer, wenn man klein ist.«

»Manchmal.« Megan staunte über sich selbst. Sie redete nicht über ihre Vergangenheit, niemals, mit niemandem. Sie war vorbei, längst vorbei, spielte keine Rolle mehr. Und trotzdem saß sie jetzt hier und unterhielt sich mit einer Fünfjährigen über diese Dinge, und es war so … *richtig,* was ihr eine Höllenangst einjagte. Was machte sie da? Was dachte sie sich dabei?

Du hast zuviel gearbeitet, O'Malley.

Mitch stand im Wohnzimmer, wie angewurzelt. Er hatte nicht vorgehabt zu lauschen, hatte nur kurz durch die Tür spitzen wollen, um zu sehen, wie Jessie und Megan miteinander auskamen. Jessie wollte ihn immer für sich haben und war sehr eifersüchtig, wenn es um ihre Zeit zusammen ging. Er müßte sehen, wie sie sich benahm, wenn er nicht dabei war, um auf ihre Manieren zu achten. Er hatte aber ganz sicher nicht damit gerechnet, ein Geständnis Megans über ihre streng gehütete Vergangenheit zu hören.

Er erinnerte sich daran, wie sie ihm von ihrer Mutter erzählt hatte. Trotzig. Voller Haß. Ihre Reserviertheit hatte sie wie ein Schild vor sich hingehalten. Die Frau, die seiner kleinen Tochter bei häuslichen Verrichtungen Geheimnisse anvertraute, war nichts von all dem, sondern eine Frau, die selbst ein kleines Mädchen gewesen war; mit der Angst, sie hätte ihre Mutter irgendwie vergrault. Die Wahrheit rührte ihn.

Verdammt. Er war sich sicher gewesen, daß er die Leidenschaft, die zwischen ihnen funkte, im Griff hatte. Er konnte sie verstehen, sie kontrollieren, bis zu einem gewissen Maß. Aber er hatte nicht mit mehr gerechnet. Wollte nichts, was tiefer ging.

Nimm es ganz leicht, Holt. Es ist nur Sex, keine Ehe. Sie ist mit ihrer Polizeimarke verheiratet. Hast du ein Glück!

»Joy wollte darauf hinweisen, daß Kanal Vier eine Sondersendung über Deer Lake und unser ›Problem‹ in den Zehn-Uhr-Nachrichten bringt, zusammen mit Sicherheitstips. Sie hat wohl gedacht, daß ich vielleicht etwas lernen könnte.«

Megan biß sich auf die Lippe, um nicht zu grinsen.

»Ja«, sagte er, nahm sich eine Schüssel und schaufelte sich einen mittleren Berg Eiscreme hinein. »Diese Nachrichtensprecherin Shelby weiß vielleicht etwas über Polizeiarbeit, was ich in den über fünfzehn Jahren meines Jobs übersehen habe.«

»Sie meint es doch gut«, besänftigte Megan ihn.

Er schluckte und fletschte die Zähne. »Wenn dem nur so wäre.«

Sie aßen ihr Eis und spielten eine Runde Candy Land. Mitch und Megan verschoben ihre Pläne, die Aussagen noch einmal durchzugehen, bis Jessie im Bett war. Jessie bemühte sich standhaft, bis zu den Nachrichten wachzubleiben und protestierte, als Mitch ein Machtwort sprach. Sie war müde und überdreht und weinte ein bißchen, als er sie

in ihr Zimmer hinauftrug, aber sie schlief ein, kaum daß ihr Kopf das Kissen berührt hatte.
Unten tigerte derweilen Megan ruhelos in seinem Wohnzimmer auf und ab. Scotch lag mitten auf dem Teppich und wartete darauf, daß sie seinen Bauch kraulte, wedelte jedesmal, wenn sie an ihm vorbeiging, hoffnungsvoll mit dem Schwanz.
»Ein nettes Haus hast du«, sie lehnte sich an die Ledercouch.
»Danke.«
Mitch sah sich mit den Augen eines Fremden um. Die Wände waren kahle, gebrochene weiße Flächen, die nahtlos übergingen in einen beigen Berberteppich. Fad und leblos, nur der Backsteinkamin und zwei verglaste Bücherschränke links und rechts davon belebten das Ganze ein wenig. Die Möbel hatte er selbst ausgesucht. Allinsons Einrichtung konnte er nicht mehr um sich haben, diese Stücke weckten allzu schmerzliche Erinnerungen. Er hatte sie durch langweilige gepolsterte Sitzmöbel in neutralen Farben ersetzt, die aus einem Kaufhaus stammten. Sein einziger Luxus stellte die karamelfarbene Ledercouch dar.
»Eigentlich sollte ich Bilder aufhängen oder so was«, murmelte er verlegen. »Ich hab da kein Geschick dafür.«
Megan verkniff es sich, ihm ihre Hilfe beim Einrichten anzubieten. Die Vorstellung war einfach zu häuslich. Häuslich, aufdringlich und besitzergreifend. Sie würden das haben, was sie wollten, bis es vorbei war. Aus, Äpfel, Amen. Sie waren an erster Stelle Kollegen, an zweiter ein Liebespaar, weit entfernt davon, Tapetenmuster auszusuchen.
»Jessie schläft?«
»Wie ein Stein. Sie war fix und fertig, das arme Ding.«
Mitch ging zum Kamin und warf noch ein Scheit in die Flammen. Er stocherte in der Glut herum, dann stützte er sich mit einer Hand am Sims ab und schaute in die Flammen. »Ihre Großmutter, die Königin der Panik, hat sie mit Joshs Entführung ganz durcheinandergebracht. Und ich war, Gott weiß, nicht sehr vorsichtig ihr, seit das alles angefangen hat.«
»Du hattest ja auch allerhand um die Ohren.«
»Die Geschichte meines Lebens.«
»Na ja, jetzt wo wir Olie haben ...«
»Aber Josh nicht!«
»Vielleicht kriegen wir das vom Labor, womit wir bei ihm ansetzen können.«
Mitch wollte nicht an die Blutflecken denken, die man im Van gefun-

den hatte. Mehr als alles andere fürchtete er bei diesem Fall den Gedanken an eine letzte Mitteilung für Hannah und Paul. Er wollte nicht, daß sie diesen Schmerz erlebten und, um ehrlich zu sein, wollte er ihn auch in sich selbst nicht neu entfachen. Und erst recht wollte er sich nicht vor Augen halten, daß er Hannah und Paul im Stich gelassen hatte, so wie er Allison und Kyle im Stich gelassen hatte. Das endlose Karussell wirbelte durch seinen Kopf, drehte sich unbarmherzig weiter, wie das Rad in einem Hamsterkäfig.

»Hast du mit Hannah darüber gesprochen, daß wir Blutproben von ihr und Paul brauchen?«

Mitch stemmte sich vom Kaminsims ab. Auf der anderen Seite des Raums lag Scotch in einem Sessel und sah sich die David-Letterman-Show an. »Ich mach es morgen.«

»Das Labor braucht sie, um Vergleiche anstellen zu können.«

»Ich weiß. Morgen ...«

»Wenn du es nicht machen willst ...«

»Ich hab gesagt, morgen!« Er drehte sich mit erhobenen Händen um.

»In Ordnung.« Megan äffte die Geste nach und entfernte sich von ihm. Sie sah sich die Stapel von Papieren an, die auf dem eichenen Couchtisch lagen. Aussagen von Leuten, die Verbindung zur Eishalle hatten, Aussagen der Anwohner dort, der Nachbarn von Olie, zusammengerollte Faxe mit Informationen, die die Behörden des Staates Washington und des NCIC in Washington, D. C. geliefert hatten. Und inmitten der Standardformulare mit ihren Standardfragen, die Seiten aus Joshs Notizbuch.

»Hast du noch mehr Hinweise auf Olie gefunden?« fragte sie. Sie kannte die Antwort bereits, weil sie ihre eigene Kopie des Notizbuchs etliche Dutzend Male durchforstet hatte. Es gab viele Zeichnungen von Kreaturen aus dem All, aber nur eine von Olie und daneben die Notiz, bei der sich ihr das Herz umdrehte: hatte Olie Josh verraten? *Die Kinder hänseln Olie. Er kann doch nichts dafür, wie er aussieht.*

»Nein.«

»Und ich hab die Aussagen durchgewühlt, bis mein Gehirn einen Kurzschluß gekriegt hat, und ich kann immer noch nichts sehen, was wir dem Bezirksstaatsanwalt melden könnten. Nichts, außer Vermutungen und Spekulationen und schlichter widerlicher Gemeinheit. Einige von Olies Nachbarn bräuchten dringend eine Lektion in Mitgefühl.«

Josh hätte ihnen da ein oder zwei Sachen beibringen können. Die Ironie war zu bitter, um sich mit ihr auseinanderzusetzen.

»Ich hab ein ganz ungutes Gefühl«, Mitch durchmaß unruhig den Raum, die Hände in den Taschen, die Stirn gerunzelt. »Wenn der Kidnapper Olies Notizbuch vor zwei Monaten gestohlen hat und diese ganze Sache wie ein Superhirn geplant hat ..., dann paßt das einfach nicht zu Olie. Irgendwie ist es makaber. Olie ist ein armseliger Wurm, nicht makaber.«

»Also ist es sein Partner«, folgerte Megan.

»Da bin ich mir ebenfalls im Zweifel. Olie ist ein Einzelgänger, war es seit jeher. Und jetzt hat er plötzlich einen Partner?« Er schüttelte den Kopf.

»Ein verurteilter Pädophile sieht einen Jungen am Wegrand und hat einen Van mit Blutflecken auf dem Teppich«, konterte Megan. »Wenn du einen Verdächtigeren weißt, würde ich das gerne hören.«

»Weiß ich nicht«, gab Mitch zu. »Ich will damit nicht sagen, daß er unschuldig ist, aber komisch kommt es mir trotzdem vor.«

»Was ist an diesem Fall nicht komisch? Die ganze Sache stinkt zum Himmel, wie ein Schlachthaus während einer Hitzewelle. Das Haus war voller Computerausrüstung ...«

»Aber der Printer war nicht mit dem ...«

»Ich hab ein paar Typen losgeschickt, die Printshops mit Laserprinterbenutzung zu überprüfen, man muß nur seine Diskette reinbringen.«

»Du lieber Himmel, du glaubst doch nicht etwa, der Typ ist einfach in einen Printshop marschiert und hat einen Packen Psychobotschaften runtergerattert?«

Megan zuckte mit den Schultern. »Zugegeben, es ist eine vage Vermutung, aber ich nehme alles, was ich kriegen kann.«

Mitch sagte nichts. Er stellte sich wieder vor den Kamin und starrte in die Flammen, ließ sich die Fakten, Fragen und Theorien durch den Kopf gehen, immer wieder von vorne.

Megan beobachtete ihn. Seine Zweifel nagten an Stellen, die bereits wund waren. »Stört es dich, daß es Olie ist oder stört dich die Tatsache, daß ich ihn erwischt habe?«

Er warf ihr einen strengen Blick über die Schulter zu. »Sei nicht gehässig. Ich hab dir bereits gratuliert, Agent O'Malley. Mir wär einfach nur wohler, wenn wir ein paar echte Beweise auftreiben könnten – oder noch besser –!«

»Ja, also«, Megan seufzte, »dann sind wir schon zu zweit.«

Wieder klingelte das Telefon, die Telefonautomatik nahm das Gespräch willig entgegen. Mitch warf einen wütenden Blick darauf.

»Dann sind wir schon fünfzehntausend – vierzehntausendneunhundertachtundneunzig haben heute abend bereits hier angerufen.«
Er schleppte sich bleiern vor Müdigkeit zur Couch und blieb direkt vor Megan stehen. Sie hatte diesen skeptischen Was-glaubst-du-eigentlich-was-du-da-machst-Blick, der wahrscheinlich schon Legionen von aggressiven Männern abgeschreckt hatte. Mitch ließ sich davon nicht beirren. Es war ein Teil ihrer Maske, genau wie die markigen Sprüche, die Männerklamotten. Eine Verkleidung schreckte ihn nicht.
»Was hältst du davon, wenn wir heute Schluß machen«, schlug er vor. »Ich weiß nicht, wie das bei dir ist, aber ich hab ein Hirn wie gebratene Auberginen. Laß uns einfach für eine Weile Menschen sein.«
Megan blickte zur Seite, atmete laut aus und schob ihre Hände in die Gesäßtaschen ihrer Jeans. »Ja, klar, sicher.« Natürlich würde das ihr Gespräch praktisch abwürgen, nachdem sie über nichts außer über ihre Arbeit reden konnte. *Jetzt mußt du deine eindrucksvollen gesellschaftlichen Talente zeigen, O'Malley. Du bist doch so ein ausgeglichener Mensch.*
Mitch beobachtete, wie ihre Schultern herabsanken und ihr Blick zu ihren Wollsocken wanderte. Sie war so selbstsicher als Cop und so unsicher als Frau. Alles Männliche in ihm wollte ihr ihre Fraulichkeit bestätigen. Der Impuls brachte einen frischen Strom von Energie ein, und er ließ sich davon mitreißen.
»Komm her.« Er zerrte sie um den Couchtisch herum zum Sofa, ließ sich in die Kissen fallen und zog sie mit sich hinunter. »Wir müssen etwas machen, wo wir unseren Kopf ausschalten.«
Megan versuchte vergeblich wieder aufzustehen, sich aus seinem Arm um ihre Taille zu winden. »Schlafen schaltet den Kopf aus«, sagte sie. »Ich sollte nach Hause fahren und mich hinlegen.«
Mitch ignorierte diese sicherlich vernünftige Feststellung und schob ihren Zopf mit dem Mund beiseite, um ihren Nacken zu küssen.
»Komm, laß uns rummachen«, flüsterte er mit samtiger Stimme. »So wie damals in der High School, wenn man nach dem Basketballspiel mit seiner Flamme nach Hause gekommen ist, die Eltern schon schliefen und man gehofft hat, daß einen keiner erwischt?«
Megan erstarrte in seinen Augen. »Ich hatte in der High School nicht viele Verabredungen.«
Gar keine wäre wohl richtiger gewesen. Sie war entsetzlich schüchtern im Umgang mit Jungs gewesen, in dem schmerzlichen Bewußt-

sein von Busenmangel und ihrer beklagenswerten Herkunft. Sie wollte nicht die Tochter ihrer Mutter sein, wollte ihrem Vater nicht noch mehr Gründe liefern, sie nicht zu mögen. Da war ein Junge in ihrer Englischklasse gewesen, genauso fleißig und ernsthaft wie sie. Niedlich hinter seiner dicken Brille. Sie hatten ein paar Küsse getauscht, ein bißchen herumgefummelt. Dann hatte er sich Kontaktlinsen besorgt und wurde plötzlich sehr beliebt bei den gefragten Mädchen, Megans Ende.

Mitch küßte noch mal ihren Hals, knabberte an ihrem Ohrläppchen, seine Zunge liebkoste das zarte Fleisch. »Ach, dann werd ich es dir beibringen. Eine Lektion vom Meister des Rummachens.«

Er lehnte sich mit ihr im Arm zurück, löschte die Lampe auf dem Beistelltisch, so daß nur noch der Kamin und der Fernseher den Raum erleuchteten. Er drehte sie zu sich und küßte sie kurz auf den Mund. »Das läuft nämlich so«, seine Lippen wanderten über ihr Gesicht, »du mußt so tun, als möchtest du das alles nicht, obwohl wir eigentlich beide nur eins wollen: uns die Kleider vom Leib reißen und ficken, bis wir umfallen.«

Megan lachte leise und wand sich außer Reichweite, als er versuchte, mit einer Hand über ihre Brust zu streichen. »Und hast du's geschafft?«

»Ich genieße und schweige. Vielleicht schaff ich es heute nacht.«

»Eher nicht.« Sie warf ihm einen herausfordernden Blick zu und rutschte schnell ans andere Ende der Couch. »Du wirst meinen Ruf ruinieren.«

Sie erlaubte sich nicht, über die Wahrheit dieser Bemerkung nachzudenken. Eine andere Situation bräuchten sie, weg von der Bürde des Falls. Zeit, Menschen statt Cops zu sein. Zeit für lebensbejahende Gefühle.

Mitch rutschte ihr auf Knien nach, mit einem hinterhältigen Grinsen. »Ach komm, Megan«, flüsterte er und fuhr mit der Fingerspitze über ihre kurze Nase zu ihrem perfekten Mund. »Nur ein Kuß, mehr nicht. Ich versprech's.«

Megan lächelte, überrascht, wie ihr Körper auf dieses Spiel reagierte. Ihr Herz klopfte ein bißchen zu schnell. Ihre Haut war warm und kribbelte vor Erwartung. Albern. Sie hatten doch bereits miteinander geschlafen. Körperlich gab es nur noch wenig Geheimnisse voreinander. Trotzdem erregte sie die Aussicht auf ein bißchen Zärtlichkeit.

Ihre Lippen berührten sich zögernd, forschend, als wäre das eine ganz neue Erfahrung. Nichts, was man überstürzen sollte. Etwas zum Genießen. Atem vermischte sich mit Atem. Sich sanft berührende Münder. Ein bißchen mehr Druck. Ein Winkel, der sich langsam ändert. Die Erwartung, die sich steigert, langsam ins Brodeln gerät. Seine Arme glitten um ihre Schultern und zogen sie enger an sich. Der Kuß wurde einen Hauch intensiver und dann heißer. Seine Zungenspitze strich über den Saum ihrer Lippen, baten um ein bißchen mehr, tasteten sich behutsam rundherum, bettelten weiter. Sie öffnete ihren Mund und stöhnte leise, als er ihn in Besitz nahm.

Megan packte seine Hand, als er sie hob, ließ sie aber auf ihrer Brust ruhen. Seine Finger kneteten sie behutsam, ihre Finger umschlossen die seinen, und er holte tief Luft, als sie den Druck steigerte. Sein Daumen fand ihren Nippel und rieb ihn langsam durch die weichen Schichten ihrer Kleidung. Dann ergaben sich die Knöpfe der Reihe nach.

»Gott, bist du hübsch«, flüsterte er, entblößte sie, berührte sie ehrfürchtig.

Megan ließ sich auf einem Meer von Empfindungen dahintreiben ... bis sie seine Hand am Knopf ihrer Jeans spürte. Und wieder spielten sie das Spiel von Protest und Überredung.

Der Knopf gab nach. Der Reißverschluß öffnete sich ein kleines Stück. Sie hob ihre Hüften. Er streifte langsam ihre Jeans nach unten, rechnete damit, einen Spitzenslip zu finden, der ihn noch mehr reizte. Aber was er fand, war schwarze Seide, die ohne Anfang und ohne Ende schien. Er runzelte verwirrt die Stirn und sah zu ihr hoch.

»Lange Unterwäsche«, flüsterte Megan beschämt. »Draußen hat's dreißig Grad Minus!«

Mitch kicherte tückisch und schälte sie aus der Sicherheitshülle. »Ja, also hier drin ist's aber um einiges wärmer. Besonders hier unten«, sagte er und steckte seine Finger in die krausen dunklen Locken. »Besonders hier drin«, murmelte er, und zwei Finger tauchten tief zwischen ihre Beine.

»Oh, Mitch ...« Megan griff nach ihm, versuchte ihn an sich zu ziehen.

Sie wollte ihn nahe bei sich haben, wollte, daß er die Kontrolle verlor, im gleichen Moment Erfüllung fand, wollte nicht, daß er sie beobachtete, wenn sie am verwundbarsten war.

»Vertrau mir«, flüsterte er.

Vertrau mir. Vertrauen schenkte sie nicht leichtfertig her. Es gab haufenweise Gegenargumente. Logische, praktische Gründe. Aber sie fühlte sich weder logisch noch praktisch. Wenn er sie berührte, fühlte sie sich wie eine Frau, nicht wie ein Cop an. Es machte ihr angst, ihre Identität loszulassen, aber da war Mitch, flüsterte, lockte … *Vertrau mir* … berührte den Kern ihres Verlangens … streichelte ihren weiblichsten Teil … liebkoste … liebevoll … *Vertrau mir* …

Megan schloß langsam die Augen. Ihr stockte der Atem. Sie legte sich zurück, als ihre letzte Schranke ihrem geistigen Zugriff entglitt, überwältigt von Empfindungen, Leidenschaft und Bedürfnis. Ihre Hüften bewegten sich in perfektem Einklang mit seiner Hand. Sie atmete kurz, flach, keuchend. Die Erregung schwoll an und explodierte in ihr, schwindelerregend, berauschend.

»Ich liebe es, dich anzusehen, wenn du kommst«, murmelte Mitch. »Du konzentrierst dich so wunderbar.«

Megan spürte, wie sie errötete und lenkte ihn von ihrer Verlegenheit ab, indem sie sich auf ihn rollte: »Jetzt bist du an der Reihe, Chief.«

Das Lächeln, das ihre Lippen umspielte, funkelte verwegen. Sie knöpfte langsam sein Jeanshemd auf und entblößte seine Brust. Ihre kleinen Hände massierten die Muskeln, zeichneten sie nach, strichen über die Matte dunkler Haare. Mitch ließ sie nicht aus den Augen, Lust und quälendes Verlangen verschlangen sich in seinem Inneren wie Efeuranken. Er rang nach Luft, als sie ihren Kopf beugte und seinen Nippel in den Mund nahm. Die Berührung ihrer Lippen, ihrer Zunge, ihrer Zähne nährte das Feuer in seinen Lenden.

»Megan …«

Sie legte einen Finger auf seinen Mund. »Psst … Laß mich das für dich tun, Mitch.«

Sie küßte sich über seinen Bauch nach unten. Lange, heiße Küsse mit offenem Mund. Küsse, denen die Ablage seiner Jeans folgte.

»Megan …«

»Sch … vertrau mir.«

Er stöhnte, als die seidige Hitze ihres Mundes ihn umfing. Gedanken und Beherrschung gingen in Flammen auf, hinterließen nur Lust, so daß er nicht mehr atmen konnte. Empfindungen – das Streicheln ihrer Zunge, die Berührung ihrer Hand, das leichte Schürfen ihrer Zähne. Empfindungen – ein Feuer, das immer heißer brannte, auf eine Explosion zurauschte.

Er zog sie hoch in seine Arme, rollte sie unter sich, bohrte sich in sie, füllte sie mit einem mächtigen Stoß. Sie glühte und war so naß wie ihr Mund. Ihre Schenkel klammerten sich um seine Hüften. Ihre Fingerspitzen gruben sich in seine Rückenmuskeln. Er bewegte sich schneller, härter, verlangend, fordernd. Sie keuchte seinen Namen, als ihr Orgasmus sie packte, ihn packte und er in heißem Strahl in sie kam.

Empfindungen – Vertrauen, Erregung, ein Band, das weit über ihre Körper hinausging. Gefühle, die er vergessen hatte, sich seit zwei Jahren bei Frauen für eine Nacht nicht erlaubt hatte.

Er wollte nicht denken oder reden oder überlegen, was das hieß, wollte nur die Baumwolldecke von der Lehne der Couch ziehen und über ihre abkühlenden Körper werfen, die Hitze in einem Kokon einfangen und aufbewahren.

Trotzdem waren die Zweifel da, unausweichlich wie Gespenster. Er mischte Ausreden und Erklärungen wie ein Spiel eselohriger Spielkarten. Das war nur Sex. Eine Affäre und mehr nicht. Er war nicht bereit für mehr, genau wie sie. Ihm gefiel sein Leben so wie es war – einfach, geordnet, kontrollierbar. Er wollte sich nicht festlegen, indem er die Verantwortung für eine andere Person übernahm.

Megan brauchte natürlich keinen, der die Verantwortung übernahm. Und sie würde es ohnehin nicht zulassen. Sie war, bei Gott, die unabhängigste Frau, die er kannte. Nach außen hin – innerlich war sie ein verlassenes kleines Mädchen, eine Frau, die sich ihrer eigenen Attraktivität nicht bewußt war, voller Mißtrauen gegenüber allem und jedem.

Er strich zärtlich mit einer Hand über ihr Haar, hauchte einen Kuß auf ihre Stirn.

Megan rutschte zur Seite, klemmte sich zwischen Mitch und die Couchlehne. Sie legte eine Hand auf seine Brust und wünschte sich einen flüchtigen Moment lang, sie hätte Zugang zu dem, was *in* seinem Herzen vorging.

Ein sinnloser Wunsch – eine Tatsache, die nur noch betont wurde, als er ihre Hand mit der seinen bedeckte und das Gold seines Eherings im Schein des erlöschenden Kaminfeuers aufblitzte.

Der Schmerz war scharf und überraschend und dumm. Er war nicht bereit, seine Vergangenheit loszulassen. Er ging sie nichts an. Sie hatte ihn nicht um eine Zukunft gebeten, nicht um diese Affäre, es war einfach passiert. Er fühlte sich von ihr angezogen, war nicht verzaubert von ihr. Sie hatte nie jemanden bezaubert, soweit sie wußte. Na und. Es gab bessere Verwendung für ihre Zeit.

»Ich sollte gehen«, flüsterte sie. »Es ist schon spät.«

»Noch fünf Minuten.« Er zog sie fester an sich. »Ich will dich einfach festhalten. Noch fünf Minuten.«

Sie hätte nein sagen sollen. Aber sie hätte eben von Anfang an nein sagen sollen, dachte sie erschöpft.
Noch fünf Minuten ...

TAG 8
3 Uhr, –38 Grad, Windabkühlungsfaktor: –56 Grad

Das Telefon auf dem Beistelltisch läutete, riß Megan aus dem Schlaf. Sie war völlig desorientiert, und ihr Gehirn strebte danach, die Fakten zu ordnen. Mitch. Mitchs Haus. Mitchs Hund, der auf dem Wohnzimmerteppich lag und sich eine Werbesendung über aufsprühbares Haar ansah.
Mitch setzte sich benommen auf und strich sich mit der Hand übers Gesicht. Das Telefon klingelte erneut, und der Anrufbeantworter schaltete sich ein mit seinem üblichen Spruch. Beim Piepton kam keine Stimme, nur langes Schweigen und dann die geflüsterten Worte: »Blinde, nackte Ignoranz. Blinde, nackte Ignoranz. Blinde ...«
Mitch packte den Hörer. »Wer, zum Teufel, ist da?«
Schweigen. Dann wurde die Verbindung unterbrochen.
»Verdammter Irrer«, murmelte er nicht sehr überzeugend und drehte sich zu Megan.
Sie kämpfte mit den Knöpfen ihrer Bluse. »Ja, richtig. Nur ein Irrer.«
»Er hat eigentlich gar nichts gesagt.«
»Und Olie Swain ist im Gefängnis.«
»Richtig.«
Warum waren sie dann beide so verschreckt? Mitch hatte ein Gefühl im Magen, das er sonst nur bei Alpträumen kannte. Seine Nackenhaare stellten sich auf. Instinktive Reaktionen, die er wegrationalisieren wollte. Als das Telefon erneut klingelte, zuckte er zusammen wie unter einem Stromschlag. Megan packte seine Schulter.
»Laß die Automatik antworten.«
»Ja, ich weiß.«
Die Stimme, die nach dem Piepton kam, war atemlos vor Panik, die Worte stolperten unkontrolliert aus dem Mund des Sprechers.
»Chief, Dennis Harding – Sergeant Harding. Wir brauchen Sie sofort hier im Gefängnis. Es ist was passiert – o Gott, es ist furchtbar ...«
Mitch packte den Hörer. »Harding, ich bin's. Was ist los?«
»Es ... Olie Swain. O mein Gott. O heiliger Jesus. Er ist tot.«

TAGEBUCHEINTRAG
TAG 8

Blinde und nackte Ignoranz
Verurteilt schreiend, ohne Scham
Die Polizei besteht aus Narren.
Sie sind auf eine Schnecke getreten und nannten sie Beelzebub.
Und die Jammerlappen rannten blindlings los,
um ihre Ignoranz zu feiern.
Und die Ärztin taugt nichts.
Nur eine weitere hilflose Frau.
Die Illusion der Macht ist verflogen.
Wir sind die Herrscher.

Kapitel 24

TAG 8
3 Uhr 17, –38 Grad, Windabkühlungsfaktor: –56 Grad

Die Leiche von Olie Swain, alias Leslie Sewek lag verrenkt auf dem Boden an der Rückwand der Zelle, eine leere Hülle, aus der das Leben ausgelaufen war. Eine Pfütze Blut klebte auf dem Linoleum, dick und dunkel wie Öl. Der Geruch von gewaltsamem Tod hing stickig in der Luft, ein Gestank, der sich in die Nasen schlich und den Hals hinunterkroch. Augenzeugen hatten sich Erbrochen, für die das Grauen nichts Alltägliches war.

Nur schiere Sturheit und ein eiserner Wille hielten den Inhalt von Megans Magen fest. Der Geruch machte ihr immer zu schaffen, gegen den Rest hatte sie sich vor langer Zeit abgehärtet. Mitchs Gesicht blieb undurchschaubar, ausdruckslos. Sicher hatte er schon Schlimmeres mitgemacht. Er war Detective in einer für Drogenkriege und brutale Verbrechen berüchtigten Stadt gewesen, hatte seine eigene Frau und seinen Sohn tot daliegen sehen. Nichts konnte das mehr übertreffen.

»He, ich will hier raus«, rief Boog Newton. Seine krächzende Stimme verriet Angst, obwohl er sich große Mühe gab, sie mit Lässigkeit zu kaschieren. »Ich brauche nicht neben einem Toten zu bleiben. Das ist grausam und anormal.«

Mitch warf ihm einen bedrohlichen Blick zu. »Halt's Maul.«

Boog huschte zum hinteren Ende seiner Pritsche, setzte sich und zog einen Fuß auf die Matratze. Ein magerer Arm packte das Knie, und er wiegte sich nervös hin und her. Seine andere Hand kroch an seinem Gesicht hoch wie eine Krabbe, tastete sich zum rechten Nasenloch.

Mitch warf einen langen, letzten Blick auf Olie.

»Blinde, nackte Ignoranz … blinde, nackte Ignoranz … blinde, nackte Ignoranz … Blinde … Blinde … Blinde …«

»Was machen wir jetzt?« fragte Harding erschöpft. Er blieb vor der Zelle, hielt sich an den Gitterstäben fest. Sein Gesicht war grau wie schmutziger Gips.

»Ruf den Gerichtsmediziner an«, befahl Mitch und verließ die Zelle. »Hol jemanden mit einer Kamera her. Wir behandeln es wie einen Verbrechensschauplatz.«

»Aber Chief, keiner hätte ...«

»Tu es einfach«, brüllte er.

Harding machte einen Satz rückwärts, stolperte über seine eigenen Füße, drehte sich um und floh aus dem Zellenbereich. Mitch schloß Boog Newtons Zelle auf und ging hinein. Newtons kleine Augen hutschten von Mitch zu Megan, von Olie zu Mitch.

»Was ist passiert, Boog?« Mitchs Stimme klang gefährlich leise und sanft, als er sich auf die Pritsche zubewegte.

»Woher soll ich das wissen?« krächzte Boog und riß seinen Finger aus der Nase. »Es war dunkel. Ich hab nichts gesehen.«

Er zog eine Augenbraue hoch. »Ein Mann in der Zelle neben deiner hat sich gerade umgebracht und du weißt nichts? Du mußt einen gesunden Schlaf haben.«

Boog kratzte nervös an seinem schorfigen Kinn, den Blick auf den leeren Fernsehbildschirm gerichtet. Seine Blässe war wächsern, glänzte von der Art Schweiß, den Übelkeit auslöst. »Vielleicht hat er ein paar Geräusche von sich gegeben«, sagte er leise. »Ich hab nicht gewußt, was er tut. Perverser Kinderschänder. Wollte gar nicht wissen, was er tut! Ich hab gedacht, er holt sich einen runter oder so was.«

»Er ist gestorben, Einstein!« Mitch explodierte, dräute plötzlich über Newton wie ein Racheengel oder Luzifer selbst. »Unsere einzige Spur in diesem Scheißfall, und jetzt ist er tot!«

»Herrgott, das ist nicht meine Schuld!« winselte Boog und hielt sich die Arme über den Kopf, duckte sich wie ein geprügelter Hund.

»Nein, keiner ist je an etwas schuld«, schnaubte Mitch verächtlich. »Ich hab diese feige Ausrede so satt!«

Die Wut rollte durch seine Adern wie ein Sturm, trübte ihm den Blick und sein Urteilsvermögen. Er machte keinen Versuch, sie einzudämmen, trat gegen Newtons Pritsche, mit voller Wucht immer und immer wieder, die ganze Zelle vibrierte vom Dröhnen des Metalls. »Verflucht, verflucht, VERFLUCHT!«

»Mitch!« schrie Megan und rannte in die Zelle. Er schnellte herum, sie packte ihn am Arm. Sein Gesicht war eine wutverzerrte Fratze.

»Mitch, komm jetzt«, sie sah ihm beschwörend in die Augen. »Beruhig dich. Wir haben zu arbeiten.«
Er sah, daß Boog Newton sich auf seiner Pritsche zusammengerollt hatte, seine verängstigten Augen lugten ihn über knochige Knie an.
Du bist ausgerastet, Holt. Du bist ausgerastet.
Dazu hatte er natürlich allen Grund! Sein Blick wanderte langsam weg von Newton durch die Gitter in die nächste Zelle, wo Olie Swain in einer Blutlache auf dem Boden lag. Ihr einziger Anhalt, der einzige Verdächtige! Er hätte sie vielleicht zu Josh geführt, aber Paige hatte die Überwachung vermasselt. Er hätte sich vielleicht auf einen Handel eingelassen und ihnen einen Tip gegeben oder sogar seinen Komplizen verraten. Aber jetzt gab es gar nichts mehr. Alles war mit Olie fort, wie eine abgewischte Tafel.
Mitch redete sich ein, früher wäre ihm das nie passiert, als seine Instinkte noch scharf wie Rasiermesser waren. In den letzten beiden Jahren hatte er seine Instinkte abstumpfen lassen, hatte sich vorgemacht, er würde sie hier nicht brauchen. Ein Chief brauchte keine Instinkte, sondern Diplomatie. In Deer Lake war nie etwas passiert. Überhaupt nichts …
Das grelle Neonlicht prallte auf Olie Swain hinunter, auf den dunklen Fleck auf seiner aschfahlen Haut, auf die leere Augenhöhle, die sein Glasauge gehalten hatte. Ein Fragment des Auges lag in einer Pfütze Blut neben seiner linken Hand – ein scharfer Splitter, aus dem eine blaue Iris und eine schwarze Pupille an die Decke starrte. Er hatte den Porzellankörper zerschlagen und eine von den Scherben dazu benutzt, sich die Pulsadern aufzuschneiden, sein Lebensblut ergossen auf den Boden des Stadtgefängnisses von Deer Lake. An der Wand über der Leiche waren in Rot die Worte geschmiert ICH NICHT.

4 Uhr 32

Der Gerichtsmediziner von Park County war ein birnenförmiger Mann mit angehender Glatze, namens Stuart Oglethorpe, Direktor des Oglethorpe-Bestattungsinstituts. Er befand sich in den fünfzigern, trug eine dicke schwarze Hornbrille und eine saure Miene, die Mitch vermuten ließ, daß er wohl nie den Geruch von Einbalsamierungsflüssigkeit aus seiner Nase bekam. Er untersuchte Olie kurz,

berührte seinen Körper vorsichtig, mit behandschuhten Händen, nörgelte über die leere Augenhöhle und das viele Blut.
Es war allgemein bekannt, daß sich Stuart Oglethorpe nur für das Amt des Bezirkspathologen beworben hatte, damit sein Bestattungsinstitut ersten Zugriff auf die Leichen hatte. Wenn der Tote sich bereits im Einbalsamierraum befand, war die trauernde Familie meist bereit, ihn dort zu lassen, einen Sarg zu kaufen und die Begräbnisfeier zu bestellen. Stuart konnte dann obendrein die Aufträge für Blumen seinem Cousin Wilmer von der Gärtnerei Blooming Bud zuschanzen.
Für Olie Swain würde keiner Blumen bestellen. Wenn sich nicht irgendein längst verschollener Verwandter aus Washington für ihn interessierte, mußte er auf Bezirkskosten beerdigt werden. Kein Cadillac-Sarg, kein Firlefanz, keine Begräbnisfeier. Stuart war aus seinem warmen Bett geholt worden und mußte hinaus in die klirrende Kälte, ohne Hoffnung auf Profit, ein echtes Mißgeschick.
»Ja, also, er hat Selbstmord begangen. Das kann doch jeder Trottel sehen.«
»Ja, aber wir brauchen *Ihre* Unterschrift auf dem Bericht, Stuart«, sagte Mitch. »Und er wird sobald wie möglich nach Hennepin County transportiert, zur Autopsie.«
»Autopsie? Wofür denn der Blödsinn?« grummelte Oglethorpe. Sobald die Leiche auf dem Seziertisch in Hennepin County lag, bekam er sie niemals zurück. Park County würde sie diesem Gesindel von Brüdern Qvaam in Tantonka überlassen.
»Das ist die Standardprozedur, wenn ein Gefangener Selbstmord begeht, Mr. Oglethorpe«, erklärte Megan. »Dadurch werden alle Zweifel und Spekulationen über die Todesumstände ausgeräumt.«
Oglethorpe fixierte sie mit grimmigem Blick. »Wer ist sie?«
»Agent O'Malley, BCA.«
Statt einer Antwort schnaubte er.
»Wirklich charmant, muß ich schon sagen«, murmelte Megan. Sie wandte sich den Beamten zu, die sich anschickten, Olies Körper in einen Leichensack zu stecken und abzutransportieren. »Paßt mit dem Blut auf, Jungs. Er war fünf Jahre im Knast, definitiv ein AIDS-Risiko.«
»O Mann«, stöhnte Harding. »Und ich hab geglaubt, daß es nicht mehr schlimmer kommen könnte.«
Sie warf ihm einen ironischen Blick zu. »Willkommen im Club der Heiligen.«

10 Uhr, –33 Grad, Windabkühlungsfaktor: –48 Grad

Der Presseraum im alten Feuerwehrhaus platzte seit neun Uhr fünfundvierzig aus allen Nähten.

Es stand außer Frage, daß vermißte Kinder und Kinderschänder das Thema Nummer eins waren. Aber Megan sah scheel auf diese intensive Berichterstattung; sie könnte eine ungerechtfertigte Panik auslösen, indem sie den Leuten suggerierte, solche Verbrechen breiteten sich wie eine Seuche aus. Laut der Statistiken des National Center for Missing and Exploited Children blieb die Rate von Kindesentführungen von Jahr zu Jahr bemerkenswert konstant – eine Statistik, die man nicht auf die leichte Schulter nehmen sollte, die aber auch nicht auf eine Epidemie hinwies. Wesentlich mehr Kinder wurden jede Woche durch Handfeuerwaffen getötet. Die Hackordnung im Empfangsraum hatte sich dramatisch verändert. Die Lokalpresse war durch die Presse aus den Twin Cities zurückgedrängt worden, die dann von der Boulevardpresse, welche ihrerseits den Fernsehsendern weichen mußte. Die wenigen noch leeren Plätze im Raum besetzten die Leute aus der Freiwilligenzentrale. Megan erhaschte einen kurzen Blick auf die verärgerte Ms. Le Favre aus Paige Price' Sondersendung. Fast versteckt hinter ihr stand Christopher Priest, und Rob Phillips, Leiter der Freiwilligenzentrale, hatte dank seines Rollstuhls einen Logenplatz bekommen.

Um Punkt zehn trat Mitch hinter das Rednerpult. Er hatte sich geduscht und rasiert, trug einen dunkelbraunen Anzug, ein konservatives weißes Hemd und eine Krawatte ohne Cartoonfiguren. Das bißchen Farbe, das der Wind in sein Gesicht gepeitscht hatte, verblaßte im gleißenden Licht der Scheinwerfer.

»Um circa drei Uhr heute früh wurde Leslie Olin Sewek, alias Olie Swain, tot auf Grund selbst beigefügter Wunden in seiner Zelle im Stadtgefängnis aufgefunden«, verkündete er ohne jede Vorrede.

Die Schockwelle, die durch die Menge schwappte, hatte die Kraft einer Windhose. Die Leute keuchten, schrien entsetzt auf. Kameras klickten wie besessen, Motoren summten. Dann kam ein Schwall von Fragen, der dem Sturm draußen ernsthafte Konkurrenz machte.

»Woher wissen Sie, daß die Wunden selbst beigefügt waren?«

»Stand er denn nicht unter Beobachtung?«

»Was für eine Waffe hat er dazu benutzt?«

»Hat er irgendwelche Notizen hinterlassen, in denen er sich der Entführung für schuldig bekennt?«

»Hat er einen Hinweis über den Verbleib von Josh geliefert?«
»Es bestand kein Grund, bei Mr. Sewek Selbstmordneigung zu befürchten«, fuhr Mitch fort. »Er zeigte keinerlei Anzeichen, die auf eine diesbezügliche Gefahr gedeutet hätten. Ich bin nicht befugt, die genauen Einzelheiten seines Todes preiszugeben. Es ist lediglich anzumerken, daß er zu nichts Zugang hatte, was man als konventionelle Waffe betrachten könnte. Seine Leiche wurde ins Hennepin County Medical Center überführt, zu einer Routineautopsie. Wir nehmen an, daß der Befund des Pathologen denjenigen meines Büros und des Leichenbeschauers von Park County bestätigen wird.
»Hat er einen Brief hinterlassen, Chief?« rief ein Reporter von 20/20.
Mitch dachte an die beiden Worte, die mit Blut über Olies Leiche an die Wand geschmiert waren. ICH NICHT. »Er hat keinen Brief hinterlassen, der sein Handeln oder seinen Geisteszustand erklärte. Über Josh hat er auch nichts mitgeteilt.«
»Konnten Sie einwandfrei feststellen, daß er tatsächlich der Kidnapper war?«
»Wir warten immer noch auf die Laborberichte vom BCA.«
»Und wann werden die eintreffen?«
Auf Mitchs Einladung trat Megan hinter das Rednerpult. Sie hatte sich sehr konservativ und überlegt gekleidet, mit anthrazitfarbener Flanellhose, Rollkragenpullover und einer glatten Tweedjacke. Die antike Kamée auf ihrem Revers war ihr einziger Schmuck. Sie stellte sich der Menge distanziert und professionell.
»Die Tests von Mr. Seweks Van werden vorrangig durchgeführt. Ich erwarte heute noch die entsprechenden Ergebnisse.«
»Was für Tests?«
»Was wurde gefunden? Blut?«
»Kleidungsstücke?«
»Es wäre verfrüht, die Natur der Tests zu veröffentlichen, ohne näher auf die Funde oder ihre Bedeutung für den Fall eingehen zu können.«
Paige Price, der es gelungen war, einen Stuhl direkt hinter den Leuten von 48-Hours zu ergattern, erhob sich mit Stift und Notizbuch in der Hand, als hätte sie tatsächlich vor, sich Notizen zu machen. »Agent O'Malley«, begann sie mit frostiger Stimme. »Können Sie mir sagen, wo Sie sich aufhielten, als Sie die Nachricht von Leslie Seweks Tod erhielten?«
Ein kalter Schauder kroch über Megans Rücken. Ihre Hände krallten sich in das Podium. »Ich begreife die Relevanz dieser Frage nicht

ganz, Miss Price«, erwiderte sie eisig, dann ließ sie die Frau links liegen und wandte sich einem Reporter von NBC Nightly News zu.

»Agent O'Malley«, wollte er ansetzen.

»Ich bin der Meinung, daß Ihre Antwort für die Menschen von Deer Lake durchaus relevant sein könnte«, unterbrach Paige sie mit perfektem Timing. Innerlich grinste sie wie eine Cheshire-Katze. Sie hatte die Aufmerksamkeit sämtlicher Reporter – der Leute vom Fernsehen und derer von den Privatsendern, Leute, die eine Story witterten wie ein Hai Blut im Wasser. Sie sah, wie sich die Räder in ihren Köpfen zu drehen begannen: *Woher weiß sie etwas, was wir nicht wissen?* Die Vorfreude war so köstlich wie Konfekt auf ihrer Zunge. Gott segne Russ Steiger.

»Stimmt es, daß Sie sich um drei Uhr früh, als der Anruf, der Sie über Leslie Seweks Tod informierte, in Chief Holts Haus aufhielten?«

Irgendwo hinter dem hämmernden Puls in Megans Ohren hörte sie die Reaktion der Menge wie das Summen eines Hornissenschwarms. Ihre Finger waren schneeweiß, ihre Knie wabbelten wie Gelee. Sie wagte es nicht, Mitch anzusehen oder seine Hilfe zu suchen – war auf sich selbst gestellt, wie eh und je. Großer Gott, wenn DePalma davon Wind bekam ... *sobald* DePalma das erfuhr ...

Sie starrte Paige grimmig an. Käufliches Luder. Miss Blonder Ehrgeiz, die nach jeder Intimität scharrte, die ihr einen Vorteil gegenüber den anderen bringen könnte. Allein bei dem Gedanken wurde Megan speiübel, und sie kochte vor Wut. Sie hatte verdammt hart gearbeitet, um dahin zu gelangen, wo sie war. Zu verdammt hart, um sich ihre Träume von Paige Price' Stiletto-Absätzen durchlöchern zu lassen.

»Miss Price«, sagte sie ruhig, »finden Sie nicht, daß Sie bei dieser Ermittlung schon genug Schaden angerichtet haben, ohne daß Sie auch noch versuchen, diese Pressekonferenz von unserem Fall und dem Schicksal von Josh Kirkwood auf sich selbst abzulenken?«

»Ich will nicht auf mich aufmerksam machen, Agent O'Malley, sondern auf Sie.«

»Das sieht aber anders aus«, forderte Megan sie heraus. »Ich sehe, daß Sie die Aufmerksamkeit Ihrer Kollegen auf sich lenken wollen, indem Sie eine eingebildete Ungebührlichkeit andeuten, in die scheinbar nur Sie eingeweiht sind. Vielleicht glauben sie, daß Ihnen das einen tollen Job bei *Hard Copy* einbringt, aber bei mir zieht das nicht besonders.« Sie wandte sich wieder von der Reporterin ab. »Hat irgend jemand eine Frage bezüglich des Falles?«

»Warum beantworten Sie meine Frage nicht, Agent O'Malley?« Paige ließ nicht locker. »Wovor haben Sie Angst?«
Megan wandte sich mit vor Wut sprühenden Augen wieder ihrer Gegnerin zu. »Ich fürchte die Geduld zu verlieren, Miss Price. Ihre Art der Befragung ist nicht nur irrelevant, die Antwort geht Sie auch einen feuchten Kehricht an.«
Sie bereute die Worte, noch ehe sie sie ausgesprochen hatte. Damit hatte sie sozusagen ihre Schuld zugegeben. Es spielte keine Rolle, daß sie recht hatte, daß es niemanden etwas anging. Es war gerade so viel Antwort, daß es ihre Phantasie anregte. Gott, was für ein Alptraum! Sie fühlte sich, als wäre sie in eine Teergrube getreten und versackte mit jeder Bewegung tiefer darin, je heftiger sie sich zu befreien suchte. Jetzt gab es keine elegante Möglichkeit mehr, sich da herauszuwinden. Sie konnte die Wahrheit nicht erzählten und bezweifelte, daß irgend jemand eine zensierte Version schlucken würde. *Wir haben über den Fall diskutiert, und ich bin einfach eingeschlafen. Ehrlich.* Richtig. Sie kam sich vor wie ein Teenager, den man dabei erwischt hatte, wie er zu spät nach Hause kam. Fast hätte sie laut gelacht über diesen Vergleich, als ihr einfiel, was Mitch gestern abend gesagt hatte: *Machen wir doch rum wie früher in der High School ...*
Paige setzte ihr bestes Kreuzzügler-für-das-Recht-auf Pressefreiheit-Gesicht auf und schwor sich insgeheim, Garcia den Hals umzudrehen, wenn er es nicht aufs Zelluloid gebannt hatte. »Um drei Uhr früh, als Ihr Hauptverdächtiger in einem ungelösten Fall von Kindsentführung Selbstmord beging, waren Sie, zuverlässigen Quellen gemäß, im Haus von Chief Holt, bei gelöschten Lichtern. Wenn Ihr vorrangiges Interesse nicht diesem Fall gilt, hat die Öffentlichkeit ein Recht es zu erfahren, Agent O'Malley.«
»Nein, Miss Price«, erwiderte Megan, und ihre Stimme zitterte vor Abscheu. »Die Öffentlichkeit hat ein Recht zu wissen, daß ich und all die anderen Cops, die diesen Fall bearbeiten, praktisch rund um die Uhr gearbeitet haben, um Josh zu finden, um nur einen einzigen brauchbaren Hinweis auf dieses Stück menschlichen Abfalls zu entdecken, der ihn gekidnappt hat. Sie haben ein Recht auf die Auskunft, daß keiner von Olie Swains Vorstrafen ahnen konnte, bevor er hierherkam – daß das, was mit Josh passiert ist, ein Einzelfall sinnloser Gewalt ist und nicht das erste Anzeichen von allgemeiner Anarchie. Sie haben ein Recht darauf zu wissen, daß Ihr Job von Ihren Einschaltquoten abhängt und Ihre Einschaltquoten gewisser Sensations-

gier und Skrupellosigkeit entsprechen. Sie haben kein Recht, mir zu folgen, nachdem ich achtzehn Stunden gearbeitet habe. Sie haben nicht das Recht zu erfahren, welche Sorte Eiscreme ich mag und welche Marke Tampons ich benutze.

Hab ich mich klar ausgedrückt, Miss Price? Oder müssen wir uns vielleicht darüber unterhalten, wie Sie das mit der Überwachung von Olie Swains Haus neulich nachts erfahren hatten? Vielleicht gestehen Sie mit Ihrer patriotischen, weltoffenen Gesinnung der Öffentlichkeit die Bekanntmachung zu, daß Sie und Ihr Nachrichtenteam unsere Untersuchungen gründlich und damit zweifellos unsere Chancen, Josh Kirkwood in dieser Nacht zu finden, ruiniert haben.«

Die Publikumsgunst, diese launische Größe, wandte sich mit einem gewaltigen Ruck von Paige ab. Sie spürte, daß die eifersüchtige Bewunderung ihrer Journalistenkollegen abkühlte wie ein heißes Eisen im Schnee. Die Blicke der Freiwilligen bohrten sich in ihren Rücken. Miss Price empfand die Wut ihrer enttäuschten Anhänger. Sie würde ihr Vertrauen verlieren und damit potentielle Quellen. Das schlimmste war der Verlust der Zuschauer und konsequenterweise derjenige ihrer Pluspunkte bei den Vertragsverhandlungen. Die Reporterin setzte sich wieder auf ihren Stuhl, den Blick auf Megan O'Malley gerichtet, brennend vor Haß.

»DePalma wird mir bei lebendigem Leib die Haut abziehen und sich eine Schreibunterlage draus machen lassen«, murmelte Megan. Sie schritt die Länge eines antiken Löschwagens ab, zitternd, nicht vor beißender Kälte in der Garage, sondern der Schreck saß ihr in den Gliedern.

Die Pressekonferenz war vorbei, aber der Ärger hatte gerade erst begonnen. Die Lunte war angezündet – und sie führte zu dem Dynamit, das in der Luft von Deer Lake lag. »Verflucht, ich hab gewußt, daß so etwas passieren würde! Ich hab es gewußt!«

»Megan, du hast nichts Unrechtes getan«, sagte Mitch. Er saß auf dem Trittbrett eines alten Trucks und fror sich die Eier ab. Aber er war so ausgelaugt, daß er alles hinnahm. »Du hast es selbst da drin gesagt, hast deinen Standpunkt sehr klar vertreten.«

Megan starrte ihn fassungslos an. »Glaubst du etwa, das wird etwas ändern? Glaubst du, daß dieses Rudel Schakale da drin einfach sagen wird: »O ja, sie hat recht, es geht uns nichts an, mit wem sie schläft? Von welchem Heuwagen bist du denn gefallen?«

»Ich will sagen, es gibt wesentlich wichtigere Dinge, auf die wir uns konzentrieren sollten. Das gilt sowohl für sie als auch für uns.«

»Was soll denn das heißen? Glaubst du, meine Karriere wäre mir wichtiger, als Josh zu finden?«

Mitch erhob sich. »Ich höre dich nicht toben, weil unser einziger Verdächtiger tot ist. Das hast du ganz locker geschluckt. Aber wenn jemand wagt, dich anzugreifen, dann geht die Welt unter.«

Megan war sprachlos, konnte ihn nur anstarren. Schließlich wandte sie sich ab, rieb sich mit einer Hand über die Stirn und murmelte: »Ich hätte wohl damit rechnen müssen. Ein Mann ist ein Mann ist ein Mann ist ein Mann.«

»Was soll das heißen?«

»Das soll heißen, du kapierst überhaupt nichts«, keifte sie und drehte sich wieder zu ihm. Jeder Muskel ihres Körpers war steif vor Zorn, die Hände zu Fäusten geballt. »Meine Autorität und meine Integrität sind kompromittiert worden. Wenn das erst über Rundfunk und Fernsehen verbreitet wird, ist meine Glaubwürdigkeit einen Pfifferling wert. Vorausgesetzt, ich mache noch einen Job. Sogar der Vatikan hat mehr Sinn für skandalöse Publicity als das BCA.« Phantombilder von DePalmas Rage zogen durch ihren Kopf. Nixon als der Sensenmann, das Antlitz der Verdamnis.«

»Weißt du, wie ich diesen Job gekriegt habe, Mitch?« fragte sie. »Weil ich doppelt so hart und dreimal besser als jeder Mann dafür gearbeitet habe! Ich habe wie ein Berserker dafür gekämpft, weil ich an das, was wir tun, glaube.

Es gibt *nichts*, was mir mehr am Herzen liebt, als Josh Kirkwood ausfindig zu machen. Ich habe alles dafür gegeben, alles was ich weiß, jedes Quentchen Willen und Entschlußkraft, um den Jungen zurückzubekommen und den Kopf des Entführers auf eine Lanze zu spießen. Jetzt wird mir wahrscheinlich diese Befriedigung versagt bleiben, und die Ermittlung wird einen verdammt guten Cop verlieren, weil ich aus Dämlichkeit mein oberstes Prinzip gebrochen und mit einem Cop geschlafen habe.«

»Dämlich?« sagte er mit gefährlich ruhiger Stimme. »Das denkst du also über uns?«

»Was heißt hier *uns*?« fragte Megan bissig. Sie hätte gerne geglaubt, daß ihre Beziehung etwas Besonderes war, aber sie konnte es nicht beschwören. Sie wollte glauben, daß er ihr jetzt diese Chance bot, aber traute ihm nicht über den Weg. So schnell entstand Liebe nicht. Liebe existierte für sie überhaupt nicht. Diese Lektion hatte ihr das Leben vor langer Zeit erteilt.

»Es gibt kein uns«, fuhr sie fort. »Wir hatten Sex. Du hast mir nie irgendwelche Versprechungen gemacht. Bei Gott, du hast dir ja nicht mal die Mühe gemacht, deinen Ehering abzulegen, als du mit mir ins Bett gestiegen bist!«

Mitchs Blick fiel sofort auf seine linke Hand und den dicken Goldreifen, den er aus Gewohnheit trug. Er trug ihn, um sich zu bestrafen, um sich vor Frauen zu schützen, die vielleicht mehr wollten als ein kurzes Vergnügen. Und er funktionierte doch wie ein Talisman, oder etwa nicht?

Megan stand breitbeinig vor ihm, die Schultern zurückgeworfen, bereit, einen Schlag aufzufangen – physisch oder bildlich. So hart nach außen, innerlich so allein. Sie hatte ihre Prioritäten laut und deutlich verkündet: der Job, der Job und dann wieder der Job. Aber da war immer noch Schmerz in ihren Augen und dahinter Stolz, der ihr Kinn vortrieb. Er hatte sie dazu überredet, ihre Regeln zu brechen, gemeinsam Sex zu haben, ihr nichts geboten, und jetzt würde sie den Preis bezahlen.

Und zu was macht dich das, Holt? König der Arschlöcher?

Er atmete hörbar aus. »Megan, es tut mir …«

»Spar dir das.« Sie wollte das Wort nicht hören. Schlimm genug, es in seinem Gesicht geschrieben zu sehen. »Wir hätten es beide besser wissen müssen.« Sie redete sich ein, es wäre nicht Mitch, der ihr weh tat, sondern die Ungerechtigkeit einer Doppelmoral, die sie bestraft, weil sie sich vorübergehend ein Privatleben gegönnt hatte.

»Du mußt dir natürlich keine Sorgen machen.« Sie zwang sich zu einem unfreundlichen Lächeln. »Jeder weiß, daß Jungs eben so sind. Und ich bin es gewohnt, mit einer Axt über meinem Kopf durch mein Berufsleben zu hechten. Also, hey, das ist nichts Neues.«

»Megan …«

Er streckte eine Hand aus und wollte ihre Wange berühren. Sie schlug sie beiseite.

»Verdammt, Mitch Holt, wage ja nicht, mich zu bemitleiden!« Sie biß ihre Zähne zusammen. Sie hatte keine Waffe gegen Zärtlichkeit und wich vor ihm zurück. Ihr Mund war nur noch ein harter, kompromißloser Strich. »Ich bin ein großes Mädchen, kann auf mich selbst aufpassen. Verflucht, das mach ich schon mein ganzes Leben lang. Warum jetzt damit aufhören?«

Sie ging mit hocherhobenem Haupt an ihm vorbei und fragte sich, wie sie an ihren Mantel im Presseraum gelangte, ohne gesehen zu werden.

»Wohin gehst du?«

Megan blieb einen halben Meter von der Tür entfernt stehen, aber sie drehte sich nicht um. Sie brauchte keinen Mann in ihrem Leben, brauchte niemanden. Ein guter Cop sein – mehr hatte sie nie gewollt. Den hohlen Klang, den diese Worte in ihr auslösten, ignorierte sie.

»Ich gehe arbeiten«, sagte sie. »Solange ich meine Stellung noch habe.«

Kapitel 25

TAG 8
13 Uhr 42, –32 Grad, Windabkühlungsfaktor: –46 Grad

Olie Swain hatte keine Verbündeten, auch keine Freunde. Er war, wie sie stets in den Abendnachrichten wiederholten, ein Eigenbrötler, der seine Arbeit machte und für sich blieb. Laut der Stempel auf den Innenseiten der Buchumschläge hatte er die meisten Bücher in der ›Leseratte‹, einem Secondhandbuchladen in der Nähe des Harris College, gekauft. Der Laden war leer bis auf einen Verkäufer, der perfekt als Liebesperlenverkäufer in einen Volkswagenbus mit psychedelischer Bemalung gepaßt hätte. Groß und mager wie eine Bohnenstange hatte er obendrein seine rötlichbraunen Haare zu einem buschigen Pferdeschwanz zusammengebunden. Die traurige Darbietung eines Bartes erinnerte an die dünnen Haarzwirbeln, die Megan in regelmäßigen Abständen aus ihrer Bürste kämmte. Er trug ein Batik-T-Shirt und darüber ein offenes, zerknittertes Flanellhemd. Ausgebeulte Jeans klammerten sich halbwegs erfolgreich an seine hageren Hüften, gehalten von einem Stück Wäscheleine. Sein Name war Tood Childs, Psychologiestudent in Harris, der einen Teil seiner Freizeit im Freiwilligenzentrum verbracht hatte.
Megan ließ ihren Blick durch den Laden streifen, während sie über den Fall plauderten. Der Laden war in einem alten Molkereigebäude untergebracht und bis unter die Dachsparren vollgestopft, eine Schatztruhe von veralteten Sachbüchern und Kleidern, ›dekorativen‹ Gegenständen, die zwischen schickem Kitsch und ungewolltem Plunder schwankten, Wimpel, Kappen und andere Souvenirs von Harris. Hinter dem Tresen stöhnte ein elektrischer Umwirbler, der ziemlich nach Brandrisiko aussah, bei seinen Bemühungen, die rauschende Heizung zu unterstützen.

Todd klopfte sich mit dem Zeigefinger auf den dünnen Goldrand seiner Brille. »Beobachtung ist der Schlüssel zur Einsicht«, sagte er langsam. Er stützte seine knochigen Ellbogen auf den Tresen, beugte sich vor und starrte Megan direkt in die Augen. Seine Pupillen waren auf die Größe von Pfennigstücken erweitert, und Hanfschwaden hafteten in seiner Kleidung. »Zum Beispiel würde ich sagen, daß Sie sehr angespannt wirken.«

»Gehört zum Fachgebiet«, sagte Megan.

»Ja …« Er nickte in Zeitlupe. »Die Suche nach Gerechtigkeit in einer ungerechten Welt. Versuch den Damm mit Kaugummi zu flicken. Die meisten Cops sind total auf Kontrolle abgefahren, wissen Sie. Das soll keine Beleidigung sein, es ist nur eine Beobachtung.«

»Und was haben Sie bei Olie beobachtet?«

»Schräger Vogel. Er wollte nie mit jemandem reden. Ist reingekommen, hat Bücher gekauft, ist gegangen.« Todd richtete sich auf und inhalierte eine halbe Marlboro Light 100. »Wir waren ein paarmal im selben Computerraum«, sagte er durch eine Rauchwolke. »Mit den anderen Studenten hat er nie gesprochen. Niemals.«

»Er hat tatsächlich Kurse in Harris belegt?«

»Nur als Gasthörer. Ich glaube nicht, daß er genug Geld für die Studiengebühren gehabt hätte, aber war total auf Computer abgefahren, wissen Sie. Ich glaube, er fühlte sich mit Maschinen wohler als mit Menschen. Manche Leute sind so. Auf jeden Fall war er meiner Meinung nach ganz bestimmt nicht der Typ Mensch, der mit den Köpfen der Leute rumfickt. Sie wissen schon, mit dieser Nachricht und dem Anruf und dem ganzen Mist.« Er schüttelte den Kopf, inhalierte eine viertel Zigarette und blies den Rauch durch die Nase aus. »Ich jedenfalls glaub das nicht, außer er hatte eine Persönlichkeitsspaltung, was ziemlich unwahrscheinlich ist.«

»Wahrscheinlich hat er irgendwo ein geheimes Leben geführt«, Megan zog ihre Fäustlinge an.

Todd warf ihr einen verträumten Blick zu. »Tun wir das nicht alle? Macht das nicht jeder – Tarnwände um sein inneres Ich bauen?«

»Wird wohl so sein«, gab sie zu und setzte ihre Ohrenschützer auf. »Aber die meisten von uns haben kein inneres Ich, das Kinder belästigt.« Sie klopfte auf die Visitenkarte, die sie auf den Tresen gelegt hatte. »Wenn Ihnen noch irgend etwas Bemerkenswertes einfällt, bitte rufen Sie mich an.«

»Klar, geht in Ordnung.«

»Oh, und Todd?« Sie sah ihn an und warf das Ende ihres Schals über ihre Schulter. »Rauchen Sie kein Dope bei der Arbeit. Man weiß nie, wann ein Cop hereinkommt.«

Megan eilte von der ›Leseratte‹ nach nebenan in ein kleines, türkises Holzhaus, das man in ein Café namens Bohnenstroh umgebaut hatte. Die winzige Veranda stand voller schneeverkrusteter Fahrräder, die offensichtlich den Winter über hier abgestellt waren. Megan betrat das Lokal, setzte sich an einen winzigen, weißgedeckten Tisch in der Nähe des Eingangsfensters; sie bestellte Milchkaffee und Schokokekse bei einem Mädchen im Romantik-Look. Die wenigen anderen Kunden saßen hinten an einem alten Holztresen in dem Raum, der früher sicher das Eßzimmer gewesen war, lasen Zeitung oder plauderten leise. Ein alternativer Rocksender tönte aus dem Radio in der Ecke und füllte die Leere mit Shawn Colvins sparsamem, nostalgischem Text von ›Steady On‹.

Die Wände waren kalkweiß gestrichen und mit Schwarzweiß-Fotos in schlichten schwarzen Rahmen geschmückt. An den Fenstern gab es keine Vorhänge, so daß das kalte, grelle Sonnenlicht einen ungehindert blenden konnte. Megan ließ ihre Sonnenbrille auf, um Augenkonkakt zu vermeiden und das Licht zu dämpfen. Sie nippte ihren Milchkaffee und knabberte gedankenverloren an ihren Keksen, während sie ihr Notizbuch anstarrte.

Sie mußte einen Faden finden, der die losen Informationsfetzen miteinander verband, aber scheinbar gab es keinen, außer Theorien. Olie hatte allein operiert oder Olie hatte einen Komplizen. Wen? Er hatte keine Freunde. Olie hatte Computer mit Dateien, die keiner knacken konnte. Aber bei ihm stand ein Nadeldrucker, und die Notiz, die man in Joshs Tasche gefunden hatte, stammte von einem Laserdrucker. Olie hatte Fotos von nackten Buben, aber sie waren mehrere Jahre alt, aus seinem Leben an einem anderen Ort.

Von jemandem, der so viel wußte, wußte sie sehr wenig.

Unwissenheit ist nicht Unschuld, sondern SÜNDE

ich hatt ein bißchen Kummer, geboren aus ein bißchen SÜNDE

Blinde, nackte Ignoranz … blinde nackte Ignoranz …

Kopfspielchen. Mitch hatte gemeint, Olie wäre nicht der Typ für Kopfspielchen. Er hatte in seinem eigenen Blut gelegen, als der Anruf in Mitchs Haus eintraf.

Blinde, nackte Ignoranz

Das Zitat stand im Bartlett; es stammte aus Tennysons Idylls of the King: Blinde, nackte Ignoranz, verurteilt schreiend ohne Scham.

Wollte ihnen jemand auf diese Weise sagen, daß sie den falschen Mann hatten? Oder war es Olies Partner, der nicht ahnte, daß im selben Augenblick seines Telefonterrors sein Kumpane sich die Pulsadern mit Scherben seines Porzellanauges aufschnitt?

Die Theorien wirbelten durch ihren Kopf und ließen ihn schmerzen. Und auf einer anderen Ebene beutelten sie die Ängste davor, was mit ihrer Karriere passieren würde, wenn jemand ihr Techtelmechtel mit Mitch an die große Glocke hängte. Bestenfalls würde sie ihr Gesicht bei den Männern verlieren, mit denen sie arbeitete. Der schlimmste Fall rangierte zwischen dem Verlust ihres Außenpostens und einem schmählichen Ende als Wachmann, irgendwo in einem Einkaufszentrum. Nein, das schlimmste wäre, diesen Fall nicht abschließen zu können, entschied sie, als sie ihre Kopie des Fotos von Josh betrachtete.

Er lächelte sie an, so voller Leben und Begeisterung und großäugiger Unschuld. Sie hatte nur für eine Sekunde ihre Schilde heruntergelassen und sich gefragt, wie es ihm wohl ging, was er dachte, in welcher Panik er sein mußte ... vorausgesetzt, daß er noch am Leben war. Sie mußte daran glauben. Dieser Glaube hielt sie alle in Gang.

Und bei diesen Überlegungen war sie sich schmerzlich jeder verstreichenden Sekunde bewußt.

»Wir tun unser Bestes, Josh«, flüsterte sie. »Halte durch, kleiner Kämpfer.«

Sie steckte das Foto zurück in ihre Mappe und zwang sich, sich wieder auf ihre Notizen zu konzentrieren. *Olie – Computer. Olie – Gasthörer – Harris College. Lehrer?*

Christopher Priest war Leiter der Fakultät. Vielleicht hatte er eine Ahnung, was Olie in seinen Geräten versteckt hatte. Womöglich wüßte er, wie man an die Dateien rankäme.

Sie zahlte ihre Rechnung und stemmte sich wieder in die arktische Kälte hinaus. Ihre Aktenmappe und das Notizbuch preßte sie an sich, als brächten sie ein wenig Schutz vor dem Wind. Der Lumina sprang widerwillig an, und der Keilriemen jaulte den ganzen Weg bis zum Revier wie ein Klabautermann.

Das einzig Gute an der Kälte war, daß sie die Presse davon abhielt, vor den Türen des Reviers herumzulungern. Nachdem man sie aus den Korridoren des Justizzentrums verbannt hatte, sammelten sie sich am

Haupteingang des City Center oder saßen mit laufenden Motoren in ihren Wagen auf dem Parkplatz. Megan stellte sich auf den für Agent L. Kozlowski auf der Rückseite des Gebäudes reservierten Platz und huschte zur Tür hinein, bevor einer der Geier seinen Ansitz verlassen konnte.

Ihre Telefonautomatik blinkte, als sie ihr Büro aufschloß. Der Anruf kam von Dave Larkin, nicht von DePalma. Sie hoffte, daß dieses Schweigen bedeutete, daß die Kacke von der Pressekonferenz noch nicht bis ins Hauptquartier gedampft war. Sie überlegte, ob es ratsam wäre, ihnen zuvorzukommen. DePalma selbst anzurufen und ihm eine gesäuberte Version der Vorfälle zu liefern – sie und Mitch hatten über den Fall diskutiert und waren erschöpft von den vielen Überstunden vor dem Kamin eingeschlafen, dann war der Anruf gekommen …

Anrufe. Plural. *Blinde, nackte Ignoranz.* Die Stimme dröhnte durch ihren Kopf, als sie ihre Jacke aufhängte. Flüsternd. Leise. Unheimlich. Vor ihrem geistigen Auge sah sie Worte, die mit Blut auf die weiße Wand von Olies Zelle geschmiert waren – ICH NICHT. Was, wenn er unschuldig war? Was, wenn sie all die Zeit darauf verschwendet hatten, einer falschen Fährte nachzujagen, während die wahren Kidnapper sich ins Fäustchen lachten?

Die Was-Wenns rotierten unablässig durch ihren Kopf. Sie mußte ihre Gedanken methodisch aufs richtige Gleis leiten, einen nach dem anderen. Sie hatte ihre Indizien verfolgt: Olie mit seinen Vorstrafen, mit der günstigen Gelegenheit. Sein Van paßte auf die Zeugenbeschreibung. Sein Van hatte Blutspuren auf dem Teppich.

»Larkin«, murmelte sie.

Sie schnappte sich den Hörer, drückte die Nummer und betete um seine Anwesenheit. Beim sechsten Klingeln nahm er ab.

»Larkin?«

»Dave, Megan hier. Was hast du für mich?«

»Mein Beileid für das Ableben deines Verdächtigen. Mann o Mann, Irland, du hast vielleicht ein Pech.«

»Ja, wenn wir kein Pech hätten, hätten wir gar nichts«, sagte sie. »Hast du sonst noch etwas aus unserer Richtung gehört?« erkundigte sie sich vorsichtig.

»Wie zum Beispiel?«

»Nichts. Vergiß es. Hast du den Bericht über das Blut?«

»Bin persönlich rübergegangen und hab ihnen auf die Zehen getreten. Ich dachte mir, so krieg ich schneller was für dich.«

»Danke. Du bist ein echter Kumpel, Dave. Was haben sie gefunden?«
»Es war kein menschliches.«
Megan atmete hörbar aus. »Großer Gott, ich weiß nicht, ob ich erleichtert oder enttäuscht sein soll.«
»Weiß schon, tut mir leid, Kleines. Ich wünschte, ich hätte etwas zu bieten, aber das Blut ist es nicht. Stammt wahrscheinlich von einem armen Bambi und war schon seit Jahren auf diesem Teppich. In dem Haus von dem Typen lagen keine Sportgewehre oder Pistolen herum, es wurden überhaupt keine Waffen gefunden. Ich faxe dir den Bericht, und sobald ich sonst noch etwas höre, rufe ich dich an.«
»Danke, Dave. Ich weiß es zu schätzen.«
»Keine Ursache. Und, Kopf hoch, Irland. Wenn du diesen Fall löst, zahl ich dir ein Abendessen.«
Megan machte sich nicht die Mühe ihm zu sagen, daß er allein essen müßte. Keine Cops. Nie wieder.
Sie fragte sich, was aus der ungezwungenen Kameradschaft mit Dave Larkin werden würde, wenn Paige Price' Story die interne Gerüchteküche erreichte. Seine amourösen Avancen hatte sie mittels ihres Prinzips des Ausgehverbots mit Cops in Schach gehalten. Er genoß es, sie damit zu necken, aber hatte immer ihre Grenzen respektiert. Wie würde er sich fühlen, wenn er erfuhr, daß sie mit Mitch geschlafen hatte? Würde er versuchen, es zu verstehen, oder würde sich sein Ego wie ein Airbag zwischen ihnen aufpumpen?
Sie verfluchte sich selbst wohl zum hundertsten Mal. Wofür hatte sie sich so kompromittiert? Für ein paar Stunden Intimität mit einem Mann, den sie kaum kannte!
Andere Gründe geisterten durch ihren Kopf, Ausreden und halbausgegorene Wünsche. Die körperliche Anziehung war stärker als alles, was sie bisher erlebt hatte; sie hatte nicht verstanden, sich dagegen zu wehren. Er war hartnäckig, überzeugend gewesen. Bei ihm hatte sie eine Bindung gespürt, die in ihr die Sehnsucht nach unbekannten Größen erweckte – Nähe, Kameradschaft ... Liebe.
Sie schloß die Augen und schüttelte den Kopf, war abgebrüht genug gewesen, um die Testosteron-Schallmauer zu durchbrechen und Detective bei der Polizei in Minneapolis zu werden. Unnachgiebig hatte sie mit dem BCA um ihr Recht auf diesen Außenposten gekämpft, hatte die miesesten Typen hinter Gitter gebracht. Und all das war innerhalb eines Herzschlags vergessen, wegen ein paar Stunden Zärtlichkeit und der Illusion, daß sie einem Mann als Frau etwas bedeutete.

Das Faxgerät hinter ihr piepte. Megan drehte sich mit ihrem Stuhl. Es war sicher der Laborbericht über die Blutflecken. Statt dessen kam es von der DMV, die Ergebnisse der Routineüberprüfung von Olies Van. Mit Hilfe der Fahrgestellnummer hatten sie die Lebensgeschichte des Vans in Minnesota vom ersten Besitzer bis zum letzten verfolgt. Laut diesem Bericht war das Fahrzeug im September 1991 auf Olie Swain überschrieben worden. Davor hatte es 1989 schon einmal den Besitzer gewechselt, der glückliche Käufer: Paul Kirkwood.
Megan bekam am ganzen Körper eine Gänsehaut. Der Van, über den Paul Kirkwood nicht mit ihr hatte reden wollen, war Olie Swains Van.

14 Uhr 14

»Der Gemeinderat ist wirklich sehr beunruhigt, Mitch. Niemand versteht hier, wie das passieren konnte. Ich meine, wie kam er denn an ein Messer heran? Ihr gebt doch diesen Kerlen nur Löffel zu ihrem Essen, oder?«
Mitch sah Bürgermeister Don Gillen an, der vor seinem Schreibtisch stand und alles tat, um aus Magensäure und Streß Geduld zu erzeugen. »Er hatte kein Messer, Don, hatte überhaupt keine Waffe, sondern sein Glasauge zertrümmert und sich mit den Scherben die Pulsadern aufgeschlitzt ... Wenn du mir irgend jemanden im Stadtrat nennst, der das hätte voraussehen können, stecke ich ihm mit Freuden meine Marke an und ziehe mich aus dem Beruf zurück.«
»Heiliger Strohsack.« Gillen war wie vom Donner gerührt. Seine blauen Augen blinzelten hinter seiner goldgeränderten Brille. Zusätzlich zu seinem Amt als Bürgermeister bekleidete er einen Verwaltungsposten bei den Gemeindeschulen von Deer Lake. Er war gute fünfzig, zog sich aber immer noch wie ein modebewußter Yuppie an, auffällige Krawatten und Hosenträger waren sein Markenzeichen. »Himmel, Mitch, das ist ja grauenhaft.«
Mitch breitete die Arme aus. »Es wäre mir lieb, wenn du das niemandem außer den Mitgliedern des Stadtrats erzähltest.«
»Ja, klar.« Gillen ächzte bekümmert, als er sich aus dem Besucherstuhl erhob. »Du glaubst also, es ist fast vorbei?« fragte er hoffnungsvoll. »Dieser Olie hat es getan und sich dann umgebracht, weil er sich schuldig fühlte oder den Gedanken, zurück ins Gefängnis zu müssen, nicht ertragen konnte?«

»Ehrlich gesagt, ich weiß es nicht, Don«, Mitch stand ebenfalls auf. »Gar nichts weiß ich.«

Gillen wollte etwas sagen, verstummte aber, da es an der Tür klopfte. Megan steckte den Kopf herein, ohne auf eine Einladung zu warten.

»Verzeihung, Chief«, sie sah ihn offen an. »Tut mir leid, wenn ich störe, aber ich habe hier etwas äußerst Dringendes. Ich muß sofort mit Ihnen reden.«

Sie betrat den Raum, mit einer Hand umklammerte sie eine Faxrolle. Ihr Gesicht war gespannt und blaß, nur ihre Augen funkelten. Mitchs Instinkte regten sich wie Radarfühler. Sie hatte etwas Konkretes, er spürte es.

»Ja, kommen Sie rein, Agent O'Malley«, er trat hinter seinem Schreibtisch hervor. »Sie kennen unseren Bürgermeister, Don Gillen?«

Megan nickte dem Bürgermeister kurz zu, sie war sich nur allzu bewußt, daß Gillen sie und Mitch nicht aus den Augen ließ. Offensichtlich wußte man in der Stadt schon über sie beide Bescheid, aber im Moment war ihr das scheißegal.

»Bitte, halte mich auf dem laufenden, Mitch«, sagte Gillen. »Ich werde im Gemeinderat tun, was ich kann.«

»Danke, Don.«

Gillen verließ den Raum und schloß die Tür hinter sich. Megan wartete volle zehn Sekunden, ihr Herz klopfte bis zum Hals, sie atmete so heftig, als wäre sie von ihrem Büro hierhergesprintet. Mitch stand mit in die Hüften gestemmten Fäusten vor seinem Schreibtisch, sein Gesicht war undurchschaubar, auf der Hut.

»Letzten Freitag hab ich vom DMV einen Bericht über den Van angefordert, den Paul Kirkwood einmal besessen hat – den, den er ganz aus Versehen vergessen hatte«, begann sie. »Ihre Computer waren zusammengebrochen. Sie haben sich nicht mehr bei mir gemeldet: Wie sich rausstellte, hatten sie meine Anfrage verloren. In der Zwischenzeit beantragte ich eine Überprüfung von Olie Swains Van – die Ergebnisse halte ich in meiner Hand. Dreimal darfst du raten, woher er ihn hat.«

»Doch nicht von Paul?« Mitchs Nerven krümmten sich wie Schlangen in seinem Magen.

Megan überreichte ihm das Fax quasi als Hochschuldiplom. »Gib dem Mann eine Zigarre, Treffer, auf Anhieb versenkt.«

Mitch rollte das Papier auseinander und starrte es an. »Ich kann nicht glauben, daß er sich nicht daran erinnert, Olie den Van verkauft zu haben.«
»Es gibt eine Reihe von Dingen bei Kirkwood, die ich nicht so recht glauben kann. Der Herr befindet sich in der Freiwilligenzentrale. Ich hab angerufen und ihn gebeten, auf einen kleinen Plausch rüberzukommen. Ich dachte, du wärst vielleicht gerne dabei.«
Paul verkaufte seinen Van an Olie, versuchte diese Tatsache zu vertuschen, schon bevor Olie offiziell in Verdacht geriet. Die Assoziationen waren einfach zu häßlich. Mitch wollte sie nicht einmal durchdenken, geschweige denn, sie Paul gegenüber zur Sprache bringen. Aber er hielt den Beweis in seiner Hand, ein ebenso stichhaltiger Beweis wie eine rauchende Pistole.
»Ich halte es für besser, wenn ich mit ihm rede«, murmelte er.
»Das dachtest du letzte Woche auch. Aber ich kann mich nicht daran erinnern, daß es passiert ist.«
Sein Kopf schnellte hoch, und er sah sie an, die Augen hart und glänzend wie Bernstein unter seinen finsteren Brauen. »Andere Dinge hatten Vorrang. Willst du mir damit unterstellen, daß ich mich davor gedrückt habe, ihn abzuklopfen?«
»Ich unterstelle gar nichts«, sagte sie mit regloser Miene, »halte lediglich fest: Es ist nicht passiert. Jetzt habe ich ihn herbestellt und werde auf jeden Fall dafür sorgen, daß alle geäußerten Fragen beantwortet werden.«
Schweigen breitete sich zwischen ihnen aus. Sie standen da wie zwei Cowboys beim letzten Duell vor dem Saloon. Mitch kam es vor, als hätte sie mit ihrem Zeh zwischen ihnen eine Linie auf dem Teppich gezogen. Und er verspürte ein vages Gefühl von Verlust, ob das nun passend war oder nicht.
»Megan«, sagte er und hob die Hand, um ihr über die Wange zu streichen.
Sie wandte sich ab. »Mach es nicht noch schwerer, als es ohnehin schon ist, Mitch«, murmelte sie. »Bitte.«
»Wir müssen ja keine Feinde sein.«
»Das sind wir auch nicht«, wehrte Megan ab. Sie zwang sich, einen Schritt zur Seite zu tun. Seine Zärtlichkeit war jedesmal ihr Untergang. Das mußte aufhören, wenn sie diese Situation irgendwie in den Griff bekommen wollte.
»Hör mal«, seufzte sie, »ich fühle mich in die Ecke gedrängt und ir-

gendwie ausgenutzt; du bist nicht schuld an dem, was passiert ist. Ich kann das nur nicht so gut wegstecken, fertig.«

»Ich rede mit DePalma, wenn du willst, sag ihm, daß nichts passiert ist. Außerdem geht sie das einen Dreck an, verdammt noch mal.«

Sie lächelte traurig. »Danke, aber das wird auch nichts nützen. Ihm ist es gleichgültig, was passiert ist und was nicht, wenn sie beschlossen haben, mich zu einem Public-Relations-Problem zu deklarieren. Wenn das passiert, berufen sie mich ins Hauptquartier zurück, und ich bin meinen Außenposten los – mit der Begründung, daß ich bei dem Fall keine Fortschritte mache, obwohl alle glauben, daß es die Folge mangelnder Diskretion ist.«

»Aber du bist doch ein fabelhafter Cop.« Mitch reichte ihr das Fax vom DMV zurück. »Diskretion hat noch nie einen Gangster ins Gefängnis gebracht.«

Megan zog verlegen die Schultern hoch, versuchte diesem versteckten Kompliment nicht zuviel Bedeutung beizumessen. »Laß uns tauschen«, sie reichte ihm die zweite Papierrolle.

»Was ist das?«

»Die Blutanalyse aus dem Van. Es ist tatsächlich kein menschliches Blut. Das können wir abhaken.«

»Gott sei Dank ... mehr oder weniger.«

»Ja.«

Natalies Stimme ertönte aus der Gegensprechanlage. »Chief, Paul Kirkwood möchte mit Ihnen reden.«

Megan lüftete eine Augenbraue. »Er muß meine Bitte mißverstanden haben«, sagte sie sarkastisch.

Mitch ging hinter seinen Schreibtisch und drückte einen Knopf. »Schick ihn rein, Natalie.«

Paul stürmte ins Büro, bereit eine Tirade auf ›dieses Luder vom BCA‹ loszulassen, blieb aber abrupt stehen, als sein Blick auf Megan O'Malley fiel. Sie stand mit verschränkten Armen neben Mitch Holts Schreibtisch. Ihr Blick war von der Sorte, die er aus seiner Kindheit in dem alten Viertel von St. Paul kannte – ein Hauch Trotz, ein Anflug von Wut und eine kräftige Portion gute alte Abgebrühtheit. Wenn sie Kinder gewesen wären, hätte sie ihm vielleicht gesagt, sie würde seinen Hintern die Straße rauf- und runtertreten.

Er richtete sich auf und verlagerte seinen Blick zu Holt, der mit aufgerollten Hemdsärmeln, die Ellbogen auf der Schreibunterlage, ganz entspannt, ein wenig verknittert, hinter seinem Schreibtisch saß.

»Ich dachte, Sie wären allein«, blaffte Paul.
»Alles, was Sie zu diesem Fall beizutragen haben, können Sie vor Agent O'Malley aussagen«, erwiderte Mitch. »Ziehen Sie Ihren Mantel aus, Paul, und setzen Sie sich.«
Paul ignorierte das Angebot und begann vor dem Schreibtisch zu rotieren. »Ja, ich hab schon gehört, daß ihr beiden ein Herz und eine Seele seid. Schön zu wissen, daß bei all den Überstunden etwas rauskommt.«
»Ich glaube, hier gibt es ein paar wichtigere Dinge zu besprechen, als Klatsch, Mr. Kirkwood«, sagte Megan in frostigem Ton. »Ihr mangelhaftes Gedächtnis zum Beispiel.«
»Mein was?«
»Paul, setzen Sie sich«, schlug Mitch erneut vor, der Kumpel, der Freund. »Wir müssen da eine Kleinigkeit klären wegen dem Van, den Sie mal gehabt haben.«
»Das schon wieder?« Er klatschte sich an die Seiten seines weiten schwarzen Wollmantels. »Das glaub ich einfach nicht. Ihr Typen bringt es fertig, den einzigen Verdächtigen in diesem Fall umzubringen ...«
»Olie hat Selbstmord begangen«, verbesserte ihn Mitch gelassen.
»Sonst hätten wir die Möglichkeit, *ihm* diese Fragen zu stellen«, erklärte Megan.
Paul hielt unvermittelt inne und starrte sie an. Er sah ein bißchen dünner aus – seine Nase schien spitzer, die Augen tiefliegender; aber statt verhärmt wirkte er energiegeladen, als würde ihm die Spannung der augenblicklichen Situation das nötige Adrenalin liefern. Sie konnte nicht umhin, an Hannah zu denken, die von Tag zu Tag mehr aussah wie eine Gefangene in einem Todescamp.
»Und wie, bitte, soll ich das verstehen?« fragte er.
»Paul, warum haben Sie uns nicht erzählt, daß Sie diesen Van an Olie Swain verkauft haben«, fragte Mitch sachlich.
Paul sah ihn fassungslos an. »Hab ich nicht! Ich hab gesagt, ich weiß nicht mehr, an wen ich ihn verkauft haben, aber *er* war es nicht. Mein Gott, ich würde mich doch wohl erinnern, wenn ich ihn dem verkauft hätte.«
»Komisch«, sagte Megan, »genau das hab ich auch gesagt – man möchte doch meinen, daß er sich daran erinnert, daß er ihn an Olie verkauft hat ...«
»Hab ich nicht!«

Mitch hielt das Fax hoch und entrollte es wie eine Urkunde.
»Das DMV sagt aber etwas anderes, Paul.«
»Mir ist scheißegal, was das DMV sagt! Ich habe diesen Van *nicht* an Olie Swain verkauft!« Er war so aufgeregt, daß er wieder anfing, auf- und abzuhasten. »Und was, wenn ich es hätte? Das war wann – vor vier oder fünf Jahren ...«
»Im September 1991«, half Megan ihm auf die Sprünge.
»Natürlich würde das keine Rolle spielen«, sagte Mitch. »Was eine Rolle spielt, ist, daß Sie uns anscheinend belogen haben, Paul. *Das* spielt eine große Rolle.«
Paul schlug mit der Faust auf den Schreibtisch. Eine Zornesader pochte an seinem Hals. »Ich habe euch *nicht* angelogen. Wie könnt ihr es wagen, *mich* zu beschuldigen! Mein Sohn wird immer noch vermißt ...«
»Und wir untersuchen jede Spur, jeden einzelnen Fetzen von irgend etwas, das auch nur im entferntesten nach Beweismaterial aussieht, Paul«, sagte Mitch leise. »Wir machen unseren Job.«
»Und was habt ihr gestern nacht vollbracht, als eurer einziger Verdächtiger sich die Pulsadern aufgeschlitzt hat?« keifte Paul mit hochrotem Kopf.
Mitch erhob sich langsam, seine Miene war undurchdringlich. Er ging um den Tisch herum, klatschte eine Hand auf Pauls Schulter und dirigierte ihn zum Besucherstuhl. »Setzen Sie sich, Paul.«
Dann lehnte er sich an den Schreibtisch, täuschend freundlich. »Lassen Sie mich ein paar Dinge klarstellen, Paul. Erstens tun wir alles, was in unserer Macht steht, um Josh zurückzubringen. *Keiner* ist von einer Überprüfung ausgenommen. Verstehen Sie, was ich damit sagen will, Paul? *Keiner*, so heißt die Vorschrift, und so werden die Ermittlungen geführt. Kein Stein bleibt auf dem anderen. Wenn das Ihre Gefühle verletzt, tut es mir leid, aber Sie müssen verstehen: Alles was wir tun, tun wir für Josh!«
»Wir behaupten ja nicht, daß Sie ein Verdächtiger sind, Mr. Kirkwood«, warf Megan ein. »Es handelte sich um eine Routineüberprüfung von Olies Fahrzeug. Sie können es mir wahrhaftig glauben, Ihren Namen als letzten Eigentümer vor Olie zu sehen, war eine Überraschung.«
»Wenn Sie Ihre Gefühle jetzt für eine Sekunde außer acht lassen wollen, Paul, dann stellen Sie sich bitte vor, wie das in unseren Augen erscheinen muß«, sagte Mitch. »Sie behaupten, daß Sie sich nicht erin-

nern können, wer Ihren Van gekauft hat; dann taucht er wieder auf, im Besitz eines Mannes, der verdächtigt wird, Ihren Sohn entführt zu haben. Sie sollten wirklich froh sein, daß ich Sie kenne, Paul.« Er beugte sich vor und hielt ihm seinen Finger unter die Nase ... denn wenn ich bloß irgendein Cop wäre, dann würden wir dieses Gespräch am unteren Ende des Korridors führen, in Anwesenheit eines Anwalts.«

Paul rutschte auf seinem Stuhl hin und her. Er sah aus wie ein bockiger Schüler, der im Büro des Direktors den harten Mann markieren wollte. »Ich hab den Van nicht an Olie Swain verkauft.« Seine Stimme zitterte ein bißchen. »Der Typ, der ihn vor mir gekauft hat, muß ihn weiterveräußert haben, ohne die Papiere zu ändern.

Mitch lehnte sich mit einem Seufzer zurück und nahm das Fax vom DMV. »Erinnern Sie sich, zu welcher Jahreszeit Sie ihn verkauft haben?«

»Ich weiß nicht. Im Frühling glaub ich, April oder Mai.«

»Der Fahrzeugbrief wurde im September umgeschrieben«, sagte Mitch und reichte Megan das Dokument. Sie warf ihm einen Blick zu, der Paul nicht entging.

»Fragen Sie Hannah«, warf er streitsüchtig ein. »Hannah kann sich alles merken.«

»Sie haben nicht zufällig irgendwelche Papiere über den Verkauf in Ihren Steuerpapieren«, hakte sie nach. »Sie sind schließlich Steuerberater und ...«

»Wahrscheinlich. Ich hätte ja inzwischen nachgeschaut, aber ich war doch beim Suchtrupp und, offengesagt, ich konnte nicht – kann immer noch nicht – verstehen, was das bedeuten soll.«

»Sehen Sie nach«, schlug Mitch vor, jetzt wieder ganz der einfühlsame Schutzmann. »Damit schaffen wir eine Unklarheit aus der Welt.«

»In Ordnung.« Paul verschränkte seine Beine und drehte sich etwas zur Seite, daß er Mitch und Megan nicht direkt ansehen mußte.

Damit kam er bei Megan nicht durch. Sie ging hinter ihm vorbei und stellte sich direkt in sein Blickfeld. »Mr. Kirkwood, ich habe noch ein paar Fragen zu der Nacht, in der Josh verschwand.«

»Ich hab gearbeitet«, sagte Paul erschöpft und rieb sich die Stirn.

»Im Konferenzraum in Ihrem Büro«, beendete Megan den Satz für ihn. »Und Sie haben kein einziges Mal Ihren Anrufbeantworter überprüft?«

»Nein«, flüsterte er, während in seinem Kopf Joshs Stimme ertönte – *Dad, kannst du kommen und mich vom Eishockey abholen? Mom hat sich verspätet, und ich will nach Hause.* Ein Schaudern rann durch seinen Körper. »Erst als … nachdem …«
»Nachdem was?«
Dad, kannst du kommen und mich vom Eishockey abholen? Mom hat sich verspätet, und ich will nach Hause.
Er schniefte, beugte den Kopf und hielt sich schützend die Hand über die Augen. »Am nächsten Tag.«
»Haben Sie das Band noch?«
Dad, kannst du kommen und mich vom Eishockey abholen? Mom hat sich verspätet, und ich will nach Hause.
»Ah – nein«, log er. »Ich … ich konnte es nicht behalten. Ich konnte nicht hören …«
Dad, kannst du kommen und mich vom Eishockey abholen? Mom hat sich verspätet, und ich will nach Hause.
Er erschauderte. »Ich will ihn einfach nur wiederhaben«, flüsterte er aufgelöst.
Megan atmete hörbar aus, und Mitch warf ihr einen warnenden Blick zu. »Es tut mir leid, daß ich Ihnen das zumuten muß, Mr. Kirkwood«, sagte sie leise. »Mir gefällt das auch nicht.«
Mitch reichte Paul eine Schachtel mit Kleenex und klopfte ihm auf die Schulter. »Ich weiß, daß es die Hölle ist, Paul. Wir würden nicht fragen, wenn wir nicht müßten.«
»Chief?« Natalies Stimme tönte aus der Gegensprechanlage. »Noogie ist auf Leitung Eins, und ich glaube, Sie wollen hören, was er zu sagen hat.«
Er ging hinter den Schreibtisch zurück und drückte den blinkenden Knopf. »Noogie, was ist los?«
»Ich bin in St. Elysius, Chief. Ich glaube, Sie sollten rauskommen. Ich hab einen Funkspruch an das Sheriffbüro abgefangen. Eine Frau hier draußen in Ryans's Bay hat gemeldet, daß sie eine Kinderjacke gefunden hat. Die Jungs glauben, es könnte Josh Kirkwoods sein.«

Kapitel 26

TAG 8
15 Uhr 07, –32 Grad, Windabkühlungsfaktor: –43 Grad

Ryan's Bay bezeichnete ziemlich großspurig etwas, das letztendlich nur ein großer nasser Fleck in einem Moorgebiet westlich von Dinkytown war, windgepeitscht und öde in den Klauen des Winters. Das Land wurde in den siebziger Jahren Deer Lake eingemeindet. Aber es gab keine städtische Abwasserbeseitigung oder Kommunalversorgung; deshalb betrachteten sich die Einwohner des Gebietes als unabhängig von der Stadt. Das erklärte auch, warum Ruth Cooper das Sheriffbüro angerufen hatte, als ihr Labrador mit einer Kinderjacke im Maul aus dem Kolbenschilf gestürmt kam. Steiger selbst stand am Ort des Geschehens, in einem Schaffellmantel mit aufgestelltem Kragen und einem großen Trapperhut aus Pelz auf seinem fettigen Kopf. Er stellte scheinbar die Hauptattraktion dar, bei dem, was bereits in einen Medienzirkus ausgeartet war.

»Soviel zur Abschirmung des Tatorts«, murmelte Megan, als Mitch seinen Explorer neben dem Sendewagen von KSTP abstellte und damit dem Van die Ausfahrt blockierte.

Reporter, Zivilisten, Deputys des Sheriffs und losgelassene Hunde zertrampelten den Schnee im ganzen Umkreis. Mitch schaltete den Motor aus und wollte sich gerade Paul auf dem Rücksitz zuwenden; aber Paul war bereits draußen und drängte auf das Zentrum des Sturms zu. Reporter drehten sich um und machten ihm Platz, Kameras schwangen in seine Richtung. Mitch sprang aus dem Truck und sprintete hinterher, in der vergeblichen Hoffnung, er könne die Szene verhindern, in die Paul sich jetzt stürzte.

Steiger hielt den bunten Anorak hoch wie eine Trophäe. Paul warf sich mit einem erstickten Schrei auf den Sheriff, entriß ihm die Jacke

und stieß ihn weg, so daß Steiger rückwärts stolperte. Paul fiel auf die Knie in den niedergetrampelten Schnee. Er hatte den Anorak mit beiden Händen gepackt und begrub schluchzend sein Gesicht darin.
»O mein Gott, Josh! Josh! O Gott! Nein!«
Mitch schubste sich rücksichtslos durch die Reihen der Presse, die sich um Paul drängten, kochend vor Wut. Als er die Mitte des Kreises erreicht hatte, drehte er sich zu ihnen und schrie: »Verschwindet von hier!« Er schlug die Linse einer Videokamera, die gerade auf Paul zoomte, herunter. »Verflucht, habt Ihr denn überhaupt kein Mitgefühl? Verschwindet von hier!«
Hinter sich hörte er das gräßliche Geräusch von Paul Kirkwoods Schluchzen. Es gab in der menschlichen Erfahrung nichts, was mit dem Kummer eines Vaters oder einer Mutter vergleichbar wäre. Es war die Zerstückelung einer lebenden Seele, so ungeheuer schmerzhaft, daß dafür jegliche Worte fehlten. Das war keine Sache, die die Leute bei den Sechs-Uhr-Nachrichten mit ansehen sollten.
Pater McCoy kniete neben Paul, eine Hand auf seiner Schulter, den Kopf gebeugt, damit seine Worte des Trosts nicht vom schneidenden Wind fortgerissen werden konnten. Steiger stand zwei Meter von ihnen entfernt. Er sah mürrisch und etwas verloren aus. Emotionale Angelegenheiten überschritten seinen Horizont.
Mitch sah den Sheriff mit einem verbitterten Grinsen an.
»Danke, daß du mein Büro verständigt hast, Russ.« Russ schniefte und spuckte einen Batzen Schleim in den Schnee.
»Geht zurück, Leute!« rief Megan und hielt ihre Marke hoch, während Noogie mit zwei anderen Beamten die Menge zurück zur Old Cedar Road trieb. »Sie befinden sich am mutmaßlichen Schauplatz eines Verbrechens! Wir müssen Sie bitten, zurückzutreten!«
»Laßt mich in Ruhe!« schrie Paul plötzlich. Er schubste Pater Tom beiseite und rappelte sich auf. Der Priester fiel in den Schnee. »Ich will nichts von Ihnen! Verdammt, lassen Sie mich in Ruhe!«
»He, Paul.« Mitch packte seinen Arm und steuerte ihn auf den Sumpf zu, weg von den wachsamen Augen der Presse. »Kommen Sie. Wir müssen uns einen Moment Zeit nehmen und darüber nachdenken, was das bedeutet.«
»Er ist tot.« Paul versagte die Stimme, er hielt sich die Jacke vors Gesicht und starrte sie an, als wäre sein Sohn gerade daraus entwichen. »Er ist tot. Er ist tot …«
Mitch schob den Anorak beiseite. »Das wissen wir nicht. Wir haben

seine Jacke, nicht ihn. Die Jacke wird auf jedem Plakat und jedem Bericht über Josh beschrieben. Der Kidnapper hätte schlau sein sollen, sie gleich am Anfang loszuwerden.«

Paul befand sich jenseits aller Vernunft. Er fing wieder an zu weinen, ein leises unheimliches Wehklagen. »Er ist tot. Er ist tot. Er ist tot.«

»Houston!« rief Mitch und winkte einen seiner Beamten, die die Menge in Schach hielten, zu sich.

Der kräftige, bärtige Cop kam angeschlurft, der Schnee knirschte unter seinen schweren Polarstiefeln. Die Feuchtigkeit seines Atems hing weißgefroren in seinem dichten Barthaar. Was von seinem Gesicht zu sehen war, war rot von der Kälte und dem Wind.

»Du mußt Mr. Kirkwood nach Hause bringen«, ordnete Mitch an. »Erklär Dr. Garrison, was passiert ist, und bleib bei ihnen, bis ich komme.«

»Da kannste drauf wetten.« Houston legte einen mächtigen Arm um Pauls Schultern. »Kommen Sie, Mr. Kirkwood. Wir gehn jetzt nach Hause. Es ist zu verdammt kalt, um hier rumzustehen.«

Bevor sie einen Schritt machen konnten, hatte Mitch Joshs Jacke gepackt und versuchte behutsam, sie Paul zu entwinden. »Kommen Sie, Paul«, sagte er ruhig. »Das ist jetzt Beweismaterial. Wir müssen sie ins Labor schicken.« Paul ließ widerwillig los, dann schwankte er mit den Händen vorm Gesicht mit Houston davon.

»Er leidet furchtbar«, sagte Pater Tom und klopfte sich den Schnee von seinem Parka.

»Wie steht's mit Ihnen, Pater?« fragte Megan. »Alles in Ordnung?«

Seine Brille saß schief. Er rückte sie gerade und zog die Ohrenklappen seiner Jagdmütze runter. »So weit, so gut. Ich hätte es wissen müssen. Paul ist nicht gerade ein Fan von mir. Aber als Noogie nach St. Eylsius kam, um zu telefonieren und uns gesagt hat, was los ist, hielt ich es für meine Pflicht, hierzusein.«

»Uns?« sagte Mitch und wandte sich zur Kirche. Sie stand etwa eine Viertelmeile entfernt, in südöstlicher Richtung. Ihre Türme ragten über die kahlen Bäume hinaus.

»Albert und ich sind gerade die Kirchenbücher durchgegangen«, erklärte der Priester. »Sollten Sie wegen seiner Diskretion besorgt sein, ich glaube, da hat schon jemand anders die Katze aus dem Sack gelassen.«

Mitch sagte nichts. Er sah sich die Umgebung lange und prüfend an. Die ›Bay‹ selbst war gefroren und voller Schneewehen, die sich bei

den skelettartigen Schilfdickichten aufgehäuft hatten. Eine winterweiße Wüste mit Dünen, die sich im eisigen Hauch des Windes verlagerten. Sicher war es in den wärmeren Monaten ein Paradies für Moskitos, trotzdem hatten Leute ihre Häuser an die Ufer gebaut. Bei dem halben Dutzend an der Nordwestseite der Bucht war alles vertreten, vom Chalet bis zum teuren Zedernhaus im Shakerstil, mit prächtigen Veranden, die gut nach Nantucket gepaßt hätten. Sie standen ein Stück vom Ufer entfernt, auf großzügig verteilten Grundstücken von drei bis fünf Morgen mit dichtem Baumbestand.
Hinter ihnen, im Westen, im Anschluß an das weite, offene Ackerland und kleine Haine schimmerte der Horizont milchig weiß vom dahertreibenden Schnee. Der Himmel strahlte in brillanten Farben, von Pink bis Orange, als die Sonne ihren Absticg begann. Am südöstlichen Ufer sah man anstelle von Häusern nur ein weitläufiges Dickicht aus verkrüppelten Büschen und dünnen jungen Bäumen, die wie riesige Zahnstocher gen Himmel ragten. Albert Fletcher stand am Rande des Gestrüpps, eine hochgewachsene Gestalt in einem strengen schwarzen Mantel mit einer schwarzen Kapuze, die er eng um sein Gesicht gezurrt hatte.
»Seid ihr beide mit Noogie rübergefahren?« fragte Mitch.
»Ich ja.« Pater Tom zog die Brauen hoch, als auch er den Diakon entdeckte. »Albert muß allein nachgekommen sein. Ich dachte, er wollte nicht aus dem Haus. Er hat mir gesagt, er würde sich nicht gut fühlen, glaubte, da wär eine Erkältung im Anzug ...«
»Offensichtlich geht es ihm wieder besser«, Megan zog den Kopf tiefer in ihren Schal, um dem bitterkalten Wind zu entgehen.
»Hmm ... ich sollte mich besser auf den Weg machen«, sagte der Priester. »Paul wird sicher nicht erbaut sein, mich zu sehen, aber Hannah braucht wohl eine Schulter zum Ausweinen.«
Er trabte durch den Schnee davon und kletterte das Ufer hoch zu Albert Fletcher. Die beiden Männer machten sich zusammen auf den Weg.
Mitch wandte seine Aufmerksamkeit der kleinen Jacke zu, die er in der Hand hielt und dem Namen, der mit unlöslicher Wäschetinte in den Kragen geschrieben war. Er hielt sie Megan hin, und sie nahm sie mit einem Kloß im Hals. »Damit wären wohl alle Zweifel ausgeschlossen, nicht wahr?«
Steiger kam jetzt mit einer Frau, die einen großen, schwarzen Labrador an der Leine hielt. Der Hund tänzelte neben ihr her, ganz aus dem

Häuschen vor Aufregung. »Mitch, das ist Ruth Cooper. Ihr Hund hat die Jacke gefunden.«

Mitch nickte. »Mrs. Cooper.«

Megan warf einen kurzen Blick auf den Sheriff, dann stellte sie sich vor. »Mrs. Cooper, ich bin Agent O'Malley vom BCA.«

»O ja. Sehr erfreut? Caleb, sitz«, sagte die Frau und zog an der Leine. Caleb hatte den schlanken, muskulösen Körper eines jungen Hundes und wedelte mit hoffnungsvollen Blicken auf sein Frauchen.

Unter ihrer dicken, beigen Strickmütze und einem voluminösen beige-violetten Anorak war Ruth Cooper eine kleine rundliche Frau um die sechzig. Ihre Stupsnase zeigte Spuren der langen Zeit, die sie jetzt schon in der extremen Kälte verbrachte; sie hatte denselben Rotton, den im Herbst die Rotwildjäger aufwiesen. Ihr Gewicht von einem Moonboot auf den anderen verlagernd, erzählte sie ihre Geschichte.

»Ich war mit Caleb spazieren«, begann sie, und der Hund ließ begeistert seinen Schwanz wackeln, als er seinen Namen hörte. »Er darf frei rumlaufen, aber wir haben Angst, daß er auf Abenteuersuche geht, und deshalb begleiten entweder Stan oder ich ihn – sogar bei diesem Wetter. Und Stan, der kann jetzt nicht raus, wissen Sie, den hat diese furchtbare Grippe erwischt, die grassiert. Ich hab ihm gesagt, er soll sich im Herbst impfen lassen, aber er ist ja so stur. Auf jeden Fall sind wir um die Bucht rumgegangen, und Caleb, der scheucht gern die Vögel aus dem Schilf hoch, also ist er losgerannt und dann mit dem hier zurückgekommen.« Sie packte einen Ärmel von Joshs Jacke und hielt ihn hoch. »Ich hab's sofort gewußt. Ich hab's einfach gewußt. Der arme kleine Racker ...«

»Mrs. Cooper«, sagte Mitch. »Sie gehen jeden Tag hier mit Caleb spazieren?«

»O ja. Er braucht seinen Auslauf, und Stan und ich halten nichts von Zwingern – nicht bei einem so großen Hund wie Caleb. Wir sind jeden Tag hier draußen. Das ist unser Haus da drüben, das so aussieht wie aus Cape Cod, das beige. Möchten Sie vielleicht auf einen Kaffee reinkommen? Es ist entsetzlich kalt diese Tage.«

»Vielleicht in ein paar Minuten, Mrs. Cooper«, versprach Mitch. »Tut mir leid, wenn ich Sie bei dieser Kälte hier draußen aufhalte, aber wir müssen genau wissen, wo Caleb das Kleidungsstück aufgestöbert hat.«

Ruth und Caleb gingen voran, mit Steiger direkt neben ihnen.

Noggie ging mit Mitch, die beiden unterhielten sich leise. »Chief, ich war Freitag mit der Suchmannschaft hier unterwegs. Wir haben den Boden Zentimeter für Zentimeter abgesucht, aber keiner hat auch nur ein Kaugummipapier gefunden. Wir hatten auch einen Hund von der Rettungsstation, die Jacke lag da noch nicht hier.«

Mitch runzelte die Stirn. »Wann haben Sie Caleb das letzte Mal hier frei laufen lassen, Mrs. Cooper?«

»Wir waren gestern nachmittag genau an derselben Stelle.« Sie blieb am Ende des Sumpfes stehen und deutete umher.

»Haben Sie im Zeitraum von gestern bis heute nachmittag irgend jemanden gesehen?« fragte Megan und öffnete nebenbei die Taschen des Anoraks, um den Inhalt zu überprüfen – ein zerknülltes Papiertaschentuch, ein Kaugummipapier.

»Ab und zu sehe ich Leute hier draußen. Wir haben diesen schönen Weg, wissen Sie, für Snowmobile oder Spaziergänger oder Langläufer. Einige von diesen Fitneß-Leuten sind total verrückt, joggen oder was auch immer bei jedem Wetter«, sagte sie. »Heute ganz früh am Morgen war ein Mann hier. Ich hab in der Küche Wasser heiß gemacht für Stans Medizin und aus dem Fenster geschaut, und da ging er auf dem Weg entlang.«

»Haben Sie ihn deutlich gesehen?« fragte Mitch.

»Er ist direkt zum Haus raufgekommen, aber war ganz eingemummt, wissen Sie«, erläuterte sie. »Er hatte seinen Hund verloren. Wollte wissen, ob ich ihn gesehen habe. Ein großes haariges Ding – der Hund, nicht der Mann. Aber mir war nichts aufgefallen, und er hat mich gebeten, ein Auge offenzuhalten. Ich hab gesagt, klar. Wissen Sie, ich liebe Hunde. Natürlich halt ich Ausschau nach so einem armen Kerl, der in dieser Eiseskälte verlorengegangen ist.« Caleb wedelte mit dem Schwanz und verbeugte sich vor ihr.

»Meine Männer haben dieses Gebiet bereits abgesucht«, sagte Steiger zu Mitch. Er hatte die Hände in seinen Taschen versenkt und sah so steif aus wie ein Totempfahl aus der Arktis. »Hier gibt's nichts mehr zu holen. Ich würde sagen, wir nehmen Ruths Angebot mit dem Kaffee an.«

»Ich will mich nur kurz umschauen.« Mitch machte sich daran, die Uferböschung hinunterzusteigen.

»Der Hund von seinem Sohn, hat er gesagt«, ergänzte Ruth. »Der Hund hatte so einen komischen Namen, Grimsby? Gatsby? Gizmo. Das war's. Gizmo.«

Eine scharfe Klinge der Angst durchfuhr Mitch. Er erstarrte auf halbem Weg zum Ufer. Gizmo. Vor seinem geistigen Auge sah er die Zeichnung in Joshs Notizbuch – ein Junge und sein Hund. Ein haariger Köter namens Gizmo.

»Mitch.«

Megans Tonfall ließ ihn den Kopf in ihre Richtung drehen. Er schaute hoch zu ihr. Ihre Augen waren weit aufgerissen, ihr Gesicht so farblos wie der Schnee. In einer behandschuhten Hand hielt sie einen Streifen Papier. Der Wind ließ es wie ein Band flattern.

Er rannte die Böschung hoch und nahm es mit zwei Fingern. Dann wurde ihm klar, daß er nicht gewußt hatte, was Kälte bedeutet, bis er die Worte gelesen hatte und das Blut in seinen Adern gefror.

mein Geist ist um mich Tag und Nacht,
bewacht mein Treiben wie ein wildes Tier.
aus meinem tiefsten Sinn fließt der Strom
und weint um meine Sünden ohne Unterlaß.

16 Uhr 45, –33 Grad, Windabkühlungsfaktor: –43 Grad

»Was, zur Hölle, soll das heißen?« Steiger stolzierte um den Tisch, die Hände in seine hageren Hüften gestemmt.

Megan hatte sich auf den Tisch plaziert und ließ die Beine baumeln. Das war der Konferenzraum, in dem sie Mitch das erste Mal begegnet war, als er in seiner langen roten Unterhose getanzt hatte, genau vor einer Woche. Jetzt lehnte er sich direkt vor ihr an die Wand, die Arme verschränkt. Sein Gesicht war zerfurcht von Streß, überschattet von Müdigkeit, sah eingefallen und hart aus.

Auch der Raum hatte sich verändert. Sie nannten es jetzt den Strategieraum. Über das Schwarze Brett aus Kork war eine Karte von Park County und eine vom Staat Minnesota genagelt, rote Stecknadeln markierten die Suchbereiche. An der langen Wand hing ein ein Meter breites und vier Meter langes Stück Papier, auf dem der gesamte Verlauf geschrieben stand. Alles was geschehen war, seit man Josh das letzte Mal gesehen hatte, war auf dieser Ereignis-Kurve verzeichnet. Von der roten Hauptader aus verzweigten sich gekritzelte Nebenflüsse, Notizen in roter, blauer und schwarzer Tinte. Auf das weiße Nachrichtenbrett am Ende des Raums hatte Mitch mit seiner kühnen, schrägen Handschrift den Vers der neuesten Botschaft notiert.

Hier kamen sie zusammen, um Wissen auszutauschen und neue Denkanstöße zu suchen. Weit weg vom Lärm und der Hektik der Einsatzleitung. Im Strategieraum gab es kein Telefon, keine Freiwilligen, die einem ständig in die Quere kamen, keine Presse, die sich hereindrängelte. In diesem Raum konnten sie sitzen, die neueste Botschaft lesen und dem Ticken der Uhr lauschen, während sie um ihre Entschlüsselung rangen. Das einzige, was sie mit Bestimmtheit wußten, war, daß das Zitat aus William Blakes ›My Specter‹ stammte.

»Er könnte damit sagen, daß er eine gespaltene Persönlichkeit hat«, bot Megan an, was ihr ein verächtliches Schnauben des Sheriffs einhandelte. »Oder einen Komplizen.«

»Olie Swain«, grunzte er. »Er war schuldig wie die Sünde selbst. Ihr habt doch diese Bilder gesehen, die er hatte ...«

»Sie waren alt«, wandte Mitch ein. »Hier hatte er eine saubere Weste ...«

Der Sheriff rollte mit den Augen, als sich ihre Blicke beim Hin- und Herirren kreuzten. »Einmal ein Hühnerhabicht, immer ein Hühnerhabicht. Glaubst du vielleicht, daß der so lange hier gelebt hat, ohne es irgendeinem Kind zu besorgen?«

»Es gab nie eine Meldung ...«

»Das sagt gar nichts. Solche Scheiße passiert doch dauernd, und keiner hört was davon. Kinder sind gierig. Olie bietet irgendeinem Kind zehn Dollar für ein bißchen Rumfummeln, vielleicht denkt das Kind, das ist nicht so schlimm – nimmt das Geld und hält die Klappe. Olie war's.«

»Und hat mit seinem Lebensblut geschworen, daß er's nicht war«, sagte Megan spitz, nur um Steiger zu ärgern, nicht weil sie unbedingt daran glaubte.

Er warf ihr einen bösen Blick zu. »Darauf sind Sie reingefallen?« Er schüttelte den Kopf und grinste boshaft. »Na ja, wir wissen ja wohl alle, wie Sie es geschafft haben, Detective zu werden.«

»Was wollen Sie damit sagen?« knurrte Mitch gefährlich und richtete sich auf.

»Das bedeutet, daß er ein Wichser ist«, sagte Megan kühl. Sie dirigierte das Gespräch wieder in die richtigen Gleise zurück, bevor Steiger sich wehren konnte. »Er könnte sagen, daß er Gewissensbisse hat wegen seiner Taten, aber das glaube ich nicht. Er hat noch kein einziges Mal Reue gezeigt, uns höchstens an der Nase rumgeführt. Ich glaube, er hockt irgendwo und lacht sich kaputt, während wir wie die Keystone Cops rumrennen.«

»Diese verfluchten Kopfspielchen«, murmelte Mitch. Kopfspiele eines Gehirns, das so verdreht war wie ein Korkenzieher. So gestört, daß es ein Beweisstück ablegen konnte, dann seelenruhig auf ein Haus zuspazierte und die Frau darin in ein Gespräch verwickelte, in dem er beiläufig Hinweise fallen ließ und sich dann einfach trollte.

»Dem stimm ich zu. Wir wissen, daß Olie nichts mit dem Anruf zu tun hatte, der Samstag aus St. Peter erfolgte. Er hat das Notizbuch nicht auf die Motorhaube gelegt, konnte auch die Jacke nicht mehr dort hinlegen. Und dieser Anruf gestern nacht kam genausowenig von Olie.«

»Welcher Anruf?« fragte Steiger.

Megan ignorierte ihn. »Es könnte natürlich irgendein Spinner gewesen sein, aber es paßt zu gut zu den anderen Äußerungen.«

Der Sheriff trat in ihr Blickfeld, mit sauertöpfischer Miene. »Welcher Anruf?«

»Ich hatte gestern nacht einen Anruf«, sagte Mitch und deutete auf das Nachrichtenbrett. »Er hat immer wieder dasselbe gesagt – ›blinde, nackte Ignoranz‹. Ich hab's als Anruf eines Verrückten abgeschrieben.«

»Blind und nackt?« Steiger schniefte. »Vielleicht hat jemand durch dein Fenster geschaut.«

»Und vielleicht solltest du dich auf den Fall konzentrieren, und deine Kommentare für dich behalten, Russ.«

Megan rutschte vom Tisch, gerade als ihr Piepser losging. Sie knipste ihn vom Gürtel ab, drückte auf Wiedergabe und runzelte die Stirn. »Ich muß einen Anruf tätigen«, sie sah Mitch mit ihrem besten Pokergesicht an. »Chief, sind Sie bereit für die Unterredung mit den Kirkwoods?«

Mitch nickte. Ihm gefiel ihr gestreßter Blick nicht. Sie mußte sicher DePalma anrufen. Auch wenn er sich einredete, sie würde aus einer Mücke einen Elefanten machen, wurde er bei dem Gedanken doch unruhig. Er wollte nicht, daß sie von dem Fall abgezogen wurde, wollte nicht, daß sie für etwas bestraft wurde, woran er ebenso beteiligt gewesen war – sogar mehr, wenn man es genau nahm. Megan hegte ihre Prinzipien im Umgang mit Cops; er war derjenige, der sie ins Wanken gebracht hatte.

»Fünf Minuten«, sagte er. »Ich komm in Ihrem Büro vorbei.«

Er sah ihr nach, wie sie durch die Tür verschwand und vergaß für einen Moment Steigers Anwesenheit. Ein Moment war auch alles, was Steiger ihm gestattete.
»Und, wie ist sie?« fragte Steiger. Er stolzierte mit verschränkten Armen durch den Raum, ein wissendes Grinsen verzog seinen schmalen Mund. »Sie sieht ja nicht aus, als wär sie im Bett so 'ne heiße Nummer, aber vielleicht kann sie mit dem Mund auch noch was Besseres als dauernd blöd daherreden.«
Mitch reagierte rein instinktiv. Er holte aus und landete einen rechten Haken direkt auf Steigers Nase. Das laute Knacken brechender Knochen peitschte wie ein Schuß durch den Raum. Steiger fiel auf die Knie, und Blut schoß durch die Hände, die er sich vors Gesicht hielt.
»Heiliger Schtrohschack. Du hascht mir die Nasche gebrochen!« schrie er. Das Blut strömte dick und rot durch seine Finger, troff in Rinnsalen über seine Handrücken und weiter auf den Teppich.
Mitch schüttelte seine Hand, um den Schmerz zu lindern, dann beugt er sich mit funkelnden Augen über ihn. »Du bist billig weggekommen, Russ«, fauchte er. »Das war dafür, daß du Paige Price auf Megan angesetzt hast, daß du Informationen durchsickern hast lassen und weil du sowieso ein Arschloch bist. Eine lausige gebrochene Nase für das alles? Schön warst du doch sowieso noch nie!«
»Und noch eine kleine Warnung, Russ«, fuhr er fort und hob den Finger. »Wenn ich heute abend die Zehn-Uhr-Nachrichten einschalte und höre, wie Paige Price William Blake zitiert, dann fahr ich raus zu dieser Blechdose, in der du wohnst, steck dir meine Pistole in den Hintern und blas dir den Schädel weg. Hast du das verstanden, Russ?«
»Nfick disch«, blubberte Steiger und tastete in seiner Hosentasche nach einem Taschentuch.
»Gut gesagt, Sheriff«, Mitch richtete sich auf und stampfte zur Tür. »Ein Meister des feinen Wortes, wie immer. Zu schade, daß du als Cop nicht im entferntesten halb so gut bist.«

»Sie hat die Fakten verdreht«, sprach Megan in den Hörer. Sie lag mit den Ellbogen auf dem Schreibtisch, den Kopf in eine Hand gestützt. »Was sag ich denn? Sie hatte je nicht mal Fakten! Bruce ...«
»Nenn mich nicht Bruce, wenn ich sauer auf dich bin«, tönte DePalma wütend.
»Ja, Sir«, ergab sie sich. Sie hatte das Gefühl, unsichtbare Hände

attackierten ihre Augen mit Stopfnadeln. »Sie hat sich diese Story aus den Fingern gesogen!«

»Sie waren nicht um drei Uhr früh in Chief Holts Haus?«

»Dafür gibt es eine ganz simple, harmlose Erklärung – und wenn ich hinzufügen darf, hat Miss Paige Price es nicht der Mühe wert gefunden, sie sich von mir zu holen, bevor sie mir auf der Pressekonferenz ins Gesicht sprang.«

»Sie wollen also sagen, daß das alles ein Mißverständnis ist, das übertrieben aufgebauscht wurde?«

»Jawohl.«

»Scheinbar ist das jetzt ein ständiger Refrain in Ihrem Leben, Agent O'Malley.« Sein Ton klang so scharf, daß sie zusammenzuckte. »Diese Diskussion über die Geschlechterprobleme hatten wir bereits. Das letzte, was dieses Bureau braucht, ist ein Sexskandal.«

»Richtig, Sir.«

»Haben Sie eine Ahnung, in was für einen Blutrausch das ausarten könnte? Wir geben endlich einer Frau einen Außendienstposten, und ihr fällt nichts Besseres ein, als den Polizeichef zu verführen!«

Fast wäre sie aus dem Stuhl gesprungen. »Niemals habe ich ...«

»Ich behaupte ja nicht, daß Sie es getan haben, aber das heißt noch lange nicht, daß die Presse genauso milde mit Ihnen verfährt. Was ist denn wirklich passiert?«

Megan schluckte. »Chief Holt und ich haben über den Fall diskutiert, bei einer Tasse Kaffee ...«

»Im Dunkeln?«

»Das Kaminfeuer war an und der Fernseher lief, die Beleuchtung war ausreichend.«

»Weiter.«

»Wie Sie wissen, existieren bei diesem Fall mörderische Arbeitszeiten. Wir waren beide erschöpft und sind einfach eingeschlafen.«

Während der längeren Schweigepause, die folgte, spürte Megan Schweißperlen aus ihren Poren schießen. Sie war eine schlechte Lügnerin und verabscheute ihre gegenwärtige Situation. Was sie in ihrer Freizeit tat, sollte keinen etwas angehen. Wenn sie ein Mann gewesen wäre, hätte sich bestimmt keiner die Mühe gemacht, ihr nachzuspionieren. Wenn sie ein Mann wäre, dachte sie verbittert, hätte man wahrscheinlich *erwartet*, daß sie inzwischen jemanden verführt hätte. *Verführt.* Das Wort hinterließ einen schlechten Geschmack in ihrem Mund, es klang so billig. Gleichgültig, was aus ihrer Beziehung mit

Mitch werden würde, sie wollte das, was zwischen ihnen geschehen war, nicht so sehen.

»Mein Sechzehnjähriger hat bessere Geschichten auf Lager«, ärgerte sich DePalma laut.

»Es ist die Wahrheit.« *Zumindest ein Teil davon.*

DePalmas Seufzer rauschte wie eine Sturmbö durch die Leitung. »Megan, ich mag Sie. Sie sind ein guter Cop. Ich möchte, daß Sie mit diesem Job zufrieden sind, aber Sie bringen das Bureau in eine unhaltbare Lage. Wir machen Sie zu unserer ersten Frau im Außendienst und werden bezichtigt, daß das nur Alibifunktion hat. Jedes Mal, wenn Sie sich umdrehen, treten Sie in ein Fettnäpfchen – streiten mit Kirkwood, schlafen mit Holt ...«

»Ich hab Ihnen gesagt ...«

»Sparen Sie sich die Spucke. Es spielt keine Rolle, was Sie getan haben und was nicht. Die Leute glauben das, was ihnen gefällt.«

»Einschließlich Ihnen.«

»Und jetzt stirbt auch noch euer einziger Verdächtiger im Gefängnis ...«

»Wollen Sie mir etwa auch noch anhängen, daß ich ihn umgebracht habe?«

»Es macht einen schlechten Eindruck.«

»Da sei Gott vor, daß ein Verbrechen keinen guten Eindruck macht!«

»Ihre schnippischen Bemerkungen werden noch mal Ihr Untergang sein, Megan. Sie müssen lernen, Ihre irische Zunge im Zaum zu halten, bevor man Sie deswegen rauswirft.«

Was bedeutete, daß sie noch nicht gefeuert war. Sie hätte zu gerne ein Signal der Erleichterung von sich gegeben, aber das war verfrüht, da sie immer noch auf dem Drahtseil balancierte und dabei mit Bowlingkugeln jonglierte. Noch ein Fehltritt, und die Akte O'Malley schlösse sich endgültig.

»Ich möchte nicht, daß es soweit kommt, Megan. Gott allein weiß, was für einen Schlamassel wir da am Hals hätten, wenn wir Sie abberufen müßten. Aber einen Schlamassel haben wir bereits, also glauben Sie ja nicht, daß der verhindert, daß es passieren könnte.«

»Nein, Sir.«

»Wo stehen Sie mit dem Fall?«

In einem Kaninchenbau mit einem Irren. Diesen Gedanken behielt sie für sich und legte ohne Beschönigung oder falsche Hoffnung den

Stand der Dinge dar. Bei Polizeiarbeit zahlte es sich nicht aus, mehr zu versprechen, als man liefern konnte.

DePalma stellte zwischendurch Fragen.

»Kann diese Cooper den Mann identifizieren, mit dem sie gesprochen hat?«

»Sie ist unsicher. Er war wegen der Kälte ziemlich eingemummt. Augenblicklich befindet sie sich bei dem Mann, der die Phantombilder zeichnet.«

»War Blut auf der Jacke?«

»Soweit ich sehen konnte, nicht. Sie ist im Labor.«

»Was halten Sie von dieser Nachricht? Glauben Sie, sie besagt, er hätte den Jungen umgebracht?«

»Ich weiß es nicht.«

»Haben Sie die Möglichkeit in Betracht gezogen, daß Swains Komplize vielleicht jemand aus seiner Vergangenheit in Washington sein könnte?«

»Nach allem, was wir bis jetzt gehört haben«, gab Megan Auskunft, »war er auch dort ein Einzelgänger. Den einzigen, den man irgendwie als Freund bezeichnen könnte, war der Cousin, dessen Ausweis er bei sich hatte; und dessen ganzer Kommentar beschränkte sich auf ›Mißgeburt‹. Ich wäre auch ein bißchen sauer, wenn mein Cousin meinen Führerschein gestohlen, in einem anderen Staat meine Identität angenommen und dann ein gemeines Verbrechen begangen hätte, das im ganzen Land Aufmerksamkeit erregte.«

DePalma ignorierte ihren Sarkasmus. »Vielleicht brauchen Sie ein bißchen Hilfe«, schlug er vor.

Megan spürte, wie sich ihre Nackenhaare aufstellten. »Was soll das heißen?«

»Sie kommen nicht weiter. Vielleicht brauchen Sie jemanden, der alles aus einer neuen Perspektive sieht.«

»Ich werde allein mit diesem Fall fertig, Bruce«, fauchte sie.

»Natürlich. Meiner Meinung nach kann, wenn nichts mehr vorwärtsgeht, ein Neubeauftragter vielleicht wieder etwas in Gang bringen.«

Mich rausekeln, dachte Megan zornig. Der Spielplan war schmerzlich klar. DePalma würde einen anderen Agenten schicken, der sich still und heimlich ihre Autorität unter den Nagel riß, und wenn die Zügel dann in anderen Händen lagen, würde man sie in aller Stille ins Hauptquartier zurückberufen. Kein Aufruhr, keine Probleme, alles schön amtlich, genau wie es die Lamettaträger wollten.

»Das wäre vermutlich ein Fehler.« Sie grapschte verzweifelt nach dem traurigen Resten ihrer Beherrschung. »Jeder, der neu hinzukommt, müßte sich durch alle Aussagen kämpfen, Zeugen neu vernehmen, sich mit den Familien vertraut machen – und offengestanden, brauchen die nicht noch mehr Aufruhr in ihrem Leben.«
»Ich werde dran denken. Inzwischen, Megan, sorgen Sie dafür, daß es vorangeht! Verstehen Sie, was ich meine?«
»Vollkommen.«
Sie verabschiedete sich, legte den Hörer auf und streckte ihm die Zunge aus. »Und nenn mich nicht Megan, wenn ich sauer auf dich bin«, wiederholte sie ätzend.
»Ja, Ma'am«, erwiderte Mitch, dessen Kopf gerade in der Tür klemmte.
Megan sah hoch zu ihm, zu erschöpft und zu besorgt, um ein Lächeln zu mimen. »Auf dich bin ich nicht sauer.«
Er schlenderte mit der Jacke über der Schulter in ihr Büro.
»Was hast du denn mit deiner Hand gemacht?«
Er verzog mißmutig den Mund, als er seine geschwollenen Handknöchel betrachtete. »Ich hatte das Bedürfnis, irgendwo dagegenzuhauen.«
»Gegen was – eine Ziegelwand?«
»Steigers Nase.«
Sie zog erstaunt die Brauen hoch. »Schade, Chief, um das zu sehen, hätte ich Eintritt bezahlt!«
»Besser ohne Zeugen«, sagte er mit einem Schulterzucken. »Steiger hat Paige Price Informationen zugeschanzt. Ich habe nur mein Mißfallen zum Ausdruck gebracht.«
Ihr Zorn über die ungerechte Welt ließ ihre Zornesadern schwellen. »Sie fickt Steiger, um Informationen zu kriegen, und besitzt die Frechheit, bei einer Pressekonferenz aufzustehen und mit dem Finger auf mich zu zeigen. Ich hätte nichts dagegen, selbst mal zuzuhauen.«
»Wenn du ihr auch nur ein Haar krümmst, verlierst du mehr als deinen Job.« Mitch strich mit dem Finger über ihr Messingnamensschild. Er nahm es in die Hand und drehte es um: TAKE NO SHIT, MAKE NO EXCUSES. »Was hatte DePalma auf dem Herzen?«
»Was er gesagt hat, oder was er gemeint hat? Offiziell geben sie wegen Gerüchten über einen Agenten keinen Kommentar ab. Sie werden ihr volles Vertrauen in mich so vage wie möglich ausdrücken. Offiziell schicken sie möglicherweise einen Agenten, ›der mir bei der

Ermittlung helfen soll‹. Wenn das passiert, wird er am Ende meinen Job haben, und ich werde in einem Keller im Hauptquartier versauern beim Papierkram für kleine Betrügereien.«
Mitch folgte ihr erbost zum Ende des Schreibtischs, als sie sich zum Kleiderständer wandte. »Ich wünschte, du würdest *mich* mit ihm reden lassen.«
Sie schüttelte den Kopf. »Meine Schlachten schlage ich selbst.«
»Das nennt man Unterstützung eines Freundes, Megan.«
Sie drehte sich um, legte den Kopf zurück und sah hoch zu ihm. Er war ihr wieder zu nahe, versuchte sie einzuschüchtern, machte sie darauf aufmerksam, daß er größer und stärker war und fähig, sie zu beherrschen – oder zu beschützen. Ein Teil von ihr fand die Vorstellung verlockend, aber diesem Teil würde sie sich nicht unterwerfen.
»Man nennt das falsche Informationen geben, und das hab ich hiermit getan«, sagte sie. »Ich werde nicht zulassen, daß du meinetwegen lügst, basta.«
Ihre Antwort duldete keinen Widerspruch. Mitch sagte nichts, während er zusah, wie sie sich den riesigen Daunenmantel überstreifte. So verdammt dickköpfig. So verdammt unabhängig. Er wollte, daß sie sich an ihn lehnte, stellte er zu seinem Erstaunen fest. Er wollte ihr helfen, ihre Ehre verteidigen. Altmodische Vorstellungen, und sie war keine altmodische Frau – Vorstellungen, die nach Verpflichtung rochen, etwas, was sie angeblich beide nicht wollten!
»Wir werden damit fertig«, murmelte er, war sich aber nicht sicher, welchen Aspekt dieser verworrenen Geschichte er damit meinte.
Womit? hätte Megan am liebsten gefragt, der beruflichen oder ihrer persönlichen Situation? Sie entschied sich für das erstere; darauf sollten sie sich konzentrieren, die verdammte Uhr würde nicht aufhören zu ticken.
»Für uns heißt das«, faßte sie kurzangebunden zusammen, »wir finden Josh.«

Kapitel 27

TAG 8
17 Uhr 39, –33 Grad, Windabkühlungsfaktor: –43 Grad

Hannah stand am Fenster und starrte hinaus auf den See. Die letzten Strahlen Sonnenlicht breiteten sich brandrot über den Horizont. Komisch, daß ein so kalter Himmel eine so heiße Farbe darbot. Während sie da stand, spürte sie die Kälte durch das Glas kriechen, in ihren Körper eindringen. Sie wünschte, sie würde sie abstumpfen, aber das geschah nicht, sie ließ sie nur erschaudern.

Auf der anderen Seite des Sees tauchten Blinklichter auf. Die Hubschrauber waren nochmals angefordert worden. Einen konnte sie in der Ferne sehen, er hing wie ein Geier über Dinkytown. Sie erinnerte sich an das Knattern der Rotoren, wie sie wachgelegen und ihrem unheimlichen Flug hin und her über die Stadt gelauscht hatte. Hinter Dinkytown, draußen vor dem flammenden Horizont lag Ryan's Bay. In der Ryan's Bay hatte ein Hund Joshs Anorak, weggeworfen wie ein Stück Müll, entdeckt.

Sie sah das Kleidungsstück vor ihrem geistigen Auge – grellblau mit grünen und gelben Rändern. Sie kannte die Größe und den Markennamen, die Taschen, in denen er kleine Schätze, Kleenex und Fäustlinge bunkerte. Sie kannte den Geruch und wußte, wie es sich anfühlte. All diese Erinnerungen wurzelten tief in ihrem Bewußtsein, unberührbar, unantastbar. Schon der zweite Gegenstand von Josh, der innerhalb einer Woche von ihm aufgetaucht war, und man hatte ihr nicht erlaubt, ihn zu sehen oder zu berühren. Die Jacke ging sofort nach St. Paul, um studiert und analysiert zu werden.

»Ich hätte sie so gerne nur ein wenig im Arm gehalten«, sagte sie leise. Sie stellte sich vor, wie das gewesen wäre, sie an ihr Gesicht zu heben, sie über ihre Wange streichen zu lassen.

»Tut mir leid, Hannah.« Megan appellierte an ihren Verstand: »Wir hielten es für unerläßlich, sie so schnell wie möglich ins Labor zu schaffen.«

»Natürlich versteh ich das«, murmelte sie. Aber das stimmte nicht, nicht außerhalb dieses logischen, realistischen Gehirnkomplexes, der routinemäßig reagierte.

»Glauben Sie, sie finden darauf Fingerabdrücke?« fragte Paul. Er saß neben dem Kamin, in einer ausgebleichten schwarzen Jogginghose und einem schweren grauen Sweatshirt mit dem Logo der Universität von Minnesota. Sein Haar war noch feucht von der Dusche, mit der er sich aufgewärmt hatte. Lily saß auf seinem Schoß und versuchte vergeblich, ihn für ihren Plüsch-Dino zu interessieren.

Megan und Mitch tauschten einen Blick.

Mitch verneinte. »Es ist praktisch unmöglich, auf Nylon Fingerabdrücke zu hinterlassen.«

»Was dann?«

»Willst du sie wirklich zwingen, es zu sagen?« erkundigte sich Hannah in scharfem Ton. »Was glaubst du denn, wonach sie suchen, Paul? Blut. Blut und Samen und irgendwelche andere gräßlichen Spuren von dem, was dieses Tier Josh angetan hat. Hab ich recht, Agent O'Malley?«

Megan sagte nichts. Die Frage war rhetorisch. Hannah brauchte und wollte keine Antwort. Sie stand mit dem Rücken zum Fenster da, Trotz und Wut bildeten nur eine hauchdünne Schicht über dem nackten Entsetzen, das sie verzehrte.

»Die Frau, deren Hund die Jacke aufstöberte, hat möglicherweise den Mann gesehen, der sie dort hinlegte«, sagte Mitch. »Es könnte sogar sein, daß sie ein Gespräch mit ihm geführt hat.«

»Könnte sein?« fragte Hannah verwirrt.

Mitch erzählte ihnen die Geschichte von Ruth Cooper und dem Mann, der an ihre Tür gekommen war, nachdem sie ihn durch ihr Küchenfenster entdeckt hatte. Als er zu der Stelle mit dem Namen des Hundes kam, wurde Hannahs Gesicht aschfahl, und sie klammerte sich an den Ohrensessel, weil ihre Knie nachgaben.

Paul entwickelte mit einem Mal Aktivität. Er stand langsam auf und setzte Lily auf den Boden. Sie wackelte zu Mitch und bot ihm ihren Dinosaurier an. Pater Tom erhob sich von der Couch, nahm sie hoch, kitzelte sie, bis sie zu kichern anfing, und trug sie nach oben ins Schlafzimmer.

»Sie kann also den Mann identifizieren«, sagte Paul.
»Gegenwärtig arbeitet sie mit dem Zeichner an einem Phantombild«, erklärte ihm Megan. »Es ist nicht so einfach, wie wir es gerne hätten. Der Mann war für dieses Wetter angezogen, also total eingemummt. Aber sie glaubt, sie könnte ihn erkennen, wenn sie ihn wiedersähe.«
»Sie glaubt? Sie könnte?« Paul zog ein Feuereisen aus dem Ständer des Messingkaminbestecks und machte sich am Feuer zu schaffen, stocherte in den glühenden Scheiten, daß ein Funkenregen aufflog.
»Es ist besser als nichts.«
»Es *ist* nichts!« Er wirbelte mit dem Eisen in der Hand herum. Sein hageres Gesicht war wutverzerrt. »Ihr habt *nichts!* Mein Sohn liegt irgendwo tot in einem Winkel, und ihr habt nichts! Ihr schafft es ja nicht einmal, den einzigen Verdächtigen, den ihr habt, am Leben zu erhalten!«
Hannah fuhr ihn entnervt an: »Hör auf!«
Er beachtete sie nicht, seine Wut konzentrierte sich im Augenblick ganz auf Mitch und Megan. »Ihr seid viel zu sehr damit beschäftigt, euch gegenseitig zu ficken, als daß ihr euch Sorgen machtet um meinen Sohn ...«
»Paul, um Himmels willen!«
»Was ist denn los, Hannah?« fragte er und ging auf sie zu, das Eisen fest mit einer Hand umklammert. »Hab ich deine Empfindsamkeit beleidigt?«
»Du hast jeden beleidigt.«
»Das ist mir egal. Sie haben alles vermasselt, und mein Sohn muß dafür bezahlen ...«
»Er ist auch mein Sohn.«
»Ach, wirklich? Hast du ihn deshalb auf der Straße stehenlassen, damit er gekidnappt und ermordet werden kann?« schrie er und schleuderte das Kamingerät beiseite. Es knallte gegen die Wand und fiel zu Boden.
Hannah konnte kaum Luft holen, um zu antworten. Wenn er ihr das Feuereisen in den Leib gerammt hätte, hätte er sie nicht so verletzt.
»Du gemeiner Lump!« flüsterte sie zitternd.
»Paul!« zischte Mitch und packte ihn grob an der Schulter, »gehen wir in dein Arbeitszimmer.«
Paul entwand sich seinem Zugriff. »Damit du mir einen Vortrag halten kannst, wie ich meine Frau unterstützen soll«, sagte er verächtlich. »Ich glaube nichts. Nichts, was du sagst, interessiert mich.«

»So ein Pech aber auch.« Mitch packte ihn erneut und dirigierte ihn zu seinem Arbeitszimmer.

Hannah sah ihnen nicht nach. Sie konzentrierte sich mit aller Kraft darauf, nicht die Beherrschung zu verlieren, durchquerte das Zimmer, hob das Feuereisen auf und stellte es zurück in den Ständer. Ihre Hände zitterten so heftig, daß sie sich nicht vorstellen konnte, wie sie jemals in Ruhe ein Skalpell gehalten hatte.

»Also«, sagte sie und wischte sich die Hände an ihren Jeans ab, »das war wirklich häßlich.«

»Hannah …«, begann Megan.

»Und gräßlicherweise ist es wahr … alles meine Schuld!«

»Nein. Sie haben sich verspätet. Das hätte Sie nicht Josh kosten sollen.«

»Aber es hat.«

»Das war der Mann, der beschlossen hatte, Josh zu entführen. Sie hatten keine Kontrolle über seine Entscheidung.«

»Nein«, murmelte sie. »Und jetzt hab ich nichts mehr unter Kontrolle. Wegen diesem einzigen Augenblick fällt mein Leben auseinander. Wenn ich es geschafft hätte, das Krankenhaus zu verlassen, bevor Kathleen um diese Ecke gebogen ist, um mich zurückzurufen, dann wäre Josh hier. Ich würde ihn heute wieder vom Eishockey abholen. Josh würde sich beklagen, weil er um sieben zum Religionsunterricht müßte.

Ein Augenblick. Eine Handvoll Sekunden. Ein Herzschlag.« Sie starrte ins Feuer und schnippte mit den Fingern. »Eine Unachtsamkeit, und dieser Autounfall wäre nie passiert. Ich wäre nicht in die Notaufnahme zurückgerufen worden und Josh nicht allein gewesen – wir würden jetzt nicht hier stehen und die Hände ringen, weil mein Mann mir die Schuld zuschiebt …«

Sie ließ den Gedanken verlöschen. Es gab kein Zurück, sondern nur ein Vorwärts in die Ungewißheit. Sie ließ sich erschöpft in einen Stuhl fallen und zog die Beine hoch. Gedämpfte wütende Stimmen waren durch die geschlossene Tür zu Pauls Arbeitszimmer zu hören.

Hannah kratzte an einem getrockneten Fleck auf dem Knie ihrer Jeans. »Ich würde auch gerne zurückgehen und diesen Augenblick finden, in dem Paul sich verändert hat«, flüsterte sie. »Er war einmal ganz anders. Wir sind so glücklich gewesen.«

Megan wußte nicht, wie sie reagieren sollte. Austausch von Vertraulichkeiten mit anderen Frauen waren noch nie ihre Stärke gewesen.

Dank ihrem mangelnden Talent für Beziehungen hatte sie keine Erfahrungen, aus denen sie Weisheit schöpfen konnte. Sie flüchtete sich in das einzige, was sie beherrschte, nämlich das Fahnden. »Wann haben Sie zum ersten Mal bemerkt, daß Paul sich ungewohnt verhielt?«

»Oh, ich weiß nicht«, Hannah zuckte die Schultern. »Es war so subtil. Äußerte sich nur in Kleinigkeiten, vor Jahren schon, nehm ich an. Etwa ein Jahr, nachdem wir hierhergezogen sind.«

Nachdem sie sich allmählich im Krankenhaus und in der Gemeinde etabliert hatte. Der Umzug war Pauls Idee gewesen, und sie fragte sich oft, was er sich wohl dabei vorgestellt hatte. Sie fragte sich, ob er für sich an eine Rolle wie die ihre in der Gemeinde gedacht hatte, als jemand, der bekannt ist und beliebt und respektiert wird. Am Anfang ihrer Beziehung hatte er ihr anvertraut, daß er jemand werden wollte, jemand anders als der Bücherwurm aus einer Arbeiterfamilie. Hatte er geglaubt, er könnte hier ein anderer werden, jemand, der auf die Leute zuging, sich mit ihnen unterhielt, wo er doch diese Qualitäten gar nicht besaß? Der Gedanke, daß Eifersucht diesen Keil zwischen sie getrieben und ihre Liebe vergiftet hatte, war ihrem Wesen zuwider. Ein so sinnloses Gefühl, nichts, das zwischen Leuten aufkommen sollte, die sich geschworen hatten, einander zu respektieren und zu unterstützen.

»Und in letzter Zeit hat er sich noch mehr zurückgezogen?« fragte Megan.

»Es paßt ihm nicht, daß ich soviel Zeit im Krankenhaus verbringe, seit ich zur Leiterin der Notaufnahme befördert wurde.«

»Und wie steht es mit seinen Arbeitszeiten? An diesem Abend hat er auch gearbeitet.«

»Die Steuersaison fängt bald an. Er wird viele Überstunden machen müssen.«

»Ist es normal, daß er seinen Anrufbeantworter ignoriert, wenn Sie ihn abends im Büro anrufen?«

Hannah setzte sich auf, ihre Augen wurden schmal, und etwas verkrampfte sich in ihrer Brust. »Warum stellen Sie mir diese Fragen?«

Megan erwiderte das mit einem, wie sie hoffte, betretenen Blick. »Ich bin ein Cop, das gehört zu meinen Aufgaben.«

»Sie glauben doch wohl nicht etwa, daß Paul etwas damit zu tun hat?«

»Nein, nein, natürlich nicht. Das ist reine Routine«, log Megan. »Wir müssen wissen, wo jeder war, verstehen Sie, bevor die Anwälte den Fall in die Finger kriegen. Die sind ganz wild auf Einzelheiten. Sogar

Mutter Teresa würde ein Alibi brauchen, wäre sie hier. Wenn wir diesen Typen erwischen, wird sein Anwalt wahrscheinlich versuchen, es jemand anderen anzuhängen. Er wird versuchen zu beweisen, daß sein Klient um sechs Uhr heute morgen woanders war. Wenn er schleimig genug ist, wird er fragen, wo Sie heute morgen um sechs Uhr waren, und auch Paul.«

Hannah blinzelte sie an, mit bewußt ausdruckslosem Gesicht. »Ich weiß nicht, wo Paul war. Er war fort, als ich aufgewacht bin, hat gesagt, er sei allein losgefahren, um einfach in der Stadt noch mal zu suchen ... »Sicherlich, hat er das gemacht«, sagte sie, und es klang, als wolle sie nicht nur Megan überzeugen, sondern auch sich selbst.

»Vermutlich haben Sie recht«, stimmte Megan ihr zu. Sie speicherte jede Einzelheit dieser Szene in ihrem Gedächtnis – die Fakten, Hannahs Tonfall, ihren Gesichtsausdruck, die knisternde Spannung. »Ich wollte auch nichts anderes unterstellen, sondern Ihnen nur verständlich machen, warum wir einige dieser Fragen stellen müssen. Worauf ich eigentlich abziele: ob Ihnen vielleicht irgendwelche Namen eingefallen sind – Leute, die auf Sie oder Paul sauer sein könnten. Ein unzufriedener Patient, ein verärgerter Klient, so jemand?«

»Sie haben bereits jeden vernommen, den wir kennen«, sagte Hannah. »Und mir fällt beim besten Willen kein Patient ein, der Grund haben könnte, so etwas Entsetzliches zu tun. Die meisten Fälle, die wir in einem so kleinen Krankenhaus wie dem unseren kriegen, sind entweder leicht zu behandeln oder gleich tödlich. Die meisten kritischen Fälle – Unfallopfer und so weiter – werden direkt in ein Großklinikum geflogen. Patienten mit ernsthaften Erkrankungen überweist man ebenfalls in größere Krankenhäuser.«

»Aber Sie haben doch auch Verluste zu beklagen.«

»Ein paar.« Ihr Mund hing herab. »Ich erinnere mich, damals als ich noch in den Twin Cities arbeitete, haben wir kleine Landkrankenhäuser wie das in Deer Lake ›Etikett-drauf-und-ab-in-den-Sack-Kaschemmen‹ genannt. Wir tun unser Bestes, aber wir haben weder die Ausrüstung noch das Personal wie die großen Zentren. Die Menschen hier verstehen das.«

»Vielleicht.« Megan nahm sich vor, ins Gemeindekrankenhaus von Deer Lake zu fahren, um dem Personal der Notaufnahme selbst auf den Zahn zu fühlen.

»Was Pauls Klienten angeht: Da sind jedes Jahr ein paar, die Zeter und

Mordio schreien, weil sie soviel Steuern zahlen müssen, aber das ist ja wohl kaum seine Schuld.«

»Keine katastrophalen Steuerprüfungen, zum Beispiel, Leute, die ins Gefängnis müssen?«

»Nein.« Hannah stand wieder auf, sie war so nervös, daß sie nie länger als ein paar Minuten stillsitzen konnte, gleichgültig, wie müde sie war. »Ich werde Tee kochen. Möchten Sie auch einen? Es ist so kalt ...«

Und Josh irrte irgendwo umher, ohne seinen Anorak.

Draußen vor dem Panoramafenster dunkelte es, kalt und schwarz wie in einer Gruft.

»Glauben Sie, er ist am Leben?« flüsterte sie und starrte hinaus in die Nacht, in die Josh vor acht Tagen verschwunden war.

Megan stand auf und stellte sich neben sie. Vor kaum mehr als einer Woche hätte jeder in der Stadt geschworen, Hannah besäße alles – eine Karriere, Familie, ein Haus am See. Die halbe Stadt hatte sie als Inbegriff moderner Fraulichkeit betrachtet. Jetzt war sei nur ein Häuflein Verzweiflung, zerschmettert und verwundet, die sich an einen Hoffnungsfaden, dünn wie ein Haar, klammerte.

»Er ist am Leben, solange wir nichts anderes hören«, sprach Megan ermutigend. »Daran glaube ich, und das müssen Sie auch!«

Pauls Bürotür schwang auf. Er stürmte heraus und verließ das Haus durch den Ausgang zur Garage. Mitch kam aus dem Büro, er sah grimmig und völlig erschöpft aus.

»Ich weiß nicht, wie ich an ihn rankommen soll«, ratlos trat er ins Wohnzimmer.

»Ich auch nicht«, gestand Hannah. »Sollten wir eine Selbsthilfegruppe gründen?«

Mitch rang sich ein Lächeln zu diesem kläglichen Scherz ab. Er nahm ihre Hände in die seinen und drückte sie. Ihre Finger waren eiskalt. »Tut mir leid, Hannah. Das alles übersteigt mein Fassungsvermögen. Ich wünschte, wir kämen schneller voran.«

»Ihr tut doch alles, was in eurer Macht steht. Es ist nicht eure Schuld.«

»Und deine auch nicht!« Er zog sie tröstend in seine Arme. »Halt durch, Liebes.«

Hannah brachte sie zur Tür und entließ sie in die eisige Nacht. Auf dem Weg zurück durchs Wohnzimmer blieb sie kurz stehen und lauschte der Stille. Ihr ›Aufpasser‹, wie sie den Agent, der ihrem Haus zugeteilt war, nannte, war bei Mitchs und Megans Erscheinen zum Essen gegangen und würde erst später zurückkommen. Sie hatte sich eine Pause von der Schichtwache der Nachbarn erbeten und bekommen, ebenso wie vom langen Arm der Organisation für vermißte Kinder. Das Haus war still, ruhig, die Spannung verflogen.

Sie fragte sich, wo Paul steckte, wieviel Zeit sie wohl hätte, bis er zurückkam und die Feindseligkeiten ihre Fortsetzung fänden. Wie lange würde es noch dauern, bis der Bruch zwischen ihnen geheilt wäre? Eine Woche, einen Monat, ein Jahr? Würden sie Josh wiederhaben, bevor das passierte? Wollte sie überhaupt eine Versöhnung?

Vor ihrem geistigen Auge sah sie einen Anorak im Schilf von Ryan's Bay liegen.

Als die Angst und die Furcht und die Schuldgefühle wieder ihr sinnloses Kreiseln in ihr aufnahmen, stieg sie die Treppe hoch und tappte den Korridor hinunter zu Lilys Zimmer. Lily war ganz von allein Trost und Liebe, bedingungslos, ohne zu werten, ohne Fragen zu stellen.

Der Klang einer sanften Stimme im Zimmer ließ Hannah abrupt verharren. Die Tür stand offen, gedämpftes Licht ergoß sich wie ein Mondstrahl auf den Teppich. Sie lugte durch den Spalt und sah Pater Tom in dem alten Korbschaukelstuhl sitzen, mit Lily auf dem Schoß, die Arme um sie geschlungen, damit er das Bilderbuch halten konnte, aus dem er ihr vorlas.

Jeder Fremde hätte gedacht, sie seien Vater und Tochter. Tom mit seinem Sweatshirt, der zerknitterten Cordhose und seiner goldgeränderten Brille, die im Lampenschein blitzte. Lily in einem violetten Schlafanzug, mit rosa Bäckchen, die großen Augen schon halb geschlossen, schläfrig und zufrieden nuckelnd bei den Abenteuern von Winnie dem Puh und seinen Freunden.

Etwas regte sich in Hannah, das sie nicht wagte beim Namen zu nennen, etwas, das einen Beigeschmack von Enttäuschung und Scham hatte.

Sie trat ein, nachdem sie das Gefühl verwirrt aus dem Weg räumte. Tom war ein Freund, und sie brauchte einen Freund, darum ging es – keine Komplikationen, nichts, was Reue erzeugte. Er beendete die Geschichte, klappte das Buch zu, dann schauten beide erwartungsvoll zu ihr hoch.

»Hallo, Mama«, Lily legte den Kopf zur Seite und blinzelte.

»Tag, kleiner Käfer. Alle sind fort.« Sie bückte sich und nahm ihre Tochter auf den Arm. Lily kuschelte sich an sie, schnaufte schläfrig.

»Paul auch?« Tom zog die Brauen hoch. Er stand auf und machte einen halbherzigen Versuch, die Falten aus einer Hose zu klopfen.
»Ich weiß nicht, wohin er gegangen ist«, Hannah senkte die Lider. Sie wollte das Mitleid in seinen Augen nicht sehen, hatte es satt, von Leuten bemitleidet zu werden.
»Ich hab den Streit gehört«, sagte er leise. »Er hat es sicher nicht so gemeint, schlägt jetzt um sich. Natürlich hilft das nicht gegen den Schmerz. Ich weiß ...«
Sie schüttelte den Kopf. »Es spielt keine Rolle.«
»O doch«, widersprach Tom. »Er sollte einsehen, daß du nicht schuld bist oder dir zumindest verzeihen.«
»Warum sollte Paul mir verzeihen, wenn ich mir nicht einmal selbst verzeihen kann?«
»Hannah ...«
»Es ist wahr.« Sie wanderte ruhelos durch das gemütliche Schlafzimmer mit seinen zartrosa Wänden und den Beatrix-Potter-Dekorationen. »Tausend Mal habe ich diesen Abend durchgelebt. Hätte ich doch bloß das getan, hätte ich doch bloß dies getan ... Es kommt immer wieder auf dasselbe raus: Ich bin Joshs Mutter. Er hat sich auf mich verlassen, und ich habe ihn vergessen. Wer, Himmel noch mal, sollte mir diese Sünde vergeben?«
»Gott vergibt dir.«
Diese Feststellung war so arglos, das sie Hannah fast kindisch in ihrem Vertrauen vorkam. Sie wandte sich ihm zu, in der Hoffnung, er könnte ihre Fragen deutlicher beantworten, obwohl ihr die momentane Aussichtslosigkeit völlig klar war.
»Warum bestraft er mich dann ohne Ende?« bohrte sie, und der Schmerz schwoll erneut an. »Womit hab ich das verdient? Was hat Josh getan oder Paul? Ich begreife es nicht.«
»Niemand kennt das Schicksal«, flüsterte er mit heiserer Stimme. Er verstand es genauso wenig wie sie, und das war seine Sünde, wie er annahm – eine von vielen – nämlich, daß er dem Gott, den er kennen sollte, nicht vertraute. Wie konnte so etwas für irgend jemanden das Beste sein? Warum sollte Hannah leiden, wo sie doch so vielen Menschen soviel gab? Er konnte es nicht akzeptieren oder sich selbst daran hindern, dem Gott, dem er sein ganzes Leben gewidmet hatte, gegenüber Zorn zu empfinden! Genauso wie Hannah fühlte er sich verraten. Und deshalb empfand er Schuld, und seine Schuldgefühle machten ihn rebellisch wegen der Beschränkungen, die ihm seine Po-

sition auferlegte. Obendrein beschlich ihn Angst bei dem Gedanken, wohin ihn die Gewissensnot treiben könnte. Die Emotionen bewegten sich immer weiter spiralförmig nach unten.
»Es tut so ungeheuer weh«, Hannah klang gequält. Sie schloß die Augen, drückte Lily fest an sich und wiegte sie hin und her.
Tom nahm sie, ohne zu zögern, in die Arme und zog sie an sich. Sie litt, er würde sie trösten. Wenn dafür später Konsequenzen fällig wären, würde er sie bezahlen. Er drückte Hannahs Kopf an seine Schulter, streichelte ihr Haar und beruhigte sie.
»Ich weiß, daß es weh tut, Hannah«, flüsterte er. »Wie gerne würde ich etwas dagegen tun, irgend etwas, um dir zu helfen, um dieses Leid von dir zu nehmen.«
Hannah gestattete sich, an seiner Schulter zu weinen. Sie nahm den Trost, den er ihr bot; es tat so wohl, von seinen Armen gehalten zu werden.
Zärtlichkeit … er fühlte, was sie fühlte, wollte ihren Schmerz lindern. All die Dinge, die ihr Mann spenden sollte, aber nicht tat.
Sie hielt sich an ihm fest, während neue Tränen aufwallten – nicht um Josh, sondern um sich selbst und wegen des zerrissenen Gewebes ihres Lebens, das einmal so perfekt erschienen war. Ein Traum, zerstört und weggefegt. Sie überlegte, ob er jemals Wirklichkeit gewesen war.
Tom redete ihr zu. Er berührte ihr Haar, ihre Wange, so behutsam, als wäre sie aus Kristall gesponnen. Seine Lippen strichen über ihre Schläfe, sie spürte die Wärme seines Atems. Offen begegnete sie seinem Blick, fand darin den Spiegel des Tumults ihrer Gefühle – Verlangen, Sehnsucht, Schmerz und Schuld.
Der Augenblick verfing sich und dehnte sich zwischen dem, was sie wollten und wer sie waren, zwischen dem, was korrekt und dem, was ersehnt war. Erkenntnis und Furcht raubten ihnen den Atem.
Lily löste die Verstrickung. Sie protestierte dagegen, zwischen zwei Erwachsenen eingequetscht zu sein und hämmerte empört an die Schulter ihrer Mutter: »Mama, runter!«
Tom trat zurück. Hannah zuckte zusammen.
»Zeit zu schlafen, Lily«, sagte sie leise, drehte sich um und legte ihre Tochter ins Bettchen.
Lily machte ein böses Gesicht. »Nein.«
»Ja.«
»Josh?« Sie richtete sich am Gitter auf. »Josh haben!«

Hannah strich Lilys feines, goldenes Haar aus dem Gesicht, bückte sich und küßte ihre Stirn. »Ich auch, Schätzlein.«
Tom ging zur Fußseite des Bettchens und packte die Eckpfosten mit beiden Händen, lieber hätte er Hannah in seinen Armen gehalten. Im Moment sah er keine Ausweg. Anstatt zu seinem Gefühl zu stehen, wechselte er das Thema.
»Kann ich einen Vorschlag machen? Gib ein Interview.«
Hannah sah ihn verwirrt an. »Was?«
»Ich weiß, daß sich jeder um ein Exklusivinterview mit dir reißt, und eigentlich willst du das nicht machen; aber ich glaube, es täte dir gut. Such dir die Show mit den größten Einschaltquoten aus und mach es. Sag Amerika, was du mir gesagt hast – wie du dich fühlst, wie schwierig es ist, mit den Schuldgefühlen fertig zu werden, was du deiner Meinung nach falsch gemacht hast, was du ändern würdest, wenn du diesen Abend wiederholen könntest.«
Hannah warf ihm einen Blick zu. »Ich dachte, die Beichte wäre heilig?«
»Betrachte es als Buße, wenn du willst. Zweck der Sache ist, daß du dadurch vielleicht jemanden dazu bringst, es sich noch einmal zu überlegen. Du kannst das Geschehen nicht zurückdrehen; aber du kannst vielleicht verhindern, daß noch jemand diese Hölle durchleben muß.«
Hannah sah hinunter auf ihre Tochter, die sich jetzt in ihrem Schlafsack mit den Häschenbildern zusammengekuschelt hatte. Sie würde ihr eigenes Leben opfern, um dieses kostbare kleine zu schützen. So stark waren die Bande zwischen Mutter und Kind. Wenn sie einer anderen Mutter helfen, ein anderes Kind beschützen könnte, könnte sie damit ihr Versäumnis wiedergutmachen.
»Ich werde darüber nachdenken.« Sie hob den Kopf zu Pater Tom, sah in sein starkes, attraktives Gesicht und seine gütigen Augen. Ihr Herz klopfte ein bißchen zu heftig. »Danke. Ich – …«
Die Worte bildeten sich nicht, was wahrscheinlich das Beste war. Besser für ihn nicht zu wissen, was sie empfand, es würde alles nur erschweren, und sie wollte seine Freundschaft um keinen Preis verlieren.
»Danke.«
Er nickte und ließ das Bettchen los, steckte die Hände in seine Taschen. »Ich sollte jetzt gehen. Und du solltest versuchen, dich auszuruhen.«
»Vielleicht probiere ich es.«

»Ehrenwort?« fragte er, als sie ihn an die Tür begleitete.
Ihre Mundwinkel zuckten. »Jedenfalls einen Versuch werde ich machen.«
»Besser als gar nichts. Bleib du hier bei Lily. Ich finde alleine hinaus. Du weißt, wo ich zu erreichen bin, wenn du mich brauchst.«
Sie nickte und wandte sich ab, bevor sie etwas sagte, was sie beide bereuen würden. Es sollte sie nicht beschäftigen, wie tief seine Gefühle waren, nur, daß er etwas für sie empfand und für sie da war. Der Rest durfte keine Rolle spielen.
Draußen war die Nacht so kalt, daß es schien, als zerbräche alles, was man berührte. Wie ein Herz. Er verdrängte diesen Vergleich als dumm und versuchte sich auf etwas Priesterliches zu konzentrieren, während er sich mit dem Start seines Trucks abmühte. Zeilen aus dem Vaterunser stolperten durch seinen Kopf. *Führe uns nicht in Versuchung … erlöse uns von dem Bösen …*
»Ich bin in Hannah Garrison verliebt«, murmelte er. »Ein Irrer hat ihr Kind gestohlen.«
Er schaute durch die Windschutzscheibe gen Himmel. Das Firmament war schwarz und silbern vom Licht eines gebrochenen Mondes, ein unendlich fernes Sternenmeer. In ihm gähnte uferlose Verlassenheit.
»Jemand da oben erledigt seine Arbeit nicht.«

18 Uhr 24, –33 Grad, Windabkühlungsfaktor: –46 Grad

Pauls Lunge schmerzte von der Kälte. Seine Beine bebten vom Stapfen durch den tiefen Schnee, und seine Zehen knackten, als hätte sie jemand mit dem Hammer bearbeitet. Das einzig Warme an ihm war die glühende Kohle des Zorns in seiner Brust. Er stieg über einen gefallenen Ast und lehnte sich an eine Zeder am Rand des Waldes, der sich hinter den Häusern von Lakeside erstreckte. Im Osten und Norden lag der Quarry Hills Park, bewaldet und hübsch, mit gepflegten Langlaufloipen. Eine seiner verdienten Belohnungen: Wohnen mit dem See vor der Haustür und dem Wald im Rücken. Einer der greifbaren Beweise, daß er etwas aus sich gemacht hatte.
Und Mitch und Megan O'Malley wollten ihn wie einen Kriminellen behandeln.
Wie konnten sie ihn verdächtigen, wo er sich doch mit aller Kraft in die Bemühungen, Josh zu finden, gestürzt hatte? Er hatte sich den

Suchtrupps angeschlossen, Aufrufe im Fernsehen getätigt. Was hätte er denn noch tun sollen?
Das war alles die Schuld dieses kleinen Luders vom BCA. Sie nämlich hatte sich auf diesen verdammten alten Van versteift. Einzig und allein sie versuchte ständig seine Erklärung, warum er an diesem Abend seinen Anrufbeantworter nicht überprüft und Hannah angerufen hatte, anzuzweifeln. Und beide bemitleideten Hannah! Die arme Hannah, die selbstlos allen half. Arme Hannah, Mutter eines verlorenen Sohnes.
Das Brennen seiner Finger brachte Paul wieder zurück in das Hier und Jetzt. Er war durch die Wälder gestapft, weil auf der Straße vor seinem Haus unzählige Autos und Vans der Reporter parkten. Zu sagen gäbe es eine Menge, aber eben jetzt noch nicht. Jetzt hatte er andere Bedürfnisse: das Bedürfnis, von einer richtigen Frau gehalten zu werden, von jemanden, der ihn verstand, und alles tun würde, um ihn abzulenken.
Nachdem er den hinteren Garten des Hauses der Wrights durchquert hatte, betrat er es durch die Garage. Garretts Saab war nicht da. Karens Honda stand alleine da, wie an den meisten Abenden. Garrett Wright war mit seiner Arbeit verheiratet, nicht mit seiner Frau. Zuhause war der Platz, wo er sich duschte und umzog. Karens Platz in seinem Leben besaß hauptsächlich dekorative Funktionen – jemand, den man zum Fakultätsdinner mitnahm. Jedes andere Interesse, das er früher für sie als Frau gezeigt hatte, war erloschen. Laut Karen hatten sie nur selten Sex und wenn, dann übte Garrett seine Pflicht aus, mehr nicht.
Sie hatten keine Kinder. Karen konnte nicht normal empfangen, und Garrett war nicht bereit, sich dem endlosen Marathon von Tests und Prozeduren auszusetzen, den ein Retortenbaby verlangte. Kinder zu haben, bedeutete ihm nichts. Karen sprach von Adoption, aber auch dieses Unterfangen war beängstigend, und sie wußte nicht, ob sie die Kraft und Ausdauer hätte, es alleine in Angriff zu nehmen. So lebten sie einfach nebeneinander her, in der leeren Hülle einer Ehe, mit der Garrett scheinbar vollkommen zufrieden war und an die sich Karen klammerte, weil sie nicht den Mut hatte auszubrechen.
Für Paul war Garrett nur ein abstrakter Begriff, ein fast unbekannter Nachbar, der in einem anderen Universum lebte. Er war eine nebulöse Gestalt, die sich in Psychologietexten und Recherchen im Harris College vergrub und sein bißchen Freizeit einem Haufen jugendlicher

Krimineller widmete, die sich die Sci-fi-Cowboys nannten. Er und Garrett Wright existierten auf zwei verschiedenen Ebenen, die sich nur an einem Punkt überschnitten – Karen.

Mit dem Ersatzschlüssel, der immer unter der alten Kaffeedose voller Nägel auf der Werkbank lag, sperrte er den Wäscheraum auf, zog seine schweren Stiefel aus und bürstete sich den Schnee von seiner Jogging-Hose.

»Garrett?«

Karen öffnete die Tür zur Küche, ihre dunklen Augen wurden ganz groß, als sie ihn erblickte. Sie stand strumpfsockig da, in einer Hand ein grünkariertes Geschirrtuch, mit hautengen lila Leggins. Ein ausgebeulter elfenbeinweißer Pullover mit V-Ausschnitt schlabberte ihr um die Knie. Ihr aschblondes Haar fiel seidenweich herab, umspielte ihre Stirn und die Rehaugen. Sie war klein und weich und feminin, voller Trost und Mitgefühl für ihn. Die Vorzeichen von Verlangen regten sich in seinem Körper.

»Erwartest du ihn?« fragte er.

»Nein. Er ist gerade los in die Arbeit. Ich dachte, er hätte vielleicht etwas vergessen.« Sie steckte sich verlegen eine Strähne hinters Ohr und fuhr sich mit den Fingern durch ihren Pony. »Ich dachte, du bist heute abend bei Hannah, wegen der Sache mit der Jacke. Tut mir leid, Paul.«

Er zog seinen Parka aus und warf ihn auf den Trockner, ließ sie dabei aber nicht aus den Augen. »Will nicht darüber reden!«

»In Ordnung.«

Er nahm ihr das Handtuch aus der Hand und schlang es um ihren Hals, zog sie enger an sich. »Ich hab die Nase voll davon«, er wickelte sich das Tuch um seine Fäuste. Der Zorn tobte in seiner Brust. »Mir reicht es allmählich mit den Fragen, den Anschuldigungen, dem Warten und davon, daß alle Hannah anschauen und sagen: ›Arme, tapfere Hannah‹. Sie ist an allem schuld. Und dieses kleine Luder will permanent mir den Schwarzen Peter zuschieben.«

»Hannah gibt dir die Schuld?« fragte Karen verwirrt. Sie mußte sich in dem Handtuch zurücklehnen, um zu ihm hochzuschauen.

»Agent O'Malley.« Verächtlich verzog er den Mund. »Sie ist so damit beschäftigt, Holt zu ficken, daß sie für ihren Job keine Zeit mehr hat.«

»Wie kann nur irgend jemand dich beschuldigen?«

Dad, kannst du kommen und mich vom Eishockey abholen? Mom kommt zu spät, und ich will nach Hause.

»Keine Ahnung«, flüsterte er heiser, und Tränen brannten in seinen Augen. »Es war nicht meine Schuld.«
»Natürlich nicht.«
»Wirklich«, wiederholte er, kniff die Augen zu und ließ den Kopf hängen. Er drehte das Handtuch noch fester. »Ich kann nichts dafür.«
Karen drückte sich an ihn, um dem Schmerz zu entgehen. Ihre kleinen Hände glitten unter sein Sweatshirt und streichelten die schlanken Muskeln seines Rückens. »Es war nicht deine Schuld, Schatz.«
Dad, kannst du kommen und mich vom Eishockey abholen? Mom hat sich verspätet, und ich will nach Hause.
Die Stimme ging ihm nicht aus dem Kopf, genausowenig wie die Bilder dieses Nachmittags: O'Malley, die ihn verhörte – *Sie haben Ihren Anrufbeantworter überhaupt nicht überprüft?* Die Jacke in seinen Händen – *er ist tot. Er ist tot. Er ist tot ...*
»... nicht meine Schuld«, winselte er.
Karen legte einen Finger auf seinen Mund. »Schsch. Komm mit.«
Sie führte ihn durch die Küche, den dunklen Flur hinunter zum Gästezimmer. In dem Bett, das sie mit Garrett teilte, liebten sie sich nie. Sie trafen sich selten hier im Haus; das Risiko, entdeckt zu werden, war zu groß. Aber er machte keine Anstalten, sie zu bremsen, als sie ihn wie ein Kind auszog und machte auch keine Anstalten, sie zu bremsen, als sie sich selbst auszog. Deswegen war er gekommen, aber er ergriff nicht die Initiative. Es war nicht seine Schuld, irgendeinen Beistand brauchte schließlich auch er.
Er lag auf den pfirsichfarbenen Laken im milden Schein der Nachttischlampe und ließ sich von ihr mit Lippen und Händen und ihrem Körper langsam in Fahrt bringen. Sie reizte ihn mit ihrem Mund, streichelte ihn, rieb ihre kleinen Brüste gegen ihn, öffnete sich und nahm ihn in sich auf. Langsam bewegte sie sich auf ihm, streichelte seinen Oberkörper, schürte das Feuer körperlichen Begehrens, das langsam den Nebel der Benommenheit wegbrannte.
Die Hände um ihre Schultern zog er sie näher und rollte sie unter sich. Er hatte das verdient und brauchte es. Entspannung für seinen Körper und die Wut, die in ihm schwelte – Wut auf Hannah, auf O'Malley, Wut auf die Ungerechtigkeiten, die sein Leben beschwerten. Das alles ließ er aus sich herausströmen, während er immer wieder in die Frau eines anderen stieß. Tiefer, fester, bis die Stöße mehr Strafe als Leidenschaft waren.
Und dann ergoß er sich, und alles war vorbei. Die Kraft war weg, die

Macht versickert. Er ließ sich neben Karren fallen und starrte zur Decke. Merkte nicht, daß sie sich an ihn kuschelte, daß sie weinte, daß die Zeit verging. Merkte nichts außer der tückischen Schwäche, die langsam von ihm Besitz ergriff.
»Ich wünschte, du könntest bleiben«, flüsterte Karen.
»Geht nicht.«
»Ich weiß. Trotzdem wäre es schön.« Sie hob den Kopf und sah ihn an. »Am liebsten möchte ich allein dir all die Liebe und die Unterstützung widmen, die du brauchst, dir am liebsten einen Sohn schenken.«
»Karen.«
»Wirklich.« Sie rieb mit der Handfläche über sein Herz. »Ich würde dein Baby haben, Paul. Die ganze Zeit träume ich davon. Ich denke dran, wenn ich in deinem Haus bin, mit Lily im Arm, stell mir vor, sie wäre mein Baby – unseres. Jedesmal wenn ich mit dir zusammen bin, jedesmal wenn du dich in mich ergießt, denke ich daran. Es wäre dein Baby, Paul. Ich würde alles für dich tun.«
Das war nur eine weitere grausame Ironie des Schicksals, dachte er, als sie den Kopf beugte und seine Brust mit Küssen bedeckte. Er hatte die Frau, die, wie er glaubte, er immer hatte haben wollen – die unabhängige, tüchtige Dr. Garrison –, und jetzt wollte er die Art Frau, die er seit Menschengedenken verabscheute –, Karen, geboren um zu dienen, die ihre Bedürfnisse den seinen unterwarf, bereit alles zu sein, was er wollte, nur um ihm zu gefallen.
Er warf einen Blick auf die Uhr und seufzte. »Ich muß gehen.« Während sie die Laken wechselte, wusch er sich im Gästebad. Wie immer, würde es keine Beweise für ihr heimliches Zusammensein geben, nicht einmal den Geruch von Sex in der Wäsche. Sie zogen sich schweigend an und gingen schweigend den dunklen Gang hinunter zur Küche, wo ein einsames Licht über dem Spülstein brannte.
»Ich hab gehört, morgen soll die Bodensuche wiederaufgenommen werden.« Karen stand anlehnungsbedürftig an einem Eichenschrank. »Wirst du mit rausgehen?«
Paul nahm ein Glas aus dem Ablauf neben der Spüle und füllte es. »Ich denk schon«, sagte er und betrachtete sein Spiegelbild im Fenster.
Er nahm einen Schluck Wasser, kippte den Rest weg, dann spülte er das Glas aus, stellte es zurück auf den Ablauf, tupfte sich den Mund mit dem grünkarierten Handtuch, faltete es wieder zusammen und legte es zurück auf die Arbeitsfläche.

Aus dem Wäscheraum hörte man, wie die Tür zur Garage auf und zu ging. Paul zuckte zusammen. Schuldgefühle krallten sich in seine Brust. Die Küchentür öffnete sich, und Garrett trat ein, steckte seine Handschuhe in die Taschen seines marineblauen Wollmantels.
»Paul!« Seine Augen weiteten sich erstaunt. »Das ist aber eine Überraschung.«
Er stellte seine Aktentasche auf den eichenen Küchentisch und knöpfte seinen Mantel auf. Karen nahm ihren rechtmäßigen Platz an seiner Seite ein, beugte sich zu ihm und drückte ihm einen leidenschaftslosen Kuß auf die Wange. Sie waren ein hübsches Paar, beide so blond und hellhäutig mit dunklen Augen und fein modellierten Gesichtern. Die Art von Paar, die man für Geschwister halten könnte.
»Ich bin vorbeigekommen, um Karen zu fragen, ob sie bereit wäre, morgen in der Freiwilligenzentrale zusätzliche Arbeit zu übernehmen«, sagte er. »Wir nehmen die Bodensuche wieder auf, ohne Rücksicht auf die Kälte.«
»Ja, hab ich gehört. Dein Auto steht gar nicht draußen?«
»... bin zu Fuß gekommen.«
Garretts blasse Brauen schossen hoch. »Kalte Nacht für einen Spaziergang.«
»Ich dachte, das würde mir den Kopf klären.«
»Ja, nun«, sein Mitgefühl überzeugte beinahe, »du hast ja momentan wirklich viel am Hals. Wie wirst du damit fertig?«
»So einigermaßen.« Paul versuchte nicht allzu widerwillig zu klingen. Bei Gesprächen mit Garrett Wright fühlte er sich immer wie ein Insekt unter einem Mikroskop. Wie ein potentieller Kandidat für eine Psychoanalyse, als würde Wright sogar während einer Unterhaltung seine Worte, seine Gesten, seinen Gesichtsausdruck analysieren oder ihren Mangel.
»Ich weiß, daß du dich sehr aktiv an der Suche beteiligt hast«, Garrett zog seinen Mantel aus. Die pflichtschuldige Ehefrau, Karen, nahm ihn ihm wortlos ab und brachte ihn in den Garderobenschrank. »Das ist eine sehr gesunde Art, mit der Situation fertig zu werden, selbst wenn es da viele Frustrationen gib. Wie geht es Hannah?«
»Den Umständen entsprechend«, entgegnete Paul steif.
»Ich hab sie in den Nachrichten nicht gesehen – außer letzten Sonntag in der Zeitung. Sie hatte einen Zusammenbruch, nicht wahr?« Garrett schüttelte den Kopf. Er runzelte ernst die Stirn, steckte die Hände in die Taschen seiner dunklen Bundfaltenhose und wiegte sich

auf seinen Ballen hin und her. »Der Verlust eines Kindes ist eine furchtbare Belastung für die Eltern.«
»Dessen bin ich mir bewußt«, sagte Paul mit zusammengebissenen Zähnen.
Garrett zuckte reumütig zusammen: »Tut mir leid, ich wollte nicht gönnerhaft klingen, Paul, sondern nur sagen, falls einer von euch das Bedürfnis hat, mit jemandem zu reden, kann ich einen Freund von mir in Edina empfehlen. Er ist auf Familientherapie spezialisiert.«
»Ich hab was Besseres zu tun.« Paul biß immer noch die Zähne zusammen.
»Bitte, ich wollte dich nicht beleidigen, Paul.« Wright streckte seine Hand nach ihm aus. »Man will doch nur helfen.«
»Wenn du helfen willst, dann komm morgen früh zur Ryan's Bay. Solche Hilfe brauchen wir, nicht irgendeinen sündteuren Seelenklempner in Edina.« Er wandte sich zu Karen. »Also bis morgen früh in der Zentrale!«
Karen nickte, den Blick auf den Boden gerichtet. »Ich werde dasein.«
Sie blieb mit angehaltenem Atem stehen, bis die Tür der Garage ins Schloß gefallen war.
»Das war nicht sehr taktvoll von dir, Garrett«, ermahnte sie ihren Mann.
»Wirklich? Ich fand es sehr großzügig, wenn man so alles in Betracht zieht.«
Am Spülbecken strich er mit einem Finger über das nasse Glas auf dem Abtropfblech, nahm dann das ordentlich gefaltete grünkarierte Geschirrtuch, trocknete das Glas ab und legte das Tuch wieder zusammen.
»Du solltest etwas vorsichtiger sein mit den Sachen, die du herumliegen läßt«, er hob das Tuch hoch.
Das Tuch, das Paul ihr abgenommen hatte. Das Tuch, mit dem er sie an sich gezogen, das er sich immer fester um seine Fäuste gewunden hatte.
Das Tuch, das er im Wäscheraum auf den Boden hatte fallen lassen.
Karen sagte nichts. Garrett legte es auf die Arbeitsfläche und verließ den Raum.

Kapitel 28

TAG 8
21 Uhr 03, –34 Grad, Windabkühlungsfaktor: –48 Grad

Mitch starrte auf das Nachrichtenbrett an der Strategieraum-Wand, bis die Botschaften des Kidnappers wie ein Kaleidoskop durch seinen Kopf wirbelten. Er stemmte die Ellbogen auf den Tisch, legte seinen Kopf in die Hände und trachtete danach, sich die Müdigkeit aus den Augen zu reiben. Vergeblich. Sie saß weit tiefer, hämmerte gnadenlos auf ihn, ein kalter, schwarzer Prügel, der ihn in der Mangel hatte, um seine Logik, seine Objektivität aus dem Lot zu bringen. Er fühlte sich launisch, gemein und gefährlich. Die Erschöpfung weichte die harte, schützende Schale der Beherrschung auf und gestattete Schuldgefühlen und Verunsicherung einzudringen, wie giftiger Schlamm.
Schuldgefühle. Er hatte den Ausdruck auf Hannahs Gesicht gesehen, als Paul ihr seinen Vorwurf, genauso grob wie das Feuereisen an die Wand, vor die Füße geschleudert hatte. Ein Ausbruch von Schmerz, aber darunter Schuldgefühle. Sie machte sich selbst genauso viele Vorwürfe, wie Paul ihr. Er wußte genau, was sie empfand –, die unentwegte, sinnlose Selbstbestrafung, der Schmerz, der so vertraut wurde, daß man ihn auf eine perverse Art fast nicht mehr loslassen wollte.
»Du solltest vielleicht deine Knöchel versorgen lassen«, sagte Megan leise. »Der Himmel weiß, was für ekliges Zeug in Steigers Körperflüssigkeit herumschwirrt. Ich bin auf dem Weg ins Krankenhaus. Willst du mitkommen?«
Mitch riß seine Hände vom Gesicht und klatschte sie auf den Schreibtisch. Er wußte nicht, wie lange sie schon da stand, an den Türrahmen gelehnt, während er mit seinen inneren Dämonen kämpfte. Sie kam in den Konferenzraum, die Augen auf Halbmast und massierte sich ihren verspannten Nacken.

»Mir geht's gut.« Mitch warf einen Blick auf seine Handknöchel, die er sich aufgeschürft hatte bei der Bearbeitung von Steigers Nase. »Ich hab meine Tetanusimpfung.«

»Eher dachte ich an Tollwut oder Maul- und Klauenseuche«, frotzelte sie und hockte sich auf eine Tischkante ihm gegenüber.

»Warum fährst du denn ins Krankenhaus?«

»Ich werfe mein Schleppnetz nach Verdächtigen aus. Natürlich haben wir da schon alle vernommen, aber ich möchte ein bißchen weiterwühlen. Hannah glaubt nicht, daß irgendeiner ihrer Patienten oder deren Familien so weit gehen könnten, Josh zu entführen. Aber ich glaube, die Sache ist es wert, noch mal überprüft zu werden. Hannah ist sich vielleicht keiner Feindseligkeit bewußt, aber ich wette zuversichtlich, daß das Pflegepersonal mir ein oder zwei Namen nennen kann. Jeder wird von irgend jemandem gehaßt.«

»Zynikerin.«

»Realistin«, verbesserte ihn Megan. »Ich bin lange genug in diesem Job, um zu wissen, daß Menschen letztendlich egoistisch, verbittert und rachsüchtig sind, wenn nicht sowieso total über den Jordan.«

»Und dann ist da unser Typ.« Mitch erhob sich aus seinem Stuhl, die Augen auf das Nachrichtenbrett gerichtet. Sein Blick streifte über jede Zeile, und er spürte, wie seine Nackenhaare sich aufstellten, »das Böse«.

Das Böse. Das, was sie von Anfang an befürchtet hatten. Bei einer Entführung gegen Lösegeld ging es um Habgier. Habgier war etwas, mit dem man fertig werden, die man austricksen konnte. Geisteskrankheit erwies sich häufig als gefährlich und unberechenbar, aber die Irren machten irgendwann einen Fehler. Das Böse war kalt und berechnend, spielte Spiele mit unbekannten Regeln und geheimen Systemen. Es streute falsche Beweise, dann ging es seelenruhig zum Haus eines Nachbarn und bat um Hilfe bei der Suche nach dem Hund des Opfers.

Das Phantombild von Ruth Coopers frühmorgendlichem Besucher hing am Korkbrett. Ein Mann unbestimmten Alters, mit einem hageren Gesicht, das keinerlei besondere Merkmale aufwies. Die Augen waren hinter einer Sportsonnenbrille versteckt. Unter der dunklen Mütze hätten die Haare jede Farbe haben können. Die Kapuze seines schwarzen Parkas schuf einen Tunnel um sein Gesicht, so daß er wie ein Gespenst aus einer anderen Dimension aussah.

»Nicht direkt eine Fotografie, was?« meinte Megan niedergeschlagen.

»Nein, aber wenigstens glaubt Mrs. Cooper, sie könnte ihn identifizieren, wenn sie ihn wiedersieht. Sie glaubt, sie würde sich an seine Stimme erinnern.«

Bei dem Gedanken an diese arrogante Selbstsicherheit, die Verachtung, die Grausamkeit der Tat, die dieser Mann begangen hatte, um mit seiner Macht und seinem tückischen Verstand zu prahlen, ballte Mitch vor Wut die Fäuste. »Eingebildeter Sadist«, zischte er. »Mach irgendwo einen falschen Schritt – dann bin ich da und erledige dich.«

»Wenn wir Glück haben, bringt ihn vielleicht sein Partner für uns zu Fall«, Megan rutschte vom Tisch. »Ich habe veranlaßt, daß Christopher Priest sich Olies Computer ansieht und schaut, ob er in die Dateien reinkommt. Olie hat an Computerkursen in Harris teilgenommen. Wenn irgendeiner seine Fallen knackt, dann kann das nur Priest. Inzwischen ist da immer noch Paul, den wir uns vorknöpfen müssen.«

Bevor Mitch seinen Mund öffnete, fuhr sie fort: »Du kannst seine Verbindung zum Van nicht abstreiten«, sagte sie, hakte die Punkte einzeln an ihren Fingern ab, »und genausowenig, daß er versucht hat, das vor uns zu verheimlichen. Sein Alibi für die Nacht, in der Josh verschwand, ist nicht wasserdichter als ein Sieb. Keiner weiß, wo er heute morgen um sechs Uhr war, als Ruth Cooper sich mit unserem geheimnisvollen Fremden getroffen hat. Er hat dem Beamten vom Dienst erzählt, er würde ein bißchen herumfahren, um Josh zu suchen. Das sind ein bißchen viel Zufälle auf einmal, findest du nicht?«

»Was ist sein Motiv?« fragte Mitch. »Warum soll er seinem eigenen Sohn etwas antun?«

»Das gibt es«, Megan blieb hartnäckig, »ist allgemein bekannt. Wie war das bei dem anderen Fall oben am Iron Range letztes Jahr? Was dieser Mann seiner eigenen Tochter angetan hat, war unsäglich, und er ist jeden Tag zur Suche erschienen, hat in den Medien Bitten an den Kidnapper gerichtet, hat eine zweite Hypothek auf sein Haus aufgenommen, um eine Belohnung aussetzen zu können. Es ist dort passiert und könnte sich hier wiederholen.

Hier ist nicht Utopia, Chief«, fuhr sie fort, verlor allmählich die Geduld mit seinem ewigen Widerstand, mit dieser absurden Situation. »Das ist eine Stadt wie jede andere. Die Menschen sind genau wie die Menschen überall – einige davon gute und ein paar schlechte. Selbst im Garten Eden gab es eine Schlange. Stell dich den Tatsachen.«

Er grollte. »Du glaubst, ich stell mich denen nicht?« Seine Stimme war nur ein Flüstern und scharf wie ein Stilett.

»Ich glaube, du willst es nicht.«
»Aber wir wissen ja, daß du dazu bereit bist, nicht wahr«, sagte er anzüglich. »Das einzige, was du willst, ist deinen Hintern aus dem Feuer ziehen und einen netten Goldstern in deinen Bewertungspapieren. Selbst wenn du dabei ein paar Leute zerfetzen mußt! Der Zweck heiligt die Mittel.«
»Diesen Quatsch kannst du dir für Paige Price aufsparen«, keifte Megan und stemmte die Hände in die Hüften. »Du weißt verdammt genau, daß ich Josh zurückhaben will. Mach mich nicht an, nur weil ich dir die Wahrheit auf den Kopf zu sage. Ich glaube, für dich ist es zu verlockend, dich an Paul Kirkwoods Stelle zu versetzen – es könnte uns allerhand kosten.«
Mitch war nicht in der Stimmung, sich anzuhören, wie sie an seinem Gewissen und seinem Copinstinkt zweifelte. Er fühlte sich mehr als frustriert und holte zu einem Rundumschlag aus.
»Mit anderen Worten, Agent O'Malley, ich soll vergessen, daß der Mann seinen Sohn verloren hat und ihm direkt an die Kehle gehen. Ich sollte mir über meine Prioritäten klarwerden, genau wie du. Der Job kommt zuerst. Der Job, der Job, der Scheiß-Job!« brüllte er ihr ins Gesicht.
»Der Job bin ich.« Megans Augen funkelten vor Stolz. »Wenn dir das nicht paßt, hast du Pech gehabt.«
»Du bist das, weil du nicht mehr zuläßt«, fauchte Mitch. »Gott bewahre, daß du einmal deine Marke abnimmst, um für eine Weile Frau zu sein. Du wüßtest ja nicht einmal, wie das ginge.«
Megan prallte zurück, als hätte er ihr eine Backpfeife versetzt. Sie *hatte* die Marke abgenommen, war eine Frau gewesen. Für ihn. Offensichtlich hatte sie diese Rolle nicht sehr gut erfüllt. Der Gedanke bohrte sich wie ein Messer in ihre Brust.
»Oh, du meinst wohl, du hättest mir so viel mehr gegeben?« konterte sie voller Sarkasmus. »Was wirst du mir bieten, Chief? Eine Nummer auf deinem Sofa? Ja, dafür schieß ich doch gern eine Karriere in den Wind!«
Sein Mund verzog sich überheblich. »Ich kann mich nicht erinnern, daß du dich beklagt hast, als du mich zwischen den Beinen hattest.«
»O nein«, entgegnete Megan, ohne mit der Wimper zu zucken, verdrängte mit eiserner Faust den Schmerz in ihrer Brust. »Es war toll, solange es dauerte. Jetzt ist es vorbei. Eine große Erleichterung für dich, da bin ich mir sicher. Diese Beziehungen, die sich mehr als zwei

oder drei Tage hinschleppen, könnten dein Märtyrertum wirklich gefährden.«

»Hör auf!« schrie Mitch und hob warnend die Hand. Die Hand mit seinem Ehering. Das goldene Band fing das Licht ein, glänzte, strafte den Widerspruch Lügen, der es noch nicht einmal aus seinem Mund geschafft hatte.

Er wandte sich ab und atmete tief durch. Gütiger Himmel, wie waren sie da hineingeraten? Was scherten ihn Megan O'Malleys Gefühle? Sie hatten Sex gehabt. Na und? Er wollte nicht mehr von ihr, und seine Gründe hatten nichts mit Buße für vergangene Sünden zu tun. Genau das war das Argument, warum er nichts mehr mit Megan O'Malley zu tun haben wollte. Sie besaß die Sturheit eines Panzers, provozierte ihn und stieß ihn vor den Kopf. Er konnte sich nicht beherrschen, wenn sie in seiner Nähe war, und eins war verdammt sicher, sie würde er niemals unter Kontrolle kriegen.

Megan zog ihre Erregung zurück und sperrte sie ein, da wo sie hingehörte. *Das genau* war der Grund, warum sie sich nicht in Mitch Holt verlieben würde. Er hatte soeben das Prinzip zitiert, zu dessen Bruch er sie verleitet hatte. Keine Cops. Nachdem es jetzt aus war zwischen ihnen, würde alles, was sie ihm anvertraut hatte, jeder private Aspekt von sich, den sie mit ihm geteilt hatte, gegen sie verwendet werden. Ab sofort würde es diese Verlegenheit zwischen ihnen geben. Jedesmal, wenn sie sich im gleichen Raum befänden, jedesmal, wenn sie zusammenarbeiten mußten.

Von vornherein hätte sie sich nur auf die Arbeit konzentrieren dürfen. *Du hast es genau gewußt, O'Malley. Wie, zum Teufel, bist du auf die Idee gekommen, du könntest mehr haben?* Sie schluckte den Kloß in ihrem Hals hinunter und zwang sich, wieder an den Fall zu denken.

»Wir müssen uns Pauls Fingerabdrücke besorgen«, sagte sie. »Er hat diesen Van besessen, vielleicht hat er noch einen Schlüssel. Wenn seine Fingerabdrücke da drin sind, nach all der Zeit, wird er uns einiges erklären müssen. Bringen Sie ihn hierher, Chief, oder ich mach es.«

Mitch war überrascht, wie sie so mühelos in ihre Cop-Haut schlüpfte und das emotionelle Blut ignorieren konnte, das gerade zwischen ihnen geflossen war. Fast spürte er die Kälte der Eiswände, die sie um sich errichtete, um ihn auszuschließen, um sich und die Gefühle zu schützen, in die er gerade seine Klauen geschlagen hatte. Er ärgerte sich, daß sie sich so unter Kontrolle hatte, während er innerlich explodierte, sie anschreien und durchschütteln wollte. Es irritierte ihn, daß er eine Spur von Reue und Bedauern fühlte, daß er überhaupt etwas fühlte, während sie ihre Gefühle scheinbar einfach abgeschaltet hatte.

»Kommandier mich nicht rum, O'Malley«, warnte er.

Megan hob eine Braue. »Was willst du dagegen machen? Der Presse erzählen, daß du mich nackt gesehen hast?« Sie entfernte sich hocherhobenen Hauptes. »Bring deinen Job auf die Reihe, Chief, sonst tu ich es.«

Mitch sagte nichts, als sie den Strategieraum verließ und die Tür hinter sich schloß. Er lief im Zimmer auf und ab, versuchte sich in den Griff zu kriegen, zwang seine Konzentration auf die wirklich wichtigen Dinge.

Wutentbrannt starrte er das Nachrichtenbrett an. Er konnte sich nicht vorstellen, daß Paul diese kranken Botschaften getippt hatte. Selbstverständlich bekamen Eltern Wutanfälle, drehten durch und begingen Sünden, die sie nie wiedergutmachen konnten. Dann dachte er an Kyle und wie es ihn getroffen hatte, seinen Sohn tot daliegen zu sehen, jeden Tag mit dem Gedanken zu leben, wie alt Kyle jetzt wäre und was er tun würde, wenn er noch am Leben wäre. Es fiel ihm ein, wie weh es tat, wenn er kleine Buben Ball spielen oder die Straße auf Fahrrädern hin und her rasen sah und Hunde, die kläffend hinterherjagten. Er konnte sich nicht mit dem Umstand abfinden, daß jemand vorsätzlich dem eigenen Kind etwas antat – weil die Wunde von Kyles Tod immer noch klaffte.

Ich glaube, für dich ist es zu verlockend, dich an Paul Kirkwoods Stelle zu versetzen – es könnte uns allerhand kosten.

Verlockend? Nein, das stimmte nicht.

Er ging zurück zum Tisch, wo Joshs Notizbuch lag. Wo war ein Verdächtiger? Jemand, der die Kirkwoods kannte, die Gegend kannte. Josh kannte?

Wiederum blätterte er durch die Seiten voller Gekritzel und Spiele, dem Stolz über die Ernennung zum Co-Captain seines Eishockeyteams, seine Traurigkeit über die Probleme seiner Eltern. *Dad ist sauer. Mom ist traurig. Ich fühl mich mies …* Eheprobleme hatten Paul Kirkwood nicht zu der Art Monster gemacht, das seinen eigenen Sohn stahl und Zitate über Sünde und Ignoranz hinterließ.

Sünde.

Mitch blätterte weiter und sah sich die Zeichnungen sehr genau an. Joshs Interpretation von Gott und dem Teufel, seine Meinung über den Religionsunterricht – böse Gesichter und Daumen nach unten. *Sünde.* Vor seinem geistigen Auge erhob sich Albert Fletcher, den Diakon von St. Elysius, wie er am Rand der Old Cedar Road stand und die Kapuze eines schwarzen Parkas sein hageres Gesicht umrahmte.

21 Uhr 57; –34 Grad, Windabkühlungsfaktor: –48 Grad

»In einer vollkommenen Welt wäre Hannah Kandidatin für den Heiligenstand«, verkündete Kathleen Casey, die auf einer durchgesessenen Couch im Schwesternaufenthaltsraum hockte; ihre Turnschuhe hatte sie auf einen flachen Tisch aus heller skandinavischer Eiche plaziert. Sie trug grüne Operationskleidung und einen Labormantel, aus dessen Brusttasche ein Stethoskop baumelte. Nachdenklich nagte sie an der Plastikkappe einer Spritze und starrte, ohne etwas zu sehen, in den Fernseher an der gegenüberliegenden Wand. »Alle, die dafür sind, die Welt zu einem perfekten Ort zu machen, Hand heben!«

Megan sank tiefer in die Reste eines ledergepolsterten Sessels. Betonung auf Reste. Nur sie beide befanden sich im Aufenthaltsraum, hinter der offenen Tür war es still in dem kleinen Hospital. Gelegentlich läutete ein Telefon, ab und zu kam eine Durchsage. Eine ganz andere Welt als die großen Stadtkliniken mit ihrer Technik und Hektik. Megan spielte mit dem Gedanken, sich ein leeres Bett zu suchen und hineinzufallen. Vielleicht ein nettes Schlafmittel gespritzt bekommen und dann acht bis zehn Stunden totales Vergessen! Sie rieb sich die Stirn und seufzte.

»Wie stehen ihre Mitarbeiter zu ihr?« Sie unterstrich das Wort *Mitarbeiter* in ihrem Notizblock.

»Wie ich schon den letzten neun Cops sagte, sie ist der Traum jeder Schwester. Ich muß mich immer wieder zwicken, wenn wir zusammenarbeiten.« Die vielen Jahre mit ganz anderen Erfahrungen waren in ihren kleinen, strahlend braunen Augen zu sehen. »Sechzehn Jahre in diesem Geschäft. Ich hab mir die Hörner mit arroganten Assistenzärzten und Chefs abgestoßen, die geschworen haben, sie könnten keinen Gotteskomplex haben, weil sie Götter seien. Wenn diese Typen den Himmel bevölkern bei meiner Ankunft, hoff ich, daß mein Visum am Tor verfällt.«

»Wie kommt sie mit den anderen Ärzten aus?«

»Wunderbar – mit Ausnahme von Mr. Möchtegern, Dr. Craig Lomax.

Er war eingeschnappt, als Hannah zum Chef der Notaufnahme ernannt wurde. Irgendwie ist es seiner Aufmerksamkeit entgangen, daß er ein hundsmiserabler Arzt ist.«
»Wie eingeschnappt?«
»Genug, um uns alle mit seiner Schmollerei zu bestrafen. Genug, um Hannahs Autorität zu untergraben.« Sie nahm einen Schluck koffeinfreies Pepsi, dann steckte sie sich die Plastikkappe wieder in den Mund und biß zu. »Wenn Sie mich fragen, ob er so eingeschnappt war, daß er Josh entführt hat, ist die Antwort nein. Lästig ist er schon, aber nicht wahnsinnig. Außerdem hatte er in der fraglichen Nacht Dienst.«
»Und was ist mit den Patienten?« fragte Megan. »Fällt Ihnen jemand ein, der mit dem Ausgang eines Falles nicht gut fertig wurde? Jemand, der ihr die Schuld zugeschoben hätte?«
Kathleen strich sich ihr dichtes, rotes Haar zurück, während sie überlegte. »Hier ist es nicht wie in der Stadt, wissen Sie. Die Menschen in Kleinstädten führen keine Prozesse wegen Kunstfehlern. Sie vertrauen ihren Ärzten und akzeptieren vernünftigerweise, daß nicht alles immer so funktioniert, wie man wünscht und daß nicht unbedingt jemand daran schuld ist.«
Megan ließ nicht locker. »Wie steht es mit Verwandten von Leuten, die es nicht geschafft haben? Ein Elternteil, das ein Kind verloren hat, vielleicht?«
»Lassen Sie mich überlegen ... Die Muellers haben letzten Herbst ihr Kind durch Krippentod verloren. Als sie es einlieferten, war es bereits tot. Hannah hat eine Ewigkeit an dem Baby hingearbeitet, aber alles umsonst.«
»Waren sie wütend?«
»Nicht auf Hannah. Sie hat weit mehr getan als üblich. Kathleen überlegte weiter, ging im Geiste eine Liste durch und hakte Namen ab. »Mir fällt niemand ein, der zu so etwas Anlaß haben könnte. Hannah ist eine ausgezeichnete Ärztin, kann Leute schneller beruhigen als eine Handvoll Valium. Und sie kennt die Grenzen unseres Hauses. Sie zögert nicht, einen Patienten in ein besser ausgerüstetes Zentrum zu schicken, wenn sie es für nötig hält.« Nebenbei zog sie ihre Füße vom Tisch und stellte sie auf die Couch unter sich, nahm die Spritzenkappe aus ihren Zähnen und benutzte sie wie einen Zeigestab. »Ich erinnere mich, wie sie Doris Fletcher in die Mayo-Klinik zu Tests gebracht hat, weil ihr Mann sich weigerte, sie zu fahren.«

»Fletcher?« Megan setzte sich auf. »Verwandt oder verschwägert mit Albert Fletcher?«
Kathleen rollte die Augen. »Deer Lakes ganz eigener Anwalt des Verderbens. Die Welt fährt auf einem Schlitten zur Hölle. Frauen sind die Wurzel allen Übels. Härene Gewänder und Asche als letzter Schrei. *Dieser* Albert Fletcher? Ja. Die arme Doris beging den Fehler, ihn zu heiraten, bevor er ein religiöser Fanatiker wurde.«
»Und er wollte sie nicht für einen Test ins Krankenhaus bringen?« fragte Megan fassungslos.
Die Schwester schnitt eine Grimasse. »Er fand, sie sollten darauf warten, daß der Herr sie heilte. Und inzwischen reckt der Herr die Hände gen Himmel und sagt: ›Ich hab euch die Mayo-Klinik gegeben! Was wollt ihr noch mehr?‹ Arme Doris.«
»Wie hat Fletcher darauf reagiert, daß Dr. Garrison seine Frau gegen seinen Willen dorthin brachte?«
»Er war stinksauer. Albert steht nicht drauf, daß Frauen sich durchsetzen. Er findet, wir sollen weiterhin abzahlen, weil Eva Mist gebaut hat.«
»Woran ist seine Frau gestorben?« fragte Megan.
»Ihr ganzes gastrointestinales System hat verrückt gespielt, schließlich versagten ihre Nieren«, erklärte sie. »Es war traurig. Keiner hat je eine konkrete Diagnose geliefert. Ich hab gesagt, Albert füttert sie mit Arsen, aber auf Schwestern hört ja keiner.«
Als Megan nicht lachte, sah Kathleen sie an. »Ich hab einen Scherz gemacht. Wegen dem Arsen … war nur ein Witz.«
»Hätte er sie töten können?«
Die Augen der Schwester weiteten sich entsetzt. »Der Diakon bricht eins der zehn Gebote? Der Himmel würde sich schwarz verfärben, und die Erde würde erbeben.«
»Gab es eine Autopsie?«
Kathleen wurde schlagartig ernst. Sie drehte die Spritzenkappe zwischen ihren kleinen Händen. »Nein«, sagte sie leise. »Die Mayo-Klinik drängte darauf. Sie konnten den Gedanken nicht ertragen, daß es eine Krankheit gäbe, für deren Erforschung ihnen die Gelder fehlten. Aber Albert verweigerte seine Zustimmung aus religiösen Gründen.«
Megan starrte ihre Notizen an. Botschaften über Sünde. Eine persönliche Vendetta. Wenn es Fletcher irgendwie gelungen war, seine Frau zu vergiften, könnte er durchaus geneigt sein, Hannah für ihre Einmischung zu bestrafen. Falls er verrückt genug war, verdreht genug!

Er hatte in der Nacht, in der Josh verschwand, Religionsunterricht erteilt, aber wenn es sich um nachgewiesenen Fanatismus handelte, waren Alibis stets irrelevant.
»Sie glauben doch nicht wirklich, daß er Josh entführt hat?« fragte Kathleen leise. »Lieber würde ich glauben, daß Olie es getan hat und jetzt in der Hölle schmort.«
Megan hievte sich aus dem Sessel. »Ich kann mir vorstellen, daß er schmort, aber vermutlich hält er noch einen Platz für einen Komplizen frei. Und es ist mein Job rauszufinden, wer das ist.«

Eine Frage ließ ihr keine Ruhe, als sie quer durch die Stadt fuhr: ob es Ende der Woche noch ihr Job sein würde.
Sie verfluchte die Politik des Bureaus. Sie war hergekommen, um ihre Arbeit zu machen, schlicht und einfach. Aber sie erwies sich keineswegs als schlicht und einfach, diese Situation, in die man sie alle geschubst hatte – sie selbst, Mitch, Hannah, Paul, alle in Deer Lake und alle Leute außerhalb der Gemeinde, die mithelfen wollten. Ein Akt des Bösen hatte ihrer aller Leben verändert. Die Entführung Joshs zog eine Kette von Aktionen und Reaktionen nach sich. Ihre Welt war der eigenen Kontrolle entrissen worden und hing nun ab vom nächsten Schritt des Irren.
Ob er das wohl wußte, wer immer er war? Sie starrte durch die Windschutzscheibe hinaus in die öden Schatten der kalten Nacht und fragte sich, ob er wohl jetzt gerade seinen nächsten Schachzug überlegte und wie die unfreiwilligen Spieler in seinem kranken Spiel darauf reagieren würden.
Macht. Darum ging es hier, den Allmächtigen zu spielen. Die Macht, Leuten das geistige Rückgrat zu brechen, bis sie um Gnade winselten. Der Rausch zu zeigen, wieviel raffinierter er war als alle anderen.
»Es ist leicht, ein Spiel zu gewinnen, dessen Regeln man selbst erfunden hat«, murmelte Megan. »Gib uns einen Hinweis, Wichser, nur einen lausigen Hinweis. Dann werden wir ja sehen, was passiert.«
Bald. Es mußte bald passieren. Sie spürte, wie ihr die Zeit unter den Fingern zerrann. DePalmas Ultimatum hing wie ein Amboß unter ihrem Kopf – … Sorgen Sie dafür, daß es vorangeht!
Sie bog in die Simley Street, eine Straße westlich von St. Elysius ein, schaltete die Scheinwerfer aus und ließ den Lumina eine halbe Straße weiterrollen, bis sie ihn am Randstein parkte. Simley Street war um zehn Uhr nachts wie ausgestorben. Die Bewohner der ordentlichen

Schuhschachtelhäuser klebten alle am Fernseher – mit der bemerkenswerten Ausnahme von Albert Fletcher. Im Wohnzimmerfenster von 606 Simley Street war kein Licht zu sehen und auch in keinem anderen Fenster des einstöckigen Hauses.

Wo konnte ein sechzig Jahre alter, katholischer Diakon an einem Mittwoch um viertel nach zehn abends sein? Wagte er ein Tänzchen mit irgendeiner heißen Witwe? Bei dem Gedanken überlief Megan eine Gänsehaut.

Sie überquerte die Straße und ging entschlossenen Schrittes den Gehsteig entlang, als sei das ganz selbstverständlich. Der Trick, sich da hineinzumengen, wo man nicht hingehörte – einfach so zu tun als ob. Nun befand sie sich in der Einfahrt von 606 und huschte rasch seitlich an der Garage entlang, entschwand der Sichtweite von Nachbarn, die zufällig aus den Fenstern schauten.

Der Schnee quietschte wie Styropor unter ihren Stiefeln. Selbst die Stoffhülle ihres Parkas war steif vor Kälte. Jede Bewegung, die sie machte, klang, als würde jemand eine Zeitung zerknüllen. Sie verfluchte sich, weil sie in dieser gottverlassenen Gefrierschrankgegend geblieben war, und tastete in ihrer Tasche nach der kleinen Taschenlampe. Fäustlinge waren für feinere Handgriffe recht ungeeignet, einer der Gründe, warum die Zahl der Einbrüche bei kaltem Wetter dramatisch zurückzugehen pflegte.

Die Seitentür der Garage war abgesperrt. Megan hielt schützend die Hand über den Lichtkegel, richtete ihn auf das Fenster und spähte hinein. Sie hielt den Atem an, damit das Glas nicht beschlug. Das einzige Auto in der Garage war undefinierbar mit einer Plane verhüllt, wie eine alte Couch, die sich unter einem Überwurf versteckt; die zweite, nähergelegene Box war leer. Alles sah makellos aus. Es gab nicht einmal einen Ölfleck auf dem Boden.

Sie wandte sich ab und folgte dem Weg zur Treppe auf die hintere Veranda, in der Absicht durch die Fenster zu spähen, aber alle Vorhänge waren zugezogen, sogar die im Keller. Um die Fundamente des Hauses zogen sich über dicken, undurchsichtigen Plastikfolien Schneeanhäufungen, zur Isolierung.

Megan kniete sich fluchend vor ein Erdgeschoßfenster und schaufelte den Schnee mit der Hand weg. Sie zog einen Fäustling aus, grub nach ihrem Taschenmesser und löste ein paar der Heftklammern von der Latte, an der die Folie befestigt war. Sie zerrte den Kunststoff herunter und lenkte die Taschenlampe durch das Kellerfenster. Der Raumteil, den sie sehen konnte, war so sauber gefegt wie ein Tanzboden. Keine Stapel alter Farbdosen. Keine Stöße von Zeitungen. Keine Schachteln mit abgelegter Kleidung. Kein Kerker. Kein Horrorkabinett. Kein kleiner Junge.

Teils enttäuscht und teils erleichtert setzte sich Megan auf ihre Fersen und knipste ihr Licht aus. Im selben Augenblick tasteten sich Scheinwerfer in die Einfahrt.

»Scheiße!«

Hastig stopfte sie Taschenlampe und -messer in ihre Jacke und schaffte es dabei, sich die Klinge in die Handfläche zu rammen. Sie verkniff sich ein Aufheulen und schob den Schnee mit der gesunden Hand wieder an das Fenster. Die Garagentür begann sich automatisch zu öffnen. Den Schnee festklopfend huschte ihr Blick immer wieder zur Garage. Fletcher fuhr herein, ohne sie zu sehen, aber wenn er durch den Seiteneingang zu seiner Hintertür ging, war sie verratzt.

Der Motor rumpelte und ging aus. Megan lief geduckt die Hintertreppe hoch, sprang über die Schwelle hinunter, bog um die Ecke und prallte frontal gegen einen Mann.

Ihr Schrei wurde von einer großen behandschuhten Hand erstickt. Ein kräftiger Arm packte sie unsanft und drückte sie an sich, dann preßte er sie zwischen sich und die Hauswand. Megan schlug mit der Stiefelspitze gegen sein Schienbein. Er grunzte vor Schmerz, drängelte sie aber nur noch unbarmherziger gegen die Wand.

»Halt still!« flüsterte er barsch.

Ein vertrautes Organ.

Megan starrte in den Tunnel seiner Kappe. Selbst im Schatten war Mitchs Gesicht unverkennbar. Er nahm seine Hand von ihrem Mund. Megan sagte kein Wort, versuchte lautlos ringend zu atmen. Die kalte Luft hämmerte wie Fäuste an ihre Lunge, und sie legte eine Hand als Filter vor den Mund. Fletchers Autotür knallte zu. Seine Schritte knirschten durch den festgebackenen Schnee zur Hintertür. Die Chancen standen gut, daß er einfach die Treppe hoch und in sein Haus gehen würde, wie er es schon zigmal getan hatte, ohne etwas Ungewöhnliches zu bemerken, wie zum Beispiel eine Fußspur im Schnee, wo keine sein sollte. Der Mensch war ein Gewohnheitstier, meist unaufmerksam – außer, er hatte das Gefühl, er müßte auf der Hut sein.

Er zögerte. Sie stellte sich vor, wie er an der Stelle stand, wo sie den Schnee von Kellerfenster weggeschaufelt hatte. *Komm schon, Albert. Beweg dich. Beweg dich. Bitte.* Er bewegte sich langsam weiter. In

Zeitlupe die Treppe hoch. Megan hielt den Atem an. Hatte er Verdacht geschöpft? Schaute er zur Südseite der Veranda? Konnte er in der Dunkelheit Fußabdrücke erkennen?
Das Klappern von Schlüsseln. Das Klicken des Schlosses. Die schwere Tür fiel zu, und die Sturmtür schwang knarrend in ihren Rahmen.
Megan seufzte erleichtert auf. Der Adrenalinstoß verebbte, und sie begann zu zittern. Sie sah zu Mitch hinauf: »Was, zum Teufel, machst du denn hier?«
»Was, zum Teufel, machst *du* denn hier?« zischte er retour.
»Glaubst du, wir könnten irgendwo in einem Gebäude weiterstreiten«, murmelte sie. »Mir friert der Hintern ab.«

22 Uhr 55, –34 Grad, Windabkühlungsfaktor: –48 Grad

Im Saloon ›Zur Blauen Gans‹ war nicht gerade viel los. In der schäbigen Kneipe herrschte gnädigerweise sehr schummriges Licht, damit die Gäste nicht sahen, was für mottenzerfressene, ausgestopfte Tiere an der Wand hingen. Die Bardame, eine stämmige Frau mit mausbraunen Locken, die wie eine Pudelmütze ihren Kopf krönten, stand hinter der Bar und rauchte eine Zigarette, während sie mit einem dubiosen Geschirrtuch Bierkrüge abtrocknete; dabei starrte sie unverwandt in einen tragbaren Fernseher, in dem eine Wiederholung von *Cheers* lief. Ihre kleinen dunklen Augen verschwanden fast in den Fettfalten ihres Gesichts, wie Rosinen im Brötchenteig. Ihr einziger Kunde an der Bar war ein alter Mann, der sich an seinem Schnapsglas festhielt und ein reges Selbstgespräch über den traurigen Zustand der Politik in Minnesota seit dem Abgang von Hubert Humphrey führte.
Mitch hatte sich für die letzte Nische vor dem Billardraum entschieden und sich so plaziert, daß er den Eingang und das Fenster zur Straße im Auge hatte. Alte Gewohnheit. Er bestellte Kaffee und einen Jack Daniels. Den Whiskey kippte er mit einem Zug hinunter und nippte an dem Kaffee, während Megan ihm von ihrem Gespräch mit Kathleen Casey erzählte, vom mysteriösen Ableben Doris Fletchers und der Feindseligkeit ihres Mannes, weil Hannah Garrison sich eingemischt hatte.
Megan goß ihren Whiskey in den Kaffee und rührte etwas Sahnepulver dazu. Das Gebräu war heiß und stark und wärmte sie von innen nach außen, so daß ihr Zittern allmählich nachließ. Sie warf einen

Blick auf ihre Hand, kniff die Augen zusammen, weil das Licht so schummrig war. Das Taschenmesser hatte einen kurzen Schnitt hinterlassen, der mit getrocknetem Blut und Handschuhfusseln dekoriert war. Ein Pflaster würde genügen.

»Warum drei Jahre warten, um sich zu rächen?« fragte Mitch.

»Ich weiß es nicht. Vielleicht hat er solange gebraucht, bis er den Plan ausgetüftelt hatte – oder bis er ausgerastet ist.«

»Er hat an dem Abend, an dem Josh verschwand, eine Klasse in St. Elysius unterrichtet.«

»Womit wir wieder beim ach so naheliegenden Komplizen wären.«

Im Fernseher über der Bar vollführte Cliff Claven gerade einen Veitstanz, als hätte ihn jemand an ein Stromkabel angeschlossen. Die Zigarette der Barfrau hüpfte vergnügt in ihrem Mundwinkel auf und ab. Megan fing wieder an zu zittern und nahm noch einen kraftigen Schluck von ihrem Irish Coffee.

»Du warst auch bei Fletcher, Chief«, sagte sie streng. »Warum spielst du jetzt des Teufels Anwalt bei mir?«

»Weil es mir gefällt.«

»Abgesehen von deinen angeborenen perversen Neigungen, darf ich doch wohl annehmen, daß du einen Grund hattest, dort zu sein.«

Er zuckte mit den Schultern. »Ich hab nur rumgeschnüffelt. Fletcher ist von der Kirche besessen. In drei der Nachrichten wird Sünde erwähnt. Josh mochte seinen Religionsunterricht nicht.«

»Wer kann ihm das verdenken, mit Albert Fletcher als Lehrer?« Megan schüttelte sich. »Albert Fletcher würde sogar unseren Bischof das Fürchten lehren.«

»Ich hab mir noch mal die Aussage angesehen, die er bei Noogie gemacht hat an dem Abend, als Josh verschwand«, sagte Mitch. Er suchte sich eine Erdnuß aus dem Korb, der auf dem Tisch stand, knackte sie mit der Hand und warf sich die Nüsse in den Mund. »Es gibt nichts, was Verdacht erregen könnte.«

Oberflächlich war tatsächlich nichts an Albert Fletcher auffällig, der seit seiner Pension als aktives Mitglied der Gemeinde galt. Nicht gerade das, was man im allgemeinen als Profil eines Kinderschänders bezeichnen würde – dennoch gab es genauso viele Punkte, die exakt in dieses Schema paßten. Fletchers Pflichten in der Kirche brachten ihn in die Nähe von Kindern. Durch seine Autorität in St. Elysius war er für groß und klein gleichermaßen eine Vertrauensperson. Aber eine solche Vertrauensposition würde wohl kaum von ihm als erstem mißbraucht.

»Hat er Olie gekannt?«
»Ich kann mir nicht vorstellen, daß die beiden in denselben Kreisen verkehrten, aber wir werden es überprüfen. Morgen früh will ich selbst mit ihm reden.« Am liebsten hätte er Fletcher gleich heute nacht aufs Revier zitiert, aber so was lief leider anders. Er konnte den Mann nicht einfach wegen einer Ahnung und drei Jahre alten Gerüchten einbuchten. Keiner hatte ihn in Zusammenhang mit Josh erwähnt, außer durch seine Stellung in der Kirche. Vergangene Woche erwähnte niemand irgendwelche verdächtigen Vorkommnisse in Fletchers Haus. Mitch hatte trotzdem für alle Fälle einen Mann postiert, der das Haus die ganze Nacht beobachtete.
Er zog seine Brieftasche heraus und warf ein paar Dollarscheine auf den Tisch. Megan folgte seinem Beispiel. Die Barfrau watschelte aus ihrer Theke, um die Beute einzustreichen.
»Schaut mal wieder rein«, rief sie ihnen nach. Ihre Stimme klang wie Louis Armstrong mit einer bösen Erkältung.
Als sie auf den Gehsteig hinaustraten, verschlug es Megan den Atem vor Kälte. Nicht einmal die Wärme des Whiskeys konnte verhindern, daß ihre Zähne wieder anfingen zu klappern.
»Jesus, Maria und Joseph«, stammelte sie und kramte ihre Wagenschlüssel aus der Handtasche. »Wenn Josh nicht wäre, würde ich *hoffen*, daß sie mich feuern. Für solche Lebensbedingungen sind Menschen nicht geschaffen.«
»Abhärten oder untergehen lautet die Parole, O'Malley«, sagte Mitch ohne eine Spur von Mitleid.
»Wenn ich noch härter werde, prallen Kugeln von mir ab«, konterte sie und rutschte hinter das Steuer ihres Lumina.
Sie begann das Ritual, den Motor zum Leben zu erwecken und sah Mitch nach, wie er in den Explorer stieg. Die Straßen von Deer Lake waren menschenleer, das Blue Goose der einzige offene Laden. Als er wegfuhr, fühlte sie sich mit einem Mal innerlich leer, als wäre sie das einzige menschliche Wesen auf diesem Planeten.
Es gab Schlimmeres, als allein zu sein. Aber während sie da in der kalten, dunklen Nacht saß, in der ein Kind vermißt wurde und ihre Zukunft an einem seidenen Faden hing, hatte sie große Mühe, sie einzusehen.

TAGEBUCHEINTRAG
TAG 8

Heute haben sie die Jacke gefunden. Sie wissen nicht, was sie davon halten sollen. Sie wissen nicht, wo sie anfangen sollen. Wir können ihre Panik riechen. Sie schmecken. Es bringt uns zum Lachen. Sie sind berechenbar wie Ratten in einem Labyrinth. Sie wissen nicht, in welche Richtung sie gehen sollen, also gehen sie aufeinander los und haschen nach jedem Strohhalm, in der Hoffnung auf eine Spur. Sie verdienen, was immer das Schicksal für sie bereithält. Den Zorn Gottes. Den Zorn der Kollegen, der Nachbarn, der Fremden. Zorn regnet auf die Köpfe der Schuldigen und der Narren herab.
Sollten wir ihnen etwas geben und sehen, wohin es sie führt? Alle Szenarios sind durchgeplant, weit über den Augenblick hinaus. Wenn wir ihnen A geben, wird es sie zu B führen? Wenn sie auf C stoßen, was dann? Weiter zu D oder E? Uns kann man nicht überraschen. Wir sind auf alle Eventualitäten vorbereitet, alle Möglichkeiten. Letztendlich sind wir unbesiegbar, und wahrscheinlich wissen Sie es. Das Spiel gehört uns. Das Leid gehört ihnen. Verdiente Opfer des perfekten Verbrechens.

Kapitel 29

TAG 9
8 Uhr, –31 Grad, Windabkühlungsfaktor: –46 Grad

Die Bodensuche wurde im grauen Licht eines sonnenlosen Morgens wiederaufgenommen. Der Gouverneur hatte von sich aus eine Kaltwetterausrüstung der Nationalgarde zur Verfügung gestellt: zwei Militärlaster standen hinter dem alten Feuerwehrhaus, um arktiserprobte Fäustlinge und Thermoskimasken an jeden Freiwilligen, der sie brauchte, zu verteilen.

Nach der Entdeckung von Joshs Jacke hatte die Panik in der Stadt einen neuen Höhepunkt erreicht. Mehr Freiwillige als je zuvor drängten sich im Einsatzraum des Feuerwehrgebäudes und boten wild entschlossen ihre Dienste an. Sie drängten sich zum Zentrum der Suchaktion mit dem Eifer der Massen, die Dr. Frankensteins Tore stürmten. Sie waren ergrimmt, verängstigt und des Wartens müde, wollten ihre Stadt und ihre Sicherheit zurückhaben; ihrer Ansicht nach vermochte uneingeschränkter Wille die Schlacht zu gewinnen.

Mitch saß in seinem Explorer und schaute zu, wie sich die Suchteams und die Spürhunde aufteilten. Bei den meisten Fällen wurde man von einem Gefühl, einem Rhythmus geleitet, der sich beschleunigte, wenn die Ermittlungen voranschritten, Hinweise eintrafen, Spuren auftauchten und die Beweise sich häuften. Dieser Fall hatte keinen Rhythmus, und sein Gefühl hierbei war durch und durch ungut. Je tiefer sie in dem Wust von Einzelheiten vordrangen, desto verlorener und desorientierter wurden sie.

Vielleicht gab es zwei Kidnapper, und Olie war einer von ihnen gewesen. Oder auch nicht. Paul könnte beteiligt sein, aber wie und warum? Albert Fletcher desgleichen. Möglicherweise war er wahnsinnig. Hatte er Olie gekannt, oder war er der Komplize von jemandem, den

sie noch gar nicht in Betracht gezogen hatten? Gab es überhaupt einen Komplizen?
Ein stämmiger Sergeant der Minneapolis-K-9-Abteilung führte seinen Schäferhund in ein Schilfdickicht. Der Hund sprang auf die Böschung, schwanzwedelnd, die Nase im Schnee. Uniformierte Beamte trieben Freiwillige aus der Spur, Mitchs Puls begann zu pochen. Der Hund hatte scheinbar eine Witterung aufgenommen. Er trabte nach Süden, weg von den Häusern, den Snowmobileweg entlang und dann die Mill Road hinauf, die in Richtung Osten in die Stadt führte und nach Westen zum Farmland. Er blieb stehen, wendete den Kopf nach rechts, sah zu dem Feld auf der anderen Seite der Straße, wo aschblonde Maisstauden ungeerntet erfroren waren, Reihe an Reihe, ein Vermächtnis des nassen Herbstes und frühen Winters.
Ende der Witterung! Wie jeder andere Funken Hoffnung, den sie gehegt hatten, war sie verflogen. Mitch legte den Gang in seinem Truck ein und fuhr zu Albert Fletchers Haus in einer halben Meile Entfernung.
Bei Tageslicht erschien es ein phantasieloses schachtelähnliches Bauwerk, in düsterem Grau gestrichen. Keine weihnachtlichen Überreste zierten Tür oder die Dachrinnen. Albert war offensichtlich kein Freund auffälliger Dekorationen. Mitch erinnerte sich, daß es in St. Elysius einen Aufstand wegen der Adventsdekoration gegeben hatte. Die Damengilden stimmten dafür, der Diakon dagegen, Mitch hatte sich nicht weiter drum gekümmert. Er verbrachte die Sonntagmorgen mit seiner Tochter und seinen Schwiegereltern in der evangelischen Kreuz-Christi-Kirche, während der Predigt übte er sich aus Opposition in Kopfrechnen.
Die Türglocke schellte, und Mitch wartete auf das Geräusch von Schritten. Nichts war zu hören. Kein Licht drang durch die zugezogenen Vorhänge. Nochmals betätigte er die Glocke und wippte mit den Füßen, ein Versuch, die Kälte abzuschütteln. Die Ohrenschützer umklammerten seinen Kopf wie ein Schraubstock. Die Kapuze seines Parkas verhinderte die Körperwärme am verdunsten.
Keiner kam zur Tür. Natürlich, Albert war der einzige bekannte Bewohner des Hauses. Mrs. Fletcher lebte nicht mehr, und der Diakon hatte nie eine romantische Beziehung zu jemand anderem angeknüpft. Obwohl er beruflich erfolgreich gewesen war, als Controller bei Buckland Cheese, und wahrscheinlich gut verdiente, betrachteten die Damen ihn offensichtlich nicht als willkommene Partie.

Doris' langsamer qualvoller Tod hatte vielleicht etwas damit zu tun, dachte Mitch, als er den ordentlich freigeschaufelten Weg zur Garage entlangging. Seiner Kenntnis der Leute nach hatte während der Krankheit seiner Frau und ihrem anschließenden Tod niemand Albert gegenüber Mißtrauen gehegt.
Soweit er es durch das Fenster erkennen konnte, lag in der Garage absolut nichts herum. Das einzig vorhandene Auto stand unter einer staubbeladenen Segeltuchplane. Sie sah aus, als hätte sie seit Jahren keiner mehr angefaßt. An der Wand hingen ordentlich verteilt Gartengeräte. Über der Werkbank war eine Lochwand angebracht mit präzise aufgereihten Werkzeugen – Schraubenschlüssel, Schraubenzieher, Zangen, Hämmer.
Mitch packte die Handwärmer in seinen Jackentaschen fester und ging zur Rückseite des Hauses, um die Kellerfenster zu überprüfen.
Die Wut packte ihn bei der Erinnerung, daß Megan gestern abend beinahe beim Herumschnüffeln erwischt worden wäre. Was, wenn Fletcher tatsächlich wahnsinnig war? Was, wenn er sie da allein gefunden hätte?
Mitchs Blick fiel auf das Fundament des Hauses, auf die dicke Plastikplane, die die Kellerfenster verdeckte.
Sie war wieder frisch angetackert.

In der Kirche fand Mitch Pater Tom auf den Knien vor, mit etwa zwei Dutzend Frauen, die den Rosenkranz beteten. Eine Wand von Votivkerzen flackerte und tränkte die Luft mit dem schweren Vanillegeruch schmelzenden Wachses. An die Mauer neben den Kerzenreihen hatten die Katechismusklassen handgefertigte Plakate geklebt. Mit farbigen Filzstiften hatten sie in ordentlichen Buchstaben ihre Bitten aufgemalt: *Jesus, bitt paß auf Josh auf. Herr, bitte bring Josh nach Hause.* Daneben hatten sie Engel und Kinder und Polizisten gemalt.
Alle Blicke richteten sich auf Mitch, als er neben der Bank des Priesters stehenblieb. Sie erwarteten von Mitch die Erlösung, irgendeine Nachricht, die er ihnen nicht geben konnte. Pater Tom erhob sich, die Vorbeterin schleppte die anderen weiter durch die monotone Litanei.
»Heilige Muttergottes, gebenedeit bist du unter den Weibern. Der Herr ist mit dir …«
»Gibt es irgend etwas Neues?« flüsterte Pater Tom, seine Stimme vibrierte vor Spannung. Er atmete hörbar aus, als Mitch den Kopf schüttelte.

»Ich muß dir ein paar Fragen stellen.«
»Gehn wir in mein Büro.«
Pater Tom ging voran, beugte hastig das Knie vor dem Altar und eilte dann weiter. Im Büro bot er Mitch einen Stuhl an und schloß die Tür. So priesterlich wie heute hatte Mitch ihn nur selten gesehen. Sein Priesterkragen stand steif über dem Ausschnitt seines schwarzen Pullovers. Kammspuren verrieten, daß er sogar versucht hatte, seine widerspenstige Mähne zu bändigen, aber ein paar hartnäckige Büschel standen wie Getreidestoppeln von seinem Kopf ab. Der Papst schaut etwas skeptisch von einem Ölgemälde an der Wand auf ihn herab, als könnte ihn der Kragen nicht täuschen.
»Was ist denn der Anlaß?« stichelte Mitch und deutete auf sein Gewand. »Kommt der Bischof in die Stadt?«
Tom McCoy grinste verlegen. »Eins von diesen kleinen Kuhhändeln, die wir mit Gott abschließen. Ich werde versuchen, ein besserer Priester zu sein, wenn er uns Josh wiederbringt.«
Mitch spürte, daß da noch mehr dahintersteckte, bedrängte ihn aber nicht. Er kannte Pater Tom gut genug, um ihn zu hänseln, aber nicht gut genug, um sich zum Beichtvater eines Mannes aufzuschwingen, der auf der geistigen Leiter etliche Stufen höher stand.
»Zum Leidwesen aller Beteiligten glaube ich nicht, daß Gott Josh entführt hat«, bemerkte er. »Wie ging es Hannah, als du dich gestern abend verabschiedet hast?«
Der Priester senkte den Blick auf den Game Boy, der auf seiner Schreibunterlage lag. »Sie versucht ihr Bestes – fühlt sich hilflos, das ist etwas Unbekanntes für sie.«
»Paul unterstützt Sie ja nicht direkt.«
Pater Tom schob empört sein Kinn vor. »Nein, das kann man nicht behaupten.« Er holte Luft und hob den Kopf, sein Blick striff über Mitchs linke Schulter. »Ich hab vorgeschlagen, sie soll das Angebot einer dieser Nachrichtensendungen für ein Interview annehmen. Wenn sie ihre Geschichte so erzählt, daß andere Mütter auch profitieren, könnte sie unter Umständen weiteres Unheil verhindern. Das ist ihre vertrauteste Rolle – anderen zu helfen.«
»Vielleicht«, murmelte Mitch eingedenk seiner eigenen Aufgabe als Helfer und Beschützer, und wie er sich seit seiner Krise davor drückte.
»Du sagtest, du hättest ein paar Fragen?«
»Ist Albert Fletcher in der Nähe?«
Pater Tom zog seine Brauen zusammen, wiegte den Kopf und lehnte

sich in seinem Drehstuhl zurück. »Im Augenblick nicht. Ich glaube, er macht sich im Pfarrhaus nützlich. Warum?«
Mitch setzte seine undurchschaubare Detektivmiene auf. »Ich muß mit ihm über ein paar Sachen reden.«
»Geht es um Josh?«
»Wie kommst du auf diese Frage?«
Pater Tom lachte, aber ohne eine Spur von Humor. »Ich glaube, dieses kleine Gespräch hatten wir schon einmal. Josh nimmt bei Albert Ministranten- und Religionsunterricht. Wird er dadurch nicht automatisch zum Verdächtigen?«
Mitch ignorierte seinen etwas trotzigen Ton. »Fletcher hat an dem Abend, an dem Josh verschwand, unterrichtet. Warum? Glaubst du, er könnte es getan haben?«
»Albert ist er frömmste Mann, den ich kenne«, sagte Tom. »Ich bin überzeugt, er glaubt insgeheim, daß ich dem Untergang geweiht bin, weil ich das Pfarrhaus habe verkabeln lassen. Nein, Albert würde nie offen ein Gesetz brechen – egal, ob weltlich oder religiös.«
»Wie lange kennst du ihn schon?«
»Ungefähr drei Jahre.«
»Warst du schon während der Krankheit seiner Frau hier?«
»Nein. Sie ist, glaube ich, im Januar neunzehnhunderteinneunzig gestorben. Ich bin im März hergekommen. Meiner Ansicht nach muß er ihr sehr nahegestanden haben, so wie er anschließend in der Kirche Trost suchte. So wie er in den Glauben eintauchte, mußte er eine große Leere zu füllen haben.«
Oder er war bereits in die Kirche verliebt gewesen und hatte Doris aus dem Weg haben wollen, damit er seiner Besessenheit ungestört frönen konnte. Diese Theorie behielt Mitch für sich.
»Er hatte eine komische Art, seine eheliche Zuneigung zu zeigen«, sagte er. »Es ist wohl allgemein bekannt, daß er sie wegen ihrer Krankheit nicht behandeln lassen wollte. Er behauptete, sie durch seine Gebete heilen zu können, und war nicht sehr erfreut, als Hannah intervenierte.«
Pater Tom runzelte die Stirn. »Mitch, du willst doch noch nicht etwa andeuten ...«
»Ich deute überhaupt nichts an«, sagte Mitch, stand auf und hob abwehrend die Hand. »Ich fische nur im trüben, mehr nicht. Und ich werd noch oft die Angel auswerfen müssen, bevor ich etwas für die Pfanne erwische. Danke für deine Zeit, Pater.«

Er ging zur Tür, drehte sich aber noch einmal um. »Würde Fletcher einen guten Priester abgeben?«
»Nein.« Pater Tom zögerte keine Sekunde. »Zu dem Job gehört mehr, als die Bibel und die Kirchendogmen auswendig zu lernen.«
»Was fehlt ihm denn?«
Der Priester ließ sich das einen Augenblick durch den Kopf gehen. »Mitgefühl«, sagte er leise.

Mitch war noch nie ein Fan von alten viktorianischen Häusern mit ihren schweren Holztäfelungen und höhlenartigen Räumen gewesen. Das Pfarrhaus von St. Elysius bildete da keine Ausnahme. Es war groß genug, um das ganze Notre-Dame-Footballteam unterzubringen, deren Foto auf einem Ehrenplatz im Arbeitszimmer hing, gleich über dem teuflischen Videorecorder.
Er wanderte durch die Räume im ersten Stock, rief immer wieder Fletchers Namen, bekam aber keine Antwort. Der Geruch von Kaffee und Toast schwebte in der Küche. Eine Schachtel mit Cornflakes stand auf dem Tisch, daneben eine halbleere Kaffeetasse, ein Souvenir aus Cheyenne, Wyoming. Die *Star Tribune* lag aufgeschlagen da, mit einer Geschichte über das Schicksal der Erdbebenopfer von Los Angeles und dem Wiederaufleben von Trickbetrügereien falscher Priester – Gangster, die sich als Priester verkleideten und Bargeldspenden für die Obdachlosen sammelten.
»Mr. Fletcher?« rief Mitch.
Die Kellertür ging auf, und Albert Fletcher tauchte aus der Finsternis auf. Er war so mager und blaß, als wäre er da unten gefangengehalten worden. Sein schwarzes Hemd hing über Schultern, so dünn und kantig wie Drahtbügel. Ein schwarzer Rollkragenpullover umschloß seinen Raubvogelhals, wie ein umgekehrtes Abbild von Pater Toms Priesterkragen. Die dunklen Augen, die Mitch fixierten, glühten fast fiebrig, aber undurchsichtig, verhüllten die Quelle ihres Glanzes. Er hatte ein längliches, ernstes Gesicht, die Haut spannte sich wie Pergament über ausgeprägten Knochen. Der Mund war ein kompromißloser Strich, unfähig zu lächeln. Mitch strengte sich an, den Anblick mit der Phantomzeichnung von Ruth Coopers Besucher zu vergleichen. Vielleicht. Mit einer Kapuze ... mit Sonnenbrille?
»Mr. Fletcher?« Mitch reichte ihm seine Hand. »Mitch Holt, Chef der Polizei. Wie geht es Ihnen heute?«
Fletcher wandte sich ab, um die Kellertür hinter sich zu schließen,

ignorierte den Versuch nett zu sein, als würde das gegen seinen persönlichen Glauben verstoßen.
»Es gibt ein paar Fragen, wenn Sie nichts dagegen haben.« Mitch steckte seine Hände in die Hosentaschen.
»Ich habe bereits mit mehreren Polizisten geredet.«
»Routinemäßig müssen wir noch einmal nachhaken«, erklärte Mitch. »Neue Fragen tauchen auf. Die Leute erinnern sich, nachdem der erste Cop weg ist. Wir wollen nichts übersehen.«
Er lehnte sich an die Arbeitsfläche und schlug ein Bein übers andere. »Sie können sich setzen, wenn Ihnen das bequemer ist.«
Offensichtlich gehörte Bequemlichkeit ebenfalls ins Sündenregister, Fletcher machte keine Anstalten, Platz zu nehmen. Er verschränkte seine knochigen Hände über der Brust, auf denen die Spuren seines Ausflugs in den Keller zu sehen waren. Der Diakon warf einen Blick auf diese Bescherung und runzelte die Stirn. »Ich habe die Kirchenbestände im Lager durchgesehen. Sie sind schon sehr lange da unten.«
Mitch rang sich ein künstliches Lächeln ab und richtete sich auf. »Muß ein beachtlicher Keller sein unter so einem großen alten Haus. Was dagegen, wenn ich ihn mir mal ansehe? Diese alten viktorianischen Häuser faszinieren mich.«
Fletcher zögerte eine Sekunde, bevor er die Tür öffnete. Dann stieg er noch einmal hinab in die Eingeweide des Pfarrhauses von St. Elysius. Mitch folgte und verkniff sich eine Grimasse bei dem Schimmelgeruch, der ihm entgegenschlug.
Den Keller hatte er sich genauso vorgestellt – eine in Kammern unterteilte Höhle aus Backstein und brüchigem Zement. Balken mit Spinnwebengirlanden. Nackte Glühbirnen, die nur mangelhaftes Licht lieferten. In der Kammer unter der Küche hatte man den Wasserboiler, den Heizungsofen, den elektrischen Sicherungskasten und einen uralten Gefrierschrank installiert. Im nächsten Abteil stapelte sich Gerümpel – alte Fahrräder, Hunderte ramponierter Klappstühle, ein Stapel Klapptische, Reihen über Reihen von grüngestrichenen Fliegengittern, eine Schwadron kleiner rostiger Drahtkarren mit Krocketausrüstungen, ein Wald von Bambusangelruten.
Der Raum, in den Fletcher ihn führte, war vollgestopft mit Statuen aus der Zeit, in der alle Heiligenbilder erstaunlich den angelsächsischen Vorfahren ähnelten und meist sogar echte Haare aufwiesen. Die modernden Relikte starrten blind in die Dunkelheit, mit abgeschabten, geborstenen Gesichtern und Gliedmaßen. Ein alter Altar

und ein Taufbecken zeugten von Aufstieg und Fall der Beliebtheit billiger Plastikfurniere. An einem Wasserrohr war eine Kleiderstange befestigt, an der die Mode in Meßgewändern der vergänglichen Jahre prangte. Die Kleidungsstücke verrotteten in der Feuchtigkeit auf ihren Bügeln. An drei Seiten des Raums zogen sich Regale bis zur Decke. In den Regalen und auf jedem anderen verfügbaren Platz stapelten sich Schachteln mit alten Kirchenakten und vergilbten Fotos. Moderne Bücher strömten einen dumpf-süßlichen Geruch aus.
Albert Fletcher paßte auf eine seltsame Weise zu den vergessenen Relikten der Gläubigen vergangener Generationen. »Ich bin gerade dabei, Inventur zu machen«, gab er Auskunft, »und die alten Bücher und die Akten hier rauszuräumen, damit sie besser erhalten werden können.«
Mitch runzelte die Stirn. »Das noch zusätzlich zu Ihren Pflichten als Diakon und Katechet? Ich weiß, daß Sie Josh Kirkwoods Lehrer im Religionsunterricht waren, Sie unterrichten ja die Ministranten – ein sehr großzügiger Dienst.«
»Mein Leben gehört der Kirche.« Fletcher faltete die Hände vor seiner Brust, als würde er sich anschicken auf die Knie zu fallen und zu beten. »Alles andere steht an zweiter Stelle.«
»Das ist zweifellos bewundernswert«, murmelte Mitch. »Ich habe mich gefragt, Mr. Fletcher, ob Ihnen als sein Lehrer vielleicht irgendwelche Veränderungen in Joshs Verhalten während der letzten Wochen aufgefallen sind?«
Fletcher blinzelte, der Glanz seiner Augen erlosch, als hätte man ein Licht in seinem Inneren ausgeknipst. »Nein.« Er kniff seinen Mund wieder bis auf den vorherigen Strich zusammen.
»War er ungewöhnlich still, oder hat er irgendein Problem erwähnt, irgend jemanden, der ihn vielleicht belästigte?«
»Die Kinder kommen zum Unterricht zu mir, Chief Holt. Zur Beichte gehen sie zu Pater McCoy.«
Mitch nickte und täuschte Interesse an einem verfärbten Kelch vor, strich mit einem Finger über eine alte Sammelschale aus Messing. »Und wie sieht Ihr persönlicher Eindruck von Josh aus? Ist er netter Junge oder ein Unruhestifter?«
»Im allgemeinen ist er brav«, gab Fletcher widerwillig zu. »Obwohl die Kinder heutzutage Respekt oder Disziplin nicht begreifen.«
»Er ist Dr. Garrisons Sohn, wissen Sie.« Mitch tastete über das Messingschild auf dem alten Taufstein: IM GEDENKEN AN NORMAN PATTERSON 1962. »Sie kennen doch Dr. Garrison, nicht wahr?«

»Ich weiß, wer sie ist.«
»War sie nicht die Ärztin Ihrer Frau?« fragte Mitch und beobachtete aus den Augenwinkeln Fletchers Reaktion.
Seine Augen wurden schmal. »Doris konsultierte sie gelegentlich.«
»Soweit ich es verstanden habe, hat Dr. Garrison Ihre Frau einmal persönlich in die Mayo-Klinik gefahren, für die dortigen Tests. Doch weit mehr, als ihre Pflicht erforderte, nicht wahr?«
Fletcher würdigte ihn keiner Antwort. Mitch spürte, was für einen Zorn sein starrer Körper ausstrahlte.
»Dr. Garrison ist eine bemerkenswerte Frau«, fuhr er fort. »Sie sieht es als ihre Lebensaufgabe an, Menschen zu helfen. Welch eine Tragödie, daß ein so guter Mensch so etwas durchmachen muß!«
Der Mund wurde säuerlich, spitz. »Es steht uns nicht zu, mit Gott zu rechnen.«
»Wir suchen einen Wahnsinnigen, Mr. Fletcher. Mir gefällt der Gedanke gar nicht, daß er Gottes Werk übernimmt.«
Albert Fletcher sagte nichts. Er machte sich nicht einmal die Mühe, Mitleid zu zeigen oder die Platitüden zu äußern, die die von einer Tragödie nicht tangierten Leute aus Anstand vorbringen. Reglos stand er vor einer Statue der Heiligen Mutter Maria, die einen Arm über seinen Kopf streckte, als wisse sie nicht, ob sie ihn segnen oder ihm einen Karateschlag verpassen sollte. Mitch hätte für das letztere gestimmt. Für einen so frommen Mann hatte Albert Fletcher bedauerlich wenige christliche Tugenden vorzuweisen. Pater Tom meinte, ihm fehle es an Mitgefühl. Mitch fragte sich, ob es ihm nicht auch an Seele mangelte.
»Schrecklich, was mit Olie Swain passiert ist, nicht wahr«, sagte Mitch. »Er hätte vielleicht diesen ganzen Alptraum für uns beenden können, wenn er sich nicht umgebracht hätte. Kannten Sie Olie?«
»Nein.«
»Na ja, wir werden wohl hoffen müssen, daß er in der anderen Welt Frieden findet, was?«
»Selbstmord ist eine Todsünde«, informierte ihn Fletcher mit bigottem Augenaufschlag. Aber die Knöchel seiner Hand waren schneeweiß, so verkrampft hatte er sie gefaltet. »Er hat seine eigene Seele zur Hölle verdammt.«
»Dann hoffen wir, daß er das auch verdient hat«, sagte Mitch grimmig. »Danke für die Führung. Es war sehr … aufschlußreich.«
Er verließ den Lagerraum und stieg die Treppe hoch. Fletcher folgte

ihm wie der Schatten der Finsternis. Mitch drehte sich zu ihm um, mit einer Hand auf dem Geländer.

»Ein Letztes noch«, sagte er. »Wir hatten eine Meldung, daß sich gestern abend jemand in Ihrer Nachbarschaft rumgetrieben hat. Ich würde gerne wissen, ob Sie etwas Verdächtigtes bemerkt haben?«

»Nein«, sagte Fletcher barsch. »Ich war bis nach zehn Uhr unterwegs, bin dann sofort zu Bett gegangen.«

»Nach zehn, was?« Mitch zwang sich zu einem verschwörerischen Blinzeln. »Bißchen spät für so eine kalte Nacht. Haben Sie jemand Besonderen besucht?«

»Die Heilige Mutter«, sagte Fletcher, ohne eine Miene zu verziehen. »Ich hab gebetet.«

Auf dem Rückweg zum Truck fragte sich Mitch, warum ihm bei diesem Geständnis Fletchers übel wurde und er es gar nicht tröstlich fand.

11 Uhr, –29 Grad, Windabkühlungsfaktor: –43 Grad

Unwissenheit ist nicht Unschuld, sondern SÜNDE
Ich hatt ein bißchen Kummer, geboren aus ein bißchen SÜNDE
Mein tiefster Sinn weint ohne Unterlaß um meine SÜNDEN

Die Botschaften brannten in Megans Unterbewußtsein, während sie die Ereigniskurve auf und ab schritt, die Mitch an die lange Wand des Strategieraums geklebt hatte. Am Ende der Fläche waren die Botschaften von den Originalbriefen mit roter Tinte auf ein weißes Brett kopiert. Eindringliches Rot. Blutrot.

Sie starrte die Kurve an, suchte nach einem Schlüssel, suchte nach etwas, das sie verpaßt hatte, als sie sie die ersten hundertmal studiert hatte. Suchte nach irgend etwas, das ihnen einen Hinweis geben könnte. Es steckte da irgendwo. Sie nahm an, daß sie nahe dran waren, einfach etwas nicht sahen, was sie sehen sollten; etwas, das gleich hinter der nächsten Ecke lauerte, sie verspottete, darauf wartete, daß sie das eine Bindeglied von Informationen fänden, das alle Türen öffnen und sie zu Josh führen würde.

Unwissenheit und *Sünde.* Die Worte deuteten auf ein Gefühl von Überlegenheit und Frömmigkeit. Albert Fletcher hegte Groll gegen Hannah. Einen Groll, der drei Jahre alt war. *Rache ist eine Speise, die am besten kalt serviert wird.* Dieses Zitat fand sich nicht unter den Botschaften auf dem Nachrichtenbrett, aber es hätte gepaßt.

Da war Paul Kirkwood mit seinem Jähzorn und seinen Geheimnissen. Er hatte ihnen das mit dem Van verschwiegen. Was könnte er sonst noch verheimlichen? Vor den Fernsehkameras spielte er den Märtyrer und zeigte seiner Frau gegenüber Wut und Verachtung. Könnte es sein, daß er seinem eigenen Sohn etwas angetan hatte? Warum? Was in aller Welt könnte ihn zu so etwas getrieben haben? Josh zu entführen und dann die große Show vom trauernden Vater abzuziehen, dazu gehörte eine Seele schwarz wie Obsidian. Aber Megan wußte, daß solche Dinge passierten. Sie hatte Akten über andere Fälle gelesen, Fälle, bei deren Details ihr speiübel wurde, wo Eltern ihre Kinder auf die entsetzlichste Art mißbraucht und dann ihre Spuren mit Trauer verbrämt hatten.

Kirkwood mußte heute auf dem Revier erscheinen, damit man seine Fingerabdrücke nehmen und sie mit den jetzt vorliegenden vergleichen konnte.

Megan drehte sich der Magen bei dem Gedanken um, was das für Stunk geben würde. Wenn er darauf pochte, für die Presse den unschuldig Verfolgten zu spielen, dann wäre ihre Marke und ihre Karriere wahrscheinlich keinen Pfifferling mehr wert.

Unwissenheit und *Sünde*. Die Worte dröhnten durch ihren Kopf, während sie langsam rückwärts die Ereigniskurve entlangging, vom heutigen Datum an. Sie las die stündlichen Anmerkungen, die wichtigsten, in rot geschriebenen Details, die unwichtigeren Fakten in Blau. Die Entdeckung der Jacke. Olies Selbstmord. Olies Verhaftung und Vernehmung. Der Anruf bei Hannah. Die Entdeckung der Sporttasche. Die erste Meldung, daß Josh vermißt wurde.

Sie stand am Ende der Kurve. Tag Eins. Nullpunkt.

17:30 – Josh verläßt GMK-Stadion nach Eishockeytraining.

17:45 – Krankenhaus ruft GMK-Stadion an, um mitzuteilen, daß Hannah sich verspäten würde.

17:45 – Beth Hiatt holt Brian Hiatt am Stadion ab. Brian ist der letzte, der Josh sieht.

18:00–19:00 – Während dieser Zeit beobachtet Helen Black, wie ein Junge in einen hellen Van vor dem GMK-Stadion steigt.

19:00 – Josh erscheint nicht zum Religionsunterricht, den A. Fletcher leitet.

19:00 – Hannah ruft Paul im Büro an. Keine Antwort. Hinterläßt Botschaft.

19:45 – Hannah meldet Josh als vermißt.

20:30 – Olie Swain im GMK-Stadion befragt. Hat den Anruf vom Krankenhaus, daß Hannah sich verspäten würde, nicht entgegengenommen.
20:45 – Joshs Sporttasche auf dem Gelände des GMK-Stadions mit einer Nachricht gefunden: ein Kind verschwindet, Unwissenheit ist nicht Unschuld, sondern SÜNDE.
Sie hatten das Verbrechen auf einen Zeitplan begrenzt. Was sie nicht hatten, war das Programm des Verbrechers. Wann, an welchem Tag hatte er beschlossen, Josh zu entführen? Was hatte er an dem Tag gemacht? Wen hatte er gesehen, mit wem geredet? Wer hatte ihn aufhalten können? Wenn der Typ vor ihm im Gemischtwarenladen sich entschlossen hätte, fünfzig Lotterielose zu kaufen und die Schlange zehn Minuten länger aufzuhalten, wäre Josh dann heute noch bei ihnen?
Timing ist alles.
Und Unwissenheit ist nicht Unschuld, sondern SÜNDE.
Die Spannung packte Megan an den Schläfen wie eine Eiszange. Fester und immer fester.
»Ich werde es sehen«, murmelte sie, »und herausfinden – dann nagle ich dir den Hintern fest!«
Ein scharfes Klopfen an der Tür kündete Natalies Auftritt an. Sie kam mit einem Stapel Papieren und Akten unter einem Arm und einer dampfenden Kaffeetasse in der rechten Hand herein. Ihre dunklen Augen hinter der großen roten Brille waren erschöpft und blutunterlaufen, erinnerten Megan daran, daß nicht nur ihr dieser Fall den Schlaf raubte.
»Mädchen, du brauchst einen Kaffee«, verkündete Natalie und knallte die Tasse auf den Tisch.
Megan hob sie hoch und atmete das Aroma ein, als wäre es Riechsalz. »Ich würde ihn intravenös nehmen, wenn ich könnte. Danke, Nat.«
Natalie winkte mit einem Trio klappernder Holzarmbänder und einem mißmutigen Schnauben ab. Auf ihrem ausladenden Busen ritt eine passende Holzkette, die aussah wie Kinderspielzeug an einer Schnur. Nat sah aus wie eine Modeanzeige für mollige Frauen, mit einer mokkafarbenen Tunika über einem passenden, engen wadenlangen Rock. Megan fühlte sich wie das Vorherfoto. Sie war im Morgengrauen eingedöst, hatte verschlafen und dann einfach das Nächstbeste angezogen, als sie aus dem Bett stolperte – eine goldfarbene Cordsamthose voller Falten, weil sie einfach auf einen Stuhl geknüllt wor-

den war und einen jägergrünen Pullover, den Gannon als Bett benutzt hatte. Sie schnippte ein Katzenhaar weg.
»So wie mein Telefon ständig scheppert, hab ich mir gedacht, Sie brauchen jeden Freund, den Sie kriegen können«, sagte Natalie und setzte sich in einen der Chrom-und-Plastik-Stühle. »Die miesen Fernsehshows haben mir das ganz große Geld geboten, wenn ich ihnen Beweise liefere, daß Sie und der Chief hier im Büro die wilde Nummer abgezogen haben.«
Megan schloß die Augen, stöhnte und ließ sich in den nächsten Stuhl fallen.
»Ich hab ihnen gesagt, sie sollen ihr schmieriges Geld der Freiwilligenzentrale geben. Es geht mich nichts an, was die Leute hinter ihren geschlossenen Türen machen, und sie geht es ebensowenig an.«
»Amen.«
»Persönlich würde ich es gerne sehen, wenn Mitch jemanden findet, der ihn glücklich macht. Wir haben, Gott weiß, alle versucht, diesen jemand für ihn zu finden. Der arme Mann hatte mehr blinde Verabredungen als Stevie Wonder.«
Megan kicherte erschöpft. »Ich bin wirklich dankbar für die Unterstützung«, sagte sie, »aber ich glaube nicht, daß ich dieser Jemand bin. Wir verbringen doch die Hälfte der Zeit damit, uns an die Gurgel zu gehen.«
»Und die andere Hälfte macht ihr das Gegenteil. Für mich klingt das wie Liebe«, stellte sie nüchtern fest, als würde sie eine Erkältung diagnostizieren.«
Megan wollte nicht glauben, daß man die Situation so leicht etikettieren konnte. Mit jemanden lieben war die Sache nicht gelöst. Sie mußten einen wiederlieben.
»Na ja«, sagte sie, »so wie sich dieser Fall entwickelt, werde ich sowieso nicht lange genug hiersein, um meine Koffer auszupacken.«
Natalie schüttelte den Kopf. »Ich bete zu Gott, und dann verfluche ich ihn, und dann bete ich wieder ein bißchen. Es gehört ein Wunder her, und zwar bald«, sie schlug mit der Faust auf den Tisch.
»Für eine Spur wäre ich auch sehr dankbar«, stimmte Megan zu.
»Ist Mitch schon da?«
»Nein, aber Professor Priest, und der sucht Sie. Soll ich ihn reinschicken?«
Megan ließ den Blick durch den Strategieraum schweifen, mit seiner Ereigniskurve und den angepinnten Botschaften, der Tafel mit Noti-

zen über Gedanken, Namen, Motiven und Fragezeichen. Vielleicht brauchten sie jemanden mit einem Computergehirn wie Christopher Priest, der einfach unvorbereitet hier hereinspazierte und den ganzen Schlamassel analysierte. Jemanden, der das Ganze frisch und unvoreingenommen in Augenschein nahm – wie ein neuer Agent.
»Nein«, sagte sie, schob den Gedanken beiseite und stand auf. »Er soll in mein Büro kommen. Danke, Natalie.«
»Alles für die Sache. Und streich Mitch noch nicht von deiner Tanzkarte, Mädel. Er ist ein guter Mann ... und du, oje«, sie tat knurrig, verriet sich aber mit einem Augenzwinkern, »bist auch ganz passabel ...«

Der Professor hörte sich mit großen Augen aufmerksam an, wie Megan ihm die Situation mit Olies Computerfallen schilderte. Er hatte seinen schwarzen Daunenanorak abgelegt und saß jetzt in einem blauen Shetland-Pullover da, der wohl aus Versehen in den Trockner geschmissen hatte. Aus den viel zu kurzen Ärmeln ragte ein weißes Hemd.
Megan fand den Gedanken etwas frustrierend, daß der Fall möglicherweise nicht durch gute alte Polizeiarbeit gelöst werden würde, sondern durch einen Computerfreak mit Hühnerhals. Aber gelöst war gelöst und Megan war alles recht zugunsten von Joshs Rückkehr. Wenn sie dazu Hellseher und Seancen bräuchte, würde sie gerne die Kristallkugeln aus ihrer eigenen Tasche bezahlen.
»Soweit ich informiert bin, hat Olie Computerkurse in Harris besucht«, sagte sie. »Wir hoffen, daß Sie die Fallen umgehen können, die er eingebaut hat. Wenn wir herausfinden, welche Informationen er in diesen Computern hat, könnten wir vielleicht einen Hinweis auf seine Beteiligung an Joshs Kidnapping finden.«
»Ich helfe Ihnen gerne mit allen mir zur Verfügung stehenden Mitteln, Agent O'Malley.« Der Professor schob sich seine Brille zurecht, »muß aber sagen, daß ich ziemliche Schwierigkeiten habe, mir Olies Beteiligung vorzustellen. Es gab nicht die geringsten Anzeichen ... Ich meine, er hat im Unterricht hart gearbeitet, nie jemanden belästigt ... ich hätte nicht im Traum daran gedacht ...«
»Ja, nun, John Wayne Cacy hat sich als Clown verkleidet und kranke Kinder in der Klinik besucht.«
»Wer weiß, wieviel Böses in den Herzen der Menschen geschmiedet wird?« zitierte der Professor, so leise, als führe er ein Selbstgespräch.

»Wenn wir es beim bloßen Hinschauen erkennen könnten, würden die Gefängnisse aus allen Nähten platzen, und die Straßen wären sicher«, bemerkte Megan. »Haben Sie eine Ahnung, was Olie mit all diesen Maschinen gemacht hat?«
»Er hat gerne an ihnen herumgebastelt. Hat die Festplatten erweitert, die Speicherkapazität erhöht und dann seine eigenen Programme geschrieben, die mehrere Funktionen ausüben konnten. Als er mich das erste Mal wegen Computer-Kursen ansprach, hatte er einen alten Tandy. Das Ding taugte nur als Word Processor; ich hab ihm gesagt, wo er einen besseren Rechner für wenig Geld oder umsonst herkriegen könnte. Offensichtlich hat er das zu seinem Hobby gemacht.«
»Mit einer Prise Glück könnte uns sein Hobby zu Josh führen. Vielleicht finden wir sogar heraus, ob er einen Komplizen hatte, aber zuerst müssen wir in seine Programme rein.«
»Wie ich schon sagte, ich werde mich bemühen, Agent O'Malley«, sagte Priest, erhob sich aus seinem Stuhl und zerrte an seinem zu kurzen Pullover, der hochgerutscht war. »Ich kann nichts versprechen, aber wenigstens einen Versuch starten.«
»Vielen Dank, Professor. Wir werden Ihnen hier einen Raum einrichten. Ein Computerexperte des BCA soll mit Ihnen zusammenarbeiten. So wird das immer gehandhabt, wenn wir jemanden hinzuziehen der nicht zum Bureau gehört.«
»Ich verstehe. Das ist für mich kein Problem.«
»Gut.«
Megan wollte ihm die Hand reichen, kam aber nicht mehr dazu. Ihre Bürotür schwang auf, und Mitch zwängte sich herein.
»Paul ist im Anmarsch«, verkündete er mit einer Stimme aus Granit. »Und er bringt seinen Hofstaat mit.«

Kapitel 30

TAG 9
11 Uhr 57, –29 Grad, Windabkühlungsfaktor: –43 Grad

Der ganze Zirkus etablierte sich in der Lobby des City-Centers, bildete einen Ring aus Fernsehscheinwerfern und Kameras. Das Publikum bestand aus schockierten und wütenden Leuten der Freiwilligenzentrale, Zeitungsreportern, Reportern von konkurrierenden Fernsehstationen mit Blicken, die vor Eifersucht funkelten. Und als Zirkusdirektor: Paige Price, prächtig anzusehen in einer kardinalroten Reitjacke über einem kurzen, schwarzen Kleid und schwarzer Strumpfhose.

Die Hauptattraktion dieses Aufmarschs stellte natürlich Paul Kirkwood dar. Er war außer sich gewesen, als Mitch ihn an der Ryan's Bay gestellt und informiert hatte, daß er zum Fingerabdrucknehmen aufs Revier kommen sollte. Daran trug natürlich Luder O'Malley die Schuld. Bei Gott, dafür zöge er sie noch zur Rechenschaft. Sie und Mitch würden beide büßen, was Paul anging – für die Erniedrigung, für ihren Verdacht. Gegenstand von Verständnis, Betroffenheit und Mitgefühl – das sollte er sein. Statt dessen wollten sie seine Fingerabdrücke!

Er setzte seine bewegendste Märtyrermiene auf mit einem perfekten Hauch von Empörung und Wut. Eigentlich wollte er vorher nach Hause gehen, duschen und sich etwas Besseres anziehen, aber Paige hatte ihn darauf hingewiesen, wieviel wirkungsvoller es wäre, direkt von der Suche in Jeans und schwerem Pullover aufzutreten. Sein Haar war von seiner Mütze zerzaust, die Nase noch rot von der Kälte. Ein Techniker von TV 7 machte einen Lichtcheck auf Paiges Gesicht. Ein weiteres Mann aus dem Traß tastete sich seitlich mit einem Handspiegel an sie heran, damit sie ihr Make-up überprüfen konnte.

Sie zeigte durch ein kurzes Nicken, daß sie bereit war. Der Countdown kam von einer körperlosen Stimme außerhalb des Lichtrings.
»Zwei ... drei ... live auf Sendung.«
»Hier ist Paige Price, live aus dem Deer Lake City Center, mit Paul Kirkwood, dessen Sohn vor acht Tagen vor einer Eishalle entführt wurde. Während die Suche nach Josh und seinem Entführer sich hinzieht, haben die Justizbehörden plötzlich ihr Augenmerk auf Joshs Vater gerichtet. Heute ordnete er Polizeichef von Deer Lake an, die Fingerabdrücke Paul Kirkwoods abzunehmen.« Sie wandte sich mit dem Mikrofon in der Hand und ernster Miene zu Paul hin. »Mr. Kirkwood, wie haben Sie auf diese neueste Entwicklung reagiert?«
»Es ist empörend.« Pauls Stimme zitterte vor Wut. »Das BCA und die Polizei haben diesen Fall von Anfang an vermasselt. Der einzig wirkliche Verdächtige beging Selbstmord, während er in ihrer Obhut war. Sie geben sich den Anschein, in diesem Fall Fortschritte zu machen, dabei greifen sie nur nach Strohhalmen. Aber jetzt mich zu verdächtigen, ist der Gipfel an Zumutung.«
Tränen stiegen ihm in die Augen und schimmerten wie Diamanten im Scheinwerferlicht. »Josh ist mein Sohn. Ich liebe ihn. Ich würde nie, *niemals* etwas tun, um ihm zu schaden. Wir haben alles zusammen gemacht, Camping, Sport. Er ist manchmal in mein Büro gekommen, dann hab ich ihm einen Taschenrechner gegeben, und er h-hat d-dann so-so getan, als ob er der Boß i-ist.«
Paige gab Paul die Chance, sich zu sammeln, oder das Drama voll auszukosten, was immer er vorzog, und drehte sich wieder zur Kamera. Sie ließ eine einzelne Träne über ihre Wange gleiten, ihre zu großen blauen Augen schimmerten wie Seen. »Das ist in jedem Fall eine unerwartete und wenn ich es so bezeichnen darf, eine sehr herzlose Wende, die die vom BCA geleitete Ermittlung des Verschwindens von Josh Kirkwood genommen hat. Von den ersten entsetzlichen Augenblicken dieser Ermittlung an haben wir Paul Kirkwood immer in der vordersten Front bei der Suche nach dem vermißten Kind gesehen.«
Nun war Paul wieder an der Reihe, der es fertigbrachte, gleichzeitig edel und duldsam auszusehen. »Mr. Kirkwood, haben Sie irgendeine Erklärung für das Interesse an Ihrer Person als Verdächtiger?«
Traurig und ermattet schüttelte der den Kopf. »Ich war einmal Besitzer des Vans, der Olie Swain gehörte. Das ist Jahre her. Agent O'Malley hat entschieden, daß die dazwischenliegenden Jahre nichts bedeuten.«
»Agent O'Malley vom BCA?«

»Ja.«
»Und Chief Holt schließt sich ihrer Theorie an, daß Sie irgendwie an Joshs Kidnapping beteiligt sind, auf Grund dieser vagen Vergangenheit?«
»Das alles ist mir unverständlich. Ich habe alles getan, was in meiner Macht steht, um bei dieser Ermittlung mitzuwirken. Und dann stürzen sie sich plötzlich auf mich. Ich – ich kann es einfach nicht begreifen. Mitch Holt kenne ich, seit er hierhergezogen ist. Es scheint mir unfaßlich, daß er glaubt, ich wäre beteiligt.«
Mitch, Megan und Sergeant Noga standen an der Peripherie der Meute, am Eingang zum Justizzentrum, anfangs unbemerkt dank des Gerangels der rivalisierenden Kameracrews um bessere Positionen, die sich ganz auf Paul und Paige konzentrierten. Dann, als Mitchs Name fiel, drehte einer sich um und sah ihn böse an, dann noch einer. Schließlich schwang eine Kamera auf sein Gesicht, und jemand hielt ihm ein Mikrofon unter die Nase.
»Chief Holt, können Sie uns einen Kommentar zu dieser Einbindung Paul Kirkwoods geben?«
Bevor Mitch auch nur eine Obszönität, die er ohnehin nicht aussprechen durfte, denken konnte, stürzte sich die ganze Medienrotte auf sie, überhäufte sie mit Fragen und ließ Paige Price links liegen. Mitch machte keine Anstalten, die Fragen zu beantworten oder die Menge zu beruhigen. Mit wutverzerrtem Gesicht watete er durch die Reporter, den Blick auf Paul gerichtet, Megan folgte ihm, Noogie bildete die Nachhut, beschützte sie von hinten.
Paiges Gesicht begann zu leuchten. Ein besseres Szenario hätte sie selbst kaum schreiben können. Sie stellte sich vor Paul, um Mitch abzufangen.
»Chief Holt, haben Sie etwas zu diesem offensichtlichen Mangel an Taktgefühl für diesen trauernden Vater zu sagen?«
Mitch hätte dem armen Vater am liebsten den Schädel eingeschlagen für das, was er hier vom Zaun gebrochen hatte. Diese Mitleidheischerei gehörte absolut nicht zu Pauls Kummer, aber sehr wohl zu seiner kleinlichen Rachsucht. Mitchs grimmiger Blick richtete sich auf Paige, dann sah er über ihre Schulter zum Bürgermeister und dem halben Stadtrat, die im Korridor zu den Rathausbüro von einem Fuß auf den andern traten.
»Wie ich Mr. Kirkwood bereits heute morgen sehr ausführlich erklärt habe«, erwiderte er, »ist diese Prozedur notwendig, um alle Fingerab-

drücke, die im Van gefunden wurden, zu identifizieren. Er hat diesen Van einmal besessen, also nehmen wir seine Spuren zum Vergleich auf. Mr. Kirkwood ist weder verhaftet, noch steht er unter Verdacht.«
Mit zornrotem Gesicht näherte er sich Paul. »Wenn Sie bitte mitkommen, Paul, dann erledigen wir das in ein paar Minuten ohne besonderen Aufwand.«
Pauls Gesichtsausdruck hätte besser zu einem schmollenden Zehnjährigen gepaßt. Noogie drehte sich um, um den Weg freizumachen, und sie gingen auf das Justizzentrum zu. Die gebrüllten Fragen der Reporter hallten wider, wurden immer lauter, füllten das Atrium wie Kanonendonner.
Megan verpaßte den Anschluß bei diesem Abgang, und Paige stellte sich ihr in den Weg. Sie war offensichtlich verärgert, weil ihr Exklusivinterview mit Polizeieskorte den Gang hinunter verschwand.
»Agent O'Malley, was haben Sie uns über die Rolle des BCA bei diesem Drama zu sagen?«, fragte sie mit rachsüchtig funkelnden Augen. »Betrachten Sie Paul Kirkwood als Verdächtigen?«
Megan runzelte die Stirn, als sich ein Scheinwerfer direkt auf ihr Gesicht richtete. »Kein Kommentar.«
»Sind Sie im Grunde dafür verantwortlich, daß Paul Kirkwood so drangsaliert wird?«
Megan drehte sich der Magen um bei dem Gedanken, daß DePalma das sah und sein Blutdruck mit jeder Sekunde weiter in den roten Gefahrenbereich hinaufschnellte. »Es wurde eine Verbindung zwischen Mr. Kirkwood und dem Van von Olie Swain entdeckt«, erwiderte Megan. Sie wog jedes Wort sorgsam ab. »Was jetzt erfolgt, ist eine reine Routinemaßnahme und in keinster Weise eine Anklage oder eine Verfolgung Mr. Kirkwoods! Wir erledigen einfach nur unsere Hausaufgaben.«
Paige rückte Megan auf den Pelz. Ihre Augen wurden schmal, boshafte Schadenfreude, wie Megan annahm, obwohl die Zuschauer das sicher für scharfen journalistischen Instinkt hielten. »Ihr Job ist es, die Ermittlung von legitimen Spuren abzulenken und sie auf Joshs Vater zu konzentrieren?«
»Wir verfolgen *alle* Spuren, Miss Price.«
»Mit ›wir‹ meinen Sie sich und Chief Holt, mit dem Sie ...«
»Mit ›wir‹ meine ich die beteiligten Behörden ...«
»Und dieses Interesse für Paul Kirkwood ist keine Retourkutsche dafür, daß er Ihre Art, an diesen Fall heranzugehen, kritisiert hat?«

»Ich bin beim BCA«, informierte Megan sie barsch. »Nicht bei der Gestapo.«
»Mr. Kirkwoods offene Kritik über Ihre Vorgehensweise ...«
»›Meine‹ Vorgehensweise?«
Megan sah rot. Wie konnte es Paige Price wagen, sich selbst für Insider-Informationen zu prostituieren und sich dann umzudrehen, mit ausgestrecktem Finger auf jemand anders zu zeigen?
»Wir lassen keine Maßnahme unversucht, um Josh zu finden. Vielleicht könnten Sie Sheriff Steiger bitten, Ihnen die Einzelheiten zu erklären, wenn Sie das nächste Mal mit ihm im Bett sind.«
Paige wich einen Schritt zurück und wurde so rot wie ihre Jacke. Megan lächelte zufrieden, dann machte sie auf dem Absatz kehrt und drängte sich durch die Menge.
Sie ignorierte die Hände, die nach ihr grapschten. Die gebrüllten Fragen wurden zu einer Kakophonie von Wortfetzen. Keinem von ihnen hatte sie etwas zu sagen. Diese Parasiten steuerten kaum etwas Positives zu dieser notwendigen Jagd bei. In ihren Augen waren sie nur aufdringliche Aasfresser, die die wichtigen Aspekte des Falles mit ihren endlosen Staubstürmen manipulierter Kontroversen vernebelten.
Sollten sie sich doch gegenseitig auffressen, dachte sie und schritt energisch den Gang des Justizzentrums hinunter. Ihr Blick war starr geradeaus gerichtet, in Gedanken bereits in dem Raum, wo sich Paul Kirkwood widerwillig seine Fingerabdrücke abnehmen ließ.

21 Uhr 23, –31 Grad, Windabkühlungsfaktor: –46 Grad

Die Reaktion auf Pauls billige Inszenierung kam schlagartig und überwältigend. Die Telefone im Polizeirevier und den städtischen Büros läuteten den ganzen Nachmittag. Paul wäre sicher nicht erbaut gewesen zu erfahren, daß nicht alle Anrufer »über diese schändliche Vorgehensweise«, wie einer seiner Anhänger es nannte, erbost waren. Einige sympathisierten zwar mit Paul, aber es gab auch einige Zweifler von Anfang an. Und in der Gerüchteküche, die sogar bei diesen eisigen Temperaturen brodelte, kochte das Gerücht seiner unmittelbar bevorstehenden Verhaftung allmählich über.
An der besser sichtbaren Pro-Paul-Front riefen aufgebrachte Bürger ihre Gemeinderäte an, die Gemeinderäte den Bürgermeister, und der

Bürgermeister telefonierte mit Mitch persönlich. Mitch, der immer noch schäumte vor Wut, dachte gar nicht daran, sich zu rechtfertigen. Er wurde dafür bezahlt seinen Job auszuführen, und genau das tat er. Wenn die Leute eingeweiht sein wollten, wer unter Verdacht geriet, dann würden sie sich einen anderen Polizisten suchen müssen.
Im Augenblick hatte diese Vorstellung ihren Reiz, dachte er.
Mitch setzte sich in den Strategieraum, um den schrillenden Telefonen zu entgehen; aber auch hier brüllten ihn die Hinweise auf den Fall von Wänden und Tischen an, wo sich Kopien der Berichte und Aussagen und Akten voller hoffnungsvoller Tips, die alle in Sackgassen geendet hatte, türmten. Wo die Uhr laut die verrinnenden Sekunden tickte: 21 Uhr 23.
Die letzten vier Stunden hatte er damit verbracht, persönlich einen Fingerzeig zu überprüfen, daß man Josh in der kleinen Stadt Jordan, fünfundsiebzig Meilen entfernt, gesehen hatte. Eine weitere Sackgasse. Ein weiterer Adrenalinstoß und dann der rapide Kräfteabfall. Er war an seinen Schreibtisch zurückgekehrt, wo sich Aussagen von Bürgern von Deer Lake stapelten, die Nachbarn, Cops, Lehrer, Pater Tom und Paul beschuldigten, zurück zu einem Telefon, das unablässig klingelte: Anrufe von Menschen, die weitere Verdächtigungen meldeten.
Das war ein häßlicher Fall, voller häßlicher Möglichkeiten, und die häßlichste davon war, daß Paul tatsächlich irgendwie beteiligt sein könnte.
Logik baute einen Fall gegen Paul auf, gegen den er nichts vorzubringen hatte, was nicht den metallischen Nachgeschmack von Lügen hinterließ. Logik diktierte, daß sie Pauls Fingerabdrücke nahmen, und Paul hatte zu heftig dagegen protestiert.
Berechtigtes Mißtrauen erhob sich auch gegen Albert Fletcher. Bei diesem Mann standen Paul die Nackenhaare zu Berge. Er konnte den Diakon nicht ausstehen, bekam immer dieses flaue Gefühl in der Magengrube, wenn er an ihn dachte. Er hätte seine Marke drauf verwettet, daß Fletcher Dreck am Stecken hatte. Das Problem war nur das Fehlen jeglicher Handhabe. Das einzig Ungewöhnliche, was seine Männer bis jetzt über Fletcher zu berichten hatten, war seine Fahrt zu einer Reinigungsfirma nach Tatonka, obwohl es in Deer Lake zwei gab. Nicht direkt die berühmte rauchende Pistole …
Mitch starrte auf die Ereignis-Kurve. Kreidekreise waren um Namen und Fragen gezogen – verstreute Wolken von verschiedenen Falldis-

kussionen. Vermutungen und Spekulationen. Theorien über die düsteren Köpfe und Motive in Deer Lake. Seine Zuflucht. Sein Fegefeuer. Er fühlte sich, als hätte er die letzten zwei Jahre in einem Nebel von fader Nettigkeit gelegt, blind gegenüber den Abszessen, die unter der beschaulichen Oberfläche dieser Stadt eiterten. Bewußt blind. Bewußt hatte er seine Cop-Instinkte abgeschaltet.

Megan begann er zu verabscheuen, weil sie ihm ständig auf den Fersen war. Jedesmal, wenn er sich umdrehte, zwang sie ihn Dinge zu sehen, die er nicht sehen wollte, Dinge in Betracht zu ziehen, an die er nicht einmal denken wollte. Aber es war richtig, daß sie es tat. Vielleicht war er in der Absicht hierhergekommen, seine Wunden zu lecken, aber er dürfte sich nicht raushalten, mußte wie ein Cop denken.

Sein Blick richtete sich wieder auf die Wandtafel, auf den dicken weißen Kreis um Albert Fletchers Namen.

Fletcher hatte zum Zeitpunkt der Entführung unterrichtet. Falls er beteiligt war, mußte er einen Komplizen gehabt haben. Sie hatten keine Verbindung zwischen ihm und Olie Swain herstellen können.

Zwischen Olie und dem Verbrechen gab es ebenfalls keine auf der Hand liegende Verbindung. Olies Van paßte fast genau auf die Beschreibung des Fahrzeugs, das Helen Black am Abend der Entführung gesehen hatte; aber dem Labor war nichts Brauchbares in dem Van untergekommen, den Olie von Paul gekauft hatte …

Das Nachrichtenbrett verhöhnte ihn.

Unwissenheit ist nicht Unschuld, sondern SÜNDE Ich hatte ein bißchen Kummer, geboren aus ein bißchen SÜNDE Mein tiefster Sinn weint ohne Unterlaß um meine Sünden

»Verrat mir etwas, womit ich weiterkomme, du Schwein«, murmelte Mitch … »Dann werden wir ja sehen, wer unwissend ist.«

»Der Gedanke geht mir nicht aus dem Kopf, daß er uns schon etwas verraten hat und wir es bloß nicht sehen.«

Megan stand direkt im Türrahmen. Sie sah zerknittert und abgerissen aus, hatte natürlich einen genauso schlimmen Tag hinter sich. Möglicherweise einen schlimmeren. Wahrscheinlich könnte sie eine Schulter zum Anlehnen brauchen, aber die seinige würde sie wohl ausschlagen. Ihre Macke war schon fast sichtbar, an der er selbst die Schuld trug.

»Hast du was von DePalma gehört?« fragte er, nachdem sie sich zwei Stühle von ihm entfernt gesetzt hatte.

Megan schüttelte den Kopf. »Ich würde ja gerne glauben, daß keine

Nachricht eine gute Nachricht ist, aber so naiv bin ich nicht. Abgesehen davon, daß ich Pauls Fingerabdrücke habe nehmen lassen, habe ich auch noch Paige Price' geheimes Leben als berechnende Schlampe live im Fernsehen enthüllt. Ich werde etwas zu hören bekommen. Jede gute Tat wird bestraft.«

Mitch grinste. »Als Diplomat bist du ein toller Kollege.«

Ihre Mundwinkel zuckten. »Danke.« Sie zeichnete mit dem Daumen ein Muster auf den Tisch. »Scheinbar gibt's mehr als nur ein paar Leute in der Stadt, die bereit sind, Paul als Täter zu identifizieren.«

»Sie möchten glauben, daß es jemand getan hat«, sagte Mitch. »Lieber soll es einen greifbaren Bösewicht geben als irgend etwas Gesichtsloses, Unheimliches. Lieber glauben sie, es war Paul, weil dann das Böse überschaubar und ordentlich in einer Familie bleibt. Dann können sie sich wieder alle in Sicherheit wiegen, weil der verfaulte Apfel bloß einen einzigen fatalen Korb vergiftete.«

»Das oder sie wittern instinktiv, daß er es war.«

Mitch seufzte. So sehr Megan auch unter Druck stand, sie wußte, daß der Druck für ihn in vieler Hinsicht schlimmer war. Er hatte eine Familie und Freunde, die in diesem Fall Partei ergriffen und erwarteten, daß er alles mit einer gelben Schleife versehen regelte, wie die gelben Bänder, die die Einwohner von Deer Lake als Zeichen der Hoffnung um die Baumstämme und Lichtmasten gebunden hatten. Er steckte tatsächlich in der Vergangenheit, die sie ihm gestern abend ins Gesicht geschleudert hatte.

»Wir werden sehen, was das Labor zu seinen Fingerabdrücken meint«, er starrte wieder auf die Ereignis-Kurve an der Wand.

»Wenn keine Fingerabdrücke im Van sind, ist er trotzdem noch nicht aus dem Schneider«, erinnerte sie ihn, was ihr eine grimmige Miene einbrachte. »Die Logik diktiert uns, daß er Handschuhe getragen hat.«

»Die Logik diktiert«, wiederholte Mitch. Logik diktierte vieles, aber die meisten Leute scherten sich nicht darum – er eingeschlossen. Die Logik diktierte, daß er einen weiten Bogen um Megan machen sollte, trotzdem bemühte er sich nicht wirklich, das zu tun. »Ich glaube, die Logik hat sich schon vor einer Weile ausgeklinkt. Vielleicht sollten wir uns dem anschließen. Wie wär's mit einer Pizza?«

Das lockere, kameradschaftliche Angebot überraschte sie. Mitch schnitt eine Grimasse, als sie ihn mißtrauisch musterte. »Waffenstillstand, okay? Es ist schon spät. Und das war wieder ein richtiger Scheißtag.«

»Muß ich meine Polizeimarke ablegen?« fragte sie mit kühler Stimme.
Er zuckte zusammen. »Okay, ich hab mich gestern abend beschissen benommen«, gab er zu und rutschte in den Stuhl, der zwischen ihnen stand. »Der Fall hebt nicht unbedingt meine Laune. Wir beide haben Dinge gesagt, die wir nicht sagen würden, wenn die Welt normal wäre.« Er setzte seine beste Feilschermiene auf. »Ich zahl den extra Käse.«
»In der Freizeit miteinander verkehren?« Megan spielte die Schockierte. »Was wird die Öffentlichkeit denken?«
»Geht die einen Dreck an«, knurrte Mitch. »Wenn wir diesen Fall nicht lösen, stehen wir beide sowieso auf der Straße.«
»Nein«, sagte sie. »Versagen kann man überleben, Leute verzeihen immer wieder. Aber Gott steh dir bei, wenn sich rausstellt, daß der Bösewicht jemand ist, den sie wirklich mögen. Diese Art von Wahrheit macht sie immer stocksauer.«
Sie starrte auf die Tür, die meilenweit entfernt schien. Die Vorstellung einer kalten Wohnung voller Schachteln war nicht besonders einladend.
»Komm schon, Megan«, sagte er. »Es geht doch nur um Pizza.«
Die Versuchung schlängelte ihre Tentakeln um ihre Logik und zerrte. Nur eine Pizza. Und dann würde es nur wieder eine Berührung sein, nur ein Kuß, nur eine Nacht, nur Sex.
»Trotzdem danke«, sie knickste. »Ich glaube, ich werde einfach nach Hause gehen und das Bewußtsein verlieren.«
Aber sie blieb stehen. Voller Entbehrung.
»Megan …«
Er sagte ihren Namen leise, mit einer ruhigen, intimen Stimme, die die Sehnsucht in ihr weckte. Sein bernsteinfarbener Blick fing sie ein und hielt sie fest, als er sich von seinem Stuhl erhob. Dann flog sie in seine Arme.
Fehler. Schwäche. Die Worte schmerzten, aber ihre Lippen öffneten sich und begegneten seinen. Ihre Wimpern senkten sich flatternd, und Wärme umfing sie, umfing alle beide. Es war ein langer Kuß und doch ungeduldig, zärtlich und drängend, aggressiv und fragend und tröstlich. Sie wollte ihn berühren, sein Verlangen nach ihr spüren, sich vorstellen, daß es nicht nur ein körperliches Bedürfnis war. Aber es war nicht mehr.
»Was machst du da?« fragte sie, als sie sich von ihm löste. Die Frage klang aber längst nicht so spitz, wie sie beabsichtigt hatte.

»Deine Meinung ändern«, sagte Mitch. »Wenn ich Glück habe.«
Megan entwand sich seinen Armen. Sie legte die Hände zusammen und dann an den Mund wie im Gebet. Die Konzentration auf den granitgrauen Teppich gelang nicht ganz, und ihr Blick wanderte zurück zu Mitch, der jetzt mit den Fäusten in den Hüften dastand, das Gewicht auf ein Bein verlagert – kein Versuch, seine Erregung zu kaschieren, sondern eher eine Herausforderung. Eine Aura von gefährlicher Männlichkeit umgab ihn – rauh, etwas mitgenommen, ungeduldig, groß und maskulin –, als hätte der Tag die Politur von Manieren und Zivilisation abgewetzt.
»Nein«, flüsterte sie, obwohl alles in ihr dagegen protestierte. »Mein Job hängt an einem seidenen Faden.«
»Und die Leute mit der Axt werden ihn kappen, egal, was wir tun.«
»Oh, danke für das Vertrauensvotum«, sagte Megans Stimme schneidend vor Sarkasmus und Schmerz.
»Es hat nichts damit zu tun, was ich will oder denke, oder mit dem, was du willst oder denkst«, sagte er. »Sie werden machen, was immer das Förderlichste für sie ist. Das weißt du genauso wie ich.«
»Und du meinst, wenn sie mich schon bestrafen, sollte ich mir wenigstens was zuschulden kommen lassen?« Sie klang ätzend.
Er zog die Schultern hoch, als wolle er sagen: »Warum nicht?« Sein Gesicht war hart, ausdruckslos.
»Ich bin da anderer Ansicht«, sagte sie leise. So dumm es auch war, ihn lieben zu wollen, sie war nicht fähig, ihn aus Berechnung oder als Trostpreis zu lieben.
Langsam wandte sie sich ab und ging zur Tür, hielt den Atem an, in einer Hoffnung, die sie nicht aussprechen wollte. Mitch sagte nichts. Sie zwang sich den Kopf zu heben und ihm einen letzten Blick zuzuwerfen, als sie den Türknauf packte. »Ich werde nicht mit dir ins Bett gehen, bloß weil es gerade paßt. Klar, habe ich meine Fehler, aber ein Mangel an Selbstachtung gehört nicht dazu.«

TAG 10
1 Uhr 02, –31 Grad, Windabkühlungsfaktor: –41 Grad

Hannah saß in einem Ohrensessel in einer Ecke ihres Schlafzimmers. Sie war hellwach. Wieder. In den neun vergangenen Nächten seit Joshs Verschwinden hatte sie vergessen, was tiefer und friedlicher Schlaf bedeutete. Sie hatte sich selbst ein Rezept für Valium ausgestellt, aber hatte es noch nicht abgeholt. Vielleicht wollte sie das Mitleid des Apothekers nicht, oder es war ein Symbol für eine Schwäche, die sie sich nicht zugestand. Möglicherweise lehnte sie die Erleichterung ab, die Schlaf brachte oder glaubte, sie hätte sie nicht verdient. Oder sie hatte Angst, dem Druck und der Verzweiflung zu unterliegen und der Versuchung nachzugeben, mehr als nötig zu schlucken.

Paul hatte sich die Fingerabdrücke nehmen lassen müssen.

Er war schäumend vom Polizeirevier nach Hause gekommen, völlig außer sich vor Wut. Hannah hatte den Live-Bericht in TV 7 gesehen, und war der Reihe nach schockiert, wütend, angewidert und verängstigt gewesen: schockiert, weil sie nicht gewarnt worden war – Paul hatte ihr nichts erzählt; wütend über seine Rücksichtslosigkeit; angewidert von den Möglichkeiten, die sich in ihren Kopf gedrängt hatten; verängstigt durch ihr Mißtrauen.

Sie starrte auf ihr leeres Blatt, während sie vor ihrem geistigen Auge die Szene noch einmal durchspielte. Eine unsichere Hannah stand im Wohnzimmer, die Arme verschränkt, die Zähne zusammengebissen, den Blick grimmig auf Paul gerichtet, der soeben hereinstürmte. Sie konnte den diensthabenden Agenten sehen, der am Küchentisch saß und gerade einen weiteren dieser Anrufe entgegennahm, die ohne Unterlaß seit der Sendung von TV 7 eingingen. Freunde und Verwandte, die ihre Besorgnis ausdrücken, ihre Unterstützung anbieten, nach schmierigen Geheimnissen bohren wollten. Pauls Mund bewegte sich, und sie merkte, daß sie ihn nicht hören konnte, weil das Blut so heftig in ihren Ohren rauschte.

»... dieses scheinheilige Luder«, fistelte er und riß sich seine Jacke herunter. Er warf sie auf die Couch und zog die schweren Stiefel aus, die er eigentlich vor der Tür hätte lassen sollen. Die Schnürsenkel waren von Schnee verklebt, der jetzt schmolz und wie Schweißperlen auf den Teppich tropfte. »Das einzige, was die bei ihrem Job beherrscht, ist Mitch Holt ficken.«

Hannah ignorierte die Bemerkung. »Ich würde gerne unter vier Augen mit dir sprechen«, sagte sie mit zusammengebissenen Zähnen.

Paul starrte sie an, erbost, weil sie seine Tirade unterbrochen hatte. »Du magst sie wohl«, warf er ihr vor. »Ihr progressiven Frauen müßt ja zusammenhalten.«

»Ich weiß nicht einmal, von wem du redest«, zischte sie.

»Danke für die Aufmerksamkeit, Hannah«, konterte er. »Es ist wirklich nett, daß meine Frau mich so unterstützt.«

»Wenn du meine Unterstützung willst, solltest du vielleicht in Betracht ziehen, mich über das zu informieren, was vorgeht.« Ihr Blick huschte zu dem Agent am Tisch und wieder zurück zu Paul, der die dritte Person im Raum scheinbar gar nicht registrierte. Das Telefon klingelte erneut, das Geräusch bohrte sich wie ein Spieß in ihren Kopf. »Du wurdest gebeten, dir die Fingerabdrücke abnehmen zu lassen und fandest es nicht der Mühe wert, mich zu informieren. Kannst du dir vorstellen, wie ich mich fühlte?«

»*Du?*« sagte Paul ungläubig. »Wie glaubst du, daß *ich* mich fühle?«

»Das weiß ich ganz sicher nicht. Du hieltest es jedenfalls nicht für nötig, es mit mir zu teilen. Es war reiner Zufall, daß ich dieses Affentheater im City Center gesehen habe. Hast du geglaubt, es wäre wichtiger, Paige Price auf deine Seite zu bringen, als mich?«

»Ich sollte es nicht nötig haben, dich auf meine Seite zu bringen. Du solltest von alleine zu mir stehen!«

Er sprach so laut, daß der Agent ihm einen zweifelnden Blick zuwarf.

»Wenn du dieses Gespräch fortsetzen möchtest«, bot Hannah an, »ich bin in unserem Zimmer.«

Sie schritt hinaus und die Treppe hoch. Inzwischen kam sie sich vor, als lebte sie in einem Goldfischglas. Auf eines verzichtete sie ganz bestimmt: ein Live-Publikum für den Zerfall ihrer Ehe.

Paul packte ihren Arm von hinten und zwang sie stehenzubleiben. »Untersteh dich, einfach abzuhauen«, fauchte er. »Deine Einstellung steht mir bis hier.«

»*Meine* Einstellung?« Hannah sah ihn mit offenem Mund an. »*Ich bin* nicht diejenige, der man heute Fingerabdrücke abgenommen hat!«

»Glaubst du etwa, ich wollte das?«

Sie starrte ihn an, die Hand, die ihren Arm so fest packte, daß die Knöchel hervortraten, das hagere Gesicht, das so rot und wutverzerrt war. Diesen Mann kannte sie nicht, vertraute ihm nicht, wußte nicht mehr, was sie von ihm glauben sollte.

Sie riß sich los und rieb sich ihren schmerzenden Arm. »Ich weiß nicht mehr, was ich denken soll«, flüsterte sie zitternd.

Er blinzelte erschrocken und wurde mit einem Schlag leichenblaß. »Großer Gott, Hannah, du glaubst doch nicht etwa, daß ich etwas damit zu tun habe?«

Schuldgefühle brandeten in einer Woge von Erschöpfung über sie hin. Es lag nicht daran, daß sie glaubte, er hätte etwas damit zu tun, sondern daran, daß sie sich dessen nicht sicher war. Diesen kleinen Unterschied würde Paul nicht begreifen. Um ehrlich zu sein, sie hatte selbst ihre Schwierigkeiten damit. Wie konnte sie denken, daß Paul ihrem Sohn weh tun, ihn entführen würde, sie alle durch diese Hölle jagen? Wie konnte sie so etwas denken? Was für eine Ehefrau war sie eigentlich? Was für ein Mensch?

»Nein«, sagte sie kleinlaut. »Ich weiß einfach nicht mehr, was ich denken soll, Paul. Wir haben früher alles geteilt. Jetzt können wir nicht mal mehr reden, ohne aufeinander loszugehen. Du kannst dir nicht vorstellen, wie ich mich gefühlt habe, als ich dich im Fernsehen sah und von dem Van und den Fingerabdrücken hörte. Das war alles wie eine Szene aus einem Horrorstück. Warum hast du es mir nicht erzählt?«

Er wich ihrem anklagenden Blick aus und starrte in Lilys leeres Zimmer. Karen Wright hatte angeboten, das Kind für den Abend zu nehmen. Hannah war von Pauls Auftritt so schockiert gewesen, daß sie nicht die Kraft besessen hatte zu protestieren.

»Es war nicht genug Zeit«, erklärte er. »Ich war mit den Suchtrupps unterwegs, und Mitch Holt ist gekommen und …«

Er log. Ihr kam der Gedanke wie ein Blitz. Hannah schämte sich dafür, aber sie konnte ihn nicht einfach beiseite schieben. Es stand ihr ins Gesicht geschrieben.

»Und du wunderst dich, warum ich mich dir nicht anvertraut habe?« Er schüttelte den Kopf. »Ich hau hier ab.«

»Paul …«

»… bin in meinem Büro«, sagte er knapp und brach auf. »Vielleicht möchtest du die Polizei informieren, damit sie mich beobachten lassen können.«

Er war nicht zurückgekommen, hatte nicht angerufen. Und sie rief ihn nicht an, aus Angst, er könnte nicht abnehmen. So wie in der Nacht, als Josh verschwunden war.

Ihr Körper bebte, und sie drückte sich tiefer in den Stuhl, wickelte die Arme um die Knie. Sie wollte die Zweifel und Fragen nicht, die an den Rändern ihres Verstandes wie Mäuse nagten, wollte nicht an das Interview denken, das sie heute abend Katie Couric geben würde. Sie wollte nur ihre Augen schließen und alles hinter sich lassen.

Statt dessen schloß sie die Augen und sah Josh.

Er lebte. Ausdruckslos. Stand in einem grauen, formlosen Vakuum, sagte nichts. Zeigte durch nichts, daß er sie erkannte oder auch nur sah. Er stand einfach da, während ihre Perspektive sich um ihn verschob, langsam kreiste, alles an ihm aufnahm. Auf der rechten Wange zeigte sich ein Bluterguß. Er trug einen gestreiften Pyjama, den sie noch nie gesehen hatte. Obwohl seine Ärmel undurchsichtig waren, wußte sie, daß er einen Verband am Ellbogen seines linken Arms hatte. Genau wie sie wußte, daß sein Geist von demselben grauen Nebel, der ihn umfing, erfüllt war, mit Ausnahme eines Gedanken – *Mom.*

Hannahs Puls überschlug sich. Sie wollte ihn berühren, konnte aber die Arme nicht heben, versuchte ihm etwas zuzurufen, aber kein Wort drang über ihre Lippen. Wenn sie ihn nur zwingen könnte, sie anzusehen – aber er sah durch sie hindurch, als wäre sie nicht da. Die Frustration staute sich wie Dampf in einem Kessel in ihr, bis sie schrie und schrie und schrie.

Sie zuckte in ihrem Stuhl zusammen, riß die Augen auf. Ihr Herz raste. Das Nachthemd und die Leggings, die sie trug, waren schweißgetränkt. Ihrer Ansicht nach konnte sie höchstens ein paar Minuten eingenickt sein. Die Uhr auf Pauls Nachttisch allerdings bewies, daß sie über eine Stunde geschlafen hatte. Es war zwei Uhr vierzig.

Das Bett war immer noch leer.

Das Telefon klingelte, und sie stürzte sich auf den Hörer, der Rest ging zu Boden. »Paul? Paul?«

Schweigen antwortete ihr, schwer und dunkel.

Sie sank langsam zu Boden, lehnte sich gegen das Bett.

»Paul?« versuchte sie es erneut.

Die Stimme kam, leise und unheimlich, ein Flüstern wie Rauch. »Eine Lüge ist der Griff, der für alle paßt.«

Kapitel 31

TAG 10
5 Uhr 47, –31 Grad, Windabkühlungsfaktor: –40 Grad

Die Sünde hat viele Werkzeuge, aber eine Lüge ist der Griff, der für alle paßt, war ein Zitat von Oliver Wendell Holmes, wie sie herausfanden.

Sie hatten das Zitat in einem alten, eselsohrigen Buch der Zitate in Pauls Büro zu Hause gefunden, einem makellosen Raum, der einen Platz in einem Einrichtungsmagazin verdiente. Megan hatte sich alles angesehen. Kein Buch, kein Stift, die nicht an ihrem Platz lagen. Kein Staubkörnchen. Nicht ein Bild hing schief an der Wand. Zwanghaft, fanatisch ordentlich. Ganz bestimmt nicht Hannahs Werk; Hannah wußte nicht einmal, ob Paul ein Buch mit Zitaten besaß. Jeder, der einen Raum so sauber hielt, mußte jeden einzelnen Titel in den Regalen kennen.

Serienmörder waren oft zwanghaft ordentlich. Megan wußte das aus ihren Kursen über Verhaltenswissenschaft auf der FBI-Akademie. Keiner betrachtete Paul Kirkwood als potentiellen Serienmörder; trotzdem legte sie seine zwanghaften Tendenzen in ihrem Gedächtnis auf Wiedervorlage. Das und die Tatsache, daß er außer Haus gewesen war, als der Anruf reinkam. Der Wachkommandant hatte ein Team zum Omni-Komplex geschickt; die Beamten hatten Paul aus angeblichem Tiefschlaf auf dem Sofa geweckt und ihn zurück nach Hause eskortiert.

Megan sah die Besorgnis in Hannahs Gesicht, als Paul die Küche betrat. Die Spannung zwischen den beiden bog sich wie eine Eisplatte. Großer Gott, war denn der Verlust von Josh nicht genug? Mußte auch noch ihre Ehe draufgehen? Andererseits, hatte Hannah nicht etwas Besseres verdient als Paul? Er war schwach und egoistisch und weh-

leidig, Megan hatte ihn praktisch vom ersten Augenblick an verachtet. Aber hatte er seine Frau mitten in der Nacht angerufen und sie mit diesen Andeutungen über Lügen in Panik versetzt?
Wenn ja, dann war er ein verdammt guter Schauspieler. Die Nachricht von dem Anruf hatte ihn erschüttert: vor Angst oder aus Schuldgefühl?
Der Anruf war von irgendwoher in Deer Lake gekommen, von zu kurzer Dauer, um ihn weiterzuverfolgen. Er hätte von überallher stammen können – einem Haus auf der anderen Straßenseite oder vom anderen Ende der Stadt, sogar von der anderen Seite des Sees, wo Albert Fletcher im Schatten von St. Elysius wohnte. Er hätte aus Pauls Büro kommen können, oder aus jeder beliebigen Telefonzelle der Stadt.
Die Möglichkeiten summten wie Fliegen durch Megans Kopf. Sie hatte weder lange noch gut geschlafen, als der Anruf kam. Der Gedanke an die knappe Nachricht von DePalma auf ihrem Anrufbeantworter, sie möge ihn so bald wie möglich zurückrufen, hatte sie daran gehindert, sich zu beruhigen. Und jetzt, nachdem sie von den Kirkwoods wieder nach Hause gefahren war, war es zu spät, noch mal ins Bett und zu früh, um ins Büro zu gehen.
Sie saß an einem kleinen runden Eichentisch, den sie von einem Flohmarkt gerettet und selbst abgelaugt hatte, auch eines ihrer falschen Erbstücke. Ein Schauder durchrann ihren Körper. Koffein-Stoß. Mit all dem Kaffee und den Pillen zur Abwehr einer Monstermigräne fühlte sie sich, als würde ihr Körper mit Raketentreibstoff laufen. Ihr Herz pumpte zu schnell, und ihr war schwindlig. Sie hatte sich selbst und ihre Medikamente mißbraucht, von einigen zu viele genommen, andere ignoriert, weil sie sie kampfunfähig machten und sie es sich nicht leisten konnte, in den Seilen zu hängen, oder bewußtlos zu sein.
Bald würde sie für ihre Sünden bezahlen. Sie mußte nur noch ein kleines bißchen durchhalten. Nur bis die Stücke des Puzzles ineinander paßten, nur bis sie das fragliche Bindeglied entdeckten.
Die Sünde hat viele Werkzeuge, aber eine Lüge ist der Griff, der für alle paßt.
Wessen Lüge? Wessen Sünde? Was war da, was sie nicht sehen konnten?
Schmerz grub sich wie eine glühende Zange in ihre Schläfen. Mit äußerster Willenskraft verdrängte sie ihn, zwang sich aufzustehen

und ging ins Bad. Sie fummelte an dem Deckel ihres Beruhigungsmittel herum. Schließlich gelang es ihr, eine Pille in ihre zitternde Hand zu schütteln. Sie spülte sie mit Wasser runter, blieb einen Moment stehen und schnitt eine Grimasse vor dem Spiegel.

»Noch ein Schlag und du bist raus, O'Malley«, murmelte sie.

Der Schmerz bohrte sich wie Sporen in ihre Schläfen.

Eine kleine innere Stimme flüsterte ihr zu, daß sie bereits weg vom Fenster war.

7 Uhr 15, –28 Grad, Windabkühlungsfaktor: –39 Grad

Sie mied ihr Büro, weil sie keine Lust hatte, auf DePalmas Anruf von gestern abend zu reagieren. Zuerst ging sie in die Kommandozentrale, um die Hotline auf irgend etwas Brauchbares hin zu überprüfen. Einen Haufen Pro- und Kontra-Paul-Anrufe. Ein Anruf von einer Frau, die behauptete, Josh wäre von Außerirdischen entführt worden. Ein Dutzend oder mehr von Leuten, die Megan persönlich abkanzeln wollten, weil sie Paige Price angegriffen hatte. Ein Haufen Schrott! Sie verließ die Zentrale mit dem Versprechen, um acht Uhr zurückzukehren und ihre Leute über die neuesten Entwicklungen zu informieren, beziehungsweise die Einsätze für den heutigen Tag auszugeben.

Ihr erster Anlauf im Revier galt dem Strategieraum. Mitch war schon vor ihr dagewesen. Das Zitat von Oliver Wendell Homes verlängerte die Liste auf dem Nachrichtenbrett. Der Anruf bei Hannah war auf der Kurve notiert und Pauls auffällige Abwesenheit mit einem Stern versehen worden.

Megan ging rückwärts die Wand entlang, suchte nach einem Anzeichen für Paul als Mittelpunkt des Geheimnisses. Paul hatte sie angelogen, war ihnen ausgewichen. Er behielt etwas für sich, davon war sie überzeugt, aber war sein Geheimnis düster genug, ihn auf seinen eigenen Sohn zu hetzen?

Albert Fletcher erschien nur einmal auf der Ereignis-Kurve – am Abend vor Joshs Entführung, als er die Klasse unterrichtete, bei der Josh fehlte. Die Kurve stand nur für Fakten, nicht für Spekulationen oder Vermutungen, die lediglich ihren Mangel an soliden Spuren bestätigten. Ihr Gangster konnte jeder der fünfzehntausend Einwohner von Deer Lake sein – falls er überhaupt aus Deer Lake stammte. Er könnte jemand sein, dem sie auf der Straße begegnet war. Vielleicht saß er gerade im Coffee Shop am Ende der Straße. Sie wußten einzig und allein, daß jemand Josh zufällig in dem Moment seiner größten Verwundbarkeit begegnet war. Diese Erkenntnis deutete auf Olie Swain, und Olie Swain war unwiderruflich tot.

Als nächstes kontrollierte sie, ob Olie Swains Computer schon für Christopher Priest aufgestellt waren. Sie liefen bereits, und Priest inspizierte sie. Die Geräte standen auf einem langen Tisch in einem Kabuff, in dem sich des weiteren nur noch ein paar Stühle aus Chrom und Plastik befanden. Die Diskettenlaufwerke summten leise, die Monitoren strahlten in verschiedenen Schattierungen und Kombinationen von Schwarz über Weiß bis Grün. Priest beugte sich über einen und betrachtete mit gerunzelter Stirn die Botschaft auf dem Bildschirm. Er hob den Kopf, als Megan den Raum betrat und schob seine übergroße Brille auf die Nase.

»Sie sind früh dran, Professor. Ich habe Sie nicht vor halb neun erwartet.«

»Hab nur mal kurz reingeschaut, ob schon alles aufgebaut ist.« Die Ärmel seines blauen Rollkragenpullovers reichten wieder einmal nur knapp über seine Ellbogen. »Ich würde gerne so bald wie möglich anfangen.«

»Möglicherweise ist der Computertyp aus dem Hauptquartier schon da«, sagte Megan. »Er muß in der Nähe sein, weil die Geräte schon laufen. Sie haben sie doch nicht eingeschaltet, oder?«

»Nein.« Der Professor verschränkte seine Arme wie ein kleiner Junge, dem man verboten hat, irgend etwas im Spielzeugladen anzufassen. »Gut. Eigentlich sollten Sie ohne ihn gar nicht hier rein können«, sie ließ ihren Blick über die Monitore schweifen, in der vergeblichen Hoffnung feststellen zu können, ob einer von ihnen manipuliert worden war. Ihre Kenntnisse von Computern beschränkten sich auf Berichteschreiben und den Abruf von Informationen vom Hauptquartier. »Routine«, fügte sie als diplomatischen Nachsatz hinzu.

Priest sah sie verständnislos an.

»Warum gehn Sie nicht in den Aufenthaltsraum und trinken eine Tasse Kaffee, während ich ihn suche«, schlug Megan vor und hielt ihm die Tür auf.

»Ich hoffe, er ist da«, er entfernte sich widerwillig vom Tisch. Um ein Uhr hab ich eine Fakultätskonferenz. Bis dahin wäre ich gerne fertig ...«

Er ließ den Gedanken in der Luft hängen, mit einem sehnsüchtigen Blick auf den Computer.

Wahrscheinlich wartet er in meinem Büro«, Megan ließ sich nicht beirren. Sie konnten sich keinen Knick in der Beweiskette erlauben. Falls Olies Geräte irgendeine relevante Verbindung zu einem Komplizen aufdeckten, mußten die Maßnahmen zum Erlangen dieser Information persilrein sein, damit sie der Prüfung durch einen Richter standhielten. Wenn dieses Zwischenstück abgelehnt wurde, weil ein Richter entschied, sie hätten nicht nach den Regeln gespielt, wäre alles, was sie als direktes Ergebnis dieser Untersuchung aufdeckten, wertlos. Früchte des verbotenen Baumes, nannten die Anwälte das. Die Cops nannten es Korinthenkackerei, weil es ihre Arbeit behinderte.

Priest schlängelte sich an ihr vorbei in den Korridor. »Ich *bin* vertrauenswürdig, Agent O'Malley«, sagte er beleidigt. »Etliche Male habe ich schon mit der Polizei zusammengearbeitet.«

»Dann wissen Sie ja, das es nichts Persönliches bedeutet.« Sie schenkte ihm ein mühsames Lächeln, als sie die Tür absperrte. »Ich decke nur meinen Hintern.«

Abermals fröstelte sie. Christopher Priest war vielleicht ein Ausbund an Tugend, ein Lehrer, ein Freiwilliger, ein Vorbild für die Rehabilitierung jugendlicher Straftäter, aber er hatte auch Olie Swain gekannt. Ein Strafverteidiger würde den ganzen Tag an diesem Knochen kauen, wenn er herausfand, daß man Priest mit den Computern allein in einem Raum gelassen hatte.

Sie tastete sich durch das Labyrinth von Gängen, ohne die Leute, die an ihr vorbeigingen, wahrzunehmen. Ihr Sehvermögen veränderte sich kaum merklich, verschwamm an der Peripherie, der Kontrast zwischen Hell und Dunkel wurde schärfer. Warnzeichen. Wenn es ihr nur gelänge, sie bis heute nachmittag zu ignorieren, bis dahin, bis das Ergebnis vorlag. Der Kuhhandel war alt und abgedroschen. Sie würde früher gehen und die ganze Nacht durchschlafen, würde regelmäßig essen und Streß vermeiden. Lügen, die sie sich jedesmal, wenn die Klauen des Schmerzes zuschlugen, einredete.

Ihre Hand zitterte so heftig, daß sie kaum den Schlüssel in das Schloß ihrer Bürotür brachte. Wie sich herausstellte, brauchte sie ihn ohnehin nicht. Die Tür war offen, das Büro besetzt.

Ein Mann erhob sich aus dem Besucherstuhl, in einer Hand eine Ausgabe von *Law and Order*, in der anderen einen halben, glasierten

Doughnut. Er war etwas um die dreißig, hatte aber ein Gesicht, das auch bei zunehmenden Alter immer knabenhaft bleiben würde mit glänzenden braunen Augen und einer zu kurzen Nase. Seine Haare – braunlockige Zotteln – erinnerten Megan an einen Cockerspaniel. Sie fixierte den Eindringling mit grimmiger Miene.

»Megan O'Malley«, sie warf ihre Aktentasche auf den Tisch und ließ ihn nicht aus den Augen, während sie ihre Jacke an den Garderobenhaken hängte. »Für den Fall, daß Sie sich fragen, in welches Büro Sie unbefugt eingedrungen sind.«

Der Hundeboy gab sich übertrieben verlegen, fummelte mit seiner Zeitschrift und dem halben Doughnut herum und warf dann beides auf den Schreibtisch. Er wischte sich die Hand am Bein seiner dunkelblauen Baumwollhose ab unter Hinterlassung von Zuckergußspuren, dann reichte er Megan die Hand.

»Marty Wilhelm.«

Megan überging diesen plötzlichen Anflug von Manieren. Das rote Licht auf ihrem Anrufbeantworter blinkte wie ein zorniges rotes Auge.

»Ich nehme an, Sie wissen, daß alles in einem kleinen Raum unten bei der Beweisaufnahme aufgebaut ist. Der Professor scharrt schon ungeduldig mit den Füßen. Er kann es kaum erwarten anzufangen.«

»Äh … mmh?«

»Der Professor, die Computer«, sagte Megan barsch. »Zur Tür raus, nach links ab! Ich würde ja sagen, Sie brauchen einen Schlüssel. Aber scheinbar hat Sie das hier ja auch nicht abgeschreckt.«

Sein Mund verzog sich zu einem schiefen, beschämten Lächeln. »Ich glaube, Sie verwechseln mich mit jemand anderem.«

»Das kommt drauf an, wer Sie sind.«

»Agent Marty Wilhelm. Das Hauptquartier hätte Sie eigentlich informieren sollen. Ehrlich gesagt«, er hob zur Betonung einen Finger, immer noch grinsend, »Bruce DePalma hat angekündigt, er würde persönlich mit Ihnen reden.«

Megans Blick huschte zu dem blinkenden Anrufbeantworter. Gänsehaut kroch ihr über den Rücken. Sie zwang sich, Marty wieder anzusehen, mit seiner kindischen Begeisterung und der gestreiften Regimentskrawatte.

»Tut mir leid«, sagte sie, erstaunt, daß sie vollkommen normal klang, obwohl ihre sämtlichen inneren Systeme verrückt spielten. »Tatsächlich habe ich keine Ahnung. Ich habe heute noch nicht mit Bruce gesprochen.«

»Oje, wie peinlich.« Er räusperte sich, strich sich über die Brust und breitete dann die Arme aus. »Ich bin Ihr Ersatz. Sie sind vorübergehend vom aktiven Dienst suspendiert. Von dem Fall werden Sie abgezogen.«
Ihre innere Alarmglocke schrillte, aber zu spät, um noch etwas zu nützen. Marty Wilhelm. Der Marty Wilhelm, der ebenfalls im Rennen für diesen Außenposten lag, bevor man ihn abgesägt hatte. Der Marty Wilhelm, der mit der Tochter von Hank Welsh von der Sondereinheit verlobt war. Der Marty Wilhelm, der offensichtlich hinter den Kulissen bereitgestanden und darauf gewartet hatte, daß sie die Sache vermasselte.
Megans erster Impuls war, ihre Glock-9-mm zu ziehen und dieses dämliche Grinsen von seinem Gesicht zu blasen. Hinterlistiges Wiesel, spielte hier den Einfaltspinsel und führte sie an der Nase rum. Sie konnte sich vorstellen, daß ihm nur noch ein Publikum zu seinem Glück fehlte. Es war ein Wunder, daß er nicht im Mannschaftsraum auf sie gewartet hatte, damit er ihr vor all den anderen Cops eins auswischen konnte.
»Wenn Sie sich bitte ausweisen würden«, sie zwang sich mit Gewalt, ruhig zu bleiben.
Martys Augenbrauen schossen nach oben, aber er kramte seinen Ausweis heraus und reichte ihn ihr. Megan sah ihn sich an und ließ ihn dann wie eine heiße Kartoffel auf ihren Schreibtisch fallen – den Schreibtisch des *Hundeboy*. Ihre Knie zitterten ein wenig, und sie ließ sich auf Leo Kozlowskis angeknacksten Stuhl fallen.
»Ich muß ein paar Telefonate führen«, verkündete sie.
Marty lehnte sich mit einer großzügigen Geste zum Telefon im Besucherstuhl zurück.
»Und Sie werden so freundlich sein, Ihren Hintern aus dem Büro zu schwingen, während ich sie erledige«, sagte sie mit zusammengebissenen Zähnen.
»Aber Megan«, begann er in geübt gönnerhaftem Ton, »Sie haben wohl kaum das Recht, mich herumzukommandieren.«
»Nein«, sagte sie, »aber ich bin in der Lage, Schlagzeilen wie zum Beispiel ›Empörte Agentin greift zum Schießeisen‹ zu produzieren. Sie wollen doch nicht der erste werden, der in so einer Geschichte auftaucht, oder, Marty?«
Sein Lachen klang geziert und etwas ängstlich. Er stand auf und wich zur Tür zurück. »Ich werde mal sehen, ob ich dieses Durcheinander mit den Computern und dem Professor klären kann.«

»Machen Sie das.«
»Ich komm wieder.«
»Lassen Sie sich Zeit.«
Er huschte zur Tür hinaus und schloß sie leise hinter sich. Das Geräusch hallte durch Megans Kopf wie ein Donnerschlag. Die Tür, die vor ihrer Karriere zuschlug, sie ausschloß.
Du hast es vermasselt. O'Malley. Du bist im Eimer. Sie haben wie Wölfe darauf gelauert, daß du stolperst, und jetzt werden sie dich durchkauen und ausspucken. Was für ein Abgang!
Die Selbstbezichtigungen fühlten sich an wie Peitschenhiebe. Was war denn los mit ihr? Diesen so intensiv erwarteten Job hatte sie gründlich ruiniert – indem sie sich mit Mitch Holt einließ. Und wie oft hatte sie sich ermahnt, ihre Zunge im Zaum zu halten, ihren Jähzorn, und dann war sie live im Fernsehen ausgerastet.
Dumm. Unbesonnen.
Sie versuchte, ihre Fassung wiederzufinden. Kampflos würde sie nicht aufgeben, nicht eine von diesen plärrenden, bettelnden Weibern werden, die sie so verachtete.
Beim Griff nach dem Telefon zitterte ihre Hand wie die eines Opfers von Schüttellähmung, und die Migräne blies sich in ihrem Kopf auf wie ein Ballon. Sie preßte den Hörer ans Ohr, und das Freizeichen gellte durch ihren Kopf. Alles drehte sich; stöhnend ließ sie den Hörer fallen und übergab sich in den Papierkorb.

7 Uhr 42, –28 Grad, Windabkühlungsfaktor: –39 Grad

»Ich hab Josh gesehen.«
Pater Tom rutschte neben Hannah in die Kirchenbank. Sie hatte ihn bei Morgengrauen angerufen und um ein Treffen vor der Morgenmesse gebeten. Die Sonne war vor knapp einer Stunde aufgegangen und tastete sich mit blassen Lichtfingern durch die Bleiglasfenster. Würfel und Ovale sanfter Farben flackerten schüchtern über den schäbigen Teppich, der durch das Mittelschiff verlief. Tom hatte sich aus dem Bett gerollt und einfach Hosen, ein T-Shirt und einen Pullover übergestreift. Das Rasieren mußte heute ausfallen. Er strich sich gedankenverloren durchs Haar. Sein eigenes Aussehen war ihm völlig gleichgültig, seine Sorge galt Hannah.
Sie war bleich und durchsichtig, die Augen glänzten wie im Fieber. Er

fragte sich, wann sie das letzte Mal gegessen oder mehr als ein oder zwei Stunden geschlafen hatte. Ihr goldenes Haar war stumpf, und sie hatte es achtlos zu einem Pferdeschwanz gebunden. Ein dicker, schwarzer Pullover kaschierte, wie dünn sie geworden war, aber er sah die spitzen Knochen ihrer Handgelenke und Hände, die sie im Schoß verkrampft hatte, zart wie Elfenbeinschnitzereien, mit transparenter Haut. Er reichte ihr seine Hand, und sie packte sie sofort mit ihren beiden.

»Was soll das heißen, du hast ihn gesehen?« fragte er behutsam.

»Gestern nacht. Es war wie ein Traum, aber doch nicht. Wie eine – eine Vision. Ich weiß, das klingt verrückt«, ergänzte sie hastig, »aber so war es, ganz real, richtig dreidimensional. Er trug einen Pyjama, den ich nicht kenne, und er hatte einen Verband ...« Sie verstummte, frustriert, ungeduldig mit sich selbst. »Ich klinge wie eine Irre, aber es ist passiert, und es war so *real*. Du glaubst mir doch, nicht wahr?«

»Natürlich glaube ich dir, Hannah«, flüsterte er. »Was ich davon halten soll, weiß ich nicht, aber ich glaube dir sehr wohl. Was meinst du denn, was es war?«

Eine Vision. Ein Erlebnis außerhalb des Körpers. Ein psychisches Irgendwas. Gleichgültig wie sie es nannte, es klang wie das Gebrabbel einer Wahnsinnigen. »Ich weiß es nicht«, sie ließ seufzend die Schultern hängen.

Pater Tom wägte seine Worte sorgfältig ab, da er auf dünnstem Eis balancierte. »Du stehst unter enormen Streß, Hannah. Dein Drang, Josh zu sehen, ist größer als dein Drang zu atmen. Es wäre nichts Ungewöhnliches, wenn du von ihm träumst, wenn der Traum real erscheint ...«

»Es war kein Traum«, beharrte sie.

»Wie denkt Paul darüber?«

»Ich hab es ihm nicht erzählt.«

Sie entzog ihm ihre Hände und legte sie auf ihre Schenkel, starrte die Ringe an, die Paul ihr als Symbol ihrer Vereinigung und Liebe an die Finger gesteckt hatte. Verriet sie ihn mit ihrem Zweifel? Hatte er sie alle verraten? Die Fragen wanden sich in ihrem Magen wie ein Schlangenknäuel, giftige, gräßliche Kreaturen, über die sie keine Kontrolle besaß. Sie wandte ihren Blick hinauf in das himmelstrebende Gewölbe der Kirche, zu dem komplizierten, riesigen Glasfenster von Jesus mit einem Lamm auf dem Arm. Sie starrte auf das reichgeschnitzte Kruzifix und Christus, der vom Kreuz aus auf den

Hochaltar herabblickte. So menschenleer war die Kirche ein höhlenartiger, kalter Ort, wo sie sich klein und machtlos vorkam.

»Die Polizei hat gestern seine Fingerabdrücke abgenommen«, murmelte sie im leisen Tonfall einer Beichte.

»Ich weiß.«

»Sie sagen es nicht, aber sie verdächtigen ihn.«

»Was glaubst du?«

Sie schwieg, während die Schlangen in ihr weiterkämpften. »Nichts weiß ich.«

Mit geschlossenen Augen atmete sie zitternd aus. »Ich sollte nicht an ihm zweifeln. Er ist mein Mann – ist der einzige Mensch, dem ich vertrauen sollte. Ich habe immer gedacht, wir sind die glücklichsten Menschen der Welt«, wisperte sie. »Wir haben uns geliebt in Vertrauen und Respekt, haben eine Familie gegründet, kannten unsere Prioritäten. Jetzt frage ich mich, ob irgend etwas davon real oder ob es nur ein flüchtiger Augenblick war. Ich hab das Gefühl, unsere Leben waren vielleicht dazu bestimmt, nur für eine kurze Weile auf derselben Ebene zu verlaufen, und jetzt bewegen wir uns in entgegengesetzte Richtungen, wir können nicht einmal mehr miteinander reden. Es ist wie ein Betrug, und ich bin die Dumme. Wie soll es nur weitergehen?«

Sie klang so verloren. Bei aller Tüchtigkeit und Intelligenz war Hannah auf so eine Katastrophe doch schlecht vorbereitet. Von ihrer Art Leben träumten die meisten Leute. Sie kam aus einer liebevollen Familie, hatte einen guten Start gehabt, vieles erreicht, überragende Zeugnisse bekommen, einen gutaussehenden Mann geheiratet und eine nette Familie gegründet. Nie müßte sie die Werkzeuge für den Umgang mit Schmerz und Widrigkeiten entwickeln. In seinen Augen sah sie jetzt entwurzelt aus, schutzlos, und er ertappte sich dabei, wie er Gott für seine Grausamkeit verfluchte.

»O Hannah«, er wehrte sich nicht dagegen, daß er ihr eine Strähne von der Wange strich. Er war gut geschult in der Kunst des Zuspruchs; aber wenn er je einen Funken Weisheit besessen hatte, bei dieser Frau war er hilflos. Nichts konnte er ihr bieten, außer leeren Worten und sich selbst.

Sie wandte sich zu ihm, legte ihren Kopf an seine Schulter. Ihre Tränen durchtränkten seinen Pullover. Ihre erstickten Worte zerrten an seiner Seele.

»Ich versteh es einfach nicht, wo ich mir doch solche Mühe geb!«

Um mit etwas fertig zu werden, was ihr Leben nie hätte berühren sollen!
Tom nahm sie in die Arme und hielt sie schützend, zärtlich fest. Er blickte durch seine leere Kirche zu den Votivkerzen – kleine Flammenzungen in kobaltblauem Glas, Symbole der Hoffnung, die unbeantwortet ein letztes Mal aufflackerten und erloschen. Die Angst, die in ihm gähnte, ließ ihn Hannah fester umarmen, und ihre Arme stahlen sich um seine Taille, ihre Finger gruben sich in die weiche Wolle seines Pullovers. Er rieb mit einer Hand ihren Rücken, auf und ab, strich durch das feine Haar in ihrem Nacken. Er atmete ihren sauberen, feinen Geruch ein und spürte den Schmerz der Sehnsucht, die er nie gekannt hatte. Eine Sehnsucht, die zu der Art Liebe gehörte, die Männer und Frauen von Anbeginn der Zeiten zueinanderführte.
Er fragte nicht, warum. Warum Hannah. Warum jetzt. Die Fragen und Vorwürfe konnten warten. Ihr Verlangen nicht. Mit ihr in seinen Armen hielt er den Atem an, betete, daß die Zeit stillstehen möge, nur für einen Augenblick, weil er wußte, daß dies keine Zukunft hatte. Er hauchte einen Kuß auf ihre Schläfe und kostete ihre Tränen, salzig und warm.
»Sünder!«
Die Anklage krachte wie Donner vom Himmel. Aber das Brüllen kam nicht von Gott, sondern von Albert Fletcher. Der Diakon trat hinter dem Paravent hervor, der die Tür zur Sakristei verbarg. Er flog die Treppe herunter, ein schwarzer Derwisch, mit wilden Augen, den Mund weit aufgerissen, mit einer großen Steingutschale in der Hand. Gleichzeitig öffneten sich die Tore am anderen Ende der Kirche. Die morgendlichen Gläubigen wanderten herein und erstarrten angesichts des Bildes, das sich ihnen bot.
Pater Tom sprang auf. Hannah drehte sich zu Fletcher um. Er kam auf sie zu, ein Irrer, kreischend wie ein Unhold aus einem Alptraum.
»Brennet, Sünder!« schrie er und schleuderte den Inhalt der Schüssel von sich.
Das Weihwasser schwappte über Hannah hin und bespritzte Pater Tom. Eine ältere Frau schrie auf.
»Albert!« brüllte Tom.
»Der Lohn der Sünde ist der Tod!«
Er hörte nicht mehr, war ganz bestimmt nicht mehr zugänglich für irgend etwas aus Pater Toms Mund.
»Sündige Tochter Evas!«

Fletcher schleuderte die Schale gegen Hannah. Sie schrie und versuchte gleichzeitig, sie abzuwehren. Tom warf sich vor sie, grunzte, als das Geschoß von seiner rechten Hüfte abprallte und auf dem Boden zerbarst. Tom ignorierte den Schmerz und rannte das Mittelschiff entlang, wollte Fletcher packen. Der Diakon sprang zurück, knapp außer Reichweite.

»Der Lohn der Sünde ist der Tod!« schrie er noch einmal und wich zum Altar zurück.

»Albert, Schluß jetzt!« befahl Tom und schritt ihm energisch entgegen. »Hör mir zu! Du bist außer Kontrolle. Du weißt nicht mehr, was du tust. Du weißt nicht, was du gesehen hast. Jetzt beruhig dich, und dann reden wir darüber.«

Fletcher bewegte sich weiter rückwärts, eine Treppe hoch und noch eine, bis er auf Höhe des Altars stand. Er ließ Pater Tom keine Sekunde aus den Augen.

»Hüte dich vor falschen Propheten, die im Schafsgewand erscheinen, aber innerlich geifernde Wölfe sind«, zitierte er leise, monoton. Er scherte aus zum Altar, tastete suchend hinter sich. Sein Gesicht war kalkweiß und schweißüberströmt, die Muskeln bis zum Zerreißen über den Knochen gespannt, krampfhaft zuckend.

Pater Tom nahm vorsichtig die letzte Stufe, streckte langsam die Hand aus. Hätte er das voraussehen müssen? Hätte er schon früher etwas unternehmen sollen, um das zu verhindern? Er hatte Albert Fletcher immer für besessen gehalten, aber nicht für wahnsinnig. Es gab Schlimmeres, als von Gott besessen zu sein. Aber Irrsinn war Irrsinn. Er streckte die Hand aus, in der Absicht, sein Gemeindemitglied wieder über diese Grenze zurückzuholen.

»Du verstehst das nicht, Albert«, sagte er leise. »Komm mit, und gib mir die Chance, es zu erklären.«

»Falscher Prophet! Sohn des Satans!« Er schwang seinen Arm und traf Pater Tom mit einem schweren Messingkerzenleuchter seitlich am Kopf.

Tom ging betäubt in die Knie und konnte nicht verhindern, daß er nach hinten kippte, zur Seite, die Treppe abwärts. Er hatte keine Kontrolle mehr über Arme und Beine. In seinem Kopf drehte sich alles. Er versuchte etwas zu sagen, aber es ging nicht, versuchte zu deuten, als die Leute auf ihn zurannten, ihn einkreisten und erstaunt anstarrten. Albert Fletcher flüchtete durch eine Seitentür.

Kapitel 32

8 Uhr 14, –28 Grad, Windabkühlungsfaktor: –39 Grad

»Lonnie, Pat, ihr überprüft die Garage. Noogie du gehst mit mir, wir übernehmen das Haus.«

Sie standen neben zwei Streifenwagen vor Albert Fletchers Haus. Die Kälte war bezwingend, durchdrang die Isolierschichten von Thermax und Gänsedaunen und Wolle, als wären sie Chiffon. Keiner der Nachbarn schien neugierig genug auf die Anwesenheit der Polizei, um sich in die Kälte hinauszuwagen. Mitch sah, wie drüben ein Vorhang hinter einem Fenster zuckte. Ein faltiges Gesicht spähte aus dem Fenster des Hauses neben dem von Fletcher.

»Sieht nicht so aus, als wäre er zu Hause«, sagte Dietz und rubbelte seine behandschuhten Hände aneinander. Der schwarze Hut aus falschem Pelz, den er trug, sah aus wie eine synthetische Kreatur, die danach trachtete, sich mit seiner Perücke zu paaren.

»Er hat gerade einen Priester angegriffen«, sagte Mitch. »Da hat er wohl keine Lust, den roten Teppich für uns auszurollen.«

Mit welcher Absicht hatte er ihn angegriffen, fragte er sich. Mit welchem Motiv? Pater Tom hatte in der Notaufnahme des Gemeindekrankenhauses erklärt, soviel er konnte, während Dr. Lomax an seiner Platzwunde herumstichelte und eine ernste Arztmiene zur Schau stellte. Fletcher hatte gesehen, wie er Hannah in den Armen gehalten hatte und die Umarmung falsch interpretiert.

Eine unschuldige Umarmung schien kaum Grund genug, einen Mann in den Wahnsinn zu treiben.

Mitch hatte Hannah angesehen, um ihre Bestätigung zu erhalten, aber sie lief wie ein Tier in dem kleinen weißen Raum auf und ab. Sie zitterte – vor Kälte oder Schock oder vor beiden – am ganzen Leib.

»Ich weiß nicht, was er gedacht hat«, stöhnte sie mit niedergeschlagenen Augen. »Die ganze Welt ist verrückt geworden.«
Amen, dachte Mitch, als er den Weg zu Fletchers Haustür hochstapfte. Noogie ging zur Hintertür, für den Fall, daß Fletcher drinnen war und versuchte zu fliehen. Wohin der Diakon auch entwichen war, er mußte gelaufen sein. Sein Toyota stand auf dem Parkplatz neben St. Elysius.
Mitch hatte ein halbes Dutzend Beamte eingeteilt, die das Viertel zu Fuß und mit Streifenwagen durchsuchten. Jeder Cop in der Stadt und im Bezirk war alarmiert. Er bezweifelte, daß Fletcher sich daheim aufhielt, aber das hing vielleicht damit zusammen, wie weit Albert tatsächlich abgedriftet war. Auf jeden Fall hatten sie einen Durchsuchungsbefehl. Wenn sie Fletcher nicht erwischten, konnten sie sich wenigstens umschauen.
Er zog die Sturmtür auf und klopfte kräftig an die innere.
»Mr. Fletcher?« rief er. »Polizei! Wir haben einen Durchsuchungsbefehl!«
Langsam zählte er bis zehn. Megan würde ihm die Haut abziehen, weil er das ohne sie machte, aber sie war nicht im Büro gewesen, als die Meldung reinkam, und er konnte nicht warten. Er hob sein Walkie-Talkie und funkte Noogie an.
»Zieh deine Nummer ab, Noogie.«
»Zehn-vier, Chief.«
Mitch fand sich inzwischen etwas zu alt, um Türen mit irgendeinem Teil seiner Anatomie aufzubrechen. Sie hatten einen Rammbock im Kofferraum von Dietzs Cruiser, aber mit Noga besaßen sie etwas Größeres und Besseres. Seit dem jähen Ende seiner Footballkarriere am College, dank eines kaputten Knies, war Noga immer begeistert, wenn er sich gegen jemanden oder etwas werfen konnte.
Das scharfe Krachen splitternden Holzes durchschnitt die frische Morgenluft. Sekunden später öffnete Noga die Haustür von innen. »Was immer Sie verkaufen, ich brauche nichts.«
Mitch betrat das kleine Foyer. »Wirklich? Diesen Monat hätte ich ein Sonderangebot übertriebener Gewalt, zwei für eins. Jeder, der mir blöd kommt, kriegt den Arsch zweimal aufgerissen.«
Nogas dicke Augenbrauen bäumten sich wie zwei wollige Raupen. Er ging zurück ins Wohnzimmer und winkte Mitch herein. »Willst du oben oder unten?«
»Oben. Vergiß den Keller nicht.«

Mitch stieg langsam die Treppe hoch, wohlwissend, wie verletzlich er war, falls Fletcher da oben mit einem Kerzenleuchter oder einer Uzi auf ihn lauerte. Keiner konnte voraussehen, wozu sich Fletcher noch getrieben fühlen mochte. Keiner konnte wissen, was er vielleicht schon vollbracht hatte. Vielleicht hatte er schon vor Jahren den Verstand verloren, es aber geschafft, bis jetzt nicht total auszurasten. Bis er Hannah in den Armen des Priesters erblickte.

Der Lohn der Sünde ist der Tod. Sündige Tochter Evas.

Hatte er sie all diese Zeit gehaßt, weil sie sich in die Behandlung seiner Frau eingemischt hatte, weil sie versucht hatte, die Krankheit zu kurieren, die Doris Fletcher schließlich umbrachte? Hatte er Doris selbst getötet?

»Mr. Fletcher? Polizei! Wir haben einen Durchsuchungsbefehl!«

Sie hatten auch einen Haftbefehl, obwohl Mitch bezweifelte, daß Pater Tom Anzeige erstatten würde. Aber so konnten sie ihn für den Augenblick dingfest machen. Die Tatsache, daß Fletcher mit der Waffe geflohen war, hatte Richter Witt genügt, um einen Haftbefehl auszustellen.

Ein Bodenbrett knarzte lauten Protest, als Mitch den schmalen Korridor betrat. Direkt vor ihm lag ein Fenster, das buttergelbes Morgenlicht durch eine doppelte Schicht durchsichtiger weißer Vorhänge vor den Fenstern zur Straße hereinließ. Zu beiden Seiten des Ganges führten identische weiße Türen in architektonisch gleiche Schlafzimmer.

Er nahm sich zuerst die linke Seite vor, trat vorsichtig in das Zimmer, das auf mehr als eine Weise leer war. Jedes Stück Lebendigkeit, das es zu Doris Fletchers Lebzeiten besessen hatte, war radikal entfernt worden. Mitch spürte instinktiv, daß die dürftige Einrichtung nur aus der Zeit nach dem Tod der Frau stammen konnte. Das Bett war eine schmale Pritsche mit einer Armeedecke, die so fest gesteckt war, daß man Bälle darauf springen lassen konnte. Auf dem Nachttisch gab es eine Lampe und eine abgewetzte schwarze Bibel. Das Mobiliar bestand lediglich aus einer Kommode, bar jeglicher persönlicher Stücke. Die einzige Dekoration an den kalkweißen Wänden bildeten ein Kruzifix und ein sepiafarbener Druck von Jesus, der mit alten Palmwedeln geschmückt war.

Das Zimmer auf der anderen Seite des Gangs ließ sich nicht öffnen, eine Situation, die Mitchs Stiefel bereinigte. Die Tür schwang auf und knallte gegen die Wand. Unten reagierte Noogie mit einem Schrei auf das Geräusch, aber Mitch war zu schockiert, um zu antworten.

Verdunklungsvorhänge blockierten alles Licht und jeden Einblick der Außenwelt, aber der Raum erstrahlte im Glanz vieler Kerzen, ihr wächserner Duft lag schwer in der Luft. Eine Reihe von Leuchtern zog sich die Wand entlang, die Schatten der Kerzenflammen flackerten. Kerzen in gläsernen Leuchtern – einige durchsichtig, einige rot, einige blau – standen dicht gedrängt auf Beistelltischen. Ihr Licht erhellte diese Gruft ausreichend – Albert Fletchers Privatkapelle.
Die Wände waren im selben Schiefergrau gestrichen wie die Wände von St. Elysius, und jemand hatte sich große Mühe gegeben, die komplizierten Muster der Kirchenausschmückung zu imitieren. Selbst die Decke war mit falschen Bögen und Fresken bemalt. Unbeholfene Abbildungen von Engeln und Heiligen schauten aus grauen Wolken herab, mit seltsam verzerrten Gesichtern.
An einem Ende des Raums stand ein mit einem weißen Brokatantependium und üppigen Spitzenläufern verhüllter Altar. Darauf war das gesamte Zubehör für eine katholische Messe aufgebaut – das dicke, in Leinen gebundene Meßbuch, der goldene Kelch, zwei Leuchter, auf denen noch mehr dicke weiße Kerzen steckten. An der Wand über dem Altar hing ein riesiges altes Kruzefix mit einer Christusplastik, so hager wie ein Greyhound, in Agonie und mit reichlich Blut, das aus seinen drastisch dargestellten Wunden an Händen und dem Schnitt in seiner Seite floß.
Kunstgegenstände. Mitch erinnerte sich mit einem Mal an das Wort. Das waren keine selbstgebastelten Imitate, sondern echte. Er konnte sich vorstellen, wie Albert Fletcher sie heimlich in finsterer Nacht aus St. Elysius hierhergeschmuggelt, sie gesäubert hatte; wie seine langen, knochigen Hände sie liebevoll streichelten, während er sie mit fanatisch blitzenden Augen anstarrte. Die Kerzenleuchter, die Kruzifixe, die Plaketten der Kreuzstationen, die Statuen.
Rund um das Zimmer standen auf lauter verschiedenen Podesten alte Heiligenfiguren, deren Namen er höchstens raten konnte. Ihre blinden Augen lagen tot in abgesplitterten und von Rissen durchzogenen Gesichtern. Ihr menschliches Haar war räudig und dünn, sah an manchen Stellen zernagt und ausgerupft aus. Sie starrten auf eine Gemeinde, die ebenso seelenlos war – vier kleine Kirchenbänke voller Schaufensterpuppen.
Mitch lief es eiskalt über den Rücken, als er sie ansah. Köpfe und Torsi, einige mit Armen, einige ohne. Keine mit Beinen. Die Männer trugen Hemden, Krawatten und alte ausrangierte Anzüge. Die Frauen

waren in schwarzes Tuch gewickelt, mit schwarzen Schleiern über dem Kopf. Alle saßen in permanenter Habtachtstellung da, glotzten auf den Altar. Das Licht der Kerzen flackerte über ihre Kunststoffgesichter.

Und seitlich neben dem Altar stand noch ein weiteres Mitglied dieses stummen Regiments. Die Puppe eines Jungen in einer schwarzen Soutane mit einem schäbigen weißen Überwurf. Ein Ministrant.

Ein Donnergrollen kündigte Noogies Erscheinen auf der Treppe an. Er polterte den Korridor entlang und bremste abrupt in der Tür des Zimmers, den Lauf seines Dienstrevolvers an die Decke gerichtet.

»Heiliger Strohsack!« Mit halboffenem Mund und weitaufgerissenen Augen betrachtete er die seltsame Kirche. »Mann«, flüsterte er, »so etwas hab ich ja noch nie gesehen. Das ist vielleicht unheimlich.«

»Hast du unten irgendwas gefunden?« fragte Mitch, bückte sich und strich über den abgewetzten Samt der Gebetsbank vor dem Altar.

»Nichts.« Noga blieb weiter in der Tür stehen und musterte nervös die Gesichter der Puppen.

Mitch erhob sich. »Es ist keine richtige Kirche, Noogie. Du brauchst nicht zu flüstern.«

Der Blick des großen Beamten heftete sich auf eine Statue der Jungfrau Maria, der das halbe Gesicht fehlte. Er schluckte und erschauderte. »Das ist richtig gruselig«, sagte er, immer noch in sehr gedämpftem Ton. »Unten sieht es aus, als ob keiner da wohnt. Ich meine, da gibt's gar nichts. Keine Zeitung liegt rum, keine Post, es gibt keine Nippes, keine Bilder an den Wänden, keine Spiegel.« Er riß erneut entsetzt die Augen auf. »Weißt du, Vampire haben keine Spiegel.«

»Ich glaube nicht, daß er ein Vampir ist, Noogie«, beruhigte ihn Mitch und öffnete einen Wandschrank am Ende der Kapelle. »Kreuze wehren sie ab.«

»Ach ja?«

Im Schrank hing eine Reihe von Priestergewändern, alt und ausgefranst, aber sauber und frisch gebügelt. Einige steckten noch in den Plastikhüllen von Muellers Reinigung in Tatonka. Schwarze Soutanen, rote, weiße Überwürfe und Mäntel in königlichem Purpur, Kardinalsrot und cremigem Elfenbein mit aufwendigen Stickereien.

»Mitch!« brüllte Dietz von unten. »Mitch!«

»Hier oben!« schrie Mitch.

Dietz kam keuchend die Treppe hochgeprescht. Sein Gesicht war aschfahl im Kontrast zu seiner knallroten Nase. Sein Hut hing seitlich über einem Ohr, und die Perücke saß schief; sie sah aus wie ein kleines, verängstigtes Tier, das sich an seinen Kopf klammerte. Er blieb auf dem Treppenabsatz stehen, während Mitch sich an Noogie vorbei in den Gang zwängte.
»Ich glaube, du solltest besser runterkommen« sagte Dietz. »Wir glauben, wir haben soeben Mrs. Fletcher gefunden.«

Pat Stevens hob die Staubplane von den mumifizierten Überresten von Doris Fletcher, die hinter dem Steuer ihres 1982er Chevy Caprice saß. Sie trug ein altes Baumwollhauskleid, das an einigen Stellen weggefault war, wo während der Zersetzungsphase Körperflüssigkeiten ausgetreten sein mußten. Mitch hatte keine Ahnung, wie sie im Leben ausgesehen hatte, ob sie dünn oder dick gewesen war, hübsch oder hausbacken. Im Tod sah sie aus wie etwas, das man gefriergetrocknet hatte, bis alle Flüssigkeit verdampft und Gewebe und Haut wie Leder um die Knochen festgeschrumpft war – genau das war wahrscheinlich passiert. Die Bezeichnung gräßlich reichte nicht aus für den Anblick, den sie bot.
Sie war im Winter gestorben, was sie davor bewahrt hatte, von Insekten und Fäulnis zerfressen zu werden. Als dann das warme Wetter einsetzte, war sie bereits teilweise mumifiziert. Dieses Timing hatte auch verhindert, daß die Nachbarn ihr Schicksal durch den Geruch erfuhren. Hätte Albert Fletcher die Leiche seiner Frau im Monat Juli in den Chevy Caprice gesperrt, hätte er das Geheimnis keine drei Tage lang, ganz zu schweigen von drei Jahren, bewahren können. Aber Doris Fletcher war zumindest im Tod sehr zuvorkommend gewesen, wenn auch nicht im Leben.
»Wie, glaubst du, hat er sie hierhergeschafft?« überlegte Lonnie laut, während er neben dem Wagen auf- und ablief. Noogie stand mit dem Rücken an der Garagenwand, den Mund offen wie in Trance; einzig sein winterweißer Atem zeigte an, daß er den Schock überlebt hatte.
»Wenn er so ein religiöser Fanatiker ist, warum hat er ihr dann kein christliches Begräbnis zukommen lassen?« fragte Pat Stevens.
»Offensichtlich fand er, sie hätte keins verdient«, brummte Mitch.
Er las den Zettel, der mit einer Nadel an Doris Fletchers Kleid befestigt war.

Sündige Tochter Evas. Du kannst dessen versichert sein, daß deine Sünde dich einholen wird.

9 Uhr 41, –28 Grad, Windabkühlungsfaktor: –39 Grad

Die Pressegeier kreisten über der Stadt, die Ohren auf die Polizeiscanner eingestellt. Sie fingen die Meldungen ab und schafften es noch vor dem Gerichtsmediziner zu Albert Fletchers Haus. Sie drängelten sich in der Einfahrt, bewegten sich wie ein Schwarm Fische – trieben vereint nach vorn, teilten sich, wenn ihre Reihen von Cops durchbrochen wurden, reihten sich schnell in ihre Heerschar wieder ein.

Mitch verfluchte sie insgeheim, während er versuchte, seine Männer und die BCA-Forensiker zwischen der Garage und dem Haus hin- und herzudirigieren. Die Fotografen und Videokameraleute waren die schlimmsten, sie versuchten sich unter das offizielle Personal zu mischen, unheimliche Aufnahmen von der Leiche und der Kapelle schießen zu können.

Der Tatort schaffte ohnehin schon genug Probleme, auch ohne die Gaffer. Eine drei Jahre alte mumifizierte Leiche warf eine ganze Reihe logistischer Probleme auf. Die Leute vom BCA argumentierten untereinander, wie sie die Sache handhaben sollten. Und Megan glänzte bei all dem durch Abwesenheit.

Mitch konnte es nicht fassen, daß sie nicht mit fliegenden Fahnen angaloppiert war, als die Meldung erfolgte. Sie hätte hiersein müssen, mitten im dicksten Gewühle, währen die Forensiker Fletchers Haus Brett für Brett auseinandernahmen, Notizen machten, sich ein geistiges Bild schufen und die Informationen durch ihren Copverstand drehten, um neue Theorien zu formulieren.

Er wandte sich von den diskutierenden Agents ab und ging zur Seitentür der Garage. Hier wäre er fast gegen einen Reporter mit dem Gesicht eines Welpen und einem dämlichen Grinsen geprallt.

»Sie werden draußen warten müssen«, fauchte Mitch. »Es sind nur Mitglieder der Justiz zugelassen.«

»Chief Holt!« Das Grinsen wurde noch breiter, und er reichte Mitch seine behandschuhte Hand. »Ich versuch schon, Sie seit neun Uhr zu erreichen. Ihre Sekretärin ist ein richtig guter Zerberus.«

»Natalie ist meine Verwaltungsassistentin«, erklärte Mitch frostig und ignorierte die dargebotene Hand. »Sie leitet mein Büro, und wenn sie hört, daß Sie sie einen Wachhund genannt haben, wird Sie Ihnen den Kopf abreißen und in das Loch hineinbrüllen. Wollen Sie mich jetzt bitte entschuldigen, ich habe zu arbeiten.«

Der Hundeboy wußte scheinbar nicht, ob er es witzig finden oder sich schämen sollte. Mitch fixierte ihn mit grimmiger Miene und drängte ihn rückwärts in die Einfahrt hinaus. Was immer sonst dieser Typ sein mochte, hartnäckig war er auf jeden Fall. Er rannte neben Mitch her, als er auf das Haus zumarschierte.

»Sie werden bis zur Pressekonferenz warten müssen, wie alle anderen auch«, Mitch war mehr als ungehalten.

»Aber Chief, Sie verstehen scheinbar nicht. Ich gehöre nicht zur Presse, sondern bin vom BCA.« Er kramte einen Ausweis aus seiner Jackentasche und hielt ihn hoch. »Agent Marty Wilhelm, BCA.«

Mitch blieb stehen, ein ungutes Gefühl kroch ihm über den Nacken. »Ich hab Sie bei diesem Fall bis jetzt noch nicht gesehen.«

Der Hundeboy erwiderte das mit einem schiefen Grinsen, das angesichts der Umstände mehr als unangebracht war. »Ich bin gerade erst zugeteilt worden.«

Mitch bemühte sich, keine Miene zu verziehen. *Agent?* Megan hatte ihm erzählt, daß DePalma überlegte, ob er einen weiteren Fieldagent zu ihrer Unterstützung schicken sollte. Sie sagte, das sei als Zeichen ihres bevorstehenden Untergangs zu bewerten.

»Also, *Agent* Wilhelm«, preßte er zwischen zusammengebissenen Zähnen heraus. »Wo ist Agent O'Malley? Sie sollten hinter ihr hertappen, nicht hinter mir.«

Marty Wilhelm steckte seinen Ausweis zurück in die Jackentasche: »Keine Ahnung! Sie ist von diesem Auftrag abgezogen worden.«

14 Uhr 20, –26 Grad, Windabkühlungsfaktor: –36 Grad

Du wirst aus dem Job getreten, wirst wegen Verleumdung angezeigt, von einer Migräne in den Kopf geschossen. Du hast gerade deinen Tag der Tage hier übertroffen, O'Malley. Und die Nacht ist noch jung. Megan nahm an, daß es erst nachmittags war, aber die Zeit hatte jede Bedeutung für sie verloren. Die Rollos im Wohnzimmer waren heruntergelassen, machten den Raum dunkel. Aber noch nicht finster genug. Der Tod könnte nicht schwarz genug sein, um den Schmerz in ihren Augen zu lindern oder lähmend genug, um die Geräusche in

ihrem Gehirn zu beenden. Der Kühlschrank schaltete sich mit Rumpeln und Jaulen ein. Wimmernd igelte sie sich noch enger ein.
Sie hatte nach wie vor ihre Jacke an, die Stiefel waren ihr flöten gegangen – einer neben der Tür und einer irgendwo auf dem Weg zwischen den immer noch unausgepackten Kisten. Der verflixte graue Schal trachtete danach, sie zu erwürgen, als sie die Stellung wechselte. Mit zitternder Hand zerrte sie daran, riß ihn herunter und schleuderte ihn zu Boden. Ihre Haare waren noch hochgebunden, jede einzelne Strähne konnte sie spüren, so als würde eine unsichtbare Hand an ihrem Pferdeschwanz ziehen. Und sie schaffte es nicht, mit geübtem Griff das Gummiband zu entfernen.
Der Schmerz war gnadenlos, ein ständig kreischender Bohrer, der sich in ihren Kopf fräste, eine Axt, die ihren Schädel spaltete. Herr im Himmel, sie wünschte sich, jemand *würde* ihren Schädel mit einer Axt spalten ...
Eigentlich sollte sie sich ein Migränemittel injizieren, aber sie vermochte sich nicht zu rühren. Und schaffte sie es auch sich aufzurichten, wüßte sie wahrscheinlich nicht einmal, wo das Badezimmer war. Sie hatte beim Heimkommen einen der wenigen leeren Umzugskartons zum Kotzen herangeschubst. In einem Sturm war jeder Hafen recht.
Gannon und Friday hatten Posten drüben auf den Lautsprecherboxen bezogen und beobachteten sie scharf. Sie waren alte Hasen in diesem Spiel, kamen ihr nie zu nahe und verhielten sich mucksmäuschenstill. Von der anderen Seite des Zimmers aus stimmten sie sich auf ihr Leid ein und warteten ab. Fridays weiße Schwanzspitze hing seitlich an der Box herunter, die letzten drei Zentimeter pendelten langsam hin und her.
Megan starrte sie eine Weile an, dann schloß sie die Augen und sah das Pendel weiterschwingen. Der Rhythmus machte sie schwindlig, ihr wurde übel, aber sie brachte ihn nicht aus ihrem Bewußtsein raus. Rechts links, rechts links. Dann wurden es Worte: *Paige Price, Paige Price, rechts links, rechts links, Paige Price, Paige Price.*
DePalmas Stimme mischte sich ein, knisternd vor Wut. »Wie konnten Sie so töricht sein? Wie konnten Sie so etwas vor zwanzig gottverdammten Fernsehkameras ausposaunen?«
Paige Price, Paige Price, Paige Price ...
»... Fünf-Millionen-Dollar-Verleumdungsklage ...«
Paige Price, Paige Price ...

»… gegen Sie und das Bureau …«
Paige Price, Paige Price …
»… Es ist mir egal und wenn sie die Hure von Babylon ist …«, *Paige Price.*
»… Sie sind aus dem Fall raus …!«
Aus dem Fall raus …
O Gott, sie konnte es einfach nicht glauben. Konnte es nicht ertragen. Aus dem Fall raus. Die Worte brachen wie eine Woge von Scham über ihr zusammen – wesentlich schlimmer war die Faust der Panik, die ihr Herz zerquetschte. Sie konnte nicht aus dem Fall raus sein, wollte doch nichts als Josh finden. Das Monster finden, das ihn entführt und sie alle gequält hatte. Sie mußte da sein, um ihm die Handschellen anzulegen, ihm in die Augen zu schauen und zu sagen: »Ich hab dich, du Dreckschwein.« Das erforderte ihr Berufsethos und Josh und Hannah! Aber der Fall war ihr entglitten, und diese Wahrheit erschütterte sie bis ins Mark.
Nun explodierte in ihrem Gehirn eine gleißende weiße Glühbirne, sie drückte ihr Gesicht in die Couchkissen und weinte.
Eine weitere Woge von Schmerz löschte jegliches Brüten aus. Megan gab sich ihm hilflos hin, da sie keine andere Wahl hatte. Irgendwo in der Ferne hörte sie das Knattern von Hubschrauberrotoren, das Geräusch schlug wie Vogelschwingen gegen ihr Trommelfell. Die Suche ging ohne sie weiter, für sie war der Fall beendet.
Das Telefon klingelte, und der Anrufbeantworter schaltete sich ein. Henry Forster wollte mir ihr über Paige reden. *Wenn die Hölle zufriert.* Was vielleicht unmittelbar bevorsteht, dachte sie schaudernd und zog ihre Jacke fester um sich.
Das Telefon ertönte wieder, sie krümmte sich, und wieder nahm der Anrufbeantworter das Gespräch entgegen. »Megan? Mitch hier. Soeben hörte ich, daß sie dich abgezogen haben. Ich dachte mir, du bist vielleicht zu Hause, aber das scheint wohl ein Irrtum. Ich versuch dich über Funk zu erreichen. Wenn du diese Nachricht zuerst kriegst, ruf mich an. Wir sind bei Fletcher fündig geworden.« Kurzes Schweigen. »Tut mir leid. Ich weiß, wieviel dir dein Job bedeutet.«
Die Kondolenz klang unbeholfen und ehrlich, so als hätte er keine Übung, aber dafür zählte sie um so mehr. Es tat ihm leid. Er sprach ihr sein Beileid aus, von einem Cop zum anderen. *Scheißpech, du bist aus dem Fall raus. War nett, dich kennenzulernen, O'Malley.* Sie würde eine Erinnerung werden, jemand, der sich eine Woche lang in sein

Leben gedrängt, ein paar Nächte sein Bett mit ihm geteilt hatte und dann weitergezogen war.
Es wäre übertrieben zu erwarten, daß er sich nicht nur körperlich von ihr angezogen fühlte, sondern etwas Tieferes für sie empfand. Sie wußte nichts über Liebe oder Beziehungen oder über das Frausein – wie Mitch ihr überdeutlich an den Kopf geworfen hatte. Er war verliebt genug gewesen, zu heiraten und eine Familie zu gründen, verliebt genug, um immer noch den Verlust dieser Frau zu betrauern. Sie hatte nie etwas gewagt, was dem auch nur im entferntesten gleichkam, für sie existierte nur der Job, und der ging soeben brennend unter.
Wie hatte sie nur so dämlich sein können?
Das Telefon schien ununterbrochen zu läuten. Die Presse hatte Wind von dem Debakel bekommen. Paige, das Miststück, hatte die Neuigkeit wahrscheinlich persönlich live von den Stufen des City Center verbreitet.
Megan fragte sich, was sie wohl bei Albert Fletcher gefunden hatten. Bei wem? Sie konnte sich nicht erinnern. Der Versuch schmerzte. Ein Dutzend verschiedener Gesprächsfetzen wirbelten durch ihren Kopf, alle Stimmen redeten gleichzeitig, ein scheppernder Chor, der ihre Ohren klingeln und ihren Kopf schwirren ließ.
Bitte aufhören. Bitte aufhören.
Das Telefon schrillte erneut.
Bitte aufhören.
Tränen liefen ihr übers Gesicht. Sie wünschte sich in Ohnmacht zu fallen, als sie von der Couch rutschte und auf allen vieren loskroch, um den Telefonstecker rauszuziehen. Sie schaffte es rechtzeitig zurück zu ihrer Kotzbox, um sich zu übergeben, brachte es jedoch nicht mehr fertig, sich auf die Couch hochzuhieven. Aber jetzt war ohnehin alles egal. Sie rollte sich auf dem Boden zusammen und lag da, kapitulierte vor dem Schmerz.

16 Uhr 27, –29 Grad, Windabkühlungsfaktor: –39 Grad

Keiner hatte Fletcher gesehen. Er war verschwunden, genau wie Josh und wie Megan.
Sie ging nicht ans Telefon, antwortete nicht über ihren Autofunk. Offenbar war sie aus dem Revier spaziert und vom Erdboden verschluckt worden.

Mitch fuhr durch die Straßen der Stadt und suchte nach einer Spur von Albert Fletcher, dirigierte die Suche nach dem Flüchtling über den Funk seines Explorer. Das Radio krächzte. Standorte von Streifenwagen. Klagen über die Kälte. Frust über eine weitere Sackgasse. Ein Hubschrauber flog langsam über die Dächer von Deer Lake und hielt Ausschau nach dem durchgedrehten Diakon.

Sündige Tochter Evas. Du kannst dessen versichert sein, daß deine Sünde dich einholen wird.

Megan hatte Fletcher in St. Elysius aufgesucht. Er war nicht gerade hingerissen gewesen von ihr. Wenn Fletcher wußte, wo Megan wohnte ... Sie hätte keinerlei Bedenken gehabt, es mit ihm aufzunehmen.

Er entdeckte ihren weißen Lumina, der schief am Randstein vor ihrem Haus geparkt war. Die Fahrertür stand offen. Die Vorstellung, daß man sie aus dem Wagen gezerrt hatte, ließ ihn den Weg zu dem großen viktorianischen Bauwerk hochdüsen. Er hastete die Treppe zum zweiten Stock hinauf. Kein Laut drang aus ihrer Wohnung.

»Megan?« rief er und hämmerte gegen die schwere alte Tür. »Megan, ich bin's, Mitch! Laß mich rein!«

Nichts.

Wenn ihr Auto da ist und sie nicht, wo, zum Teufel, ist sie dann?

»Megan?« Er klopfte wieder, drehte am Knauf, aber es war abgesperrt.

»Scheiße«, murmelte er und ging ein paar Schritte zurück. »Du bist zu alt für so was, Holt.«

Tief einatmend nahm er Anlauf. Gott sei Dank hatte sie den Riegel nicht vorgeschoben. Die Tür gab beim dritten Tritt nach und flog nach innen.

»Megan?« rief Mitch und versuchte, etwas in der dunklen Wohnung zu erkennen.

Die Rolläden waren zu. Das bißchen Sonne vom Morgen hatte sich hinter einem dicken Leichentuch von Grau zurückgezogen, so daß die Wohnung in fast nächtliches Zwielicht getaucht war. Es herrschte Kälte, als wäre die Heizung schon eine Weile ausgeschaltet. Mit pochendem Herzen holte Mitch seine Smith & Wesson aus seinem Parka und richtete sie gegen die Decke, dann bewegte er sich wie ein Schatten durch den Irrgarten von Kisten, auf den Zehenspitzen, bereit loszuhechten.

Sein Zeh stieß gegen einen weggeworfenen Stiefel. »Megan?«

Megan hielt es für eine Halluzination. Das Hämmern, die Stimme. Sie schwebte zwischen Bewußtlosigkeit und Wachsein, driftete aus der Realität und wieder zurück. Sie war sich nicht sicher, ob das Hämmern nicht aus ihrem Kopf kam, der Schmerz hatte inzwischen eine Dimension außerhalb körperlicher Empfindung erreicht. Er wurde Geräusch und Licht, eine Daseinsform, die mit nichts vergleichbar war.

»Megan?«

Aber dies Qual hatte noch nie ihren Namen gerufen. Dessen war sie sich sicher. Das Wort fetzte durch ihr Gehirn, sie wimmerte und versuchte sich die Ohren zuzuhalten.

»Megan? O mein Gott!«

Mitch wich einem Stapel Kisten aus und fiel neben ihr auf die Knie. Seine Hand zitterte heftig, als er sie nach ihr ausstreckte.

»Schätzchen, was ist passiert? Wer hat dir weh getan? War es Fletcher?«

Megan rollte sich noch mehr zusammen. Aber er packte sie an der Schulter und legte sie auf den Rücken. Die Lampe am Ende der Couch ging an, und sie schrie auf.

»Was ist denn?« Mitch beugte sich über sie und zog ihre Hände weg, die sie sich vor die Augen halten wollte. »Wo bist du verletzt, Schätzchen?«

»Migräne«, krächzte sie und kniff die Augen fest zu. »Mach das Scheißlicht aus und verschwinde.«

Das Licht ging aus, und sie konnte wieder atmen. Zitternd vor Schwäche drehte sie sich erneut auf die Seite und zog ihre Knie an die Brust.

Mitch hatte noch nie erlebt, daß jemand ohne eine Schuß- oder Stichwunde solche Schmerzen litt. Er hätte sich nie träumen lassen, daß Kopfschmerzen jemanden umhauen konnten.

»Soll ich dich ins Krankenhaus bringen?«

»Nein.«

»Was kann ich tun, Schätzchen«, er beugte sich näher.

»Hör auf, mich Schätzchen zu nennen und hau ab.« Ihr Stolz wollte nicht, daß er sie so sah – elend, verletzlich.

»Einen Scheiß werd ich tun«, knurrte Mitch.

Er raffte sie in seine Arme und stand auf. Megan preßte sich an seine Brust, klammerte sich an eine Handvoll Parka und verkniff es, nicht zu kotzen, als er sie aus dem Wohnzimmer über den Flur trug.

Behutsam setzte er sie auf ihrem Bett ab, und sie blieb sitzen, zitternd, zusammengekrümmt. Er zog ihr die Jacke aus, ihre Wolljacke und ihr Schulterhalfter, den Rollkragenpullover und den BH. Dann zog er ihr ein geräumiges Flanellhemd an, das über einem Stuhl hing. Sie legte sich hin, er zog ihr ihre Hose aus und ihre Reservepistole, die sie an einem handgemachten Halfter um die rechte Wade trug.

»Hast du Medikamente, die du nehmen kannst?« fragte er.

»Im Medizinschrank«, flüsterte sie und versuchte sich im Kissen zu vergraben. »Imitrex. Schrei nicht so.«

Er ging und kam mit einer Fertigspritze zurück, dann versuchte er sie zum Krankenhaus zu überreden, als sie ihm Anweisung für die Injektion gab.

»Megan, ich kann dir keine Spritze geben; ich bin ein Cop und kein Arzt.«

»Du bist ein Feigling. Halt die Klappe und mach's.«

»Was, wenn ich danebentreffe?«

»Die ist subkutan, da kannst du nichts falsch machen. »Ich würde es ja selber erledigen, aber meine Hände sind zu wackelig.«

Mit grimmiger Miene setzte er die Patrone an ihren nackten Arm, drückte den Auslöser und zählte bis zehn. Megan beobachtete ihn mit halbgeschlossenen Augen. Er warf die leere Patrone in den Papierkorb und sah hinunter zu ihr.

»Du bist schon wieder nett zu mir«, murmelte sie.

»Na ja, gewöhn dich bloß nicht dran.« Der Hieb saß nicht so richtig, und das einzige, was seine Berührung vermittelte, als er ihr das Haar aus dem Gesicht strich, war Zärtlichkeit.

»Keine Sorge. Ich weiß Bescheid«, flüsterte sie.

Mitch wußte nicht, ob sie damit ihren Job oder ihre Beziehung meinte. Er war unsicher, ob ihre Verbindung als Beziehung bezeichnet werden könnte, aber im Augenblick konnte er sich darüber nicht den Kopf zerbrechen.

»Du hast mich zu Tode erschreckt«, sagte er leise. »Ich dachte schon, unser Irrer vom Dienst heute hat dich so zugerichtet.«

»Wer?« fragte Megan. Gedanken purzelten wieder in wildem Durcheinander durch ihr Bewußtsein.

»Fletcher ist ausgeflippt und hat Pater Tom einen Kerzenleuchter über den Schädel gezogen. Aber du weißt ja wohl, was das für ein Gefühl ist.«

»Lächerlich«, murmelte sie. »Habt ihr ihn erwischt?«

»Das werden wir.« Mitch beschloß, sich den Rest der Fletcher-Story für später aufzuheben. Sie war nicht in dem Zustand etwas über den Fall zu verkraften, schon gar nicht, nachdem man sie davon abgezogen hatte. »Mach dir keine Sorgen deshalb, O'Malley. Da kriegst du nur Ärger im Oberstübchen.«

Megan dachte, sie würde ein klein wenig lächeln, war sich aber nicht sicher. In ihrem Gehirn passierte ein Kurzschluß nach dem andern, und Schmerz blitzte wie Gewehrsalven hinter ihren Augen.

»Du mußt dich ausruhen«, sagte Mitch. »Kann ich noch irgend etwas für dich tun?«

Seltsam, daß sie plötzlich Schüchternheit überfiel. Was sie wollte, war nicht im geringsten intim. Nur ein kleiner Dienst. Aber sie fühlte sich so angreifbar ...

»Machst du mir die Haare auf?« Sie wandte sich ab, damit er an ihren Pferdeschwanz konnte, gleichzeitig wich sie damit seinem Blick aus.

Komisch, daß sich das so persönlich anfühlte, dachte Mitch, als er die schlaffe Samtschleife aus ihrem dunklen Haar zog und das Gummiband löste. Er hatte das zahllose Male bei Jessie gehandhabt. Vielleicht war es das – daß sie hilflos wie ein Kind wirkte. Daß er die Rolle des Beschützers erfüllte. Wie mußte sie das hassen! Sie war so enorm unabhängig, so stolz, und jetzt hatte der Schmerz sie so untergebuttert, daß sie bei etwas so Harmlosem wie Haareaufmachen um Hilfe bitten mußte. Die Ironie des Schicksals – daß ihre Verletzlichkeit eine Stärke in ihm auslöste, die ihn letztendlich auch bloßlegte.

Seine Finger strichen durch die mahagonifarbenen Seidensträhnen, breiteten sie auf dem geblümten Kissen aus. Mit behutsamer Berührung wie Flüstern massierte er ihren Hinterkopf und ihre verspannten Nackenmuskeln. Tränen sickerten durch ihre Wimpern, und sie weinte leise, ließ ihn aber gewähren.

»Weißt du, bei Leo hab ich das nie gemacht«, sagte er leise, bückte sich und gab ihr einen Kuß auf die Wange. »Versuch ein bißchen zu schlafen, Liebes – darf ich dich Liebes nennen?«

»Nein.«

»Okay, harte Braut. Ich bin nebenan, wenn du mich brauchst.«

Wenn du mich brauchst ... Megan sagte nichts, als er ihr die Decke über die Schultern hochzog, sich aufrichtete und zum Gehen wandte. Um sie allein zu lassen. Sie und ihren Schmerz allein in einem Raum, der nie ihr Zuhause werden würde, weil sie ihre Chance verspielt hatte. Alles schien bereits kälter, leerer, als wüßte der Ort, daß sie gehen mußte.

...wenn du mich brauchst ...

»Mitch?« Sie haßte die Schwäche in ihrer Stimme, die Echos aus einer langen, einsamen Vergangenheit, aber Gott steh ihr bei, heute nacht wollte sie nicht mit diesen Gespenstern allein sein.

Er ging neben dem Bett in die Hocke und musterte sie im dämmrigen Licht. Sie schloß die Augen vor ihren Tränen, beschämt, weil er sie sah. »Halte mich. Bitte.«

Mitch schnürte es die Kehle zu. Er berührte ihre Nase mit einer Fingerspitze und sagte mit belegter Stimme: »Mensch, O'Malley, ich dachte schon, das erlaubst du mir nie.«

Er zog seine Stiefel aus und machte es sich hinter ihr bequem, das alte Bett ächzte und stöhnte unter ihrem gemeinsamen Gewicht. Dann vergrub er sich neben ihr, nahm ihre Hand in die seine und küßte ihre Haare so zart, daß sie es vielleicht gar nicht spürte – schließlich wurde sie vom Schlaf übermannt.

Kapitel 33

TAG 10
19 Uhr 24, –34 Grad, Windabkühlungsfaktor: –41 Grad

»Hannah, die Angst ausgenommen, was empfinden sie bei dieser Tortur?«
Hannah holte tief Luft, überlegte sorgfältig, genau wie bei jeder der vorhergehenden Fragen. Sie zwang sich, die Präsenz der Kameras und Lichter zu verdrängen und sich ganz auf das besorgte Gesicht der Frau, die ihr gegenüber saß, zu konzentrieren. So sah sie Katie Couric – als Frau, als Mutter, nicht als Berühmtheit oder Reporterin.
»Verwirrung, Frust«, sagte sie. »Ich begreife nicht, wieso ausgerechnet uns so etwas passiert. Es ist nicht einmal ansatzweise zu verstehen, der reinste Horror.«
»Haben Sie das Gefühl, daß es sich hierbei um eine Art persönlichen Angriff oder einen Rachefeldzug handelt?«
Hannah senkte den Blick auf die Hände in ihrem Schoß und das Taschentuch, das sie zu einem Knoten geknüllt hatte. »Ich mag nicht einmal denken, daß jemand, den wir kennen, zu dieser Art Grausamkcit fähig ist.«
Couric beugte sich in ihrem kleinen, rosa Damaststuhl leicht nach vorne. Die NBC-Nachrichtencrew hatte den größten Teil des obersten Stockwerks vom Fontaine in Beschlag genommen. Das Fontaine war ein elegant restauriertes viktorianisches Hotel in der Innenstadt von Deer Lake, mit Antiquitäten und Reproduktionen eingerichtet. Die Crew hatte die Rose Suite für das Interview gewählt, teils wegen ihrer Schönheit, teils wegen der Größe.
»Hannah, Sie waren heute morgen an einem Vorfall in der katholischen Kirsche von St. Elysius beteiligt«, fuhr Katie Couric vorsichtig fort. »Pater Tom wurde von Albert Fletcher angegriffen, der Mann, der

Josh im Katechismus unterrichtete und ihn als Ministranten beaufsichtigte. Später an diesem Morgen traf die Polizei auf eine bizarre Entdeckung in Mr. Fletchers Haus – sie fanden die Überreste einer Leiche, wahrscheinlich die seiner Frau, die vor einigen Jahren starb. Die Behörden haben eine Großfahndung nach Albert Fletcher eingeleitet. Glauben Sie, er könnte an Joshs Entführung beteiligt gewesen sein?«

»Ich war so entsetzt, als es passierte – der Überfall«, erwiderte Hannah, »daß ich immer noch unter Schock stehe. Niemals hätten wir bei ihm Gewalttätigkeit vermutet, so daß wir ihm unseren Sohn nicht anvertrauen könnten. Das ist ein Teil meiner Erschütterung. Ich habe diese Stadt immer als sicher betrachtet, hab die Menschen in unserem Leben als gute Menschen empfunden. Jetzt liegen überall Scherben – ich bin verzweifelt, weil ich das Gefühl habe, allzu naiv gewesen zu sein.«

»Macht es Sie besonders wütend, daß ausgerechnet Sie betroffen sind, wo Sie doch als Ärztin soviel für die Menschen von Deer Lake getan haben?«

Ruhig durchatmen, genau überlegen. Sie war dazu erzogen, den Menschen zu dienen, Hingabe zu praktizieren, ohne persönliche Bereicherung zu erwarten. Ihre Antwort verursachte ihr im selben Augenblick Schuldgefühle, aber es war eine ehrliche Antwort und sie flüsterte mit zusammengebissenen Zähnen: »Ja.«

Paul sah sich das Interview im tragbaren Fernseher in seinem Büro an und kochte vor Eifersucht, die er sich aber nie eingestehen würde. Regionalsender waren für Hannah nicht gut genug. Sie mußte gleich im nationalen Fernsehen auftreten. Wahrscheinlich brach sie gerade im ganzen Land die Herzen mit ihren tränenüberströmten blauen Augen und der leisen Stimme. Die Kamera liebte sie. Sie sah aus wie ein Star mit ihren lose gesteckten, lockigen goldenen Haaren. Daryl Hannah als Hannah Garrison, die gebrochene Mutter.

Er goß sich einen Scotch aus der Flasche ein, die er sich aus dem Büro seines Partners geholt hatte, nippte daran und verzog das Gesicht. Man sagte, daß man sich den Geschmack für Scotch angewöhnen müßte. Paul beschloß, sich den so schnell wie möglich anzugewöhnen. Die Bürde seines Lebens in dieser Zeit war einfach zu schwer und Hannah auf keinen Fall eine Hilfe. Bei allem, was recht war, sie hatte ihn praktisch der Entführung Joshs verdächtigt! Nach allem, wie aufopferungsvoll er sich bei der Suche beteiligt hatte. Soviel zu Glaube und zu Vertrauen, soviel zu unsterblicher Liebe.

Unsterbliche Liebe!
Er hatte Karen angerufen, sie sollte kommen und ihn trösten, aber sie hatte nein gesagt. Paul mußte annehmen, Garrett wäre in Hörweite gewesen, aber die Ablehnung tat immer noch weh. Er gönnte sich einen weiteren Schluck Scotch mit einer Grimasse und richtete böse den Blick auf den Fernseher.
Katie Couric schaffte es gleichzeitig ernst und animiert auszusehen. Sie legte den Kopf zur Seite und kniff die Augen zusammen. »Verschiedene Menschen reagieren verschieden auf diese Art von Traum. Einige entdecken Kräfte, von denen sie nichts geahnt haben. Einige stellen fest, daß durch den Verlust von etwas Lebenswichtigem in ihrem Dasein die Beziehungen zu den Leuten ihrer Umgebung intensiver werden. Andere finden es schwierig und unerträglich, diese Beziehungen aufrecht zu erhalten. Wie hat Ihrer Meinung nach Joshs Entführung Ihre privaten Beziehungen tangiert, Hannah? Welche Auswirkung hat sie auf Ihre Ehe?«
Hannah schwieg für einen Moment. Ihre Mundwinkel bogen sich nach unten. »Es ist eine furchtbare Belastung.«
»Glauben Sie, daß Ihr Mann Ihnen die Schuld an den Ereignissen jener Nacht gibt?«
Die blauen Augen füllten sich mit hellen Tränen. »Ja.«
Courics Augen glänzten ebenfalls. Ihre Stimme wurde sanfter. »Sie geben sich selbst auch die Schuld, nicht wahr?«
»Ja.« Die Kamera zeigte Hannah in Großaufnahme, während sie um ihre Fassung kämpfte. »Ich hab einen Fehler gemacht, der so gering schien ...«
»Aber haben Sie überhaupt einen Fehler gemacht, Hannah? Sie haben doch jemanden in der Eishalle anrufen lassen, daß Sie sich verspäten. Was hätten Sie denn anders machen sollen?«
»Ich hätte einen Plan für Notfälle haben müssen, ein Arrangement mit jemandem, den ich kenne und dem ich vertraue, der Josh abholt, wenn ich verhindert bin. Josh hätte ich besser darauf vorbereiten müssen, kein Risiko einzugehen. Ich hätte dem Jugendhockeyclub helfen können, einen offiziellen Plan aufzustellen für den Abholdienst. Nichts davon habe ich gemacht, und jetzt ist mein Sohn fort. Mir kam nie der Gedanke, daß ich solche Maßnahmen ergreifen müßte. Ich war naiv, und mir fehlte jegliche Ahnung, daß ich so teuer dafür bezahlen müßte.
Einzig aus diesem Grund gebe ich das Interview, damit die anderen

Leute daraus lernen; daß es nur eines einzigen Fehler im falschen Moment bedarf, um unser Leben aus den Halterungen zu reißen. Ich wünsche niemanden anders das durchzumachen, was jetzt wir ertragen müssen. Wenn irgendeine Äußerung von mir das verhindern kann, dann werde ich sie tun.«

»Gestern, als Ihr Mann gebeten wurde, sich seine Fingerabdrücke von der Polizei in Deer Lake abnehmen zu lassen, wie haben Sie da reagiert? Glauben Sie, daß Ihr Mann irgendwie an dieser Sache beteiligt sein könnte?«

Hannah senkte den Blick. »Ich kann mir nicht vorstellen, daß Paul irgend etwas unternähme, was unserem Sohn schadet.«

Sie sagte das sehr steif, wie eine auswendig gelernte Floskel, die sie sich hatte aneignen müssen. Das Miststück. Paul nahm noch einen Schluck Scotch und kämpfte den Drang nieder, ihn wieder hochzurülpsen.

»Hannah, Ihr Mann hat die Justizbehörden bezichtigt, den Fall falsch angegangen zu sein. Teilen Sie diese Ansicht?«

»Nein. Ich weiß, daß sie alles menschenmögliche getan haben. Einige der Fragen, die sie stellen mußten, waren schwierig, manchmal taten sie weh. Aber ich kenne Mitch Holt seit dem Tag, an dem er mit seiner Tochter hierherzog. Und ich weiß, daß alles, was in diesem Zusammenhang geschah, nur ein Ziel hatte: Josh zu finden und seinen Kidnapper vor Gericht zu stellen.«

»Danke, Hannah«, murmelte Mitch. Nachdem er Megans Migränebescherung im WC entsorgt hatte, fläzte er sich auf die Couch, gegenüber dem großen alten Fernseher mit der Hasenohrenantenne, der auf einer Kiste im Wohnzimmer stand. Neben ihm lag die schwarzweiße Katze wie ein Löwe und schaute ebenfalls fern. Die kleine graue Pussi schlief zusammengerollt in seinem Schoß.

Alle fünfzehn Minuten hatte er angerufen, den Kontakt mit seinen Männern gehalten. Es gab immer noch keine Spur von Fletcher, und mit Ausnahme der Streifenwagen wurde die Bodensuche wegen der extremen Kälte jetzt eingestellt. Falls der Diakon sich irgendwo versteckte, wo die Suchtruppen ihn ohne Durchsuchungsbefehl finden konnten, brauchten sie nicht zu fürchten, daß er sich aus dem Staub machte – bis zum Morgen wäre auch er kalt und steif wie die alte Doris. Stündliche Anrufe bei der Staatspolizei informierten Mitch über die festgefahrene Situation. Wenn es Fletcher irgendwie gelungen sein sollte, mit einem Wagen aus Deer Lake zu fliehen – auf den Highways von Minnesota hatte ihn keiner gesehen.

Mitch litt darunter, daß er nicht selbst draußen sein konnte, um nach Fletcher zu suchen. Er wußte, daß er ohnehin nicht mehr tun konnte, als bereits unternommen wurde. Aber die Untätigkeit ging seiner Cop-Natur gegen den Strich. Und nachdem jetzt die Urinstinkte wieder zum Leben erwachten, spürte er die alte Spannung in seine Sinne zurückkehren.

Megan schlief tief und fest, als er das Schlafzimmer verließ, und er hoffte, sie würde die ganze Nacht durchschlafen. Der Gedanke an die Schmerzen, die sie durchlitten hatte, erschütterte ihn immer noch … und auch, wie ihn das mitnahm! Er hatte sie pflegen wollen, trösten, sie beschützen, wollte für sie kämpfen, für ihren Job – diese Sache, die ihr soviel bedeutete, mehr als er, mehr als alles andere. Diese individuellen Komponenten addierten sich zu einem Ganzen, dem sich zu stellen er noch nicht bereit war.

An der Hand, die auf dem Rücken der grauen Katze lag, steckte der Ring. Er hörte immer noch den bitteren Schmerz in Megans Stimme – »*Mein Gott, du hast es ja nicht einmal für nötig befunden, deinen Ehering abzunehmen, als du mit mir ins Bett gestiegen bist!*« Er fühlte sich immer noch schuldig und begrüßte den Gewissensdruck auf eine perverse Art.

Gütiger Himmel, war er wirklich so tief gesunken? Emotionelles Fegefeuer. Und Megan hatte er mit hineingezogen. Was immer sie von ihrer Beziehung erwartete, das hatte sie nicht verdient.

Allison war fort. Für immer. Er hätte ihren Tod vielleicht verhindern können, aber wiederauferstehen lassen, konnte er sie nicht. Wie lange würde er noch dafür bezahlen? Wie lange *wollte* er noch dafür Sühne leisten?

Das Leben konnte sich so schnell ändern: mit einem Fingerschnippen; einem Augenzwinkern, einem Herzschlag.

… es brauchte nur einen Fehler im falschen Moment, um unser Leben auf den Halterungen zu reißen. Hannahs Worte waren ein Echo dessen, was er seit jenem Tag in Miami wußte, als er zu müde gewesen war zum Milchholen auf dem Heimweg. Eine Sekunde, eine achtlose Entscheidung, und die Welt geriet aus den Angeln!

Also war es besser, ein halbiertes Leben zu führen und nie wieder diese Art von Schmerz zu riskieren, oder noch besser: packen, was man kriegen konnte und es voll ausleben, solange das Schicksal es er-

laubte! Er wußte, was sicherer war, was weniger weh tat, ihn aber trotzdem mehr bestrafte.
Er sah sich Hannah auf dem Bildschirm an, wie sie sich um Fassung bemühte, auf ihre eigene Art Buße zu tun für den eingebildeten Fehler, der sie nun so viel kostete. Der Schmerz hatte dunkle Ringe unter ihre Augen gezeichnet und Hohlräume unter ihre feinen Backenknochen gegraben. Der Streß hatte ihre Ehe zerbrochen. Wenn sie das Rad zurückdrehen könnte, würde sie dann dem allem aus dem Weg gehen, indem sie Josh nicht in ihr Leben treten ließe? Mitch glaubte zu wissen, wie ihre Antwort hieße. Er wußte, daß *er* seine Zeit mit Allison und Kyle für nichts eintauschen würde. Nicht einmal für Frieden.
»Wie macht sie sich?«
Megan, immer noch sehr blaß, stand in der Tür und rieb sich die Augen. Ihr Haar war total zerzaust, das Flanellhemd hing ihr bis zu den Knien.
»Sie hält sich tapfer, alles in allem«, sagte er. Er setzte Gannon auf den Boden und stand auf. »Und wie steht's mir *dir*? Wie fühlst du dich?«
»Ein bißchen benebelt. Das wird schon wieder. Ist nichts Neues.«
Mitch hob ihr Gesicht hoch und musterte es eindringlich. »Für mich ist es neu. Wie oft passiert das?«
Megan wandte den Kopf ab. Nachdem das Schlimmste vorbei war, wollte sie vergessen, wie hilflos sie sich gefühlt und wie sehr sie sich nach seinem Beistand gesehnt hatte. Wenn sie mit der Migräne alleine fertig geworden wäre, hätte sie sich viel einfacher aus der Stadt und aus seinem Leben entfernen können. Jetzt waren da die klebrigen Nachwehen von Mitgefühl und Scham, mit denen sie sich rumschlagen mußte. Lose emotionale Fäden, die man nicht einfach abschneiden konnte …
»Kommt drauf an«, sie ließ sich auf die Couch fallen, den Blick auf den Fernseher gerichtet. Ein Werbegenie hatte es irgendwie geschafft, Pizza mit einer alten Dame, die Lippenstift in der Toilette eines Flugzeugs auflegte, in Verbindung zu bringen. »Jedesmal, wenn ich meinen Job verliere oder auf fünf Millionen Dollar Schadenersatz verklagt werde.«
Sein Gesichtsausdruck ließ sie innerlich zusammenzucken. Er hockte sich neben der Lehne der Couch nieder, mit diesem Blick, der schon einmal zu tief in ihr Inneres gezielt hatte. Sie weigerte sich, ihn zu erwidern. Die Gefühle waren zu dicht unter der Oberfläche und sie zu müde, um sie zu kaschieren.

»Megan, ich wünschte …«
»Spar dir die Mühe, es bringt nichts.«
Er beugte sich zu ihr. »Warum läßt du mich nicht helfen, oder zumindest teilnehmen?«
»Weil du nichts reparieren kannst«, sagte sie erschöpft. »Weil du nichts gegen DePalmas Meinung ausrichtest. Du kannst die Tatsche nicht aus der Welt schaffen, daß Paige Price eine berechnende Schlampe ist oder daß ich es im Fernsehen gesagt habe. Du kannst es nicht ungeschehen machen, und ich will kein Mitleid.«
Mitch wurde langsam wütend. »Nein, das kann ich mir denken. Du brauchst kein Mitleid. Du brauchst niemanden – richtig?«
Megan starrte hartnäckig an ihm vorbei in den Fernseher. Er wollte sie aufrütteln, wollte sie dazu bringen, daß sie ihn brauchte und das auch sagte. Sie hatte ihn gebeten, sie festzuhalten, als sie solche Schmerzen hatte, daß sie nicht mehr geradeaus schauen konnte, aber jene Megan und diese waren zwei verschiedene Leute – ein Paar ineinander steckende Puppen, bei dem sich eine in der anderen versteckte und nur selten eine deutlich zum Vorschein kam.
Am liebsten hätte er sich selbst einen Tritt verpaßt, weil es ihm etwas ausmachte. Hatte er sich denn nicht erfolgreich eingeredet, daß er sein Leben so mochte, wie es war – einfach, kontrollierbar, sicher … unverbindlich?
Im Fernsehen würde gleich Hannahs Interview fortgesetzt werden. Mitch ließ sich einen halben Meter von Megans Rechter auf die Couch fallen und zwang Friday, ihren Platz zu räumen. Die Katze warf ihm einen vernichtenden Blick zu, stakste davon und sprang auf eine Kiste mit der Aufschrift ZEUG DAS ICH NICHT BENUTZE.
Katie Couric beugte sich in ihrem Stuhl vor, ihre Augen glänzten vor Mitgefühl. »Hannah«, sagte sie sehr leise, »glauben Sie, daß Josh noch am Leben ist?«
Die Kamera zoomte auf Hannahs Gesicht. »Ich weiß, daß er lebt.«
»Woher wissen Sie das?«
Sie nahm sich Zeit für die Antwort, überlegte nicht nur die Frage, sondern auch, was ihre Antwort alles mit einbeziehen würde. Dann ergänzte sie mit klarer, sicherer Stimme: »… weil er mein Sohn ist.«
»So sicher war sie sich vor ein paar Tagen noch nicht«, bemerkte Megan und nagte an ihrer Nagelhaut. »Sie hat mich zweimal gefragt, ob ich meine, daß Josh noch lebt. Hat gefragt, als ob sie meine Beschwichtigung brauche. Wie kommt das jetzt?«

»Ein Bewältigungsmechanismus«, murmelte Mitch. »Sie glaubt das, was sie glauben muß.«
Megan hatte das Gefühl, da steckt mehr dahinter, aber sie konnte nicht sagen was. Ihre Meinung spielte ja ohnehin keine Rolle mehr. Marty, der Hundeboy, war jetzt am Drücker. Er würde nicht einmal auf sie hören, wenn sie behauptete, die Welt wäre rund. Und für den Fall hatte es keinerlei Bedeutung. Hannah konnte glauben, was sie wollte. So oder so würde es sie nicht auf Joshs und seines Entführers Spur bringen.
»Wenn Sie wüßten, daß Josh jetzt zuhört, was würden Sie ihm sagen?« fragte Kate Couric Hannah.
Die Kamera zeigte Hannahs Gesicht in Großaufnahme, keine Nuance im Ausdruck sollte jemandem entgehen. Amerika sah alles – den Zorn, die Verwirrung, den Schmerz. Kornblumenblaue Augen, die vor Tränen schimmerten. Zitternder Mund. »Ich liebe dich. Ich möchte, daß du das weißt, Josh, und es auch glaubst. Ich liebe dich so sehr ...«
Über die Nahaufnahme von Hannah wurde Joshs Foto eingeblendet. Das Schulbild. Josh in seiner Pfadfinderuniform. Das zahnlückige Grinsen. Die strahlenden Augen und das zerzauste Haar. Das Foto verschwand, und plötzlich wurde Josh auf der Leinwand lebendig, dank einem Videoband. Er spielte einen Hirten bei einem Weihnachtsspiel, posierte mit Lily vor dem Weihnachtsbaum. Linda Ronstadts süße Sopranstimme ertönte, während die Bilder wechselten. »Somewhere Out There«, die Worte ergreifend vor Sehnsucht, getragen von Hoffnung.
Megan biß sich auf die Lippe. Verdammt, verdammt, verdammt. Sie hätte das Interview überstehen können – schließlich hatte auch sie Hannah interviewt –, aber das Lied hätte genausogut Josh selbst sein können, ein Ruf aus dem Zwielicht, in das er vor zehn Tagen verschwunden war. Das Video verwandelte ihn in einen lebendigen Jungen, voller Energie und Launen und Zärtlichkeit für seine kleine Schwester. Sein unschuldiges Gesicht, gekoppelt mit dem kindlichen Vertrauen im Text dieses Liedes, entrissen den Fall dem Reich der Arbeit und machten ihn zu ihrer eigenen Sache.
Der Fall, von dem man sie dispensiert hatte.
Laß es nie, niemals persönlich werden, O'Malley.
Zu spät. Denn diese harte Wahrheit vermochte die Emotionen nicht mehr zum Schweigen zu bringen. Pandoras Büchse war aufgebrochen, sie konnte nur wild dagegen ankämpfen, daß nicht alle Gefühle

als Sturzbach aus ihr herausbrachen. Sie blinzelte heftig und klammerte sich an einen Hemdzipfel, der ihre Schenkel bedeckte. Wenn sie fest genug drückte, würde sie es vielleicht schaffen, nicht zu weinen. Dann legte sich Mitchs Hand auf die ihre, umfing sie, sandte stumme Botschaft von Verständnis und Empathie.

Verflucht sollt du sein, O'Malley, die dämliche Anfängerin! Warum mußt du nachgeben? Du solltest inzwischen härter sein.

Sie holte zitternd Luft und kämpfte gegen die Tränen an. »Verdammt«, keuchte sie mit zusammengebissenen Zähnen. »Ich wollte diesen Scheißkerl kriegen.«

»Natürlich«, bestätigte Mitch.

»Er ist ganz nahe. Ich fühle es. Ich will ihn so sehr, daß es weh tut.«

Aber das war jetzt Nebensache, wie dringend sie ihn haben wollte, oder wie mitfühlend Mitch sich erwies. Sie war aus dem Fall raus. DePalma erwartete, daß sie den Ball fallen ließ und ins Hauptquartier zurückrannte: Dort würde der Superintendent sie persönlich zur Schnecke machen und sie dann mit einem Rudel Anwälte in einen Raum sperren und deren Gesellschaft ertragen, während sie Pläne für die Schlacht gegen Paige Price und ihre juristischen Dobermänner schmiedeten. Genauso, wie sie einfach das Leben fallen lassen sollte, das sie in Deer Lake begonnen hatte. Vergiß die Leute, das waren nur Namen in Berichten. Vergiß die Wohnung, sie hatte nicht lange genug drin gewohnt, um es Zuhause zu nennen. Vergiß Mitch Holt. Er war nur ein anderer Cop und sie doch nicht so blöd, sich mit einem Cop einzulassen! Vergiß Josh; er gehörte jetzt in die Verantwortung des Hundeboys.

Josh sah sie vom Bildschirm an, mit großen Augen, Sommersprossen und einem Zahnlückengrinsen. Das bißchen Kontrolle, was Megan noch geblieben war, zerbrach angesichts ihrer Bewegtheit und ihres Zorns. Sie rappelte sich von der Couch auf. Fluchend, weinend schlug sie gegen einen Stapel Taschenbücher, die auf einer Kiste balancierten, schleuderte sie quer durch den Raum. Die Katzen sprangen von ihren Plätzen und rasten den Gang hinunter, um sich in Sicherheit zu bringen. Megan drehte sich um und holte gegen ein anderes Ziel aus. Dann drehte sie sich wieder, schwang ihre Faust und traf genau Mitchs Brust.

»Verdammt! Gottverdammte Scheiße!« schrie sie.

Mitch packte sie an den Oberarmen, und sie fiel gegen ihn. Ihre Schultern bebten von der Anstrengung, die Tränen zurückzuhalten.

»Heule endlich, verdammt noch mal«, befahl Mitch und nahm sie in die Arme. »Du hast ein Recht darauf. Laß los und weine. Ich werde es niemandem verraten.«
Als die Tränen kamen, drückte Mitch seine Wange auf ihren Kopf, flüsterte ihr zu und entschuldigte sich für Dinge, die außerhalb seiner Kontrolle lagen.
Alles war ihnen entglitten: All das von einem Wahnsinnigen in Gang gebracht in einem Augenblick, mit einer Tat, die so viele Leben veränderte, und keiner von ihnen konnte dem Einhalt gebieten. Sie würde ihren Job verlieren, ihr Zuhause, ihre Chance, irgendwo hinzugehören … aber diesen Augenblick hatte sie, und den wollte sie nicht loslassen.
Sie sah Mitch an, die Falten, die Zeit und Schmerz in sein Gesicht gegraben hatten, die Augen, die zuviel gesehen hatten. Sie konnte ihn nicht für immer haben, aber wenigstens diese Nacht. In seiner Umarmung könnte sie sich verlieren, die häßliche Welt mit dem Nebel der Leidenschaft verdecken …
Seine Finger glitten in ihr Haar, sein Daumen rieb zärtlich über die empfindliche Stelle auf ihrer Stirn, wo sich der Schmerz konzentriert hatte.
»Du solltest zurück ins Bett gehen«, flüsterte er.
Megan spürte ihr Herz pochen, fühlte die gedämpfte Kraft und Sanftheit seiner Hände, sah die Sehnsucht und das Bedauern in seinen Augen. Sie liebte ihn. So sinnlos das auch sein mochte. Sie mußt fort von hier. Er hatte sie nicht gebeten zu bleiben. Er hatte gar nichts verlangt, nichts versprochen, hatte jemand anderen so sehr geliebt … was ihr noch nie widerfahren war. Aber sie konnte dieses Geheimnis in ihrem Herzen bewahren, ihre Liebe fest und sicher verschließen, es würde vielleicht ihre letzte Nacht sein.
»Willst du mich haben?« Sie sah ihm tief in die Augen.
»Megan …«
Sie legte zwei Finger auf seine Lippen, ließ seine Besorgnis verstummen. Mitch sah hinunter zu ihr, so zerbrechlich, so blaß, ihre unglaubliche Kraft gebeugt unter dem Gewicht der Welt. Er war dabei, sich in sie zu verlieben. Sowenig Zukunft das auch hatte. In ein oder zwei Tagen würde sie fort sein, um von ihrer Karriere zu retten, was zu retten war. Er würde hier zurückbleiben, in dem Leben, das er sich geschaffen hatte – geordnet, leer, unter Vermeidung von Farbe. Das Leben, das er wollte, sicher und schlicht.

Aber wenigstens diese eine Nacht!
Er nahm ihre Hand und küßte sie sanft. Sie drehte sich und führte ihn den Gang hinunter in ihr Zimmer, während der Fernseher weiter vor sich hin tönte.
Sie hatte die Nachttischlampe angelassen, die die zerwühlten Laken in bernsteinfarbenes Licht tauchte, sie von hinten beleuchtete, als sie ihr Flanellhemd aufknöpfte und es von den Schultern zu Boden gleiten ließ. Die Lampe zauberte Glanz auf ihr dunkles Haar und ließ ihre Haut wie Alabaster schimmern. Megan stand vor ihm, bereit zur Hingabe, bis auf ihre Seele, bereit, soviel von ihm zu nehmen, wie er ihr geben würde. Sie verdiente mehr als nur eine Nacht, mehr, als *das Leben* ihr, mehr als *er* ihr zugestanden hatte.
Seine Hand zitterte, als er den Ehering abstreifte und ihn beiseite legte.
Megans Herz stockte und stolperte weiter. Die Möglichkeiten rasten durch ihren Kopf, alberne Gedanken und hoffnungslose Wünsche. Sie schob sie alle von sich, um die eine Wahrheit zu packen, mit der sie fertig werden konnte. Diese eine Nacht würden sie haben, ohne Schatten vergangener Lieben oder vergangener Sünden.
Sie nahm seine Hand, hob sie an ihre zitternden Lippen und küßte das Band blasser Haut, das der Ring hinterlassen hatte. Dann lag sie in seinen Armen, und seine Lippen bemächtigten sich der ihren.
Megan streifte Mitchs Hemd über seine Schultern und er schleuderte es weg, konnte es kaum erwarten, sie nackt auf seiner Haut zu spüren. Er legte sie aufs Bett, und sein Mund zeichnete eine Linie von ihrem Hals zu ihren Brüsten. Sie bäumte sich unter ihm, einladend, flehte ihn an, die feste Knospe ihres Nippels zwischen seine Lippen zu nehmen, schrie auf, als er das empfindliche Fleisch heftig saugte. Eine Hand glitt seitlich an ihr hinunter, über ihre Hüfte, schlang ihr Bein um ihn und brachte die feuchte Hitze ihrer Weiblichkeit an die zitternden Muskeln seines Bauches.
Ein tiefes animalisches Stöhnen entrang sich seiner Kehle, als sie nach unten griff und seine Erektion in ihre Hände nahm. Er umschloß ihre Hand, drückte sie zusammen, beugte den Kopf und nahm ihr Ohrläppchen zwischen seine Zähne.
»So eng bist du, wenn ich in dir bin«, sagte er und löste Schauer der Erregung in ihr aus.

Mitch beobachtete ihr Gesicht, als er in sie eindrang. Panik packte ihn bei dem Gedanken, daß er sich in nur ein paar Tagen und Nächten verliebt hatte, und der Erkenntnis, daß all das in einem Tag vorbei sein würde, innerhalb eines Herzschlags.

Dann überrannten seine Bedürfnisse die Angst. Er stieß sich in sie tief hinein, mit voller Kraft, ihre enge nasse Hitze packte ihn, quetschte alle Gedanken aus seinem Kopf. Sie bewegten sich zusammen, strebten beide einer Erfüllung entgegen, die die Grenzen zwischen ihren Körpern, Gefühlen und Welten verwischte. Sie erreichten den Höhepunkt, erst der eine, dann der andere. Atemlos, zitternd umklammerten sie sich.

Ich liebe dich ... Die Worte waren auf ihren Lippen. Sie hielt sie zurück.

Ich liebe dich ... Er bewahrte den Gedanken in seinem Herzen, aus Angst, ihn preiszugeben.

Dann war es vorbei, sie verfielen in Stummheit und Reglosigkeit, die vormaligen Zweifel krochen wieder aus ihren Winkeln der Verbannung hervor. Die Grenzen nahmen ihre vormaligen Plätze ein, die Schilde gingen wieder hoch. Herzen in Rüstung, die getrennt und einsam in die Nacht hinaus schlugen.

20 Uhr 55, –32 Grad, Windabkühlungsfaktor: –44 Grad

Hannah saß im Dunkeln in ihrem Zimmer. *Ihr* Zimmer. Wie schnell doch der Verstand diese kleinen Änderungen vornahm. Paul hatte zwei Nächte nicht in seinem Bett geschlafen, und ihr Gehirn lehnte bereits den Plural im Zusammenhang mit ihm ab. Sie wollte nicht daran denken, was das für ihre Zukunft bedeutete. Es war ihr unmöglich, sich den Gefühlen von Schuld, Verlust und Versagen zu stellen, die sie jetzt mit ihrer einst so vollkommenen Ehe verband. Mehr als genug galt es zu bewältigen hinsichtlich des Verlusts und dem Gefühl, versagt zu haben bei ihrem Sohn.

Wie schön wäre es gewesen, aus der Szenerie des Interviews abzutreten und vom Mann, den sie geheiratet hatte, umarmt, beschwichtigt und dann nach Hause gebracht zu werden. Zu wissen, daß sie auf seine Liebe und seine Unterstützung zählen konnte. Statt dessen hatte sie sich selbst nach Hause gefahren. Kathleen Casey, die sich freiwillig angeboten hatte, Lily zu hüten, saß mit McCaskill, dem

BCA Agent, auf der Couch im Wohnzimmer, schaute sich Akte X an und aß Popcorn. Paul war fort.

Paul ist weg. Der Paul, den sie geliebt und geheiratet hatte. Sie kannte den Mann nicht, der Lügen von sich gab, ihr Dinge verheimlichte, ihr die Schuld an der Tat eines Wahnsinnigen zuschob. Sie kannte den Mann nicht, der um die Medien gebuhlt hatte, den Mann, der sich von der Polizei die Fingerabdrücke abnehmen lassen mußte. Wer war er eigentlich, oder wozu fähig?

Über die endlosen Möglichkeiten wollte sie nicht nachdenken, also zwang sie sich, von ihrem Stuhl aufzustehen und sich auszuziehen. Sie konzentrierte sich auf jede einfache Aufgabe, das Aufknöpfen des Kleids, das Zusammenfalten, Wegräumen. Sie nahm ihr vertrautes altes Sweatshirt, zog es über den Kopf und schüttelte sich die Haare aus den Augen. Das Telefon auf dem Nachttisch läutete, als sie gerade nach ihrer Jogginghose griff.

Hannah fixierte den Apparat. Erinnerungen an den letzten Anruf, den sie in diesem Zimmer entgegengenommen hatte, durchdrangen ihre Haut und überzogen sie mit Schweiß. Sie konnte es nicht einfach läuten lassen, wollte es aber auch nicht abheben. McCaskill und Kathleen würden sich wundern, wieso sie nicht ranging.

Mit zitternder Hand nahm sie den Hörer.

»Hallo?«

»Hannah? Garrett Wright hier. Ich hab das Interview gesehen. Ich wollte dir nur sagen, ich fand, du warst sehr tapfer.«

»Äh ... ja nun ...«, stotterte sie. Es war kein gesichtsloser Fremder, der sie quälen wollte oder Albert Fletcher in den Klauen des Wahnsinns. Es war nicht Josh. Nur ein Nachbar. Karens Mann. Er unterrichtete in Harris. »Es schien mir notwendig.«

»Das verstehe ich. Trotzdem ... wenn es auch nichts hilft, ich finde, du hast das Richtige getan. Hör mal, wenn du Hilfe brauchst, das alles durchzustehen, ich habe einen Freund in Edina, der auf Familientherapie spezialisiert ist. Paul gegenüber hab ich ihn auch schon erwähnt, als er neulich abends hier war: Aber ich fürchte, er wollte das nicht hören. Dann solltest du es wenigstens wissen. Du kannst dir den Namen aufschreiben und ihn anrufen oder nicht, aber ich finde, du solltest die Möglichkeit haben.«

»Danke«, Hannah sank aufs Bett.

Sie notierte Namen und Nummer ganz automatisch auf ihrem Block, während sie überlegte, was Paul wohl im Hause der Wrights wollte

und warum er es ihr gegenüber nicht erwähnt hatte. Aber ein Besuch bei den Nachbarn war wohl das geringste seiner Geheimnisse. Keinesfalls wollte sie wissen, was das Schlimmste sein könnte.
Der Gedanke blieb haften und wisperte durch ihren Kopf, als sie den Hörer auflegte und ein schreckliches Gefühl, von Einsamkeit und Angst, klaffte in ihr auf, drohte sie zu verschlingen. Das war das Schwerste an der ganzen Sache – das Gefühl, wie viele Leute ihrer Umgebung ihr auch beistanden, auf der fundamentalsten Ebene allein zu sein. Der einzige Mensch, der ihr wirklich nahestehen sollte, driftete weiter und weiter ab.
Sie starrte ins Leere. Als das Telefon wieder läutete, nahm sie ohne zu zögern ab und murmelte eine Begrüßung. Die Stimme, die ihr antwortete, war leise und sanft, Balsam für ihre geschundenen Nerven.
»Hannah? Ich bin's, Tom – Pater Tom. Ich dachte mir, du brauchst vielleicht jemanden zum Reden.«
»Ja«, flüsterte sie mit einem zittrigen Lächeln, »das wäre schön.«

TAGEBUCHEINTRAG
TAG 10

Wie Shakespeare sagte:

Die ganze Welt ist Bühne,
Und alle Fraun und Männer bloße Spieler:
Sie treten auf und gehen wieder ab …

Und wir sind die Regisseure, die Puppenspieler,
die an den verborgenen Schnüren ziehen.

Und so von Stund zu Stund ein Reifen und ein Reifen
Und so von Stund zu Stund ein Faulen und ein Faulen
Für uns; dran hängt eine Geschichte.

Zeit für einen neuen Akt und einen neuen Dreh im Plan

Wir sind brillant.

Kapitel 34

TAG 11
9 Uhr 45, –5 Grad, Windabkühlungsfaktor: –11 Grad

Am Samstag stieg die Temperatur, und der Himmel kam herab. Dichte bleifarbene Wolken hingen tief über der wogenden, bewaldeten Landschaft, und es fiel feiner Pulverschnee. Im Kielwasser der arktischen Temperaturen und der finsteren Launen, die sie gezeitigt hatten, waren die Rundfunkmeteorologen aus dem Staat geflüchtet und hatten die Sturmvorhersagen den Wochenendaussagern überlassen.

Megan hörte nur mit einem Ohr hin. Blizzard? Wenn er schnell genug zuschlug, könnte er sie vielleicht daran hindern, nach St. Paul zu fahren. Wenn sie lange genug in der Stadt herumfuhr, um Albert Fletcher zu suchen ... Wenn diese alte Scheißkarre den Geist aufgäbe ... Ein Dutzend Szenarios flitzten ihr durch den Kopf wie bei einem Kind, das unbedingt Schule schwänzen will. Wenn sie nur noch heute bleiben könnte ... Aber DePalma wollte sie aus Deer Lake raushaben. Er hätte nie an einem Samstag angerufen, wenn er nicht selbst in Nöten wäre. Anwälte gab es heute bestimmt nicht, das Bureau würde den Teufel tun und ihnen den ein einhalbfachen Stundensatz bezahlen. Sie konnten sie schlicht und einfach nicht mehr dulden in der Stadt, bevor sie noch mehr Schaden anrichtete.

Sie mußte fahren, wenn sie einen schäbigen Rest ihrer Karriere retten wollten. Hinfahren, ein paar Hintern küssen, bereuen und Buße tun. Die Vorstellung blockierte ihren Hals wie ein Pelzball. Sie war ein verdammt guter Cop. Das müßte doch irgendwie zählen, aber dem war nicht so.

Mit ihrem Fäustling rieb sie über die empfindliche Stelle an ihrem rechten Auge. Die Kopfschmerzen waren immer noch da, bedrohten sie, zogen sich dann in einem erschöpfenden Zweikampf mit ihrem angekratzten Durchhaltevermögen wieder zurück. Sie hätte im Bett bleiben sollen, aber alleine wollte sie da nicht sein. Sie fuhr schon seit dem Morgengrauen herum und kaute an dem Desaster, das sie aus ihrem Leben gemacht hat. *Du hättest diesen FBI-Posten annehmen sollen, O'Malley.* In Memphis könnte sie jetzt sein, tausend Meilen entfernt von Kälte und Schnee, tausend Meilen entfernt von einem gebrochenen Herzen.

Dieses Herz wünschte sich immer noch eine Fortsetzung. Ihr Kopf wußte es besser. Was konnte sie Mitch bieten? Sie war nicht zur Ehefrau geschaffen, wußte nichts darüber, wie man ein fünfjähriges Mädchen aufzog. Eigentlich wollte sie nur eins: Cop sein. Dank ihres Jähzorns würde man ihr das auch noch nehmen. Panik schnürte ihr die Brust zusammen.

In dem Glauben, sie würde noch schlafen, hatte Mitch sich früh fortgeschlichen. Er mußte die Fahndung überwachen. Laut der Informationsfetzen, die Megan über Polizeifunk empfing, hatte man immer noch keine konkrete Spur von Albert Fletcher. Einige Bürger hatten angerufen und Vermutungen geäußert, aber bis jetzt hatte sich daraus nichts ergeben. Deer Lake wimmelte vor Streifenwagen der Bundes-, der Staats- und der Bezirkspolizei. Die Hubschrauber kreisten wie Geier über der Stadt.

Megan schüttelte erstaunt den Kopf. Sie hatte Fletcher von Anfang an als schrägen Vogel eingestuft, aber niemals geargwöhnt, daß er so ausrasten könnte, wie Mitch ihr gestern abend schilderte. Kein Zweifel, der Diakon hatte mehrere kräftige Sprünge in der Schüssel. War er verrückt genug, um Josh zu kidnappen, um einen eigenen privaten Ministranten zu besitzen? Ja. Aber dazu hätte er Hilfe gebraucht. An diesem Abend hatte er in St. Elysius über Sünde und Verdammte referiert. Sie versuchte, sich ihn und Olie als Komplizen vorzustellen, aber das gelang ihr nicht. Fletcher war ein Einzelgänger. Andernfalls hätte er seine gräßlichen Geheimnisse nicht so lange bewahren können.

Langsam fuhr sie durch den Campus des Harris College und hielt Ausschau nach dem Diakon. Sie fragte sich, ob Mitch irgendwelche Männer hierhergeschickt hatte. Nachdem Montag der Lehrbetrieb wieder beginnen sollte, waren die Gebäude wahrscheinlich schon geöffnet, aber noch zum Großteil unbewohnt. Fletcher hätte sich da ein warmes, nicht durch die Elemente gefährdetes, Versteck einrichten können.

Harris war ein College, wie man sie inzwischen nicht mehr baute. Viele der Vorlesungs- und Verwaltungsgebäude bestanden aus einheimischem Sandstein und sahen aus, als stammten sie aus den Gründungsjahren, Ende des 19. Jahrhunderts.

Die massigen, wohlproportionierten Gebäude lagen etwas abseits der gewundenen Auffahrt, umringt von uralten Eichen, Ahornbäumen und Kiefern.

Die Straße schlängelte sich an den Wohnheimen vorbei, deren Parkplätze zu einem Drittel belegt waren. Studenten bevölkerten die Wege und trugen ihre Wäsche, die sie während der Ferien in Ordnung gebracht und die Bücher, die sie wahrscheinlich vernachlässigt hatten, in die Häuser. Torpfosten, die aus dem Schnee ragten, markierten ein Spielfeld, das an eine aufgelassene Weide grenzte, und plötzlich fand sich Megan im Ackerland, das sich nach Westen erstreckte.

Sie bog in die Old Cedar Road ein und fuhr in Richtung Süden. Wenn sie sich recht erinnerte, mündete sie schließlich in Ryan's Bay, führte auch als Nebenstraße nach Dinky Bay. Sie fuhr an den Straßenrand, stellte den Hebel auf Parken und ließ den Motor laufen, während sie durch das Fenster in die kahle Landschaft starrte. Die nackten Laubbäume ragten in der Ferne wie geschwärzte Streichhölzer gen Himmel, der Schnee verwischte sämtliche Konturen, ließ alles flach und eindimensional aussehen. Über allem hing der Himmel schwer und grau wie eine Schieferplatte. Auf dem Feld neben der Straße scharrten zwei zottelige Ponys vergeblich zwischen den schmutzig blonden Stoppeln der Maisstauden im Schnee. Weiter vorne, an einer Straßenbiegung, tastete sich ein Fasan unter den niedrigen Zweigen einer Kiefer hervor und pickte sich am Bankett entlang. Ein braunes Haus stand ein Stück von der Straße weg, an einem Hang. Die Jalousien waren runtergelassen, die Garage geschlossen, es sah verlassen aus. Der Name auf dem Briefkasten am Ende der Einfahrt lautete Lexvold. Lexvold. Irgendwas rührte sich in ihr bei diesen Namen. Vielleicht hatte sie ihn in einem Bericht gelesen. Der Papieraufwand beim Kirkwood-Fall könnte einem Blizzard Konkurrenz machen. Sie hatten Dutzende von Leuten vernommen, zahllose Aussagen und falsche Spuren von Bürgern aufgenommen, die nützlich oder wenigstens dabeisein wollten. Wie die Wellen, die sich ringförmig auf einem Teich ausbreiten, hatte das Verbrechen sie alle berührt.

Megan schob den Schalthebel auf Drive und trudelte wieder auf die

Straße zurück. Die Temperatur war zwar auf erstaunliche –5 Grad gestiegen, aber die Heizung des Lumina funktionierte sowieso nur bis –6 Grad, wenn überhaupt. Sie brauchte etwas Heißes zu trinken, was ihre Abfahrt nach St. Paul abermals verzögern würde. Und wenn sie dann genug getrunken hatte, müßte sie sicher noch einen Toilettenstop einlegen, was die Sache noch weiter hinausschieben würde.
Ihr schwebte beispielsweise eine heiße Schokolade im ›Bohnenstroh‹ vor, als ihr Blick auf die schwarzen Bremsspuren fiel, die kreuz und quer über die Straße vor ihr verliefen. Sie sah kurz in den Rückspiegel, fuhr wieder auf das Bankett und blieb mit dem Fuß auf der Bremse stehen.
Schleuderspuren. Lexvold. Old Cedar Road. Autounfall.
Die Szene verschwamm vor ihren Augen, während sie krampfhaft überlegte.
Der Junge vom College. Eine Eisplatte. Eine Eisplatte, von der der Beamte am Einsatzort glaubte, sie wäre ein künstliches Produkt gewesen.
Megan knallte den Schalthebel auf Parken und stieg aus dem Wagen. Dann trabte sie zurück zu der Kurve und blieb stehen, die Hände in den Taschen ihres Parkas, die Schultern gegen den Wind hochgezogen. Im Norden und Osten lag der Universitätskomplex. Im Süden ging das Ackerland in die feuchten Wiesen von Ryan's Bay über. Die Old Cedar Road kreuzte die Mill Road. Im Osten der Mill Road bohrten sich die Türme von St. Elysius über den Baumwipfeln in den Himmel. Sie drehte sich um und schaute auf den Abhang bei dem braunen Haus mit der angebauten Garage.
Sie erinnerte sich, wie Dietz mit seiner schwarzen Perücke am Ende ihrer Nische in Grandma's Attic gesessen hatte … *für mich hat da einer einen Gartenschlauch die Einfahrt runtergelegt …*
»Und wo ist dann der Gartenschlauch?« murmelte Megan.
Solche Streiche entstanden meist aus Gelegenheit. Wenn die Lexvolds keinen Außenschlauch besaßen, dann war da auch keine Gelegenheit. Wenn es diese nicht gab, dann bedeutete das, daß jemand einen Schlauch zur Party mitgebracht hatte, was Vorsatz hieß, beziehungsweise Motiv. Welches Motiv?
Sie wandte sich zurück zur Straße, ein leeres Asphaltband. Die einzigen Geräusche waren der Wind und das heisere Gackern des Fasans, der sich jetzt unter den Kiefern versteckte, verärgert über Megans lästigen Besuch. Oben an der Einfahrt zum Harris College bog ein roter

Dodge Shadow in die Straße ein und raste auf sie zu, rauschte an ihr vorbei mit zwei jungen Männern an Bord, ziemlich räudige Ziegenbärte in den Gesichtern. Studenten, die durch den Hintereingang das Uni-Gelände verließen. Wie der Junge in der Nacht des Unfalls ...

Der Unfall, der Hannah Garrison so lange im Krankenhaus aufgehalten hatte ...

Megan stellte sich die Ereignis-Kurve an der Wand des Strategieraums vor. Alles begann mit Joshs Verschwinden. Aber was, wenn die Sache, die ihnen entgangen war, das, was die ganze Zeit unsichtbar vor ihrer Nase hin- und herpendelte, bereits früher passiert war? Was, wenn der Unfall gar kein Unfall gewesen war?

Adrenalin brandete durch ihren Körper, als die Möglichkeiten im Schnellauf durch ihr Gehirn klickten. Studenten benutzten den Hintereingang des College. Jeder, der hier in der Gegend lebte, wußte das: Albert Fletcher, dessen Haus kaum eine Meile entfernt stand; Olie Swain, der Computerkurse in Harris belegt hatte; Christopher Priest, der seinen Studenten an diesem Abend auf einen Botengang geschickt hatte.

Priest. Megan beeilte sich, diese Assoziation zu verdrängen. Der komische kleine Professor mit den miesen Klamotten und dem Händedruck eines schlaffen Fischs? Genausogut könnte man Hinz & Kunz verdächtigen. Er hatte kein Motiv, machte kein Hehl aus seiner Bewunderung für Hannah, hatte sich wirklich bemüht, bei dem Fall zu helfen ... Hatte sich eine Vertrauensposition verschafft, durch die er Zugang zu allen eingehenden brisanten Nachrichten erhielt, vielleicht sogar zu geheimen polizeilichen Informationen. Er hatte Olie Swain gekannt, ihn unterrichtet. Wahrscheinlich kontrollierte er genau in diesem Augenblick Olies Computer unten im Revier, angeblich auf der Suche nach Hinweisen. Und sie hatte ihn dorthin gebracht.

Unwissenheit ist nicht Unschuld, sondern Sünde.

Sünde. Religion. Priester. *Christopher Priest.*

»Um Himmels willen«, murmelte sie.

Vor ihrem geistigen Auge sah sie, wie er sich über den leuchtenden Monitor des Terminals beugte, in dem Raum, wo man Olies Ausrüstung aufgestellt hatte. Sie hatte doch nicht etwa einen möglichen Verdächtigen in einen Sessel gehievt, von dem aus er Beweismaterial verfälschen konnte? Bei dem Gedanken drehte sich ihr der Magen um. Sie war so versessen darauf gewesen, den Fall zu lösen. Dieser Fall würde ihre zukünftige Karriere entscheiden, aber die Einsätze waren noch wesentlich höher, wie sie wußte. Sie hätte ihre Seele hergegeben, um den Kerl, der Josh entführt hatte, damit festzunageln. Wenn Christopher Priest Dreck am Stecken hatte und sie ihn trotzdem mit diesen Geräten in dem Büro allein ließen …

Das Geräusch eines heranfahrenden Wagens holte sie in die Gegenwart zurück. Ein stahlblauer Saab hielt neben ihr. Das Beifahrerfenster ging mit leisem Summen auf. Der Fahrer beugte sich vor, und der Kragen seines dunkelblauen Wollmantels wuchs über seine Ohren hoch.

»Agent O'Malley! Haben Sie Schwierigkeiten mit dem Auto?« fragte Garrett Wright.

»Äh – nein. Nein, alles okay.«

»Bißchen kalt heute, um draußen im Wind herumzustehen. Sind Sie sicher, daß Sie keine Hilfe brauchen? Ich hab ein Handy …

»Nein, danke.« Megan zwang sich, höflich zu lächeln und beugte sich in das Fenster. »Ich überprüfe nur etwas. Trotzdem danke, daß Sie angehalten haben.«

»Suchen Sie immer noch nach Albert Fletcher?« Er schüttelte den Kopf und runzelte die Stirn. »Wer hätte gedacht …«

»Keiner.«

Im anschließenden Schweigen strahlten seine Augen plötzlich vor beschämter Neugier. »Und … schläft Paige Price tatsächlich mit dem Sheriff?«

»Kein Kommentar«, erwiderte Megan, zwang sich ein zweites Lächeln ab und richtete sich auf. »Sie sollten weiterfahren, Dr. Wright. Wir wollen doch keinen Unfall verursachen.«

»Nein, das wollen wir nicht. Viel Glück bei der Suche nach Fletcher!« Er winkte ihr kurz zu, als das Fenster nach oben zischte und der Saab weiterfuhr. Das Brummen des Motors verhallte in der Ferne; sie blieb stehen, lauschte dem Wind in den Kiefern und starrte auf die einzigen sichtbaren Beweise für einen Unfall, der zwei Leben gefordert und möglicherweise das Leben einer ganzen Gemeinde verändert hatte.

Unwissenheit ist nicht Unschuld, sondern SÜNDE.

10 Uhr 28, –5 Grad, Windabkühlungsfaktor: –11 Grad

»Wo ist Mitch?«

Megan platzte in Natalies Büro. Mitchs Assistentin stand hinter ihrem Schreibtisch mit dem Telefonhörer am Ohr. Sie warf Megan einen grimmigen Blick zu, nahm eine Ausgabe der *Star Tribune* und hielt sie hoch, damit Megan Henry Forsters Schlagzeile sehen konnte – *O'Malley weg vom Fenster: Erster weiblicher Fieldagent des BCA gefeuert.*

»Tut mir leid, *Mr. DePalma*«, flötete sie überdeutlich in den Hörer. »Ich muß Sie auf Warteschleife schalten.«

Sie drückte auf den Knopf und zog eine dünn gezupfte Braue hoch. »Ja, wenn das nicht die unerreichbare Agentin O'Malley ist. Hochkarätige Menschen sind auf der Suche nach dir, Mädchen.«

»Scheiß auf sie«, grollte Megan. »Ich hab Wichtigeres zu tun.«

Natalie musterte sie lange und eindringlich, schürzte die Lippen. »Er ist im Strategieraum.«

»Danke.« Megan deutete auf das blinkende rote Licht auf der Telefonkonsole. »Ich bin nicht da.«

»Hab nie von dir gehört«, signalisierte Natalie und schüttelte den Kopf.

Megan holte tief Luft und wandte sich zur Tür. »Natalie, du bist die Größte.«

»Da kannste Gift drauf nehmen!«

»Er muß hier irgendwo sein.« Marty Wilhelm war ein Meister im Feststellen des Offensichtlichen. Er marschierte die Ereignis-Kurve auf und ab, die Hände in den Taschen seiner blauen Baumwollhose vergraben. »Draußen kann er nicht die ganze Zeit gewesen sein. Ich nehme an, er hat sich bei Josh verschanzt, wo auch immer das sein mag. Wir sollten rüber ins Gericht gehen und überprüfen, ob er irgendeinen anderen Besitz hier in der Gegend hat – eine Hütte oder so was.«

Mitch warf dem Agent einen irritierten Blick zu. »Längst abgehakt. Haben überprüft. Hat nicht.«

Der Hundeboy fuhr unbekümmert fort: »Sie haben nichts Brauchbares in Olie Swains Computern gefunden – kein Wort über Josh oder Fletcher. Wir sollten Fletchers Telefonaufzeichnungen besorgen ...«

»Sind in der Einsatzzentrale«, unterbrach Mitch ihn verdrießlich. »Steven und Gedney gehen sie durch.«

Er hatte selbst seit dem Morgengrauen an der Fahndung teilgenommen und war nur ins Revier gekommen, weil Wilhelm ihn zu einer Brainstorming Session gebeten hatte. Bis jetzt war bei dem Brainstorm bestenfalls ein Nieselregen herausgekommen.

»Hören Sie, Marty, ich muß Ihnen sagen, daß sie hier mitten in die Untersuchung reinplatzen, geht mir echt auf den Arsch.«

Marty setzte wieder sein Unschuldiger-Junge-Grinsen auf, das Mitch inzwischen zu hassen gelernt hatte. »Ich tue mein Bestes, um in Schwung zu kommen, Chief. Von Rechts wegen hätte der Fall von Anfang an mir gehört. Es ist nicht meine Schuld, daß das mißglückt ist. Wahrscheinlich sehe ich eben im Mini nicht so unwiderstehlich aus.«

Mitchs geringer Vorrat an Toleranz war ein für allemal zu Ende. Sein Gesichtsausdruck verhieß nichts Gutes, als er sich erhob und auf Marty Wilhelm zuging, Schritt für Schritt, sehr langsam, bis er direkt vor ihm stand. Wilhelm riß erschrocken seine feuchten Augen noch weiter auf.

»Agent O'Malley ist ein verdammt guter Cop«, sagte Mitch leise. »Und Sie, Marty, soweit ich das beurteilen kann, können nicht mal Ihren eigenen Schwanz in einem dunklen Zimmer finden. Aber ich werde ihn für Sie finden, wenn ich noch eine solche Bemerkung von Ihnen höre. Haben Sie mich verstanden, Marty?«

Der Agent wich mit erhobenen Händen und hängenden Ohren zurück. Sein Grinsen war gefroren. »He, Chief, tut mir leid. Ich hab nicht gewußt, daß die Geschichte mit Ihnen und Megan was Ernstes ist. Ich dachte, es wäre nur ...«

Die Worte erstickten in seiner Kehle, als Mitchs flammender Blick ihn traf. Diese Geschichte zwischen ihm und Megan ging, verdammt noch eins, niemanden etwas an, was immer es auch war, und darüber hatte er sich, weiß Gott, den Kopf zerbrochen, als er in den frühen Morgenstunden neben ihr lag. Nachts war alles soviel einfacher, wenn sie keine Angst vor ihrem Verlangen hatte und er nicht weiterzudenken brauchte als bis zur nächsten Zärtlichkeit. Dann kam der Morgen, und die Welt und ihre Leben waren genauso vermasselt wie eh und je.

Ein Klopfen an der Tür brachte Mitch in die Gegenwart zurück. Megan rauschte herein, ihr Parka hing über einer Schulter, und ihre dunkle Mähne fiel offen auf die Schultern herab. Die Röte ihrer Wangen hatte vielleicht etwas mit zuviel frischer Luft zu tun, aber er vermutete eher einen neuen Energieschub. Ihre Spannung war quer durchs Zimmer zu spüren, und er kannte den Grund dafür. Selber hatte er mehr als einmal diesen Rausch verspürt, wenn er einer heißen Spur folgte.

»Was hast du?«, er ging auf sie zu.

»Ich muß mit dir reden.« Sie wandte sich an ihn, ohne ihren Vertreter auch nur eines Blickes zu würdigen.

»Agent O'Malley«, mischte Marty Wilhelm sich ein, »sollten Sie im Moment nicht in St. Paul sein?«

Megan betrachtete ihn wie lästiges Ungeziefer und erklärte Mitch: »Ich hab da so eine Idee wegen dem Unfall an der Old Cedar Road in der Nacht, als Josh verschwand.«
»Bruce DePalma hat mich angerufen. Er sucht Sie«, quengelte Wilhelm.
Megan wandte ihm den Rücken zu. »Was, wenn es gar kein Unfall war? Was, wenn er inszeniert wurde, um Hannah im Krankenhaus festzuhalten?«
Mitch runzelte die Stirn. »Das würde nichts ändern, außer daß das Verbrechen noch diabolischer wäre. Wir wissen bereits, daß es sich nicht um eine Zufallstat handelt.«
»Völlig klar, aber überleg doch mal – denk an die Lage, von dort aus ist es etwa eine Meile zu Fletchers Haus und St. Elysius.«
Marty horchte auf, als Fletchers Name fiel. »Was? Was hat denn Fletcher damit zu tun?«
»Er hätte sich heimlich aus der Kirche schleichen, die Eisplatte auf der Straße produzieren und rechtzeitig zum Unterricht zurück sein können«, überlegte Mitch. »Den Unfall verursachen, der Hannah im Krankenhaus aufgehalten hat und sich trotzdem ein Alibi verschaffen. Es funktioniert, aber er braucht trotzdem einen Helfershelfer.«
»Es ist wahrscheinlich ein Schuß ins Blaue«, sagte Megan. »Aber ich hab mir gedacht, wenn wir einen Zeugen fänden, der gesehen hat, wie sich jemand an diesem Tag bei den Lexvolds rumtrieb, könnten wir eine Verbindung kriegen, die wir noch nicht haben.«
»*Wir?*« Bei Wilhelms Stimme sträubten sich ihre Nackenhaare. »Agent O'Malley, darf ich Sie daran erinnern, daß Sie von diesem Fall abgezogen sind!«
»Daran brauchen Sie mich nicht zu erinnern«, schnaubte Megan. Sie weigerte sich immer noch, ihn anzusehen.
Er lachte ungläubig auf. »Wenn's erlaubt ist, bin ich da anderer Meinung.«
Mit der *Star Tribune* wedelte er vor ihr herum. »Sie sind vorübergehend vom aktiven Dienst suspendiert. Dadurch sind Sie aus diesem Fall raus, aus diesem Raum, und unterwegs nach St. Paul.«
Sie schob ihr Kinn vor und fixierte ihn mit bösen Augen. »Ich ordne nur noch ein paar lose Fäden.«
»Sie haben hier nichts mehr zu ordnen«, wiederholte er, warf die Zeitung auf den Tisch und hielt ihr seinen Zeigefinger wie ein Ausrufezeichen unter die Nase.

Megan hätte am liebsten in ihn hineingebissen. Statt dessen biß sie die Zähne zusammen und ballte die Fäuste. »Ich lasse mir von Ihnen nichts vorschreiben, Wilhelm. Versuchen Sie nicht, mich rumzuschubsen. Das haben schon tüchtigere Männer probiert und es bereut.«
Ein Piepser ertönte, schrill und durchdringend. Alle drei zuckten automatisch zusammen, schauten auf die kleinen Kästchen an ihren Gürteln. Wilhelm trat zurück und hakte seinen vom Gürtel ab.
»Wenn das DePalma ist«, er ging zur Tür, »werde ich ihm sagen, sie sind unterwegs, Megan, weil Sie hier nichts mehr zu tun haben.«
Megan schwieg, bis er die Tür hinter sich geschlossen hatte. »Einen Scheiß werd ich, du elender Köter.«
»Megan, wenn du so weitermachst, feuern sie dich.«
»Ich bin schon gefeuert.«
»Du hast deinen Posten im Außendienst verloren, nicht deine Karriere. Wenn du DePalma so verarscht, holt er sich deine Marke.«
Megan starrte ihre Stiefelspitzen an. Sie hatte sich das alles zahllose Male durch den Kopf gehen lassen. Zweifellos war ihre Karriere alles, was sie hatte, sie mußte sich Mühe geben, um sie zu beschützen – sich nicht in einen Fall persönlich verwickeln lassen und sich nicht mit einem Cop rumtreiben! Aber sie war bereits involviert und konnte nicht einfach aus Vorsicht diesen Fall sausen lassen. Das Leben eines kleinen Jungen stand auf dem Spiel.
»Ich bleibe hier, bis diese Geschichte erledigt ist. Wir sind der Lösung zu nahe, und es ist zu wichtig. Jetzt mußt du Christopher Priest von Olies Computer weglotsen.«
»Warum?«
»Weil alles, was wir gerade über Albert Fletcher gesagt haben, auch auf ihn zutreffen könnte.«
»Megan, mach mal halblang. Er war vom ersten Tag an eine große Hilfe bei diesem Fall.«
Sie nickte. »Und die meisten Brandstifter kehren an ihren Tatort zurück und schauen den Feuerwehrleuten zu. Hör mich an, Mitch. Ich weiß, es klingt verrückt, oberflächlich gesehen, aber es könnte passen. Der Junge am Steuer dieses Wagens war einer seiner Studenten«, erinnerte sie ihn. Sie war nicht bereit, klein beizugeben. »Priest hat mir gesagt, er hätte ihn auf einen Botengang geschickt. Er muß gewußt haben, daß der Junge die Old Cedar Road fährt.«
»Welches Motiv könnte denn Priest dazu anstiften, Josh zu entführen?«

»Ich weiß es nicht«, gab sie zu und wünschte, sie hätte mehr zu bieten, als nur ein ungutes Gefühl im Magen. »Vielleicht geht's hier gar nicht um ein Motiv. Wir haben die ganze Zeit gedacht, daß er Spielchen mit uns treibt. Die Entführung war der Eröffnungszug. Dann kamen die Bosheiten, die Botschaften, das Notizbuch, sein Gespräch mit Ruth Cooper. Vielleicht geht's hier nur ums Gewinnen, darum, alle anderen auszutricksen.«

»Und gestern war es ein persönlicher Rachefeldzug gegen Hannah und Paul. Und den Tag zuvor hat es Paul getan ...«

»Was soll das heißen?«

»Es heißt, daß du mit dem Kopf gegen die Wand rennen wirst, bis die Wand sich bewegt.«

»Ich mache meinen Job«, begehrte sie auf.

»Und der Rest von uns etwa nicht?« er breitete die Arme aus.

Megan bedachte ihn mit einem ärgerlichen Blick. »Das hab ich nie gesagt.«

»Man hat dir diesen Fall entzogen, Megan.«

»Und du glaubst, ich soll einfach klein beigeben und alles fallenlassen?«

»Ich glaube, du solltest ein wenig darauf vertrauen, daß jemand anders außer dir diesen Job erledigen kann«, sagte er und rechnete ihr die einzelnen Gesichtspunkte an den Fingern vor. »Ich glaube, du solltest dir allmählich drüber klarwerden, daß DePalma dich am Wickel hat. Du solltest mal in den Spiegel schauen und sehen, was du dir selbst antust. Gestern konntest du nicht mal mehr aufrecht stehen!«

Er streckte die Hand nach ihr aus, berührte ihre Stirn, wo sich der Schmerz zu einem harten Knoten zu ballen pflegte.

Sie wich vor ihm zurück. »Jetzt geht's mir gut. Eins brauch ich ganz bestimmt nicht, nämlich daß du ...«

»Darum geht's doch wohl, oder?« sagte Mitch barsch und ließ seine Hand fallen. »Du bist emanzipiert. Die große Megan O'Malley nimmt es mit der ganzen beschissenen, von Männern regierten Welt auf!«

»Ja, nun«, höhnte sie, »das ist ein häßlicher Job, aber man braucht mich dabei.« Sie lachte bitter: »So wie du willst, daß ich dich brauche.«

Megan sah mißtrauisch und trotzig zu ihm hoch. Sie hatte ihr ganzes Leben lang damit verbracht zu lernen, daß man Emotionen nicht trauen konnte, unangreifbar zu werden, ihr Herz nicht in die Hände eines anderen zu geben – weil sie es zurückbekam, wenn sie nicht einverstanden mit ihr waren.

»Ich kann auf mich selbst aufpassen«, sagte sie mit hocherhobenem Kopf und funkelnden Augen. »Das mach ich schon mein ganzes Leben.«
Und das würde sie auch weiterhin tun, dachte Mitch. Sie hatte Angst, jemanden zu brauchen, und er hatte die letzten zwei Jahre seine Angst gehätschelt, gebraucht zu werden. Und wie endete das? Mit einer Schlacht im Strategieraum? Sehr innig.
»Gut«, er schaute über ihren Kopf auf das glatte weiße Brett, an dem die mit buntem Filzstift geschriebenen Botschaften des Kidnappers hämisch den Platz hielten. »Dann geh und mach es. Ich hab keine Zeit für deine Scheißspielchen, dir deine Macken auszutreiben, nur daß du sie gleich wieder überstülpen kannst. Meine Zeit ist mir dazu zu schade. Ich habe einen legitimen Verdächtigen auf der Flucht.«
»Ja und nachdem er *dein* Verdächtiger ist, ist er der einzig in Frage Kommende«, sagte Megan verächtlich. »Viel Glück, ich hoffe, du findest ihn mit dem Kopf im Arsch.« Sie ignorierte das gefährliche Blitzen in seinen Augen, spürte in sich selbst etwas Gefährliches.
»Ausgerechnet du mußt von Spielchen reden«, zischte sie weiter. »Ich hab dir von Anfang an gesagt, ich will mich nicht mit einem Cop einlassen, aber du hast mich bedrängt und bedrängt, und jetzt wo du Erfolg hattest, ist das Spiel aus. Wie schön und praktisch für dich. Du mußt dir nicht mal die Mühe machen, mich an einen anderen Kerl loszuwerden, ich werde einfach weg sein, und deine Stadt gehört wieder dir, dein Ring auch, und du kannst zurückkehren zu ...«
Er hielt ihr einen Finger unter die Nase, der sie verstummen ließ. »Hör auf«, seine Stimme war fast ein Flüstern, nur wesentlich härter, beängstigender als ein Schrei, vibrierend vor Gefühl, schärfer als Stahl. »Wag es ja nicht. Ich habe meine Frau geliebt. Du weißt nicht einmal, was das bedeutet.«
Nein, sie wußte nicht, was das bedeutete. Noch hatte sie eine Chance, das herauszufinden, dachte Megan, als er sich abwandte und aus dem Zimmer stürmte. Er ließ sie einfach stehen, schlug die Tür vor ihr zu, vor ihnen. Sie rührte sich nicht, und die plötzliche Stille hämmerte in ihren Ohren, zornige, verletzende Worte echoten durch ihren Kopf – ihre Worte, seine, der Nachgeschmack eines zerbrochenen Herzens lag ätzend auf ihrer Zunge.

Kapitel 35

TAG 11
11 Uhr 22, –4 Grad, Windabkühlungsfaktor: –10 Grad

Christopher Priest war nicht auf dem Revier. Megan schaute in die Kammer, in der man Olies Computer untergebracht hatte und fand einen Schreibtischhengst aus dem Hauptquartier mit Bürstenhaarschnitt und Fliege, der offensichtlich von der Informationssperre gegen sie wußte. Er gab ihr keine Erklärung für die Abwesenheit des Professors und auch keinen Hinweis, ob Olies Geräte etwas Brauchbares preisgegeben hatten.

Die Aasgeier erwarteten sie, als sie versuchte, sich heimlich aus dem Personaleingang des City Centers zu verdrücken. Sämtliche Paparazzi stürzten sich mit Mikrofonen, Recordern und Kameras auf sie.

»Agent O'Malley, haben Sie einen Kommentar zu Ihrer Kündigung?«

»Keinen, den Sie drucken könnten«, fauchte sie und drängte sich durch die Menge.

»Haben Sie einen Kommentar zu der Schadensersatzanklage?«

»Haben Sie irgendeinen Beweis dafür, daß Paige Price mit Sheriff Steiger schläft?«

Sie warf einen Blick auf Henry Forster durch die verspiegelten Gläser ihrer Sonnenbrille. Seine dicken Brauen waren zu einem V zusammengezogen, seine Brille saß schief, und war total verschmiert. Der Wind hatte seine sorgfältig über die Glatze gekämmten Strähnen hochgehoben, so daß sie wie ein Horn von seinem mit Altersflecken übersäten Kopf standen.

»Sie sind doch der rasende Ermittlungsreporter«, sagte sie spitz. »Graben Sie lieber Ihren eigenen Dreck aus.«

Sie verfolgten sie über den halben Parkplatz, dann gaben sie auf, weil

Megan auf stur schaltete. Geier. Sie warf einen letzten haßerfüllten Blick in die Runde, als sie ihren Lumina auf die Hauptstraße hinaussteuerte.
In der Freiwilligenzentrale hatte seit Freitag keiner Christopher Priest mehr gesehen. Am Montag begann der Unterricht in Harris wieder. Sie könnte es dort in seinem Büro versuchen, schlug einer von Priests Studenten vor, andere Mithelfer musterten sie aus den Augenwinkeln. Am Ende des Tisches lag eine Ausgabe der *Star Tribune*, wo Handzettel in Umschläge gesteckt wurden. Henry Forsters Schlagzeile sprang förmlich von der Titelseite – *O'Malley schlägt um sich.*
»Ich bin noch nicht fertig, Henry«, versprach sie. Sie stieg wieder in ihr Auto und machte sich zum zweiten Mal an diesem Tag durch den Schnee auf den Weg ins Harris College.

Priests Büro, sagte ihr eine kesse junge Frau im Verwaltungsgebäude, befände sich im dritten Stock von Cray Hall. Megan trabte quer durch das Uni-Gelände. Sie versuchte, nicht zu tief zu atmen, die frische Luft war wie ein Messer, das sich hinter ihre Augen bohrte. Gehirnfrost – wie wenn man zuviel Eiscreme ißt.
»Bitte, laß mich nur den heutigen Tag überstehen, o Herr«, betete sie, als sie die Stufen zur Cray Hall hochstieg. »Laß mich nur eine gute Spur finden, dann kannst du mich festnageln. Nur eine brauchbare Spur. Laß mich bitte hier nicht untergehen!«
Eine Spur, die vielleicht zu einem Mann führen könnte, den keiner je verdächtigte – oder verdächtigen wollte. Professor Priest. Still, unaufdringlich, in Maschinen verliebt, nicht in Menschen. Fasziniert und verwirrt von den Verirrungen des Schicksals und der menschlichen Natur. *Ist es Schicksal, oder ist es Zufall? Was hat Mike Chamberlain genau in diesem Augenblick an diese Stelle gebracht? Was hat Josh Kirkwood ab diesem Abend alleine auf diesem Gehsteig festgehalten?* Hatte er an dem Tag im Krankenhaus mit dieser Idee gespielt? Versucht, Indizien in ihren Kopf zu pflanzen, ohne daß sie etwas ahnte? Oder haschte sie nur nach Strohhalmen, weil sie so versessen darauf war, einen Fall zu beenden, bei dem sie inzwischen an jeder Ecke Verdächtige vermutete? Megans Bauch verneinte das, und ihr Bauch irrte sich selten. Im Gegensatz zu ihrem Mund, der regelmäßig im falschen Moment mit dem Falschen herausplatzte. Oder ihr Herz ...
Der dritte Stock der Cray Hall war ein Irrgarten von Büros und schmalen Gängen, alles senffarben gestrichen. Das Gebäude gehörte

zu den alten Häusern, die das ganze Jahr über modrig und schäbig wirken. Das scharfe Klacken ihrer Stiefelabsätze auf dem abgenutzten Bodenbelag hallte durch den Gang wie Schüsse.

Die Tür zu Priests Büro stand offen, aber es war nicht Priest, dessen Augen sie über einen Berg von Büchern und Papieren auf dem Schreibtisch ansahen. Todd Childs, der Verkäufer aus der ›Leseratte‹, glotzte überrascht aus schläfrigen, von Drogen geweiteten Pupillen herüber.

»He, Dirty Harriett!« er grinste. Eine rostrote Strähne fiel ihm übers Gesicht, und er strich sie nach hinten. Hinter ihm hob Garrett Wright den Kopf aus einem Aktenschrank.

»Anscheinend sollen unsere Pfade sich immer wieder kreuzen, Agent O'Malley«, sagte Wright und strich sich über seine schicke Seidenkrawatte, als er hinter dem Schreibtisch hervorkam. »Was führt Sie denn in die heiligen Hallen von Harris?«

»Ich bin auf der Suche nach Professor Priest«, Megan sah sich kurz im Büro um. »Das ist doch sein Büro, nicht wahr?«

»Ja, ich glaube, ich hab's Ihnen erzählt – Chris und ich arbeiten an einem gemeinsamen Projekt über Lernen und Auffassungsgabe. Dazu gehört ein Computerprogramm, das von seinen Studenten entworfen wurde«, erklärte er. Er steckte seine Hände in die Taschen seiner dunklen Bundfaltenhose und wippte auf seinen Fußsohlen hin und her. »Wirklich faszinierend, das Zeug! Wir bereiten gerade die nächste Testphase vor. Todd und ich gehen die Daten durch, die wir im letzten Semester zusammengetragen haben.«

»Total coole Geschichte«, ergänzte Todd, »wie Individuen die Welt um sich herum wahrnehmen, wie verschiedene Persönlichkeitstypen auffassen und lernen. Die menschliche Psyche ist ein unerschöpfliches Thema.«

»Könnte Priest irgendwo in der Nähe sein?« fragte Megan, deren Interesse an Lernen und Wahrnehmen sich ausschließlich auf den Fall beschränkte.

»Tut mir leid«, verneinte Wright. »Er hat gesagt, er müßte nach St. Peter. Geht es um den Fall?«

»Ich wollte ihm nur ein paar Fragen stellen«, Megan zuckte nicht mit der Wimper. St. Peter. Der Anruf von Josh war aus St. Peter gekommen. »Mir sind ein paar Dinge nicht ganz klar, die er mir verdolmetschen könnte.«

»Ah … entschuldigen sie.« Wright zögerte, etwas betreten, »aber habe ich da nicht etwas in der *Star Tribune* gelesen, daß Sie von dem Fall abgezogen sind?«

Megan setzte ein falsches Lächeln auf: »Sie sollten nicht alles glauben, was Sie lesen, Dr. Wright!«

Ganz überzeugend klang das nicht, er tat es aber mit einem Schulterzucken ab, als wäre es ihm egal. »Ja, also ... Aller Voraussicht nach ist er gegen halb drei zu Hause und steht Ihnen sicher gerne zur Verfügung. Er ist so mit dem Fall beschäftigt, daß er kaum noch von etwas anderem spricht.«

Wie beschäftigt hätte Megan gerne gefragt, aber falls Priest tatsächlich der geheimnisvolle Täter war, dann hatte er das wohl kaum seinen Kollegen vom College mitgeteilt. *Was hast du denn in den Winterferien gemacht, Chris? Oh, ich hab einen kleinen Jungen entführt und eine ganze Gemeinde als Geiseln für meine Raffinesse kassiert. Und wo hast du dich rumgetrieben?*

»Ich wollte mich eigentlich auch aktiver beteiligen«, fuhr Wright fort und wippte wieder hin und der. »Hannah und Paul tun mir furchtbar leid. So eine Familie«, sagte er mit einem verkniffenen Lächeln. »Leider habe ich nicht viel zu den Bemühungen beitragen können. Die Medien haben sich auf mich gestürzt, weil ich Psychologie lehre. Ich habe ihnen deutlich zu verstehen gegeben, daß ich kein Fachmann für kriminelles Verhalten bin. Sie kapieren es scheinbar nicht.«

»Ja, nun, so sind sie eben«, Megan ging langsam zur Tür.

»Sie sehen das Gesamtbild nicht«, steuerte Todd bei und schüttelte traurig seinen zotteligen Kopf.

Megan produzierte für Wright ein reserviertes Lächeln. »Danke, daß Sie so entgegenkommend waren, Dr. Wright.«

»Jederzeit. Wissen Sie, wo Chris wohnt?«

»Ich werd's schon finden.«

Er nickte lächelnd. »Richtig, Sie sind der Detective.«

»Im Augenblick noch«, schränkte Megan ein, als sie sich auf den Weg nach unten machte.

Draußen hatte es wieder angefangen zu schneien. Feine weiße Flocken rieselten wie Mehl vom Himmel. Hübsch. Sauber. Das Harris-Gelände sah aus wie ein Postkartenmix. Winterwunderland. Auf dem parkähnlichen Platz auf der anderen Straßenseite lag eine Gruppe von Studentinnen auf dem Rücken und machte Schneeadler. Ihr Lachen hallte kristallklar durch die kahlen Äste der Bäume.

Megan ging zu ihrem Wagen und blieb ein paar Sekunden hinter dem

Steuer sitzen, mit geschlossenen Augen, die Stirn an das kalte Fenster gepreßt. Sie drehte den vornehmlich krächzenden, knisternden Polizeifunk aus und suchte sich einen Sender mit leichter Rockmusik, der versprach, den jeweils neuesten Wetterbericht zu bringen.
Mariah Carey sagte ihr, sie solle in sich gehen und Kraft finden. »Held sein«. Ein guter Rat, aber was passierte, wenn die Kraft versiegte, oder die Zeit davonlief, oder der Bösewicht zu verdammt raffiniert war? Was passierte dann mit Helden? Und was passierte mit den Leuten, die auf sie zählten? Wie Josh?
Mariah trötete den letzten Ton heraus, machte durch Vokalgymnastik ein Dutzend daraus.
»Wer dieses Wetter überstehen will, muß schon ein Pionier sein«, sagte der Diskjockey. »Ein Rat für Reisepläne – Laßt sie sein! Im Bereich der Hauptstadt rechnen wir mit fünfundzwanzig bis dreißig Zentimetern von dem weißen Zeug, bevor morgen alles vorbei ist. In den Randgebieten herrschen äußerst schlechte Fahrbahnverhältnisse. Also packt euch gut ein, und bleibt auf Sender KS 95, wo's immer dreißig Grad plus hat und die Sonne scheint!«
Die Beachboys stürzten sich in ›Kokomo‹. Megan drehte ihnen mit einer knappen Handbewegung den Hals um, legte den Gang ein und machte sich auf den Weg ins Gemeindekrankenhaus von Deer Lake.

Mike Chamberlain konnte keine neuen Stücke zu dem Puzzle beitragen. Die Verletzungen, die er bei dem Autounfall erlitten hatte, waren zwar nicht lebensbedrohlich, aber er hatte eine ernste bakterielle Infektion entwickelt, die gefährlich geworden war. Man hatte ihn ins Hennepin County Medical Center verlegt, wo er auf der Intensivstation lag und keine Besucher, außer den nächsten Angehörigen, gestattet waren.
Megan nahm diese Nachricht resigniert zur Kenntnis. Wahrscheinlich hätte er sowieso nicht helfen können. Wenn er in diesem Drama eine Rolle gespielt hatte, dann als unfreiwilliger Bauer. Falls der Unfall tatsächlich der erste Zug im Schach dieses Irren gewesen war …
Sie fuhr durch die Stadt, mit eingeschalteten Scheinwerfern und Scheibenwischern, die ziemlich nutzlos über die Windschutzscheibe schrappten. Die Hauptstraße sah aus wie eine Skipiste für Automobile, die Spuren, die kreuz und quer durch den tiefen Schnee verliefen, sprachen Bände von außer Kontrolle geratenen Fahrzeugen und zahllosen Blechschäden. Ein Team städtischer Arbeiter mühte sich ab,

die Snowdaze-Fahne, die quer über die Straße gespannt war, herunterzuholen, das bemalte Wachstuch bauschte sich und flatterte wie ein Segel im Wind.
Als sie aus dem Geschäftsviertel auf den See zufuhr, begegneten ihr mehr Snowmobile als Autos. Gärten, in denen eigentlich Kinder Schneemänner und -burgen bauen sollten, gähnten ihr leer entgegen. Solange Albert Fletcher noch flüchtig war, wurden die Kinder aus Angst vor Entführung zu Haue gefangengehalten.
Laut dem Klatsch im Scandie House Café hatte er wohl die arme Doris vergiftet und schon immer ein unnatürliches Interesse an den Ministranten von St. Elysius gezeigt. Einige der Stammgäste nickten in ihre Kaffeetassen und sagten, sie hätten ihn seit jeher ›ein bißchen komisch‹ gefunden. Alle waren zornig und voller Argwohn; sie verstummten, als ihnen klarwurde, daß die Person am vorderen Tisch, die ihr Gespräch belauschte, › diese Frau vom BCA!‹ war.
Megan konnte es ihnen nicht verdenken. Joshs Entführung hatte die beschauliche Oberfläche ihrer ruhigen Stadt gesprengt und ein Nest von Würmern freigelegt. Verrat und Geheimnisse, kranke Gehirne und schwarze Herzen, alles so miteinander verstrickt, daß keiner mehr den Knoten lösen konnte. Olie Swain war von einem harmlosen Versager zu einem Wolf unter Lämmern geworden. Albert Fletcher hatte eine Metamorphose vom Diakon zum Dämonen vollzogen, Paul Kirkwood vom Opfer zum Verdächtigen. Sie fragte sich, was sie wohl sagen würden zu der Mitteilung, daß sie zur Vernehmung des sanften Professor unterwegs war, der mit jugendlichen Straftätern arbeitete. Christopher Priest war eine Quelle des Stolzes für Deer Lake. Würden sie sich gegen ihn oder gegen *sie* wenden?
Sie kannte die Antwort. Noch ein Grund, nicht hierzubleiben, sah sie ein, als sie an dem schönen alten Fontaine Hotel vorbeifuhr, vorbei am Gericht, links an der Ampel abbog und das City Center passierte. Es war nur eine Stadt wie eine Million anderer Städte. Wenn das Bureau sie gehen ließ, würde sie in ein besseres Klima ziehen und eine ebenso brauchbare Stadt finden. Ihr Vater könnte mitkommen oder verfaulen. Er könnte zu Mick nach L.A. ziehen und ihm persönlich Lobeshymnen singen; dann wäre sie endlich frei, ein neues Leben anzufangen. Allein.
Christopher Priests Haus lag am Stone Quarry Trail, ein paar hundert Meter vom Kirkwood-Haus entfernt, aber nicht so leicht erreichbar. Besonders an einem Tag, an dem die Landstraßen rasch unter Decken

von neuem, nassem Schnee verschwanden. Megan navigierte mit der extremen Vorsicht des Stadtbewohners, ließ den Lumina im Schneckentempo da entlangrollen, wo sie die Mitte der Straße vermutete. Außer ihr war niemand unterwegs. Wälder drängten sich bis an die Bankette der Straßen, die kahlen Äste der Bäume waren fast miteinander verwachsen wie in einer riesigen Laube. Ab und zu markierte ein Briefkasten eine Einfahrt. Genau gesagt, zwei. In der anbrechenden Dämmerung waren die Häuser zusätzlich in dem dichten Schneetreiben versteckt, kauerten wie aufgeplusterte Waldkreaturen in der Deckung der Wälder.

Die Straße hörte einfach auf. Ein gelb-schwarzes Sackgassenschild verkündete die vollendete Tatsache an einem Punkt, an dem die Straßenräumer aufgegeben und der Natur ihren Lauf gelassen hatten. Das Dickicht aus Bäumen und Büschen gehörte zu den hinteren Ausläufern des Quarry Hills Park, derselbe Park, der bis an Hannahs und Pauls Haus heranreichte. Der Park, in dem Joshs Freunde geforscht und gespielt hatten, mit keinerlei Ahnung davon, daß irgendeiner von ihnen je in Gefahr sein könnte.

Ein schlichter schwarzer Briefkasten kennzeichnete Christopher Priests Einfahrt, ein Wegweiser in eine Straße, die schon länger keiner mehr gefahren war. Die Auffahrt war schmal und hoch mit frischem Schnee bedeckt. Priest konnte noch nicht aus St. Peter zurück sein. Falls Garrett Wright wußte, wovon er redete, würde Priest mindestens noch fünfundvierzig Minuten – bei diesem Wetter wahrscheinlich sogar länger – brauchen, was ihr genug Zeit ließ, sich umzuschauen.

Da Megan der Fahrtüchtigkeit ihres Lumina mißtraute, ließ sie ihn am Ende des Stone Quarry Trail stehen und machte sich zu Fuß auf die Socken. Die Bäume schufen eine täuschende Ruhezone, in der der Wind nur unschuldig säuselte. Sie schluckten auch das wenige übriggebliebene Tageslicht, was ein seltsames Zwielicht schuf, ein graues Schattenreich rund um ein kleines dunkles Schloß.

Das Haus stand auf einer Lichtung wie etwas aus einem der unheimlichen Märchen der Brüder Grimm. Ein viktorianisches Haus, dessen Wetterseite Schindeln verkleideten, grau wie Schlacke und Asche gestrichen, mit einem plumpen Türmchen an einer Ecke. Die Fenster waren dunkel und starrten sie blind durch den fallenden Schnee an. Am östlichen Ende des Hauses befand sich ein Doppelgarage, am südlichen ein Schuppen, beides passend zum Haus angepinselt. Sie stampfte sich den Schnee von den Stiefeln und klopfte an die alte, mit Glasscheiben versehene Haustür. Wenn Priest nicht da war, sollte eigentlich keiner aufmachen. Laut der amtlichen Überprüfung war er unverheiratet, hatte keine Kinder oder Mitbewohner –, außer er hatte Josh in dem Turm eingesperrt. Keine Lichter gingen an. Keine Gesichter lugten durch die Vorhänge.

Sie machte eine Runde entlang der Fenster im Parterre, spähte hinein und sah nichts Lebendiges, nur alte Möbel, Bücher und Computerausrüstungen, alles sehr ordentlich aufgeräumt, als würde keiner dort leben. Alle Türen waren verschlossen. Sie hätte aber ohnehin nicht gewagt, das Haus ohne Durchsuchungsbefehl oder einen verdammt zwingenden Grund zu betreten. Keineswegs hegte sie die Absicht, eine zukünftige Razzia zu gefährden, indem sie die Regeln verletzte.

Sie ging an der Südseite des Fundaments in die Knie und preßte ihre Nase an ein Kellerfenster kalt wie ein Eisblock, versuchte etwas im dämmrigen Inneren mit Hilfe ihrer Taschenlampe zu erkennen. Nichts von Interesse. Keine Spur von Josh.

Die freigeschaufelten Wege zur Garage und zum Schuppen wurden langsam, aber sicher wieder zugeschneit. Megan watete fluchend hindurch. Die Seitentür der Garage war nicht abgesperrt und führte sie in einen widerlich geleckten Raum.

Wie Fletchers Garage, dachte sie. Und er war, weiß Gott, ein plausiblerer Verdächtiger als der Professor. Wahrscheinlich haschte sie nur nach Strohhalmen, weil sie so davon besessen war, etwas in Gang zu bringen. Die Notiz, die Fletcher an die Leiche seiner Frau geheftet hatte, ging ihr durch den Kopf – *Sündige Tochter Evas. Du kannst dessen versichert sein, daß deine Sünde dich einholen wird.* Sünde war ein Thema der Entführerbriefe. Durch seine Fixierung auf Religion war Fletcher automatisch ständig mit Sünde beschäftigt. Eine Frage ließ ihr keine Ruhe: das plötzliche Abrutschen des Diakons in den Irrsinn. Wenn er bereits so nahe am Überschnappen gewesen war, wie konnte er dann ein Spiel inszeniert haben, auf das jeder Schachgroßmeister neidisch gewesen wäre? Von der ersten Sekunde an waren sie manipuliert worden, hierhin und dorthin geschickt. Er hatte Indizien gestreut, um sie zu verwirren. Könnte Fletcher all das bewerkstelligt haben und dann wegen einer so trivialen Sache ausflippen wie bei Pater Tom, der seinen Arm um Hannah legte?

Megan verließ die Garage und schloß die Tür hinter sich. Der Schuppen war ein älteres Gebäude, vielleicht fünf Meter breit und zehn Meter lang. Früher diente er wahrscheinlich zur Unterbringung von landwirtschaftlichen Geräten. Jetzt beherbergte er ein Geheimnis, das Megan an der hinteren Tür zögern ließ. Unter ihrem siebten Cop-Sinn sträubten sich ihre Nackenhaare. Es war niemand da, Reifenspuren hätte sie auf der Straße oder in der Einfahrt gesehen.

Außer sie waren zu Fuß gekommen.

Neben der Tür zog sie ihren rechten Fäustling aus und öffnete den Reißverschluß ihres Parkas. Die Glock glitt aus dem Schulterhalfter und füllte ihre Hand mit dem vertrauten Gewicht und Umriß. Sicherheit. Schutz. Sie entsicherte sie. Albert Fletcher mußte sich irgendwo verstecken. Christopher Priests Schuppen war dazu genausogut geeignet wie jedes andere Gebäude.

Heftig klopfenden Herzens bewegte sie sich an der Längsseite des Schuppens entlang. Ihre linke Hand strich über die großen Eingangstüren. Mit der rechten hielt sie die Pistole, den Lauf gen Himmel gerichtet. Trotz der Kälte bildete sich unter den Kleiderschichten ein Schweißfilm auf ihrer Haut.

Am hinteren Ende des Gebäudes entdeckte sie die Spuren. Fußspuren im Schnee, die aus den Wäldern des Quarry Hills Park kamen und durch Christopher Priests Hinterhof zur Tür am Ende des Schuppens führten. Ihr Puls beschleunigte sich. Sie baute sich neben der Tür auf und klopfte mit der linken Hand.

»Polizei! Kommen Sie mit erhobenen Händen raus!«

Keine Antwort. Die einzigen Geräusche waren der Wind, der durch die Baumwipfel pfiff und das Ächzen alten Holzes. Ihr Puls dröhnte in ihren Ohren, hämmerte hinter ihrer Stirn. Sie blinzelte, um ihr Blickfeld zu klären, das an den Rändern zu verschwimmen drohte.

Sie stieß die Tür auf, hielt sich aber seitlich davon.

»Polizei! Kommen Sie mit erhobenen Händen raus!«

Schweigen.

Megan ließ den Blick durch den Hof schweifen. Elektrische Drähte verliefen von einem Mast ins Haus und zur Garage, keine zum Schuppen, der also keine Innenbeleuchtung besaß. Nur ein Narr würde alleine ein dunkles Gebäude betreten, in dem er einen Verdächtigen witterte. Die Dunkelheit minderte den Vorteil, den ihr die Pistole verschaffte. Am besten zöge sie sich zurück zum Auto und funkte um Verstärkung, setzte sich dann rein und wartete ab. Wenn das Fletchers war in diesem Schuppen und er beschloß zu fliehen, würde er zu Fuß nicht weit kommen. War er es nicht, hatten sie einen

Eindringling am Hals, und den würde sie lieber einem hiesigen Beamten überlassen.

Sie bewegte ihre klammen Finger, die den Griff der Glock umfaßten, holte tief Luft und ging rasch an der offenen Tür vorbei, bog um die Ecke des Schuppens. Zehn Meter, dann wäre sie außer Reichweite. Fünf schaffte sie.

Er nahm sie von der Seite, stürmte aus der Vordertür des Schuppens und verpaßte ihr einen Schlag, der Megan der Länge nach in den Schnee warf. Die Pistole flog ihr aus der Hand.

Training und Instinkt spornten sie an. Beweg dich! Beweg dich! *Beweg dich!* Sie kämpfte sich vorwärts durch den Schnee wie ein gestrandeter Schwimmer, strampelte mit den Beinen, versuchte sich keuchend zu ihrer Pistole vorzuarbeiten.

Er war hinter ihr. Sie fühlte seine Präsenz wie eine Lokomotive auf sich zukommen, spürte förmlich seinen Schatten, wie er über sie fiel: der Schatten des Bösen, kalt und schwer wie Stahl.

Ein Aufbäumen noch. Augen starr nach vorn gerichtet, auf ihre Fingerspitzen, die über den geriffelten Griff der Glock glitten. Sein Gewicht ging auf sie nieder. Sie keuchte, drehte ihren Körper, rollte unter ihm heraus.

Sein Abbild blitzte wic rasche Schnappschüsse durch ihr Bewußtsein. Schwarze Kleidung, Skimaske, Augen und ein Mund. Er stürzte sich auf sie, schwang einen kurzen schwarzen Knüppel. Megan fing den brutalen Schlag mit ihrem linken Unterarm ab. Sie krabbelte rückwärts, strampelte, um auf die Füße zu kommen, ihr Gleichgewicht zu finden, ihre Schußhand in Position zu bringen. Er sprang sie an, schwang den Knüppel wieder und wieder, traf ihre Schulter, streifte seitlich ihren Kopf, traf ihre nackte rechte Hand so heftig, daß der Schmerz wie ein Lauffeuer ihren Arm hochschoß und in ihrem Kopf explodierte, ihr Bewußtsein trübte.

Die Glocke fiel in den Schnee. Ihr Arm baumelte nutzlos herunter. Sie stolperte einen weiteren Schritt zurück, wollte sich umdrehen, laufen. Ein letzter Gedanke taumelte durch ihr Bewußtsein – *o Scheiße. Ich bin tot.*

Kapitel 35

TAG 11
17 Uhr, –5 Grad, Windabkühlungsfaktor: –11 Grad

Pater Toms Kopf pochte im Takt mit seinen Schritten, als er das Mittelschiff der Kirche durchschritt. Seine Soutane raschelte um die Knöchel seiner schwarzen Jeans. Jeder dritte Schritt traf mit einer dröhnenden Baßnote der Orgel zusammen.

Mehrere Leute, unter anderem Dr. Lomax, der seinen Kopf versorgt hatte und Hannah – die in der Notaufnahme nicht von seiner Seite gewichen war – hatten ihm geraten, die Messe heute abend ausfallen zu lassen. Er hätte Hilfe aus der Erzdiözese rufen können. Sie hätten einen pensionierten Priester geschickt oder einen Anfänger aus irgendeiner der großen Stadtpfarreien, wo es tatsächlich Assistenten für Priester gab. Aber er hatte sich hartnäckig geweigert. Nun wagte er einen weiteren Schritt, als Iris Mulroony wieder diesen verflixten – vielleicht war *tollkühn* ein besseres Wort – Baßton anschlug.

Er hatte eine Gehirnerschütterung. Seine Ohren dröhnten immer noch von dem Geräusch des Messingleuchters, der auf seinen Kopf krachte. Immer wieder sah er alles doppelt, wie eine Kamera, deren Schärfe sich nicht einstellen ließ. Schwindelgefühl schwirrte durch seinen Kopf wie ein Schwarm Moskitos. Aber er hielt seine Messe. Es kam keinesfalls in Frage, zu Hause bleiben und sich zu verstecken – nicht nur vor Albert Fletcher, sondern auch vor denjenigen Mitgliedern seiner Gemeinde, die sich auf die Chance gestürzt hatten, gepfefferten Klatsch über die Umstände des Vorfalls zu verbreiten. Er hatte nichts Unrechtes getan, Hannah auch nicht. Sie hatte die Unterstützung und den Trost eines Freundes gebraucht. Der Tag, an dem Beistand zu leihen Unrecht wurde, war das Signal, die Menschheit endgültig aufzugeben.

Schuldgefühle bissen sich mit kleinen scharfen Zähnen in sein Gewissen. Er hatte Hannah mehr geben wollen als Beistand, hatte ihr sein Herz anbieten wollen. War das unrecht oder einfach nur gegen die Regeln?

Hinter dem Altar hob er die Arme. Iris schloß mit einem mächtigen Akkord, den er in seiner Brust spürte. Die kleine Samstagabendgemeinde verdoppelte sich im Handumdrehen vor seinen Augen.

»Der Friede des Herrn sei mit euch!«

»Und auch mit dir.«

»*Ketzer!*«

Der Schrei donnerte über die Menge hinweg. Tom sah hinauf zur Empore, wo Albert Fletcher auf dem Geländer stand, mit dem Kruzifix in der Hand, bereit zu springen.

17 Uhr 07, –5 Grad, Windabkühlungsfaktor: –11 Grad

Mitchs Schulter war so verspannt, daß er vor Schmerz zusammenzuckte, als er sich an das Steuer seines Explorer setzte. Er hatte den Großteil des Tages damit verbracht, die Büsche nach Albert Fletcher abzuklopfen und das mit Marty Wilhelm im Schlepptau, der wie ein hyperaktiver Spürhund um ihn herumtanzte, sowie einem Schwarm von Presseleuten hinter sich.

»Chief Holt, haben sie irgendwelche Kommentare zum Rauswurf von Agent O'Malley?«

»Chief Holt, Ihr Truck war angeblich die ganze Nacht vor Megan O'Malleys Wohnung geparkt. Was haben Sie dazu zu sagen?«

»Das geht Sie einen Scheißdreck an.«

Mit dieser Bemerkung handelte er sich definitiv ein paar Anrufe vom Stadtrat ein, aber das war ihm egal. Sein Privatleben war kein Thema! Hier ging es nur um Josh. Er konnte einfach nicht begreifen, daß sich jemand solche Mühe machte, sich auf irrelevanten Details zu versteifen.

Irrelevant. Eine gute Bezeichnung für das, was zwischen ihm und Megan gelaufen war. *Vorbei* war ein anderes.

Das Leben war so viel problemloser gewesen, als der gute alte Leo das Büro am Ende des Ganges besetzte. Er hatte sich in seinem emotionellen Kokon verschanzt, isoliert durch das Narbengewebe alter Schmerzen.

Er fragte sich, wie lange er wohl brauchen würde, um sich wieder in ein Leben einzupuppen, das aus Arbeit und Jessie und dem Abwehren von Kupplerinnen bestand. Emotionelles Fegefeuer. Das Leben, das weniger schmerzte und mehr bestrafte.

Von dem, was er im Rückspiegel sah, kniff er verächtlich die Augen zusammen. Na schön, er würde zu Jessie nach Hause gehn, die zu jung war, um ihren jämmerlichen Erzeuger zu durchschauen. Er könnte ein bißchen Abendbrot mit ihr runterwürgen, bevor er sie zu den Straussens zurückbrachte, damit er den Rest der Nacht weiter nach Fletcher suchen konnte.

Sie hatten bereits mehr als die Hälfte der Stadt Haus für Haus durchkämmt, waren in Kellern und Gartenschuppen gewesen, in Hinterhofmüllhalden, ohne eine Spur auszumachen. Die Hubschrauber waren wie Raubvögel über der Stadt gekreist, bis das Wetter sie zur Landung gezwungen hatte. Die aufregendste Meldung war eine Badewannen-Party im Hintergebäude eines Dinkytown-Studentenwohnheims.

Mitch ertappte sich dabei, wie er Wilhelms Theorie, daß Albert und ein unbekannter Komplize aus der Stadt geflohen wären, in Betracht zog. Der Diakon hätte bereits hundert Meilen weit weg sein können, bevor sie Freitag die Straßensperren vor der Stadt errichteten – und er hätte Josh bei sich haben können.

Aus dem Funk schwappte ein Stakkato von Aufrufen, als er den Wagen anließ.

»An alle Einheiten: 415 in St.-Elysius-Kirche. Wiederhole – Störung im Altarraum der katholischen Kirche St. Elysius – möglicher Selbstmordversuch. Zur Information: Verdächtiger ist Albert Fletcher. Chief, wenn Sie mithören, Sie werden gebraucht.«

»Wir haben eine Belohnung für dich, kluges Mädchen.«

Die Stimme war sanft, ein Flüstern, körperlos, unerkennbar. Megan schlug die Augen auf und sah nichts. Schwärze. Der irrationale Gedanke, sie könnte tot sein, durchzuckte sie ein zweites Mal. Nein. Ihr Herz würde nicht rasen, wenn sie tot wäre. Ihr Kopf würde nicht dröhnen. Sie würde keinen Schmerz empfinden. Dann glitt Licht, eine Art Dämmerung, unter ihre Augenblende. Sie schaute nach unten. Ihr Schoß. Ein kleines Eckchen Betonboden zu beiden Seiten von ihr. Sie saß auf einem Stuhl. Korrektur – sie war an einen Stuhl gebunden. Ihre Arme waren an die Lehnen des Stuhls gefesselt, ihre Knöchel an die Beine. Wahrscheinlich wäre sie nicht imstande gewesen, ohne Hilfe zu sitzen. Sie fühlte sich benebelt, als ob ihre Seele und ihr Körper nur noch mittels eines hauchdünnen Fadens zusammenhingen. Drogen. Er hatte ihr etwas verabreicht. *Sie* hatten ihr etwas verabreicht.

Wir haben eine Belohnung für dich – seltsamerweise nahm sie lediglich eine Person im Raum wahr. Ihr Fänger stand dicht bei ihr, hinter ihr, aber sonst konnte sie niemanden spüren.

»Kluges Mädchen«, flüsterte er nochmals und strich mit seiner Fingerspitze um ihren Hals. Sie schluckte, und er kicherte, ein Geräusch, das kaum mehr als ein Glucksen war. »Du glaubst, wir werden dich töten? Vielleicht.«

Sein Griff wurde langsam fester, die Fingerspitzen drückten ihren Kehlkopf ein, bis sie anfing zu husten. Er erlaubte ihr einen halben Atemzug, dann drückte er fester zu. Alles verschwamm und verdüsterte sich vor ihren Augen. Panik spornte sie an, sich zu wehren. Sie wand sich und würgte. Als er losließ, rang sie keuchend nach Luft, und er lachte wiederum lautlos.

»Wir könnten dich töten«, sein Mund strich über ihr Ohr, »du wärst längst, längst nicht die erste.«

»Habt ihr Josh getötet?« murmelte sie. Ihr Mund fühlte sich an, als wäre er mit Gummikleber beschichtet. Speichel sammelte sich unter ihrer geschwollenen Zunge. Nebeneffekt der Droge oder der Strangulierung?

»Was glaubst du?« Die Stimme umschwebte sie wie eine Wolke. »Glaubst du, er ist tot? Glaubst du, er ist am Leben?«

Megan versuchte sich zu konzentrieren, setzte ihre Wut ein, um klar zu bleiben. »Ich ... glaube ... Sie sind wahnsinnig.«

Er schlug sie auf die rechte Hand, und Schmerz schoß ihre Nervenstränge hoch, so heftig, daß ihr die Luft wegblieb. Er schlug noch einmal zu, auf ihre Fingerspitzen, mit etwas, das sich wie die schmale Kante eines Stahllineals anfühlte. Der Schmerz fetzte durch ihren Körper und riß sich mit einem Schrei aus ihrer Kehle, der in heftiges Schluchzen überging.

»Respekt.« Die Stimme schien aus der Mitte ihrer Stirn zu dringen. »Du solltest uns respektieren. Wir sind dir so ungeheuer überlegen. Die ganze Zeit haben wir dich zum Narren gehalten, so mühelos. Es ist ein Spiel, mußt du wissen«, verkündete er. »Wir haben alle Züge kalkuliert, alle Optionen, alle Möglichkeiten. Eine Niederlage gibt es für uns nicht.«

Ein Spiel. Ein Schachspiel mit lebenden Figuren. Megan zitterte. Man hatte ihr die Jacke genommen. Und ihren Pullover. Schließlich wurde ihr klar, daß sie nur noch die lange schwarze Seidenunterwäsche trug, die Mitch so komisch gefunden hatte. Die .380 A.M.T.-Reservepistole, die sie in einem Köchelhalfter trug, war entdeckt und entfernt worden. Sie hätte sie ohnehin nicht benutzen können, selbst wenn sie gewollt hätte.

»Haben Sie Josh getötet?« insistierte sie.

Ihr Folterknecht ließ die Frage im Raum hängen. Megan wußte nicht, ob zwei Minuten verstrichen waren oder zwanzig. Die Droge hatte ihr Zeitgefühl verzerrt. Vielleicht lag es schon Tage zurück, als sie zu Christopher Priests Haus hinausgefahren war. Vielleicht war sie noch dort, aber sie hatte vage Erinnerungen an eine Fahrt in irgendeinem Vehikel, an den Geruch von Auspuffgasen, das Dröhnen eines Motors, Bewegung.

Schwindelgefühl umfing sie wie ein Nebel. Übelkeit kroch ihre Kehle hoch, und sie schluckte sie hinunter.

»Das Spiel ist noch nicht vorbei«, flüsterte er. Eine Hand packte ihren Pferdeschwanz und zog langsam ihren Kopf nach hinten. Megan öffnete die Augen weiter, versuchte mehr von dem Zimmer zu erkennen, aber sie sah nur einen Streifen Grau, eine Farbe wie Beton. Keller. »Wir können nicht verlieren. Verstehst du das? Du kannst uns nicht besiegen. Wir sind zu gut in diesem Spiel.«

Megan fühlte sich nicht gerade in der Lage, das anzuzweifeln, und nach dem letzten Versuch schien es kaum ratsam, ihn zu verärgern. Sie töten wäre höchstens eine lästige Aufgabe. Er hatte gesagt, sie wäre nicht die erste. Längst nicht. Angst durchkroch sie – um sich und um Josh, wo immer er war. Im Grunde hatten sie von Anfang an gewußt, daß sie es nicht mit einem durchschnittlichen Kriminellen zu tun hatten, aber das hier überstieg bei weitem alle Befürchtungen – ein Massenmörder, der mit den Leben von Leuten spielte, wie die Katze mit der Maus.

Er ließ ihr Haar abrupt los, und ihr Kopf fiel vornüber. Die Bewegung löste eine neue Woge von Übelkeit aus. Ein Schuh schlürfte über den Boden. Ein einzelner schwarzer Stiefel wurde sichtbar neben ihrem rechten Bein, dann verschwand er. Der Stuhl kippte nach hinten und drehte sich um – oder sie bildete es sich zumindest ein. Irgendwie flogen Teile von ihrem Körper weg und schnappten dann wieder zurück, wie eine Bilderfolge aus einem schrägen Cartoon. Ihr Bewußtsein schwamm in einem zähen, schwarzen Morast, und gläserner Lärm trommelte auf ihre Ohren, bildete eine Klammer um ihren Kopf. Sie wußte nicht, ob sie wach oder in einem Alptraum war, wußte nicht, ob es einen Unterschied gab.

Dann wurde alles mit einem Mal still, der plötzliche Mangel an Bewegung und Geräuschen verwirrte sie genauso wie der Angriff von Geräuschen und Bewegung. Sie trieb in einem schwarzen Nichts. Dann tauchte ein blendendes Bild auf, nur für den Bruchteil eines Augenblicks, so kurz, daß es ihr Unterbewußtsein registrierte und es dann erst Schritt für Schritt in ihr Bewußtsein drang: ein Gesicht, ein Junge, braunes Haar, gestreifter Schlafanzug.

»Josh?«

Noch ein kurzer Blick. Sommersprossen, eine Wange mit blauem Fleck, leere Augen.

»Josh!« Sie versuchte sich zu bewegen, konnte es aber nicht, versuchte die Hand nach ihm auszustrecken, aber sie hatte scheinbar überhaupt keine Kontrolle über ihren Körper.

Das Bild blitzte wieder auf. Er stand da wie eine Statue, eine Schaufensterpuppe, die Arme nach ihr ausgestreckt mit ausdruckslosem Gesicht.

»Josh!« schrie sie, aber er schien sie überhaupt nicht zu hören.

Wieder fiel die Schwärze wie ein Vorhang, hinter dem sie herumschwamm. Sie war müde, aber ihr Herz hämmerte wie besessen, und der Schmerz hieb aus allen Richtungen auf sie ein – *Bam! Bam! Bam! Bam!* –, traf sie überall wie ein Dutzend Rohrstöcke, die zwölf zornige Männer schwangen.

Die Stimme vibrierte über ihrem Kopf.

»Du fragst dich, wer wir sind, kluges Mädchen?« flüsterte er. »Du fragst dich, warum wir dieses Spiel inszenieren?«

Er legte seine Hände auf ihre Schultern und streichelte die schmerzenden, verspannten Muskeln, sanft und sinnlich. Sie erschauderte vor Ekel, was ihn zum Lachen brachte.

»Wir mögen dieses Spiel, weil wir es können«, er ließ seine Hände über ihre Brüste gleiten. »Weil keiner uns fassen kann, weil keiner es je vermuten würde. Weil wir brillant und unbesiegbar sind.«

Er quetschte ihre Brüste, bis sie zu wimmern anfing. »Du bist zu nahe gekommen, kluges Mädchen. Jetzt darfst du auch mitspielen.«

Megan versuchte sich zu erinnern, wem oder was sie zu nahe gekom-

men war. Namen und Gesichter schwebten durch ihr Bewußtsein, aber sie bekam keinen und keines in den Griff.
»Was werde ich tun?« fragte sie, als er sie wieder nach vorne kippte.
Er beugte sich so nahe zu ihr, daß sie sein Mundwasser riechen konnte. Als er sprach, strichen seine Lippen über ihre Wange. »Du wirst unser nächster Zug sein.«

17 Uhr 15, –5 Grad, Windabkühlungsfaktor: –11 Grad

Albert Fletcher stand auf dem Geländer der Empore, den linken Arm um eine Säule geschlungen. In der rechten Hand hielt er ein reichverziertes Bronzekruzifix, das er hoch über seinen Kopf schwang und dann zu den Leuten hinunterjaulte:
»Hütet euch vor den falschen Propheten, die im Schafspelz erscheinen! Sie sind geifernde Wölfe!«
Die Gläubigen hatte man aus der Kirche geschafft und durch die Polizei und die Deputys des Sheriffs ersetzt. Pater Tom blieb hinter dem Altar, den Blick unverwandt auf Fletcher gerichtet, als könnte er ihn auf diese Weise festhalten. Er betete darum. Schuldgefühle bohrten sich wie Klingen in seinen Bauch. Er war schuld an dieser Situation, jedenfalls hatten seine Gefühle für Hannah sie ausgelöst.
»Albert«, das Mikrofon, das an sein Gewand geklippt war, gab seine Stimme klar und deutlich weiter. »Albert, du mußt mir zuhören. Du machst einen großen Fehler.«
»Sündige Ausgeburt der Hölle!«
»Nein, Albert, ich bin Priester«, sagte er ruhig, in der Hoffnung, er würde den Knopf erwischen, der Fletcher dazu brachte zuzuhören, anstatt ihn endgültig über den Jordan zu stoßen. »Ich bin *dein* Priester. Du mußt mir zuhören. Da hat man dir doch beigebracht, nicht wahr?«
Fletcher schüttelte wütend sein Kruzifix, das Geländer schwankte mit ihm. »Ich weiß, wo Satans Thron steht!«
»Satans Thron ist in der Hölle, Albert«, sagte Tom. »Wir befinden uns hier im Haus des Herrn.«
»Ich werde dich ausstoßen, Dämon!« Fletchers linker Fuß rutschte vom Geländer ab. Alle in der Kirche hielten den Atem an, bis er sein Gleichgewicht wiedergefunden hatte.
Es war so still, daß Mitch das nervenzerfetzende Geräusch von splitterndem Holz vernehmen konnte. Er kauerte in den Schatten am obe-

ren Treppenabsatz, von wo aus Fletcher deutlich beobachtbar war und durch die spindeligen, geschnitzten Balustraden des Geländers auch der weite offene Raum unter der Empore. Langsam richtete er sich auf und bewegte sich ins Licht.
»Mr. Fletcher? Ich bin's, Chief Holt«, sagte er mit leiser, ruhiger Stimme. Fletchers Kopf schnellte herum. Das Geländer schwankte. Mitchs Muskeln entspannten sich, bereit loszuspringen. Die Augen des Diakons flackerten, glänzten vor Irrsinn.
»Sie haben recht, wissen Sie«, sagte Mitch. »Wir sind Pater Tom auf der Spur. Wir werden ihn verhaften. Wir werden Ihre Hilfe brauchen.«
Fletcher starrte ihn an, senkte das Kruzifix und preßte es an seinen Körper. »Hüte dich vor den falschen Propheten«, murmelte er. »Hüte dich vor falschen Propheten. Erscheinend in Unzulänglichkeit. In Sünde empfangen.«
»Sie wissen alles über Sünde, nicht wahr, Albert?« sagte Mitch und bewegte sich weiter Zentimeter für Zentimeter auf das Geländer zu. »Alles können Sie uns darüber erzählen! Aber dazu müssen Sie aufs Revier kommen. Sie können unser Zeuge sein.«
»Zeuge«, murmelte Fletcher. Er stieß das Kruzifix wieder gen Himmel und schrie: »Bezeuge! Bezeuge den Zorn Gottes!«
Das Geländer ächzte. Mitch war schon unterwegs, als das widerliche Geräusch krachenden Holzes sein Ohr traf. Er kriegte Fletchers linke Hand zu fassen, als das Geländer einbrach. Der Schwung riß ihn zur Kante. Seine Schulter prallte gegen die stützende Säule, und er schlang seinen freien Arm um sie, biß die Zähne gegen den Schmerz zusammen, in der Anstrengung, Fletchers Gewicht zu halten. Den Bruchteil einer Sekunde später entglitt ihm Fletchers Hand, und das Schicksal des Diakons war besiegelt.
»*Nein!*« schrie Tom.
Er sah Fletchers Körper aus sechseinhalb Metern Höhe stürzen, rannte aus Leibeskräften, aber seine Soutane verfing sich um seine Beine, zerrte an ihnen, verlangsamte ihn. Die Cops stürzten herbei, alle kamen zu spät. Fletcher landete wie eine Stoffpuppe, die aus dem Fenster geschleudert wurde, sein Körper zerschmetterte auf den Bänken. Jemand rief Gott an. Jemand fluchte. Pater Tom fiel auf die Knie und griff mit zitternden Händen nach Fletchers zertrümmertem Schädel. Sanitäter jagten mit einer Bahre herbei. Zu spät. Er strich mit einer Hand über das Gesicht des Mannes, schloß die leeren Augen und murmelte ein Gebet für die Seele Albert Fletchers ... und eins für seine eigene.

KAPITEL 37

Die Wirkung der Droge ließ nach. Der Nebel in ihrem Gehirn löste sich auf, ließ den Schmerz hervortreten wie eine heiße Wüstensonne, sengend, unerträglich. Megan versuchte sich auf die Fragen zu konzentrieren, die wie Fetzen von Engelshaar durch ihren Kopf trieben. Er sagte, sie wäre nahe herangekommen. Nahe an was? Sie durchwühlte ihre Erinnerung. Er hatte sie bei Priests Haus erwischt. War das ein Zufall? War sie einfach zur falschen Zeit in den falschen Ort gestolpert und hatte Albert Fletcher aus seinem Versteck getrieben?

Du glaubst nicht an Zufälle, O'Malley. Und sie glaubte auch nicht, daß die körperlose Stimme dem Diakon gehörte, die keine Bibelverse, keine Drohungen ewiger Verdammnis von sich gegeben hatte. Die Stimme war kühl, kontrolliert auf geradezu furchterregende Weise. Eine Stimme ohne Seele.

Gehörte sie dem Professor? Er war nach St. Peter gefahren, konnte daher nicht gewußt haben, daß sie bei seinem Haus auftauchte und konnte nicht auf der Lauer gelegen haben.

Außer, jemand hatte ihn gewarnt.

Nur mit zwei Leuten war von Priest die Rede gewesen – Garrett Wright und Todd Childs.

Todd Childs, der Psychologiestudent, der in der ›Leseratte‹ arbeitete. Er hatte Olie Swain gekannt, hatte mit ihm an Computerkursen teilgenommen – und mit Priest. Außerdem war er in der Freiwilligenzentrale zeitweise tätig – mit Priest, arbeitete mit dem Professor an einem Projekt. Sie hatte keine Zweifel daran, daß er alles über Pharmaka wußte. Er kannte sich aus, was man ihr geben mußte.

»Gleich ist Showtime.«

Die Worte wurden an ihre Lippen geflüstert, ein obszöner Kuß. Megan wich zurück, was ihr ein gehauchtes Kichern einbrachte. Er hatte so lange geschwiegen, daß sie schon wähnte, er wäre gegangen. Sie schaute nach unten, neigte den Kopf zur Seite, soweit sie es wagte. Ein Teil des anonymen schwarzen Stiefels kam in Sicht.

»Warum Josh?« quetschte sie hervor aus einem Mund trocken wie Puder. »Warum seine Familie?«

»Warum nicht?« erwiderte er, was ihr Kälteschauer über den Rücken jagte. »So eine nette Familie.« Die leisen Worte troffen vor Verachtung.

Megan starrte hinunter auf den Stiefel, der jetzt auf der Fußsohle wippte, und die Bewegung löste den Schalter des Erkennens aus. Sie hatte ihn dabei schon ein halbes dutzendmal gesehen. Nur eine Angewohnheit, eine Laune, ein unwichtiges Detail, das sie wie eine Augenfarbe oder ein Muttermal in ihrem Kopf gespeichert hatte. Sogar die Worte waren ihr vertraut. *Hannah und Paul tun mir so leid. So eine nette Familie ...*

Garrett Wright.

Er hatte sie an der Straße stehen sehen, dort, wo Mike Chamberlain die Herrschaft über seinen Wagen verloren hatte. Der hilfsbereite Dr. Wright, der Pannenhilfe mit einem gütigen Lächeln anbot, und ihr später auch noch das, was er über den Verbleib seines Kollegen wußte, bereitwillig verriet.

Hannahs und Pauls Nachbar. Ein Mann, der den leicht zu beeinflussenden Geist der Studenten des Harris College formte. Respektiert. Über jeden Verdacht erhaben. Ein Mann, den die Medien als Experten auserwählt hatten. Dieses eine Mal hatten sie allerdings in den Dreck gelangt. Ironischerweise würden sie es vielleicht nie erfahren.

20 Uhr 41, –5 Grad, Windabkühlungsfaktor: –11 Grad

Mitch fuhr zum zweiten Mal an diesem Abend vom City Center los. Der Adrenalinschub, den sein Körper ausgestoßen hatte, als er quer durch die Stadt nach St. Elysius raste, war längst verbraucht. Mit dem Tod von Albert Fletcher sackte er auf den absoluten Nullpunkt ab. Wenn Fletcher Josh entführt hatte, würden sie es von ihm nicht mehr erfahren; mit dieser Spur war es aus, egal ob Josh lebte oder nicht.

Er wollte zuschlagen, mit aller Kraft. Oder von etwas Weichem

berührt werden. Als er das erste Mal zu Megan gegangen war, hatte sie die Hand nach ihm ausgestreckt und ihm seinen Schmerz genommen. Sie glaubte, sie bräuchte niemanden. War ihr denn nie der Gedanke gekommen, daß sie vielleicht gebraucht würde? Von jemandem wie ihm? Einem total fertigen, kaputten, ausgepowerten Cop?
Er stellte den Explorer vor dem großen viktorianischen Haus an der Ivy Street ab, blieb sitzen und hörte zu, wie die Scheibenwischer hin- und herschlugen. Der Schnee peitschte jetzt schnell und wütend vom Himmel. Nachdem der Sturm laut Vorhersage die ganze Nacht andauern würde, machten die städtischen Schneeräumer keine Anstalten, die Seitenstraßen zu räumen. Die Menschen hatten ihre Autos kreuz und quer abgestellt, welche zehn Zentimeter dicke Schneehauben trugen. Mit Ausnahme von Megans Wagen, der nirgendwo zu sehen war.
In den Fenstern im zweiten Stock fehlte jegliches Licht. Die schwarze Katze saß am Vorderfenster, sichtbar vor dem Hintergrund heller Vorhänge, und hielt Ausschau nach ihrem Frauchen. Sie war scheinbar doch nach St. Paul gefahren. Mitch wußte nicht, ob er erleichtert oder enttäuscht sein sollte. Was, zum Teufel wollte er hier? Was hatte er vor – ihr sagen, daß Fletcher auf einem Marmorblock in Oglethorpes Beerdigungsinstitut lag und sie fragen, ob sie vielleicht um der alten Zeiten willen ihm eine Umarmung genehmigen würde, weil er sich völlig fertig und verloren fühlte? Sie würde ihre Glock ziehen und ihm eins zwischen die Augen verpassen.
Das Handy in seiner Jackentasche trillerte. Mitch zog es leise fluchend heraus. »Was gibt's?«
Das Schweigen wurde von dünnem, zittrigem Keuchen unterbrochen. Mitchs Nackenhaare sträubten sich.
»M-Mitch?«
Sein Herz verklemmte sich in seiner Kehle. »Megan? Schätzchen! Was ist?«
»H-Hol dir d-das Schwein …« Ein erstickter Schrei beendete den Satz.
»Megan!« schrie Mitch und klammerte sich mit der freien Hand an das Steuerrad. »Megan!«
Die Stimme, die jetzt durch die Leitung kam, war nicht die von Megan. Flüstersanft glitt sie wie ein Rasiermesser über seine Nervenspitzen. »Wir haben ein Geschenk für Sie, Chief. Kommen Sie zum Südwestzugang des Quarry Hills Park, in dreißig Minuten. Kommen Sie

allein. Keine Minute früher, oder mit Agent O'Malley wird es aus sein. Haben Sie das kapiert?«

»Was wollen Sie?«

Das unheimliche, atemlose Kichern kroch über seinen Rücken wie Skelettfinger. Er packte das Telefon fester und würgte an dem Kloß in seinem Hals.

»Das Spiel gewinnen«, murmelte die Stimme. Dann war die Leitung tot.

Megan versuchte sich zu sammeln so gut es ging, als sie hörte, wie er das Telefon weglegte. Er würde sie bestrafen. Das wußte sie. Er war ein Kontrollfreak, und sie hatte ein kleines Stück davon zerbrochen. Wenn sie Glück hatte, würde er toben und schreien, und sie könnte zumindest bezeugen, daß sie seine Stimme klar und deutlich gehört hatte. Wenn sie Pech hatte, würde er sie kaltmachen.

»Wir dachten, du bist ein kluges Mädchen.« Seine Stimme wurde kein bißchen lauter, aber der Zorn war da, summte wie eine Stromleitung. »Wir dachten, du bist ein kluges Mädchen, aber du bist auch nur eins von diesen dämlichen Ludern!«

Der Schlag traf sie seitlich am Kopf. Nicht der Knüppel, sondern sein Handrücken. So heftig, daß der Stuhl zur Seite schaukelte. Farben explodierten hinter ihren Augenlidern, und der Geschmack von Blut erfüllte frisch und klebrig ihren Mund. Bevor die Explosion verebbt war, knallte er seine Faust auf ihre verletzte Hand. Tränen schossen ihr in die Augen. So sehr es Megan auch haßte, so sehr sie es haßte, daß er sah, wie sie unter ihrer Augenbinde herausströmten, sie hatte keine Kraft, sie aufzuhalten. Trotzdem biß sie sich auf die Unterlippe und hielt den Atem an, um nicht laut aufzuschluchzen.

Das wollte er mehr als alles andere: sie demütigen, auf jede nur erdenklich Weise seine Überlegenheit demonstrieren. Er hatte jeden Zug durchkalkuliert, jede Möglichkeit, aber er hatte nicht damit gerechnet, daß sie ihm trotzen würde. Sie konnte nur hoffen, daß ihn diese Überraschung zu einem Fehler verleiten würde, und daß dieser Fehler Mitch auf den Plan brächte.

Am liebsten hätte sie diese Ausgeburt der Hölle selbst in die Zange genommen, die Chance abgepaßt, ihn körperlich zu schlagen, dieses Dreckschwein. Sie wollte diesen kleinen Knüppel nehmen und ihm den Kopf zertrümmern, ihn prügeln, bis er Joshs Versteck preisgab, und dann noch ein bißchen weiterdreschen.

Er handhabte den Knüppel meisterhaft. Er wußte genau, welche Stellen er treffen mußte und mit welcher Stärke, um Schmerz zu verursachen, aber ihr Bewußtsein zu erhalten. Ihr rechtes Knie, ihre linke Schulter, ihre linke Wade, ihre rechte Hand. Wieder und wieder schlug er auf die Hand ein, bis sie schon bei der leisesten Berührung schrie.

Als sein Zorn verraucht war, konnte sie einen Schmerz nicht mehr vom anderen unterscheiden. Die Qual hatte Dimensionen angenommen, die größer waren als sie, sie erstickten, taub machten, sie zerbrechen. Das einzige, woran sie sich noch klammerte, war das lodernde Feuer des Hasses in ihrer Brust und das Wissen, daß er der Schlüssel war zu Josh.

Die Fesseln um ihre Arme und Knöchel wurden abrupt gelockert und der Stuhl nach vorne gekippt, so daß sie auf den kalten Boden stürzte. Seine Stimme schien in beiden Ohren zugleich zu ertönen.

»Steh auf und strahle, Luder.«

Megan machte keine Anstalten, sich zu bewegen. Der Knüppel krachte auf ihren Rücken, ihre Rippen, ihren Po, und sie mühte sich ab, ihren Körper in Bewegung zu bringen. Sie schaffte es nicht, sich hochzurappeln, wußte nicht, wo oben war und in welcher Richtung sie den Schlägen ausweichen könnte. Er packte sie an den Haaren, riß sie hoch und klatschte sie seitlich gegen die Wand.

»Wir könnten dir so weh tun, daß du auch wirklich bereust, du Schlampe«, flüsterte er. Seine Zähne packten ihr Ohr durch die Augenbinde und bissen zu, bis sie aufschrie. »Wenn wir nur mehr Zeit hätten. Aber wir haben eine Verabredung mit deinem Lover.«

KAPITEL 38

TAG 11
21 Uhr 03, –7 Grad, Windabkühlungsfaktor: –13 Grad

Mitch zog sich zum Warten in die Bäume zurück. Von seinem Standort aus hatte er ungehinderte Aussicht auf den Südwestzugang – soweit der Schnee es erlaubte. Er war aus westliche Richtung gekommen, aus dem Lakeside-Viertel, keine sechs Straßen vom Haus der Kirkwoods entfernt. Noogie hatte ihn gebracht und war dann mit dem Explorer weitergefahren, um bis zur festgesetzten Zeit zu warten. Mitch hatte sich durch den dichten Baumbestand, der den Park einsäumte, auf den Weg gemacht, war durch knietiefen Schnee gewatet, bergab geschlittert, über versteckte Wurzeln und heruntergefallene Äste gestolpert.

Jetzt kauerte er hinter dem dicken, rauhen Stamm einer Eiche und rang keuchend nach Luft. Die Straße, die in Form eines verbogenen Hufeisens zwischen dem östlichen und dem westlichen Zugang des Parks verlief, war knapp zehn Meter entfernt, der Parkbereich lag weniger als fünfzig Meter südlich. Entlang des Parkplatzes und der Straße standen Quecksilberlampen. Schneeflocken tanzten wie dichte Schwärme von Glühwürmchen unter ihrem Licht.

Er warf einen Blick auf die Uhr. Noch zwölf Minuten. Zwölf Minuten warten, schwitzen und sich fragen, was dieser Bastard Megan angetan haben könnte. Zwölf Minuten voller Zweifel, ob seine Instruktionen an Dietz und Stevens auch klar genug gewesen waren und voller Angst, daß jemand alles vermasseln und Megan getötet werden könnte. Es hatte nicht genug Zeit gegeben für einen großartigen Plan, und er war sich der Tatsache nur allzu bewußt, daß seine Kollegen hier keine Erfahrung mit Geiselnahmen hatten. Überdies konnten sie es nicht riskieren, über Funk Kontakt zu halten, aus Sorge, durch einen Scanner belauscht zu werden – von dieser Bestie oder einem Bürger oder einem Reporter.

Zwölf Minuten, um zu rätseln: War es Priest? Hatte Megans Ahnung sich bezahlt gemacht? Dieses verfluchte Weib mußte ja unbedingt ohne Verstärkung losziehen. Sie hätte es besser wissen sollen. Aber da stand niemand zu ihrer Begleitung zu Verfügung. Sie war vom Dienst suspendiert. Und als sie ihm ihre neueste Theorie unterbreitet hatte, hatte er sie abgetan, und das Mädchen fertiggemacht.

Er konnte nicht glauben, daß es Priest sein sollte. Zwei Jahre lang hatte er mit dem Mann zu tun gehabt und nie auch nur einen schlechten Geschmack im Mund gehabt.

Du hast auch gedacht, Olie wäre harmlos und mitten unter ihnen, sozusagen am Straßenrand könnte niemals etwas Schlimmeres passieren.

Er schloß die Augen. Gütiger Himmel, nicht noch einmal, nicht Megan, nicht direkt vor seinen Augen! Nicht weil er sich geirrt hatte oder zu dumm oder zu stur gewesen war, um die Wahrheit zu erkennen! Es dürfte nicht sein, daß noch ein Mensch wegen ihm starb. Schon gar nicht Megan, die ihn von Anfang an getrietzt und schikaniert hatte, um ihm die Augen zu öffnen, daß es hier nicht nur um die nichtssagende Zuflucht ging, die er sich selbst geschaffen hatte. Nicht Megan, die man verlassen, vernachlässigt und ausgebootet hatte, und die ein so viel besseres Los verdiente.

Der Pickup bog um 21 Uhr 05 in die Straße ein, zehn Minuten vor der verabredeten Zeit. Ein ziemlich neuer GMC-Geländewagen, hochgestellt mit schweren Reifen und dem neuesten Überrollbügel sowie einem Insektenschutz, auf dem ROY'S TOY stand. Er rollte am Parkplatz vorbei und kroch durch den frischen Schnee weiter. Mitch kämpfte sich in geduckter Stellung hinter der Deckung der Bäume entlang, in der Hoffnung, daß es auch tatsächlich ihr Mann war und nicht ein paar geile Teenager, die einen Platz zum Rummachen suchten.

Der schwere Schnee zerrte an seinen Stiefeln und raubte ihm kostbare Sekunden. Er wuchtete sich voran, keuchend, die Augen auf den Pickup gerichtet, der auf der anderen Seite der Bäume immer wieder auftauchte und immer wieder verschwand. Die Bremslichter erloschen, und er fiel gegen einen Stamm. Seine Hand glitt in seinen offenen Parka und zog langsam seine Smith & Wesson heraus, ohne den Truck eine Sekunde aus den Augen zu lassen.

Die Fahrertür öffnete sich. Eine dunkel gekleidete Gestalt rutschte aus dem Wagen, gesichtslos, anonym, mit einer Skimaske, die sein Gesicht verdeckte. Der schwarze Mann. Er sah sich lange genau um, suchte nach Anzeichen für Verrat. Mitch versuchte sich unsichtbar zu machen, drückte sich gegen den Baumstamm und hielt den Atem an, während die gesichtslosen Augen über diesen Teil des Waldes streiften. Die Luft kam stoßweise aus seinen Lungen, als der schwarze Mann zur Beifahrerseite des Trucks ging und sich an seiner Begleitperson zu schaffen machte.

Er marschierte mit ihr ein Dutzend Schritte zurück in Richtung Parkplatz. Mitch bemühte sich, sie zu identifizieren, ein Ding der Unmöglichkeit bei den schlechten Sichtverhältnissen. Es könnte irgend jemand sein, mit der richtigen Größe und dunklen Haaren, vielleicht ein Lockvogel. All das war unter Umständen eine Falle. Megan könnte irgendwo in einem Keller liegen, und ihr Schicksal hing davon ab, ob er Mist baute oder nicht.

Er kämpfte gegen die Panik an. Denke wie ein Cop. Schau dich um wie ein Cop. Was siehst du?

Sie lehnte sich schwerfällig an den schwarzen Mann, als wäre sie nicht fähig, allein zu gehen. Leicht vornübergebeugt, aus dem Takt, hinkend. Sie hatte Schmerzen. Wenn das ein Trick war, der hier zehn Minuten vor der vereinbarten Zeit inszeniert wurde, dann gäbe es keinen Grund für den Lockvogel, eine Show abzuziehen. Es war Megan, und sie war schwer verletzt. Großer Gott, was hatte dieses Tier ihr angetan?

Megan humpelte von dem Pickup weg, schwer an ihren Peiniger gelehnt, nicht aus freien Stücken, sondern aus Notwendigkeit und weil sie der Meinung war, daß jede Belastung für ihn ein Punkt zu ihren Gunsten bedeutete. Die Hände hatte er ihr auf den Rücken gefesselt, und sie trug immer noch die Augenbinde. Sie hatte keinen Mantel an, nur die seidene Unterwäsche und ein Laken als Umhang. Die Kälte war beißend, verschlimmerte ihre Schmerzen, anstatt sie zu betäuben. Sie konnte ihr rechtes Knie nicht mehr strecken. Es fühlte sich geschwollen an, und jeder Schritt brachte eine Schmerzexplosion. Das verletzte Gelenk würde ihr Gewicht wohl nicht tragen, aber sie übertrieb es auch mit dem Hinken, stolperte gegen Wright, so daß auch er kurz ins Taumeln geriet. Zur Bestrafung quetschte er ihre Hand, was ihr ein Stöhnen entlockte.

»Reiß dich zusammen, du Schlampe« – er hielt ihr den Lauf einer Pistole an den Backenknochen – »oder ich blas dir die Rübe weg.«

Ihre Rolle bei diesem Spiel war Demütigung, er hatte sie überlistet. Die Entführung geschah direkt vor ihren Nasen, seine kleinen Indizien und falschen Spuren lagen da, wodurch sie alle zum Narren gehalten wurden. Sie sollte seine große Geste werden, die absolute Beleidigung. Er hatte sie gefangen, geschlagen und höhnisch in ein Laken voller Beweismaterial gehüllt, da es ihnen sowieso nichts nützen würde aufgrund seiner Unbesiegbarkeit.

Letztendlich würde er an seinem eigenen Größenwahn zugrunde gehen, dachte Megan. Gott allein wußte, wie er so viele Jahre lang damit durchgekommen war, aber diesmal würde ihm das nicht gelingen. Nicht, solange sie noch am Leben war!

Er stellte sich jetzt vor sie und drapierte das Laken wie einen riesigen Schal um sie, die Enden flatterten und klatschten im Wind. Er hatte es ihr umgehängt, bevor er sie nach draußen in den Truck gebracht hatte. Ein Bettlaken. Weiß, mit roten Flecken. Sie wußte, was das war: Blutflecken. Beweismaterial, näselte er. Er wollte ihnen dieses Beweismaterial, um einen Cop gewickelt, liefern, und trotzdem würde ihn keiner kriegen.

Du wirst dich noch wundern, du Aas.

Sie spürte, wie er sich über sie beugte, sein Atem roch minzig auf ihrer Haut. »Es war wunderbar«, murmelte er und berührte ihre Lippen mit seinen.

Megan spuckte ihn an und handelte sich einen Schlag mit dem Griff der Pistole über den Mund ein. Sie taumelte rückwärts, und salziges Blut sprudelte wie ein warmer Brunnen aus ihrem Mund. Sie spuckte es aus und konzentrierte sich nicht auf diesen neuen Schmerz, sondern auf die Hoffnung, daß Mitch kommen würde. Er hatte sicher das Risiko auf sich genommen und war früher da. Es bedeutete, daß sie ihr Monster fangen könnten, aber es stand auch ihr Leben auf dem Spiel. Würde er dieses Risiko eingehen?

Komm schon, Mitch. Sei da. Bitte.

Sie zählte die Schritte, als Wright sich von ihr wegbewegte. Zwei, drei ... Hatte er seine Pistole ins Halfter gesteckt? Sie drehte sich Zentimeter für Zentimeter, ihren begrenzten Blick zu Boden gerichtet, auf eventuelle Fußspuren, die ihr zeigten, daß sie in Richtung Truck stand. Sie beugte ihren Kopf bis zur Schulter, versuchte die Augenbinde zu lockern und schaffte es, das Sichtfeld für ihr rechtes

Auge noch ein paar Zentimeter mehr zu erweitern. Genug, um seine Beine zu sehen.
Wenn sie sich auf ihn warf – wenn ihr das gelänge –, würde es ihn lange genug aufhalten, bis Mitch eintraf? Oder würde sie umsonst sterben? Die Überlegungen schossen ihr durch den Kopf, aber alles lief nur auf die eine Wahrheit hinaus: So wollte sie nicht sterben – in Schande, mit soviel unerledigten Aufgaben.

Der Chief verhielt sich absolut reglos. Er war entschlossen, den Schweinehund jetzt festzunageln, ihn zu packen und bewußtlos zu prügeln, weil er Megan etwas angetan hatte. Aber er würde warten. Sollte er doch in den Truck steigen und losfahren. Dietz und Stevens würden ihn am Ostzugang abfangen. Dietz und Stevens, deren größte Verhaftungen bis jetzt Betrunkene und Drogendealer gewesen waren … Dieses Arschloch war ihr Schlüssel zu Josh. Zwar hatten sie ihn jetzt im Visier, aber wenn er entwischte … Er war schon auf halbem Weg zu seinem Truck. War er erst einmal eingestiegen, könnte er auch fliehen.
Im Bruchteil einer Sekunde wurde ihm die Entscheidung aus der Hand genommen. Megan drehte sich um und warf sich auf den Mann. Er wirbelte herum, sie prallte mit dem Kopf gegen ihn, und zusammen purzelten sie in den Schnee.
Mitch stürmte den Hügel hinunter, getrieben von rasender Energie, und donnerte: »Keine Bewegung! Polizei!«

Megans Lunge hatte sich mit einem Schlag geleert. Sie rang keuchend nach Luft und versuchte sich von Wright loszureißen, sich aus dem verdammten Laken zu befreien, auf die Beine zu kommen … Die Augenbinde fiel ab, aber Wright ließ nicht locker. Er richtete sich auf, zog sie am Kopf hoch und rückte die Pistole gegen ihre Schläfe. Dann schob und zerrte er sie in Richtung Truck und fauchte ihr ins Ohr:
»Sag ihm, ich bring dich um! Sag ihm, ich bring dich um!«
»Sag's ihm selbst, Arschloch«, ächzte sie. »Bring mich um, und du bist ein toter Mann, gleich hier und jetzt.«
»Luder!«
Er riß sie zur Seite, sein Unterarm preßte ihr die Luft ab.
»Pistole fallen lassen!« schrie Mitch.
Er blieb dreieinhalb Meter vor ihnen stehen, die Smith & Wesson im Anschlag, entsichert und schußbereit. Es juckte ihn in den Fingern,

einfach loszuballern und den Kopf dieses Mistkerls wie eine faule Wassermelone platzen zu lassen. Aber er konnte keinen Schuß riskieren: Megan war zu nahe, ein zu gutes Schild. Die Nase der 9mm bohrte sich in ihre Schläfe. Mitch wußte, wenn er etwas falsch machte, eine voreilige Entscheidung traf, wäre sie tot. Schweiß tropfte ihm in die Augen, den er wegblinzelte. Die Bilder der toten Allison und Bilder einer toten Megan rotierten wie ein Kaleidoskop in seinem Kopf. Allison, wie sie auf dem grauen Linoleum lag, ihr Blut, das sich zu einer Lache ausbreitete. Megan zusammengebrochen im Schnee und ihr Blut, das sich irrwitzigerweise wie Kirschsirup auf einem Teller Softeis ausbreitete!

»Fallen lassen!« tobte er. »Sie sind verhaftet!«

Wright zog Megan noch ein Stück näher auf die offene Tür des Truck zu. Der Motor brummte, wartete.

»Sie haben keine Chance, mit dem Truck hier rauszukommen«, Mitchs Stimme überschlug sich. »Ich habe an beiden Ausgängen nichtmarkierte Autos postiert.«

»Sag ihm, er spielt nicht fair«, flüsterte Wright.

Megan warf ihm einen desolaten Blick aus dem Augenwinkel zu. »Fick dich.«

Abrupt ließ sie sich zusammenfallen. Ihr Gewicht riß Wright aus der Balance und gab Mitch Gelegenheit, ihn anzugreifen. Wright schubste Megan Mitch entgegen, so daß sie beide rückwärts in den Schnee taumelten. Er feuerte blindlings in ihre Richtung und sprang in das Führerhaus des Transporters.

Mitch rollte Megan unter sich, schirmte sie ab und zuckte zusammen, als eine Kugel nur wenige Zentimeter vor ihnen einschlug.

»Es ist Garrett Wright!« schrie Megan.

Mitch richtete sich auf Händen und Knien über ihr auf. »Bist du getroffen?«

»Nein! Schnapp dir den Schuft!«

Er sprang auf, als der Truck sich mit durchdrehenden Reifen in Bewegung setzte. Das hintere Ende schleuderte zur Seite, und Mitch kriegte die Pritschenumrandung seitlich zu fassen, als es ihm die Füße wegzog. Seine Hände rutschten ab, als er nach besserem Halt suchte, und die Smith & Wesson klapperte auf die Ladefläche. Dann schlitterte der Wagen in die andere Richtung und zerrte ihn in seinem Kielwasser mit.

Der Truck zog jetzt langsam gerade, und Mitch hievte sich über die

Seite, kippte grunzend vor Schmerz auf die Ladefläche. Er entdeckte seine Pistole und warf sich darauf, ging in die Hocke, kämpfte sich auf das Führerhaus zu und kriegte den Überrollbügel zu fassen.
»Anhalten, Wright!« brüllte er und hämmerte mit der Pistole an das Rückfenster. »Sie sind verhaftet!«
Statt einer Antwort riß Wright das Steuerrad herum, wodurch Mitch zur Seite geschleudert wurde. Sie schaukelten heftig um eine Kurve, und die rechten Seitenräder hoben vom Boden ab. Mitch wurde in die andere Richtung geschleudert. Er griff wieder nach dem Überrollbügel, legte die Smith & Wesson an und feuerte durch das Rückfenster. Die Kugel durchschlug glatt die hintere Scheibe und knallte dann durch die Windschutzscheibe, die im Bruchteil einer Sekunde zu einem Spinnennetz von Rissen zerbarst.
»Anhalten!« Er schlug mit dem Pistolengriff gegen das Einschußloch, sprengte das Sicherheitsglas und bog es nach innen.
Wright machte eine Drehung und feuerte über seine Schulter. Mitch duckte sich direkt hinter den Mann, und die Kugel segelte an ihm vorbei. Jetzt packte er mit der linken Hand den Überrollbügel, griff mit der rechten durch das zerbrochene Fenster und rammte Wright den Pistolenknauf hinters Ohr.
»Halt den verfluchten Truck an! Du bist verhaftet!«
Wright riß das Steuer scharf nach links und trat das Gaspedal durch. Der Pickup raste vom Weg ab und flog über die Böschung. Mitch fiel fluchend auf die Knie, steckte seine Pistole in die Jacke und hielt sich mit beiden Händen am Überrollbügel fest.
Der Truck landete, bockend wie ein Pferd, dann schlitterte er seitlich weg und rammte gegen einen Baumstamm. Mitch wurde wie ein Sack herumgewirbelt. Ein Keil schneegefleckten Himmels erschien in seinem Gesichtsfeld, als er heruntergeschleudert wurde, dann sah er nur noch Weiß, bis beim Aufprall alle Farben des Regenbogens hinter seinen Augenlidern explodierten.
Er stand bereits wieder, mit der Pistole in der Hand, bevor er wieder klar sehen konnte und rannte auf den Truck los – vielleicht war Wright durch den Aufprall k. o.? Schüsse beantworteten diese Frage umgehend – drei schnelle Salven, und er warf sich in Deckung hinter eine ausladende Kiefer.
Für einen Moment hielt er inne, mühte sich, Luft zu schnappen und durch die Äste Wright auszumachen, aber es war zu dunkel. Er blieb in gebückter Haltung und kroch zum nächsten Baum, näher an den

Truck heran, der in einer kleinen Gruppe von Bäumen steckengeblieben war. Nach Süden und Osten lag nur offenes Land. Westlich wäre es ein Fünfzig-Meter-Spurt bis zum dichten Wald, der den ganzen Hügel überzog. Wenn Wright fliehen würde, müßte er es nach Westen versuchen.

Mitch huschte hinter den nächsten Baum, den Blick starr auf den Truck gerichtet.

»Gib auf, Wright!«

Schweigen. Der Wind. Das Ächzen der Bäume.

Er holte tief Luft und rannte mit krummem Rücken zur Beifahrerseite des Trucks. Keine Schüsse. Nur das Zischen des verwundeten Kühlers des Trucks. Mitch richtete sich auf. Das Führerhaus war leer. Durch das Fenster sah er Garrett Wright rennen, kaum dreißig Meter vom Waldrand entfernt.

»Verdammt, du bist zu alt für so was, Holt«, erneut raffte er seine Kräfte zusammen. Dann stieß er sich vom Truck ab und preschte los. Er rechnete damit, daß Wright auf ihn feuern würde, als er über das offene Gelände stürmte, aber es fiel kein Schuß. Oben auf der Böschung stürzte er sich mitten in die Bäume und Büsche, die Pistole im Anschlag.

Eine kurze Bewegung zwischen den Fichten weiter nördlich ließ Mitch diese Richtung wählen. Eine Kugel schlug eine Furche in einen Stamm dreißig Zentimeter links von ihm, gerade als das Geräusch des Schusses ihn erreichte. Er fiel auf den Bauch und wartete, rutschte zur Seite ohne Rücksicht auf die abgebrochenen Zweige, die aus dem Schnee ragten. Seine Hand stieß auf etwas Weiches, Warmes. Er zuckte sofort zurück, argwöhnte etwas Lebendiges, aber es war eine gestrickte Skimaske.

»Wright!« brüllte er. »Gib auf! Du kannst nicht gewinnen!«

Ein Spiel. Ein gottverdammtes Spiel. So nannte er es also, wenn er Leuten das Leben zerstörte. Aber dieses würde er, verdammt noch mal, nicht gewinnen.

Ein weiterer Schuß pfiff auf ihn zu. Mitch schlug einen rechten Haken und rannte weiter, erwiderte das Feuer. Er erhaschte noch einen Blick auf Wright, eine schwarze Gestalt zwischen den Schatten, dann war er wieder weg, und Mitch blieb fluchend zurück.

Die Muskeln in seinen Beinen und seinem Rücken brannten, wie Nadeln schmerzte die kalte Nachtluft in seiner Lunge. Seine Stiefelspitze stieß gegen etwas, und er ging zu Boden. Als er wieder aufstand, durchschlug eine Kugel den Ärmel seines Parkas, streifte seinen Arm und drehte ihn zur Seite.

»Scheiße! Scheiße! Scheiße!« Er duckte sich hinter einen Baum. Die Wunde brannte höllisch, aber sie schwächte ihn nicht und beeinträchtigte seine Schußhand nicht.

Er streckte vorsichtig den Kopf hinter einem Baumstamm hervor. Keine Spur von Wright. Eine Aura von Licht zeichnete die Silhouette der Hügelspitze nach. Hinter den letzten Bäumen lag das Lakeside-Viertel. Hannahs und Pauls Viertel. Garrett Wrights Viertel. Garrett Wright, der Psychologie lehrte und mit den Sci-Fi-Cowboys arbeitete, einen Saab fuhr. Wer hätte je gedacht, daß sich hinter dieser ordentlich gebügelten Fassade ein Irrer verbarg?

Wieder sah er aus dem Augenwinkel eine Bewegung im Schneegestöber. Mitch nahm die Jagd wieder auf, hatte Wrights Rücken im Visier, als er auf die Langlaufloipe einbog, die sich den Hügel entlangschlängelte. Mitch trat Sekunden nach ihm auf den Weg.

»Wright! Halt! Sie sind verhaftet!«

Seine Beute duckte sich nach links und verschwand in einer Gruppe schneebeladener Kiefern. Mitch betete, nicht in eine Kugel zu laufen und folgte ihm. Auf der anderen Seite der Bäume standen die Häuser von Lakeside auf ihren riesigen Grundstücken, Lichter schimmerten in ihren Fenstern. Er kniff die Augen zusammen und suchte die Gärten nach Garrett Wright ab. Ein Schatten bewegte sich entlang des nächstgelegenen Hauses im Norden – nur eine Gestalt an einer rückwärtigen Garagenwand, die jetzt durch eine offene Hintertür lief.

»Bleib stehen, verflucht noch mal!« schrie Mitch und stürmte durch die Schneewehen, den Blick starr auf die Tür gerichtet, die zwei Sekunden vor seinem Eintreffen zuschlug.

Er senkte die Schulter und rannte gegen die Tür. Sie sprang mit lautem Krachen auf, und der Holzrahmen splitterte. Mitch hatte solchen Schwung drauf, daß er direkt gegen Garrett Wright prallte. Sie gingen mit Karacho zu Boden, schlitterten über den Beton. Wright grunzte, konnte nicht mehr atmen.

»Du bist verhaftet, du Dreckschwein«, fauchte Mitch und richtete sich keuchend über ihm auf. Er hielt Wright die Smith & Wesson direkt unter seine blasse Nase, der Lauf zitterte wie der Schwanz einer Klapperschlange: »Das Spiel ist aus, Garrett, schachmatt!«

Kapitel 39

TAG 11
21 Uhr 51, –7 Grad, Windabkühlungsfaktor: –14 Grad

»Was ist hier los?« Karen Wright stand voller Entsetzen in der Tür, die von der Garage in ihre Küche führte.
»Muß ein Irrtum sein«, sagte ihr Mann. Er lag bäuchlings auf dem Betonboden der Garage, die Hände mit Handschellen auf den Rücken gefesselt. Mit einer Kopfdrehung warf er Mitch einen bohrenden Blick zu, der dastand und immer noch mit der Smith & Wesson auf ihn zielte.
»Ja«, bellte Mitch. »Ein Irrtum – und zwar deinerseits.«
Karens Rehaugen schwammen vor Tränen. Sie zupfte an ihrem weiten rosa Pullover. »Ich versteh das nicht. Garrett hat doch überhaupt nichts getan. Er fährt ja nicht mal zu schnell!«
Mitch blickte kurz zu ihr hinüber. Er hatte schon viele Berichte über Fälle gelesen, in denen eine Frau jahrelang mit einem Mann brav verheiratet war, ohne zu ahnen, daß er ein geheimes Leben als Vergewaltiger, Mörder oder Kinderschänder führte. So verhielt es sich ohne Zweifel auch bei Karen Wright. Sie hatte in der Freiwilligenzentrale gearbeitet, Handzettel per Post verschickt, mittels denen man Josh finden wollte, während ihr Mann diesen Horror inszenierte. Trotzdem mußte geprüft werden, ob sie über diese Geschichte ihres Mannes im Bilde war oder nicht. Mitch konnte sich nicht vorstellen, daß sie wirklich kämpfen würde, sie sah nämlich nicht sehr widerstandsfähig aus.
»Garrett, was geht hier vor?« rang sie die Hände. »Ich versteh das nicht!«
»Tut mir leid, Ma'am«, fuhr Mitch dazwischen. »Wenn Sie bitte im Haus warten würden …«

»Garrett!« schluchzte sie.
Das große Garagentor stand offen, ein überdimensionales Fenster zur Straße. Es ließ Wind und Schnee herein und gestattete einen Ausblick auf die Streifenwagen, die die Straße heranfegten, gefolgt von Mitchs Explorer. Alle Wagen näherten sich ohne Lichter und Sirenen. Mitch hatte ausdrücklich Stille angeordnet, als er den Diensthabenden über sein Handy adressierte. Kein Code oder Verbrechen wurde erwähnt, er hatte Noogie, Dietz, Stevens namentlich angefordert, und einen weiteren Streifenwagen zum Lakeshore Drive 91 befohlen.
Wrights Zuhause! Mitch nahm an, er hatte seinen Saab aus der Garage holen wollen und fliehen. Aber damit war es Sense: Heute abend siegte die Gerechtigkeit!

Megan saß im Explorer und beobachtete, wie Noogie Garrett Wright zum Polizeiwagen brachte. Sie nahm den Mann ins Visier, der sie geschlagen und gequält, sie alle gequält hatte. Als er knapp eineinhalb Meter von ihr entfernt war, drehte er sich um und sah sie direkt an. Keinerlei Gefühlsregung war in dem Gesicht zu erkennen, das halb im Schatten lag und halb im diffusen Licht, das von oberhalb der Garagentür abfiel. Er starrte sie einfach an. Dann klatschte Noogies Pranke auf seine Schulter und drückte ihn in den Rücksitz.
Megan zitterte am ganzen Körper und konnte nichts dagegen tun, obwohl es nicht an der Kälte lag. Noogie hatte sie in Wolldecken gewickelt und den Motor laufen lassen, mit voll aufgedrehter Heizung. Sie wehrte sich gegen einen Krankenwagen, dachte gar nicht daran, sich in die Notaufnahme abschieben zu lassen, ohne Gewißheit, daß Mitch Garrett Wright tatsächlich erwischt hatte … ohne zu wissen, wie das Gefecht ausgegangen war.
Dietz und Stevens kamen aus der Garage, mit Karen Wright in ihrer Mitte; sie schluchzte hemmungslos und mußte von den beiden gestützt werden. Wrights unheimliches Flüstern trieb durch Megans Kopf – *wir … wir … wir … niemals ich,* immer dieser Plural. Aber sie konnte sich Karen nicht als die andere Hälfte des Teams vorstellen. In dieser körperlosen Stimme hatte zuviel Verachtung für Frauen ganz allgemein gelegen. *Du bist auch nur eins von diesen dämlichen Ludern!*
Die Erinnerung an den Schlag, der dieser Bemerkung folgte, ließ sie zusammenzucken.
»Verflucht noch mal, Megan, du gehörst ins Krankenhaus!«

Mitch hatte die Beifahrertür geöffnet und fixierte sie mit grimmiger Miene. Aber was sie in seinen Augen fand, war nicht Zorn.
»Ich wollte es nur wissen«, flüsterte sie, »mußte sehen, ob du ihn wirklich hast.«
Etwas verkrampfte sich in seiner Brust, wie sie im Sitz kauerte. Ihr rechtes Auge wurde zusehends blau, ihre Unterlippe war geplatzt und verschwollen. Dieser Brutalo hatte sie zusammengeschlagen, und trotzdem hielt sie den Kopf hoch erhoben, und Trotz blitzte durch ihre Tränen auf.
»Allerdings hab ich ihn«, bestätigte er, strich mit einer Hand über ihr Haar, beugte sich in den Truck und bettete behutsam ihren Kopf an seine Schulter. »*Wir* haben ihn erwischt.«
Es überrieselte ihn kalt bei den Gedanken an die andere Möglichkeit: Sie hätte getötet werden können – er wäre wieder allein übriggeblieben. Aber sie war hier und am Leben! Die Erleichterung ließ seine Knie weich werden.
Beide blinzelten heftig, als sie sich voneinander lösten. Er schniefte und versuchte zu lächeln: »Du bist ein Teufelskerl von einem Cop, Megan O'Malley. Und jetzt bringen wir dich ins Krankenhaus.«

23 Uhr 47, –8 Grad, Windabkühlungsfaktor: –18 Grad

»Hat er dir gesagt, wo Josh ist?« fragte Hannah.
Mitch hatte sie gebeten, sich zu setzen, aber sie konnte es nicht, sondern tigerte im Wohnzimmer auf und ab, die Arme fest verschränkt. Ihr Puls raste schneller, als es der Wissenschaft nach erlaubt war. Wahrscheinlich sollte sie sich hinlegen, aber sie mußte in Bewegung bleiben, weiterrennen, bis Mitch ihr die ersehnte Antwort gab. Und dann würde sie zur Tür hinaussprinten und zu Josh hetzen. Paul dagegen saß am Ende der Couch, den Kopf in die Hände gestützt, unfähig sich zu bewegen oder zu sprechen.
Der Anruf war vor knapp zwei Stunden gekommen – Mitch hatte ihr gesagt, daß Garrett Wright verhaftet war und daß er selbst bei ihr vorbeikommen würde, um ihr alles zu erklären. Sie meinte, man müßte Paul im Büro benachrichtigen, dann hatte sie stumm und starr gewartet.
Mitch sah seine Stiefel an und seufzte: »Nein. Bis jetzt redet er nicht.«
Mitch hatte ihn gedrängt, doch einen Funken Entgegenkommen zu

zeigen, ihnen wenigstens anzudeuten, ob Josh noch lebte, aber Garrett Wright besaß keine menschliche Regungen. Er stellte sich Mitchs Blick, ohne mit der Wimper zu zucken, und in seinen kalten, dunklen Augen war nichts zu erkennen, ebensowenig wie in seinem feinmodellierten, ausdrucks- und gefühllosen Gesicht.

»Garrett Wright«, Hannah fror es, »bist du sicher ...«

»Für mich besteht kein Zweifel«, sagte Mitch. »Die ganze Zeit hat er uns zum Narren gehalten, uns mit seinen Hinweisen getrietzt. Er hatte vor, Megan – Agent O'Malley – heute abend dazu zu benutzen, uns seine Überlegenheit vorzuführen, aber diesmal hat er etwas zu nah am Feuer getanzt. Ich hab ihn selber gejagt und gestellt, Hannah. Er ist unser Mann – zumindest einer von ihnen. Ob Olie Swain etwas damit zu tun hatte oder jemand anders, wissen wir noch nicht.«

Mitch erwähnte nicht, daß man einen Studenten vom Harris College namens Todd Childs zur Vernehmung aufs Revier geholt hatte. Daraus hatte sich bis jetzt noch nichts ergeben. Und er erwähnte auch den Fahndungsbefehl auf Christopher Priest nicht. Der Professor war nicht aus St. Peter zurückgekehrt, falls er überhaupt dorthin gefahren war. Die Polizei von St. Peter klapperte gerade die Motels ab, um die Autofahrer zu kontrollieren, die durch den Sturm festsaßen.

»Großer Gott, *Garrett Wright.*« Hannah schüttelte den Kopf. Es schien unvorstellbar. Er war ihr Nachbar, Karens Mann, ein Dozent am Harris College. Erst gestern abend hatte er sie angerufen und ihr den Namen eines Familientherapeuten mitgeteilt. »*Warum?*«

»Darauf gibt es noch keine Antwort, Liebes«, gestand Mitch. »Ich wünschte, ich hätte eine.«

»Warum sollte er uns weh tun?« grübelte sie laut.

»Weil er wahnsinnig ist!« schrie Paul und sprang von der Couch hoch. »Er ist irre!«

Selber steckte er mit in diesem Alptraum. Das konnte einfach nicht wahr sein, Garrett Wright verhaftet. Nein! Nicht Garrett ... er ertrug es nicht, daß es Garrett war.

»Jeder, der so etwas vollbringt, muß verrückt sein!« knurrte er trotzig. Er wandte sich vom Kamin ab, wo auf dem Sims ein Foto von Josh stand und ihn anstarrte. Auf dem Phonoregal lag ein Stapel von Joshs Videospielen. Wohin er sich auch wandte, überall wimmelte es von Erinnerungen. In seinem Kopf mahlte ständig das Echo von Joshs Stimme: *Dad, kannst du kommen und mich vom Eishockey abholen? Dad, kannst du ...*«

»Ich glaube das nicht«, er starrte auf den Teppich, weil er Angst hatte, irgendwo anders hinzuschauen, ertrug die ganze Situation nicht mehr. Mitch Holt wollte er keinesfalls in die Augen sehen, und erst recht nicht Hannah. Er konnte auch nicht an Garrett Wright denken. Schuldgefühle, Panik und Selbstmitleid steckten ihm wie ein Kloß in der Kehle. »Es ist einfach nicht wahr, daß das alles passiert!«

Keiner hörte ihn.

Hannahs Aufmerksamkeit war auf Mitch gerichtet. Er sah aus, als wäre er durchs Fegefeuer gezischt: Haare zerzaust, offene Jacke, die schief über seine Schultern hing. Ein Ärmel klaffte über dem Bizeps, heraus bluteten Gänsedaunen. Der Streß des Abends hatte sein Gesicht kantiger gemacht, die Schatten verdüstert, die Falten vertieft. Das Bewegendste lag in seinen Augen – Bedauern, Leiden, Empathie.

»Du glaubst, Josh ist tot, nicht wahr?« hauchte sie.

Mitch sank in einen Ohrensessel. Sie hatten alle darum gebetet, daß dieser Fall zu Ende ginge, aber keiner hatte ein Ende wie dieses gewollt, ohne ein Lebenszeichen von Josh, einer ihrer eigenen Nachbarn inhaftiert und Megan im Krankenhaus ...

»Es sieht nicht gut aus, Liebes«, erwiderte er. Hannah kniete zu seinen Füßen und sah zu ihm auf. »Auf dem Laken waren Blutflecken. Wir müssen davon ausgehen, daß das Blut von Josh stammt. Wir brauchen eine Blutprobe von dir und Paul, damit das Labor einen DNS-Vergleich vornehmen kann.«

»Er ist nicht tot«, flüsterte Hannah. Sie erhob sich langsam, legte die Finger ihrer rechten Hand in die linke Armbeuge. »Sie haben Blut abgenommen«, murmelte sie. »Ich hab ein Pflaster auf seinem Arm gesehen.«

»Hannah ...« Paul wirbelte herum. »Mein Gott, Hannah, gib endlich auf! Er ist tot!«

Sie begegnete seinem Ausbruch mit eiserner Entschlossenheit, sammelte irgendwo in ihrem Inneren die Kraft dazu. In einem tiefen, verborgenen Winkel ihres Bewußtseins fand sie es seltsam, daß sie ausgerechnet jetzt, angesichts der absolut niederschmetternden Situation diese Gewißheit fand. Den Augenblick der Erkenntnis hatte sie sich in ihren Alpträumen vorgestellt, sich vorgestellt, wie sie in zahllose Scherben zerbrachen. Aber das geschah nicht. Sie würde Josh nicht aufgeben und hatte es endgültig satt, Paul zu ertragen.

»Er ist nicht tot, und ich hab die Nase voll von deiner Schwarzseherei«, wehrte sie sich gegen ihren ehemaligen Mann, Geliebten und

Freund. »Du bist derjenige, der tot ist – zumindest der Teil von dir, den ich einmal geliebt habe. Ich weiß nicht mehr, wer du bist, aber mir reicht es mit deinen Lügen und deinen Anschuldigungen. Ich hab es satt, mir von dir anhören zu müssen, daß ich schuld an seinem Verlust bin, und anscheinend hast du nur noch den Wunsch, ihn zu beerdigen und hoffst, daß das Fernsehen beim Begräbnis deine Schokoladenseite ausstrahlt!«

Paul schlug sich mit der Hand an die Brust, als hätte sie ihm ein Messer ins Herz gestoßen. »Wie kannst du mir so etwas sagen?«

»Weil es die Wahrheit ist!«

»Ich muß mir das nicht anhören!« Er wandte sich ab von ihr, duckte sich vor der Verachtung in ihren Augen.

»Nein«, Hannah nahm seine Jacke von der Sofalehne. Sie schleuderte sie ihm an den Kopf, zitternd vor Wut und gegen die Tränen ankämpfend. »Du brauchst mir nicht mehr zuzuhören. Und ich muß deine Launen und dein verletztes männliches Ego und deine kleinkarierte Eifersucht nicht mehr ertragen. Damit ist ein für alle Mal Schluß. Ich bin fertig mit dir.«

Sie zwang sich ruhig durchzuatmen, in seiner Gegenwart würde sie nicht weinen. Ihre Tränen hob sie auf, für das was sie verloren hatten. Er stand da und drehte die Jacke in seinen Händen. Der Mann, den sie geheiratet hatte, hätte ihr Kontra gegeben, hätte von Liebe gesprochen. Zu schade für sie beide, daß dieser Mann nicht mehr existierte.

»Du wohnst hier nicht mehr, Paul«, murmelte sie. »Warum gehst du nicht? Ich bin sicher, es treiben sich noch einige Reporter rum, die auf ein paar Worte vom trauernden Vater lauern.«

Paul wich einen Schritt zurück, ihre Worte trafen ihn wie Hiebe in den Nacken. *Ich habe alles verloren. So was kann doch nicht mir passieren …*

Joshs Worte hielten sich hartnäckig in seinem Bewußtsein – *Dad, kannst du kommen und mich abholen?* Die Schuldgefühle drohten ihn zu ersticken. Er kämpfte dagegen an, versuchte sie zu verdrängen, zu verstecken, spürte ihre Blicke auf sich – Hannahs, Mitch Holts. Konnten sie es sehen? Konnten sie es an ihm riechen wie Schweiß? Er verlor alles – seinen Sohn, seine Ehe, sein Zuhause. Und für den Rest seines Lebens würde er mit dem Geheimnis leben müssen – daß der Mann seiner Mätresse Josh entführt hatte, während er seine Frau betrog.

Übelkeit und Schwäche ließen ihn erschaudern. »Ich muß hier raus«, stöhnte er.

Hannah sah ihm nach, hörte, wie die Tür zuschlug und das gedämpfte Geräusch des startenden Wagens. Sie sah Mitch in seinem Ohrensessel sitzen, mit abgewandtem Gesicht, als wolle er seine Anwesenheit vertuschen.
»Tut mir leid, daß du das mit anhören mußtest«, sagte sie.
Er stand auf, ratlos, erschöpft. »Es war für euch beide hart. Ihr braucht ein bißchen Zeit ...«
»Nein«, unterbrach sie ihn. Sie hob die Hand und steckte sich eine Strähne hinters Ohr. »Nein, das brauchen wir nicht.«
Mitch machte keine Anstalten, ihr zu widersprechen.
»Was kommt jetzt dran?« fragte sie.
»Wir starten eine großangelegte Suche nach dem Ort, an den Wright Megan geschleppt hatte. Unserer Schätzung nach kann er nicht mehr als fünfundsiebzig Meilen entfernt sein. Wahrscheinlich weniger. Wir überprüfen, ob er noch irgendwo Grundbesitz oder einen Van hat. Sobald sein Anwalt hier ist, wird er verhört werden. Inzwischen reißen wir uns den Arsch auf, um alles gegen ihn hieb- und stichfest zu machen, damit wir ihn für den Rest seines Lebens einlochen können.«
Hannah nickte. »Und Josh?«
»Wir werden auf Hochtouren laufen, um ihn zu finden.« Ihn oder seine Leiche. Er sprach es nicht aus, aber Hannah konnte es in seinen Augen lesen.
»Sag mir, daß du ihn nicht aufgibst, Mitch«, flehte sie. »Du weißt, was es heißt, ein Kind zu verlieren. Versprich mir, daß du Josh nicht aufgibst!«
Mitch nahm sie in die Arme und hielt sie einen Augenblick fest. Jawohl, diesen Verlust hatte er durchgemacht, ob das nun half oder nicht; er konnte Hannah nicht zwingen, sich diesem Schmerz zu stellen, solange es auch nur einen Hoffnungsstrahl gab.
»Ich verspreche es«, flüsterte er heiser. »Er lebt so lange, bis mir jemand das Gegenteil beweist.«
»Er lebt«, sagte Hannah ruhig und zuversichtlich. »Er lebt, und daran halte ich fest, bis ich ihn wiederhabe.«

Mitch würde sie anrufen, falls sich etwas ergab, würde sie auf dem laufenden halten. Sie brachte ihn zur Tür und sah zu, wie er seinen Truck rückwärts aus der Einfahrt fuhr in Richtung Süden. Seine Bremslichter glühten rot, die einzige Farbe in einer schwarzweißen

Nacht. Immer noch fiel Schnee, getrieben von einem Wind, der durch Mark und Bein ging.

Hannah trat zurück ins Haus und rieb sich den Frost aus den Armen, obwohl sie wußte, daß die Kälte viel tiefer lag. Sie klirrte in ihrem Innersten, während sie im Wohnzimmer stand und ihr klarwurde, da die Familie, die diesen Raum bewohnte, nicht mehr existierte. Das Haus fühlte sich wie ein leerer Eiskeller an. Es herrschte Verlassenheit, und sie erschauderte bei dem Gedanken, daß sie von jetzt an allein sein würde.

Bis auf Lily.

Lily schlummerte in ihrem Bettchen auf der Seite, an Joshs alten Teddybären gekuschelt, der Daumen gerade aus dem Mund gerutscht. Hannah sah hinunter auf ihre Tochter. Ein schmaler Streifen des Nachtlichts traf Lilys Gesicht, so süß, so unschuldig, so kostbar, von goldenen Löckchen eingerahmt. Lange Wimpern auf Pausbacken, die vom Schlaf gerötet waren. Ihr Mund eine Rosenknospe, die sich soeben öffnete.

»Mein Baby«, flüsterte Hannah und strich mit einer Fingerspitze über sie.

Sie konnte sich noch erinnern, wie es gewesen war, dieses neue Leben in sich zu tragen, konnte sich noch an das Gefühl erinnern, Josh unter dem Herzen zu tragen. An jeden Augenblick der Freude, der Furcht, des Staunens über das Wunder, das ihr erstes Kind sein würde. An ihre Erregung – ihre und Pauls –, als sie erfuhren, bald Eltern zu sein. An die Nächte zusammen im Bett, als sie die Zukunft planten, mit Pauls Hand auf ihrem Bauch.

Die Vorstellung, daß sie nie wieder so nebeneinander liegen würden, brach ihr das Herz ebenso wie der Gedanke, daß sie nie wieder eine Zukunft planen würde aus Angst vor einem neuerlichen Schicksalsschlag. Sie fühlte sich bis auf die Knochen beraubt, ihres Sohnes, ihrer Ehe, ihres Glaubens, daß die Welt ein Ort voller wunderbarer Aussichten war, bestohlen.

»Jetzt sind nur noch wir zwei übrig, Lily, mein Käfer«, flüsterte sie.

Lily blinzelte und schlug ihre großen Augen auf. Die Süße setzte sich auf und rieb sich mit einer kleinen Faust über die Wange. Sie hob den Kopf zu Hannah und runzelte die Stirn, als sie die Tränen ihrer Mutter sah.

»Mama, nicht weinen«, nuschelte sie und streckte die Ärmchen aus, eine stumme Bitte, sie hochzuheben.

Hannah umschlang sie, drückte sie an sich und schluchzte um alles, was sie verloren hatte, um die Ungewißheit ihrer Zukunft. Angst und Furcht schlugen ihre Klauen in sie, und sie konnte nichts tun, außer ihr Kind zu wiegen und um Hoffnung zu beten. Es schien eine so geringe Bitte, wo sie doch soviel verloren hatte.
Ihre Kraft entglitt ihr, und sie sank in einen alten Korbschaukelstuhl. Lily stellte sich auf ihren Schoß und versuchte, ihre Tränen mit den Händen abzuwischen.
»Mama nicht weinen«, brabbelte sie.
»Manchmal muß Mama weinen, Süßes.« Hannah küßte die Fingerspitzen ihrer Tochter, »manchmal müssen wir alle weinen.«
Lily setzte sich, um sich das durch den Kopf gehen zu lassen. Schweigen erfüllte den Raum, während draußen der Wind seine feindseligen Attacken heulte. Hannah nahm ihr kleines Mädchen wieder in die Arme und zog es eng an sich.
»Mama, Josh?« Lilys Daumen wanderte in ihren Mund.
»Ich weiß es nicht, mein Herz«, erwiderte Hannah leise, den Blick auf das leere Bettchen und den zerfledderten Panda gerichtet, der einmal ihrem Sohn gehört hatte. Sie hatte ihn an dem Tag gekauft, an dem der Arzt ihr die Schwangerschaft bestätigt hatte. Fast jede Nacht seines Lebens hatte der Bär mit ihm geschlafen. Jede Nacht, außer den letzten elf.
»Stellen wir uns vor, daß er irgendwo in der Wärme ist«, flüsterte sie und atmete tief Lilys Kinderduft ein und schaukelte sie sanft. »Daß er keine Angst hat. Daß wir ihm fehlen – aber er weiß, daß wir ihn heimholen, sobald wir können. Er weiß, daß wir ihn liebhaben und ihn finden … weil das stimmt … das gelobe ich.«
Sie schloß die Augen, hielt den Atem an und hielt ihr Lilybaby fest, betete um Hoffnung und die Kraft, dieses Versprechen einlösen zu können – und um den Glauben an den, der Gebete hörte und erhörte.

Kapitel 40

TAG 13
17 Uhr 54, –8 Grad

Sie konnte das Gesicht des Jungen sehen, ein blasses Oval mit Sommersprossen, wie eine Prise Bourbon-Vanille auf Sahne. Er starrte durch sie hindurch, die blauen, leeren Augen weit aufgerissen. Dann war er weg, wie ein Licht, das ausgeschaltet wurde und sie in totaler Finsternis zurückließ.

Wir haben eine Belohnung für dich, kluges Mädchen ... kluges Luder ... Eine Stimme ohne Körper, glatt und bedrohlich wie eine Schlange. Zitternd spürte sie ihr Gleichgewicht entschwinden, taumelte in schwarzer Leere dahin. Machtlos. Verwundbar. Abwartend. Der Schmerz traf sie aus einer Richtung, dann aus einer anderen und noch weiteren.

Megan erwachte mit einem Ruck. Das Klinikhemd, das Kathleen Casey für sie organisiert hatte, klebte wie ein nasses Laken an ihrem Körper. Sie hielt Bestandsaufnahme von ihrer Umgebung, Gegenstand für Gegenstand, zwang sich, ruhig zu bleiben, Schritt für Schritt ihre Beherrschung wiederzufinden, die Angst und Desorientierung abzuschütteln. Sie war in Sicherheit und Garrett Wright hinter Gittern.

Ob sie Josh wohl gefunden hatten?

Der Kalender an der Wand auf der anderen Seite des Raums verkündete den Montag, 24. Januar. Im hochgehängten Fernseher unterhielt sich Tom Brokaw mit sich selbst.

Sie erinnerte sich, daß Mitch sie ins Krankenhaus gebracht hatte. Danach verschwamm alles zu einem wirren Kaleidoskop. Ein kleiner Mann mit indischem Akzent und einer riesigen Nase, der gelassen Anweisungen gab, Fragen stellte. Schwestern, die ihr zumurmelten, während sie auf luftgepolsterten Schuhen um ihr Bett huschten. Nadeln, Schmerz. Visionen von Harrison Ford, der auf sie herabsah. Das war wahrscheinlich Mitch gewesen, der nach ihr schaute.

Sie hatte den ganzen Sonntag geschlafen und fast den ganzen heutigen Tag, von Erschöpfung und Betäubungsmitteln ausgeknockt. Jetzt fühlte sie sich groggy und benebelt. Der Schmerz durchdrang jegliches Anästhetikum. Feine Pfeile drangen direkt von ihren Verwundungen in ihr Gehirn. Ihr rechtes Knie. Ihr linker Unterarm. Ihre Nieren. Ihre rechte Hand – die Hand, die geholfen hatte, Tausende von Polizeiberichten auszufüllen. Die Hand, die eine Pistole so ruhig zu halten vermochte, daß sie damit ein halbes Dutzend Schützenpreise gewonnen hatte. Die Hand, die jetzt provisorisch eingegipst war.

Dr. Baskir, der mit der Nase und dem Akzent, war heute morgen hier gewesen, während einer ihrer kurzen Bewußtseinsphasen. Er hatte sich summend und murmelnd an ihren verschiedenen Körperteilen zu schaffen gemacht, hatte ihre Vitalwerte und ihre Verletzungen überprüft. Viele, viele Blutergüsse, konstatierte er ihrem Rücken. Er sagte ihrem Knie, es würde Krankengymnastik brauchen. An ihre Hand wandte er sich zuletzt: »Arme, arme Schätzchen von Knochen.« Voller Erbarmen teilte er Megan mit, daß ihre Hand unter Umständen nicht die vollständige Beweglichkeit zurückerlangte. Seine Stimme war fast ein Flüstern, als wolle er die armen Schätzchen von Knochen mit der schlechten Nachricht verschonen. Er hatte sie nach bestem Vermögen versorgt, aber nachdem sich jetzt das Wetter klärte, würden sie sie ins Hennepin County Medical Center verlegen, wo ein Unfallchirurg die mühsame Prozedur der Wiederherstellung der zarten Strukturen begänne.

Angst durchschlug sie wie eine Machete, als sich seine Worte in ihrem Gehirn wiederholten. Ein Cop brauchte zwei gute Hände. Sie hatte immer nur ein Cop sein wollen. Der Beruf war ihr Leben. Jetzt sah sie eine Zukunft vor sich mit der Aussicht, nie wieder diesen Job machen zu können.

Sie unterdrückte die aufsteigenden Tränen und sah sich in ihrem Einzelzimmer um. Blumen und Luftballons schmückten die Schränke. Kathleen hatte ihr alle Grußkarten vorgelesen. Sie kamen von der Polizei in Deer Lake, dem Bureau, von ihren alten Kumpeln bei der Polizei in Minneapolis. Mit Ausnahme von einem bildschönen Miniaturrosenbusch von Hannah waren alle von Cops. Fast jeder, den sie

kannte, war ein Cop. Was sollte aus ihr werden, wenn sie aufhörte, einer zu sein?
Nur noch eine unsichtbare Verbindung bestand für sie mit ihrer Welt, wie ein Astronaut, der im Weltraum spazierengeht, und diese Verbindung war in Gefahr, durchtrennt zu werden. Ihre Ohnmacht schüttelte sie.
Sie machte einen Versuch, ihre Angst zu verdrängen, indem sie den Lautstärkeknopf auf der Fernbedienung des Fernsehers drückte. Ihre rechte Hand lag in einer Schlinge, ruhiggestellt. Die linke hatte in den letzten achtzehn Stunden einen Infusionskatheter beherbergt, aber der war entfernt worden. Vielleicht konnte sie sich beibringen Linkshänder zu werden, überlegte sie, als sie den Programmknopf drückte und durch die Kanäle surfte, bis sie bei den lokalen Sechs-Uhr-Nachrichten anlangte.
Sie schaltete vorbei an TV 7, Heimat von Paige Price, und entschied sich für Kanal 11. Eine Aufnahme von Bürgern aus Minnesota, die sich nach dem Wochenendsturm wieder ausgruben, wich dem Aktenfoto von Josh in seiner Pfadfinderuniform.
»... aber unsere Topmeldung für heute abend kommt aus Deer Lake, Minnesota, wo die Behörden am Wochenende einen Verdächtigen im Entführungsfall des achtjährigen Josh Kirkwood verhafteten.«
Videoaufnahmen von der Pressekonferenz füllten den Schirm. Der Funkraum im alten Feuerwehrhaus, so voll, daß es nur Stehplätze gab. Mitch stand auf dem Podium; er sah abgespannt und ernst aus. Rechts von ihm befand sich der dämliche Marty Wilhelm. Steiger saß mit grimmiger Miene am Tisch, über der Nase ein Pflasterdreieck. Mitch las eine vorbereitete Erklärung ab, in der lediglich die nackten Fakten über die nervenzerfetzenden Ereignisse von Samstag erschienen. Er verweigerte die Beantwortung der meisten Fragen, die sich auf Details der Beweisaufnahme bezogen, bestätigte nicht einmal Wrights Namen mit der Begründung, das Weitergeben von Informationen könnte möglicherweise den Erfolg der laufenden Ermittlungen gefährden.
»Josh Kirkwood wird nach wie vor vermißt, und alle beteiligten Polizeiorgane sind weiterhin auf der Suche«, sagte er.
»Entspricht es nicht der Wahrheit, daß zu den am Samstag sichergestellten Beweisstücken auch ein blutbeflecktes Laken gehört?«
»Kein Kommentar.«
»Ist es wahr, daß der verhaftete Verdächtige Fakultätsmitglied des Harris College ist?«

»Kein Kommentar.«

»Soviel zum Schutz der laufenden Fahndung«, dachte Megan. Die Medienwiesel würden graben und jagen und bestechen und tricksen, bis sie das hatten, was sie für ihre Schlagzeilen brauchten und kackten auf die Konsequenzen.

»Ist es wahr, daß Sie persönlich den Verdächtigen eine halbe Meile zu Fuß durch die Wälder gejagt haben?«

Mitch warf der Frau im Off einen langen Blick zu. Kameras klickten, Motoren summten. Dann erklang seine leise, bedächtige Stimme, die er immer einsetzte, wenn seine Geduld am Ende war: »Alles versuchen mich in dieser Geschichte zum Helden hochzustilisieren. Ich bin kein Held und habe meinen Job verrichtet – wenn ich ihn besser erfüllt hätte, wäre es gar nicht zu der wilden Jagd gekommen. Bei dieser Sache gibt es nur einen Helden, Agent O'Malley. Sie hat ihr Leben riskiert und es beinahe verloren bei dem Versuch, Josh Kirkwoods Entführer seiner gerechten Strafe zuzuführen. Euer Held ist diese Frau.«

»O Mitch ...«

»Es stimmt aber!«

Er stand in der Tür, mit schiefer Krawatte und zerzausten Haaren, sah abgehalftert und müde aus, seine Schultern waren gebeugt. Jessie stand neben ihm, mit einer gestreiften Plüschkatze im Arm.

Natalie trieb sie vor sich her ins Zimmer. »Laß mich ja nicht auf dem Gang stehen, wo jeder verirrte Schwester mir eine Nadel in meinen einladenden Hintern rammen könnte.«

Megan schluckte und zwang sich zu lächeln. »He, schau mal, wer da eine Katze reinschmuggelt. Tag, Jessie! Danke für deinen Besuch.«

»Ich hab dir Whiskers mitgebracht«, Jessie präsentierte das Plüschtier, als Mitch sie hochhievte und auf eine der unteren Seitengitter des Bettes stellte. »Damit du nicht Heimweh nach deinen richtigen Katzen kriegst.«

Das Spielzeug war ziemlich abgewetzt von aktiver Zuneigung. Die mit rosa Satin gefütterten Ohren hingen ausgefranst runter, und die langen weißen Schnauzhaare hatten Knicke. Megan schossen die Tränen in die Augen bei dem Gedanken, daß Jessie ihr diesen heißgeliebten Schatz anvertraute. Sie rieb mit den Fingerspitzen über das weiche Fell.

»Danke, Jessie«, flüsterte sie.

»Ich und Daddy passen ganz gut auf Gannon und Friday auf«, berich-

tete Jessie und sah zu, wie sie das Viech streichelte. »Sie mögen mich.«
»Das kann ich mir denken.«
»Und sie spielen gerne mit Schnur.« Sie sah Megan durch ihre Wimpern an. »Daddy hat gemeint, ich darf sie vielleicht auch noch besuchen, wenn's dir wieder bessergeht.«
»Das würde ihnen bestimmt gefallen.« Megans Herz wurde schwer angesichts der Tatsache, daß Jessie die Katzen im Haus an der Ivy Street bald nicht mehr besuchen könnte, weil sie dort kaum mehr lange wohnte.
»Daddy sagt, du wirst nicht in den Himmel gehn wie meine Mami«, fuhr Jessie mit ernster Miene fort. »Da bin ich froh.«
»Ich auch.« Megans Stimme brachte nur ein Quieken zustande. Sie hatte sich nie gestattet, jemanden gernzuhaben, weil sie wußte, daß es weh tun würde. Schon die Sehnsucht nach etwas, das sie nicht haben konnte, verkniff sie sich, denn selbstverständlich würde auch diese Beziehung enden. Es tat jetzt wirklich weh, das Verlangen, Jessie an sich zu ziehen und sie zu umarmen.
»Ich hab Plätzchen mitgebracht«, eilte Natalie zu Hilfe. Sie klaubte eine riesige Tupperwareschachtel aus ihrer Tasche wie ein Zauberer, der einen Elchkopf aus dem Hut zieht, und knallte sie auf den Nachttisch. »Mit Schokostückchen. Du mußt gemästet werden.« Ihr Adlerauge richtete sich auf Megan. »So, und jetzt dallidalli, daß du hier rauskommst, *Agent* O'Malley. Dieser Knabe mit dem Hundelook, den das Bureau geschickt hat, wird mich demnächst in den Wahnsinn treiben.«
»Ich glaube, du solltest dich an ihn gewöhnen«, sagte Megan mit einem wehmütigen Lächeln.
Natalie räusperte sich. »Das werden wir ja sehen«, grollte sie kampfbereit. Sie fischte ein paar Kekse aus der Schachtel, gab Jessie einen Schubser und zwinkerte ihr zu. »Komm, Miss Muffet, schaun wir mal, ob wir ein bißchen Milch auftreiben können, damit wir dir den Appetit fürs Abendessen verderben.«
»Ich komm wieder, Megan!« Jessie beugte sich über das Gitter und hob die Hand zum Siegeszeichen, dann kletterte sie runter und hüpfte aus dem Zimmer, mit Natalie auf ihren Fersen.
Megan sah hinunter auf Whiskers und strich gedankenverloren über ein ausgefranstes Ohr. »Sie ist schon etwas Besonderes.«
»Finde ich auch«, sagte Mitch. »Aber ich bin vielleicht ein bißchen voreingenommen.«

Er nahm behutsam ihr Gesicht und hob es zu seinem. »Wie fühlst du dich?«
»Als ob mich ein sadistischer Psychopath von Kopf bis Fuß mit einem Stock bearbeitet hätte.«
»Dieses Schwein. Ich würde ihm zu gern zeigen, wie sich das anfühlt.«
»Immer schön der Reihe nach.« Megan wandte sich von ihm ab, schwang ihre Beine seitlich heraus und steckte ihre bloßen Füße in ein Paar Krankenhausschlappen.
»Darfst du denn aufstehen?« fragte Mitch erschrocken. Er ging um das Bett herum und stellte sich neben sie, bereit sie aufzufangen, wenn sie zusammenbräche.
Megan tat ihr Bestes, um seine Besorgnis zu ignorieren. Sie warf ihm einen verärgerten Blick zu und humpelte zum Fenster, schwer auf die Krücke unter ihrem linken Arm gestützt. »Solange ich verspreche, nicht die Gänge auf und ab zu rennen, und Obszönitäten zu brüllen.« Sie hätte sich nie träumen lassen, daß so viele verschiedene Körperteile gleichzeitig schmerzen konnten. Aber sie würde auch das überstehen, bei aller Härte, weil sie keine andere Wahl hatte. »Ich muß ein bißchen stehen, der Zorn fängt wieder an zu nagen.« Sie lehnte sich in die Fensternische.
Draußen war es Nacht geworden. Schwarz über einer Decke von unberührtem Weiß. Der Wind hatte die Schneewehen auf dem Krankenhausrasen in elegante Wellen geformt. Sie spürte Mitch hinter sich stehen, seine Wärme, seine Energie und war versucht, sich an ihn zu lehnen. Sie sah sein vages Spiegelbild in ihrem Fenster, dunkle Schatten mit gehetzten Augen.
»Aber das Leben ist nicht *ganz* schlecht«, Zynismus schwang in ihrer Stimme. »Ich kriege eine Belobigung vom Bureau, verliere zwar meinen Außendienstposten, aber erhalte eine Belobigung. Das ist immerhin Klassen besser als ein Kündigungsschreiben, nehme ich an. Und Paige läßt die Klage fallen angesichts der Fotos, die der alte Henry Forster geschossen hat, als sie sich aus Steigers Wohnwagen rein- und rausschlich. Was für ein Glück für mich, daß sie zu gierig auf Details war, um ihr Höschen anzubehalten.«
»Gier ist ein tolles Motiv.«
»Das kann man wohl sagen«, pflichtete sie ihm bei. »Ich wünschte nur, Gier wär auch das einzige Motiv bei diesem Fall. Wenigstens ist das etwas, was jeder verstehen kann. Wrights Motiv … Wie sollte

jemand ein so krankes Spiel wie seines verstehen?« Mitch hatte keine Antwort parat. Genausowenig wie sie.

»Sagt er was?« fragte sie leise.

»Nein.«

»Du hast den Platz, an den er mich gebracht hat, noch nicht gefunden?«

»Noch nicht. Das könnte dauern.«

»Und Josh ...«

»Wir kriegen das Versteck«, sagte Mitch entschlossen, als gäbe es nicht Hunderte von Fällen, die nie gelöst wurden. »Wir werden weitersuchen, bis wir ihn haben!«

»Ich hab sein Gesicht gesehen«, Megan zögerte. »Zwischen den Schlägen. Ich hab ihn gesehen, aber ich weiß nicht, ob ich bei Bewußtsein war oder ob es sich um eine Halluzination handelte, ob es real war. Wie gerne würde ich es beschwören, aber leider kann ich das nicht.«

Sie bekam Kopfschmerzen, wenn sie versuchte, das Reale von den Sinneseindrücken zu trennen. Und die Tatsache, daß Wright ein Psychologe war, ein Experte in Lernen und Wahrnehmung, machte alles noch komplizierter. Wäre es möglich, daß er dieses Bild einfach in ihr Bewußtsein gepflanzt hatte? Die Möglichkeit bestand, aber das erklärte nicht das Gespräch, das sie heute morgen mit Hannah geführt hatte.

Hannah war persönlich gekommen, um ihr den Rosenbusch zu bringen. Sie sah blaß und dünn aus, als gehöre sie selbst ins Bett, anstatt neben einem zu stehen. Megan bekam die Pflanzen überreicht, und Hannah bedankte sich für ihren Einsatz.

»Ich hab mich erwischen und verprügeln lassen«, gab Megan zu. »Eigentlich habe ich Ihren Dank nicht verdient.«

»Dank Ihnen ist Garrett Wright hinter Gittern«, sagte Hannah schlicht.

Megan fragte nicht, wie ihr in dieser Situation zumute war, in der ein Nachbar, jemand dem sie vertraute, sie durch eine unvorstellbare Hölle gejagt hatte. Diese Frage würden noch genug Leute stellen und in der offenen Wunde ihrer Seele herumstochern.

»Ich muß fragen«, murmelt Hannah und gab sich Mühe, das Zittern in ihrer Stimme zu unterdrücken. Ihr Blick huschte von Megan zu dem Viereck Bettdecke, das sie unaufhörlich mit den Fingern glattstrich. Sie wollte etwas sagen, hielt inne, holte tief Luft und machte einen erneuten Anlauf. »Hat er ... irgend etwas ... über Josh gesagt?«

»Nein«, flüsterte Megan und wünschte sich von ganzem Herzen, sie könnte ihr etwas bieten, irgendeinen Hoffnungsanker, daß Josh noch am Leben war. Aber alles, was sie hatte, war diese möglicherweise von Drogen ausgelöste Vision. Sie sah zu Hannah auf, zu den dunklen Ringen um ihre Augen und dem Bangen, das sie nicht verbergen konnte, und traf ihre Entscheidung. Ein Hauch von Chance war besser als gar keine.

»Etwas ... habe ich ... gesehen«, begann sie. Sie wählte ihre Worte so vorsichtig, als taste sie sich durch ein Minenfeld. »Er hat mich mit Drogen betäubt, wissen Sie, also kann ich nicht sagen, was ich wirklich gesehen habe. Irgendwie schien es real und dann auch wieder nicht ... Ich bin mir einfach nicht sicher.«

»Was haben Sie gesehen?« fragte Hannah reserviert, mit regloser Miene. Megan spürte, wie die Spannung sich steigerte. Hannah ließ das Laken los und packte den Bettrahmen.

»Ich dachte, ich hätte Josh vor mir. Es kann eine Projektion gewesen sein, etwas, das mir die Droge vorgaukelte, nur Einbildung. Aber ich dachte, ich würde ihn auf der anderen Seite des Raums stehen sehen, und er hat mich einfach angestarrt. Gesagt hat er nichts, stand bloß so da. Ich erinnere mich an seine Augen und seine Sommersprossen.« Sie suchte in ihrer Entfernung nach Details, irgendeinem Hinweis auf Realität. »Er hatte einen blauen Fleck auf einer Wange und trug ...«

»... einen gestreiften Schlafanzug.«

Hannah beendete die Beschreibung für sie. Megan sah sie schockiert an, und es lief ihr eiskalt über den Rücken. »Woher wußten Sie das?«

Hannah holte tief Luft und trat vom Bett zurück. »Weil ich ihn auch gesehen habe.«

»Wie?« flüsterte Megan starr vor Staunen. War das der Grund, warum Hannah im Fernsehen so sicher geklungen hatte, als sie behauptete, Josh wäre noch am Leben?

»Eines Nachts ist er mir im Geist erschienen, und er sah so real aus, daß es nicht einfach ein Traum gewesen sein konnte. Was Sie mir erzählt haben, ist die Bestätigung dessen, wovon ich ohnehin überzeugt bin. Josh ist am Leben. Ich werde meinen Sohn zurückkriegen.«

Megan wollte sich dem anschließen. Daß sie Josh gesund und wohlbehalten finden würden und nach Hause bringen, wo er glücklich sein sollte bis in alle Ewigkeit ... Jetzt stand sie hier in ihrem Krankenzimmer, starrte hinaus in die Nacht und wünschte sich, daß das in Erfül-

lung gehen möge; obwohl sie wußte, daß Wünsche nicht immer etwas ausrichteten.
»Ich hab ihn gefragt, weißt du«, sagte sie zu Mitch, »ob er Josh getötet hat. Er wollte es nicht sagen, nahm an, das Spiel wäre noch nicht vorbei. Seiner Meinung nach hatten sie jeder negativen Möglichkeit einen Riegel vorgeschoben.«
Mitchs Augen wurden schmal. »Er sitzt in einer Gefängniszelle, angeklagt wegen Entführung, Entzug elterlicher Rechte, Angriff auf einen Polizisten, versuchten Mords, Autodiebstahl und Flucht vor der Verhaftung. Ruth Cooper hat ihn bei einer Gegenüberstellung identifiziert als den Mann in der Ryan's Bay letzten Mittwoch, und sie hat seine Stimme erkannt. Wir haben ihn festgenagelt. Mittlerweile ist er ein Versager auf der ganzen Linie.«
»Keine Vorstrafen zu finden?«
»Nein.«
Wenn Garrett Wright Morde begangen hatte, womit er ihr gegenüber prahlte, dann war ihm bis jetzt noch keiner auf die Schliche gekommen. Bei dem Gedanken wurde Megan noch flauer im Magen. Sie versuchte sich damit zu trösten, daß jetzt jeder Stein von Wrights Vergangenheit umgedreht würde. Visionen von sich schlängelnden Maden drängten sich in ihr Bewußtsein, und sie blinzelte sie gewaltsam aus der Sicht.
»Gibt es schon irgendwelche Spuren zu einem Komplizen?«
»Olie könnte ganz gut passen. Er hat ein paar von Wrights Kursen besucht, hatte den Van, die Gelegenheit, die Vorgeschichte. Wright konnte ihn vielleicht irgendwie psychologisch manipulieren.«
»Was ist mit Priest?«
»Hat sich freiwillig einem Lügendetektortest unterzogen und ihn mit fliegenden Fahnen bestanden. Todd Childs behauptet, er wäre fast den ganzen Samstag bei einem Freund gewesen. Sagt, er war im Kino in der fraglichen Nacht.« Er stöhnte, und seine breiten Schultern sackten zusammen unter dieser ungeheuren Last. »Ich habe mit Karen Wright gesprochen, um herauszufinden, ob sie indirekt etwas weiß, aber sie war keine Hilfe. In ihrer Verzweiflung ist sie kaum ansprechbar.«
»Na ja, muß ja auch eine ziemlich unschöne Überraschung sein, ein Monster an seiner Seite zu entdecken. Seit ich hierhergekommen bin, sieht das wie das Leitmotiv aus – häßliche Überraschungen. Könnte es ein Zeichen sein?«

Sie lächelte schief, aber es schmerzte verdammt, daß sie nicht hierhergehörte – tat ziemlich weh, zerrte u. a. an den Fäden in ihrer Lippe. Sie sah hinunter auf den Gips an ihrem Arm und fühlte, wie auch diese Lebenslinie immer dünner wurde. Es gab keine Aussicht, jemals irgendwohin zu gehören. Inzwischen war sie kalkweiß um die Nasenspitze.

»Du solltest dich jetzt wieder hinlegen«, Mitch runzelte die Brauen.

»Kommandier mich nicht rum«, konterte sie mit einem Anflug ihres üblichen Temperaments.

»Was willst du dagegen machen, O'Malley? Mich mit deiner Krücke verhauen?« Sein gespielter Ärger kaschierte seine Besorgnis nur mangelhaft.

»Reize mich nicht, ich bin grantig.«

»Marsch zurück ins Bett, sonst übernehm ich die Regie.« Er zeigte ihr den Weg. »Natalie hat recht. Wir brauchen dich gesund und an deinem Arbeitsplatz zurück. Dieser Detektiv-Spaniel, den sie uns da für dich geschickt haben, macht mich fix und fertig.«

Megan sah ihn an. »Hab ich das nicht auch …?«

»Du bist wenigstens ein Cop«, schimpfte er. »Und dich kann ich küssen, wenn du mich verrückt machst.«

»Marty gefällt das vielleicht auch. Hast du ihn gefragt?«

»Sehr witzig. Komm jetzt, Megan, ich meine es ernst, ab in die Falle.«

Megan ignorierte den Befehl und wandte sich wieder dem Fenster zu. Dieses Gerede über die Arbeit machte ihr ihre wacklige Position immer noch mehr bewußt. Die Angst schwoll in ihr an wie ein Ballon. Sie redete sich ein, damit fertig zu werden, so wie sie mit den meisten Kalamitäten fertig geworden war, nämlich allein. Mitch wollte nicht ihre Bürde, hatte klargemacht, was er sich vorstellte, eine kurze Affäre, keine Bindung, keine Komplikationen. Jetzt war sie eine unabsehbare Komplikation.

Und der Druck einer ungewissen Zukunft steigerte sich weiter in ihr, drohend wie eine geballte Faust, und sie konnte es um die Welt nicht verhindern, daß ein paar Worte heraussickerten.

»Vielleicht schaff ich den Job nicht mehr«, sagte sie kleinlaut, »hier nicht und anderswo auch nicht. Vielleicht nie mehr!«

Sie beobachtete sein Spiegelbild im Glas, als er sich näherte. Eine Hand strich über ihr Haar, dann legte er sie auf ihre Schulter.

»Ich dachte, du bist eine harte Braut«, er wackelte mit dem Zeigefinger. »Es ist vorbei, wenn es vorbei ist, O'Malley.« Ihr mißtrauischer

Blick richtete sich auf sein Spiegelbild. »Ich weiß das mit deiner Hand, Schatz.«
»Sag bloß nicht Schatz zu mir.«
Er legte mit äußerster Behutsamkeit seine Arme um sie und hielt den Atem an, während sein Herz flehte, sie möge sich an ihn lehnen.
Megan wehrte sich ihrerseits mit angehaltenem Atem gegen ihre Sehnsüchte, wartete, daß diese verebbten. Es war nicht klug, sich nach so etwas zu sehnen. Sie hatte das ihr ganzes Leben lang gewußt. *Steh auf deinen eigenen zwei Beinen, O'Malley. Halt dein Herz fest.* Das Schlimme war nur, sie fühlte sich zu schwach, um alleine zu stehen, und ihr Herz war längst entflohen. Sie hatte nichts mehr zu verlieren außer ihrem Stolz, und von dem waren ohnehin nur fadenscheinige Fetzen übrig.
Die Tränen kamen trotz aller gegenteiligen Bemühungen. Ihr fehlte die Kraft, sich innerlich aufzurüsten, mit den Verteidigungsmechanismen, die ihre Seele so lange beschützt hatten. Sie konnte spüren, wie alles was sie je gewollt, je geliebt hatte, durch ihre Finger glitt, sie allein zurückließ, einsam und hilflos. Sie war soviel alleine gewesen, und es tat so furchtbar weh …
Die Worte entrangen sich ihr widerwillig, wie die Tränen: »Ich … ich hab solche Angst.«
Sie drehte sich um, drückte ihr Gesicht an seine Brust und weinte. Mitch legte seine Wange auf ihren Kopf und kniff die Augen zu.
»Ist schon gut«, flüsterte er. »Ich bin für dich da, Megan. Du wirst nicht allein sein.«
Er hob ihr Gesicht zu seinem und sah in ihre weit offenen, mißtrauischen Augen, die viel zu viel Enttäuschung gesehen hatten. Seine Hand umfing ein Gesicht, das so zerbrechlich, so hübsch war, daß ihm der Atem stockte. In diesem Augenblick sah er weder das blaue Auge noch die genähte Lippe. Das Gefühl, das in ihm wuchs, bereitete ihm eine Höllenangst.
»Ich sage es jetzt, ich liebe dich, Megan.« Er schluckte und wiederholte entschieden: »Ich liebe dich.«
»Nein«, sie löste sich von ihm, »nein, tust du nicht.«
Mitch sah sie grimmig an. »Doch, das tu ich.«
»Nein.« Sie schüttelte den Kopf und humpelte auf das Bett zu, die Gummispitze ihrer Krücke quietschte auf dem polierten Boden. »Du liebst mich nicht, es ist Mitleid.«
»Sag mir nicht, was ich fühle, O'Malley«, knurrte er. »Ich kann sehr

wohl beurteilen, wenn ich in jemanden verliebt bin, und zwar in dich. Frag mich nicht, warum. Du bist die sturste, entnervendste Frau, die mir je begegnet ist. Deswegen weiß ich es erst recht.« Er hob nachdrücklich seine Rechte. »Wenn ich nicht in dich verliebt wäre, würde ich dir am liebsten den Hals umdrehen.«

»Was für ein Romantiker«, sagte Megan spitz, versuchte ihre Gefühle mit Sarkasmus zu überspielen. »Es ist ein Wunder, daß sich dir die Frauen nicht reihenweise vor die Füße werfen.«

»Nein, ich mußte mir eine aussuchen, die mir lieber ein Trumm an den Kopf wirft.«

»Hast du ein Glück, daß ich ein Krüppel bin«, schimpfte sie und kämpfte sich ins Bett.

Mitch eilte mit den Zähnen knirschend herbei. »Laß dir helfen.«

»Ich will deine Hilfe nicht.«

»Pech.« Er legte seine Hände um ihre Taille und hob sie wie eine Puppe hoch. »Verdammt noch mal, Megan, würde es dich denn umbringen zu sagen, daß du mich brauchst, oder mich wissen zu lassen, wenn dir etwas weh tut?«

»*Du* tust mir weh«, lautete die unverblümte Antwort. »Sag mir nicht, daß du mich liebst, wenn ich genau weiß, daß es nicht stimmt. Ich bin nicht das, was du brauchst oder willst, und das weißt du selbst! Ich habe keine Ahnung, was es heißt, verliebt zu sein. Aber eins kann ich: ein lediger Cop sein. Also, warum haust du nicht einfach ab?«

Er seufzte: »Ach, Megan ...«

Nun kniff sie die Augen zusammen. »Wage ja nicht, mich zu bemitleiden, Mitch Holt. Und ich will nichts mehr hören. Geh jetzt.«

»Das ist kein Mitleid«, er kam näher und näher. »Ich liebe dich. Und Gott weiß, daß ich dich vom ersten Moment an haben wollte.«

»Du hast mich ja gehabt, damit solltest du zufrieden sein.«

»Jeden Tag muß ich dir diese Macke von vorne wieder austreiben, was?« maulte er. »Ich kann nicht behaupten, daß ich mir das gewünscht habe. Du drückst meine Knöpfe, bis mir schwindlig ist. Du machst mich rasend, bringst meine Gefühle auf die Palme. Vielleicht war das nicht das, was ich mir gewünscht habe, aber ich brauche es. Ich muß wieder fühlen!«

Er strich mit einem Finger über ihre Wange. »Fast hätte ich dich verloren, Megan. Ich werde dich nicht noch mal verschwinden lassen. Unser Leben kann sich so schnell ändern. Im Handumdrehen, mit einem Herzschlag. Es ist dumm, eine Chance verstreichen zu lassen, weil wir blind sind oder zuviel Angst haben. Diese Chance kommt vielleicht nie wieder.«

Eine Chance der Liebe? In diesem Augenblick schwebte sie zwischen ihnen, ein blaßschimmerndes Versprechen. Eine Chance, die Megan sich insgeheim ihr ganzes Leben lang gewünscht hatte. Der Gedanke, daß es eine Fata Morgana sein könnte, daß es sich in nichts auflösen könnte, wenn sie die Hand danach ausstreckte, versetzte sie in Panik. Aber was, wenn sie es nicht tat? Was bliebe ihr dann?

»Komm schon, O'Malley«, lockte Mitch. »Was ist los mit dir – Bammel?«

»Ich hab keine Angst vor dir, Holt«, erwiderte sie. Ihr stockte der Atem, und sie bemühte sich um Abgebrühtheit.

»Dann beweis es«, sagte er herausfordernd, kam ganz nahe, griff in ihr Haar, legte seine Hand um ihren Hinterkopf. »Sag, daß du mich liebst.«

Megan stellte sich seinem Blick, diesem Harter-Cop-Blick, den Augen, die hundert Jahre alt waren. Augen, die zuviel gesehen hatten. Sie hob eine Hand und legte eine Fingerspitze auf die Narbe an seinem Kinn.

»Brich mir das Herz, und ich trete dir den Hintern ein, Chief.«

Ein Grinsen breitete sich über Mitchs Gesicht. »Ich denke, damit kommen wir ungefähr hin.«

Er beugte sich vor und küßte ihre unverletzte Wange, atmete den Duft ihres Haars ein und den Hauch von Parfüm, der noch an ihrer Haut haftete.

»Also, ich kenne ja dein Prinzip gegen Verabredungen mit Cops, O'Malley«, wisperte er ihr ins Ohr. »Aber glaubst du, du könntest einen heiraten?«

Megan legte ihren Kopf an seine Brust und lauschte seinem Herzen, das im Takt mit ihrem schlug. »Vielleicht«, flüsterte sie lächelnd, »wenns kein Schlimmerer ist als du.«

KAPITEL 41

TAG 13
22 Uhr 04, –9 Grad

Boog Newton saß mit den Füßen auf seiner Pritsche und dem Rücken an der Wand, bohrte in seiner Nase, den Blick starr auf seinen kleinen Fernseher gerichtet. Die Nachrichten verpaßte er nie. Das meiste davon hielt er für Mist, aber er schaltete sie trotzdem stets ein. Das war Tradition. Die Tatsache, daß Paige Price ihn affengeil machte, war nur ein zusätzlicher Bonus.

Die Topmeldung des Abends bildete die Pressekonferenz über diese Kidnappinggeschichte. Boog fand, er hätte eine persönliche Verbindung zu dem Fall nach dem, was mit diesem Olie passiert war. Er hörte sehr genau zu, wie Chief Holt den Reportern praktisch nichts erzählte.

»Gräbste nach Gold, Boog?« Browning, der Gefängniswärter, schlenderte an den Zellen vorbei. Er machte jetzt alle fünfzehn Minuten seine Runde, anstatt alle zwei Stunden wie früher, was eine grobe Beschneidung seiner ungestörten Lesezeit für gewisse Magazine bedeutete.

»Schleich dich, Schweinebauch«, sagte Boog verächtlich und flippte einen fetten Nasenpopel gegen Brownings Bierbauch.

»Pfui Teufel!« Der Wärter sprang zurück, als hätte man auf ihn geschossen. Sein Gesicht verzog sich vor Ekel. »Schau dir das an! O Gott!« Er duckte sich zur Tür raus. Boog kicherte und wandte sich wieder den Nachrichten zu. Der Typ in der nächsten Zelle schaute sie sich ebenfalls an. Er war unheimlich, saß den ganzen Tag bloß rum und sagte nichts, immer mit derselben steinernen Miene. Boog hatte ihn ein paarmal dabei erwischt, wie er ihn anstarrte, als wäre er ein Insekt unter dem Mikroskop.

»He, das bist doch du, über den die da reden, stimmt's? Du bist der, der den kleinen Kirkwood entführt hat. Das ist krank«, erklärte Boog und schob sein knochiges Kinn vor. »Du bist ja krank.«

Garrett Wright sagte nichts.

»He, weißt du, was mit dem letzten Typen passiert ist, den sie hierhergebracht haben? Sie haben gesagt, er war's, ham ihn genau in die Zelle gesteckt, in der du jetzt sitzt. Weißt du, was er getan hat? Er hat sich sein Glasauge aus dem Kopf geholt und sich damit umgebracht. Ich glaub, der war irre. Jeder, der so was macht, muß irre sein.« Er kniff den Mund zusammen und kratzte an seinen fettigen Haaren, überlegte noch ein bißchen. »Du mußt auch übergeschnappt sein«, entschied er schließlich.

Wrights Mundwinkel zuckten. »Ich lehre Psychologie am Harris College.«

Boog machte ein obszönes Geräusch, um seine Meinung über Collegeleute kundzutun. Im Fernsehen zeigten sie jetzt Cops und Typen aus dem Labor, die aus einem schicken Haus in Lakeside ein und aus trabten – Wrights Haus. Eine hübsche Frau mit dunkelblonden Haaren stand neben der Haustür und heulte wie ein Schloßhund.

»He.« Boog warf noch einen Blick auf Wright. »Was hast du mit dem Kind gemacht? Hast du's umgebracht, oder was?«

Garrett Wright grinste diabolisch. »Oder was.«

TAG 14
Mitternacht, –11 Grad

Hannah erwachte mit einem Ruck aus unruhigem Schlaf. Allein das Daliegen löste irgendein internes Alarmsystem aus, so daß sie übersensibel war und beim leisesten Geräusch oder bei der leisesten Bewegung hochschreckte. Sie lag in der Mitte des großen Betts, starrte hinauf zu dem schwarzen Viereck des Oberlichts in die Januarnacht, horchte, wartete, jede Muskelfaser zum Zerreißen gespannt. Nichts. Das Haus schwieg. Die Nacht war stumm. Selbst der Wind, der tagelang gnadenlos kalt und scharf wie ein Eispickel gebraust war, hielt den Atem an, während ein Tag verging und der nächste mit einem Ticken der Uhr begann: 00 Uhr 01.

Ein neuer Tag. Ein weiterer Tag, den es durchzustehen galt. Weitere vierundzwanzig Stunden voller ziellosem Herumwandern, dem Versuch zu funktionieren, so zu tun, als wäre man ein normaler Mensch, ganz wie eh und je, statt dessen schauspielerte sie nur noch. An ihrem Leben und ihrer Person war nichts mehr wie früher. Sie würde diesen Tag überstehen und den nächsten und den danach, um ihrer selbst, um Lilys ... und Joshs willen.

Er ist irgendwo, wo es warm ist ... er hat keine Angst ... er weiß, daß ich ihn liebhabe ...

Sie war schon aus dem Bett, bevor ihr Bewußtsein das Geräusch registrierte. Ihre bloßen Füße klatschten auf den Teppich. Sie packte den alten Bademantel, den Paul abgelegt hatte. Es war die Türglocke – um Mitternacht – jetzt zehn nach! Ihr Herz hämmerte bis zum Hals. Alles mögliche schoß ihr durch den Kopf: Paul auf der Suche nach Vergebung, Mitch, der eine Nachricht brachte – gut? schlecht?

Mit einer Hand drückte sie den Schalter für das Verandalicht. Während sie mit der anderen krampfhaft den Bademantel zusammenraffte, über ihrem Herzen. Wieder ertönte die Glocke, ihr Auge wanderte zum Spion.

»O mein Gott.«

Die Worte waren nur ein ersticktes Röcheln. Josh stand auf der Schwelle, wartete.

Im nächsten Augenblick kniete Hannah auf dem kalten Beton. Sie zog ihren Sohn in die Arme, preßte ihn an sich, weinte, dankte Gott, küßte Joshs Wange, küßte sein Haar, sagte unaufhörlich seinen Namen. Sie spürte weder die Kälte noch den rauhen Boden unter ihren Knien, fühlte nur grenzenloses Glück und Freude über den kleinen Körper des Kindes in ihren Armen. Die Erleichterung war so ungeheuer, daß sie Angst bekam, es könnte ein Traum sein. Aber auch wenn es einer war, würde sie ihn ganz bestimmt nie mehr loslassen. Sie würde auf dieser Treppe bleiben und ihn an sich klammern, seine Wärme fühlen, seinen Geruch einatmen bis in alle Zeiten.

»O Josh, o mein Gott«, flüsterte sie, und die zittrigen Worte mischten sich mit dem Salz der Tränen auf ihren Lippen. »Ich liebe dich. Ich liebe dich so sehr. Ich liebe dich. Ich hab dich so lieb.«

Ihre Hand fuhr über seine zerzausten Locken und über den Rücken des gestreiften Pyjamas, den er trug. Derselbe Pyjama, in dem sie ihn gesehen hatte. Derselbe Pyjama, in dem Megan O'Malley ihn gesehen hatte, obwohl sie sich nicht sicher war hinsichtlich dieses Sinneseindrucks. Es gab noch so viele Fragen, die unbeantwortet waren, es wimmelte nur so davon in Hannahs Bewußtsein. Wenn Garrett Wright Josh Entführer war, wer hatte ihn dann nach Hause gebracht? Sie schlug die Augen auf und schaute über die Veranda hinaus in die mondversilberte Nacht. Keiner da. Keine Autos. Keine Schatten, außer derer der Bäume auf dem jungfräulichen Schnee. Die Stadt lag schlafend da, ahnungslos, still.

Josh zappelte ein bißchen in ihren Armen, und Hannah zwang sich zurück in den Augenblick. Ein so perfekter Augenblick, einen, den sie sich als schimmernde hauchzarte Hoffnung im Herzen bewahrt hatte. Ihr Sohn war zurück. Sie würde Mitch anrufen müssen – und Paul … und Pater Tom. Im Krankenhaus würde sie eine Nachricht für Megan hinterlassen. Josh mußte in die Klinik, um untersucht zu werden. Die Presse würde wieder über sie hereinbrechen …

»Schätzchen, wer hat dich nach Hause gebracht?« fragte sie. »Weißt du das?«

Sie lehnte sich zurück und sah ihn an. Er schüttelte nur den Kopf, dann schlang er seine Arme fester um ihren Hals und lehnte seinen Kopf an ihre Schulter.

Hannah bedrängte ihn nicht. Im Augenblick wollte sie an nichts denken außer an das Kind. Keine Fragen über das wie oder warum oder wer. Nur Josh zählte jetzt. Und er war zu Hause und sicher bei ihr.

»Gehn wir rein, okay?« sagte sie leise, und frische Tränen quollen ihr aus den Augen, als Josh gegen ihre Schulter nickte.

Hannah erhob sich mit ihm im Arm, spürte kaum sein Gewicht, als sie ihn ins Wohnzimmer trug. Ihr Instinkt als Ärztin und Mutter zwangen sie, rasch seinen physischen Zustand zu überprüfen. Der kleine blaue Fleck auf seiner Wange – der Fleck, den sie im Traum gesehen hatte, war am Verblassen. Er war dünner und sehr bleich, aber unversehrt, und er wollte festgehalten werden. Hannah erfüllte diesen Wunsch bereitwilligst. Sie wollte ihn bei sich haben, neben sich, körperlich mit ihm verbunden. Als sie sich auf die Couch setzte und Mitch über das tragbare Telefon anrief, hielt sie ihn auf ihrem Schoß, anschließend rief sie in Pauls Büro an. Mitch versprach, in ein paar Minuten dazusein. Bei Paul schaltete sich die Telefonautomatik ein. Sie konzentrierte gebündelt all ihre Gefühle auf Joshs Rückkehr und machte sich nicht die Mühe, auf Paul sauer zu sein, weil er wieder einmal durch Abwesenheit glänzte. Sie hinterließ einfach eine Nachricht und legte auf.

»Es spielt keine Rolle, mein Liebling.« Sie küßte Josh auf den Kopf und drückte ihn an sich, als eine weitere Woge der Erleichterung über sie hinbrandete. »Alles was zählt, ist, daß du wieder zu Hause bist.«

Sie blinzelte weitere Tränen weg und sah auf ihn hinunter. Er schlief. Sein Kopf baumelte nach vorn, und er atmete tief und regelmäßig. Seine dichten langen Wimpern lagen auf seinen Wangen. *Mein Engel. Mein Baby.* Die Gedanken waren so vertraut wie das Gesicht, Gedanken, die sie im Geiste seit seiner Geburt aufgesagt hatte und zahllose Nächte danach, als sie sich in sein Zimmer geschlichen hatte, um ihn im Schlaf zu betrachten. *Mein Engel, mein Baby ... wie vollkommen du bist!*

Ein Pfeil von Schmerz durchbohrte ihre Freude. *Vollkommen.* Josh war immer ein glückliches Kind gewesen, eine Freude für sie. Wer würde er jetzt sein? Was hatte er durchgemacht? Die ganze Palette von Grauen, die sie jede Stunde, die er fort war, gequält hatten. Jetzt sammelten sie sich an den Rändern ihrer Erleichterung wie ein Rudel Hyänen. Sie jagte sie weg, während sie sich langsam unter ihrem Sohn herausschlängelte und ihn auf die Couch legte. Er war doch ganz, unversehrt und sauber! Sie küßte ihn auf die Stirn, deckte ihn mit einer Häkeldecke zu und atmete den Duft von Shampoo ein. Am liebsten wollte sie seinen Ärmel hochschieben, um zu sehen, ob er ein Pflaster in der Armbeuge hatte, aber vielleicht weckte ihn das auf. Und sie wollte ihm diese wenigen Momente des Friedens lassen, bevor er die vielen Untersuchungen über sich ergehen lassen mußte und Fragen beantworten.

Statt dessen legte sie ihre Hand auf die seine, die Fingerspitzen auf sein Handgelenk. Sein Puls war regelmäßig und normal. Sie zählte die Schläge nicht, sondern begnügte sich mit dem, was sie bedeuteten – Leben. Er war am Leben. Er war bei ihr. Das Stück ihres Herzens, das gefehlt hatte, war zurückgekehrt und schlug im Einklang mit seinem.

»Hat er irgendwas über Wright gesagt?« fragte Mitch leise. Er saß in einem Ohrensessel, die Unterarme auf die Knie gestützt, mit offenem Parka. Nach Hannahs Anruf war er buchstäblich aus dem Bett gerollt und in ein Paar Jeans und ein Sweatshirt gesprungen. Seine Haare standen kreuz und quer. Er wünschte, Megan wäre hier, um ihn bei der Aufklärung dieses Falles zu unterstützen, für dessen Lösung sie so hart gekämpft hatte.

»Nein.« Hannah saß auf dem Boden vor der Couch, wo Josh unter der roten Häkeldecke schlief. Sie berührte ihn immer wieder, streichelte sein Haar, rieb seinen Rücken, tätschelte seine Hand, als würde eine Unterbrechung des körperlichen Kontakts den Bann brechen und er wieder verschwinden. »Gar nichts hat er gesagt. Ich hab ihn gefragt, ob er wüßte, wer ihn nach Hause gebracht hätte. Er schüttelte den Kopf.«

»Das ist der Schock. Er braucht sicher einige Zeit …«

Mitch ließ den Gedanken ausklingen, wollte ihn nicht weiterverfolgen. Die meisten Wege, die er einschlagen könnte, führten zu mehr Unglück, und das wollte er Hannah im Augenblick ersparen. Trotzdem rief die Pflicht. Regeln mußten eingehalten werden, Fragen gestellt. Selbst jetzt, mitten in der Nacht, hatte er Männer losgeschickt, die die Straße entlang an allen Türen klopften und nach jemandem suchten, der vielleicht zufällig aus dem Fenster gesehen und irgend etwas Ungewöhnliches bemerkt hatte.

»Wir müssen ihn noch heute nacht ins Krankenhaus bringen …«

»Ich weiß.«

»Und ich werde versuchen, ihm ein paar Antworten zu entlocken. Wenn er uns etwas über Wright sagen kann …«

Hannahs Finger erstarrten auf Joshs Hand, sie sah zu Mitch hoch. »Was heißt das wohl? Garrett Wright ist im Gefängnis, und jetzt kommt Josh nach Hause. Was hat das für die Anklage gegen ihn zu bedeuten?«

»Ich weiß es nicht. Sehr viel hängt von Josh ab, davon, was er uns erzählen kann. Aber selbst wenn er uns nichts Brauchbares mitteilt, haben wir immer noch die Identifizierung bei der Gegenüberstellung; wir werden außerdem die DNS und die Beweise der Spurensicherung von dem Laken haben. Wenn Wright glaubt, daß er jetzt aus dem Schneider ist, wird er sich wundern. Wir haben ihn erwischt, Hannah«, sagte er mit stetem Blick und ruhiger Überzeugung. »Wir haben Garrett Wright kalt erwischt, er ist schuldig wie die Sünde, und wir werden weitersuchen nach seinem Komplizen. Dann nageln wir den auch noch fest.«

Er erhob sich aus seinem Stuhl und reichte Hannah die Hand, um ihr aufzuhelfen. »Das ist ein Versprechen. Garrett Wrights nächstes Spiel findet in einem Gerichtssaal statt. Ich prophezeie, daß Justitia ihm das Handwerk legen wird.«

»Hoffentlich.«

Mitch drückte bekräftigend ihre Hand. »Ich weiß es. Aber ich möchte nicht, daß du dir deswegen Sorgen machst. Das einzige, woran du heute abend denken sollst, ist dein kleiner Junge. Alles andere wird sich ergeben.«

»Du hast vollkommen recht«, stimmte sie ihm zu mit einem Blick auf ihr schlafendes Kind.

Er hätte für immer verloren sein können, untergegangen in einer Schattenwelt, wie so viele Kinder Jahr für Jahr von ihren Familien getrennt wurden, und nichts als zerbrochene Herzen bei den Menschen, die sie liebten, zurückließen. Aus Gründen, die nur dem finsteren Verstand seines Entführers bekannt waren, war Josh aus den Schatten wieder heimgeschickt worden. Das zählte, sonst nichts. Wahrheit, Gerechtigkeit, Rache, all das kümmerte Hannah gegenwärtig wenig. Ihre Welt war zerschmettert, ihr Leben unwiderruflich verändert, aber Josh gehörte ihr aufs neue. Mehr brauchte sie nicht.

Ihr Sohn war zu Hause, und ihr Leben konnte neu beginnen.

EPILOG

TAGEBUCHEINTRAG
TAG 14

Sie glauben, sie haben uns in unserem eigenen Spiel geschlagen.
Arme, schlichte Gemüter.
Jeder Schachmeister weiß, daß er bei dem Streben
nach dem Sieg geringere Niederlagen zugestehen muß.
Sie mögen vielleicht diese Runde gewonnen haben,
aber das Spiel ist noch lange nicht zu Ende.
Sie glauben, sie haben uns geschlagen.
Wir lächeln und sagen:
Willkommen zur nächsten Partie.

Liebe Leser!

Ich hoffe, die Lektüre von *Night Sins* war für Sie genauso spannend wie für mich das Schreiben. Zum Leidwesen von uns allen gehören Kindesentführungen landesweit zu den Schlagzeilen. Selbst da, wo ich lebe, an einem Ort, der Deer Lake sehr ähnlich ist, haben tragische Vorfälle unsere Aufmerksamkeit auf häßliche Wahrheiten gelenkt und uns einmal einen solchen Alptraum durchleben lassen. Gleichzeitig zu diesen Ereignissen, kämpfte eine liebe Freundin mit einer entsetzlichen Krankheit. Meine Rolle als außenstehender Beobachter zweier herzzerreißender Situationen verlieh mir ein Gefühl von Hilflosigkeit, und ich fragte mich immer wieder, warum guten Menschen schreckliche Dinge widerfahren. Wenn ein Schriftsteller einer Sache auf dem Grund kommen will, schreibt er am besten eine Story. Und so begann *Night Sins* mit Fragen wie: Wie wäre es, ein Cop zu sein in einem Fall mit wenig Spuren und viel Druck auf eine rasche Lösung? Was würde es den Eltern antun, deren Beziehung bereits auf wackligen Füßen stand, unter einen solchen Druck zu geraten, den diese Tragödie mit sich bringt? Was für ein Verstand gehört dazu, ein so unmenschliches Verbrechen zu begehen? Wie weit kann dieses Böse reichen?
Einer der großen Vorteile beim Schreiben von Romanen ist die Möglichkeit, den Ausgang der Geschichte selbst zu bestimmen. Im wahren Leben sind Happy-Ends nicht garantiert. Lose Enden werden nicht immer aneinandergeknüpft. Die Straftäter werden oft nicht gefaßt. Der Gerechtigkeit wird nicht immer Genüge getan. Kinder kommen nicht jedesmal nach Hause. Ich hatte die Möglichkeit, Josh am Ende von *Nights Sins* wiederauftauchen zu lassen, obwohl, wie im richti-

gen Leben, einige Fragen unbeantwortet bleiben, was meinerseits Absicht war. Also hat die Suche nach Gerechtigkeit für die Leute von Deer Lake noch kein Ende. Wie im richtigen Leben ist die Gefangennahme des Kriminellen am Ende von *Night Sins* nur die halbe Geschichte. Ihn seiner gerechten Strafe zuzuführen, fällt den Gerichten zu. Die Herausforderung, in diesem Fall als Anklägerin aufzutreten, liegt auf den Schultern der Vertreterin des Bezirksstaatsanwalts, Ellen North, in *Guilty as Sin*, wo ich eine ganze Reihe Fragen erforschen möchte. Wie weit kann das Spiel gehen? Wird die Gerechtigkeit triumphieren? Und für Ellen North, die sich in einem gefährlichen Irrgarten von Schatten und Spiegeln und Spielern mit geheimen Regeln wiederfindet, lautet die wichtigste Frage überhaupt: Wem kann man vertrauen?

Ich hoffe, Sie freuen sich alle darauf, die Antworten auf diese Fragen in *Guilty as Sin* zu finden.

TAMI